T0285541

INCENDIARY

INCENDIARY

LOS PODERES DE LOS MORIAS

ZORAIDA CÓRDOVA

Traducción de Sara Villar Zafra

Argentina – Chile – Colombia – España
Estados Unidos – México – Perú – Uruguay

Título original: *Incendiary*
Editor original: Glasstown Entertainment
Traductora: Sara Villar Zafra

1.ª edición: junio 2024

ISBN: 978-84-19252-89-0
E-ISBN: 978-84-10159-45-7
Depósito legal: M-9.966-2024

Fotocomposición: Urano World Spain, S.A.U.

Impreso por: Rodesa, S.A. – Polígono Industrial San Miguel
Parcelas E7-E8 – 31132 Villatuerta (Navarra)

Impreso en España – *Printed in Spain*

Para Jeannet y Danilo Medina

LA JUSTICIA DEL REY

ORDEN N.° 1

POR ORDEN DEL BRAZO DE LA JUSTICIA DEL REY FERNANDO, DE LOS GUARDIANES DEL TEMPLO DEL PADRE DE LOS MUNDOS, DEL JURADO DE LA VERDAD Y DE LOS GUERREROS DE LA PAZ PERPETUA, LOS CIUDADANOS DE PUERTO LEONES TIENEN PROHIBIDO DAR ASILO A LOS MORIAS: FUGITIVOS, ASESINOS Y TRAIDORES A LA CORONA. SI ALGUIEN TIENE CONOCIMIENTO SOBRE TALES PORTADORES DE MAGIA CONTRA NATURA DEBE ACUDIR A LAS AUTORIDADES. HABRÁ CLEMENCIA PARA QUIENES ACATEN LA ORDEN. LA VOLUNTAD DEL REY ES HECHA.

APROBADO POR EL JUEZ MÉNDEZ.

REINO DE PUERTO LEONES
AÑO 28 DEL REINO DE SU MAJESTAD EL REY FERNANDO
305 A. C. DE LA TERCERA ERA DE ANDALUCÍA

Canción del ladrón de tumbas

Abriendo una tumba Moria encontré
Dos ojos de plata para asomarme a tu mente.
Tres dedos de oro para crear ilusiones,
Un corazón de cobre para persuadir los sentidos
Y cuatro venas de platino para encerrar el pasado.
¡Abriendo una tumba Moria!

PRÓLOGO

3I7 A. C.

Celeste San Marina cavó una tumba aquella noche. La época de sequía había provocado que la tierra de Esmeraldas se endureciera, y cada vez que golpeaba con la pala sentía un dolor en los brazos que le provocaba espasmos musculares y dolor de huesos. Aun así, continuó cavando, con el polvo pegándose a los riachuelos de sudor que le caían por la piel morena y curtida.

La media luna se escondía detrás de unas nubes espesas que se negaban a separarse, y la única luz que había provenía de la lámpara de aceite que se estaba consumiendo al lado del cadáver, envuelto pobremente con unos trapos. Volvió a meter la pala en la tierra y no cesó hasta que las manos se le llenaron de ampollas y hubo un agujero lo bastante profundo como para que cupiera el cuerpo. Luego se arrodilló a su lado.

—Te merecías algo mejor, Rodrigue —dijo la maestra de espías con la voz temblorosa. Si la hubieran avisado antes, si la hubieran ayudado, podría haberlo enterrado a la manera tradicional, pero con los tiempos que eran, solo tenían una tumba sin marcar.

Pasó la mano alrededor de su cuello y cortó la cuerda de cuero que sostenía su piedra alman —lo único que quedaba del legado de Rodrigue— y se metió el cristal blanco y dentado en el bolsillo que había cosido en el interior de su túnica gris. La piedra descansaba al lado de un solo frasquito de cristal que llevaban todos los espías Moria del reino, justo donde el corazón. ¿Cuántos secretos más tendría que reunir hasta que pudiera descansar?

Aquella noche no iba a haber descanso. Con todas sus fuerzas, Celeste empujó el cuerpo hacia la tumba que lo estaba esperando y se dispuso a echar la montaña de tierra por encima de él.

Otro Moria muerto. Otro rebelde muerto.

El caballo relinchó y dio patadas a las sombras mientras Celeste recogía la lámpara y la pala. Tenía que volver al pueblo antes del amanecer. Se montó en el corcel y hundió los tobillos en los costados del animal. El viento le azotaba la cara, los cascos aporreaban un camino de polvo y las estrellas relucían en el cielo.

Con una mano bien agarrada a las riendas, Celeste no dejaba de comprobar que la piedra alman de Rodrigue siguiera estando en su bolsillo. Todas sus esperanzas y el futuro de su gente estaban contenidos dentro de aquel trozo de piedra, extraído de las venas que recorrían la profundidad de las cadenas montañosas del reino. Hubo un tiempo en que el paisaje de los Acantilados de Memoria estuvo repleto de piedra alman. Pero encontrarla ahora eran tan raro como un milagro. Antes se utilizaba para la construcción de templos y estatuas dedicadas a la diosa, y los artesanos de las tierras vecinas hacían piedras preciosas y relicarios con ella. Pero para los Morias, agraciados con los poderes de la Señora de las Sombras, siempre fue mucho más que una piedra. Sus prismas transformaban el entorno del momento en un recuerdo viviente. La información que obtuvo Rodrigue era algo por lo que merecía la pena morir. Celeste tenía que creerlo.

Rezó a Nuestra Señora de los Susurros para que aquel fuera el día en que llegara la ayuda. Habían pasado ocho días exactamente desde que envió al mensajero a los Susurros, y nueve desde que Rodrigue llegó a su puerta medio muerto, con noticias tan aterradoras que hasta a ella, que tenía el corazón endurecido, le dio un vuelco. Rodrigue había sobrevivido casi un mes bajo la tortura del Brazo de la Justicia, y luego, al viaje desde la capital. Eso bastaría para que cualquiera se volviera loco y viera cosas.

Pero si fuera verdad…

No había peor destino para el reino. El mundo se vería obligado a inclinarse ante Puerto Leones. Arreó más fuerte al caballo mientras agarraba las riendas con tanta fuerza como presión sentía en el pecho.

Por fin, el caballo golpeó con los cascos el camino de tierra de Esmeraldas. El poblado aún dormía, pero ella bordeó la plaza para evitar el suelo empedrado que despertaría a sus vecinos. A pesar de la oscuridad, no podía deshacerse de la sensación de que la estaban observando.

Celeste bajó del caballo y lo devolvió al pequeño establo. Solo tenía que llegar hasta la puerta, y entonces estaría a salvo en el hogar de sus anfitriones.

Se abrió paso entre las hileras de espinos y matorrales, con la esperanza de que Emilia no hubiera perdido horas de sueño por esperarla despierta. Durante los muchos años que pasó siendo la maestra de espías de los Susurros, Celeste había considerado su hogar muchos lugares, pero ninguno le había resultado tan acogedor como el de Emilia Siriano y su familia. La conocían como Celeste Porto: viuda, matrona, cuidadora. Aunque acostumbrados al insomnio que sufría, jamás les había traído ningún problema. En cuanto amaneciera, Celeste tendría que explicar por qué no podían enterrar a Rodrigue en el cementerio y por qué no lo reclamaría ningún familiar. Ella y los Susurros eran toda la familia que tenía.

Al girar la llave en la puerta lateral de la cocina, Celeste se detuvo y escuchó. El silencio quedó interrumpido por el seco crepitar del fuego y el frufrú de su mantón al entrar en el lugar. Las ascuas rojas que había en el fuego emitían una luz cálida. Celeste se moría de sueño, pero los Siriano se levantarían pronto. Las noches en Esmeraldas no solían ser tan frías en aquella época del año, pero cualquier excusa le valía para encender un fuego y mantener las manos ocupadas con tareas sencillas. Ese era su regalo para aquel hogar, junto con la mejor hogaza de pan.

Las notas de humo se mezclaban con la brisa dulce y con olor a hierba que atravesaba la ventana mientras Celeste se calentaba el rostro azotado por el viento en la chimenea. Las llamas se tragaban las astillas y alcanzaban los extremos de los troncos secos. En momentos así le resultaba fácil creer que no era más que una sirvienta con una vida sencilla, pero tras décadas escondiéndose a plena vista, sus sentidos no le permitían descansar. Identificó dos olores que no habían estado ahí cuando se marchó: aceites de unción y cuerpos sin lavar. Se acordó de que había cerrado todas las puertas y ventanas antes de sacar a Rodrigue a rastras.

Dio un respingo.

—Celeste San Marina —dijo una voz clara y cortante al mismo tiempo que el fuego creciente iluminaba las esquinas en la oscuridad. Un hombre se levantó de una silla con una elegancia mortífera—. Esperaba que nuestros caminos se volvieran a cruzar.

Celeste se quedó sin respiración. Aunque él solo llevaba una túnica blanca y arrugada con unos pantalones marrones para montar, ella habría reconocido aquel majestuoso rostro en cualquier lugar. El último hijo superviviente del rey Fernando. Lo llamaban de muchas maneras, pero nunca pronunciaban su nombre, como si temieran que al hacerlo, de algún modo, fueran a evocar lo mismo que él, sin importar el lugar ni el momento.

Príncipe Dorado.

Príncipe Sanguinario.

La Furia del León.

Matahermano.

Al acercarse un paso hacia ella en la luz tenue, Celeste casi pudo ver el fantasma del niño que había sido durante la época que había pasado en palacio. Un niño curioso de cabello dorado. Un niño que crecería y llegaría a ser peor que su padre.

La única manera en que ella lo había llamado era Castian.

Antes de que Celeste pudiera echar a correr, el príncipe hizo un gesto con la mano enguantada y dos soldados entraron desde el pasillo. Uno de ellos la tomó del cuello con una mano rolliza, el otro bloqueó la puerta de la cocina.

—Podemos hacerlo de manera sencilla —dijo Castian con una voz profunda y estable mientras se acercaba a ellos. Se quitó los guantes de cuero fino y reveló unas manos que no parecían propias de un príncipe, llenas de callos y con los nudillos cubiertos de cicatrices por todos los años de duro entrenamiento y de luchas—. Dime dónde está, y haré que tu muerte sea rápida e indolora.

—La vida bajo el reinado de tu familia no es ni rápida ni indolora —dijo Celeste lentamente con una voz ronca. Había esperado que llegara el día en el que volviera a tenerlo cara a cara—. No confío en que la Furia del León haga honor a su palabra.

—¿Despúes de todo lo que has hecho eres tú quien no confía en mí?

La cocina parecía encogerse con la presencia del príncipe. Celeste podía saborear las emociones del joven en el aire. Su enfado era un trago amargo que supondría la perdición de la mujer, pero eso hacía mucho tiempo que lo sabía. Lo único que podía hacer por los rebeldes era detenerse y llevarse sus secretos al otro lado.

Uno de los soldados hundió los dedos en su tráquea y, afanándose por respirar, Celeste empezó a dar patadas. Le dolían todos los huesos y los músculos del cuerpo por las horas que se había pasado cavando y por las noches que se había pasado sin dormir desde la llegada de Rodrigue. Dirigió la vista hacia la puerta cerrada del dormitorio de la familia Siriano. ¿Qué les habían hecho el príncipe y sus hombres?

Entonces le vino un pensamiento horrible.

¿Acaso la habían traicionado los Siriano en cuanto se fue? Los Siriano, que la habían contratado y alojado, que habían creído en la paz entre toda la gente de Puerto Leones. El corazón, ya dañado, le dio un gran vuelco. Estaba desesperada; quería —necesitaba— respirar.

Dejó la idea de que la habían traicionado a un lado y se concentró en la piedra alman que seguía metida en su bolsillo. No podía dejar que la encontraran. Empezó a dar manotazos al guardia en las manos y a arañarle la piel que le quedaba al aire libre entre la manga y el guante, forzando la vista para ver más allá de los destellos de negro.

—Basta. —El príncipe levantó la mano y el soldado cesó en su agarre—. Los muertos no pueden hablar.

—Eso demuestra lo mucho que sabes sobre los muertos —dijo Celeste con voz ronca y se cayó de rodillas. Apoyó las manos sobre el suelo frío de piedra para mantener el equilibrio y tosió. Necesitaba tiempo para pensar, pero el príncipe no era conocido por su paciencia. Miró fijamente el fuego que había en la chimenea para centrarse. Antes de que Rodrigue sucumbiera a sus heridas, se había prometido hacer lo que hiciera falta para llevar aquella piedra alman a los Susurros. Deberían haber estado ahí. A no ser que el motivo por el que el príncipe estaba ahí fuera porque ya los habían capturado.

Por primera vez, la maestra de espías se dio cuenta de que tal vez jamás podría descansar. Al menos, no en aquella vida. Su cuerpo estaba envejeciendo y ya no servía para pelear. Todo cuanto tenía era el frasquito de cristal y su magia.

Con la mirada fija en el príncipe, Celeste giró el anillo grueso de cobre que llevaba en el dedo corazón y enseguida sintió la fuerza de su magia borboteando por sus venas al tiempo que el metal recargaba su poder de persuasión. Un zumbido prístino emergió de cada centímetro de su piel, se infiltró en el aire y lo condensó lo suficiente como para que al guardia le empezara a sudar la frente. Su don era tan antiguo como el tiempo, tan antiguo como los árboles, como los minerales y los metales que reforzaban el poder en sus venas, y quería soltarse. Examinó las emociones más débiles que había en la sala y recayó en los guardias. Era fácil aferrarse al miedo intensificado que le tenían, con sus músculos y tendones agarrotados y que los habían dejado petrificados en el lugar. Pero el príncipe estaba justo fuera de su alcance. Lo necesitaba más cerca. Lo bastante cerca como para tocarlo.

—Gracias a las estrellas que tu querida madre no está viva para ver en lo que te has convertido —dijo Celeste.

El príncipe avanzó, justo como ella quería. Celeste intensificó su magia. Al príncipe le caía el sudor por aquellos pómulos marcados, donde una cicatriz en forma de medialuna estropeaba sus facciones afiladas. Entonces Celeste San Marina miró fijamente a los ojos del príncipe Castian, azules como el mar por el que lo bautizaron, y se enfrentó a su mayor pesadilla.

—No te atrevas a hablar de ella —dijo el príncipe, y colocó la mano sobre la boca de Celeste.

Al entrar en contacto, Celeste actuó con rapidez. Su magia se desplazó desde su cuerpo hasta el del joven príncipe, como si fuera una ráfaga de viento circulando entre ellos. Cerró los ojos y buscó una emoción de la que apoderarse: pena, odio, enfado. Si pudiera agarrar aquello que lo hacía ser tan cruel, podría sacarlo y asfixiarlo.

Con su don como Persuári, era capaz de tomar una fracción de cualquier emoción que existiera dentro de alguien y darle vida, amplificarla hasta convertirla en acción. Conocía todos los colores que conformaban el alma de una persona: el blanco estrella de la esperanza, el verde lodo de la envidia, el granate del amor. Pero al concentrarse en el príncipe, lo único que podía ver era un gris pálido y apagado.

Castian apartó la mano de su mandíbula y Celeste empezó a jadear en un intento por recuperar el aliento. La cabeza le daba vueltas. Las emociones de todo el mundo se expresaban en colores. El gris pertenecía a quienes partían de los mundos y se desvanecían en la nada. ¿Por qué era distinto con él? Celeste no sabía de nada que pudiera bloquear los poderes de los Morias... Cesó su magia y se vio obligada a soltar a los guardias petrificados. Estos cayeron de rodillas, pero bastó que su comandante les hiciera un gesto con la mano para que volvieran a ponerse en pie y prestaran atención.

El príncipe tenía una sonrisa malévola ante su triunfo.

—¿De verdad creías que volvería a enfrentarme a ti sin tomar precauciones contra tu magia?

—¿Qué te has hecho, Castian? —consiguió decir Celeste antes de que unas manos ásperas la agarraran por los hombros y la arrastraran hacia la mesita de madera que había frente a la chimenea. El soldado la estampó contra una silla y la agarró para que se estuviera quieta.

—Soy aquello en lo que me has convertido —contestó en voz baja para que solo la oyera ella. Celeste podía oler su rabia—. ¡Llevo tanto tiempo soñando con encontraros!

—No nos vas a encontrar a todos. El reino de Memoria volverá a alzarse.

—¡Basta de trucos y mentiras! —dijo, pronunciando cada palabra como si estuviera absolutamente convencido—: Sé todo lo que hiciste.

—Es imposible que sepas todo lo que he hecho, principito. —Celeste quería jugar con él, dejarle claro que no lo temía ni a él ni a la muerte.

»¿Qué quiere hacer un príncipe con una humilde fugitiva? ¿O es que los ejércitos del rey están tan mermados que ha mandado a su único hijo con vida en mitad de la noche? Creía que te encantaba tener público durante tus ejecuciones.

—Nada de eso —exclamó el príncipe, a quien le ardía el temperamento como una mecha encendida—. ¡¡Dónde está!?

—Muerto —escupió Celeste—. Rodrigue está muerto.

Castian soltó un rugido de frustración y bajó el rostro a la altura del de ella.

—No me refiero al espía, sino a Dez. Quiero a Dez.

Celeste apretó los dientes. Su magia ya no podía ayudarla. Había sobrevivido a la rebelión ocho años atrás, a la prisión y a décadas de esconderse y recabar información a lo largo de Puerto Leones, pero sabía que no sobreviviría al príncipe Castian. Mientras la piedra alman estuviera a salvo, podría hacer las paces consigo misma.

—Si sabes todo lo que he hecho, príncipe mío, deberías saber que jamás te lo diría.

En su corazón no había espacio para el remordimiento. Solo existía la causa, y volvería a hacer una y otra vez cada una de las cosas horribles que había hecho por el bien de su gente.

El príncipe Castian se cruzó de brazos, y se le puso una sonrisa perpleja en los labios cuando se abrió la puerta lateral.

—Tal vez se lo digas a ella.

A Celeste se le heló la sangre cuando otro soldado atravesó la puerta de la cocina acompañado de una joven mujer. A la maestra de espías le costó ubicar a aquella muchacha de piel olivácea que tan pálida estaba, demacrada como si la hubieran consumido las sanguijuelas. Cuando la reconoció, los ojos se le anegaron de lágrimas que hacía tiempo que creía que se le habían acabado. Celeste conocía a aquella muchacha.

Lucia Zambrano, lectora de mentes para los Susurros, conocida por sus ojos de color marrón brillante y por una risa dulce que hacía que fuera fácil enamorarse de ella, como le había pasado a Rodrigue. A Rodrigue, cuya tumba era tan reciente que Celeste aún tenía tierra bajo las uñas. Lucia era aguda, tan rápida como sus pasos, y ambas cosas fueron útiles durante su época como espía de Celeste en Ciudadela Crescenti. Celeste se había enterado de que habían capturado a Lucia durante un asalto, y después de las historias que contó Rodrigue sobre lo que ocurría en las mazmorras, se había temido lo peor.

Aquello fue cuando aún creía que lo peor que le podía ocurrir a un Moria era una muerte lenta y dolorosa.

El rey ha descubierto un destino peor que la muerte, pensaba ahora Celeste, incapaz de apartar los ojos de Lucia. Su mirada estaba vacía como una casa en la que habían apagado las luces. Tenía los labios cortados y una película blanca en las comisuras, y la piel demasiado tirante sobre sobre sus huesos y venas.

—Acércate más, Lucia —dijo Castian.

Los movimientos de la muchacha parecían responder a la voz del príncipe. Dio unos pasos lentos, con la mirada vacía y centrada en el fuego que había en la chimenea detrás de Celeste.

—¿Qué le has hecho? —preguntó Celeste con un hilo de voz.

—Lo que les haremos a todos los Morias a no ser que me digas lo que quiero saber.

Entonces se dio cuenta de algo que la atravesó por completo: Rodrigue tenía razón. Rodrigue tenía razón. ¡Rodrigue tenía razón! ¿Cómo iba a proteger la piedra alman ahora? De algún modo, Castian era inmune a su magia, pero podía poner todo su empeño contra los guardias. Y entonces ¿qué? No conseguiría atravesar los puntos de control que había en el puente sin los documentos para viajar. Tenía que quedarse ahí y que la encontraran los Susurros, aunque fuera sin vida.

—Este será tu futuro a no ser que me digas dónde está Dez —dijo Castian en voz más alta e impaciente.

Celeste dirigió un momento la mirada hacia la puerta cerrada donde dormían los Siriano. No, nadie era capaz de dormir entre tanto alboroto. Estaban muertos. O la habían abandonado.

A Celeste le dio un vuelco el estómago porque ya daba igual. No le quedaban opciones; sabía lo que tenía que hacer, y aquello la superó. Apenas le dio tiempo a girarse antes de vomitar. El soldado echó pestes y se sacudió el vómito de la mano, pero le bastó con mirar al Príncipe Dorado una sola vez para mantener la otra mano con firmeza sobre el hombro de Celeste.

—No lo volveré a preguntar —dijo el príncipe, cuyo rostro era una máscara despiadada a solo unos centímetros de distancia—. Haré que este pueblo arda hasta sus cimientos contigo en él.

Celeste sabía que solo tenía un momento para hacer las cosas bien. Lo único que tenía que hacer era esconder la piedra alman para que otro Moria la encontrara. Los espías de Illan eran listos, y si no, rezaría a Nuestra Señora de las Sombras para que los guiara. Después de eso, lucharía hasta que ya no pudiera más, pero no la capturarían con vida.

A pesar del dolor, a pesar de la bilis que se le acumulaba en la lengua y amenazaba con atragantarla, Celeste, al fin, empezó a reírse.

Un momento, una vida.

Deseó tener algo más que ofrecerles a los Susurros.

El príncipe la agarró del pelo con el puño y la separó del soldado.

—¿Te ríes ante el destino de los tuyos?

Celeste parpadeó para enfocar la visión y le devolvió la mirada al príncipe.

—Me río porque no vas a ganar. Somos una llama que nunca se consumirá.

Entonces estampó la frente contra el rostro del príncipe.

Él la soltó y se llevó las manos a la nariz, que le empezó a sangrar.

En aquel momento, Celeste quedó libre y se alejó rodando por el suelo. Con unos dedos rápidos sacó el contenido que tenía escondido sobre el pecho. El guardia se abalanzó hacia ella, pero Celeste agarró la lámpara de aceite que había sobre la mesa y se la arrojó. El cristal se hizo añicos contra el pecho del guardia, y él se puso a gritar cuando las llamas alcanzaron su ropa, ungida con aceites que se suponía que lo iban a proteger.

Era una manera fea de morir, y no iba a ser el destino de Celeste. Metió la mano en el bolsillo de su túnica y sujetó el frasquito de cristal para que lo viera el príncipe.

—Estás loca —exclamó él, que avanzó con pasos pesados para detenerla.

Celeste susurró una plegaria a la Señora: *Perdóname. Perdóname por mi pasado. Recíbeme al fin.*

Se tragó los contenidos del frasquito y se metió la piedra que protegería con su vida en la boca. Cedió ante el aturdimiento del veneno que le recorría el cuerpo, un frío que solo había sentido al nadar en los lagos de la montaña al lado de su casa de la infancia. Al cerrar los ojos, vio aquella agua azul oscuro, sintió la calma de estar flotando durante horas, pero seguía oyendo al príncipe llamándola por su nombre, los gritos de los guardias, el crepitar de las llamas.

Celeste San Marina cavó una segunda tumba al amanecer.

La suya estaba hecha de fuego.

1

Después de un tiempo, todos los pueblos en llamas huelen igual.

Desde lo alto de una colina, veo el fuego consumir el pueblo agrícola de Esmeraldas. Hogares de madera y tejados de arcilla color siena. Balas de heno en medio de un mar de hierba dorada. Huertos con tomates maduros, arbustos de tomillo y laurel. Todo es típico de Puerto Leones, pero aquí, en la provincia oriental del reino, el fuego está arrasando otra cosa: manzanilla.

Esta flor, engañosamente amarga con un corazón amarillo y una melena blanca de pétalos afilados, es preciada por sus propiedades curativas no solo en nuestro reino, sino a lo largo de las tierras del mar Castiano, y asegura un flujo continuo de oro y comida a este rinconcito del país. En Esmeraldas, donde la manzanilla crece de manera silvestre y en tanta cantidad que acapara campos enteros, su dulzura tapa de manera momentánea el olor punzante de la lana casera y las muñecas de trapo, abandonadas entre prisas mientras los habitantes corrían por los caminos de tierra para escapar de las llamas.

Pero nada cubre el olor de la carne quemada.

—Madre de Todo… —empiezo con la oración. Son palabras que los Morias utilizan cuando alguien está yendo de esta vida hacia la otra. Pero me vienen recuerdos de un fuego diferente, de gritos y llantos desesperados. Se me hace un nudo pesado en la garganta. Respiro de manera profunda e intento recomponerme, pero sigo sin poder decir la oración en voz alta. Por eso, la pienso: *Madre de Todo, bendice esta alma en la inmensidad de lo desconocido.*

Me aparto de las llamas justo cuando veo a Dez marchando detrás de mí. Con sus ojos de color marrón miel observa la escena que tenemos abajo. Tiene la piel tostada llena de suciedad de haber estado abriéndose paso por los bosques que hay alrededor del norte de Esmeraldas. Se pasa los dedos por su cabello negro, grueso y enredado, y se le expande el pecho musculoso ante las rápidas respiraciones que da en su intento por recomponerse. Toca la espada que lleva en la cadera del mismo modo en que un niño alcanzaría su juguete favorito para encontrar consuelo.

—No lo entiendo —dice Dez. A pesar de todo por lo que hemos pasado, sigue buscando explicación a por qué ocurren cosas malas.

—¿Qué hay que entender? —digo yo, aunque el enfado que siento no es hacia él—. Hemos convertido un viaje de seis días en uno de cuatro a fuerza de voluntad, y ni aun así hemos sido lo bastante rápidos.

Ojalá tuviera algo a lo que golpear. Me conformo con darle una patada a un conjunto de piedras y me arrepiento cuando el polvo se levanta a nuestro alrededor. El viento cambia y se lleva el humo. Me hundo en las botas como si permanecer en este lugar fuera a ralentizar el latido de mi corazón, como si fuera a conseguir que mi mente dejara de pensar. *Es demasiado tarde. Siempre llegas demasiado tarde.*

—Por el aspecto que tiene, esto lleva ardiendo medio día. Jamás habríamos llegado a tiempo para detenerlo. Pero las exportaciones de Esmeraldas valen su peso en oro. ¿Por qué iba a pegarle fuego la Justicia del Rey?

Me vuelvo a anudar el pañuelo verde bosque al cuello.

—El mensaje de Celeste decía que lo que descubrió Rodrigue cambiaría el curso de nuestra guerra. No querían que se hallara.

—Puede que aún quede esperanza —dice Dez. Cuando se da la vuelta hacia el pueblo que hay a los pies de la colina, hay un nuevo fervor en su mirada.

O puede que toda esperanza esté perdida, pienso. Yo no soy como Dez. Los otros Susurros no acuden a mí buscando esperanza o discursos conmovedores. Tal vez sea mejor que él sea el líder de nuestra unidad y no yo. Yo conozco dos verdades. Primero, que la Justicia del Rey no se detendrá ante nada para destruir a sus enemigos; segundo, que estamos enzarzados en una guerra que no podemos ganar. Pero sigo luchando, tal vez porque sea lo único que he conocido, o tal vez porque la alternativa sea morir, y no puedo hacerlo hasta que haya pagado por mis pecados.

—¿Crees que Celeste está...?

—Muerta —responde Dez. Tiene la mirada fija en el pueblo, en lo que queda de él. Hay un ligero temblor en el filo de su mandíbula; su piel está más oscura después del viaje que hemos hecho al sol.

—O la han capturado —sugiero.

Él sacude la cabeza una vez.

—Celeste no permitiría que la atraparan. No con vida.

—Tenemos que saberlo con certeza.

Saco un pequeño catalejo del interior del bolsillo de mi chaleco de cuero y vuelvo a la linde del bosque. Giro las lentes hasta que encuentro lo que estoy buscando.

Una luz brillante reluce entre los árboles y destella dos veces. Aunque no puedo adivinar su cara, sé que es Sayida esperando con el resto de la unidad a que demos la señal. Saco un espejo cuadrado para devolver la señal. No me hace falta comunicar que la ciudad está incendiada ni que hemos venido hasta aquí para nada. Ya deberían estar viendo el humo. Tan solo señalo que hemos llegado.

—Vuelve con los demás. La Segunda Batida llegará pronto —dice Dez. Entonces, suaviza la voz. De repente, ya no es el líder de mi unidad, sino algo más. El muchacho que me rescató hace casi una década. Mi único amigo verdadero—. No tendrías que ver esto.

Pasa el pulgar de manera suave por el dorso de mi mano, y yo me detengo para no buscar consuelo en sus brazos, como siempre estoy tentada de hacer. Hace una semana hubo un asalto cerca de nuestro refugio, y estaba segura de que nos iban a capturar. No sé cómo conseguimos meternos en un cajón que se utiliza para guardar los cargamentos de ladrillos de arenisca, con los brazos enredados. El beso que nos dimos entonces habría sido romántico si no hubiéramos tenido la sensación de estar embutidos en un ataúd y con la certeza de que nos habíamos quedado sin suerte.

Tomo el catalejo entre las manos y lo devuelvo al lugar en el que lo escondo.

—No.

—¿No? —Dez levanta una ceja e intenta hacer una mueca para que su rostro se convierta en una máscara temible—. No hay recuerdos que robar aquí. Yo puedo acabar con la tarea.

Cruzo los brazos sobre el pecho y cubro la distancia que hay entre nosotros. Dez me saca una cabeza, y como líder de mi unidad, podría ordenar que lo escuchara. Le aguanto la mirada y lo reto a que la retire él antes.

Lo hace.

Desvía la mirada hacia el lateral de mi cuello, hacia la cicatriz que tengo larga como un dedo, cortesía de un guardia real durante nuestra última misión. Dez me alcanza los hombros con las manos, y yo siento una ligera tentación enroscándose en mi corazón. Preferiría que me diera una orden a que me dijera que está preocupado por mi seguridad.

Doy un paso atrás, pero veo en su rostro el momento en que se siente herido.

—No puedo volver con los Susurros siendo un fracaso. Otra vez no.

—No lo eres —dice él.

Durante nuestra última misión, la Unidad Lince tenía la tarea de encontrar un salvoconducto para que una familia comerciante, a cuyo padre había ejecutado el rey, subiera a un barco que iba a zarpar del reino. Casi habíamos llegado al astillero cuando me atraparon. Sé que lo hice todo bien. Tenía los documentos correctos y llevaba un vestido cubierto de flores bordadas como la hija decente de un granjero. Mi trabajo consistía en arrebatarle recuerdos al guardia, los suficientes como para confundirlo y que nos diera información sobre los barcos que iban a arribar y zarpar del puerto de Salinas. Algo en mí no le gustó al guardia, y para cuando quise darme cuenta, ya estaba desenvainando la espada para defenderme. Ganamos, y la familia lleva dos meses en algún lugar del imperio de Luzou. Me costó diez puntos y una semana sudando fiebre en la enfermería. Pero no podemos mostrar nuestros rostros en esa ciudad para ayudar a otras familias. En estos dos meses la Justicia del Rey ha doblado los guardias que tiene ahí. Se supone que nuestra presencia tiene que ser silenciosa, que nuestras unidades tienen que ser sombras. Salvamos a una familia, pero ¿qué pasa con las otras que están atrapadas en la ciudadela y que viven con miedo a que descubran su magia? Aunque Dez tenga razón y yo no sea ningún fracaso, sigo siendo un riesgo.

—Tengo que ser yo quien encuentre la piedra alman, y tengo que ser yo quien se la devuelva a tu padre.

Se le pone una sonrisa en los labios.

—Y yo que pensaba que era yo quien buscaba la gloria entre nosotros.

—Yo no quiero gloria —digo, y suelto una risa amarga—. Ni siquiera quiero que me alaben.

El viento vuelve a cambiar y el humo nos rodea. Cuando lo miro, podría ser uno de mis recuerdos robados, cubierto en una capa de gris, distante y cercano a la vez, mientras me pregunta:

—Entonces, ¿qué quieres?

El corazón me da un vuelco doloroso, porque la respuesta es complicada. Él, más que nadie, debería saberlo. Pero ¿cómo? Si hasta en los momentos en los que estoy segurísima de la respuesta, me vence un nuevo tipo de deseo... Me conformo con las palabras más sencillas y verdaderas que encuentro.

—Perdón. Quiero que los Susurros sepan que no soy una traidora. El único modo en que sé que puedo hacerlo es consiguiendo meter al máximo número de Morias posibles en el siguiente barco hacia Luzou.

—Nadie piensa que seas una traidora —dice Dez, dejando de lado mi preocupación con un gesto despreocupado de la mano. Me duele que le reste importancia, aunque sé que lo cree—. Mi padre confía en ti. Yo confío en ti. Y como la Unidad Lince está bajo mi mando, eso es lo que importa.

—¿Cómo vas por ahí con esa cabeza tan grande, Dez?

—Me las apaño.

Yo seguiría rebuscando entre las basuras si Dez no le hubiera pedido a su padre y a los otros ancianos que me entrenaran como espía. Mi habilidad ha resultado útil a la hora de salvar a los Morias que había atrapados en las fronteras de Puerto Leones, pero ninguno de los nuestros quiere que una ladrona de recuerdos como yo se encuentre entre ellos. Los Robári son el motivo por el que perdimos la guerra, aunque nuestro lado haya estado en el bando de los per-dedores desde hace décadas. No se puede confiar en los Robári. No se puede confiar en mí.

Dez confía en mí a pesar de todo lo que he hecho. Yo pondría mi vida en sus manos: lo he hecho con anterioridad y lo volveré a hacer. Pero para él, todo llega con mucha facilidad. Y no lo ve. Dez es el más listo y el más valiente entre los Susurros. También el más temerario, pero eso es lo que lo hace ser Dez, y lo aceptan. Aun así, yo sé que aunque fuera igual de lista e igual de valiente, seguiría siendo la muchacha que provocó miles de muertes.

Jamás dejaré de intentar demostrarles que soy más. Ver lo destrozada que ha quedado Esmeraldas hace que sea mucho más difícil aferrarse a la poca esperanza que tengo.

—Vamos a ir juntos —digo—. Puedo controlarme.

Él refunfuña en voz baja y me da la espalda. Yo lucho contra el impulso de alcanzarlo. Ambos sabemos que no me va a decir que me vaya. No puede. Dez se pasa los dedos por el cabello y vuelve a hacerse una coleta en la nuca. Aprieta sus oscuras cejas hasta que quedan juntas y, en ese momento, cede.

—A veces, Ren, me pregunto quién es el Persuári, si tú o yo. Nos encontraremos en el bosque de los Linces o…

—… O me dejarás a merced de la Segunda Batida por ser demasiado lenta —intento decir en tono humorístico, pero nada detiene los pálpitos de mi corazón, la presión de los recuerdos para que los libere—. Conozco el plan, Dez.

Empiezo a darme la vuelta con una nueva determinación corriendo por mis venas, pero él me agarra por la muñeca y tira de mí para que vuelva con él.

—No. O iré a buscarte y mataré a cualquiera que intente detenerme. —Dez me da un beso rápido y fuerte en los labios. Le da igual que los demás nos estén mirando a través de los catalejos, pero a mí no. Me zafo de él y me quedo con un dolor pesado entre las costillas. Cuando sonríe, siento un deseo embriagador que no tiene cabida aquí.

—Encuentra la piedra alman —dice. Vuelve a ser Dez. El líder de mi unidad. Soldado. Rebelde—. Celeste quiere que nos encontremos en la plaza del pueblo. Buscaré supervivientes.

Le aprieto la mano, luego la suelto y digo:

—Con la luz de Nuestra Señora, seguimos adelante.

—Seguimos adelante —repite él.

Reúno toda la energía nerviosa que tengo en el cuerpo en las piernas. Respiro aire fresco por última vez antes de colocarme el pañuelo sobre la mitad inferior del rostro, y luego me echo a correr a su lado. Bajamos la colina desde nuestro punto de observación y nos adentramos en las calles en llamas que hay abajo. Para ser alguien con una envergadura tan alta y ancha, Dez es rápido. Pero yo lo soy más, y llego primero a la plaza. Me digo que no debo echar la vista atrás hacia él, que debo seguir. Pero lo hago, y él también me está mirando.

Nos separamos.

Me adentro aún más en las ruinas de Esmeraldas. Las llamas, que son tan grandes como las casas, no crepitan, sino que rugen. El calor de los adoquines que están ardiendo es asfixiante, y el sonido de las vigas del techo al derrumbarse me pone los pelos de punta al tiempo que las casas se desmoronan a lo largo de la calle. Rezo en silencio por que quienes vivan ahí ya hayan salido con vida. El humo hace que me lloren los ojos.

En la plaza, el fuego se ha tragado cada edificio que ha tocado y no ha dejado más que ruinas negras. El suelo tiene cientos de marcas de pisadas, todas ellas en dirección el este, hacia la ciudad de Agata. A estas alturas ya casi no queda nadie en Esmeraldas. Lo sé por el espeluznante silencio que hay.

Lo único que queda intacto es la catedral y la plaza de castigo, que está enfrente. Dios y tortura: las dos cosas que más aprecia el rey de Puerto Leones.

Hay algo familiar en la piedra de color blanco roto de la catedral, en las llamas cercanas que centellean sobre las vidrieras. A pesar de que nunca he estado en Esmeraldas, no puedo quitarme la impresión de haber caminado por esta misma calle con anterioridad.

Me sacudo la sensación y avanzo por la plaza de castigo. En ocasiones, si les da tiempo, los Morias a los que han condenado esconden mensajes o paquetitos en el último lugar en el que los hombres del rey pensarían en mirar. ¿Y qué mejor lugar que ahí a donde llevan a los acusados a morir?

La piedra alman no llama la atención por sí misma, pero cuando captura recuerdos, brilla como si la hubieran rellenado de luz de estrella. Antes del mandato del rey Fernando, era común encontrarla. Pero ahora, con los templos profanados y las minas secas, es una suerte que los Morias la encuentren. Si a Celeste, la maestra de espías, la hubieran avisado con tiempo suficiente, habría escondido la piedra alman de Rodrigue para que los Susurros se la llevaran.

—¿Qué te ha pasado, Celeste? —pregunto en voz alta, pero solo recibo el crepitar del fuego por respuesta, y continúo con mi búsqueda.

El patíbulo está lleno de largas hendiduras provocadas por los golpes del verdugo y su espada mortífera. La madera es oscura y está manchada de sangre seca. Mientras paso las manos a lo largo de la base, doy las gracias por llevar siempre guantes. Pensar en las cabezas rodando, en los cuerpos colgando, en la gente encerrada en los potreros y recibiendo palizas sin sentido... Se me gira el estómago y me tiemblan las piernas. Mi cuerpo reacciona hacia la sangre de la misma manera que hacia el fuego. Y ese es precisamente el motivo por el que me obligo a estar aquí.

Me desplazo hacia la horca. Qué pueblo más pequeño es Esmeraldas. Me pregunto de dónde sacan el tiempo para llevar a cabo tantas formas de ejecución. Me arrodillo y paso las manos a lo largo de los tablones de madera que hay debajo de la horca buscando algo roto o un tablón suelto. Nada. Camino por la plaza de castigo, pero lo único que encuentro es una cuerda fina de cuero con una larga tira de carne seca sobre ella. Se me sube la bilis a la garganta. Suelto el látigo, y cuando lo hago, me recorre una sensación extrañísima de recordar algo, y un recuerdo vívido —uno que no me pertenece, pero que es mío— se me viene a la cabeza.

Aprieto los ojos hasta cerrarlos y me llevo las manos hacia las sienes. Hace meses que he perdido el control de los recuerdos que viven en mi cabeza. Un humo silencioso aparece en mi mente, y luego se disipa para revelar una escena a la que le han extraído todo color. Me veo obligada a revivir un pasado robado cuando la zona gris se abre un poquito. Veo la misma calle, la misma plaza, pero como era antes del incendio...

Un hombre agarra bien un árbol recién talado y lo arrastra por esta calle. Le duelen los hombros, pero los guantes finos que lleva lo protegen de las astillas. Avanza a trompicones con sus botas cubiertas de barro por los adoquines azules y grises y se adentra en el corazón del pueblo. Una multitud se reúne frente a la catedral. Es el sexto día del Almanar, y sus vecinos llevan ramas, muebles rotos, árboles talados. Lo van amontonando en una hoguera hasta que nadie es capaz de llegar a la parte más alta. La música se escapa por las puertas abiertas de las cantinas. Los tamborileros han llegado y azotan el cuero al ritmo de las canciones festivas. Las parejas bailan y las antorchas se encienden. Él ve los rostros que ha estado esperando: su mujer y su hijo van corriendo hacia él. Lo ayudan a arrastrar el árbol hacia la hoguera, es su ofrenda para el festival de Almanar. Juntos, cantan y bailan y ven cómo arde la hoguera.

Ahora sé por qué Esmeraldas me ha resultado tan familiar. Cada recuerdo que he robado es parte de mí. Me ha llevado años de entrenamiento apartarlos, dejarlos en compartimentos cerrados. Pero a veces encuentran la manera de salir. Debería dar las gracias a las estrellas por que el recuerdo que se ha escapado del acorazado de mi mente haya sido uno alegre: una cosecha rural en la que todo el mundo se junta para dejar atrás el año anterior. Aun así, me tiemblan las manos y el sudor me cae por la espalda. Ya no quiero mirarlo. Me fuerzo a salir de la zona gris y vuelvo a meter el recuerdo en la oscuridad, donde pertenece. He oído llamar a esto la maldición de los Robári. Maldición o no, no puedo permitir que se entrometa en la búsqueda de la piedra alman.

Me pican los ojos por el humo y un dolor punzante me apuñala la sien. Me pongo en pie forzando mis huesos cansados. Aquí no hay ninguna piedra alman. Si fuera Celeste, ¿a dónde me habría ido corriendo?

Entonces lo oigo. Un único sonido atravesando el aire.

Al principio, creo que es otro recuerdo no deseado que se escapa de la zona gris, pero se va haciendo tan claro como las campanas de la catedral en un día festivo. Es una voz pidiendo ayuda a gritos.

Hay alguien atrapado en Esmeraldas.

2

D icen que antes no era así. Que hubo un tiempo en el que los reinos de Puerto Leones y Memoria estaban en paz. Había prosperidad. Incluso cuando cayó Memoria, conquistada por la familia de los leones, hubo un tratado. Orden. Los nuestros no tuvimos que esconder nuestra magia, nuestro cuerpo, todo; por temor a un rey. Eso es lo que les contamos a nuestros niños: historias. Los Susurros ancianos dicen muchas cosas para que los días y las noches se pasen más rápido, pero para muchos de nosotros el mundo nunca ha dejado de arder.

Fue un incendio justo como este el que me hizo cambiar de arriba abajo. Incluso ahora, ocho años después, ese incendio vive en mis huesos, en mi sangre y en mis músculos. Es más fuerte que este, más fuerte que la zona gris incolora de los recuerdos que he robado. Lo que le dije a Dez sobre el perdón era la verdad, pero en el fondo sé que siempre voy a estar intentando escapar de unas llamas que jamás se extinguirán.

Me trago la ceniza que se adentra por la fuerza en mi nariz y boca, y bajo corriendo una calle estrecha siguiendo la voz desesperada. Me arrojo sobre los escombros que me bloquean el paso. El pañuelo no deja de caérseme. El humo me oscurece la vista, y casi me choco con un caballo que está bajando a embestidas por el camino. Me echo hacia un charco de lodo para esquivarlo.

Una puerta oscila en un establo que hay cerca. Es aquí, frente a una casita, donde más fuerte se oye el grito. Las llamas han arrasado con todo, y tengo la sensación de que este es el origen de la destrucción.

La puerta se queda entreabierta, y se oyen pasos grandes y pequeños en ambas direcciones. ¿Quién iba a volver a una casa quemada? Abro la puerta con un pie y espero un segundo. El techo ya ha cedido en la sala de estar. Las paredes blancas que quedan tienen manchas alargadas de color negro.

—¿Hola? —digo a gritos.

No obtengo ninguna respuesta.

Detrás de los escombros hay un pasillo que sigue en pie. No estoy segura de cuánto tiempo durará.

—¿Dónde estás? —vuelvo a gritar, metiéndome a la fuerza por el pasillo y en una cocina pequeña.

La habitación está nublada por el humo que queda y las ascuas latentes. Me aventuro a dar otro paso y con la mirada doy un repaso a la habitación. Hay una mesa de madera volcada y sillas talladas de manera tosca; una de ellas está hecha astillas. El siguiente paso que doy es sobre cristal roto, y descifro varios conjuntos de pisadas, oscurecidas por el barro y algo húmedo —¿aceite? ¿sangre?—. Me agacho y toco las sustancias. Cuando me las llevo a la punta de la lengua, puedo saborear ambas cosas. Escupo en el suelo.

Aquí debe haber habido una pelea terrible.

—¡Hola! —digo de nuevo, pero se me escapa todo el valor.

Dirijo la atención hacia la puerta de la cocina, que se abre y se cierra por la brisa. Siento un escalofrío recorriéndome el cuerpo y se me ponen los pelos de punta a modo de advertencia cuando me doy la vuelta hacia la chimenea. Hay un bulto enorme en el suelo, con trozos de cristal desparramados por todo su alrededor.

Doy un paso atrás tan rápido que me caigo.

No es un bulto.

Es una persona.

Cuando cierro los ojos, mis propios recuerdos son destellos brillantes que me ahogan. *El naranja y rojo abrasador del fuego, como la enorme boca de un dragón, devorando todo lo que hay.* Aporreo el suelo con el puño y el dolor me devuelve al presente.

Echo lo que he comido por la mañana hasta que ya no me queda nada más que bilis en la lengua. Me limpio la cara con la manga de mi túnica. Este no puede ser el sonido que he oído. Me tiro del pelo temiendo haber seguido uno de mis recuerdos vívidos por accidente, como la vez en que juré que una mujer se estaba ahogando en el lago y me zambullí y no encontré nada, o la vez en que estuve una semana sin dormir porque estaba segura de que había niños jugando en mi habitación, cantando una nana que me mantenía despierta durante toda la noche. Llevo toda mi vida con los fantasmas que he creado, y mientras esta casa gruñe contra el viento, juro que un día mi poder me conducirá a la muerte.

Me apoyo en las manos y las rodillas para ponerme en pie. Tengo que salir de aquí. Tengo que llegar al punto de encuentro antes de que Dez venga a buscarme. Un rayo de sol se cuela por la ventana de la cocina e ilumina el cristal centelleante junto con algo más, algo que tiene agarrado el cadáver con la mano.

Un anillo de cobre.

Me acerco poco a poco hacia el cuerpo y respiro por la boca, pero es peor, porque puedo saborear la muerte en el aire. Le doy la vuelta sabiendo que encontraré a una mujer. En mi corazón ya sé lo que me cuesta ver con los ojos. La mitad de su cuerpo está chamuscado, le aparto los escombros que quedan sobre su piel morena sin quemar. Tiene el pelo cano por la edad, sangre de color rojo intenso pegada alrededor de la boca y un solo ojo azul abierto y desprovisto de vida. Si me cruzara con ella en la plaza del pueblo, habría visto a cualquier mujer mayor del reino con ropa hecha en casa de color gris y negro.

Pero lo que la señala como una de los nuestros, como una Moria, es el anillo grueso de cobre. Los grabados intrincados reflejan su posición entre los ancianos de los Susurros, y el cobre me indica que es una Persuári. Me viene a la mente un verso de una rima cruel que se cantaba en las escuelas y las tabernas de todo el reino: «Un corazón de cobre para persuadir los sentidos». La inspecciono más de cerca y me doy cuenta de que tiene saliva seca de color verde en la barbilla. Es veneno.

—¡Ay, Celeste! —susurro con un dolor en el pecho mientras me meto en el bolsillo el anillo de cobre para llevárselo de vuelta a los ancianos. Tiene las muñecas llenas de moratones azulados, como si fueran pulseras. Debe haber luchado con fuerza. En la mano veo que tiene un frasquito de cristal en el que ya no queda el veneno que todos llevamos.

Fue Celeste quien insistió en que no apartaran a los Robári de los Susurros. La mayoría de los ancianos se negaron a entrenarnos, pero Celeste era diferente. Tenía la esperanza de que yo también fuera diferente con su ayuda. Durante la última década, el rey ha obligado a los Morias que vivían en paz en Puerto Leones a abandonar el reino. Celeste ha ayudado a que se queden familias y ha entrenado a los jóvenes para que utilicen sus poderes sin hacer daño a los demás.

Hago el símbolo de Nuestra Señora sobre su torso marcando la V que forma la constelación de la diosa.

—Descansa en su eterna sombra. —Y después susurro—: Lo siento.

Tengo que buscar la piedra alman en su cuerpo. Dez lo haría sin pensarlo, lo sé. Sayida quizá dudaría como yo, pero hemos venido aquí con una misión, así que aguanto la respiración y le retiro la capa cubierta de cenizas.

—¡Mamá! —trina una voz desde algún lugar del fondo de la casa—. ¿Mamá?

Es la voz de un niño. No estaba oyendo cosas. Aquí hay un superviviente. Sé que debería centrarme en mi tarea —encontrar la piedra alman—, pero la debilidad que hay en ese grito me atraviesa y me insta a alejarme de Celeste e ir hacia el fondo de la casa, donde descubro que hay otra puerta. No está cerrada, pero al intentar empujarla, hay un peso que bloquea el camino.

—¡No te muevas! —grito, con la voz amortiguada por el pañuelo—. ¡He venido a ayudarte!

—¡Estoy atrapado! —dice el niño entre sollozos—. Un hombre me ha intentado sacar, pero he vuelto corriendo y entonces todo se ha caído…

—Quédate ahí —digo, observando la puerta. Respiro hondo unas cuantas veces y entonces voy a la carga. Me estampo contra la puerta con todo mi peso, pero solo cede unos centímetros. Busco algo alrededor de la habitación que me ayude a empujar. Agarro una escoba que está apoyada en la pared y la uso como vara para calzarla en la apertura. Con toda la fuerza que soy capaz de reunir, empujo.

Centímetro a centímetro, la puerta se abre lo suficiente como para poder meterme en la habitación.

Cuando me ve, el muchacho lloriquea.

—¿Quién eres?

No puede tener más de cinco años —seis como máximo— y tiene unos ojos marrones enormes, la piel oscurecida por el humo y una melena de rizos castaña rojiza. Está anclado al suelo por una viga transversal de madera pesada, y tiene una muñeca de trapo bien agarrada con el puño. ¿Ese es el motivo por el que ha vuelto corriendo aquí? Debería haber echado a correr sin detenerse. Hubo un tiempo en el que yo podría haber sido este niño, a cuyos padres se ha llevado la Justicia del Rey. Gracias a la Madre que, al menos, no tiene ninguna herida externa.

—Ya te tengo —digo, asegurándome de que llevo el pañuelo bien atado sobre el rostro. Puede que solo sea un niño, pero es mejor que no me vea bien la cara. Al fin y al cabo, soy una Susurro.

El muchacho empieza a gritar:

—¡Mamá! ¡Mamá!

No me había dado cuenta del aspecto que debo tener para un niño atrapado en una casa a punto de derrumbarse: tengo la cara y las manos cubiertas de hollín y los ojos oscuros pintados con kohl. Llevo dagas en las caderas y unos guantes de cuero negro que intentan alcanzarlo. Yo tenía más o menos su edad cuando me raptaron, aunque los guardias de palacio llevaban una armadura muchísimo mejor.

—Por favor —ruego—. Por favor, no tengas miedo. No voy a hacerte daño.

Él no deja de gritar. El miedo que siente lo ahoga y tose más aún, hasta que se detiene un momento para tomar aire. Y en esa pausa oigo un silbido metálico y agudo atravesando el cielo. Es la señal de Esteban: la Segunda Batida ha llegado.

Por encima del ruido del fuego, del miedo en los gemidos del niño y del tronar de mi propio corazón, se oye el estruendo de unos cascos pisoteando la tierra reseca.

Me bajo el pañuelo y respiro de manera corta y superficial. Tenemos que salir de aquí. Ya. Extiendo la mano y le muestro al niño que quiero ayudarlo.

—No tengas miedo —le digo.

Estas palabras no significan nada para él. Lo sé. Pero también sé que no puedo dejar a este muchacho atrás y que muera, y no puedo esperar a que se calme antes de que nos encuentre la Segunda Batida.

El galope de los caballos se está acercando.

Agarro al niño por la muñeca. Los ancianos me han advertido que no utilice mi poder a no ser que sea sobre personas elegidas por ellos. No se fían de que pueda controlar mi magia. Pero sé que su efecto colateral lo dejará en un estupor indoloro el tiempo suficiente como para que pueda sacarlo de aquí y ponerlo a salvo.

El muchacho grita más fuerte y es incapaz de hacer otra cosa que no sea llamar a su madre. Sin soltarle la muñeca, muerdo la punta del guante y tiro, de modo que mi mano, fría y húmeda, queda expuesta. El guante cae al suelo al tiempo que el grito por una madre que no va a contestar me perfora el oído.

Así que hago lo que debo hacer. El motivo por el que me temen. Por el que los Susurros no confían en mí y por el que la Justicia del Rey me utilizó.

Robo un recuerdo.

Las cicatrices que sobresalen en las yemas de mis dedos entran en calor y queman como una cerilla sobre la carne desnuda. Al mismo tiempo, un resplandor brillante empieza a emanar de la punta de mis dedos. Cuando hago contacto piel con piel, el poder me quema y avanza por mi mente hasta que encuentra lo que está buscando. La magia cauteriza cicatrices frescas en mis manos mientras me aferro a algo tan resbaladizo y transmutable como un recuerdo. Cuando era una niña, chillaba y lloraba cada vez que utilizaba mi poder.

Pero ahora, el calor y el dolor hacen que me concentre. Entrar en la mente de alguien requiere un control y equilibrio completos. Una vez que se establece la conexión, hay una serie de cosas que pueden ir mal. Si lo suelto demasiado pronto, si nos interrumpen, si robo demasiados recuerdos, podría dejar su mente vacía.

Mientras mi poder se aferra a su recuerdo más reciente, me preparo para el impacto que supone examinar la mente de un niño.

No puede dormir. Papá y mamá lo han mandado a la cama, pero Francis quiere esperar a que la tía Celeste regrese de una de sus aventuras. Entonces oye pasos.

Clinc.

El ruido proviene de la cocina. ¡Puede que la tía Celeste haya vuelto! Francis se quita las sábanas. Con los pies fríos toca el suelo de baldosas de piedra. Puede que le haga compañía, que le cuente una de sus historias sobre las antiguas princesas de los reinos de Memoria y Zahara, que hace tiempo que desaparecieron. O de los viejos templos resplandecientes de los Morias, llenos de magia. La última vez, Celeste se llevó un dedo a los labios y le hizo prometer que jamás repetiría aquellas historias.

Se acerca de puntillas hacia la puerta y gira el pomo.

Se queda helado.

Hay unos hombres desconocidos en la cocina. Francis siente que su voz quiere salir para llamar a mamá y papá a gritos. Pero en el fondo siente un miedo tortuoso que le dice que se quede callado.

Hay un estruendo. Cristales rompiéndose.

Luego, fuego.

Hombres chillando. A uno de ellos lo alcanzan las llamas, por lo que se sacude y cruza la estancia corriendo.

Ve a la tía Celeste. Quiere llamarla, pero entonces ella se da la vuelta y hace algo muy extraño: mientras los guardias intentan apagar las llamas que van creciendo, ella se saca del bolsillo una piedra reluciente del tamaño de una manzana silvestre y se la traga.

El grito del muchacho se queda atorado en su pecho cuando la tía Celeste cae como un manojo de trigo. Al ver que no se levanta, a Francis le sale el grito de dentro:

—¡No!

Los guardias se giran hacia él. Francis se quiere mover, pero siente los pies como si fueran plomo.

—*Ve a por el niño* —dice uno de los hombres, cuyo cabello dorado le oscurece el rostro mientras está de pie sobre el cuerpo inmóvil de Celeste—. *Arresta a la familia.*

*Las llamas alcanzan la pared y se esparcen hacia lo alto y
hacia afuera.*

—Nadie puede saber que he estado aquí —susurra el hombre de cabello dorado—. Que arda.

Francis intenta salir corriendo por la ventana, pero una mano enorme lo agarra por la nuca...

Hay una luz blanca, un grito más fuerte que el recuerdo del niño. Algo va mal. Siento un dolor desgarrador en las sienes. La conexión se está rompiendo. Es como si estuviera cayendo directamente por un precipicio. Intento agarrarme a los hilos de magia que me conectan a la mente del muchacho, pero el estruendo del galope de la Segunda Batida me interrumpe y me desconcierto. Intento de manera frenética refrenar mi poder para salvaguardar lo que puedo del recuerdo del niño, pero me he aferrado y hay más recuerdos que se van tropezando, alcanzándose uno después de otro, oleadas de color mientras se van borrando de su mente e inundan la mía.

Me sacudo de la réplica y lo suelto. Pongo todo mi empeño para quedarme en pie a pesar del dolor de cabeza que me aporrea en las sienes. Lo único bueno es que el niño —Francis— está dormido. Nunca más podrá recordar a Celeste muriéndose ni al soldado intentando agarrarlo. Durante los años desde que me salvaron los Susurros, he aprendido a peinar los recuerdos robados. Estos son los que se convierten en una parte de mí. Puedo ver a Francis corriendo con los niños por las colinas verdes de Esmeraldas. A su padre riéndose con Celeste mientras prepara la cena. A su madre cosiendo habichuelas para hacer de ojos en una muñeca de trapo. A Francis escapando de los guardias para recuperarla.

No me da tiempo a recoger los guantes. Aparto el tablón de su cuerpo, lo levanto con un gruñido y dejo que caiga al suelo. Meto la muñeca en el bolsillo de Francis, recojo al niño con los brazos y echo un vistazo alrededor de la habitación. ¿A qué destino se enfrentaron sus padres si él volvió corriendo aquí por su cuenta? ¿Quién le va a quedar en este mundo? Nos lo llevaremos con nosotros hasta que lleguemos a la siguiente ciudad. Sayida conseguirá mantenerlo tranquilo, mientras que Margo puede buscar aliados que lo acojan. Lo saco por la puerta y lo meto en la cocina, donde el cuerpo de Celeste yace inerte con la piedra alman. Y en esta ocasión, sé exactamente dónde está.

Pero antes de dar el siguiente paso, la puerta lateral se abre de par en par. Doy un paso atrás y me pongo a Francis más cerca del pecho.

—Baja al niño —exige el guardia de la Segunda Batida mientras levanta su espada hasta mi rostro.

3

He hecho dos de las cosas que los Susurros me han entrenado para que no haga: utilizar mi poder sobre un civil y que me atrapen.

El pánico y el miedo me recorren mientras considero las opciones que tengo. Soy lo bastante rápida como para ganar al guardia si voy hacia la parte delantera de la casa, pero no puedo dejar atrás ni a Francis ni la piedra alman. O abandono a ambos o me quedo y lucho. Antes de que pueda bajarlo al suelo, el muchacho se despierta de su aturdimiento. Se deshace de mi agarre con una patada y chilla cuando me ve.

—Ahora estás a salvo —le dice el guardia al niño, suavizando la voz. Lleva el uniforme prístino, limpio, y tiene un rostro amable y jovial—. Nadie te va a hacer daño.

Me hierve la sangre. Sé perfectamente cómo funciona esto, lo fácil que es caer. La Segunda Batida es la caricia después del brutal tortazo del rey. El arma para mostrar su piedad: apagar incendios, rescatar a los rezagados, proveer comida y seguridad. Parece que da igual que fueran los mismos hombres del rey quienes arrasaran con el pueblo.

Mantengo a Francis bien agarrado por los hombros. Sus músculos se tensan, pero no intenta salir corriendo. Al parecer, el guardia lo aterroriza tanto como yo.

—Suéltalo —exige el guardia, pero el miedo le hace tartamudear. Cambia el peso de lado a lado y el sudor le cae por ambos lados de la cara—. Estás rodeada. No tienes salida, bestae.

Me río ante el insulto, pero sé que tiene razón. ¿Qué haría Dez si estuviera aquí? Apartar al niño a un lado y luchar. La daga que llevo en la cadera no es rival para su espada. Mis armas verdaderas son mis manos, mi poder como Robári. Sería difícil echarle la mano encima a este guardia, y podría causarle un daño permanente en la mente. Hace ocho años me prometí a mí misma que jamás crearía otro Vaciado. Oigo la voz de Dez clara en la mente. Pronunció aquellas palabras durante la última misión que fallamos: «Es tu vida o la suya. Elige la opción que traiga de vuelta conmigo».

Agarro al niño por el cuello y llevo la daga hasta sus costillas.

—No le vas a hacer daño —dice el soldado.

Yo levanto la barbilla, desafiante.

—¿Cómo lo sabes?

—No tienes la mirada de una asesina.

Qué raro es que esto me lo diga un soldado del rey. A mí, una Susurro, una disidente; una Robári. Pero tiene el efecto deseado.

Dudo, y el soldado da un paso adelante.

Tiene razón. Yo no mataría al niño, pero sí que le haría daño si con eso pudiera salvarnos a ambos. Le doy un fuerte empujón a Francis y, al mismo tiempo, blando la daga haciendo un ancho arco. El guardia por poco esquiva la punta del acero.

—¡Corre! —le chilla el soldado a Francis.

A Francis, a quien he salvado yo. A Francis, que ahora me mira a mí como si yo fuera la que hubiera empezado los incendios. Abre la puerta de la cocina de una patada y sale corriendo a la calle. Esto es lo que hacen el rey y su justicia. Tergiversan la verdad para que terminemos siendo nosotros los malos, los que están detrás de todos los ataques y pueblos quemados; el motivo por el que sufre el reino. He caído en su juego.

—¡En nombre del rey y de la justicia! —exclama el soldado, y siento la presión de una espada en el hueco entre mi cuello y el hombro.

Estúpida, Ren. Casi puedo oír a Dez gruñéndome estas palabras.

—¡Quedas bajo arresto! —Hace un poco más de presión con el filo de su espada y yo me muevo de manera instintiva hacia la puerta, pero sé que no tiene ninguna intención de dejarme ir. Me hace un corte en la piel y siento un frío punzante contra el cálido borboteo de la sangre. Aprieto los dientes, no quiero darle la satisfacción de que me oiga chillar.

—Hay más como nosotros —digo entre dientes—. Siempre los habrá.

Puede que él esté detrás de mí, pero siento la rigidez de su cuerpo, como una extensión de su espada, contra mi cuello.

—No por mucho tiempo.

«Elige la opción que te traiga de vuelta conmigo».

Tengo la mano lo bastante cerca de mi bolsillo como para alcanzar el frasquito de veneno. Un breve instante de dolor en vez de la captura. Pienso en el cadáver de Celeste a unos metros de distancia. Ella fue lo bastante fuerte como para bebérselo antes de volver a ser una prisionera. Puede que no sea tan inútil como me consideraba. Quiero vivir. De verdad. *No me quedan más opciones, Dez*, pienso.

Como si lo hubiera conjurado, Dez aparece a través del humo como uno de mis recuerdos haciéndose realidad. Está cubierto de hollín y cenizas de pies a cabeza. Una ráfaga de viento le alborota el cabello oscuro, y hay algo salvaje en el oro derretido de sus ojos. Cuando ve la espada en mi cuello y la sangre que corre por mi pecho, le sobreviene una letalidad de lo más calmada. Desenvaina su espada.

—Suéltala —ordena Dez.

Pero la espada se queda donde está. Dejo de lado el alivio que empezaba a aflorar en mi interior, porque Dez no debería haber venido a por mí, y sé que cuando todo esto acabe, tendré que responder por mis errores. La sangre, caliente y pegajosa, gotea desde el corte que tengo y cae al suelo; el sudor hace que me escueza la herida abierta.

Veo al comandante que hay dentro de Dez tomando el mando mientras se da cuenta de dos cosas. La primera, que no puedo ayudarlo. Un solo movimiento por mi parte y el soldado arremeterá la espada contra mi garganta con toda su fuerza y me partirá en dos. La segunda, Dez está demasiado lejos como para detenerlo.

Pero Dez no es un soldado cualquiera. Frunce el ceño con sus cejas oscuras y pobladas mientras hace su magia. Acaricia la moneda de cobre que sé que tiene escondida bajo su túnica, y la utiliza para fortalecer su don de persuasión.

Se teme a los Robári porque somos capaces de vaciar las mentes. Pero los Persuári pueden sentir una emoción y convertirla en una acción, pueden hacer que actúes sobre tus impulsos mejor escondidos.

El poder de Dez doblega el mismo aire que nos rodea. Intoxica los sentidos. Es capaz de acceder a tu deseo de hacer el bien y conseguir que le des tus monedas a un desconocido, que proclames lo que desea tu corazón, que saltes desde un acantilado… Pero solo si el impulso ya existe.

El soldado gruñe al verse sobrecogido por la magia de Dez, está petrificado. Como le tiembla la mano, la punta de su espada vacila contra mi piel y se mete en la herida. Chillo a mi pesar. Una sensación punzante se esparce por todo mi cuello y mis brazos.

Dez se acerca a meros centímetros del soldado. Su magia me provoca una sensación de hormigueo en la piel, como si hubiera unos escarabajos invisibles recorriéndome entera.

—Suél-ta-la —repite Dez. Cuando utiliza su poder, sus palabras van acompañadas de un repique hipnótico, como un espíritu que llama desde otro mundo. Es algo que le sale de manera natural, sin esfuerzo, como acostumbra Dez con su magia.

Debe estar amplificando la obediencia del soldado y utilizándola para retorcer su cuerpo. Pero ahora está acatando órdenes de un Moria, y el soldado chilla en contra de unos movimientos que no puede controlar. Se estremece, está luchando con todas sus fuerzas. Pero no es más fuerte que Dez, y termina por hacer lo que le dice.

Liberada del filo de la espada, me alejo a trompicones de Dez y del soldado y vuelvo arrastrándome hacia el cadáver de Celeste. *Aún tengo que conseguir la piedra alman.* La sangre me cae por la piel, pero el dolor del corte no es nada en comparación con el calor que ha cauterizado las nuevas cicatrices en mis manos.

—Suelta la espada —dice Dez.

Al soldado se le vuelve la cara roja. He visto a otros doblegarse con facilidad, pero este forcejea contra esa fuerza, con su cuerpo petrificado como una estatua cobrando vida.

Este es el motivo por el que nos temen. Es un poder que ni la alquimia ni el clero son capaces de explicar. Un poder que es un regalo y una maldición.

—No te hace falta la espada de otro soldado —murmuro a Dez mientras me agacho al lado del cuerpo de Celeste.

—Puede que no, pero la quiero. —Dez saca la mano, y el aire se empieza a ondular alrededor del guardia como el calor en el desierto.

El soldado se retuerce y su mano se sacude hasta que suelta la espada. El metal hace un ruido estrepitoso cuando cae al suelo de piedra. Dez se afana en recoger la espada ensangrentada y enseguida la coloca sobre el soldado.

—Mátame, bestae —escupe el soldado a Dez—. ¡Hazlo!

Dez se mueve con elegancia alrededor del soldado y presiona la punta de la espada contra el blasón de la familia Fajardo, cosido en la parte delantera de la túnica: un león alado con una lanza en la mandíbula y unas llamas rugiendo a su alrededor.

—Matarte es fácil —dice Dez, puntualizando sus palabras con una sonrisa—. Quiero que vuelvas con tus hombres. Quiero que les digas que fue un bestae Moria quien te salvó la vida. Que los Susurros recuperarán sus tierras y no podréis volver a hacerle daño a nuestra gente.

—El rey y la justicia acabarán contigo —dice el soldado, cuyo cuerpo no deja de estremecerse—. ¡Con todos vosotros!

Mientras Dez lo distrae, aprovecho el momento para girar el rostro de Celeste hacia mí. Aprieto con los dedos a lo largo de su garganta. No siento nada, pero la vi en el recuerdo de Francis. La vi tragarse la piedra alman.

Mientras me afano en abrirle la boca, una luz blanca y tenue surge del fondo de su garganta. El hedor agrio del vómito y de la piel chamuscada hace que se me agite el estómago. Cierro los ojos y meto la mano, y siento su lengua resbaladiza e hinchada. *Que la Madre de Todo me perdone.*

Suelto una bocanada de aire ansiosa y pongo los dedos alrededor de la piedra alman. Después, me la meto en el bolsillo.

—Vámonos, Ren. Provincia Carolina está a un día de camino.

Asiento con la cabeza, aunque sé que no tenemos ningún puesto de avanzada en la región Carolina. El soldado no parece lo bastante ingenuo como para tragarse esta mentira, ni siquiera bajo la persuasión de Dez, pero tendrá que informar sobre este encuentro con el más mínimo detalle a sus superiores. Con esto conseguiremos que el rey mande a sus hombres a una misión inútil y que divida sus fuerzas. Puede que incluso nos dé tiempo a llegar hasta nuestra base sin que nos molesten.

—Espera fuera y no te muevas hasta que pase un tiempo desde que nos hayamos marchado —ordena. Pero en cuanto Dez esté fuera de su alcance, el hechizo se romperá. Tenemos que movernos rápido. Me arriesgo y dirijo una mirada al soldado. Tiene la cara roja y se le cae la baba entre la maraña retorcida que son sus labios. Sé que el día de hoy lo único que hará será alimentar el odio que nos tiene. Por ahora, tenemos que ponernos a salvo.

Dez se echa mi brazo sobre el hombro, y juntos salimos renqueando por la puerta y nos desvanecemos en las calles llenas de humo.

4

Cuando Dez y yo nos reunimos con el resto de nuestra unidad —Sayida, Margo y Esteban— los cinco nos dirigimos hacia el norte durante medio día, siguiendo un camino tortuoso a través del Bosque Verdino. Ni siquiera la guardia del rey puede estar en todas partes al mismo tiempo, y la densidad de los árboles y los nudos que hay en las raíces que sobresalen del suelo hacen que sea un viaje bastante duro a pie. Sería casi imposible para los caballos de la Segunda Batida.

Nos movemos con decisión, atravesando arbustos cubiertos de rocío y siguiendo los rayos de luz que se filtran por el grueso manto de árboles verdinos. Seguimos caminando hasta que es seguro detenernos, hasta que el roce con el interior de nuestras botas nos deja la piel en carne viva, hasta que llegamos al banco del Aguadulce. Cuánto nos alegra ver la corriente de agua blanca y rápida. Los cinco nos deshacemos de las mochilas y las armas y nos arrodillamos en la orilla. Me quito los guantes de repuesto y bebo hasta que me duele la tripa y se me duermen los dedos por el frío. Me retiro el vendaje improvisado que me hizo Sayida cuando Dez y yo volvimos al punto de encuentro.

Sayida es una Persuári, igual que Dez, pero ella además tiene conocimientos de medicina y sanación. Durante siglos, cuando el reino de Memoria era libre y próspero, quienes eran como Sayida y Dez solían ejercer como mediuras, porque podían curar enfermedades y mantener a los pacientes tranquilos y serenos.

Aprieto los dientes para amortiguar el llanto que me arde en la garganta. Salpicar agua helada en la herida ayuda un poco, pero como ahora tenemos un lugar en el que pasar la noche, voy a tener que dejar que Sayida me dé algún punto.

—Pondremos el campamento aquí, entre estas rocas —dice Dez inspeccionando el área que hay a la orilla del río, donde las raíces sobresalen tanto de la tierra que parece como si estuvieran intentando ponerse en pie para dar un paseo. Es un lugar bastante bueno, con sombra suficiente y un tronco caído que será de ayuda cuando tengamos que vadear el río. Dez no pierde el tiempo limpiando la espada que ha robado.

Esteban me mira con el ceño fruncido, algo a lo que estoy acostumbrada.

—Me preocupan los hombres del rey —dice mientras se rasca la barba desigual que se está intentando dejar crecer. Con la piel suave y morena y esos labios carnosos que tiene, sería muy atractivo si se afeitara, aunque no haría nada por su personalidad—. La Segunda Batida alertará a los hombres que estén en los puestos de vigilancia del camino para salir de la provincia. Harán inspecciones más a fondo o aumentarán el impuesto de viaje. Nosotros apenas…

—Vamos a pasar esta noche primero —dice Dez intentando mantener un tono de voz suave—. No sería una misión completa si no tuviéramos un montón de preocupaciones que nos mantuvieran alerta.

Esteban descansa un momento los ojos de pestañas gruesas y negras para recomponerse. Es difícil plantarle cara a Dez. Esteban es un año más joven que yo, y llegó a los Susurros desde Ciudadela Crescenti, con sus palmeras, su sol abrasador y sus fiestas sin fin. Carraspea.

—Pero…

—Ahora no —dice Dez en voz fuerte, pero con un dejo de cansancio.

Dez está de pie, examinando su espada pulida, y durante un brevísimo momento, Esteban se estremece. Sayida mantiene la cabeza baja, tiene las manos ocupadas con unos utensilios de sutura.

—¿Cuándo? —dice Margo, que aparece detrás de Dez con las manos sobre sus estrechas caderas. Es nueve centímetros más bajita que él, pero, de algún modo, su enfado hace que sea más alta. Tiene unos ojos azules y pesados por las ojeras, y el rostro lleno de pecas y enrojecido por el viento y el sol. No trata de cubrirse las manchas de quemaduras que tiene, como harían otros muchos Illusionári. La única muestra de vanidad que Margo se permite es un conjunto de pendientes del tamaño de un guijarro que son de oro puro. E incluso eso lo lleva tan solo como conducto metálico para amplificar su magia.

—Haya paz, Margo —dice Sayida en voz baja, ya que siente que se avecina una pelea como un ave marina sentiría una tormenta en la distancia.

Esteban se mofa.

—Con eso no nos basta.

—¿Vamos a hablar de lo que ha ocurrido en el pueblo? —exige Margo—. ¿O es que la señorita incendiaria puede hacer lo que quiera, aunque eso signifique ponernos a todos en peligro?

Me estremezco ante sus palabras, pero Sayida se queda a mi lado. Coloca una mano tranquilizadora sobre mi hombro ileso. El enfado me hierve bajo la piel, pero no voy a empezar una pelea con Margo. Al menos, no mientras esté herida.

A Dez se le ensanchan las fosas nasales.

—¿Qué quieres que te diga, Margo? Lo dimos todo por llegar hasta Celeste lo más rápido posible. Llegamos demasiado tarde, pero no todo está perdido.

Margo posa sus ojos azules, fríos y desprovistos de amor, sobre mí. Tuerce esos labios gruesos y rosados que tiene y se mofa.

—¿Que no todo está perdido? No estábamos seguros de que hubierais salido con vida. Entonces aparecéis los dos, esta medio muerta y tú con un juguete nuevo. ¡Tú eres el que siempre nos dice que no llamemos la atención! ¿Por qué no le mostrasteis a la Segunda Batida el paso de montaña secreto, ya que estabais?

Detesto la manera en que dice «esta», pero me trago las cuatro cosas que le diría porque entonces sería peor.

—Basta —dice Dez. Se oye el eco de su voz grave.

Sayida desenrolla un hilo largo y negro y lo corta con la hoja de una navaja. La frustración de Margo hace que tuerza el morro. Esteban desenrosca el tapón de su petaca. Yo escucho el sonido de una mujer cantando, es la madre de Francis. Me pican los ojos, así que los cierro y empujo ese recuerdo robado hacia la oscuridad, junto con el resto.

—Sé que estáis cansados —dice Dez mientras se pasa los dedos por el cabello—. Pero hemos recuperado la piedra alman y no estamos lejos de la frontera de las montañas. Estaremos a salvo cuando regresemos a Ángeles.

—Y entonces, ¿qué? —dice Margo, con la última palabra entrecortada—. Hace diez meses que perdimos el control de Ciudadela Riomar.

Dez se queda completamente quieto. Todos lo hacemos. Pero Margo continúa echándole su mayor derrota en cara.

—Si perdemos más terreno, si nos empujan un poco más, vamos a caer directos desde los acantilados y hacia el mar. Podemos mandar tantos refugiados como queramos por el mar hacia tierras extranjeras, pero ya no hay ningún lugar que esté a salvo.

—Sé exactamente cuánto tiempo hace desde que perdí Riomar —dice con más paciencia de la que yo he sido capaz en mi vida—. Pienso en ello cada día. Cada día.

—No quería decir... —empieza Margo.

—Sé lo que querías decir. Escucha. Haré todo lo que pueda por ganar esta guerra, pero no puedo hacerlo solo. Os necesito a todos. Una unidad. —Lanza su mirada dorada hacia Margo, que se endereza no ante su atención, sino como desafío—. Y, Margo, si de verdad no creyeras que existe una mínima esperanza, hace tiempo que nos habrías dejado.

Ella levanta la barbilla y me señala con un dedo.

—Me quedo para asegurarme de que no nos vuelve a traicionar. Eres muy descuidado con tu vida cuando ella está de misiones.

Estoy acostumbrada a que Margo, más que Esteban, me lance pullas cuando cometo un error. A lo largo de todos los kilómetros que hemos recorrido, he sentido muchos retortijones ante el menosprecio de ambos, pero esta vez es diferente. Cuando Dez me sacó de la unidad de los carroñeros y me metió en esta, Margo fue la primera en quejarse de que yo era demasiado lenta, que hacía demasiado ruido al caminar, que era demasiado débil para llevar una espada. Entrené día y noche para demostrar que se equivocaba, pero no ha sido suficiente. Parece que está esperando a que vuelva corriendo a los brazos de la justicia. Detesto que todo lo que soy se pueda resumir en unas pocas palabras: carroñera, ladrona, traidora.

¿Me permitirán ser algo más? Hoy he metido la mano en la garganta de una mujer muerta para recuperar una piedra mágica. No tengo energía para pelear con Margo. Pero Dez sí, y desearía que no fuera así.

—Venga ya, Margo —dice Dez, con el rostro como si estuviera retando a los demás a que lo contradijeran—. ¿Estás enfadada porque he vuelto a por ella o porque Ren le ha salvado la vida a un niño? No has sido tú quien ha ido corriendo a un pueblo en llamas a mi lado.

—Tú nos dijiste que nos quedáramos atrás —salta Esteban—. Teníamos que recuperar las mochilas.

Dez enseña los dientes en una sonrisa arisca.

—¿Lo ves? Todos hemos hecho nuestra parte. Estamos vivos. Ren ha recuperado la piedra alman de Celeste.

—Y la han atrapado —dice Margo entre dientes.

—Cuando nos atrapan, porque nos pasa a todos, encontramos la manera de seguir luchando, de mantener la misión viva: destruir el Brazo de la Justicia. Restaurar nuestro reino y las tierras de nuestros antepasados. ¿O es que has cambiado de opinión?

—No —dice Esteban.

—Bien. Estamos todos vivos y estamos juntos. Es más de lo que podemos decir de Celeste San Marina. —Todos asentimos, y él deja pasar un momento tenso. Luego dice—: Sayida, ¿puedes darle unos puntos a Ren, por favor?

—Haré lo que pueda —contesta ella. Tiene el hilo y la aguja en un trozo de tela limpia y se lava las manos con una pastilla de jabón en el río.

—Los demás montaremos el campamento —dice Dez, intentando que nuestras miradas se crucen.

Yo me niego a mirarlo. Él no lo entiende. No puede. No quiero que hable por mí, lo único que consigue es empeorar las cosas con los demás.

Por encima de nuestras cabezas, unas nubes oscuras se mueven rápidamente por el cielo y dejan una brisa fría. Puede que la diosa siga cuidando de nosotros y que esta sea su muestra de misericordia para con los rebeldes que están siempre escapando de un rey loco: un descanso del calor sofocante.

Me siento sobre un trozo de hierba seca mientras los demás terminan de construir un círculo de piedras para encender un fuego. Sayida corta otro trozo de algodón relativamente limpio con su navaja y lo utiliza como trapo para limpiar tanta sangre como puede de mi herida.

Yo intento mirarla a la cara e ignorar la sensación de quemazón que se me esparce por los hombros y el pecho. Sayida tiene los ojos y el cabello tan oscuros como la noche, y el puente de la nariz, dulce, acentuado por un pequeño pendiente de diamante que tiene en la aleta izquierda. Su piel es del color tostado claro de las dunas de arena de los Cañones de Zahara, con algunas pecas negras por todo el pecho. Siempre lleva los labios con un ligero toque de rojo, una costumbre que le quedó de su época como cantante hace cuatro años. Ahora, a sus casi diecinueve años, sigue siendo el ruiseñor de los Susurros, y canta mientras nos cura los cortes y nos cose las heridas. Un poco más y no pensamos en el dolor.

Hago una mueca y tenso el hombro cuando ella hace presión sobre la herida.

—¡Perdón! ¡Madre de Todo, vaya corte más largo, Ren! —dice sin apartar los ojos de sus dedos ágiles. Se le escapa una risita nerviosa—. Aunque, bueno, tú ya lo sabías.

—Ahora tengo cicatrices a conjunto a cada lado del cuello —digo yo, sensiblera—. El mundo insiste en intentar que me arranquen la cabeza.

—O Nuestra Señora de las Sombras ha enviado a sus guardianes para protegerte. —Sayida enciende una cerilla y pasa una larga aguja a través de la llamita.

Voy a reírme, pero hay algo en el fuego que hace que me quede sin aliento y casi me caiga de espaldas. Es estúpido y del todo patético que sea capaz de encender una hoguera en el campamento, atravesar corriendo un pueblo arrasado y observar el recuerdo

que tiene un niño sobre un guardia en llamas, pero luego esta llamita me deje sin aliento.

—¿Ren?

Está volviendo a ocurrir. ¿Por qué está pasando ahora? Sayida
me aprieta los brazos para intentar sacarme de allí. Siento el cuerpo paralizado y mi visión se fragmenta por el dolor. Un recuerdo
que mantengo encerrado en la zona gris se escapa.

*Unas manitas se agarran al alféizar de la ventana del pala-
cio. Un cristal de diamante me devuelve el reflejo de mi rostro.
El cielo negro de la noche explota con el naranja sangriento y el
rojo del amanecer. Mi habitación se llena de humo. Se cuela por
las juntas que hay alrededor de la puerta.*

*¡Fuego! Me doy cuenta de que no es el amanecer. Hay
fuego.*

La cabeza me da vueltas. Me agacho y me agarro de las rodillas para intentar mantenerme en equilibrio; me cuesta respirar.
Alguien me llama por el nombre, pero es como si estuviesen a cien
metros de distancia, y los colores brillantes de mis recuerdos siguen arremolinándose de manera vertiginosa por mi campo de visión.

Entonces, algo suave me roza la mejilla.

Dez. Siento la yema llena de callos de su pulgar áspero sobre
mi piel. «Estate tranquila». Las palabras repican a mi alrededor,
me atraviesan. Mi cuerpo se relaja, los músculos se desenmarañan
como si estiraran del hilo de un tapiz, y mientras se me ralentiza el
corazón, la magia cálida de Dez me llena los sentidos. Me sobreco-
ge la necesidad de estar tranquila, quieta. Y, de repente, siento la
mente clara. La zona gris retrocede y cierro la puerta de golpe.
Sayida y Dez me han alejado del campamento y me han llevado
hacia una zona donde la hierba es suave. ¿Cómo he podido estar
tan fuera de todo esto que ni siquiera lo he sentido?

Echo pestes y estampo la mano sobre el pecho duro de Dez,
pero enseguida me arrepiento porque me sobresalta el dolor que
me provoca.

—Te he dicho que no quiero que…

—Lo siento —dice Dez en voz baja pero firme. No lo siente en absoluto—. Sayida no te puede coser la herida si estás temblando.

—¿Habéis terminado ya? —pregunta Margo con sus ojos de lince posados sobre Dez—. Necesitamos ayuda con los petates.

Entonces lanza su mirada hacia mí, y su labio superior se tuerce hasta formar esa cara de desprecio que tan bien conozco. No estoy segura de si está molesta porque Dez ha utilizado su magia sobre otra Susurro o porque me ha tocado de manera tan íntima. Puede que sea por ambas cosas. Puede que sea porque por mucho que sangre o corra o luche en nombre de los Susurros, mi existencia es un recuerdo de todo lo que se ha perdido.

Dez suelta una disculpa entre dientes y se retira en silencio para añadir un tronco al fuego.

—Venga —me dice Sayida, que vuelve a los utensilios de sutura—. Esteban, ¿serías tan amable de compartir tu bebida?

Esteban, que ha empezado a preparar nuestra comida, frunce el ceño.

—Seguro que ya está infectada. Vas a desperdiciar bebida buena.

Dez le lanza a Esteban una mirada de lo más férrea, del tipo que ha conseguido que otros hombres se lo hagan encima.

—Solo un poquito —le dice Esteban a Sayida entre refunfuños, pero me mira con los ojos entrecerrados cuando le deja la petaca en las manos.

—No le hagas caso —me susurra Sayida al oído—. No te va a doler mucho, pero puedes morder el cinturón si quieres.

—Creo que ese «no te va a doler mucho» no significa lo mismo para ti que para mí —digo—. Pero lo aguantaré.

Sayida se ríe cuando miro con el ceño fruncido la delgada petaca de aguadulce. Puede que la bebida esté hecha con la caña de azúcar que tanto abunda en las provincias del sur, pero no hay nada dulce en ese licor claro. En una ocasión, Dez lo echó sobre un corte abierto que tenía en la pierna antes de sacar un trozo grueso de vidrio que se había quedado ahí dentro. Estuve semanas sin poder caminar, y más tiempo aún sin poder tolerar el olor del aguadulce.

Sayida me lanza una cálida sonrisa.

—¿Qué ha pasado? Nunca te he visto reaccionar ante una llama de esa manera.

Sayida nunca tiene que utilizar su don como Persuári para influir en mi estado de ánimo. Hay algo en ella que hace que quiera revelar mis secretos, incluso las cosas que no siempre le puedo decir a Dez.

—Nada —digo—. He recordado algo de cuando era una niña.

Sayida levanta sus cejas gruesas con sorpresa.

—Eso es bueno, ¿no? No has podido acceder a la zona gris desde que te rescataron de palacio, ¿no?

Me retiro el pelo hacia atrás y me quedo mirando la hierba mientras ella me limpia y seca la herida.

—He estado trabajando con Illan para intentar recordar más cosas del tiempo que pasé con la Justicia del Rey y utilizarlo a nuestro favor, pero no ha funcionado nada. Él cree que he compartimentado mis recuerdos para que mi mente no se desmorone. Que he creado la zona gris para que recoja todos los recuerdos que tengo de aquella época. El resto de los ancianos creen que la zona gris es un efecto colateral. Un castigo, en realidad, para la Robári que crea Vaciados. Supongo que es lo que me merezco.

—No digas eso, Ren. —Sayida frunce el ceño y coloca un paño seco sobre la petaca de aguadulce. Yo me preparo para la quemazón del alcohol—. Todos tenemos cosas oscuras en nuestro pasado. La diosa dice que todos merecemos perdón.

—No deberían perdonarme simplemente porque apenas recuerde los primeros nueve años de mi vida.

—Y mira todo lo que has hecho desde entonces —susurra, y luego me tapa la herida.

Veo destellos de rojo y acallo un grito, aunque solo sea para que Margo y Esteban no crean que soy una débil.

—Estate quieta.

Sayida espera hasta que dejo de estremecerme, y entonces enhebra la aguja. Cierro los ojos y aguanto la respiración cuando el metal me atraviesa la piel. Lo sigue el hilo de seda y siento cómo tira.

Respiro de manera rápida y fuerte. Siento un dolor pesado y palpitante en las sienes. Tengo que mantener la zona gris bajo control.

Los ancianos creen que quizá haya algo ahí que ayude a la rebelión Moria contra el rey. Pero, en el fondo, me pregunto si el motivo por el que no pude acceder a los recuerdos durante el entrenamiento con Illan es porque no quería que surgiera nada.

A diferencia de los Susurros, yo pasé parte de mi infancia en palacio. No como cautiva, sino como una invitada del rey y su magistrado. Una especie de mascota, la verdad. Hace diez años, la justicia empezó a buscar a los niños Robári que había en todo el reino para utilizarlos como armas. Y aunque tiene que haber habido más como yo —los Robári somos escasos, pero no nos hemos extinguido— no me acuerdo de ellos. Puede que fueran lo bastante mayores como para rechazar los encargos que se les exigía y que los ejecutaran por su beligerancia. Pero yo no me negué.

Hice lo que me pidieron.

El juez Méndez me escogió. Me colocaba en uno de los muchos salones que había en palacio y me traía bandejas llenas de exquisiteces para que escogiera. Me decía que mi habilidad para sacar recuerdos de la gente era lo más poderoso que había visto. Por aquel entonces, yo no sabía que no podía devolver dichos recuerdos. Que podía robar demasiados. Que cuando terminara, cuando vaciara a la gente de todos sus recuerdos, lo que dejaba atrás no era más que la sombra de una persona. Un Vaciado.

No sabía que era el mayor recurso de aquel magistrado en los inicios de la Ira del Rey, cuando masacraron a miles como yo —incluyendo a mis padres, algo que descubrí más tarde—. El crimen fue utilizar nuestra magia contra el rey y la gente de Puerto Leones.

—Listo —dice Sayida al terminar, y me aplica una pomada herbal que me alivia la quemazón de la piel. Admira su trabajo y sonríe—. Con esto deberías aguantar hasta que volvamos a Ángeles.

—Si es que volvemos —dice Esteban, que le arrebata la petaca a Sayida de las manos antes de que ella pueda retirarla.

—¡Siempre tan optimista! ¿Tan poco confías en mi capacidad para llevarte de vuelta a casa? —pregunta Dez de buena manera, pero yo oigo el desafío que hay detrás de su pregunta.

—Yo pondría mi vida en tus manos, Dez, pero me preocupa que el error de la carroñera nos persiga. —Esteban se pasa la mano por su cabello áspero y ondulado.

—Esta carroñera resulta que también es la única persona en Ángeles capaz de leer una piedra alman —dice Dez con la voz afilada—. A no ser que hayas desarrollado unos talentos que yo desconozco.

—Si llamas talento a esa maldición… —dice Esteban.

Me pongo de pie de manera abrupta y me marcho, pero no por Esteban, cuyos insultos me resultan tan conocidos como las espirales que tengo en las palmas de las manos. Lanzo una mirada a Dez porque sé que me va a seguir.

Me alejo del campamento caminando y me mantengo a lo largo del río hasta que ya no nos oyen. La presencia de Dez se cierne a mis espaldas y sus pasos alcanzan los míos.

—Esteban se ha pasado de la raya —dice Dez cuando por fin me detengo para mirarlo de frente—. Hablaré con él.

—Esteban siempre se pasa de la raya —digo bruscamente—. Y no quiero que tú tengas que hablar con él. Quiero que me dejes lidiar con él por mí misma.

Dez echa la mirada hacia el cielo, confundido.

—Deja que te ayude.

—¿No ves lo que haces? —Tomo una bocanada de aire porque entre ir y salir corriendo de Esmeraldas y mis recuerdos intentando escaparse de la zona gris, siento que no doy para más—. Jamás me respetarán si acudes en mi defensa a cada rato.

—Sigues siendo la persona más valiosa en esta unidad. En todo Ángeles. Sin ti, estaríamos a oscuras.

—No lo ves —digo, sacudiendo la cabeza lentamente—. No hablo de mi valía.

Sonríe. Ahora, de entre todos los momentos, me sonríe… Con esa mirada que me hace querer hacer cosas insensatas.

—Pues dímelo —dice—. No puedo leerte la mente, y no es que no lo haya intentado.

—¿Tú puedes cambiar el pasado?

Me toma la mano y yo imagino que puedo sentirlo a través del suave cuero de mis guantes.

—Ren...

—Voy en serio.

Su sonrisa vacila, pero es solo un momento.

—Siempre vas en serio, Renata. Estoy seguro de que naciste seria.

—Ser responsable de miles de muertes le hace eso a una muchacha.

—Tú no eres ninguna muchacha —dice, acariciándome los hombros—. Eres una sombra. Eres acero. Eres la venganza en la noche. Eres una Susurro de los rebeldes Moria.

Sé que lo dice para hacerme un cumplido. Entre nuestras unidades, nuestra valía viene dada por las habilidades que tenemos. Pero cuando me dice que soy el susurro de la muerte y no una muchacha, es como sentir una flecha en el pecho. Le devuelvo una mirada deseando que fuera un poco menos temerario. Pero entonces no sería Dez.

—No has contestado a mi pregunta.

—No, Renata —suspira—. No puedo cambiar el pasado. Si las historias que me contaba mi padre antes de ir a dormir sirven de algo, solo existe una manera de cambiar el pasado, y es con el Puñal de la Memoria.

Me río porque si yo nací siendo seria, Dez nació siendo un descarado. ¡El Puñal de la Memoria! Una cuchilla tan afilada que es capaz de rebasar tiras enteras de recuerdos, años enteros, historias completas. Un cuento infantil Moria de toda la vida.

—Tú no puedes arreglar esto, Dez. Solo yo puedo.

Mueve un dedo en mi dirección.

—Como con tanto cariño nos ha recordado Margo, perdimos nuestro último baluarte por culpa mía. No pude derrotar al Príncipe Sanguinario. Si va a dirigir su rabia hacia alguien, debería ser hacia mí.

—Aquello no fue tu culpa. No teníamos aliados y nos ganaban en número; éramos diez contra uno, Dez.

Dez aparta la mirada, pero asiente con la cabeza. Siento una punzada en el interior al ver el dolor en su rostro. Bajo la sombra de los verdinos, me permito relajarme por fin en su firmeza. Lleva la túnica suelta y sin atar. Acaricio las ondas negras de su cabello salvaje que nunca quieren mantenerse atadas. Me duele al mover el cuello, por lo que me mantengo en alto sobre la gruesa raíz de un árbol.

—¿Por qué tú sí que puedes consolarme, pero a mí no me permites hacer lo mismo por ti?

Dez suelta una risa y deja las manos sobre mi cintura. Estamos a la misma altura y lo sorprendo con un beso. El miedo que lleva todo el día clavándome las garras se va. Puedo soltarlo cuando estamos solo nosotros dos. Me pasa uno de los brazos por la parte baja de la espalda y me empuja hacia sí. Todo él es robusto y fiable, como los grandes árboles que nos rodean. Dez se echa un poco hacia atrás para recobrar el aliento. Yo dejo una mano sobre su corazón y puedo sentir cómo se acelera. Su sonrisa torcida me produce una sensación tensa en la tripa.

—No es que me queje, pero ¿qué ha sido eso?

—Llevo queriendo hacer esto desde que nos fuimos de Ángeles —susurro—. Gracias por lo de hoy. Por volver a por mí.

—Siempre voy a volver a por ti.

Son unas palabras atrevidas, una promesa imposible que en realidad no puede mantener. El mundo en el que vivimos no permite hacer este tipo de votos. Pero elijo creérmelas. Quiero hacerlo.

Dez se lleva las manos alrededor del cuello y se desata un cordón de cuero negro con una moneda de cobre. En una de las caras está el perfil de una mujer sin nombre con una corona de laurel, y en la otra hay tres estrellas alrededor del año grabado, 299. Desde que lo conozco, nunca se lo ha quitado. Me lleva un momento darme cuenta de que me lo está ofreciendo.

Sacudo la cabeza.

—No puedo aceptarlo.

—¿No puedes? —pregunta él—. ¿O no quieres?

—Illan te dio ese colgante.

Dez sostiene la moneda por el canto.

—Y a él se lo dio mi abuelo, que trabajó como herrero para la corona. Acuñaron exactamente diez monedas así antes de que la capital cayera bajo el asedio de un grupo rebelde de la antigua matriarquía de Tresoros y toda producción se detuviera. Mi padre dice que el rey Fernando tiene una galería llena de sus trofeos, y que las otras nueve monedas están ahí como recuerdo de que en una ocasión Puerto Leones estuvo rodeado de tierras enemigas: Memoria, Tresoros, Sól Abene, Zahara. Su destino fue que los conquistaran los leones de la costa.

—¿Cómo es que nunca he oído esa historia? —pregunto.

Siendo justos, hay decenas de versiones que cuentan cómo la familia Fajardo de Puerto Leones conquistó o «unificó» el continente. Pero la matriarquía de Tresoros era una aliada. No sabía que aún quedaran grupos rebeldes más de un siglo después de su caída. Me pregunto si seguiremos en esta lucha dentro de unas décadas.

Dez me devuelve al presente cuando me coloca el cabello detrás de la oreja con suavidad. Su sonrisa es tan bonita que duele si la miro durante demasiado tiempo.

—Tienes suerte de haberte perdido muchas de las batallitas de mi padre sobre los tiempos antiguos. Eso no cambia el hecho de que quiero que lo tengas.

Encojo el hombro bueno.

—No puedo llevar nada colgado del cuello.

—Métetelo en el bolsillo. En la bota. Simplemente, tenlo contigo. —Me lo deja sobre la mano abierta y me cierra los dedos encima—. No puedes comprar nada con esto, no tiene ningún valor; pero es la única reliquia familiar que tengo.

—Más razón aún por la que no debería quedármelo.

Dez se pasa la lengua por los labios y suspira.

—Hoy, al darme cuenta de que no habías salido del poblado, sabía que existía la posibilidad de no volver a verte. Que nunca volvería a oír cómo me gritas o me corriges cuando me equivoco. Que nunca te abrazaría ni te vería en el patio de casa. No podía soportarlo, Ren. Pronto todo cambiará, y no sé quién va a salir de esta con vida. Pero quiero que tú tengas una parte de mí.

—Yo no tengo nada que darte, Dez.

Las emociones se me acumulan en el pecho. Me inclino hacia él con los ojos cerrados, porque si lo miro a los ojos, seré débil. Aceptaré su detalle. Me ablandaré, cuando debería mostrarme fuerte y aguda. Me da un beso en la parte alta del pómulo y entonces no puedo evitarlo. Lo miro.

—Tú me das tu confianza, y sé lo difícil que te resulta.

Lo conozco desde hace mucho tiempo y no creo que jamás haya hablado con tanta sinceridad. Dez nunca esconde sus sentimientos, pero me pregunto si hay algo que no me está contando. Algo sobre la misión y sobre el interior de la piedra alman que es más peligroso de lo que pensábamos. Cuando me mira, veo un destello de miedo en sus ojos. El Dez al que conozco no le tiene miedo a nada. Pero tal vez me lo imagine. Tal vez sea la emoción del día y las sombras de la puesta de sol.

—La guardaré con cariño. —Me llevo la moneda de cobre hacia el pecho y le doy otro beso demasiado rápido a Dez.

Desde el campamento, a cierta distancia, nos llega el nombre de Dez. Es hora de leer la piedra alman y descubrir qué fue lo que protegió hasta la muerte Celeste San Marina.

5

ientras se pone el sol, nos reunimos alrededor de la hoguera. Nunca he transcrito una piedra alman fuera de nuestra fortaleza en Ángeles. Se tiene que hacer ante la presencia de al menos dos ancianos y un Ventári. Debido a nuestro pasado, no se fían de que los Robári digamos la verdad.

Los Ventári como Esteban pueden ver si miento. Observará dentro de mi mente como si estuviese viendo a través de una ventana y lo anotará todo. El día en el que no haga falta que un Ventári lector de mentes demuestre que digo la verdad será el día en el que sabré que los Susurros confían en mí.

Margo y Sayida observan en silencio desde el otro lado de la hoguera, mientras que Dez camina alrededor de nosotros a su manera lenta y depredadora. Saco la piedra alman del bolsillo y la dejo encima de la mesa improvisada. Entonces se me ocurre la idea de que este es el aspecto que debe tener una estrella caída: un cristal blanco con luz atrapada en su interior.

Me saco uno de los guantes y apoyo la mano sobre la de Esteban. Las espirales perladas y las cicatrices que tengo brillan en contraste con el resto de mi piel olivácea. Él me recorre el rostro con sus ojos de color azabache.

—¿Lista?

Esteban lleva un brazalete de plata, el metal conductor para los poderes de un Ventári. En una ocasión, nos explicó que el objeto era como una antorcha que lo ayudaba a iluminar los pensamientos más profundos de la mente humana. Se dice que los Morias tienen metal en la sangre, que son la clave para fortalecer nuestros poderes. Siempre me acuerdo de las historias que nos contaba Illan de niños sobre Nuestra Señora de las Sombras, en las que arrancaba las venas de metal que había bajo tierra para imbuirlas con su poder. Ella otorgó la magia a los Morias para proteger el mundo que había creado. Al menos, esa es una de las historias. Es difícil proteger algo cuando lo único que puedes hacer es esconderte.

—Lista —contesto.

Me estremezco cuando el frío de la magia de Esteban se filtra en mi piel. Él es el único Ventári al que le he permitido que me lea. De no saber lo que está ocurriendo, la tensión detrás de los ojos podría confundirse con el inicio de un dolor de cabeza. Para mí, se parece más a que alguien entre en mi piel. La intrusión me provoca una oleada de pánico, porque cuando miro a Dez, lo único en lo que puedo pensar es en los besos que nos hemos dado no muy lejos de aquí. Respiro profundamente e intento mantener la mente en calma, como un lago en un día sin viento. No es necesario que Esteban sepa...

—¿Que sepa qué, pequeña incendiaria? —Esteban sonríe satisfecho.

—Que eres idiota. Pero supongo que eso ya lo sabemos.

Me concentro en el momento en el que Esteban se cayó por accidente en el cubo del compost en Ángeles, y se le oscurece la mirada.

—Ya te lo he dicho —dice—. Siempre puedes luchar contra mi poder. Muéstrame lo que quieras que vea. Si te molestaras en practicar...

Si lo hiciera, lo único que conseguiría sería levantar sospechas. Y él lo sabe.

—Ponte a ello.

Levanto la piedra alman a la altura de los ojos y me concentro en el núcleo de la luz que pulsa en su interior como un corazón palpitante. Nadie, ni siquiera los ancianos, saben por qué solo los Robári como yo pueden leer las imágenes que captura una piedra alman. La piedra en sí antaño fue tan sagrada que solo se utilizaba para construir los templos y las estatuas de Nuestra Señora de las Sombras, madre divina de los Morias. Cuando el reino de Memoria fue conquistado por Puerto Leones, muchas de las historias y los textos fueron destruidos. Y aunque los ancianos intentaron transmitirlas, no siempre sabemos lo que es un mito y lo que ocurrió de verdad. Hace diez años, durante la Ira del Rey, destrozaron todas las estatuas y los templos que quedaban hasta que no fueron más que polvo. Los trozos de piedra alman que hemos tenido la suerte de encontrar los utilizamos para comunicarnos a través de la red de Susurros que hay en las provincias.

Esta piedra lo significa todo para mí.

Las líneas de mis palmas se encienden del mismo modo que cuando estoy a punto de tomar un recuerdo. A diferencia de cuando me adentro en la mente de las personas, las imágenes que hay en una piedra alman tienen unos bordes blancos y brillantes. Todo en ellas es demasiado luminoso, como si el sol estuviera justo encima de la escena, sin importar cuándo ni dónde tuviera lugar. Y suena como si intentaras comunicarte desde detrás de una pared de cristal.

Conforme el bosque se va desvaneciendo y la calidez de la magia de Esteban se enrosca por mi brazo, lo último que oigo es el sonido de su pluma.

—Date prisa, Rodrigue —dice una voz muy bajita, escondida bajo un manto negro—. Ve a por ella y salid de aquí. Los guardias cambian de puesto a medianoche. No tienes más que unos momentos.

La figura encapuchada empuja la pesada puerta de madera con paneles de vidrio ondulado y la abre. Rodrigue observa su reflejo en la superficie deformada. Le brilla la piel morena por el sudor nervioso. No se reconoce vestido con el uniforme del guardia de palacio que ha robado. Es demasiado violeta, demasiado ceñido para sus anchos hombros. Asiente una vez más hacia la figura encapuchada y se apresura para entrar en las mazmorras.

Un pasillo estrecho y con luz tenue. La luz de la antorcha refleja sombras alargadas en las paredes de piedra desgastada. Del techo poroso caen gotas de agua que se amontonan en charcos. Rodrigue jadea cuando dobla una esquina y luego otra. Se oyen voces y el tintineo de metales cerca, y se pega contra una hendidura que hay en la pared. Un guardia pasa tranquilamente por delante de él.

Cuando está seguro de que el guardia se ha marchado, Rodrigue sigue corriendo. Pasa por delante de celdas llenas de gente. En algunas hay diez almas. En otras, tres. Y en otras solo hay ratones rebuscando entre montones de heno.

Decenas de ojos lo observan dando zancadas por el pasillo. Rodrigue intenta no hacer contacto visual, pero se cruza con la mirada de una mujer. Ella frunce el ceño. ¿Acaso sabe que ha robado el uniforme?

Rodrigue carraspea y agarra la empuñadura de la espada que ha robado. Cuenta los segundos con la mente, sabe que se está quedando sin tiempo.

—¿Lucia? —pregunta.

Al final del pasillo no hay ninguna luz de antorcha. Rodrigue agarra una e ilumina su paso a través de la oscuridad vacía. Levanta la llama hacia las celdas buscando entre los rostros mugrientos que se escabullen, que entrecierran los ojos ante la luz y sisean con los labios cortados ante la intrusión. Entonces, la ve.

Sola en una celda tan grande que parece una niña sentada en el centro.

—¿Qué te han hecho? —susurra. Busca la cerradura a tientas, pero los discos están tan oxidados que no giran—. Lucia, acércate.

Ella levanta la cabeza al oír su nombre, pero ignora a Rodrigue y vuelve a bajar la mirada. Está delgada, tan delgada que a Rodrigue le da miedo tocarla cuando se acerca a él. Lucia coloca los dedos, tan delgados como ramitas, alrededor de los barrotes de hierro. Tiene la piel pálida, de un color gris enfermizo, y el cabello largo y peinado hacia atrás, como si alguien se lo hubiera arreglado hace poco.

—La Urraca no ha podido darme más tiempo —dice él.

Rodrigue siente que se acerca la medianoche. Se oyen voces desde la dirección de la que proviene. Toma la espada y se pone a aporrear la cerradura hasta que le arden los músculos, pero no es suficiente como para romper el trabajo de metal de la justicia.

Rodrigue agarra el brazo de Lucia. Sus jadeos reverberan por las paredes. No le queda tiempo. Le toca la sien con el dedo.

—Lucia, Lucia, por favor. Di algo. No puedo leerte el pensamiento. Están...

La joven levanta la mirada perdida, tiene venas de plata esparcidas por la piel de alrededor de los ojos y en la base del cuello, parecen serpientes en la arena.

Rodrigue da un salto hacia atrás. Esas venas están palpitando y relucen bajo su piel. Se le cae la espada, que hace un ruido contra el suelo. No puede oír sus pensamientos, no puede ver nada dentro de la mente a la que tanto quiso. Es más, no encuentra ni rastro de su poder. Es como si su esencia —su alma, su chispa— hubiera desaparecido.

—Menuda sorpresa —dice una voz grave y tranquila detrás de él. Rodrigue se da la vuelta. Dos guardias lo estampan contra la pared. Le dan puñetazos en la cara, en el pecho y en la entrepierna hasta que cae. El suelo está frío y húmedo.

Un tercer hombre se cierne sobre él, tiene el rostro angular ensombrecido, y lleva el cabello cano y arreglado peinado hacia atrás. Aparta su capa oscura y se arrodilla al lado de Rodrigue.

—¿Qué le has hecho? —Rodrigue le escupe sangre al hombre. Él no se la limpia, por lo que sus pómulos afilados quedan salpicados.

—Lo mismo que te haré a ti: arrebatarte esa magia contra natura. No volverás a hacerle daño a otra alma.

Rodrigue levanta el puño para pelear, pero los guardias lo vuelven a tirar al suelo. Él se vuelve hacia Lucia —su vida, su amor— que no muestra reacción alguna. Ni rastro de miedo, de preocupación, de empatía.

—Hacedme lo que queráis —dice Rodrigue—. Jamás silenciaréis a los Susurros.

El hombre se pone en pie y gira el rostro lentamente hacia Lucia. Levanta un dedo en el que lleva un anillo de oro adornado con piedras preciosas.

—Eso era antes. Hay un nuevo amanecer para Puerto Leones. Quiero que sepas exactamente lo que os espera ante vuestro levantamiento. ¿Sabes? Te equivocas. Podéis correr hasta los

confines del mundo si queréis, pero con nuestra nueva arma, os
encontraremos. —El hombre toma a Rodrigue por la barbilla—.
Dime quién es el espía que hay en palacio y te permitiré pasar un
día más con tu querida Lucia.

—¡Lucia! —digo con la voz ronca y un grito ahogado, no me lo
puedo creer.

Retiro la mano de Esteban, que tiene el rostro torcido por el
miedo. Ni siquiera alcanza la petaca de aguadulce que siempre tiene a mano para deshacerse de las migrañas que acompañan a su
magia.

—¿Qué ocurre? —De repente me doy cuenta de que tengo a
Dez a mi lado, que me tranquiliza con sus manos y me retira el
cabello apelmazado de las sienes frías y sudorosas. Solo son sus
manos. Y el susurro de su voz en mi oído—: Ren, ¿qué has visto?
¿Lucia sigue viva?

—Dez, el rey... El magistrado... No sé cómo... Se lo han llevado...

No sé lo que he visto. No sé cómo verbalizar lo que ha vivido
Rodrigue. El magistrado estaba ahí, y su rostro... No estaba preparada para verlo.

—Esteban... Ren... Necesito que digáis algo.

Margo alcanza el papel en el que estaba escribiendo Esteban.
Su letra es mala, como si no pudiera seguir el ritmo del recuerdo.
Margo abre los ojos de par en par y se deslizan cada vez más rápi-
do por las palabras sacadas de mi mente.

—Han averiguado cómo ganar esta guerra —dice Margo, que
hace una bola con el papel para luego volver a desplegarlo. Se supone que hay que presentar las notas ante los ancianos.

—¿Qué quieres decir? —pregunta Sayida a la vez que toma el
trozo de papel de las manos temblorosas de Margo.

Todavía tengo la piedra alman. La luz se ha apagado y se ha
convertido en otro trozo de cristal translúcido, normal, vacío.
Pienso en el rostro de Lucia, tan extraño, cubierto de venas platea-
das, muy parecidas a las espirales de magia que tengo grabadas
en las manos. Y luego estaba el propio magistrado. Hace años que
no lo veo ni oigo su voz. Tengo ganas de chillar. Tengo ganas de

meterme en el río y que se me lleve. No sé si soy lo bastante fuerte para lo que se supone que viene ahora.

—Pueden arrebatarnos los poderes —dice Sayida de manera entrecortada—. Pero ¿cómo?

Miramos a Dez. Todos estamos sentados alrededor de la hoguera, como hacíamos cuando éramos niños y nos contábamos historias. Ahora nuestros monstruos son reales y no sabemos si podemos derrotarlos. Dez es el último en tomar el trozo de papel y leerlo. Luego mira hacia el manto de árboles, la luz blanca de la luna apenas visible entre los huecos. Está preocupado, sí, pero él no comparte la sorpresa que sentimos el resto.

—Tú lo sabías —digo.

Dez fija su mirada en la mía.

—Sí.

Margo y Esteban blasfeman entre dientes. Sayida mantiene los labios cerrados y la nariz dilatada. Yo siento que algo frío se posa en mi corazón.

—No os lo podía contar —dice él—. La orden vino de los propios ancianos.

Margo se pone en pie y le da una patada a la mochila que está más cerca. Es la mía, claro.

—Nos debes una explicación, Dez. Yo creía que Celeste y Rodrigue tenían información que podría ayudarnos. Sin embargo, lo único que sabemos es que nuestros enemigos han averiguado una manera de acabar con nosotros.

—Sí, el Brazo de la Justicia ha creado un arma para arrebatarnos los poderes —dice Dez—. Mi padre se enteró de esto hace cuatro meses.

—¡¿Cuatro meses?! —repito.

Dez se pone en pie y empieza a dar vueltas a la hoguera dando pisotones, incapaz de esconder sus nervios.

—Él se enteró por un espía a quien llaman la Urraca. No sé de quién se trata ni si es Moria siquiera. Mi padre nunca revela quiénes son sus espías a nadie, ni siquiera a los ancianos, por miedo a ponerlos en peligro.

—¿Y esta Urraca cómo se enteró de lo del arma? —pregunto.

—Por eso mandaron de misión a Lucia, para que lo descubriera —dice Dez restregándose las manos por la cara. Tiene la mirada dorada distante y se está alejando de nosotros de un modo que hasta ahora no había hecho—. La atraparon. Rodrigue fue por su cuenta a buscarla, pero ahora sabemos lo que ocurrió. Teníamos la esperanza de descubrir cuál era el arma y destruirla. Pero el hecho de que pueda hacer algo más que robar magia... —Su voz se va apagando, se está quedando casi sin aliento—. No podíamos imaginarnos esta crueldad.

—¿De dónde ha salido? —exige Margo.

Al mismo tiempo, yo pregunto:

—¿Qué más puede hacer?

—No sabemos cómo la han creado. —Dez deja de caminar y cruza los brazos sobre el pecho—. Aquel hombre le dijo a Rodrigue que pueden encontrarnos allá donde vayamos. Puede detectar nuestro poder. No será seguro viajar en grupo.

—¿Y qué pasa con el resto de las familias a las que tenemos que ayudar a cruzar hasta Luzou? —pregunta Sayida.

—Tenemos que llevarlos ahí más rápido —contesta él, recobrando su determinación. Vuelve a mirarnos a los ojos—. Siempre hemos tenido que ir un paso por delante de la justicia. Eso no puede cambiar ahora.

Margo se pone frente al fuego y las llamas bailan en su mirada azul.

—Pueden arrebatarnos los poderes, igual que tú puedes arrebatar recuerdos.

Nos quedamos todos en silencio. Yo no quería establecer esa relación, pero Margo lo ha hecho por mí. No basta con que ya me vea como un peligro, sino que además quiere ponerme a la misma altura que esa cosa tan horrorosa. Aprieto los puños.

—Tú no has visto en qué se ha convertido Lucia. Estaba de pie. Estaba lúcida. Pero sus ojos no tenían vida. Las veces que yo he creado un Vaciado...

—Ren, no tienes que...

—Sí —digo—. Cuando yo he creado un Vaciado, lo que ha pasado es que la mente se ha quedado vacía de todos los recuerdos. El cuerpo ha seguido con vida, pero el daño sufrido por la mente ha sido permanente. Han caído en un sueño profundo y no he vuelto a verlos. Así que no. No es lo mismo, Margo.

—Pero tú vives con esos recuerdos —dice Sayida—. ¿A dónde fue a parar el poder de Lucia después de que se lo arrebataran? ¿Qué hace el rey con él?

—Olvidaos del barco hacia Luzou —dice Margo—. Yo digo que vayamos a palacio con la primera luz del día. Vamos a acabar con esto. Entrar a la fuerza. Matar al rey. Matar al Príncipe Dorado. El palacio ya ardió una vez, podemos volver a hacerlo. Estoy segura de que lo recuerdas, Renata.

Pienso en la habitación que tenía en palacio llenándose de humo mientras observaba desde la ventana cómo ardía la capital. Sayida me pone la mano sobre la rodilla y aprieta. Todo mi ser quiere salir corriendo, chillar, abandonar este lugar y no volver jamás. Pero me prometí a mí misma que haría todo cuanto estuviera en mi poder por enmendar los entuertos que cometí. Cierro los ojos y veo al hombre que amenazó a Rodrigue. Yo llegué a conocerlo. Y al palacio.

Rodrigue se escapó de las tripas de aquel lugar y nos envió un mensaje. Murió por él. Celeste murió por él. Todo un pueblo ardió. Me acuerdo de lo que dijo el guardia en el recuerdo de aquel niño.

—Margo tiene razón —digo para sorpresa de todos, pero sobre todo de Margo. Ella frunce el ceño, como si la estuviera engañando—. Deberíamos ir cuanto antes. Cuando le quité el recuerdo al muchacho, a Francis, uno de los guardias dijo que nadie podía saber que estuvieron ahí. ¿Por qué no exhibir a Celeste frente a todo el mundo en Esmeraldas? ¿Por qué no usar el arma con ella?

—La están protegiendo —dice Sayida—. Al Príncipe Sanguinario le gusta el espectáculo. Yo digo que están esperando el momento adecuado.

—Más razón aún para interceptarles el paso —dice Margo.

—Nos superan en número —dice Dez.

—¡Siempre nos superan en número! —Esteban echa las manos hacia arriba—. En una ocasión tú cargaste contra el mismo Matahermano en Riomar sin nadie a tus espaldas.

—Y perdí —suelta Dez—. Todos perdimos aquel día. No volveré a cometer ese error. La misión era conseguir la piedra alman y descubrir qué era tan urgente que Celeste estaba dispuesta a arriesgarse y exponerse. Ahora sabemos que esta arma puede detectar la magia Moria. Destruirla es nuestra principal prioridad, pero debemos ser más inteligentes que el rey y la justicia. No tendremos una segunda oportunidad. Creedme, para mí también es difícil volver a Ángeles, pero no podemos permitirnos fallar. Esto es demasiado importante. ¿Confiáis en mí?

—Sí —dice Margo sin dudar. Y el resto vamos detrás.

Dez tiene el ceño muy fruncido. Preveo que ninguno de nosotros dormirá esta noche.

—Pues está decidido. Con la primera luz del día, partiremos hacia Ángeles.

Por cada legua que recorremos, nos sumimos en un tipo diferente de negación.

Negación ante el hecho de que hemos perdido la guerra contra el rey Fernando y la justicia. Negación ante el hecho de que todos y cada uno de nosotros vamos a terminar igual que Lucia. Para la mayoría, lo peor que podía hacernos el rey era encerrarnos y torturar nuestros cuerpos. Pero eso era antes. La idea de que nuestra misma magia esté en riesgo, el núcleo de lo que somos… Impensable. Aun así, no hay otra explicación para el recuerdo del que he sido testigo. ¿Están ahí fuera utilizando esta arma para encontrarnos? El rostro del juez Méndez fluye en mi campo de visión mientras nos desplazamos. Sus pómulos afilados, su cabello negro y arreglado meticulosamente, con mechones de color plateado y unos ojos grises que se daban cuenta de todo. Tengo vacíos innumerables en mis recuerdos, pero jamás podría olvidarme de él. El hombre que fue tanto un captor como un padre para mí.

Retrocedo tras el grupo para recomponerme. El corazón me va demasiado rápido, mi respiración es demasiado brusca. Dez me lleva mucha ventaja, pero de todos modos no ha dicho ni una frase entera desde anoche. Continúa avanzando con la confianza de un general. A veces, cuando lo veo desde esta distancia, la complexión que tiene, su postura, la manera en que camina, me vuelvo a acordar de por qué estamos todos tan dispuestos a seguirlo, a escuchar lo que dice. Aunque no estemos de acuerdo con él.

Mi corazón lo seguiría a cualquier parte. Sobre todo, en momentos tan crudos como este.

—Puede que sea una trampa —me dice Margo mientras cruzamos la polvorienta Vía de Santos—. Una manera de sacarnos de las montañas Memoria. El rey tiene Morias a su disposición como armas, ¿no? Bestae hipócrita.

Se refiere a la Mano de Moria. El rey tiene a un Moria de cada tipo, como si fueran una colección, para sus propios fines, aunque luego mate o torture al resto en masa. Detrás de su trono hay cuatro Morias como símbolo de su conquista sobre nosotros.

—He visto todo lo que ha visto la pequeña incendiaria —intercede Esteban, con la cabeza baja y las manos agarradas a las correas de su mochila—. La piedra alman de Rodrigue estaba bien escondida. El magistrado no esperaba que fuera a escapar.

Aminoro el paso, me pesa el alma tanto como las botas. Haber cruzado el río esta mañana nos ha dejado a todos con pies de trinchera, pero no podemos detenernos hasta que pasemos el último peaje que marca el final de Puerto Leones y el principio de las montañas Memoria, todo cuanto queda de lo que una vez fue el gran reino de Memoria. El ejército de Puerto Leones jamás podría atravesar el terreno a pie o a caballo, pero nosotros conocemos un paso secreto. Además, las montañas son demasiado áridas y rocosas como para albergar a toda nuestra población, por lo que no son de ningún valor para el rey. Jamás lo admitiría ante los demás, pero creo que este es el motivo por el que la corona no ha puesto más empeño en llegar hasta las montañas. Ya se han llevado todo lo que creen que tiene valor.

Caminando por estos caminos vacíos, tengo la sensación de que estamos atravesando el fantasma de un país. Llevo viviendo en Ángeles ocho años, desde que la Rebelión de los Susurros falló en el asesinato del rey Fernando. Pero sí que tuvieron éxito al rescatar a los niños que habían raptado.

Me pregunto cuánto tiempo llevan trabajando en esta arma. ¿Fue Riomar la gota que colmó el vaso? ¿Y si empezaron incluso antes, cuando yo era una niña y estaba en palacio? Si intento acceder a la zona gris, puede que averigüe…

Pero ¿y si no puedo controlar todos esos recuerdos? Son una infinidad de visiones, sonidos y emociones, todo ello colocado por encima de mis propios recuerdos. No sé si podría aguantarlo.

—Illan sabrá qué hacer —dice Sayida después de un largo silencio. Intenta mantenerse cerca de mí, pero hasta ella se pierde en su pensamiento. Hay un vacío en sus palabras, como si aún no se hubiera convencido a sí misma.

El camino de regreso a casa parece todavía demasiado lejos, y los dos refugios que conocemos en esta ruta han cerrado sus puertas, por lo que nos tenemos que quedar en este calor abrasador.

La única manera de desplazarse con rapidez y a plena luz del día pasa por disfrazarnos como devotos peregrinos y esconder nuestras armas para que no las vean los recaudadores de impuestos, que cobran a todo aquel que se desplace por el reino. Llevamos ropas negras que pican y rosarios de madera de aliso colgados del cuello que simbolizan el Padre de los Mundos.

Las montañas Memoria son una oscura promesa dentada en el horizonte y la Vía de Santos, un camino seco y serpenteante que nos conducirá hasta allá. Los peregrinos y los ciudadanos del reino se detienen antes de la montaña, en los manantiales Benditos, cuyas termas y cascadas se dice que tienen su origen en la misma masa de agua que emergió el Padre de los Mundos. Esperamos hasta que cae la noche y pasamos a hurtadillas por delante de los recaudadores de impuestos, que están embriagados por las monedas y el vino.

Da igual cuántos pasos hayamos dado, las montañas no dan la sensación de estar más cerca. Horas más tarde, bajo el sol abrasador, el sudor me cae por el cuello y me escuece en la herida cosida. Llevar el peso de la mochila sobre los hombros se me hace prácticamente inaguantable, incluso después de que Dez haya metido la mitad del contenido en la suya. Pero lo único que es más fuerte que mi dolor es el miedo a lo que he visto. La amenaza del juez Méndez: «Os encontraremos».

Llegamos hasta la cima de una colina y vemos que no somos los únicos que están en la Vía de Santos. Un grupo de pastores nos mira con maldad cuando nuestros caminos se cruzan; llevan la cabeza cubierta con unos pañuelos blancos para protegerse de lo más duro del sol y el polvo. El pulso me retumba en los oídos, es más fuerte que el crujir de nuestras botas sobre el camino de piedrecitas. Sayida se afana en soltar una oración para el Padre de Todo. Su sonrisa y su voz musical desarma a los pastores, que responden con balbuceos y vuelven su atención a las ovejas. Nuestra unidad cae en un silencio de lo más tenso.

Cuando el sol se cierne sobre las montañas y los primeros indicios del atardecer se filtran en el cielo, nos detenemos. A nuestro alrededor no hay nada más que tierra árida, hierba amarillenta y la vía.

—¿Oyes a Illan? —le pregunta Margo a Esteban. Su voz ronca y hermosa suena extraña en la quietud espeluznante del campo, con el suave silbido de la hierba seca que hay a lo largo de los bordes del camino.

—Lo intento, pero seguimos demasiado lejos —responde Esteban.

Illan ha estado entrenando a Esteban para que afine su habilidad Ventári; le está enseñando a utilizar la plata para amplificar su poder y alargar su rango de comunicación, para que así puedan hablarse con la mente incluso estando bien lejos. Esteban se retuerce el brazalete de plata y se rasca detrás de una oreja.

—Vuelve a intentarlo —lo insta Dez, que se quita la mochila—. Tiene que saber lo que ha visto Ren.

Esteban se pellizca el ancho puente de la nariz y levanta una mano para que nos callemos. Se quita la capucha y se desabrocha el cierre del manto a la altura de la garganta, como si lo asfixiara. Entonces, se pone rígido.

Reconozco la magia que está ejerciendo en su quietud Ventári, con los ojos cerrados y la cabeza inclinada, como si estuviera intentando escuchar mejor el susurro que llega desde la lejana montaña.

—Es él —dice, y su mirada marrón se pierde en la distancia—. Es tu padre.

Esteban se separa del resto de nosotros. Necesita silencio para concentrarse en los pensamientos de Illan que se están desplazando entre los suyos. Me pregunto cómo será oír voces, ver el interior de la mente de alguien y luego, simplemente, desentenderse, quedar libre.

—¿Estás seguro? —pregunta Esteban, que tiene la mirada oscura centrada más allá de nosotros, en el horizonte. A veces, cuando está en un trance como este, empieza a responder a sus pensamientos y es como si estuviera hablando con un fantasma—. Pero... Sí, sí, claro.

Por el modo en que frunce el ceño, las instrucciones de Illan no deben ser lo que quiere oír. Suspira de manera profunda y se lleva las palmas hacia el rostro; las aprieta para sacudirse el dolor de cabeza que le provoca utilizar la magia de este modo.

—¿Y bien? Cuéntanos —exige Dez.

Esteban nos escudriña el rostro con la mirada. En la suya no queda vida.

—No nos vamos a casa.

—¿Qué? —suelto yo.

—Illan nos ha ordenado que no volvamos. Que montemos el campamento en el bosque de los Linces —dice Esteban, aunque hace una mueca por el horrible dolor de cabeza que debe tener—. La Unidad Zorro y también la Halcón, además del propio consejo de ancianos, se reunirán con nosotros aquí dentro de dos días.

—¿Los ancianos? —pregunta Sayida con la voz entrecortada.

Cualquier duda de que el arma fuera un engaño se desvanece. Los ancianos jamás abandonan la seguridad de las ruinas. Ellos se dedican a conservar la historia y las tradiciones del reino de Memoria. ¿Por qué arriesgarse ahora?

—¿No sería mejor que nos reuniéramos en la capital? —pregunta Margo.

Esteban sacude la cabeza. Tiene una sonrisa tensa.

—A los ancianos les han dicho que la Justicia del Rey está atacando las ciudadelas y los pueblos cerca del paso de montaña. Se ha corrido la voz de que hay rebeldes provocando incendios en Esmeraldas.

—Mentiras —escupe Sayida.

—Esto es culpa tuya, pequeña incendiaria —dice Margo entre dientes para que solo yo pueda oírla.

—La opción más segura es ir hacia el oeste. Conozco el bosque de los Linces —dice Dez—. Llamé así a nuestra unidad por ese bosque. La diosa nos sonríe.

Mientras que Margo tiene un aspecto enfurecido por las órdenes recibidas, Dez porta una nueva rigidez en sus hombros. Yo agarro la moneda que me ha dado y la contemplo, incapaz de sacudirme la sensación de que Dez oculta algo. Vuelve a colgarse la mochila.

Nos alejamos de la Vía de Santos y nos adentramos en el campo de hierba seca hacia el oeste. Dez echa la mirada atrás y su sonrisa de siempre le cruza el rostro.

—Venga, bestaes rebeldes. Queríais pelea. Ahora tenemos una.

6

En mitad de la noche, y bajo el abrigo de los árboles, el viento nos deja helados. Un silencio nervioso se posa sobre el campamento. Colocamos los petates alrededor de la hoguera para estar calentitos y compartimos los últimos restos que nos quedan de pan y cecina. Sayida prepara té de irvena y nos lo tomamos. Dos días. Tenemos dos días para escondernos en el bosque de los Linces hasta que vengan los demás. ¡Hay tantas cosas que podrían ir mal hasta entonces! Margo ha salido a explorar el terreno y ha vuelto con la noticia de que también han atacado a las ciudades vecinas de Sagradaterra y Aleja. La Segunda Batida se ha encargado de que el rostro de Dez y el mío estén en todos los mercados con una recompensa.

Dos días sin que nos atrapen.

Dos días repasando todo lo que salió mal en Esmeraldas.

Ojalá hubiera encontrado la piedra más rápido. Ojalá hubiera sacado al niño antes de que llegara el soldado. Ojalá hubiera controlado mejor mi poder. Ojalá no hubiera estado tan distraída como para dejar que me hirieran.

Ojalá, ojalá, ojalá.

A veces me pregunto si una persona puede tener tantos remordimientos como para ahogarse en ellos.

Recuerdo a Celeste, cómo le metí la mano en la boca para recuperar la piedra alman, y tengo la sensación de que lo que estoy comiendo es carbón. Pero no me atrevo a malgastar nada, porque quién sabe si cazaremos algo mañana. Trago más agua para no vomitar.

—¿Cómo va tu dolor de cabeza? —le pregunta Sayida a Esteban.

—Mejor. No siento como si me hubiera golpeado con una maza en la cabeza, sino que más bien parece uno de los derechazos de Dez. —Toma un sorbo de la petaca. Sus ojos oscuros vagan por el manto de árboles que tenemos encima, que esconden las estrellas y sirven de nido para todo tipo de criaturas. Se la ofrece a Sayida, que la rechaza.

—Serás capaz de ver a distancias aún más lejanas —dice Margo, arrancando el pan con los dedos. Da un trago a la bota de agua para bajarlo y le sonríe de manera amplia—. Tus tareas como cartero estarán completas.

—Soy algo más que un mensajero —dice Esteban intentando parecer digno.

Sayida y Dez se ríen entre dientes. Yo arranco un trozo del queso de cabra endurecido y le doy un mordisquito. Me gustaría decirle a Esteban que cuando utiliza su poder para contactar con Illan a tantas leguas de distancia parece estar hablando con un fantasma, pero me pregunto si se lo tomaría con el mismo humor. Me resulta difícil incluirme en sus conversaciones, por lo que me quedo en silencio. Bebo. Como. Hace tanto calor que nos terminamos el agua demasiado rápido, por lo que damos golpecitos a la bota para sacar las últimas gotas y que caigan sobre nuestras lenguas resecas.

—Deberíamos descansar pronto y rellenar nuestras reservas de agua —dice Dez mientras se desabrocha el chaleco de cuero y se deshace los nudos de la túnica. Aunque todos nos hemos visto en diferentes grados de desnudez durante las misiones, aparto la mirada—. Pondré algunas trampas.

—¿Para los guardias o para el desayuno? —pregunta Margo.

Dez esboza una sonrisa creída.

—Ambos.

—No me gusta el sabor que tienen los guardias —dice Sayida arrugando la nariz.

—Espero que la Unidad Halcón traiga un tarro de pimientos en vinagre —dice Esteban ensoñado.

—No si Costas se los come antes de llegar aquí —digo. En casa, a uno de los Susurros más jóvenes, Costas, se lo conoce por comerse todo lo que tenga delante. Sayida es la única que se ríe, y Dez me dirige una sonrisa compasiva.

—Esteban, Margo, ¿podéis ir a rellenar las botas de agua? —pregunta Dez.

—Puedo ir yo —digo. Me levanto y me quito el polvo de las manos.

—Estás herida, Ren. Deja que te ayudemos —dice Dez, y yo deseo que no me mire de la manera en que lo hace, como si fuese frágil y fácil de romper. Debería recordarle que se supone que soy una sombra en la noche y todas esas cosas que me dijo en Esmeraldas.

Margo suelta un pequeño gruñido por mí, pero Esteban y ella recogen las botas de agua vacías. Él enciende una lámpara de aceite y juntos se dirigen hacia la oscuridad. La corriente del río hace bastante ruido, por lo que es fácil de encontrar, y el suelo de este bosque es más fácil de atravesar que el de ayer.

Mientras Dez lleva las cuerdas y las trampas de hierro hacia el bosque, Sayida y yo limpiamos el barro y el polvo que hay en nuestras mochilas. Aunque algo no nos pertenezca, es así como nos ayudamos. Vivir con los Susurros fue muy distinto al tiempo que pasé en palacio. Aprendí a compartir, incluso cuando no quería. Aprendí que, si todos pasábamos el mismo tiempo limpiando nuestras habitaciones y nuestras armas de entrenamiento, haríamos las cosas más rápido. Se suponía que con aquello aprenderíamos a ser una familia, sin importar la sangre. Pero una parte de mí no es capaz de conectar. Mientras vierto el agua sucia, me pregunto por qué lo sigo intentando.

Me limpio la cara y me lavo los dientes con la pasta arenosa que evita que se nos pudran las encías y nos huela mal el aliento. El agua está congelada, pero me restriego el paño por los brazos desnudos hasta que la piel se me queda roja. A veces es como si nunca fuera a sentirme limpia. Me suelto la trenza tirante que llevaba y siento un poco de alivio en las sienes.

—Puedes venir conmigo si te sientes inquieta —ofrece Sayida.

Está sentada cerca del fuego y medita para mantener sus emociones equilibradas. Los ancianos animan a todos los Morias a que lo hagan, pero yo detesto pasar tanto tiempo con mis pensamientos.

Sayida tiene las manos relajadas a los lados, con las puntas de los dedos metidas lo justo en la tierra, como si estuviera sacando poder de ahí.

Yo sacudo la cabeza, pero me doy cuenta de que no puede verme.

—En otro momento.

Un silbido suave que proviene de los árboles indica que Dez se está acercando. El alivio que siento consigue que relaje los músculos de mis hombros, y suelto una pequeña respiración ansiosa cuando lo veo por completo. Lleva los cordones de la túnica desatados hasta el esternón, y sonríe ampliamente cuando me sorprende mirándolo. Después, asiente al tiempo que barre con la mirada el campamento.

—¿Aún no han vuelto Esteban y Margo? —pregunta de manera sugerente.

Sayida abre un ojo para mirarlo, con una sonrisa de lo más vaga.

—Déjalos estar.

—Al contrario —dice Dez, y me lanza un guiño—. Lo único que me preocupa es que uno de ellos haga sonreír al otro.

Se coloca al borde del campamento y se recuesta contra un roble como si fuera un centinela, con su espada robada clavada en el suelo a sus pies. En una ocasión me dijo que el bosque de los Linces era su lugar favorito por lo verdes que estaban siempre sus hojas; la corteza de los árboles es tan gruesa que retienen el agua y se les puede extraer su dulce savia. Hace mucho tiempo, los linces deambulaban por este bosque, pero les dieron tanta caza que no se han vuelto a ver en una década. Este es el motivo por el que Dez eligió bautizarnos como la Unidad Lince.

La hoguera crepita y lanza destellos; mi piel entra en calor mientras se pone el sol y comienza a refrescar. Pienso en el roce del pulgar de Dez sobre mi mejilla, en la curva suave de sus labios, en las motas doradas de sus ojos. Cuando me doy cuenta de que Dez me está mirando fijamente, algo dentro de mí quiere dar un paso adelante. Retiro la mirada y me pongo a hacer cosas para mantener las manos ocupadas: envuelvo el resto de los embutidos con papel encerado, pongo el tapón al bote de aceite de oliva y echo más leña al fuego que ruge. Lo miro todo menos a él, porque sé que una

82

persona nunca puede pertenecer realmente a otra. Debería saberlo mejor que nadie. Y, aun así, cuando Dez me mira como acaba de hacer, quiero creer que podría ser mío.

De repente, tengo a Sayida al lado de mi oído. Su meditación ha terminado.

—Deberíamos cambiar el nombre de nuestra unidad a Unidad Ardilla. En vez de nueces, nuestro comandante recolecta espadas y dagas.

A pesar de todos mis esfuerzos, me río.

—No creo que a nuestro comandante le gustara que lo comparasen con un roedor peludo.

—Ese muchacho te dejaría llamarlo de cualquier manera, y lo sabes —dice con una voz bajita y conspiradora entre el cantar de los pájaros nocturnos y los insectos—. ¿Lo averiguamos?

Me la quito de encima con suavidad, pero, aun así, el movimiento me causa pinchazos de dolor en los brazos entumecidos.

—Sé seria, Sayida.

Se ríe por respuesta; es una melodía hermosa.

—¿Qué os hace tanta gracia? —pregunta Margo.

Margo y Esteban sueltan las botas de agua rellenas sobre un montón y luego se acomodan para pasar la noche. Margo tiene los labios hinchados y Esteban lleva la túnica del revés.

—Estaba rememorando Ángeles —dice Sayida, intentando contener una sonrisa burlona.

—Pronto recuperaremos las tierras de Memoria y no tendrás que rememorar —dice Margo. El fervor que hay en sus palabras pone fin a nuestro chismorreo tonto.

—Si es que sobrevivimos —dice Esteban.

—¡Siempre tan optimista! —dice Dez—. Dinos, Margo, ¿por lo menos sonríe cuando te besa?

Esteban agarra una piedra plana y se la lanza a Dez, que no se mueve en absoluto porque la piedra falla. Me acerco las rodillas más hacia el pecho, pero a menos que me adentre en el bosque, no puedo escaparme de esta conversación.

Margo se inclina sobre su petate y se acerca más a mí.

—Dinos, Ren, ¿Dez alguna vez se calla el tiempo suficiente como para besarte?

Empiezo a tener una sensación ardiente en el esternón que se esparce por todo mi pecho. Lanzo una mirada furibunda a Dez. A él le encanta ser el centro de atención. Puede que sea el ataque inminente que tenemos frente a nosotros o que Margo está de un humor particularmente bueno, pero en esta ocasión no siento que sea el objeto de sus burlas.

—Dez no se ha callado en la vida —digo con el mismo tono burlón.

Él me guiña el ojo y todos nos sumimos en una risa fácil. Es mejor que pensar en lo que está ocurriendo en palacio o en lo que consiste el arma o en lo que ocurriría si el rey y la justicia lo utilizaran por doquier, desde las ciudadelas abarrotadas hasta las aldeas más pequeñas. ¿Y si ya lo han hecho? ¿Y si ese es el motivo verdadero por el que la justicia prendió fuego a Esmeraldas? ¿Y si es demasiado tarde?

Vuelvo a la realidad cuando Margo reclama todo el pan de azúcar en cuanto estemos de vuelta en las ruinas de Ángeles. En esta ocasión, Esteban no nos desea lo peor. En vez de eso, me ofrece su petaca. Yo no soporto el olor, pero igualmente doy un trago de aguadulce. Está tan fría que al principio sabe a agua helada. Luego arde cuando baja por la garganta y deja un gusto muy ligero a flores. Paso la petaca y hasta Sayida toma unos sorbos minúsculos.

La conversación pasa a cosas que todos echamos de menos de nuestra infancia, y la bebida quema aún más cuando vuelve a mí. Dez rebusca en su mochila un juego de dados de marfil, sus favoritos. Margo y él toman turnos para lanzarlos, y utilizan sus navajas, cinchas y pesitos como apuesta. Esteban no juega, porque no le gusta perder. Pero nosotros observamos, tomamos partido y compartimos este breve momento de alegría.

Pienso en que nos ha unido la magia con la que nacimos. Es la única cosa que nos unifica y que nos convierte en Moria en un mundo en el que nuestras tierras ancestrales han sido engullidas por completo. Cuando anexionaron por primera vez a Memoria, las familias Moria se asentaron por todo Puerto Leones. Se suponía que teníamos que convertirnos en leoneses, pero nuestra magia siempre nos diferenció. Illan dice que durante un tiempo hubo paz. La familia de Esteban se asentó en el sur tropical de Crescenti. La familia de Sayida nunca abandonó sus raíces en Zahara. La gente de Margo eran los pescadores de Riomar. Dez y yo nacimos cerca de la capital. No puedo extrañar un lugar al que he traicionado, ¿verdad?

—¿Alguna vez os da miedo pensar en quién seréis cuando acabe esta guerra? —pregunta Esteban, que está tumbado de espaldas y se tamborilea el abdomen con sus largos dedos—. ¿Qué pasa si ganamos, pero el arma termina en las manos equivocadas? Peor que el rey Fernando. ¿Qué pasa si le cortamos la cabeza al león, pero eso no cambia nada?

Margo pone los ojos en blanco cuando Sayida responde:

—¿Puedes dejarnos soñar un poco, Esteban?

Una sonrisa triste aflora en su boca, pero se calla. Desearía poder admitir que comparto sus preocupaciones, pero decido que es mejor callarme.

—Cuéntame más sobre tus sueños, Sayida —dice Dez, puntualizando sus palabras con un guiño—. ¿Salgo en ellos?

Esteban frunce el ceño y Margo casi se atraganta con el aguadulce, mientras que Sayida echa la cabeza hacia atrás y se ríe.

—Por supuesto que sí. He compuesto muchas canciones sobre ti.

Dez se anima ante ello, aunque ninguno se lo cree.

—Cántanos algo, Sayida.

Insistimos tanto que termina cediendo. Hay una cosa de la que jamás podría deshacerse Sayida, y eso es su guitarrita. Es de madera roja y pintura dorada que se ha descascarillado con el tiempo. Rasguea y retuerce las piezas de marfil para afinar las cuerdas. Cuando Sayida canta sobre un amor perdido, todos nos quedamos en silencio. Podría ser cualquiera: amigos, padres, hermanos, compañeros. Su voz de contralto suave me envuelve el corazón y me abraza. En el rostro de Esteban relucen las lágrimas, y termina por cerrar los ojos y quedarse dormido. Margo hace lo mismo.

—Ha sido precioso, Sayida. Muchas gracias —digo.

Sayida envuelve la guitarra en su paño rojo y luego la mete en una bolsa de cuero. Se acurruca a un lado y susurra:

—*Buonanocte*.

Yo digo lo mismo, pero soy plenamente consciente de que Dez me está observando desde el otro lado del fuego mientras yo también me meto en el petate. Como la mayoría de las noches, el sueño no llega. Cuando la hoguera no es más que restos de carbón al rojo vivo y los ronquidos se unen a la serenata de los animales nocturnos, me calzo las botas. Con la lámpara de aceite en la mano, me alejo del campamento y me dirijo hacia el río.

—¿Abandonas, Ren? —dice Dez en tono burlón desde atrás.

Me doy la vuelta y no veo más que árboles. La silueta del musgo colgando desde las ramas torcidas de los árboles se mueve como los fantasmas que hay en mi mente. Ni rastro de Dez. Aun así, puedo sentirlo. No sé cómo, pero puedo. Aunque estuviéramos en una ciudad atestada de gente, sería capaz de identificarlo entre miles.

—Me conoces lo suficiente como para saber que no —digo. Agudizo mis sentidos y creo que detecto un pequeño cambio en la oscuridad contra la oscuridad. Mi lámpara de aceite no es más que una llamita, una mera luciérnaga. El mango de metal chirría. El siguiente paso que doy cruje sobre las hojas muertas y las piedras.

—Creía que te había enseñado a ser más sigilosa. —Su voz llega flotando hasta mí desde algún lugar detrás de un matorral de alisos—. Vas a despertar a los muertos con esos pisotones que das.

—Es que me pesa el alma. —Espero un momento y luego doy un paso adelante, dispuesta a agarrarlo. En su lugar, lo que agarro es aire.

—Comparte tu pesar conmigo, Ren.

—No puedo.

Lo noto moverse en la oscuridad por una brisa ligerísima en mi cabello que huele a cuero y al amargo aroma del humo que se nos ha quedado en la ropa. Está justo detrás de mí, pero no me doy la vuelta. Me rodea con los brazos. Siento una sacudida en el corazón, como un relámpago que baja hasta el ombligo cuando siento el calor de Dez a mi espalda. Siempre es lo mismo: una chispa que me chamusca y atraviesa.

—Puede que no seas tan buen profesor como creías, teniendo en cuenta que te has quedado dormido durante tu propia guardia.

—Estaba pensando con los ojos cerrados. —Deja salir una risa que queda amortiguada y yo siento un cosquilleo en la piel, justo en la zona donde acaban de estar sus manos—. Además, he puesto unas trampas, ¿te acuerdas?

Por primera vez me doy cuenta de que lleva una manta enrollada bajo el brazo.

—¿Qué es eso?

—Supuse que tendrías frío.

Dez entrelaza sus dedos con los míos. Mi deseo de estar a solas con mis pensamientos entra en lucha con mi necesidad de estar con él.

En las sombras parpadeantes de mi lámpara de aceite, puedo vislumbrar su mandíbula afilada y la barba de unos días que lo hace parecer mayor de lo que es. Tiene una arruga de preocupación en la frente bastante prominente y, por un momento, me hago una idea del hombre en el que podría convertirse algún día. Un gran hombre. Un líder querido. Mío.

Entonces desaparece su sonrisa y el peso de lo que está por llegar se cierne sobre nosotros.

—¿Por qué estás aquí? —susurra, y se acerca tanto que siento cómo se desprende su amabilidad.

Yo sigo caminando a lo largo del río, sabiendo que, si nos acercamos a alguna de las trampas que ha colocado, me avisará.

—Sabes que no puedo dormir. Creía que ya te habías acostumbrado.

—Siempre me sorprendes, Ren —dice él, y consigue parecer juvenil cuando sonríe—. Como hoy. Es la primera vez en este viaje en el que no creía que tú, Margo y Esteban fuerais a lanzaros al cuello.

Me río y me contesta un pájaro.

—Tienen miedo. El miedo hace que la gente haga cosas que de otro modo no haría, como compartir una bebida con alguien a quien desprecian.

—¿Cosas como dar largos paseos en la oscuridad? —pregunta él.

Nos detenemos cerca de la ribera, en una extensión llana de hierba. La media luna que tenemos sobre nosotros hace que la corriente del río parezca un surco plateado a través del bosque rocoso. Coloco la lámpara de aceite sobre una roca y él extiende la manta. Nos sentamos al lado, de cara al agua que corre.

—Conozco estos bosques mejor que cualquiera de los guardias del rey —digo—. Incluso mejor que tú.

Dez me toma la mano enguantada.

—Nunca me lo habías contado.

—Nací justo a las afueras. Ha pasado mucho tiempo, pero creo que podría encontrar el camino a casa. Si hubiera una casa a la que volver.

Él suspira, tiene los ojos llenos de compasión.

—Lo siento. No debe ser fácil para ti cuando recordamos a nuestros padres.

¿Qué recuerdo de ellos? Sé que mi padre cazaba en el bosque de los Linces. No le pongo cara, pero a veces, cuando me miro en el espejo, recuerdo una voz que dice: «¿Sabes? Te pareces a él». Pero no siempre tengo claro si es la voz de mi madre o de otra persona.

—¿Puedo contarte una cosa horrible? —digo.

Él se endereza para mirarme a la cara, sus ojos buscan y esperan a que hable. Una parte de mí quiere retirar la pregunta, porque no quiero decirla en voz alta.

—Cuando oigo a los demás hablar sobre sus padres, la primera persona que me viene a la mente es el juez Méndez.

Dez aparta la mirada, frunce el ceño con fuerza, pero sus palabras son suaves:

—Ese hombre te sacó de tu casa. Te utilizó…

—Como arma —digo, y le tomo la cara con las manos—. Lo sé. Cada día doy las gracias a la diosa por que los Susurros vinieran a por mí. ¿Quién sería yo si no me hubiera marchado? Un monstruo. Una asesina.

—Seguirías siendo Renata Convida. —Me da un beso en la mandíbula, luego se aleja para ver cómo me sonrojo incluso en la oscuridad—. Seguirías siendo mi Ren.

—Eso no lo sé. Lo único que sé es que él tiene relación con el arma. Y que no puedo volver a verlo jamás, porque no sé lo que haría.

El corazón me late rapidísimo cuando Dez me acerca hacia él. Todo su ser es cálido.

—No tendrás que hacerlo nunca. Te lo prometo. Yo mismo lo mataré. Por ti. Por todo lo que ha hecho. Acabaré con el Brazo de la Justicia.

No quiero convertir a Dez en algo vengativo. Además, si el juez Méndez desapareciera, uno de sus subordinados estaría esperando para reclamar el título.

—Esto no es lo que quiero para ti. —Le aparto el pelo de los ojos. Puede que sea porque hemos crecido juntos y luchado lado a lado y por eso lo conozco mejor a él que a mí misma, pero sé que ocurre algo. Llevo con esta sensación atrapada en mí desde que recibimos la orden de escondernos en este bosque. Su promesa de matar a Méndez contiene una certeza que no ha habido en ninguna de nuestras misiones. Es como si supiera algo que nosotros desconocemos—. Llevas guardándote algo desde que recuperamos la piedra alman.

—Así es —dice—. Lo que viste en la piedra alman... —Empieza, pero luego se detiene y se pasa los dedos por el cabello para, después, volver a intentarlo—. Esta arma tiene la capacidad de poner al descubierto a todos los Morias. Mi padre no creía que el rey fuera capaz de crear este tipo de alquimia. Demonios, yo tampoco quería creerlo. ¿Cuánto tiempo llevan desarrollándola? ¿En cuánta gente lo han probado? Cada vez que lo pienso quiero volver a prender fuego a la capital.

Entre nosotros se crea un silencio que parece una telaraña. Cerca tenemos la corriente del río, el chillido de las aves nocturnas y el aporreo de mi corazón; todos compiten por ser oídos.

—¿Cuánto sabes sobre ella en realidad? —pregunto.

Dez hace un sonido gutural de frustración, y por primera vez veo el miedo real en sus ojos.

—Dicen que empezó siendo una «cura». O así es como lo llamaban. Una manera de controlarnos arrebatándonos el poder.

Una «cura». Para nuestra magia. Nuestras almas.

—¿Cómo sabremos qué buscar cuando estemos en palacio? —pregunto.

Dez se da la vuelta para mirar de frente el camino totalmente oscuro que lleva de vuelta al campamento. Está evitando mi mirada, y sé que cuando tiene la mente puesta en algo, ni siquiera yo puedo cambiarlo. Pero eso no hará que deje de intentarlo.

—Tengo un plan. El rey y el Príncipe Sanguinario jamás sospecharán de nosotros.

Cada vez que menciona al príncipe, hay veneno en su voz. La crueldad de la familia real no conoce límites, ni siquiera entre ellos. El rey Fernando le usurpó la corona a su propio padre. Se dice que el príncipe Castian ahogó a su hermano pequeño en el río que hay detrás de palacio. Su madre, la reina Penélope, incapaz de encontrar consuelo, murió de pena. Con el paso del tiempo, las historias han ido cambiando, se han ido tergiversando, exagerando, excusando. Pero una historia ha seguido siendo la misma: los Fajardo han gobernado durante siglos y Puerto Leones se ha vuelto más grande, más fuerte, más rica. Pero jamás ha conocido la paz.

Dejo las manos sobre los brazos de Dez. Quiero decirle que siento tanta impotencia como él, que encontraremos la manera de luchar contra estos hombres malévolos, pero parece que no soy capaz de sacar las palabras. Un recuerdo surge desde mi mente agitada. *Unas manos delicadas recorren el pecho desnudo de un hombre. Sus ojos le devuelven la mirada de un modo que no termino de descifrar.* Respiro de manera brusca y aparto la imagen robada y a Dez al mismo tiempo.

—¿Qué ocurre? —pregunta él.

Me arrastro para ponerme en pie y doy unos pasos hacia el río. El corazón me aporrea en el pecho. Ya debería ser capaz de tener mi mente bajo control. ¿Por qué no se quedan los recuerdos donde están? Si esto sigue ocurriendo, volverá a pasar como en Esmeraldas. Esto es demasiado importante.

—Soy una carga, Dez. No puedo ir a la misión.

Me mira como si le hubiera dado un tortazo.

—Ren…

—Es que si pudiera luchar… Pero estoy herida. Os pondré en peligro.

—No tendrás que luchar. —Me agarra por los hombros, sus ojos van de mí hacia el agua oscura. ¿Por qué no me mira cuando dice esto?—: Pero tu don como Robári es útil.

—Algo falla en mi poder, Dez.

—No puedes seguir echándote la culpa por lo que le ocurrió a aquel niño —dice—. Cualquiera de nosotros habría entrado en aquella casa para salvarlo.

Sacudo la cabeza y me mofo. Sus palabras airadas y brillantes me desgarran.

—¿De verdad crees que cualquiera de los demás sentiría pena si utilizaran un arma así contra mí?

—¿Por eso estás tan afectada?

—Sí.

Hasta ahora no he sido capaz de analizar lo que sentía, pero al haberlo dicho, no puedo dejar de pensar en ello.

—Ni se te ocurra decir eso —dice él, con el enfado afilando su voz—. Ni se te ocurra pensarlo.

Pero ¿cómo va a entenderlo Dez? ¿Cómo va a entender lo que es que te persigan maldiciones allá donde vayas, una especie de culpa sibilante? ¿Ver el terror en el rostro de la gente cuando se dan cuenta de que tienen frente a ellos el motivo por el que su padre ya no está, por el que su hermana ha muerto, por el que se han llevado a su hijo…?

A Dez lo quieren mucho los Susurros. Es el hijo de Illan, líder de la rebelión contra el rey Fernando. Dez es el que se atrevió a luchar contra el príncipe Castian en Riomar. Perdimos la ciudadela, pero Dez y Margo reventaron sus reservas y consiguieron que los Morias de la ciudadela escaparan con vida en barcos robados. Dez es el que protege a su gente con cada uno de sus actos.

Me suelto de su agarre con una sacudida. Tengo que irme. A donde sea.

—Quédate —dice rápido y en voz bajita—. Quédate conmigo, Ren.

Mi cuerpo me traiciona y me detengo. Me arden los ojos con unas lágrimas que no he derramado. El miedo se me posa en los huesos ante la incertidumbre, la crueldad de la misión que nos toca. Pero la angustia que siento en el pecho se debe a Dez, porque quiero quedarme. Dez no utilizaría su magia Persuári para obligarme. Es un crimen entre nuestra gente, y yo sería capaz de notarlo. La piel se siente cálida con ese tipo de magia y la voz se le vuelve metálica como las campanas.

Esta necesidad de estar cerca de él y de olvidarme de todo lo demás es simplemente quienes somos. Él es demasiado libre con su corazón y yo me cierro porque en el fondo sé que no merezco tener este tipo de felicidad. Verlo me altera los pensamientos, su voz es como un ancla que me sujeta. A veces, cuando estoy sola, me pregunto si me he quedado con los Susurros por la rebelión, para restaurar el reino de Memoria, para encontrar paz... o si me he quedado por él.

Puede que, al final, sea todo lo mismo.

—Sé que tienes dudas sobre tu poder —continúa él en voz baja, como si temiera que fuera a asustarme y a alejarme hacia el bosque—, pero yo nunca he dudado de ti. Sé que ganaremos esta guerra, Ren.

—No sé si estoy hecha para seguir luchando como tú —digo, y al pronunciar esas palabras siento como si estuviera arrancando una parte de mi corazón—. A veces pienso que estoy hecha para que me utilicen y nada más.

Dez da dos pasos adelante y apoya las manos sobre mis hombros, con cuidado para no tocar la venda que tengo sobre la herida. Al sentir su tacto me quedo quieta. Va bajando las manos por mis brazos y no hay otro sitio al que mirar que no sea el dorado sin fin de sus ojos.

—Renata —dice sin emoción alguna en la palabra, ni un indicio de súplica, ni de pasión, ni de furia. Es solo mi nombre, como un último deseo—. Eres la persona más fuerte que conozco. Te lo demostraré.

Desliza las manos hasta mis muñecas, hasta el mismo borde de mis guantes, y de repente mi corazón está más desatado que la corriente del río mientras espera a que diga que sí.

Asiento con la cabeza de manera lenta.

Él me quita los guantes uno a uno.

De manera instintiva cierro los puños en un intento por esconder mis cicatrices, las cicatrices que me han salido con cada recuerdo que he robado, la evidencia de mi hurto. Él me extiende las manos y junta nuestras palmas. Sus manos son casi el doble de grandes que las mías y no tienen las marcas de la magia, sino del beso del acero. Cierro los ojos y memorizo la callosidad de sus palmas. Él cierra la distancia que hay entre nosotros hasta que lo único que tengo que hacer es inclinar la cabeza para sentir sus labios contra los míos. Se inclina y me roza la oreja con la boca. Se lleva una de mis manos hacia el rostro.

Hacia la sien.

—Toma un recuerdo.

Abro los ojos de par en par.

—Mira que eres temerario...

—Nunca he dicho que fuera otra cosa —dice en tono burlón.

—Algo falla en mi poder, ya te lo he dicho —digo en un susurro abrupto y entrecortado—. Llevo demasiado tiempo sin entrenar con Illan.

—Pues entonces deja que te ayude. —De repente, el juego se ha acabado y ha quedado reemplazado por algo vulnerable que parece frágil—. Confío en ti. Te conozco.

—Dez.

—No eres la única a quien no le dejan dormir las pesadillas. —Me pasa el pulgar por la mejilla—. Por favor.

Me pregunto si puede sentir mi corazón acelerado. Es eso, ¿no? Lo quiero tanto que me mantengo a distancia por miedo a hacerle daño. Por si lo toco y mi poder toma el control. Por si lo hiero. Por si rompo la conexión demasiado rápido, por si lo vacío de todos sus recuerdos, por si hago que me olvide. Hay demasiadas cuestiones que me inundan la mente. Pero no me alejo de él. Me hundo en su abrazo y recorro su frente con la yema de los dedos.

—Te dolerá —le advierto—. Mientras lo haga y después.

Se estremece.

—Lo sé.

El relieve de las cicatrices que me recorren los dedos entra en calor, como si hubiera un fuego que se prendiera desde dentro. Dez nunca me ha visto utilizar los poderes de esta manera, solo las consecuencias de cuando sale mal. Abre mucho los ojos cuando me ve las manos, cuando ve la luz que me recorre las palmas. Lo que más me alarma es la mirada que hay en su rostro. No es miedo, sino asombro.

Nadie me ha mirado de esta manera.

—¿Cómo funciona? —pregunta—. ¿Van todos hacia la zona gris?

Sacudo la cabeza.

—La zona gris es una creación mía, creo. Nunca he conocido a otro Robári el tiempo suficiente como para contrastarlo. Pero la mayoría de los recuerdos que tengo hasta los nueve años están encerrados ahí.

—¿Por qué los nueve?

—Porque fue cuando los Susurros prendieron fuego al antiguo palacio. Cuando te conocí. —Aprieto mi mano contra su corazón y sonrío cuando siento lo rápido que le va el pulso—. Este recuerdo no estaría encerrado. Sería solo mío.

La arruga que tiene en la frente se hace más profunda, pero me agarra con más fuerza. Su voz es casi una súplica:

—Hazlo.

Y lo hago.

Llevo la mano hacia su sien y lo agarro. Él ahoga un grito por el dolor y sisea cuando le arde la piel bajo mis dedos resplandecientes. Soy una intrusa que está derribando los muros de su pasado. Pero Dez está completamente dispuesto a dejarme entrar, y yo me sumerjo en el recuerdo vívido que me ofrece.

Incluso el mar está en llamas.

Los barcos se rompen y hunden bajo las olas oscuras.

Las campanas suenan en las catedrales.

Los cuerpos se amontonan en calles de piedra gris, la sangre corre entre los adoquines como ríos buscando el camino de vuelta al océano.

Él sabe que no debería estar ahí. Los Susurros se han retirado. Han perdido Riomar. Pero él tiene una última cosa que hacer.

Dez se tropieza con los muertos. No es capaz de distinguir los cuerpos destrozados. Está buscando caras conocidas. Oye su nombre, el grito ahogado de un hombre que está intentando que no se le salgan las entrañas. El general Almonte. El hombre que le enseñó a empuñar una espada. Ahora la barba cana de Almonte tiene manchas de sangre. Cierra los ojos. Se ha ido.

Dez levanta la mirada hacia el cielo que se está oscureciendo, pero no puede gritar. Todo su ser está aturdido. Están izando la bandera lila y dorada con el emblema de los Fajardo de Puerto Leones frente al palacio. Arriba, en el balcón, hay una imagen que le parte la visión. El príncipe Castian observa Riomar cayendo en el caos. La gente arrasa con los muertos como buitres, se llevan las joyas de los Morias, sus armas, su armadura. Profanan sus cuerpos. El príncipe está ahí, regodeándose ante su victoria. El odio y la rabia atraviesan a Dez, y lo impulsan para que su cuerpo salga corriendo. Se encarama a los muros de palacio con las manos llenas de suciedad, sangre y sudor. Todavía hay una cosa que puede hacer para terminar con esto.

Matar al príncipe. Matar al príncipe. Matar al príncipe.

Dez aterriza en el balcón con sus botas pesadas.

El príncipe Castian tiene el cabello largo y dorado apelmazado contra el rostro. Le está saliendo un moratón en la parte alta del pómulo, parece una fruta estropeada, y tiene los labios carnosos abiertos y ensangrentados. Sigue con la cota de malla puesta, pero ya hace horas que las fuerzas Moria, lo que queda de ellas, se han retirado de la ciudadela.

Se le iluminan los ojos azules por la furia que siente cuando se da cuenta de que no está solo. Pero no avisa a sus guardias ni pide ayuda. Desenvaina la espada y cruza el balcón.

—Vete a casa, muchacho. *—Escupe a un lado. Levanta esos ojos fríos que tiene hacia la figura de Dez, que se está acercando. Está cansado y herido. Ese debe ser el motivo por el que le da la oportunidad de marcharse a Dez—.* ¿Tienes ganas de morir?

—No —*dice Dez, cuya rabia asfixia sus palabras—.* De matarte.

El príncipe Castian es el primero en oscilar la espada, y Dez levanta la suya para encontrarse con ella. El ruido del metal queda ahogado por el repicar de las campanas. El crepitar del fuego. Los gritos de los que están muriendo abajo. Los borrachos.

Cada golpe alcanza a Dez y lo sacude hasta los huesos. El príncipe es más fuerte de lo que parece cuando se exhibe en las campañas. Tiene un juego de pies rápido, es como si pudiera predecir todos y cada uno de los movimientos que hace Dez. A él se le están cansando los brazos, pero aguanta el fuego que siente en los músculos, el escozor del sudor y la sangre en sus ojos. Le hace sangre al príncipe con un rasguño en la mejilla. Castian sisea. Para ser un príncipe, parece estar demasiado acostumbrado a sangrar.

Se oye un fuerte bum cuando uno de los barcos explota en el mar. Llama la atención del principito el tiempo suficiente para que Dez embista contra él con toda la fuerza que le queda. Alcanzan la cornisa del balcón. La espada de Castian cae hacia la fosa que tienen debajo. Hay peleas, incendios, gente gritando. Cantando. En algún lugar, en una noche como esta, alguien está cantando. Dez inhala el aire chamuscado. Al respirar, es como si la boca se le llenara de hierro oxidado por la sangre. No puede soltar al príncipe y no puede tirarlo por el balcón sin que mueran los dos. Pero ¿no es ese es el motivo por el que ha vuelto aquí?

Castian estampa su cara contra la de Dez. Su nariz queda atravesada por el dolor. Sacude la cabeza, pero las estrellas de la noche y el incendio de la ciudad dan vueltas frente a él. Está demasiado débil como para utilizar su magia, y en ese momento de vacilación, el príncipe se recupera. Usa los puños para golpear y partirle la cara como a una rata cualquiera. Lleva la rodilla hasta el pecho de Dez. A Dez le resbalan las manos y la espada se le escapa de los dedos. Destellos totalmente negros. Dez se cae. No puede respirar. El suelo embaldosado del balcón está resbaladizo. Ha empezado a llover. El aire está denso. Él intenta darse la vuelta.

—Deberías haberte ido a casa —dice Castian con una voz distante.

Estoy en casa, piensa Dez, pero no consigue que su cuerpo respire.

El aire le rasca la garganta. Se arrastra a cuatro patas hacia el destello de su espada. Pone la mano alrededor de la empuñadura y se pone en pie tambaleándose. Castian suelta un gruñido.

Dez adelanta un paso y asesta un golpe certero. Castian abre los ojos de par en par ante la sorpresa. La espada de Dez atraviesa la pequeña rotura que hay en la armadura del príncipe justo debajo del peto, mientras que una sensación aguda lo apuñala en el costado.

Son un reflejo exacto y caen de rodillas. Dez agarra al príncipe por la garganta y el príncipe hace lo mismo. Se desangrarán y asfixiarán juntos y serán la ruina el uno del otro, pero él terminará con esto.

—Ren —dice Dez jadeando.

Castian afloja a Dez, pero agarra el colgante de cobre que lleva colgado del cuello, con tanta fuerza que el cordón de cuero se rompe. Tiene la mirada confusa y llena de rabia, y luego mira más allá de Dez. Sea lo que sea que esté viendo el príncipe hace que vacile. Por primera vez, Dez ve el miedo en su rostro.

—¡Andrés! dice una voz conocida y crispada.

—¿Padre? —chilla Dez.

Respiro con dificultad mientras aparto las manos de la sien de Dez y el recuerdo se funde a negro. Trepo encima de la manta, respirando fuerte. Dez se pone de espaldas y ambos nos quedamos mirando, aguantando la respiración, hacia el cielo. La herida que tengo en el cuello me palpita con un dolor agudo.

—Tenías razón —se queja—. Duele.

Giro la cara hacia él y pongo la mano sobre su pecho para sentir la velocidad de sus latidos.

—No sabía que habías vuelto. Casi mueres.

—Pero no lo hice. Nadie lo sabe. —Pone su mano sobre la mía. El roce de su pulgar sobre mis nuevas cicatrices hace que el pesado dolor se desvanezca—. Excepto mi padre y su aprendiz Javi. Al ver que había abandonado la caravana, volvieron sobre sus pasos a por mí. El Príncipe Dorado al final llamó a su guardia y apenas pudimos salir de ahí.

—Gracias a Nuestra Señora.

La carga de las heridas que le causó aquella pelea cae sobre mí. Todavía puedo sentir su impotencia, el miedo a morir y a que la última persona a la que viera fuera alguien a quien odiaba.

—Aquel fue el día en el que perdimos nuestro último baluarte del reino de Memoria.

—Memoria se perdió hace medio siglo, Dez.

—Lo sé —dice en voz baja y con pesar—. Una parte de mí esperaba que nuestros aliados vinieran en nuestra ayuda para detener a Puerto Leones en su intento por hacerse con el control total del continente. Pero no vino nadie. Luchamos solos.

—¿Por qué me das este recuerdo ahora?

—Te da miedo tener que volver a enfrentarte al juez Méndez. A mí me aterroriza no ser lo bastante fuerte como para hacer lo que hay que hacer. Que fallaré como hice aquel día. Quería que lo supieras.

—Dijiste mi nombre.

—Quería volver contigo.

En vez de soltarlo, agarro la parte delantera de su túnica con los dedos y doy un pequeño tirón. Nada puede detener la sonrisa que se está esbozando en mis labios cuando él se levanta del suelo y se desliza encima de mí, poniendo su peso sobre sus antebrazos y con las rodillas descansando entre mis piernas. Siento un cosquilleo nervioso que me recorre la piel. Cuando me rodea el rostro con los dedos y retira con suavidad el pelo enredado que tengo en el cuello, me pregunto si esta necesidad que siento por él es más intensa porque ahora poseo una parte de él que no puedo devolver. Cuando cierro los ojos puedo oír a Dez diciendo mi nombre, y luego a Illan acudiendo a rescatar a su hijo. El terror en el rostro de Castian al darse cuenta de que le superaban en número.

—¿Andrés? —digo. Adoro el peso de su nombre verdadero sobre mis labios.

—Solo me llama así mi padre. —Ahoga una risa y baja la nariz hasta la curva de mi cuello. Me zumba la piel cuando detiene los labios antes de tocarme—. No se lo digas a nadie.

—¿Por qué?

Se retira un poco para mirarme a los ojos.

—Ese nombre nunca me ha pegado.

Le acaricio la barba incipiente que tiene en la mandíbula. Me acuerdo de que hace unos años apenas podía dejársela crecer. Sus labios suaves me rozan los nudillos. Su boca es como un rocío húmedo y cálido sobre mi piel. Me tiembla la mano izquierda, y Dez me la toma. Mis dedos se abren ante él como los pétalos de una rosa ante el sol. Me besa el interior de la muñeca, el centro de mi palma, las espirales y las yemas de mis dedos. El hormigueo —el dolor— es casi demasiado.

Me besa en los labios una vez, luego se retira. Me acuerdo de la primera vez que le robé un beso en el bosquecillo que hay detrás de las ruinas hace dos años. Nos hemos dado besos en secreto, en momentos en los que creíamos que íbamos a morir y cuando luego no lo hicimos. Me besó bajo la lluvia cuando huí. Yo le besé cuando me quedé. Nuestras vidas han sido forjadas y unidas por el fuego. A veces temo que ese fuego nunca me ha abandonado.

Arqueo la espalda cuando le devuelvo el beso a Dez con una furia que he mantenido encerrada dentro. Apenas sé dónde colocar las manos. Lo único que sé es que quiero tocar todas las partes de él. Levanto el dobladillo de su túnica y dejo que mis dedos recorran el relieve de una cicatriz que tiene en las costillas, donde la espada del Príncipe Sanguinario casi lo mata. Él sisea por la sorpresa, sus músculos se tensan ante mi roce, pero no deja de besarme. En vez de eso, la presión de su cuerpo sobre el mío revela cuánto me desea. Deshago el botón de sus pantalones y, aunque susurra mi nombre, se aparta.

Su ausencia, aunque solo sea por este momento, duele. Ahí está su sonrisa, tan engañosa como duran los días de verano. Le levanto la túnica a medio camino, pero él se la quita y la deja a un lado. La brisa fresca mueve ligeramente las oscuras ondas de su cabello.

—Deberíamos volver —dice con la respiración entrecortada.

—Deberíamos quedarnos —digo yo. Me desabrocho la camisa hasta el centro.

Sus dedos se quedan por encima de la herida que tengo en la curva del cuello.

—No quiero hacerte daño.

—Pues no me lo hagas. Por una vez me gustaría besarte sin estar esperando la muerte inminente.

—¿No es eso lo que hacemos cada día?

—Ya sabes a qué me refiero.

—Lo conseguiremos. Quiero hacer un mundo mejor para ti. Para todos nosotros.

—Mientras tanto... —digo yo, y sigo deshaciendo los botones de metal de mis pantalones y luego los de los suyos—. Tenemos este bosque y nos tenemos el uno al otro.

Dez cierra los ojos y emite un sonido que nunca le había oído antes. En la penumbra, soy capaz de contar los músculos de su espalda cuando se coloca frente a mí. Me besa la piel desnuda del estómago, las marcas de las cicatrices de haber luchado codo con codo. Antes las odiaba, pero es lo único que me hace sentir que soy parte de los Susurros, parte de Dez. Él engancha los dedos en la cintura de mis pantalones y tira de ellos hacia abajo. Me aprieta los muslos con las manos y jadeo de lo bien que se siente que él me toque de esta manera.

—Te amo, Renata —dice con el halo de la luna—. Necesito que lo sepas.

Lo sé. Creo que lo sé desde hace un tiempo. Quería echarle la culpa al estrés de enfrentarnos a nuestros enemigos, de no saber si viviríamos para volver a vernos. Las personas se consumen unas a otras cuando tienen miedo, ¿no? Pero sé que esto es real.

Yo también, quiero decir, pero no puedo. Algo dentro de mí se rompe. Tiro de sus brazos para que vuelva a mí, para así poder devolverle sus besos amables y pasar los dedos por las ondas oscuras de su cabello. Tiene una sonrisa malvada cuando me besa el interior de la rodilla.

—Andrés —susurro.

Puede que no sepa mucho más en medio del caos de este mundo. Pero estoy segura de esto. Es algo que no he sido capaz de verbalizar hasta ahora. Amo a este muchacho y haría cualquier cosa por mantenerlo a salvo. Me enfrentaré a mi pasado si tengo que hacerlo. Cuando Dez empuja una de mis rodillas al lado, estoy segura de que nos une algo más que la sangre y la pérdida. Somos tan inevitables como el amanecer.

7

Dez se queda dormido acurrucado contra mi pecho, y yo con su túnica y sus pantalones enrollados bajo la cabeza a modo de almohada. Enredo mis dedos en sus suaves rizos oscuros. Él balbucea y gime mientras duerme. Me pregunto qué estará soñando. Mi cuerpo está del todo despierto, aunque me siento completamente en paz. ¿Hemos sido descuidados? No, porque ambos tomamos el té que todos los espías de nuestras filas beben si quieren evitar el embarazo. Pero ahora me pregunto qué nos espera. Compartir tus miedos con otra persona cambia las cosas. En algún momento del día las otras unidades llegarán y tendremos que ser soldados. Es la única manera en que podemos superar esto y construir un mundo mejor juntos.

«Confío en ti», dijo. Desde que nos fuimos de Esmeraldas, Dez ha estado diferente de un modo que no puedo explicar. ¿Estaré proyectando mis propios nervios? Rebusco la moneda que me dio. Afecto. Regalos. Él siempre me ha dado estas cosas. Pero esta noche casi me da la sensación de que ha intentado encajar toda una vida de amor en unos pocos momentos. Puede que, en el fondo, no confíe en que vayamos a sobrevivir al ataque a la capital.

Esa idea me fastidia, y le doy vueltas a la moneda de cobre entre los dedos. Pienso en el momento en que el príncipe se la arrancó a Dez del pecho. Un escalofrío horrible me recorre los brazos cuando recuerdo el frío filo de la espada del príncipe. Dez estuvo a punto de morir, pero no abandonó aquel balcón sin su reliquia familiar. Paso el pulgar por encima del sello. ¿Quién fue la mujer que hay acuñada en una de las caras? Tan solo los hombres Fajardo adornan la moneda del reino. No me la pongo. Da la sensación de que es el tipo de promesa que no deberíamos hacer hasta después de... Me meto la moneda en el bolsillo e intento que se me lleve el sueño.

A pesar de la calma que hay en el bosque justo antes del amanecer, la corriente del río y el latido estable de su corazón; el descanso de Dez es irregular. Vuelve a gemir, me da la espalda y luego se coloca boca arriba. La pálida luz de primera hora de la mañana suaviza sus rasgos, pero cuando coloco mi palma sobre su pecho, siento su corazón aporreando y sus músculos sacudiéndose como si estuviera atrapado en una pesadilla.

En Ángeles, las noches suelen estar llenas de los llantos de los reclutas que reviven sus recuerdos de dolor y muerte en sueños. En los claustros que utilizamos como fortaleza hay corrientes de aire, y el sonido se propaga por los largos pasillos. Había noches que las pasaba enteras oyendo esos ruidos, y por la mañana sabía que acudirían a mí para que les arrebatara el momento exacto que los atormentaba. Pobres. En ocasiones lo hacía por un sentimiento de deber o por el deseo de caerles bien. Pensaba: si robo los recuerdos que he ayudado a crear, quedaré absuelta de mi pasado. Si lleno mis pensamientos con tanta gente desconocida, me olvidaré de mi propio daño. Pero no me ha resultado de ayuda, por lo que he empezado a decir que no, y la gente se va echando pestes sobre mi nombre.

Doy un empujoncito a Dez para despertarlo de lo que sea que no le deja dormir bien, pero se ahoga con el aire. Balbucea unas cosas que no puedo descifrar y luego gimotea. Conozco esa terrible sensación de estar atrapada en tu propia mente, como si te estuvieran ahogando desde dentro.

«Te conozco», me dijo Dez. «Confío en ti».

Acaricio su rostro con los dedos. Me lo conozco tan bien que no necesito que nos dé el sol para ver por dónde estoy yendo. Quiero consolarlo y que se sienta igual que yo cuando estoy a su lado, más en paz. Hago presión con la punta de los dedos sobre su sien.

La conexión es instantánea, siempre lo es cuando la persona no está consciente. Una ráfaga de emociones me golpea el pecho, es algo que ocurre al estar en una mente distinta. Veo una luz cegadora y siento un pinchazo que se esparce desde la punta de los dedos y me llega hasta el cráneo.

Pero lo que encuentro no es un solo recuerdo, sino un conjunto de ellos. Una secuencia de pensamientos que se repiten una y otra vez:

Dez, a los cinco años, jugando con un gran perro de caza negro que le chupa el rostro. Se cae sobre el césped y ambos aúllan salvajes.

Dez en las cocinas de San Cristóbal robando una naranja a espaldas de la cocinera Helena. El jugo dulce y ácido le cae por la barbilla.

Un Dez más mayor vigilando la ciudad portuaria de Riomar, con la mirada fija en la bandera lila y dorada de Puerto Leones que ondea sobre la vela de un barco.

Dez dando zancadas hacia una muchacha que está sacando lustre a unas dagas en un espacio abierto. La muchacha levanta una hacia la luz y entonces lo ve reflejado. Se da la vuelta. Al muchacho se le acelera el corazón y ella sonríe, y se le ilumina la mirada de ojos marrones, cálida e íntima.

Con suavidad, rompo la conexión que tenemos y me vuelvo a tumbar sobre la manta áspera que hay a su lado. Le doy un descanso a mi magia y un respiro a mi mente para que se ponga al día con todos los recuerdos mientras los va absorbiendo, lo que me permite un momento para darme cuenta de que Dez está soñando conmigo.

Yo soy la muchacha con la mirada cálida de ojos marrones. La muchacha que sonríe cuando le devuelve la mirada. Le aparto un mechón de los ojos, que los tiene cerrados. Dez está soñando conmigo; en un espacio abierto, en algún lugar, con el cabello corto de cuando me lo corté hace dos años. Busco el recuerdo de estar sacando lustre a las dagas, pero no lo encuentro. ¿Por qué iba a elegir ese recuerdo, con todo el tiempo que hemos pasado juntos? Mis

propios recuerdos son siempre los más difíciles y los más doloro-
sos de destapar.

¿Quién se supone que soy si puedo recordar con facilidad la
vida pasada de un desconocido, pero no la mía?

Con el subir y bajar regular del pecho de Dez a mi lado, me
permito dejarme llevar por el sueño. Se me cierran los ojos durante
un momento maravilloso hasta que un chillido estridente atraviesa
el amanecer.

Dez se despierta de manera vertiginosa y ambos nos ponemos en pie. Él observa sus alrededores, como si hubiera olvidado
dónde se encontraba. Yo le lanzo su ropa y me ato los cordones
de las botas con torpeza. El grito proviene de nuestro campamento. Me dispongo a hablar, pero él me pone un dedo sobre los labios.

Me llevo la mano a la cadera. La daga. Dez sacude la cabeza
porque estoy segura de que está pensando lo mismo: todas nuestras armas están alrededor de la hoguera.

Entonces echamos a correr, y la sangre bombea mis venas como
el rugido del río. Nos abrimos paso por el bosque hasta que nos
acercamos al campamento. Nos ocultamos entre unos árboles fron-
dosos, aunque es difícil quedarnos en silencio cuando el suelo está
lleno de ramas. Nos detenemos detrás de un montículo lleno de
musgo, donde un grueso tronco caído nos hace de barrera.

Hay un joven tirado sobre la tierra que se está abrazando un
pie ensangrentado. La trampa de metal de Dez está a su lado. Deben haberlo dejado atrás. Levanta la mirada hacia nosotros, entrecierra los ojos y abre la boca para gritar, pero Dez lo deja sin
sentido dándole un puñetazo en la cara. El muchacho cae de lado,
inconsciente.

Dez me indica que me quede escondida apretándome el antebrazo. Nos mantenemos agachados y escuchamos. Las voces no nos
resultan familiares; hay alguien ladrando unas órdenes que no termino de descifrar. ¿Ha sido Sayida quien ha gritado? No los oigo
luchando. Si gritan es que siguen vivos. Si no...

Me levanto lo justo por encima del tronco del árbol y hundo
los dedos en la tierra mullida para mantener el equilibrio.

Deberíamos haber estado alerta.

Deberíamos haber estado ahí.

Desde este lugar estratégico, veo a tres soldados de la realeza que tienen a Margo, a Sayida y a Esteban de rodillas con las muñecas atadas a la espalda. Sayida tiene los ojos cerrados. Esteban mueve los labios como si estuviera rezando. Margo escupe sobre las botas de cuero que tiene frente a ella.

Una oleada de expectación rodea a los guardias conforme un cuarto hombre llega caminando al campamento. Con todos los recuerdos robados en mi cabeza, a menudo los rostros de los desconocidos se vuelven borrosos y se mezclan en mis pensamientos, como si todas las personas a las que viera me resultaran de algún modo familiar.

Pero reconozco de inmediato a este hombre.

En mi mente flota el recuerdo reciente que tiene Dez sobre él.

Me vuelvo a agachar, me inclino hacia el oído de Dez y pronuncio una sola palabra: «Castian». Después vuelvo a mi posición.

Aunque solo he visto el rostro del príncipe a través de recuerdos robados, es imposible confundir esa mirada brillante y jovial, esa sonrisa burlona y esa mandíbula afilada. Su cabello largo y dorado le cae como la melena de un león sobre sus hombros. Va vestido con menos armadura que sus hombres, y las piezas de cuero están teñidas de un rojo tan intenso que parece una herida sangrante. Lleva unos guantes de cuero con un anillo de pinchos de oro alrededor de los nudillos. Los pinchos destellan con la luz de la mañana cuando señala el río.

—Encontradlos —ordena—. No puede haberse ido lejos.

Dos de los soldados agachan la cabeza hacia él y luego salen corriendo en dirección al agua.

Dez estira el dobladillo de mi túnica y me agacha. Con la espalda pegada contra el montículo de tierra, me aprieta la mano.

—Provocaré una distracción —susurra—. Libera a los otros.

Lo agarro por la muñeca.

—No. Vas desarmado.

Se gira hacia mí con una sonrisa, y por un momento tengo la vana esperanza de que se va a quedar. De que urdiremos un plan juntos. Pero lo conozco.

—No por mucho rato.

Su sonrisa desaparece cuando me pasa los dedos por el cabello y me empuja hacia él. Sus labios encuentran los míos, los aprieta con urgencia, los separa ligeramente. Yo le devuelvo el beso, pero se termina tan rápidamente que apenas puedo respirar.

—Dez...

—Confía en mí —susurra con la voz rasgada. Agarra la espada del soldado inconsciente. Y entonces desaparece, fundiéndose con el bosque como una de sus sombras.

Echo un último vistazo sobre el tronco caído y observo a Dez atravesando el bosque, sigiloso como un lince.

Castian está frente a Sayida. Su cabello le oculta la boca, pero desde aquí puedo oírlo gritar:

—¿Dónde está Dez?

El guardia que queda ha cometido un error, y es que está demasiado cerca de un árbol. Es joven. Seguramente lo hayan reclutado hace poco. Dez sale de la sombra que hay detrás de él. Yo me preparo, respiro de manera profunda para disponerme a saltar por este montículo y abrirme paso hacia el campamento, donde están nuestras armas amontonadas. «Libera a los otros».

Oigo el sonido espeluznante de la espada rajándole la garganta al guardia. El soldado intenta hablar a pesar de los riachuelos de sangre que corren por su cuello y boca. Blande la espada una vez, luego se cae al suelo con fuerza.

Castian se da la vuelta y se encuentra con Dez, y sé que este es el momento. Es la única oportunidad que voy a tener para liberar a nuestra unidad. Me abro paso por encima del montículo, me deslizo por la pendiente de tierra y aterrizo haciendo un ruido de lo más sordo. Me veo obligada a no mirar a Castian y a Dez luchando, a no pensar que la última vez que estuvieron juntos, Dez por poco consiguió salir con vida. Ambos han crecido y tienen otro año más de práctica y cicatrices de batalla.

Agarro la daga y meto otra en el cinturón.

Sayida es la primera en darse cuenta de que estoy ahí, y veo alivio en sus ojos medianoche. Estando tan cerca, distingo que tiene un nuevo moratón ensombreciéndole la mejilla. Llevo la cuchilla hacia la cuerda que la ata, pero me llama la atención una voz baja y arrogante.

—Ahí está —se mofa el príncipe—. El salvador de Riomar.

Dez no tiene la oportunidad de responderle, ya que Castian blande su espada —un artilugio ostentoso, con la empuñadura de oro y cubierta de esmeraldas y rubíes centelleantes— justo por la oreja de Dez. Él se da la vuelta y esquiva a Castian mientras lo aleja de nosotros al mismo tiempo.

Un grito ahogado proviene de mi lado. Es Margo, con sus ojos brillantes y desesperados por llamarme la atención. Suelto una respiración agitada y termino de cortar las cuerdas con las que Sayida tiene las manos y los pies atados. En cuanto queda liberada, se saca del cabello oscuro una cuchilla tan fina como una pluma y se pone a trabajar en las cuerdas que atan a Margo mientras yo ayudo a Esteban.

—¡Date prisa! —sisea Esteban.

Tengo los dedos torpes, como si mi mente no estuviera al corriente de la realidad de todo lo que está ocurriendo, de que Dez está luchando contra Castian. Sus espadas chocan y hacen un estruendo como las campanas de mediodía, y el recuerdo de Dez de su último encuentro me sobreviene. Está luchando sin el miedo de aquel día, sin el recuerdo de la daga de Castian atravesándole el costado. Aunque a Dez aquello le haya brindado una gran seguridad en sí mismo, a mí me desespera.

Las cuerdas que tenían atado a Esteban se rompen. Lo pongo en pie. Sayida por fin libera a Margo, y echan a correr a por nuestro alijo de armas cuando se acerca el aporreo de unas botas.

—¡Lord comandante! ¡Se escapan! —grita un guardia.

Levanto la daga hacia los soldados que han vuelto de la búsqueda fallida de Dez. La pareja se da cuenta del corte que tiene el joven guardia en la garganta y arremeten contra nosotros.

Doy un salto a un lado mientras el soldado se abalanza sobre mí y yo me protejo la cara con el brazo. La punta de su espada se desliza por mi antebrazo. Un dolor agudo me abrasa la carne. Suelto un chillido y pierdo el equilibrio cuando me echo hacia atrás con gran esfuerzo para evitar que la espada me cercene el brazo. Esteban le da un puñetazo a mi asaltante y le parte la protección que lleva sobre la oreja.

Ruedo por el suelo y me pongo en pie. El corte es más superficial que la sensación que tengo, pero me trago el dolor y respiro el aroma putrefacto de las flores que se están marchitando a nuestro alrededor. Tengo que ayudar a Esteban, pero mi mirada está fija en Dez. La sangre le rezuma por los cortes que tiene en los brazos.

«Confía en mí».

—¡Ren! —grita Esteban. Está agarrando dos dagas cruzadas frente a su rostro, protegiéndose del guardia que está empujando su espada.

Voy corriendo tan rápido que se me nubla la vista y le rebano los tobillos al guardia con el filo de mis armas. Él se dobla y una parte de mí tiene sed de victoria. Me arde el cuerpo con una energía violenta que no había sentido antes.

Sayida y Margo tienen a su rival pegado al suelo y lo están atando con una cuerda. Él no se resiste y tiene la mirada distraída. Sayida debe haberlo obligado a rendirse, puede que jugando con la bondad de su corazón. Me recuerdo a mí misma que el rey y su magistrado no muestran ninguna bondad y retiro la mirada a la fuerza. Soy lo bastante valiente como para sonreír. Como para tomar la mano que me extiende Esteban para ir hasta Dez. Por un momento, creo que podemos ganar.

Pero Castian golpea la espada robada de Dez y la tira al suelo, y se adelanta antes de que yo pueda pestañear siquiera. Amenaza con perforarle la garganta.

Dez va con la mirada desde la punta de la espada hasta donde estoy y luego mira más allá.

Es esa mirada la que me dice que estamos rodeados antes de verlos. Hay hombres vestidos con los colores lila oscuro y dorado del rey flanqueándonos desde todos lados. ¿Dónde estaban escondidos? ¿Cómo no los hemos visto? ¿Nos han visto a Dez y a mí escondidos detrás del montículo y han estado jugando con nosotros antes de ponerse al descubierto? ¿Han utilizado el arma de la justicia para encontrarnos?

Hay un guardia para cada uno de nosotros. Reconozco al muchacho que hemos dejado inconsciente: tiene un ojo morado y cojea. Sayida me alcanza la mano como para recordarme que no puedo actuar sin pensar.

—Soltad las armas —dice Castian de manera calmada. Le guiña el ojo a Dez y dice—: Quieto.

Después, avanza a zancadas en nuestra dirección. Los cuatro estamos de pie en una fila, indefensos. El recuerdo que tengo en la mente —el de Dez— es tan reciente que es como si estuviera viendo a dos Castians. Está el Príncipe Sanguinario agarrando a Dez por la garganta, llenísimo de rabia. Y luego está este Castian, mostrando una sonrisa victoriosa.

Una tercera visión suya resplandece como un relámpago en la oscuridad de mis pensamientos: Esmeraldas. Celeste. El recuerdo de un niño sobre unos desconocidos prendiendo fuego a su hogar. La misma voz que le está diciendo a Dez que se quede quieto como a un perro. «Nadie puede saber que he estado aquí», dijo. Pero el príncipe Castian es conocido por su pompa, por ir de los pueblos a las ciudadelas protegiéndolos de los peligros de los Susurros.

Este Castian tiene el aspecto y suena como los destellos que tengo de él, pero hay algo distinto. Un exceso de confianza que apesta a alguien que sabe que ya ha ganado.

—Gracias al Padre que eres congruente —le dice Castian a Dez mientras le recorre la cicatriz en forma de luna creciente que tiene en el pómulo—. Ya hace casi un año desde la última vez que nos vimos y sigues con ganas de morir.

La naturaleza casual de su voz desentona en este bosque, entre nuestra unidad, mientras nuestras vidas están en la cuerda floja. Lo detesto por completo. Quiero arrancarle cada recuerdo de la mente. El Matahermano posa sus ojos azules y extraños sobre mí y frunce el ceño como si hubiera escupido en su comida. Después, pasa por delante de la fila.

—Deja que se marchen —gruñe Dez. Tiene las manos cerradas en puños, la sangre brota por las mangas de su túnica como si fueran pétalos.

Mi cuerpo se sacude hacia adelante, pero Esteban me agarra la muñeca.

—¡Dez! —exclama Margo, y el soldado que tiene detrás la retiene agarrándola por el pelo.

Sayida lanza la fina cuchilla que tiene y Margo la recoge con el pliegue de su brazo, y enseguida la levanta hasta clavársela al soldado en el ojo. El grito que suelta el hombre hace que los pájaros salgan volando desde las copas de los árboles. Solo uno de los soldados lo ayuda a mantenerse en pie.

Dez sigue observando a Margo y se da la vuelta demasiado lento cuando un soldado recién llegado —el que casi me corta el cuello en Esmeraldas— lo sorprende con dos dagas, una en el cuello y la otra sobre el corazón. Dez abre los ojos de par en par, y un nuevo hilito de sangre le cae por el cuello, por donde el soldado loco del cuchillo le ha hecho un corte.

—Te llevaste mi espada —dice el muchacho.

—¡Basta! —Castian intenta mantener el rostro impasible ante la victoria, pero en esos ojos azules y espeluznantes hay un destello de preocupación. El príncipe aprieta los puños, y los pinchos que tiene alrededor de los nudillos se muestran como una amenaza para el joven muchacho—. Lo necesito con vida.

Cambiamos de posición, y ahora los soldados están protegiendo a su príncipe mientras nosotros cuatro mantenemos las armas levantadas a la espera.

—No son más que carroñeros —dice Dez y escupe sangre al suelo. Mantiene los brazos abiertos—. Es a mí a quien quieres. Llévame a mí.

El rostro de Castian está ensangrentado por un corte enrojecido que tiene en la suave pendiente de su nariz. Espero que le duela. Esboza una sonrisa y nos mira, primero a nosotros y luego a Dez.

—¿Por qué iba a hacer eso?

Dez aprovecha el momento para golpear con la nuca directamente al soldado que tiene a su espalda. El joven cae y se protege la cara, pero no se levanta. Dez se lleva la mano al bolsillo antes de que nadie pueda dar un paso adelante y saca un frasquito de cristal. Es veneno hecho con flor de olaneda, que crece en los montes más altos de las montañas Memoria. Lo creó uno de nuestros alquimistas cuando estaba intentando desarrollar una cura para la peste que arrasó con el continente hace años. En vez de eso, descubrió una muerte rápida.

—Dez —digo.

Él no me mira.

Castian levanta una mano para indicar a sus hombres que se mantengan al margen. Muerde con tanta fuerza que se le tensa la mandíbula. ¿Es miedo lo que hay en la mirada del príncipe? Puede que Dez no recuerde cómo casi lo mata Castian, pero yo sí. Lo siento con tanta intensidad que me lleva todo lo que tengo en mí no pegar un grito.

Castian frunce el labio superior.

—No eres capaz.

—Daría mi vida por ellos —dice Dez, cuyas palabras suenan tan uniformes y fuertes que nadie dudaría de ellas—. Soy el hijo de un anciano. El líder de los Susurros. Es a mí a quien quieres.

—Sobreestimas tu valía.

—Entonces, ¿por qué has venido a por mí? —pregunta Dez—. Porque la espía ha muerto. Celeste está muerta. Pero seguro que eso ya lo sabes. Me quieres vivo para vengarte por esa cicatriz tan bonita que te dejé.

Lo que dijo Dez anoche retumba en mi mente. «Confía en mí».

¿Es esto a lo que se refería?

Quiero creer que Dez jamás moriría envenenado. No es nada de lo que avergonzarse, pero si este es el camino que elige, significaría que no hay esperanza y que el resto no tenemos ninguna oportunidad. Aun así, se coloca el frasquito entre los dientes. Podría morderlo y romper el cristal. El veneno haría efecto antes incluso de que se tragara cualquier trozo de cristal.

Castian cierra los puños y los pone a los lados. Me imagino esos nudillos puntiagudos yendo hacia la cabeza de Dez.

—Ren —susurra Esteban a mi lado—. ¿Qué hacemos?

Lo único que puedo hacer. Me quito los guantes con fuerza y me abalanzo sobre el príncipe. Solo tengo que ponerle un dedo encima y arrancarle todos los recuerdos que tenga hasta que puedan darlo por muerto. Vaciado de arriba abajo.

—¡No! —chilla Esteban y yo me detengo, confundida.

De repente, siento como si las raíces hubieran salido de la tierra y se hubieran enrollado alrededor de mis tobillos. Los huesos pesados como el cemento, la boca paralizada, la lengua tan hinchada que no puedo pronunciar ni una palabra; inútil. Y todo a mi alrededor, el aire se llena con el poder de Dez. Nos está manteniendo al margen.

Me lleva un momento darme cuenta de que él «no» de Esteban no se refería a mí, sino que se refería a lo que Dez estaba a punto de hacer. Debe haber visto sus pensamientos demasiado tarde.

—Eso no va a funcionar conmigo —dice el príncipe, pero aun así da un paso atrás para alejarse del dedo que he extendido.

—¡Basta! —protesta Margo. Al mismo tiempo, a Sayida se le enrojece el rostro por el esfuerzo que está haciendo para moverse.

A ellas también las mantiene paralizadas la fuerza de la magia de Dez. Me arden los ojos por las lágrimas, que emborronan la imagen de los guardias esperando órdenes. Castian. El príncipe es una mancha de rojo y dorado, pero cuando parpadeo, veo el miedo en sus ojos a que su presa se eche a perder antes de tener la oportunidad de torturarlo. Dez con veneno entre los labios. Cierro los ojos y recuerdo esos mismos labios sobre mi piel, sonriendo; sonriendo mucho, riendo, lleno de vida.

¿Como es capaz de hacer esto?

Es el mismo príncipe quien se coloca entre nosotros y oscila su mirada depredadora entre Dez y yo.

—Acepto.

—Júralo —dice Dez aguantando el frasquito entre los labios—. Jura que mi unidad saldrá de este bosque libre y que ni tú ni tus guardias les haréis daño.

—Yo no hago promesas a escoria Moria —dice el Príncipe Sanguinario. Nos examina a cada uno y se detiene sobre mis manos llenas de cicatrices—. ¿Hay más?

Dez junta los dientes y sisea:

—Sí.

No decimos nada, estamos petrificados con diferentes niveles de furia. Vuelvo a intentar deshacerme de la magia de Dez, pero es como si mi cuerpo no me perteneciera.

No te perdonaré jamás. Las palabras salen de manera espontánea. ¿Son mías o de los recuerdos que se están deshaciendo?

—Siempre hay más, ¿verdad que sí? —Castian se acerca a mí. Tiene el ceño fruncido y la piel dorada manchada de tierra, moratones y cicatrices. El azul de sus ojos pasa a ser verde en el centro. Quiero arrancárselos. Puede que vea mi odio, porque no es capaz de aguantarme la mirada y pasa a Margo—. Vosotros cuatro les diréis a los Susurros que se retiren. Esta rebelión se ha acabado o vuestro príncipe de los rebeldes morirá sin juicio. Espero vuestra completa y total rendición en tres noches; de lo contrario, será ejecutado al cuarto día. ¿Tenemos un acuerdo?

—No te pueden contestar —dice Dez.

El rostro del príncipe refleja su irritación.

—Pues contesta tú por ellos.

Sin apartar sus ojos dorados, duros y vidriosos de Castian, Dez asiente una sola vez. La derrota que oigo resulta tan extraña que temo estar mirando a un impostor.

—Harán lo que ordenas. Recuerda todo lo que he dicho.

Uno de los soldados acude rápidamente y le da un golpe a Dez para quitarle el frasquito de las manos. Lo agarra por las muñecas mientras otro le da una patada en la parte trasera de las rodillas. Le atan los brazos. Dez no se resiste. Respira de manera rápida y entrecortada, y yo no puedo apartar la mirada de él. No puedo ni siquiera levantar un dedo cuando sacan un saco de color marrón y se lo ponen en la cabeza. Tiene la mirada fija en la mía. Detesto la luminosidad del día. Detesto que Dez no me permita ir con él.

—Recuerda todo lo que he dicho. Recuerda…

Sus últimas palabras quedan amortiguadas cuando los guardias estiran el sucio saco sobre su cabeza.

Uno de los guardias, el que tiene la piel castaña y cubierta de sudor, y el aspecto de estar a punto de vomitar sobre las botas de su príncipe, dice:

—Pero… Pero, mi señor, el rey Fernando y el juez Méndez… Han dado sus órdenes. Que no haya supervivientes.

Por un momento, es como si Castian no hubiera oído al hombre que está apenas a unos pasos de él. Luego, lo único que se oye es el metal afilado de su puño volando por el aire y los pinchos desgarrando una mejilla carnosa.

—¿Estás en mi guardia o en la del juez Méndez? —pregunta Castian, pero no espera a que le responda—. Voy a mantener mi palabra y voy a perdonar la vida a estos rebeldes. ¿Es que la palabra de tu príncipe no es lo bastante buena para ti?

El guardia se lleva una mano a su cara destrozada y luego suelta un llanto indicando que lo ha comprendido.

Quiero gritar. Quiero pelear. Quiero morir.

Pero no puedo moverme. ¿Cómo puede hacer esto Dez? ¿Cómo puede retorcer mis sentimientos de esta manera? Me niego a creer que exista siquiera una parte de mí que no quiera salvarlo. Las lágrimas caen en silencio por mis mejillas. Lo único que puedo hacer es observar a Castian y a sus guardias llevándose a Dez a rastras y dejándonos a nosotros cuatro —a Sayida, Esteban, Margo y a mí— como estatuas vivientes mientras el bosque se va despertando poco a poco con el amanecer. Inevitable.

Por fin, cuando Dez está lo bastante lejos, nos libramos de su magia. Sin ese apoyo, me tambaleo. La cabeza me da vueltas.

Dez no está.

Me recorre una sensación ardiente por las venas, como un líquido corrosivo. Ya he sentido este fuego con anterioridad, cuando estaba luchando.

Dez no está.

Huelo a podrido. A flores en descomposición. Pero no es época de que el follaje se marchite. Me doy cuenta de que no solo era la lucha lo que causaba furor en mi piel.

Sayida me recoge antes de que golpee el suelo. A pesar de todo lo que ha ocurrido, es el brazo lo que me pesa, un peso muerto que me tira hacia la tierra. Pestañeo y, antes de hundirme en una oscuridad total, la oigo decir:

—Veneno.

8

Cuando abro los ojos, vuelve a estar oscuro. Veo que estoy en una tienda de campaña. Hay una lámpara con una llama tenue en el suelo, a mi lado. Al pestañear rozo una tela suave, no la manta polvorienta que llevo acarreando una semana. Siento la piel en la base del cuello dolorida, como si los puntos que tengo fueran cuerdas que han estirado demasiado. Suelto un gemido doloroso cuando me sobreviene la última cosa que recuerdo. La voz de Dez resonando en mis pensamientos.

«Recuerda», dijo Dez.

—Dez. —Me incorporo y parpadeo para ajustarme a la luz.

Sayida coloca su mano sobre mi pecho e, inmediatamente, mi respiración se ralentiza; su magia Persuári se mueve a través de mí en un pulso cálido. Ella siempre ha explicado que su poder es como ver los colores que componen la emoción humana. Me pregunto de qué color será lo que siento ahora mismo.

—Basta —le digo, y ella me hace caso.

Intento ponerme en pie, pero al instante siento una oleada de mareos y me tambaleo.

Sayida coloca las manos sobre mis hombros y, con suavidad, me indica que vuelva a acostarme en el catre.

—Por favor, Ren, tienes que quedarte quieta.

—¿Dónde está Dez?

Ella se detiene y suspira con lentitud, como si estuviera intentando aguantarse las lágrimas.

—Sabes que no está aquí.

—Ahora mismo no necesito magia —dijo. Necesito a Dez, pero eso no puedo decirlo. Ni siquiera a mi propia amiga—. ¿Qué ha ocurrido?

Sayida vacila.

—Te hicieron un corte con una espada envenenada. Veneno de alacrán mezclado con rosas de sangre, a juzgar por el olor. Illan dice que tienes que estar tumbada.

—¿Illan está aquí? —Ignoro a Sayida y me quedo sentada—. ¿Y las unidades? ¿Están listas para contraatacar?

Las sombras de los árboles se proyectan contra las paredes de tela de la tienda de campaña. Las mismas criaturas a las que vi anoche cuando Dez y yo... Cuando estábamos todavía en el bosque de los Linces.

Por encima del hombro de Sayida, veo a Esteban. No me está mirando con su desprecio habitual, pero tiene los brazos cruzados sobre el pecho para mantener las distancias. Se ha afeitado la barba descuidada y le ha quedado la piel suave. En voz baja, dice:

—El consejo entero está aquí, Renata.

Renata. Esteban nunca dice mi nombre completo. «Incendiaria». «Carroñera». Diablos, hasta «tú».

—¿Me estoy muriendo? —le pregunto a Sayida.

Ella sacude la cabeza y sonríe a pesar de la tristeza que la abruma.

—Illan sacó la mayoría del veneno, pero no pudo hacer nada por las pesadillas.

Vuelvo a cerrar los ojos y puedo olerlo, como si alguien estuviera sosteniendo una cataplasma bajo mi nariz. El estómago me da un vuelco. Tengo un hambre voraz y al mismo tiempo siento náuseas. No me acuerdo de las pesadillas. Es lo que ocurre con la zona gris y los recuerdos robados más recientes. Siempre están ahí cuando estoy despierta o durmiendo. En las raras ocasiones en las que «sueño», lo que hago es recordar pasados robados.

—Me siento como si me hubiera pisoteado un toro —digo. Me paso la lengua por el interior de la boca, por las partes que siento entumecidas—. ¿Cuánto tiempo llevo dormida?

—Casi dos días enteros.

La voz del Príncipe Dorado resuena en mi oído. «Esta rebelión se ha acabado o vuestro príncipe de los rebeldes morirá sin juicio. Espero vuestra completa y total rendición en tres noches; de lo contrario, será ejecutado al cuarto día».

—¿Dos días? —Me duele el pecho. La sangre me retumba en las orejas y me dificulta pensar. Hago fuerza con los puños sobre el catre para volver a intentar ponerme en pie y estirar los músculos de las piernas, que duelen—. ¿Han enviado una misión de rescate a palacio? No podemos rendirnos, pero no podemos dejar que Dez vaya a juicio. Nunca declaran inocente a nadie.

Esteban frunce más el ceño mientras que Sayida mantiene la vista sobre su regazo y le da vueltas a su anillo de cobre.

—Nos han dado órdenes de que esperemos —dice en voz baja.

—¿Esperar a qué? —chillo. Sayida se estremece, pero no me responde a gritos. Sé que no lo hará. Ella es todo dulzura y luz cálida, y yo soy todo carácter y sombras. ¿Cómo me llamó Dez? «La venganza en la noche»—. Tenemos que salvarlo. Dez lo haría por nosotros.

Alguien retira la puerta de la tienda y aparece una mano agarrando el mango plateado de un bastón.

—Nada de rendirse.

La voz de Illan corta como el acero más afilado. El anciano entra dando zancadas, con su cabello grueso y blanco como el polvo prácticamente acariciando el techo de la tienda. En cuanto nos ve, aprieta las cejas, que son igual de negras que las de Dez. El bastón se le hunde en la tierra, y agarra la cabeza plateada del zorro con más fuerza aún. La señal de la Madre de Todo —una luna creciente rodeada por un arco de estrellas— baila sobre su hombro derecho y queda expuesto por la caída de su túnica. Todos los ancianos llevan este distintivo.

Illan de Martín, anciano y líder de la rebelión de los Susurros, y el Ventári más poderoso que hay con vida. Inspira profundamente, como si estuviera arrebatando la fuerza de esta tienda.

—Y nada de misión de rescate.

—Pero…

Illan levanta una mano y la manga de su túnica se le cae hacia abajo.

—Si alguien me desobedece, ya se puede despedir de su unidad y de los refugios de los Susurros. Y que no vuelva.

Me bato contra una oleada de furia que borbotea en mis venas.

—Es tu hijo.

El silencio que se hace en la tienda es estrepitoso. Sayida y Esteban mantienen la mirada lejos de la mía de manera intencionada mientras yo lanzo una mirada de odio a Illan. Al anciano no se lo conoce por ser amable, pero sí por ser justo. No tiene sentido. Ha llevado a cabo misiones mucho más peligrosas, como cuando nos adentramos en Ciudadela Crescenti para buscar a los descendientes de una antigua familia de alta alcurnia de Memoria. O cuando Dez y yo fuimos a un baile de máscaras en el palacete de un noble mientras dos unidades saqueaban sus reservas.

—Necesito tener un momento a solas con Renata —dice Illan sin apartar la mirada de la mía. Yo lo miro con el ceño fruncido mientras Sayida y Esteban salen apresurados, claramente aliviados por poder irse.

—No lo entiendo —digo en cuanto se vuelve a cerrar la puerta de la tienda.

—¿Qué es lo que tienes que entender? —pregunta Illan—. Mis padres vieron cómo un rey despiadado les arrebataba el reino. Yo vi los vestigios de aquellas tierras siendo destrozadas por su hijo. Divididas. No podemos rendirnos.

—Es Dez —digo con voz ahogada.

—Estamos en medio de la batalla más importante de nuestra rebelión —contesta Illan—. No estamos luchando solamente por estas tierras, sino por nuestra supervivencia. No he venido aquí a hablar de Dez. Mi orden sigue en pie. Que ninguno de nuestros combatientes vaya tras él o quedarán fuera de las filas de manera permanente. ¿Entendido?

Quiero desobedecerlo. Quiero hacerle retroceder. Pero no tengo ningún otro sitio al que ir, por lo que giro la cara a un lado e Illan sigue hablando.

—Lo que necesito por tu parte, Renata, es información sobre el palacio.

Se me queda la boca seca. Yo sabía lo valiosa que era para los Susurros por los recuerdos que tengo atrapados en la zona gris. Es el motivo por el que Illan me ha estado entrenando todos estos años en un intento por desbloquearlos, pero nada ha funcionado. ¿De qué les valdría ahora si me negara a recordar un lugar que no he visto desde que era pequeña?

—No. No voy a intentar acceder a la zona gris hasta que envíes a alguien a una misión para rescatar a Dez —digo sin que me importe estar siendo beligerante—. No me importa nada más.

—¿Es necesario que te recuerde quién te salvo de aquel lugar? —dice Illan con una voz fría; no enfadada, aunque tiene todo el derecho a estarlo. Nunca le he hablado así. Seguramente nadie lo haya hecho.

No puedo mirarlo a los ojos, pero el germen de mi enfado brota como una enredadera y se retuerce por mi garganta hasta que apenas puedo respirar.

—No necesito que me lo recuerden. Lo veo cada día.

Digo la verdad, aunque no del modo en que lo interpreta Illan. Él lideró el asalto al palacio que me liberó, la Rebelión de los Susurros. No pudieron matar al rey, pero se llevaron a los niños que habían raptado. Illan incluso me dio un lugar seguro al que llamar hogar, pero él no es la persona que yo veo. Cuando pienso en aquella noche, cuando cierro los ojos, lo único que veo es a un muchacho con el cabello oscuro que me ofrece la mano desde una puerta secreta en los muros de palacio y que me conduce a través de la escalera llena de humo hasta un abrazo seguro. Pienso en Dez.

Illan asiente con la cabeza, satisfecho.

—El reinado del rey Fernando debe terminar antes de que no nos quede ningún lugar al que huir. Esperaba tu cooperación por encima del resto. Recuerda la misión, Renata.

—Acabar con el mandato de la familia Fajardo. Restaurar los templos de los Morias. Reclamar las tierras robadas.

—Esta arma nos lo impide.

Conozco la misión, pero lo único que oigo es el eco de Dez gritando cuando nuestro enemigo se lo llevaba a rastras por el bosque. «Recuerda».

Illan exhala con fuerza.

—¿Quién vivirá en estas tierras? ¿Quién visitará estos templos? Si no mantenemos a los Morias a salvo, ¿quiénes somos? Tú sabes lo que descubrió Celeste. No hay nada más importante que destruir el arma que ha creado la justicia.

—¡Más razón aún para ir a la capital! —grito. La frustración puede con mi paciencia—. Estando ahí podemos rescatar a Dez. Podemos...

—A Dez no hace falta rescatarlo —dice Illan impaciente. Echa un vistazo hacia la apertura de la tienda de campaña y luego baja la voz—: Te cuento esto para que no permitas que tus sentimientos se interpongan en la misión. Dez está exactamente donde tiene que estar.

Me quedo mirándolo fijamente. Me recorre un escalofrío.

—¿Qué?

Illan se sienta a mi lado y deja el bastón encima de su regazo.

—Cuando nos enteramos de los rumores de que la Justicia del Rey había desarrollado un arma capaz de arrebatarnos la magia, Celeste y yo enviamos a nuestra mejor espía para que se reuniera con mi informante.

—¿A Lucia? —pregunto.

Él asiente con gravedad.

—Ella nos envió un mensaje diciendo que a esa arma la llamaban «la cura».

Tan solo pensar en esa palabra me deja un mal sabor de boca. La cura para nosotros. La cura para nuestra existencia.

—¿En qué consiste?

—Eso es lo que no sabemos. ¿Un tónico? ¿Un objeto? Lucia, que en paz descanse, lo sabría mejor que nadie. Íbamos a esperar hasta que mi informante recopilara más información desde dentro del palacio, pero Rodrigue fue a por Lucia y, bueno, ya sabes cómo acabó.

—¿Qué tiene esto que ver con que hayan capturado a Dez? —pregunto.

Pienso en Dez y en mí en la orilla del río. Estaba asustado por ir a palacio, pero no por los motivos que yo creía. No nos estaba contando toda la verdad.

—Mi informante se temía que alguien estuviera a punto de descubrir que estaba haciendo de espía para mí. Sin su ayuda, no tenemos manera de saber dónde guardan el arma dentro del palacio. Necesitábamos a alguien más dentro. Mi espía se aseguró de que una patrulla encontrara a Dez. Se suponía que iba a abandonar el campamento aquella mañana, pero el príncipe debió de interceptar el mensaje. En cualquier caso, está donde tiene que estar.

Dez iba a abandonarme por la mañana. ¿Se habría despedido de mí? Es algo terrible e insignificante en lo que pensar ahora mismo, pero no puedo evitarlo. Qué rabia me da no poder enfadarme con él porque está arriesgando su vida.

—¿Cómo se las arreglará Dez desde las mazmorras? —pregunto.

—¿Cómo íbamos a atravesar los muros de palacio? Ya lo hemos hecho antes. Dez es nuestra mejor opción. Le di a mi hijo el código para escaparse después de que lo capturaran. El príncipe nos dio tres noches, ¿no? Cuando vayan a ejecutarlo al amanecer, Dez no estará en su celda. Encontrará la supuesta cura y la destruirá. Y ese, querida, es el motivo por el que no es necesaria ninguna misión de rescate.

«Recuerda». «Confía en mí». Dez lo tenía planeado todo este tiempo. El enfado que me retorcía las tripas ha desaparecido y se ha convertido en preocupación. Hay tantas cosas que podrían salir mal...

—¿Por qué me lo cuentas? —pregunto—. Antes no confiabas en mí, ¿por qué ahora sí?

—Sé que Dez y tú siempre habéis compartido un... —El rostro de Illan se muestra impasible mientras busca la palabra adecuada—. Vínculo. Te lo cuento ahora sencillamente porque no quiero que hagas ninguna insensatez que comprometa esto. Nadie más conoce el plan, solo mi hijo y los ancianos. Dez utilizará el código para liberarse, adentrarse en palacio y llevarse el arma.

Por un momento, me permito recordar las celdas que hay bajo el palacio de Andalucía, aunque el recuerdo que tengo de ellas está borroso por el miedo que sentía de niña. No me gustaba que el juez Méndez me llevara hasta ahí para ver a los prisioneros. Aun así, recuerdo que en la parte de fuera de cada una de ellas había un cilindro metálico tan grueso como un pergamino. Las cerraduras de combinación normales tienen cuatro discos que giran como el mecanismo de un reloj. Méndez tenía una hecha a medida con diez discos, y cambiaba la combinación a menudo por si acaso yo era capaz de memorizarla. Pero por aquel entonces no tenía mucho interés en escaparme.

—¿Cuál es el código? —Entrecierro los ojos como si así todo fuera a tomar forma.

—Descansa, Renata. Espero la vuelta de Dez al campamento mañana al caer la noche, mientras el verdugo aún esté afilando su espada. Por ahora, necesitamos a todo el mundo ayudando con el salvoconducto de quienes van a partir hacia Luzou. —Illan tiene la mirada distante y frota con el pulgar la cabeza plateada del zorro de su bastón—. Y al destruir el arma, ganaremos un día más para vivir y seguir luchando.

Illan y Dez están jugando a algo peligroso, pero si hay alguien que pueda sacarlo adelante, ese es Dez. Cuando teníamos doce años, un recaudador lo atrapó cerca de las montañas. Yo salí corriendo para pedir ayuda, pero cuando volvimos al lugar, Dez ya se había escapado de la jaula. Recuerdo el fervor con el que luchó contra el príncipe Castian en Riomar. Sé que volverá a mí. Dez puede librarse de cualquier cosa.

—Entonces, ¿no necesitas que te dé información sobre el palacio?

A Illan se le oscurece el rostro con lo que reconozco que es un recuerdo pasajero. Remordimiento.

—Una vez que Dez haya completado la misión, tendremos que volver dentro de los muros de palacio para rescatar a los prisioneros que hay en las mazmorras.

Asiento lentamente.

—Haré lo que pueda.

Illan se marcha y a mí me sigue doliendo el estómago, pero cuando vuelve Sayida, me asegura que la sensación que tengo no es nada más que los restos del veneno que mi cuerpo está eliminando. Aun así, mientras observo cómo se oscurece el cielo y pasa del azul del mar Castiano al de una ciruela pocha, no estoy tan segura de que tenga razón. No soy capaz de deshacerme de una terrible sensación que se me retuerce en las tripas.

Andrés. Digo su nombre en mi mente. Y luego oigo su voz: «No se lo digas a nadie».

De nuevo, me enfrento a otra noche en vela. Mi mente es una ráfaga de pensamientos luchando por imponerse: Dez, el plan de

Illan, los discos que giran en una cerradura de combinación; cuatro letras que encajan, cuatro letras que cada noche cambia un guardia distinto.

Una sensación extraña me aprieta en la tripa.

Son nervios, me digo a mí misma.

En la oscuridad, rebusco en mi mente señales de esperanza: en el consuelo de Sayida, en la promesa de los besos de Dez, en la manera en que Esteban me salvó la vida. Después de un rato, la esperanza por fin prende, pequeña y distante, pero viva y zumbando como una luciérnaga en el interior de mi corazón. Me aferro a esa lucecita. Viene y va, pero es algo.

Cuatro letras. Dez se las sabía. Tuvo que haberlas memorizado.

Me tapo y destapo con las sábanas, hace demasiado calor, luego demasiado frío en esta noche inquietante.

La zona gris se amontona en mi mente como las nubes de tormenta. Me duele la sien. Me cuesta trabajo apartarla, pensar en cualquier otra cosa. Los recuerdos más recientes de Dez ayudan: su boca besándome a lo largo del cuello, sus ojos como el fuego a la luz de la luna, una promesa hecha en la oscuridad; verlo dormir y pasarlo mal hasta que lo liberé de sus pesadillas con el roce de mis dedos sobre su sien.

Pero no eran pesadillas, sino una cadena de recuerdos, un vertedero de imágenes que no tenían sentido juntas. Aunque puede que sí.

Cuatro palabras.

Dez persiguiendo al perro de caza.

Dez comiéndose la naranja.

Dez observando la bandera.

Dez buscándome a mí.

Mi mente da vueltas como un engranaje metálico. Como el disco de una cerradura de combinación. Cuatro letras.

Perro. Naranja. Bandera. Ren.

Una regla nemotécnica para recordar un código: P, N, B, R.

Me pongo en pie de un salto, la cabeza me palpita, mi visión da vueltas…

Una regla nemotécnica que ahora sé yo, pero no Dez. Porque le quité el recuerdo mientras dormía.

Porque me permití tocarlo. Porque de verdad pensaba en aquel momento que, si lo amaba, quería decir que no podía hacerle daño.

Dez no tiene el código para liberarse.

Yo sí.

Debería haberlo sabido. Mi poder lo único que hace es destruir, nada más. Siempre haré daño a aquellos a quienes más quiero. «Nunca ames a un Robári. Será tu perdición». Es lo que siempre se dice, y puede que con razón.

Echo las sábanas a un lado, desesperada. A mi alrededor, el campamento está en silencio porque todo el mundo duerme.

El pánico me inunda las venas. Jamás me he sentido así. Los músculos me tiemblan con tanta fuerza que tengo que quedarme quieta, muy quieta, para no temblar. Suavizo la respiración. Respirar. Espirar. Respirarespirarespirarespirar. Forcejeo con mi mente para racionalizar lo que puede estar ocurriendo. Puede que me equivoque. Puede que los recuerdos que saqué fueran para otra cosa.

Pero otra voz susurra en mi interior, me rodea el pecho con su verdad y aprieta tan fuerte que no puedo respirar.

Si le arrebaté el recuerdo del código a Dez, no podrá liberarse. Si Dez no es capaz de salir de la celda, no podrá encontrar el arma. ¿Y entonces? Estará en la celda la mañana de su ejecución. En dos días. Estamos a un día entero de la capital. Eso deja muy poco tiempo. Vuelvo a recordar la blanca sonrisa del príncipe cuando peleaba con Dez. La gracia felina de sus movimientos. Su gusto por la sangre y el espectáculo. La manera en que golpeó a su propio soldado cuando este lo cuestionó. «Yo no hago promesas a los Morias».

Tengo que decirle a Illan lo que he hecho. Pero al salir como puedo de la cama, haciendo muecas por el dolor que aún tengo en el hombro, me doy cuenta de que, si se lo digo, tendrá que convocar una reunión con los ancianos para tomar una decisión. Habrá un debate, una votación, procesos que toman tiempo. Un tiempo que Dez no tiene.

Tengo que ser yo quien vaya a por Dez, sin importar lo que decidan Illan o los ancianos.

Sin importar que jamás pueda volver con los Susurros, porque, de nuevo, los he traicionado. ¿Qué he hecho?

Me tiemblan las manos cuando vuelvo a colocar la espada en el cinturón y me pongo las botas de manera apresurada. Ya siento que me falta el aire. La noche está dando paso al día siguiente mientras me escabullo hacia los caballos y susurro de manera suave para calmarlos. Dez morirá pasado mañana, y será culpa mía. Este pensamiento me ahoga, me ciega. Tengo que calmarme. Tengo que llegar hasta él. Tomo aire, lo suelto y me monto en el caballo.

«Confío en ti, Ren». Ese fue su error, ¿no?

Nunca te fíes de un Robári.

No puedo pensar mientras el caballo va tomando velocidad. No siento nada más que una sacudida palpitante y oscura de la verdad. Dez va a morir, y yo soy la que lo sentenció.

A no ser que llegue antes.

9

La primera vez que intenté escaparme de un refugio de los Susurros fue en Ciudadela Salinas y tenía trece años. Igual que ahora, robé un caballo. Estos animales son muy preciados para los Susurros, pero a mí me dio igual. Durante el entrenamiento, el resto de los niños decían cosas crueles cuando creían que Dez e Illan no andaban cerca. Los maestros me calaron enseguida. Mis padres habían muerto. Sencillamente, no podía quedarme ahí, por lo que le puse la montura a un caballo lo mejor que pude y salí corriendo. Llegué lejos y me perdí por los Acantilados de Jura, pero Dez me encontró.

Ahora me toca a mí devolverle el favor.

Avanzo.

Avanzo hasta que los muslos se me rebelan con agonía, hasta que los dedos se me agarrotan alrededor de las riendas. Me arde la cara por el viento. El tronar de los cascos contra un camino en el que no debería estar porque conduce directamente hasta Andalucía, la capital de Puerto Leones. Mis ojos me la juegan, la cabeza me retumba. A ambos lados del camino aparecen personas, como si fueran fantasmas, y luego se desvanecen hacia la zona gris. Esta tierra saca los recuerdos a flote en mi mente y me obliga a recordar las vidas que caminaron por este mismo lugar. Los últimos días me han supuesto un estrago tan grande que la cámara acorazada que tengo en la cabeza se está abriendo. Me entran ganas de reír porque Illan pensaba que la meditación y la paciencia serían lo que me permitiría acceder a ella. Debería haberle dicho antes que necesitaba que algo dentro de mí se rompiera con tanta fuerza que no pudiera volver a recomponerme. Eso es lo que ocurrirá si no llego hasta Dez.

Oigo su voz mientras voy a caballo. *Sé que tienes miedo. Yo también.*

En todos estos años, Illan jamás me ha mandado de misión a Andalucía. Me preparo para ver los enormes edificios y el palacio que resplandece cuando sale el sol. La joya de Puerto Leones. Odio la niña que fui. He querido creer que murió en el incendio, pero una parte de mí se pregunta si el motivo por el que no he regresado es porque me da miedo que siga estando ahí esperándome, miserable y con ganas de hacer daño.

Sé que tienes miedo. Yo también.

—Estoy aterrorizada, Dez —le digo al viento.

Los sonidos también me la juegan. Oigo un fuerte ritmo de tambores que proviene del este mientras el cielo se tiñe con la primera luz de la mañana. Miro detrás de mí y, por primera vez en horas, se me levanta el ánimo, como si una gran ola rompiera sobre mí y me atravesara. Porque han venido.

No estoy sola.

Cuando llego a lo alto de la colina, doy un tirón a las riendas para que mi caballo se detenga. Se mueve a un lado y levanta polvo en el camino serpenteante que baja hacia el pueblo que precede a la capital.

Dos caballos se colocan a cada uno de mis lados. Esteban y Margo en uno, y Sayida en el otro.

—¿Qué hacéis aquí? —consigo preguntar.

Margo lleva un sombrero de lana y ala ancha que le hace sombra sobre sus ojos azul claro. Esteban sujeta las riendas alrededor de ella, y lleva un pañuelo rojo que le cubre la mitad inferior del rostro.

—Lo mismo que tú —dice Margo con la voz ronca. Debe haber estado llorando. Puedo verlo en las manchas de suciedad que tiene sobre la piel blanca—. Deberías haber acudido a nosotros.

—No había tiempo. —Respiro con fuerza para detener las emociones que están surgiendo. No estoy sola—. No creí que fuerais a seguirme.

—Eso es culpa mía —dice Margo. ¿Le resulta difícil admitírmelo?—. Los ancianos se equivocan. Esto es lo que hay que hacer.

—Él jamás nos abandonaría —dice Sayida mientras se baja el pañuelo azul índigo.

Pero sí que lo hizo, estando en aquel bosque. Ellos no conocen el plan de Illan. Ellos no saben que he robado el recuerdo de Dez, que soy el motivo por el que no conseguirá escaparse. Siento la lengua hinchada por el miedo a revelar la verdad, por lo que no digo nada.

En vez de eso, nos quedamos mirando la desagradable advertencia que tenemos frente a nosotros.

El camino principal que va a serpenteando hasta Andalucía está lleno de estacas a ambos lados. Hay decenas, cientos de ellas, cada una a un metro de distancia. Y sobre ellas, cabezas decapitadas de Morias y otros inocentes a quienes han capturado y condenado a estar expuestos al lado de ladrones, traidores y asesinos por igual. Todas ellas deformadas, con la carne pudriéndose y marchitándose en la punta de cada estaca. La cabeza que tenemos más cerca de nosotros está medio comida por insectos del tamaño de las monedas de libra, y vemos ocho patas encaramándose en la cuenca de un ojo.

El hedor me golpea en la nariz cuando la brisa cambia de dirección, y mi caballo se alza sobre las patas traseras como si estuviera intentando deshacer sus pasos. Agarro las riendas y doy otro tirón. Este caballo es mi valentía, y con él atravesaré este sendero de la muerte.

Los cuatro hacemos el símbolo de Nuestra Señora sobre el pecho al mismo tiempo. Después, chasqueo la lengua e indico que nos dirijamos hacia el ancho camino. Nos vemos obligados a reducir el paso para no llamar la atención.

Hemos cabalgado durante horas, presionando a los caballos que hemos robado para que sigan adelante sin descansar mientras el paisaje cambiaba y pasábamos del bosque de los Linces a los verdes exuberantes que bordean el río Aguadulce. Pero Andalucía es un oasis en un valle seco. Froto el costado de mi caballo. La capital está llena de suciedad, por lo que no llamaremos la atención con las ropas que hemos llevado durante el camino. Margo se guarda el collar que lleva dentro del corpiño. Nunca nos ha contado de dónde salió el colgante con la estrella de mar dorada, pero da igual dónde estemos, jamás se lo quita. Los demás guardan cualquier metal visible. Yo no tengo ninguna joya que amplifique mi poder. Los Robári somos compatibles con el platino, un metal tan raro que jamás lo he visto siquiera, ni en un mísero botón. Aunque no puedo evitar preguntarme qué pasaría si consiguiera un trozo. ¿Me dejarían quedármelo los Susurros?

No podemos hacernos pasar por peregrinos devotos, por lo que seremos jóvenes trabajadores del campo probando suerte en la ciudad ruidosa, ajetreada e infestada de ratas de la que todo el mundo habla.

El palacio está en el mismo centro; un corazón rodeado de calles que son como las arterias y de callejones que son las venas. La catedral de la justicia y la plaza de las ejecuciones están al lado del palacio, conectados bajo la ciudad por un laberinto de túneles que conducen hacia el alcantarillado.

Recuerdo a Dez de pie en la parte baja de una escalera secreta mientras la ciudad ardía a nuestro alrededor. Confié en él en cuanto lo vi, pero cuando me llevó hasta Illan y los Susurros, esperando con los otros niños a los que pudieron rescatar, chillé y peleé. Recuerdo agarrar el portón de hierro con los puños. ¿Fue Illan o Celeste quien tiró de mí? Se me acelera el corazón y siento que me entran ganas de vomitar. Me doy la vuelta a un lado y echo lo poco que me queda en el estómago.

—Supongo que no tenías ningún plan cuando te fuiste, ¿no? —pregunta Esteban. Cuando vuelvo a montarme en la silla, me doy cuenta de que me estaba ofreciendo un pañuelo. Es un gesto de lo más pequeño, pero me arden los ojos mientras me limpio.

—Dez está en las celdas —digo—. Puedo conseguir la combinación, pero tengo que bajar.

—¿Cómo vas a hacerlo? —me pregunta Sayida.

—Le robaré el recuerdo al guardia —miento.

Poco a poco vamos galopando hasta llegar a la última colina. Tengo los músculos doloridos de montar a caballo y siento punzadas en el corte envenenado, el recuerdo apagado de un dolor que siento cercano y alejado. La Ren que vivía en esta ciudad tenía las mejillas rosadas y le gustaban los dulces. Era una niña mimada, ingenua. Incluso a esta distancia, siento retortijones y los nervios me advierten que regrese, porque puede que siga siendo tan ingenua como para creer que puedo salvarlo, como para creer que he cambiado.

—Nunca había visto la capital —dice Esteban con nervios. Se mete la mano en la chaqueta y saca un pequeño catalejo.

—Mírala bien —dice Margo de manera seca—. Puede que sea la última vez que lo hagas.

Espero que Esteban responda con un comentario jocoso o, por lo menos, con una sonrisa. Pero, en vez de eso, da una patada a su caballo y sale por delante de nosotros.

El tráfico para entrar en la ciudad es más denso de lo que esperaba para ser tan pronto por la mañana. Hay vendedores ambulantes que llevan carretas a rebosar de frutas y verduras. Una mujer robusta con cuatro niños pequeños sentados en un carruaje destartalado y un quinto me saluda con la mano desde encima de una montaña de patatas. Pero también hay jóvenes campesinas con vestidos sencillos y de colores pálidos caminando tomadas del brazo, seguramente para pasar el día en los puestos del mercado. Un grupo de muchachos vistiendo sus mejores galas para el día festivo en un carruaje con sus padres. Claro, es un día festivo. Hoy no se llevan a cabo ejecuciones porque el día está dedicado a la celebración del Padre de los Mundos.

Espoleo a mi corcel y cabalgamos más rápido. Andalucía se cierne frente a nosotros. El palacio resplandeciente sobresale por encima de los otros edificios como una gema rodeada de piedras. Hasta los setos que hay alrededor son altos, más que los portones de hierro que se retuercen como enredaderas y crean un perímetro.

Para llegar hasta ahí, tendremos que atravesar la plaza del mercado, donde los edificios de piedra con chapiteles complejos se elevan hacia el cielo. Las casas más adineradas se encuentran al otro lado de la ciudad, con sus vidrieras de colores en una disposición pulcra. Y, aunque me encuentre demasiado lejos como para verlo, sé que en ellas hay representadas escenas del Padre de los Mundos y sus creaciones.

Conforme nos vamos acercando, me pregunto cuál es la mejor ruta que podemos tomar en cuanto hayamos cruzado los pilares que indican la entrada a la ciudad. Aquí, los edificios colindantes con el ajetreado mercado y el juzgado son, en su mayoría, de cinco o seis alturas, y están encajonados alrededor de la catedral. Cuanto más cerca están los edificios de la catedral, más altos y estrechos son, apiñados como dientes torcidos en un hueco.

En los márgenes hay una fila de postes para amarrar a los caballos, ya que las calles empedradas son laberínticas y están atestadas de gente. El derecho de paso es para viandantes como aquellas campesinas con moneditas de bronce en los bolsillos. Esteban ya está amarrando el caballo a un poste, y el animal bebe agua de un abrevadero. Hace como que no me conoce, igual que cuando estamos en Ángeles.

—Quítate los guantes —dice Margo en un murmullo cuando se detiene a mi lado—. Estamos en pleno verano, con eso lo dices todo.

Hago lo que dice y pongo las manos en puños. Me siento desnuda a la luz de la mañana.

—Quédate cerca de mí —susurra Margo. Entrelaza su brazo con el mío y todo mi cuerpo se tensa. Ella irradia calor. El tirón de su magia me rodea, y cuando bajo la vista, me quedo mirando mis manos con asombro. No son las manos suaves e impecables de una muchacha de alta alcurnia, pero tampoco son las manos llenas de cicatrices de una Robári.

—Gracias —digo—. Por esto y por ayudarme.

—Estoy aquí por Dez, no por ti —dice—. Aunque debo admitir que me has impresionado.

—¿Por qué? —Estoy demasiado cansada como para reír, por lo que sale como un resoplo.

—Por lo que vi durante nuestras lecciones, siempre he pensado que eras la preferida de Illan. Jamás creí que fueras a desafiarlo.

—No es culpa mía que sea su pupila más inteligente.

—Ser obediente no es lo mismo que ser inteligente —dice ella con una sonrisa de satisfacción. Me doy cuenta de que no va dirigida a mí, sino a los guardias que están cambiando de puesto.

Con sus uniformes de color lila intenso y marrón, me recuerdan a los hombres que había en el bosque. Al que Margo dejó ciego y al que mató Dez.

Entramos por los portones abiertos de la ciudad en silencio. Esteban y Sayida se mantienen a distancia para no llamar la atención sobre nuestro grupo, pero intentamos estar a la vista de todos nosotros.

La capital tiene una manera de hacerte sentir como si estuvieras a la deriva en el mar. Hay jaleo por todos lados. Voces a gritos anunciando que los tomatillos verdes están de oferta, ganaderos ofreciendo muestras de quesos salados y apestosos; vinateros del sudoeste del reino que venden sus productos por barriles mientras las mujeres comerciantes y adineradas pasean con botas de tacón alto para no ensuciarse los vestidos de seda fina con el lodo que hay en todas las esquinas y en el espacio vacío entre el empedrado.

En un momento dado, una niña que me llega a la rodilla me roza al pasar, y bajo la vista justo a tiempo para ver una mano metiéndose en mi bolsillo.

—¡Oye! —digo, pero antes de poder hacer nada, la niña sale disparada como una flecha y desaparece de inmediato entre la multitud.

—Debe estar entrenando —susurra Esteban cuando llega a mi lado—. Está claro por los zapatos que llevamos que seguramente tengamos los bolsillos vacíos.

—¿Entrenando? —pregunto.

Esteban se mete las manos en los bolsillos y esboza una sonrisa fácil, como si fuéramos dos amigos en el mercado.

—A esa edad, normalmente practicas con gente que parece igual de pobre que tú. Así, si te cazan en el acto, sabes que son demasiado pobres como para sobornar a los guardias de la ciudadela para que los ayuden.

Lo miro con sorpresa.

—¿Cómo sabes esto?

—Yo era el mejor ladronzuelo de Crescenti —dice, y una sonrisa blanca atraviesa su piel morena. No recuerdo la última vez que me sonrió tan a menudo—. La gente estaba tan acostumbrada a desviar la mirada de los pobres que ni siquiera se daban cuenta de que les habían robado.

—No sabía que viviste en la calle —digo.

—Hay muchas cosas que no sabemos el uno del otro.

Esteban agarra un melocotón maduro de un vendedor y le lanza un pesito. El olor dulce de la fruta se mezcla con los de la panceta frita y chisporroteante que están preparando para la multitud de la tarde, los granos de café que están tostando en grandes contenedores de metal y el agua del alcantarillado que forma un río a lo largo de la acera.

—¿Cómo se supone que vamos a llegar hasta las puertas de palacio? —pregunta Margo mientras se acerca furtivamente hacia mí. Saca un pañuelo y se seca el sudor del rostro.

Sayida y Esteban siguen caminando hacia el vendedor de café. Ella entrelaza su brazo con el de él para que parezca que son una pareja. Sayida compra dos tazas, y no se me escapa el ceño fruncido de Esteban cuando vacía su cartera.

Tomo la mano de Margo en la mía y señalo hacia la catedral. Hay tantos cuerpos reunidos para el servicio del día festivo que el camino está bloqueado. Hay panfletos revoloteando en la brisa y ensuciando la acera; anuncian de todo, desde bodas hasta las órdenes de la justicia.

—Existe una entrada desde el interior de la catedral que conduce hacia las mazmorras.

Detrás de mí, Sayida inspecciona su reflejo en un puesto de espejos de mano. Agarra uno, y lo inclina hacia un lado y hacia otro mientras Esteban sujeta las dos tazas de papel con el café humeante. Para cualquiera que esté mirando, Sayida parece una campesina vanidosa, aunque incluso con su ropa llena de polvo, sus rasgos son impresionantes. Pero sus ojos negros como la turmalina no recaen en su reflejo. En su lugar, observan el callejón que hay justo detrás de ella. Baja al espejo y se inclina hacia el vendedor peludo.

—¿A dónde va todo el mundo? —pregunta con dulzura y pestañeando.

—A la plaza de las ejecuciones —dice el vendedor mirando de manera lasciva a Sayida, que se tensa igual que yo. Margo y yo intercambiamos una mirada recelosa—. Una muchacha tan bonita como tú no tiene que ver una cosa así. Puedes esperar aquí mismo hasta que la multitud se calme. —Se da una palmada sobre el muslo y esboza una sonrisa lasciva.

Sayida deja el espejo con la fuerza suficiente como para romperlo y, después, se aleja dando fuertes pisotones hacia el callejón, pero el vendedor está demasiado atontado como para reaccionar. Agarro a Sayida de la mano y nos metemos entre el mar de gente que está entrando al mercado. Mientras tanto, el hombre busca a un guardia entre la marea de cuerpos en aumento.

—La plaza de las ejecuciones —digo y me detengo en la boca de un callejón. Aprieto las manos contra la tripa para que dejen de temblar. A mi espalda hay roedores rebuscando entre montones de basura, y el mal olor del orín se queda en el aire.

—Creía que… —empieza Margo, pero no termina de decir lo que todos creíamos. Se supone que la ejecución iba a ocurrir mañana al amanecer, no hoy.

Sayida tiene la mirada sombría y los ojos fijos en un trozo de pergamino que roza contra su bota. Es un panfleto, y la mitad inferior se ha mojado con el agua de la alcantarilla.

Le arrebato el papel de las manos, tiene manchas de aceite y suciedad, y un dibujo tosco de un hombre con ojos de demonio y unos colmillos largos. En la parte superior hay un título: «El Príncipe Dorado mata a la bestae Moria».

Leo por encima el papel y me doy cuenta de que es un verso de ejecución. Las palabras se amontonan y se niegan a formar frases, porque lo único que veo es un nombre que se repite una y otra vez en la balada: Dez de Martín.

Andrés de Martín. Pienso su nombre verdadero.

Aplasto el papel, pero todos lo hemos visto. Mi mente se va a abrir. Siento los recuerdos presionando contra mi sien, como si cada uno de ellos fuera un filo intentando salir a cuchillazos. «Confía en mí». «Confía. En. Mí».

—En día festivo no se llevan a cabo ejecuciones —dice Margo—. ¡Se suponía que teníamos un día más!

—Sabían que no íbamos a rendirnos nunca. Ni siquiera por Dez —dice Sayida.

Esteban suelta un ruido ahogado.

—Pensad en la multitud. En la gente que estará presente. Todo el mundo, desde trabajadores del campo hasta nobles, todos asistiendo al mismo servicio. ¿Acaso hay mayor espectáculo que matar al líder de los Susurros?

Van a matar a Dez. La realidad de este hecho se parece al puñetazo recibido en el estómago estando en aquel balcón. Estoy desesperada y necesito respirar, pero no puedo. Castian lo va a matar porque Dez no ha podido escaparse de la celda. Castian lo va a matar porque yo le robé su vía de escape.

Se oyen trompetas en la distancia, y esta vez los cuatro nos reunimos en un círculo cerrado mientras los ríos de personas avanzan por el callejón estrecho en dirección a la catedral, a la plaza de las ejecuciones. Algunos llevan cestas llenas de comida podrida, basura que no es buena siquiera para que se la coman las ratas. Otros llevan agarradas botellas de cristal con agua bendita por el mismo sacerdote real. Llevan consigo cualquier cosa que puedan arrojar.

—Esto no cambia nada —digo de manera entrecortada—. Me da igual si tengo que sacar a Dez de ese patíbulo y matar al verdugo yo misma.

Esteban pone las manos en puños.

—Mira a tu alrededor. No vamos a poder atravesar la multitud.

—No tenemos que atravesarla —dice Sayida mientras corre hacia el final del callejón sin salida. Veo lo que ella ve: un tubo de desagüe de metal—. Si no podemos caminar por las calles, correremos por los tejados.

En la oscura sombra del callejón, nos agarramos a los peldaños que hay al lado de la cañería por la que se vacían los aleros del tejado del edificio y escalamos. Todo el mundo está tan preocupado con la idea de la muerte de un Susurro Moria que no se molestan en levantar la vista.

Cuando llego arriba, mantengo el equilibrio al borde del tejado, y una oleada de vértigo me golpea al observar la escena. Al principio, la masa oscura que hay frente a la catedral parece un enjambre. Hay tantas personas que apenas pueden moverse. Los vendedores retiran sus mercancías porque la gente ocupa todo el espacio que hay en la plaza del mercado. Es como si saborearan la sangre en el aire, la ira que se desprende de una multitud así de grande.

Desde donde estamos podemos verlo todo. Hay una hilera de sogas que cuelgan en el aire. Pero a donde se me van los ojos es al grueso bloque de madera que hay en el centro de todo, donde un juez afila la espada roma del verdugo.

La impresión al ver esto me deja helada y me cuesta respirar.

Lo van a decapitar.

—¡Tenemos que acercarnos más! —digo con dificultad mientras lucho para que me oigan con todo el ruido de la capital. Salgo corriendo a toda velocidad y salto por el espacio de casi medio metro que hay entre este tejado y el siguiente. Aterrizo sobre un charco de agua turbia y las botas se me ensucian con la mugre oscura que hay en la superficie. El sol abrasador se extiende sobre ella y hace que salga vapor. En el siguiente tejado, la superficie resbala tanto que me caigo. Cuando intento ponerme en pie de manera torpe, Sayida aparece de repente, me agarra la mano y estira para que siga adelante. Desde aquí vemos mejor el patíbulo.

—Espera —dice Margo señalando la torre de vigilancia de madera que hay a nuestro lado. Los guardias han subido hasta ahí para vigilar a la multitud—. Aún no podemos avanzar más.

Se oye una fuerte ovación cuando anuncian la llegada del príncipe con una decena de cuernos de trompeta. Las palomas alzan el vuelo desde las calles y buscan un lugar más alto en el que posarse. Han pasado tres días desde que vi al Príncipe Sanguinario. No va con la armadura sucia que llevaba en el bosque.

El príncipe cabalga sobre su caballo. Lleva una diadema de la que cuelgan unos rubíes brillantes y el sol se refleja sobre su base de oro, de manera que crea un halo: un ángel de la muerte. Lleva unas galas de color rojo intenso y entalladas a su cuerpo fornido.

La gente le abre el camino alrededor del patíbulo. Su corcel trota adelante y atrás, y luego el Príncipe Dorado les regala una sonrisa irresistible. Una sonrisa que dice que él sabe algo que el resto de nosotros desconocemos. Que mintió. Que rompió su palabra. ¿De qué sirve la palabra de un miembro de la realeza? Cuando rechaza el arma del verdugo y se queda con su propio sable enjoyado, la multitud enloquece de adoración.

El asco que siento ante tal demostración me provoca malestar en el estómago. Tengo el sabor del aire enrarecido del mercado y de la bilis, pero aún no puedo romperme.

—Tenemos que irnos —digo levantando la voz. Me doy la vuelta hacia Margo—. ¿Puedes cubrirme y crear una distracción para que salgamos corriendo?

Tiene los ojos vidriosos por las lágrimas y una arruga muy marcada en la frente.

—Renata Convida, no soy tan poderosa.

—Tienes que serlo —gimoteo.

Abajo se oye un murmullo de voces en aumento y, automáticamente, todos volvemos a mirar hacia la multitud. La gente que hay ahí abajo se mueve adelante y atrás como un mar tumultuoso, agitándose y removiéndose, hasta que el silencio cae sobre ellos cuando sacan a Dez.

Incluso a esta distancia puedo ver que está herido. Apenas puede mantenerse en pie él solo. Sin embargo, mi cuerpo se relaja al verlo con vida. Mientras esté vivo, hay esperanza.

El guardia que lo sostiene es un ogro calvo y con la piel morena cubierta de cicatrices y tatuajes. Lleva a Dez agarrado por el cuello con una mano fornida y lo pasea arriba y abajo por el tablado.

Quiero mirar a otro lado. Dez querría que mirara a otro lado. No le gustaría que lo viera estando así, obligado a ponerse de rodillas por aquello que más odia. Pero yo dejo que esta visión alimente mi furia.

Lo empujan hacia adelante y, después, el sacerdote real acude hasta ahí cojeando. Lleva un cáliz dorado y empieza la ceremonia de bendición del príncipe, de su espada y de los espectadores hambrientos que se reúnen en el borde del tablado como buitres.

No voy a tener más tiempo que el que tengo ahora, pero tengo que hacerlo. Ya.

Me separo de mi unidad y los dejo atrás entre gritos. Para cuando llego al siguiente tejado, sus súplicas no son nada más que un eco distante. Esta es mi misión, no la suya.

Voy corriendo desde un extremo del tejado y cruzo de un salto hacia el siguiente. Cuanto más cerca estamos del centro de la capital, más pegadas están las casas unas a otras. Mi miedo a caer amenaza con hacerme presa y volverme inútil. Pero mi miedo a perder a Dez supera mis sentidos, mi razón, mi todo.

Se oye una lluvia de vítores cuando se anuncia el final de la bendición con los cuernos de trompeta y la campana de mano del sacerdote real. El sonido hace que las palomas salgan de las calles, donde han estado rebuscando entre la comida podrida de las cestas. La multitud blande pequeñas banderas lilas y doradas con el emblema del león. Es la bandera de Puerto Leones, como si la sangre y los huesos de Dez no hubieran salido de esta misma tierra también.

Tengo que saltar seis tejados más para acercarme lo suficiente como para salir corriendo hacia el patíbulo. Saco el puñal que llevo en la muñeca y se lo lanzo al guardia que tengo más cerca, al otro lado de la calle. Acierto justo en el hombro y se cae de rodillas.

De repente se oye un grito, y la multitud que hay abajo parece cambiar ligeramente. Pero no puedo permitirme detenerme y ver lo que está ocurriendo. Las trompetas que suenan pidiendo silencio lo único que consiguen es que la multitud haga más ruido aún.

Doy un salto hacia el siguiente tejado y al aterrizar siento una sacudida en la columna. Y entonces lo oigo: alguien grita «¡fuego!».

Me tambaleo un segundo y echo la vista atrás.

Desde el tejado en el que he dejado a mi unidad llega una masa de nubes de humo, unas serpientes negras que se retuercen entre ellas. Y al observarlo, el humo empieza a desplegarse desde otros tejados que hay cerca, hasta que parece que toda la ciudad está en llamas.

Sonrío. El humo solo está ahí, retorciéndose sin parar, y mientras la nube oscura se arrastra hacia el tejado sobre el que estoy ahora, no siento ningún calor abrasador. No huelo las cenizas ni oigo el crepitar de las llamas.

Es una ilusión. Lo sé por la sensación oscilante que tengo en el interior y que viene con ella. Magia Illusionári. Obra de Margo.

El jaleo que hay abajo se vuelve cada vez más y más alto.

—¡Fuego! ¡La ciudad está en llamas!

Retomo la carrera para cruzar los tejados, la rabia es un combustible para mis piernas. ¿Cuántas veces ha prendido fuego la justicia a los pueblos del reino? ¿A cuántas personas han abrasado para incitar el miedo entre los demás? Esta gente no sabe nada del fuego. No saben lo que se siente.

Las campanas de la catedral empiezan a sonar, repicando una advertencia. Yo agarro ladrillos sueltos y tubos de acero, cualquier cosa que encuentro encima de los tejados, y los lanzo hacia la multitud para añadir más leña al caos.

Después, echo a correr y salto hacia el siguiente tejado, manteniéndome fuera de la vista.

«Confío en ti». Su voz suena en mis oídos.

No deberías haberlo hecho, pienso cuando alcanzo la sexta casa y miro hacia el patíbulo. El príncipe Castian está gritando hacia la multitud y señala con el dedo a los guardias que tiene más cerca de él.

Luego está Dez, con una sonrisita. Reconoce el fuego por lo que es.

El corazón se me dispara por un momento, y luego me doy cuenta de que, aunque llegue hasta la calle, tendré que ir a toda velocidad para cruzar la multitud de gente que hay entre nosotros.

Abro la entrada al edificio que hay en el tejado y bajo como puedo los escalones de dos niveles. Hay mujeres gritando en las alcobas. Otras están de pie fuera de las habitaciones, con largos cigarros entre labios rojos y carnosos, vestidas con nada más que ropa interior y tacones.

Abro una puerta de una patada, la luz de la mañana me ciega en comparación con el burdel oscuro. Cruzo la plaza corriendo, con los brazos en alto para protegerme el rostro, zigzagueando entre la gente que se aleja corriendo del patíbulo. El empedrado está lleno de decenas de banderas leonesas y de comida podrida que se suponía que iban a lanzar al cuerpo sin vida de Dez. De vez en cuando me resbalo, doy patinazos sobre peladuras y líquidos apestosos mientras me abro camino a golpes por un mar de piernas y codos.

Ahora lo veo claramente.

Dez está encadenado a la tarima, pero tira de las cadenas. Siempre ha sido un luchador, jamás se rendirá. El guardia que está a su lado le da una patada en la espalda y lo obliga a seguir estando de rodillas sobre el bloque de madera.

No apartes la mirada, me digo a mí misma.

Un gran hombre se abalanza corriendo hacia mí y casi me empuja al suelo, pero me agarro del cabello de una mujer con fuerza para mantenerme en pie. Ella grita y me ataca con las uñas. Me hace sangre en la mejilla. Me abalanzo con todo mi peso sobre ella y la tiro al suelo.

Un borrón lila se acerca a mí. Es un guardia. Con sus manos sucias me agarra por las mangas y hace fuerza hacia abajo. Algo le pasa en el rostro. Tiene la boca muy abierta y se cae de rodillas y luego hacia adelante. Una fina cuchilla sobresale de su espalda; la rosa que hay grabada en la empuñadura resplandece. Es el puñal de Sayida. *No estoy sola.*

Suena otra campanada y me doy la vuelta.

Dez me ve. Sé que lo hace. Parpadea. Luego vuelve a abrir los ojos, tiene una mirada en el rostro como si estuviese viendo una alucinación. Necesito que sepa que soy yo.

—¡Andrés! —exclamo.

Uno de sus ojos está tan hinchado que casi lo tiene cerrado, pero el otro lo tiene fijo en mi rostro. Sus labios secos y sangrantes se mueven. «Ren», dicen.

Me agacho, esquivo a la gente y me encaramo sobre los cuerpos caídos. El príncipe Castian levanta su espada, yo saco la daga que llevo en la cadera y muerdo la cuchilla plana. Arrojo todo mi cuerpo hacia adelante. Con la punta de los dedos alcanzo el borde de la tarima. Subo la pierna izquierda para levantarme e ir hacia allá.

Dez cierra los ojos.

Unas manos salvajes y ásperas me agarran del cuello. Se me cae la daga cuando lanzo el codo hacia atrás y siento un dolor que se esparce desde los puntos de sutura que tengo en el cuello.

Es demasiado tarde. Siempre llegas demasiado tarde.

Chillo hasta que se me queda ronca la garganta, hasta que el príncipe Castian vuelve a levantar su espada ensangrentada al aire, hasta que algo duro cae rodando por la tarima y hasta que la última campanada deja de sonar.

10

El príncipe Castian empuña con más fuerza su espada. El sudor le cae a chorros por la cara, y tiene la cabeza inclinada hacia el cuerpo desplomado que hay a sus pies.

El cadáver de Dez.

Cierro los ojos un momento porque no puedo mirar. No puedo moverme. No puedo respirar. El suelo que hay bajo mis pies parece estar moviéndose, pero cuando me veo forzada a mirar, soy yo la que está torcida. Caigo sobre mi mano y me sobresalto al sentir el dolor que me sube por el brazo cuando unas piedrecitas afiladas se me clavan en la piel. Esto me ayuda a concentrarme en Castian.

Poco a poco, el príncipe —la Furia del León— desvía su atención al incendio que parece estar avanzando hacia la plaza. Los ciudadanos gritan, se pelean entre ellos mientras la guardia real baja por la plaza del mercado y por el patíbulo. Pero a pesar del tumulto, la mirada ensombrecida de Castian se posa sobre mí. Es imposible que me haya reconocido entre la multitud de cuerpos que corre como una colonia de hormigas trastornadas, pero da un paso adelante y pisa un charco de sangre.

Unas manos se posan sobre mis hombros. No, no me está mirando a mí. Debe estar observando al guardia que está intentando ponerme las manos detrás de la espalda. Por un momento, dejo que empiece a arrestarme.

Me pregunto si Castian me reconoce del bosque. El príncipe inclina la barbilla hacia arriba. Lo baña la luz del día, por lo que parece estar resplandeciendo desde dentro. «El príncipe mata a la bestae Moria». Los ojos le brillan más que la última vez que lo vi, son como piscinas de un azul cristalino. Por un momento, parece sereno.

Siento un dolor punzante bajo los párpados, un recuerdo que está presionando para salir de la zona gris. *Ahora no*, suplico. El odio se retuerce en mi interior en cuanto lo veo, con esa diadema dorada y recubierta de joyas y rubíes gruesos y oscuros, como la sangre que le salpica el rostro.

Quiero destrozar esa serenidad que tiene. Quiero destrozarlo.

—Te voy a matar —le digo con la voz tan calmada como el ojo de la tormenta. Estoy tan cerca de la tarima que, si consigo liberarme, podré enfrentarme a él. El guardia que tengo a la espalda me aprieta las muñecas con sus manos ásperas.

Pero antes de que pueda hacer nada, hay una explosión al otro lado de la plaza. Una oleada de terror resuena por todas partes a la vez, y sé que tengo que aprovechar este momento. Golpeo con el codo la tripa del guardia, y siento su grito abrasador en el oído mientras intenta tirar de mí hacia él. Con la palma llena de callos y pegajosa por el sudor nervioso del guardia, empujo con todo mi peso adelante para liberarme como una trucha de río. Extiendo las manos hacia fuera y mantengo el equilibrio sobre el suelo, luego doy una patada hacia atrás con toda mi fuerza.

No veo dónde le he dado, pero siento que mis botas han aterrizado en el objetivo. Lanzo todo mi peso y doy una voltereta para ponerme en pie al borde del patíbulo. Los tablones de madera llenos de manchas quedan al nivel de mis ojos.

El príncipe Castian se ha ido.

—¡No! —Se me corta la respiración—. ¡NO!

En la parte más baja de mi campo de visión hay una maraña de cabello oscuro.

Sé que debo mirar. Sé que tengo que mirar. Él se merece que mire.

Pero no puedo hacerlo.

Los oídos me pitan en medio de los gritos y las campanas de la catedral. Algo afilado se abre en mi mente. El fantasma de una voz susurra mientras el corazón me aporrea dentro del pecho y los colores se vuelven brillantes y luego se destiñen en gris.

Unas manos, pequeñas y regordetas, empujan una ventana. La ciudad está en llamas.

Salgo de la zona gris haciendo un gran esfuerzo y fijo la mirada en Dez.

El hombre más fuerte que conozco; asesinado. La sangre se derrama de su cuello cercenado. Ahí está el blanco del hueso, los vasos sanguíneos, una masa de interiores blandos que nos hacen mortales. Frágiles. Da igual quiénes seamos, somos frágiles.

Estiro el brazo. Estiro el brazo para alcanzar la maraña de rizos negros y húmedos.

Algo en mi interior se rompe en dos, como si me hubieran partido por el centro. Con los dedos araño un solo pelo errante en el aire, y después bajo las manos. Me agarro al tablado de madera porque ya no me puedo mantener en pie por mí misma. Mis manos terminan húmedas y pegajosas. Los gritos que doy me rascan la garganta como unas uñas dentadas.

Unos brazos fuertes me rodean, pero esta vez no son los de ningún guardia.

—Te tengo —dice Sayida con la voz entrecortada—. Tenemos que irnos ya.

—No —digo yo, desesperada. Perdida. A la deriva—. Tengo que matar a Castian. Tengo que…

—Shhh —dice Sayida con urgencia—. Vas a hacer que nos maten.

Sayida me agarra y yo forcejeo contra ella, pero es más fuerte de lo que parece. O puede que esté cansada de luchar. Ya no puedo más. Mis gritos se acallan, pero me arde la garganta.

Nos movemos con rapidez, nos escondemos en callejones y giramos por calles estrechas. Sayida medio me lleva, medio me arrastra al interior de un edificio que huele a leña y pescado.

La zona gris me nubla la vista, se vuelve una masa como las nubes de tormenta.

Una niña pequeña señala el cielo. Hay una lluvia de estrellas.
Alguien la toma en brazos y le da un beso en la mejilla.

La imagen vuelve a quedar absorbida por la zona gris y la reemplaza otra.

Unos deditos escogiendo de una bandeja de bombones decorados
con perlas de azúcar.

—¡Ren! Tienes que salir de ahí. No puedo... No puedo llevarte
todo el camino. —A Sayida se le ha corrido el maquillaje de los
ojos por el sudor y las lágrimas.

Estampo el puño contra la pared más cercana, y el dolor que se
esparce por mis nudillos me ayuda a concentrarme, a salir de la
zona gris.

Sayida me conduce por unas escaleras que bajan hacia una habitación pequeña y sin ventanas, y cierra la puerta detrás de ella.

Hay cajas de patatas y tarros de aceitunas y pescado en conser-
va en la pared. Sayida empuja un estante que no contiene nada más
que sacos de harina y revela otra puerta. Es una habitación secreta.

—¿Dónde estamos? —pregunto, y me doy cuenta de que estoy
temblando.

Margo está tumbada sobre un montón de bolsas de arroz y
tiene un paño sobre los ojos. Esteban está sentado sobre el suelo de
piedra, con la cabeza apoyada contra el muro de piedra, y solo se
gira cuando se da cuenta de que hemos regresado.

—¿Ren? —Viene corriendo hacia mí—. ¿Te encuentras bien?

Al menos, eso es lo que creo que está diciendo. Sus labios se
mueven y su voz es un eco que ya se está desvaneciendo.

Unos dedos se chasquean frente a mis ojos.

De repente, Sayida me envuelve los hombros con sus manos,
suaves como una caricia. Sus dedos se extienden por las curvas de
mi espalda cubierta de sudor. Mi cuerpo queda inundado por su
magia, como un bálsamo refrescante sobre una quemadura.

Dez sentado bajo un árbol en San Cristóbal. Le está quitando la
piel a una manzana roja brillante con su navaja. Hay algo en el
modo en que me sonríe...

Dez al regreso de una misión en solitario. Antes de acudir a
informar a su padre, me encuentra en mi pequeña habitación.
«Te he traído algo». Saca una caja de bombones...

Dez buscándome en la oscuridad y tirando de mí para acer-
carme. Más aún. «Quédate un poco más, Ren».

—Basta —le suplico a Sayida. La emoción de la que está tirando se concentra en la base de mi garganta. Quiero mencionarlo, pero no puedo. Con su poder, Sayida ha encontrado mis recuerdos. No los quiero—. Por favor.

Ella se sienta y se frota las manos contra los pantalones.

—Lo siento. Quería que encontraras tu felicidad.

Giro el rostro hacia ella. Está borrosa, como si estuviera mirándola a través del fino velo de una mortaja.

Poco a poco me voy hundiendo en un catre que han puesto sobre el suelo. Me duele tragar el sabor metálico que tengo en la lengua.

—Ni yo sabía que ibas a encontrar eso.

Cuando me despierto, me apresuro y voy a por la espada.

—¿Qué crees que estás haciendo? —pregunta Margo, que está de pie con las manos sobre las caderas.

Soy incapaz de mirarla a esos ojos rojos e hinchados que tiene durante mucho tiempo, porque son un reflejo de los míos.

Los tres llevan ropa prestada parecida. Unos pantalones sencillos y sueltos y unas túnicas blancas como los meseros de las cantinas. Hay un bulto a mis pies.

—¿Dónde estamos?

—En la pensión de mi abuelita —dice Esteban.

—¿Tienes una abuela? —Él dijo que tenía familia, pero pensaba que se refería a algún primo lejano. Somos tantos los que hemos perdido a todos que la palabra «abuela» suena extraña. Yo ni siquiera conocí a la mía. Intento imaginarme a Esteban teniendo a alguien que lo cuide, y me sobreviene un anhelo que no sabía ni que había en mí—. Creía que eras de Crescenti.

—Mi familia se fue tras la Ira del Rey —dice Esteban, y se muerde las cutículas que ya de por sí tiene en carne viva—. Yo me fui con los Susurros y mi abuelita vino aquí para ayudar a los más mayores. Es una de los Olvidados —dice. Se le nota la sombra de unos moratones sobre la piel morena, uno en la mejilla y un par en el antebrazo, como si alguien lo hubiera agarrado y no lo quisiera soltar.

—¿Los Olvidados?

Yo recuerdo historias sobre ellos. Eran personas nacidas en familias Moria, pero qué jamás tuvieron magia. Hace siglos, en el reino de Memoria, los viejos sacerdotes y sacerdotisas los bautizaron como Olvidados: olvidados por la Señora de las Sombras.

—La familia de mi abuelita no la repudió por no tener magia —explica Esteban—. En Ciudadela Crescenti, quien nace Moria es Moria pase lo que pase, siempre y cuando mantengamos a la Señora de las Sombras en nuestros corazones. Nos separaron tras la Ira del Rey, pero ella encontró a Illan y le ofreció ser sus ojos y sus oídos en la capital. Uno de ellos, al menos.

Margo asiente con la cabeza de manera solemne.

—No revelamos la identidad de nuestros espías, pero...

Su voz titubea y no le hace falta terminar para decir: «pero dadas las circunstancias...». Dez está muerto.

—No deberíamos estar aquí —digo.

—Nos ha traído ropa limpia y comida para pasar la noche. Hay agua para que nos limpiemos —dice Sayida con cuidado, como si estuviera intentando mantener tranquilo a un animal salvaje.

El techo cruje bajo los pies de los huéspedes, pero el silencio de las calles cae por su propio peso. Tengo que salir de estas paredes cubiertas de musgo. Tengo que encontrarlo.

—Come —dice Esteban, tosco. No quiere mirarme a los ojos—. Mi abuelita ha sido lo bastante amable como para traernos la cena. No dejes que se eche a perder.

—Me siento agradecida —digo, sonando como si hubiera hecho gárgaras con arena.

—No estás actuando como tal —dice él.

—Acabo de ver cómo decapitaban a nuestro líder —salto—. Perdóname si aún no soy capaz de comer, Esteban.

Margo le da una patada a un saco de arroz que hay a su lado.

—Deja de actuar como si fueras la única a la que le importaba Dez.

Sayida va al centro de la habitación mohosa. Lleva el pelo suelto, y es la que más tranquila está entre todos nosotros. ¿Cómo debe ser estar en control de tus emociones de esta manera? ¿Puede ahogar sus penas con su magia Persuári? ¿Podría hacer eso por mí? ¿Podría quitarme las emociones del mismo modo que yo quito recuerdos?

—Todos estamos dolidos —dice ella—. Todos vamos a lidiar con esto de manera distinta, pero no gritándonos entre nosotros. A él no le gustaría que lo hiciéramos.

Me quedo mirando el frío suelo que hay entre mis pies. Dejo que el latido de mi corazón se ralentice, ya que siento como si unas enredaderas me apretaran. Sé que soy la única que puede seguir adelante a partir de ahora. Sé que ninguno de ellos lo entiende. Ni siquiera Sayida. Dez era todo cuanto tenía, y yo lo he matado.

—No podemos quedarnos aquí —digo mientras me ato las botas. Me duele desde la punta de los dedos hasta la punta de los pies. Me duele todo tanto que si dejo de moverme quizá no pueda volver a levantarme.

—Aún no podemos regresar a Ángeles. Hay batidas por toda la ciudad —dice Margo, cuyo enfado cubre sus palabras.

—No voy a volver ahí. Voy a palacio. Voy a matar al príncipe.

—Casi no salimos de ahí con vida. —Margo da un paso hacia mí, desafiante—. Nos están buscando, incluso ahora. Saben que los Susurros estábamos ahí para Dez.

Me río, qué sonido más cruel.

—No hemos estado ahí para Dez. Hemos… He fallado. Dez está muerto.

Los tres intercambian unas miradas llenas de la misma culpa que siento yo.

—Estás dolida —dice Sayida con suavidad—. Pero este no es el momento de actuar sin pensar. Vamos a darle un tiempo. Volvamos a Ángeles.

—Illan nos dijo que no volviéramos.

—Nos perdonará —dice Sayida—. Estoy segura. Podemos llegar a tiempo de subir al barco que se dirige al Imperio Luzou. Estaremos más seguros en la costa, con todos los guardias concentrados en la capital. Soportaremos el castigo de Illan.

—¿Y dejar que la muerte de Dez quede sin castigo? —exijo. Me pongo en pie y hago una mueca cuando una decena de golpes nuevos se hacen notar.

—Los Susurros nos necesitan.

—¿Para qué? Se ha acabado.

—¿Tú te estás oyendo? —pregunta Margo—. ¿Es esto lo que querría Dez? ¿Esta versión de Renata Convida? La rebelión no muere con él.

—Más razón aún para quedarnos aquí —prácticamente grito. Yo sé lo que él quería. Dez siempre iba de cara—. Para completar su misión.

—Es lo que decidió Illan —dice Sayida intentando consolarme—. Él dio la orden.

Pero sus palabras están muy muy lejos de consolarme. No es que Dez muriera porque no fui lo bastante rápida. Murió porque le robé la clave para su libertad.

No puedo volver con los Morias. No encajo con ellos. Cuando era niña, quería complacer a mis captores de palacio. Provoqué la muerte en cientos, miles de personas, y convertí a varios centenares en Vaciados. Pero tampoco encajaba en palacio. No encajo en ningún lugar.

En el fondo de mi corazón sé que hay una cosa que puedo hacer para arreglar esto. Puedo asegurarme de que el asesinato de Dez no fuera en vano. De algún modo, tengo que entrar en palacio y terminar lo que empezó.

—Ni siquiera podemos enterrarlo —digo. Las últimas palabras se me quedan atrapadas en el pecho, y respiro de manera profunda para calmarme. Detrás de los ojos cerrados veo mis dedos alcanzando un mechón de cabello negro. La vacilación. Ni siquiera pude llegar a tocarlo porque soy una cobarde.

Los otros tres no dicen nada. Lo único que hacen es mirarme fijamente con pena. Excepto Margo, que parece que me está mirando con desprecio.

—Nosotros también lamentamos su muerte —dice ella, con unos ojos intensos como los zafiros con esta luz.

En un intento por ignorarlos, me sirvo un vaso de agua de una jarra de metal que hay de la esquina. Mi cuerpo me pide comida, pero no consigo tomar ni un trozo de pan.

—Dos días —dice Esteban y bate con la mirada la pequeña habitación secreta—. Ese es el tiempo que nos puede dar mi abuelita. Luego volvemos a Ángeles.

Se supone que somos una unidad, pero no es así. Somos un puñado de piezas rotas intentando encajar entre nosotros porque no encajamos en ninguna otra parte. No es ningún motivo para estar juntos.

—Id con cuidado durante el viaje —digo al fin—. No confiéis en nadie, ni siquiera en nuestros aliados. Id directamente a Ángeles.

Sayida frunce el ceño.

—¿De verdad no vas a venir con nosotros?

Yo sacudo la cabeza. Esta es mi responsabilidad, y solo puedo cargar con ella a solas. Si vamos en grupo, el juez Méndez sospechará que algo va mal. Un plan avanza en mi cabeza, colocando y recolocando lo que tiene que ocurrir para poder estar en el lugar y momento adecuados. El juez Méndez es el modo que tengo de llegar al arma y a Castian. Pero Sayida no me va a dejar irme, así que tengo que darle un motivo para que lo haga.

—No pensarás que me van a recibir con los brazos abiertos, ¿no? ¡Después de todo lo que he hecho! Vosotros mismos lo habéis dicho, Margo, Esteban: jamás debí haber estado en esta misión. Debí haberme quedado hurgando entre la basura, el lugar al que pertenezco.

Margo frunce el ceño de una manera tan fea que no creía posible.

—No debí haberte dicho esas cosas. Lo siento.

—Ya está hecho —digo prácticamente escupiendo—. Si ni siquiera vosotros tres me aguantáis en un buen día... Y ahora todo esto es culpa mía...

—No lo es... —intenta protestar Sayida de nuevo.

—No digas cosas que no sabes —respondo de manera seca, ignorando la expresión dolida que se esboza en su rostro. La miro fijamente a los ojos y la desafío a que no aparte la mirada—. Sin Dez, no hay ningún motivo para que me quede aquí con vosotros.

—No lo dirás en serio... —dice Sayida.

Margo cruza los brazos por encima del pecho, y los mechones largos y trigueños de su cabello le caen por la espalda.

—Claro que sí.

—Muy bien —dice Esteban—. Serías una carga con la que acarrear con tus lloriqueos débiles y tontos.

Agarro con fuerza el mango de la espada y doy un paso fuerte en su dirección, pero entonces alguien llama a la puerta.

Los cuatro damos un salto, nos tensamos y nos colocamos en posición de combate. Una mujer alta y de espaldas anchas mete la cabeza por la apertura. Lleva el cabello cubierto con un pañuelo, y su piel negra está manchada de harina.

—¿Abuelita? —Esteban da un paso adelante y su rostro se suaviza con alivio.

—Hay una patrulla haciendo la ronda por el callejón —dice rápidamente y retorciendo las manos—. Están arrestando a cualquiera que se atreva a ir con un mechón fuera de lugar.

—Tenéis que iros —les digo a los otros—. Ahora, antes de que sea demasiado tarde. No podéis arriesgaros a que os atrapen.

Sayida me agarra por los hombros.

—Por favor, no lo hagas, Ren.

Siento un frío golpe en la mente, tengo la sensación de que alguien me está observando.

—¡Sal de mi cabeza, Esteban!

—Perdón, no puedo evitarlo —murmulla—. Todo el mundo está pensando en voz muy alta.

—¿Qué estás planeando, Ren?

—Va a hacer que la maten —responde Esteban—. No puedes estar pensando en serio en volver sola a palacio. Estarán esperando un contraataque.

—Si no lo hago, se llevarán el arma a otro lugar —digo.

—Eso no lo sabes —suelta Margo—. Tenemos que pensar. Tenemos que idear un plan.

—¡Por supuesto! —digo—. Haced vuestros propios planes. Yo sé cómo funciona la mente de Méndez. Al fin y al cabo, fui una de ellos.

Ellos apartan la mirada. ¿Les da vergüenza que haya dicho lo que deben estar pensando?

—Muy bien. Imagina que encuentras el arma —dice Margo, exasperada—. ¿Cómo vas a salir de ahí?

—No tiene intención de hacerlo —dice Sayida.

Detesto provocarle ese dolor en la voz, pero es más fácil así. Si vuelvo, Illan leerá la verdad de lo que he hecho. Verá que he destruido la única escapatoria de Dez. Harían bien en culparme, en juzgarme por un crimen contra los nuestros. De este modo, si me quedo, mi muerte tendrá un propósito.

—Esteban tiene razón. Sería una carga. Este es el único modo en el que puedo ayudar a los Susurros. Marchaos ya.

—La muchacha tiene razón —dice la abuelita, que está retorciéndose el delantal de manera ansiosa hasta que termina convertido en una cuerda—. La Segunda Batida estará aquí en unos momentos. Muchacho mío… —Alcanza la mejilla de Esteban. Es un gesto tan tierno que tengo que apartar la mirada. ¿Mi madre me hizo eso alguna vez? Seguro que sí, pero…

—Ren —dice Sayida.

—Esta es la mejor oportunidad que tenéis —digo—. Aprovechadla.

Reina el silencio, excepto por un ligero chorrito de agua que cae de una gotera en la esquina. Luego, al final, Sayida asiente. Sin decir palabra, se arrastran hacia la puerta secreta, y sus armas hacen un ruido suave cuando se agachan para salir. Me quedo mirando las vigas bajas del techo, aguantando las lágrimas.

Hay un pequeño ruido sordo cuando la puerta se cierra tras ellos y, después, se vuelve a hacer el silencio. Es un silencio que dura tanto que se me tensa el pecho. Siento su ausencia de un modo que jamás admitiré en voz alta.

—Se han ido —dice la abuelita cuando vuelve. Su voz es como si me salpicara con agua fría. Sayida y Margo la han llamado Lydia.

—Tenemos que ser rápidas —digo y salgo caminando de la habitación secreta y me adentro en una zona de almacenaje. Hay un trozo de cuerda colgando en la pared que agarro—. Tienes que atarme. Dile a los guardias que me has encontrado robando en tu almacén.

Lydia fija su mirada de ojos marrones en mí. Tiene unas líneas de expresión profundas, señal de haber reído mucho en el pasado, que le arrugan el rostro sin sonreír siquiera. Ahora sus facciones son de piedra y dirige la mirada hacia la cuerda que tengo en la mano.

—Mi muchacho me habló de Dez —dice con suavidad—. Puedes tomar otro camino. Sé lo que es perder a tu amor, pero no tienes que perderte a ti también.

Quiero decirle que yo no lo perdí, que ella no sabe nada de mí, pero incluso estando con esta pena, no le contesto. Ella nos ha dado cobijo y alimento, y se ha mostrado amable conmigo aun sin tener que hacerlo. Por un momento, cuando la observo, pienso en los abuelos a los que nunca conocí. ¿Lo arriesgarían todo por mí de esta manera, sabiendo los poderes que tengo? ¿Siguen vivos en algún lugar?

Lydia no parece entenderlo, por lo que le muestro las manos desnudas. Sin la ilusión de Margo, mis cicatrices vuelven a ser visibles.

—Estaba perdida mucho antes de conocer a Andrés —digo.

—Robári. —No parece asustada ni enfadada, sino llena de pena. Lo dice como si no fuera más que una palabra y yo no fuera más que una muchacha y no hubiera nada más fuera de este almacén excepto nosotras dos—. Mi madre solía decirme que a algunos los agraciaban con demasiado poder y a otros, con demasiado poco.

Yo ahora mismo me siento más bien una desgraciada con la magia que tenemos, pero no se lo digo.

—¿Por qué haces esto? Podrías llevar una vida normal.

—Llevaré una vida normal cuando vuelva a vivir con mi nieto. Quizá viva hasta para ver a mis bisnietos. —Extiende una mano hacia mi mejilla—. Toma algo de mi esperanza, niña.

Una parte de mí quiere retraerse de su caricia. Con lo que viene ahora, no puedo permitirme tener el corazón blando. Sus ojos examinan mi rostro, quizá buscando alguna debilidad. Algo que haga que me quede. Pero no hay nada de eso. Me lo han arrebatado. No hay nada que ella pueda hacer para que cambie de opinión, y lo sabe.

Al final, Lydia toma la cuerda, y yo me siento en la esquina de su almacén y dejo que me ate las manos y los tobillos.

—Que la Madre de Todo bendiga el camino que recorres —dice antes de volver a las cocinas—, porque no sabes lo que encontrarás durante el viaje.

Espero y escucho cada sonido que se filtra por la rendija que hay bajo la puerta: las personas en la pensión, totalmente ajenas a lo que ha ocurrido aquí, y las cocineras y el caos de la cena; un mundo tan alejado de mí que no puedo ni imaginarme formando parte de él.

Entonces se oye un fuerte golpe en la puerta. Voces amortiguadas. El llanto aterrorizado de Lydia. Pasos apresurados cada vez más y más cerca.

La puerta abriéndose de golpe.

—Ahí está —dice Lydia con un temblor en la voz—. La he sorprendido robando comida. Es una de ellos. Mirad sus manos.

Los guardias me miran con cautela y luego se vuelven hacia Lydia.

—Has hecho un gran servicio a tu reino.

—¿Estás seguro de que es una de ellos? —susurra el segundo guardia al otro.

—Da igual. —Se saca una bolsa de terciopelo del bolsillo delantero, toma dos monedas gordas de libra y se las vuelve a guardar. Después, lanza el resto al suelo—. Métela con los demás. Ya hemos hecho la noche.

Ojalá no me mirara Lydia, pero noto su mirada amable mientras los guardias me retuercen los brazos detrás de la espalda y me ponen unos grilletes para luego sacarme a rastras de la casa. La armadura que visten tintinea como un juego de llaves por el callejón estrecho.

No me resisto cuando me llevan hacia el carro de prisioneros que hay al final de la calle. Mi cuerpo se mueve como si estuviera flotando, y siento como si me estuviese viendo a mí misma desde arriba. Cuando el guardia abre las puertas del carro, el hedor de los fluidos corporales y de demasiada gente compartiendo un mismo espacio me asalta la nariz. Incapaz de tapármela, agacho la cabeza hacia el hombro, pero no sirve de nada. El olor es demasiado fuerte.

Hay dos bancos a cada lado del carro. Quizá quepan ocho personas cómodamente, pero, de algún modo, han metido quince cuerpos aquí. El guardia me empuja y yo me resbalo sobre el suelo grasiento. Cuando cierra las puertas, todo se queda a oscuras.

—¡Yo no soy uno de ellos! —grita la voz de un joven desde el interior de las tripas del carro. Se oyen una serie de golpetazos que me imagino que serán sus puños contra las paredes—. ¡Mi padre es un comerciante! Dejadme mandar una misiva al duque Sól Abene. Él arreglará esto de inmediato.

—¿En qué unidad estabas? —me pregunta una voz incorpórea—. ¿Es verdad que hay Susurros que están aquí para levantarse contra la justicia otra vez?

—Nadie se va a levantar contra nadie —responde una voz enfadada y grave.

—He oído que nos van a curar —dice alguien tan delgado como un fantasma—. Por fin una cura para todo esto.

¿Una cura? El estómago me da un vuelco. «La cura». Lo sabe más gente. Quiero preguntarle dónde ha oído tal cosa, pero el olor me abruma y no me atrevo a abrir la boca para hablar.

Mientras el caballo tira del carro por las calles empedradas, noto cada bache y empiezo a temblar. Me pregunto si puede que me haya precipitado demasiado. El terror me inunda las venas. Me aterroriza volver al lugar en el que todo empezó. El palacio de Andalucía y la catedral que hay a su lado, la sede de la Justicia del Rey. El hogar del príncipe Castian y la capital del reino.

Pero cuanto más nos acercamos a nuestro destino y vuelvo a oír el sonido conocido de los portones de hierro abriéndose para dejarnos paso, me hundo tanto en el miedo que se convierte en parte de mí. Me llena de energía en vez de obstaculizarme.

Al fin y al cabo, ya no soy la niña de siete años a la que raptaron de un claro en el bosque. Me he pasado ocho años entrenando al lado de los Morias más fuertes que hay en el mundo. Entrenando al lado de Dez. Me he pasado ocho años aprendiendo encontrar una causa por la que luchar.

«Te conozco. Confío en ti».

Aquel fue su último error.

Ahora estoy lista.

Y mañana estaré lista. Y pasado mañana. Y el día después. Tengo un plan, y esta vez no puedo fallar.

Pienso en el juez Méndez. Será incapaz de resistirse a venir a verme en cuanto les diga a los guardias que soy una Robári... Ya puedo sentir su calavera entre mis manos. Pero primero encontraré el arma.

La muerte de Dez será vengada. Al fin y al cabo, le hice una promesa a Castian que tengo intención de mantener.

11

El silencio cae en la oscuridad del carro, que va a empujones por el exceso de peso; es como un barco en una tormenta. Mantengo la mirada baja e intento ser consciente de los sonidos de la capital en plena noche. Cascos sobre el empedrado. Júbilo en una taberna. Guardias riéndose en el asiento del carro. En algún lugar, un grito de auxilio que no obtendrá respuesta.

Una mujer más mayor que antes estaba llorando ha sollozado hasta la saciedad y ahora no es más que un temblor a mi lado. Apretujados como estamos, noto la sacudida de sus hombros cuando se rozan contra los míos. La suavidad de su piel me hace pensar en el lujo. ¿Qué puede haber hecho para que la capturara la Segunda Batida?

En un intento por conseguir más espacio, agarro la cadena que une mis grilletes y tiro de ella, haciendo un gran esfuerzo por no pensar en la sustancia pegajosa que me queda en la piel. Con el codo golpeo algo suave.

—Cuidado —gruñe la voz grave de un hombre que está a unos centímetros de mí. Hay un rayo de luz que proviene de las lámparas de gas que hay en el patio del palacio. Un rostro anguloso, cubierto de golpes y cuyo aliento apesta a licor amargo.

Pego los brazos al cuerpo e intento no respirar por la nariz. Los excrementos y el orín se mezclan con la humedad del verano, que termina impregnándose del olor de la comida podrida cuando pasamos por delante de las cocinas. Y debajo de todo eso hay algo dulce. Algo que no termina de encajar. Debemos estar cerca de los callejones estrechos que unen la catedral y el palacio.

Mis pulmones anhelan aire limpio, mi corazón ansía luz. Por un momento, intento imaginar que vuelvo a estar en Ángeles, en la habitación pequeña y aireada que tengo en el claustro de San Cristóbal, con suelos de madera que crujen y una ventana estrecha pero alta que deja entrar el sol que me despierta por la mañana. No volveré a ver esa habitación. No volveré a caminar por aquellos anchos pasillos, ni a sentarme en la biblioteca con un montón de pergaminos que los ancianos nos ániman a leer. «Aprendeos nuestras historias antes de que las reescriba el Rey Sanguinario», dijeron. No volveré a escabullirme por el torreón para encontrarme con Dez en la cascada, ni volveré a pelarme las rodillas al caer durante los simulacros de lucha. No volveré a hacerlo.

Tomé esa decisión, pero siento una sacudida en el pecho porque tampoco creí que volvería a estar en palacio. Me imagino a una versión más joven de mí misma caminando de la mano del juez Méndez. Una muñeca de trapo vestida con encaje delfinio y guantes de satén.

El carro se detiene y oímos el traqueteo de cuando giran los discos de una cerradura de combinación hasta que suspiran con la liberación y vemos a los guardias en la luz tintineante. El primer guardia, el que tiene la sonrisa con un hueco en los dientes, estira un poco el torso. Hace todos los movimientos con mucho dramatismo, como si se estuviese mofando de nosotros con su habilidad para moverse libremente. Sé que le gusta infligir dolor. Ya he visto esa mirada. Castian la tenía cuando luchó con Dez en Riomar y cuando clavó sus guantes con pinchos en el rostro de su propio guardia.

Me sacan a rastras del carro con el resto de los prisioneros, y entonces, por fin, ubico el olor: incienso. Su tufo no hace gran cosa por cubrir la suciedad de la capital y de la mazmorra. Por un momento no veo nada, solo siento el latido constante de mi corazón concentrado en mis oídos.

Me prometí que no volvería aquí. Si pudiera verme mi antiguo mentor, ¿qué me diría? Méndez no tiene remordimientos, pero nunca fue cruel conmigo. ¿Ordenaría que me mataran al verme o me pondría grilletes en las manos y me volvería a utilizar por mi poder? Si consiguiera meterme a hurtadillas en palacio, jamás se creería que estuviera ahí por voluntad propia. No, este engaño tiene que empezar en las tripas de palacio.

Me pican las palmas con la anticipación de la magia. El rostro de Castian ocupa la mayoría de los pensamientos que tengo estando despierta. Lo cubre todo. Es peor que el resto de los otros recuerdos y la zona gris. La promesa de vaciar la mente del príncipe y dejarlo en un estado comatoso me emociona y me horroriza. Seré el monstruo que he temido. El reino llorará a su príncipe, y yo viviré con los recuerdos del asesino de Dez. Al menos, no tendría que vivir con ellos por mucho tiempo. Pero los muros de mi mente se oscurecen. Hay una sombra alrededor de mi vista. No veo, no puedo ver otra salida.

«Tú no eres ninguna muchacha. Eres la venganza en la noche».

Eso es lo que tengo que ser por Dez.

La puerta de la mazmorra se encuentra en el hueco que conecta el palacio y la catedral, que se erigen como las estructuras de poder del mando del reino. La Segunda Batida nos entrega a los dos guardias que hay destinados en la entrada, pero sé que hay más esperando dentro. Se oye un chirrido metálico cuando uno de ellos mete la llave en la cerradura y abre los portones, como la boca de un monstruo marino a punto de tragarnos por completo.

Llegó la hora.

Observo a los guardias. El segundo desvía la mirada conforme van saliendo más cuerpos a trompicones del carro. El instinto me dice que es a él a quien tengo que acudir. Al dar un paso para acercarme a él, veo que es joven y que tiene la complexión morena y oscura de los ancestros tresoros, como Esteban. El rostro de este soldado es demasiado suave y delicado. Seguramente no pudiera escabullirse de la llamada a filas con dinero, como hacen los comerciantes acaudalados y los nobles de su provincia, y ahora está aquí, llevándonos hacia nuestras celdas. O puede que quiera imaginarme que hay inocencia en sus grandes ojos marrones, pero en realidad no.

Agarra la cadena de mis grilletes y tira de mí hacia adelante, hacia la puerta abierta que conduce a un túnel oscuro, pero yo le agarro de las manos. Su mirada de ojos oscuros se posa rápidamente sobre las espirales con las que tengo cubiertas las manos y se queda tieso, con los ojos abiertos como platos, como si ya hubiera empezado a sacarle los recuerdos.

—¡Suelta! ¡Suéltame! —dice. Es un muchacho asustado que mengua en altura ante el más ligero de mis roces.

—Tengo que ver al juez Méndez —digo hundiendo el pulgar en la parte interior de su muñeca. Estar tan cerca de él le provoca un tartamudeo delirante, porque sabe perfectamente lo que puedo hacerle si quiero. Siempre he detestado esta reacción, pero ahora cuento con ella—. Yo no debo estar aquí.

Detrás de mí se arma un jaleo. Me doy la vuelta y un guardia de más edad con el cabello castaño apelmazado por el sudor y una gran cicatriz sobre sus labios cortados empuja al resto de los prisioneros a un lado para llegar hasta mí. Me agarra del pelo y hace fuerza. Tiene la piel olivácea cubierta por decenas de pequeñas cicatrices. Me sorprende que permitieran alistarse a alguien que sobrevivió a la peste.

—¿A qué se debe el retraso, Gabo?

Gabo tira de las manos para deshacerse de mí.

—Dice que quiere ver al magistrado, sargento.

El sargento levanta una gruesa ceja y me examina.

—¿Tienes prisa para que se celebre tu juicio?

Levanto la barbilla para que quede fuera de su alcance y reúno toda la fuerza de la que soy capaz en mi voz.

—Dile al juez Méndez que Renata Convida ha vuelto al redil.

Hay un momento de silencio entre los guardias mientras estudian mis palabras. Gabo parece verdaderamente aterrorizado. Nadie, ni siquiera los leoneses que no poseen magia, querrían ver al juez Méndez por voluntad propia. Me doy cuenta de que su nombre sigue inspirando el mismo miedo. Tal vez sea peor que antes.

—Quizá deberíamos traer al magistrado, ¿no? —susurra Gabo al sargento—. Mírele las manos. Las cicatrices. Méndez dijo que le mandáramos a todos los posibles Robári en cuanto…

—Sé lo que dijo —suelta el oficial—, pero yo obedezco órdenes del príncipe, no de Méndez. Ella va con el resto.

Hay algo en sus palabras que me da que pensar. ¿Significa eso que va a llamar al príncipe? ¿Podría mi destino ser así de simple, reunirme con Castian en estas celdas? ¿Y si…? Mis pensamientos van demasiado rápido intentando crear un plan de contingencia en caso de que me vea cara a cara con Castian. ¿Sería capaz de reprimirme y no vaciarlo de sus recuerdos? Sonrío ante la idea.

—¿Por qué sonríes? —exige el oficial.

Sé que el magistrado cuenta con todos los medios posibles para saber todo lo que se dice sobre él; tiene ojos y oídos por todo el reino. Sé lo que ocurre cuando no se obedecen sus órdenes. Gabo se echa a temblar y rehúye la mirada. No. Decido que sigue siendo la mejor oportunidad que tengo.

—Porque el juez Méndez te matará por esto.

Las antorchas son escasas y salpican la piedra enlodada de los muros de las mazmorras. El agua gotea por los huecos y las grietas, y se crean charcos. Pierdo la cuenta de los pasos que damos. El túnel se estrecha cuanto más nos alejamos; los muros se acercan. Si sacara los brazos, tendría que doblar los codos. Si siguiera corriendo hacia los pasadizos laberínticos, el camino se volvería tan estrecho que solo podría atravesarlo un niño. El magistrado que diseñó estos caminos hace una década dejaba que los prisioneros se marcharan. Quería jugar a un juego, ver hasta dónde podía llegar una persona antes de que lo atraparan, antes de que se perdiera tanto en la oscuridad sinuosa que se diera cuenta de que era más fácil quedarse quieto. No hay mejor manera de destruir el espíritu de una persona que darle la falsa esperanza de la libertad.

Cuanto más nos adentramos en las tripas de las mazmorras, más empiezo a darme cuenta de que si me perdiera en mis recuerdos robados, mi mente estaría tan desolada y sería tan gris como esto.

Una de las personas que está en la fila tiene arcadas y luego hay una serie de llantos cuando los guardias nos dividen y nos meten en las celdas. Son poco más que jaulas. No se diseñaron para que los prisioneros se quedaran largas temporadas, pero ahora se utilizan así. Hay unos cubos humillantes a rebosar de excrementos en cada esquina y catres rellenos de heno con las costuras reventadas. Van llenando las celdas una tras otra, pero a mí me dejan de atrás. Se me retuercen las tripas por la anticipación, esperando que, al final, me lleven con Méndez.

Pero cuando llegamos a una puerta pesada de madera con tachones de hierro y una sola hendidura por la que pasan las bandejas de comida, me doy cuenta de dónde estoy. En aislamiento.

Me siento en el suelo. El frío y la humedad se filtran por detrás de mi túnica. Cuando miro hacia el techo, hay una mancha oscura que parece seguir extendiéndose. Pero todo aquí es oscuro, a excepción de la ventana rectangular que hay en la puerta. Las bisagras chirrían cuando echan el cerrojo.

Me pregunto cuánto tiempo tiene que pasar a alguien aquí antes de que se olviden de ellos y los descubran muertos. Me cae una gota de agua sobre la frente. Al menos, espero que sea agua. En la distancia se oyen unos pasos. Me pregunto si Gabo desafiará a su oficial. La idea me provoca una risa amarga, porque ahora soy yo la ingenua.

Me rodeo las rodillas con los brazos y doy las gracias por que no me quitaran la ropa. El hedor me trae un recuerdo de cuando era niña. Cuando vivía en palacio como la tutelada del juez Méndez, mis estancias estaban cubiertas con chifón azul y volantes de encaje blanco importado del reino de Delfinia, al este del mar Castiano, siempre aliado de Puerto Leones. Tenía las estanterías llenas de muñecas con pelo de verdad en la cabeza, y unas puertas anchas que daban a mi propio balcón privado. Había unos cuencos de porcelana repartidos por las estancias que siempre estaban llenos de pétalos de rosa para tapar el olor durante los días en los que había ejecuciones públicas, aunque el rey prohibió las quemas el año pasado. Tengo el vago recuerdo de la pequeña casa de campo en la que vivía con mis padres antes de eso, pero no son más que las imágenes imprecisas de una niña de siete años, tan borrosas que tal vez jamás existieran.

Por aquel entonces ni siquiera sabía que yo era la primera en llegar a la Mano de Moria. La fuerza Moria, esclava de la corona, cumplía órdenes, y el rey los utilizaba como símbolo de su control y dominio, como amenaza para aquellos lugares del mundo conocido que no había conseguido conquistar.

Me estremezco mientras intento salir a empujones de la zona gris. No puedo volver a vivir aquello. Pero sé que, si sobrevivo el tiempo suficiente para llevar a cabo mi plan, tendré que terminar por hacerlo. Por ahora, me permito un momento para recordar las cosas buenas que hay en mi vida: a Sayida cantando canciones populares, la sonrisa de Dez antes de una pelea. Rebusco en el bolsillo la moneda que me dio. Le doy vueltas entre los nudillos, un truco que me enseñó él mimo cuando éramos niños. Siempre se le ha dado genial el juego de manos.

Oigo un ruido extraño traqueteando en la celda de aislamiento en la que estoy y se me cae la moneda.

Me levanto de golpe. No se oye nada más que mi propia respiración frenética. Tanteo con las manos sobre la piedra fría hasta que encuentro la moneda y me la meto en el bolsillo.

Vuelve a ocurrir. Y en esta ocasión, reconozco el sonido. Alguien respira con dificultad. Con los ojos, que ya se han ajustado la oscuridad, veo unas sombras en la esquina moviéndose hacia la luz débil que hay en el centro de la celda.

No estoy sola.

12

—¿Quién anda ahí? —pregunta un hombre que da golpecitos con la punta de los dedos en el espacio que hay a su alrededor.

Del techo caen gotas de condensación, y cada una de ellas suena como una mano chapoteando en una bañera llena de agua. Hay una pequeña rendija en la puerta por la que se escapa una brisa de aire que silba.

Me siento para quedar justo fuera de su alcance.

El hombre tiene una respiración irregular. Es comprensible, ya que hay más sombras que aire. La celda es húmeda y hiede a podrido y excrementos. Menos comprensible, sin embargo, es la manera en que los huesos de este hombre sobresalen bajo su piel. A pesar de que la débil antorcha revela una compuerta de metal en la puerta lo bastante ancha como para pasar comida por ella, está claro que nadie lo ha hecho en mucho tiempo. ¿Cómo han podido dejar a este hombre aquí? Parece más cruel que las exhibiciones y ejecuciones públicas por las que se conoce al magistrado. El reinado de los Fajardo debe terminar.

—No voy a hacerte daño —digo. Me provoca cierto alivio que la ira haya menguado en mi voz y haya dejado un tono áspero y cansado.

Mira en dirección a mí, pero tiene una película espesa sobre el ojo izquierdo, como si fuera la membrana de un huevo. Extiende unos dedos torcidos hacia mí.

—¿Puedo? Así es más fácil.

No sé por qué me sorprende tanto, pero lo hace. Es un Ventári. Es habitual que se queden ciegos al hacerse mayores. Todos estos poderes terminan por desgastarnos el cuerpo de distintas maneras.

La magia domina sobre las partes que nos hacen mortales. Moretones permanentes sobre los Illusionári, enfermedades cardíacas y convulsiones en los Persuári. En cuanto a los Robári... Yo tengo la zona gris y cicatrices, pero no he conocido a nadie más. Puede que perdamos la memoria al hacernos mayores. Puede que, al final, también nos convirtamos en Vaciados. Dudo que alguna vez llegue a averiguarlo.

Me acerco lentamente y dejo que me toque la sien. Su magia me arde por la piel, es una presión que va subiendo hasta llegar a la parte delantera de mi mente. Como si alguien estuviera caminando sobre la piel. Luego me suelta con un sobresalto.

—Eres una Susurro —dice con los dedos temblando—. Todos terminamos aquí. Todos.

—No soy ninguna Susurro —digo—. Ya no.

Él se frota las manos en un intento por mantenerlas calientes. La túnica que lleva es más suciedad que tela, tiene las costuras rotas y es tan fina como un pergamino antiguo. Tiene los brazos pálidos, delgados y llenos de manchas de sol. Me pregunto quién sería antes de que quedara relegado a esta prisión.

Me quito la chaqueta y la coloco sobre sus hombros. Un extraño entumecimiento recorre el interior de mi mente.

—Renata —dice él, girando el rostro hacia el sonido de mi voz—. He oído hablar de ti. Antes incluso de ver tus pensamientos.

Una corriente fría me recorre el cuerpo. Hace ocho años que me fui de palacio. No puede llevar tanto tiempo aquí, ¿no?

—¿Quién eres? —pregunto—. ¿Cómo es que me conoces?

—Yo trabajaba en palacio antes de la peste —dice. Le da un ataque de tos y todo su cuerpo se sacude. Deja una mano sobre su pecho. Veo cómo sube y baja con lo que parece un gran esfuerzo antes de poder volver a hablar.

—No sabía que había Morias al servicio del rey —digo. Este lugar consigue distorsionar las cosas.

Él sonríe con unos dientes manchados de negro y verde.

—En una ocasión estuvimos en su consejo. Antes de la creación del Brazo de la Justicia. Por aquel entonces, Puerto Leones estaba en guerra contra Imperio Luzou. La gente no apoyaba aquella guerra. Ni siquiera los más cercanos al rey intervinieron.

Tengo un vago recuerdo de uno de los ancianos diciendo que Luzou siempre ha sido el mayor aliado de los Morias. Pero ¿dónde estaban cuando cayó Riomar? Intento recordar las clases sobre historia leonesa.

—Lo único que detuvo la contienda fue el brote de peste —digo.

—Al menos eso te lo han enseñado. —Toma una respiración que suena dolorosa.

—¿Tú no te marchaste?

Sacude la cabeza.

—No pude. El rey Fernando me dejó como embajador de Memoria. Yo mandaba mensajes a los Susurros. Hasta que me descubrieron y capturaron hace dos años. —El viejo tose con dificultad.

—¿Eres la Urraca? —le pregunto pensando en la persona que alertó a Illan de que existía un arma.

—No —dice con la voz ronca—. Ni siquiera yo sé quién es el informante de Illan.

—¿Qué te han hecho?

—Estuve un tiempo en la prisión Soledad. —Se lleva los dedos huesudos al hombro—. Cuando no quise decirle a Fernando cómo encontrar el salvoconducto para atravesar las montañas, me trajeron de vuelta aquí. Un guardia me arrancó la señal de la Madre de Todo. Me rebanó la piel y luego siguió hurgando con sus sucios dedos.

Pienso en la luna creciente y en el arco con diez estrellas puntiagudas que conforman la señal de la Madre de Todo. Los ancianos llevan ese símbolo sobre la piel cuando alcanzan el mayor rango en la orden de los Morias. Recuerdo el rostro lleno de esperanza de Illan estando en la tienda de campaña antes de contarme el plan de Dez. ¿Sabe que este hombre sigue estando aquí?

Le agarro la mano y le pregunto:

—¿Cómo te llama Nuestra Señora?

Una sonrisa se esboza en su rostro arrugado y, al parpadear, se le derraman las lágrimas.

—Nuestra Señora lleva bastante tiempo sin llamarme de ninguna manera. Pero antes me conocían como Lozar.

Gira el rostro a un lado y se pone a toser moco y sangre.

Estoy enfadada. Estoy enfadada con Illan y los Susurros por no habernos mencionado a este hombre. Estoy enfadada con Dez por maquinar a mis espaldas mientras me pedía que confiara en él. Estoy enfadada con los cielos, la tierra, el sol. Estoy enfadada con la existencia y con todo esto por haberse escapado de mi control.

—No pasa nada, Renata.

La voz de Lozar interrumpe mi furia. Reconozco esa sensación en el interior de mi cabeza. Está viendo mis pensamientos. Incluso en el estado en el que se encuentra, su poder es fuerte. Me pregunto si es eso lo que lo mantiene vivo a pesar de la crueldad que ha experimentado.

—¿Ha merecido la pena? —No sé qué es lo que me hace preguntar esto—. Te han abandonado los Susurros, Illan...

—Sabía lo que implicaría ser una espía y quedarme en la corte —dice Lozar con calma—. Y daría mi próxima vida a la causa con la misma prontitud. Como le dije al otro muchacho, el momento está cerca. Es ahora.

Se baja el cuello hecho jirones de su camisa y revela un tajo terrible. Nunca he visto un corte así. Incluso para tratarse de la justicia, este tipo de tortura es despiadado.

—Estás en aislamiento. ¿Quién es el otro muchacho? —pregunto.

—Cuando abren las puertas, no me ven. Hace un mes que se han olvidado de que estoy aquí. Para ellos es solitario. —El interior de mi cabeza queda cubierto por una sensación como de zumbido—. El muchacho al que has venido a vengar. Estuvo aquí. Y luego se lo llevaron. Andrés.

Suelto a Lozar y el estómago me da un vuelco. Hago fuerza con las manos sobre el suelo y dejo que una fría oleada de terror me inunde. Dez estuvo aquí. Por supuesto que iban a meterlo en una de las celdas de máxima seguridad. Por supuesto que estoy donde estuvo él, pero demasiado tarde.

Me levanto y voy corriendo hacia la puerta. Si paso las manos por la ranura rectangular podría alcanzar la cerradura. ¿Le habrá dado tiempo a cambiar el código con todo el jaleo?

—Puedo sacarte de aquí.

Lozar suelta una risa sibilante. ¿Cómo es capaz de reírse en un momento así?

—No fui capaz de encontrar la salida por los túneles, menos aún llegar a un refugio.

Doy una fuerte respiración. No puedo dejar que muera. Ha pasado por demasiadas cosas y ha sufrido durante demasiado tiempo como para que esto termine aquí. Pero si me marcho, perderé la mejor oportunidad que tengo para reincorporarme con el juez Méndez. Perderé mi venganza. Me arden los ojos y parpadeo para aguantar las lágrimas que amenazan con derramarse.

—Puedo sacarte de aquí y llevarte con los Susurros.

—Se me está acabando el tiempo, Renata. —Lozar se pasa un buen rato tosiendo—. Él también quería ayudarme.

Haría lo que fuera por volver a oír la voz de Dez.

Sin mediar palabra, Lozar me aprieta la mano izquierda, libre de cortes y sangre, y la aprieta contra su sien. El resplandor de mis yemas con cicatrices ilumina su cara pálida y curtida. Cuando alguien ofrece un recuerdo de manera voluntaria, la magia zumba por mis venas y las imágenes son fáciles de encontrar; es pan comido.

Negro como la noche más larga.

El ruido de la cerradura reverbera en la celda húmeda. Pies arrastrándose por el pasillo. Están trayendo a otro prisionero. Lozar busca el extremo opuesto de la pared y se agacha. Se ha pasado la vida adulta siendo invisible para los demás.

La puerta se abre con un chirrido, el ruido del metal queda ahogado por los llantos guturales y los puñetazos contra la carne. Los cuerpos se estampan contra los muros de piedra. Desde la esquina en la que está puede ver la puerta por completo, aunque tenga la visión empañada como un cristal opaco. Dos hombres. Uno es un prisionero encadenado; el otro, un guardia oculto por las sombras.

—¡No tienes derecho! —exclama el prisionero. Tiene la voz áspera, como si se hubiera pasado todo el día gritando.

El prisionero agarra al soldado por el cuello de la camisa. Lozar se pregunta si alguien sabe que él sigue estando ahí.

Se estremece cuando el prisionero cae al suelo por un rodi-llazo que le han dado en el estómago.

—Tengo todo el derecho —escupe su captor. Los suaves des-tellos de la antorcha iluminan una cajita de madera que tiene en las manos—. Tengo que hacer lo que nadie más está dispuesto a hacer.

Lozar se queda mirando la caja de madera, paralizado por los grabados dorados que hay en la superficie. Sabe lo que hay ahí dentro. Sabe lo valioso que es.

—Mentiroso. —El prisionero se levanta sobre las rodillas y enseña los dientes—. Eres un monstruo. Aparta eso de mí.

—Pronto verás la luz —dice el otro hombre y luego cierra la puerta de un golpe.

El muchacho se precipita sobre ella y la aporrea como si se estuviera imaginando que se trata de su captor. El agotamiento lo vuelve débil y pesado al lado de los pies de Lozar. Su cuerpo se sacude con cada respiración. Lleva un aro de cobre en la muñeca. Murmulla de rabia.

—¿Cómo te llama Nuestra Señora? —pregunta Lozar.

El rostro del muchacho se llena de energía al oír una voz. Pero su sorpresa desaparece cuando se acerca Lozar.

—Andrés —suelta el muchacho—. No te preocupes. Vamos a salir de aquí.

Aparto los dedos de sus sienes con dificultad y rompo la cone-xión que está cauterizando otras líneas de magia a lo largo del dor-so de mis manos. Este es el recuerdo más difícil del que liberarse. Poder volver a escuchar a Dez me deja temblando. *Vamos a salir de aquí.*

—Dez —digo y me vuelvo a hundir en la pena que sentí cuan-do llegué, después de la ejecución.

—¿Dez? —Una confusión momentánea cruza el rostro de Lo-zar al rebuscar el nombre de Dez entre sus recuerdos y ver que ya no está—. ¿Así se llama el muchacho?

—Se llamaba —digo en voz baja.

Pronto verás la luz, le dijo el príncipe a Dez. En el recuerdo de Lo-zar, Castian estaba metiendo a Dez en la celda. Era él quien sostenía la cajita de madera que hizo que hasta Dez se estremeciera. Y era su voz la que abandonó a Dez a su muerte. Aunque no pudiera ver bien su rostro, lo conozco tan bien como el odio que tengo grabado en mi propio corazón. Oí su voz en Esmeraldas. En el recuerdo de Dez en Riomar. Castian estuvo en la casa de Celeste. «Nadie puede saber que he estado aquí», dijo entonces. No entendía por qué le iba a importar a Castian que lo vieran. Luego pienso en lo que vi en la piedra alman: a Lucia con los ojos en blanco y unas venas extrañas relucientes, la cáscara sin vida que tenía por cuerpo, que se seguía moviendo a pesar de que le hubieran arrancado su magia. Castian quería acabar con Dez. Lo provocó con el arma antes de su ejecución. ¿Cuándo volverá a usarla?

Le di al príncipe todo lo que quería.

Estampo el puño contra la puerta.

Siento un dolor como si unos clavos se adentraran en mi brazo. La sangre corre y me llega hasta los dedos. Miro por la ventana que hay sobre la puerta y observo la llama de la antorcha crepitar. Tengo que salir de aquí.

Hace unos días, quería ascender en los rangos de los Susurros. Quería ayudar a los Morias a llegar a tierras seguras mientras librábamos una guerra silenciosa aquí. Hoy, quiero matar al príncipe Castian. Necesito matar al príncipe Castian. Quiero ver mi rostro reflejado en esos ojos azules y sádicos. Cazarlo por sorpresa. Responder a su violencia con la mía.

—No puedes hacerlo. Aún no —resuella Lozar.

—¿Qué? —Vuelvo a tener esa sensación, la de un zumbido deslizándose por el interior de mi cabeza. He estado tan consumida en mis pensamientos que no me he dado cuenta de que Lozar también los estaba observando.

—No puedes matar al príncipe... No... —Tiene problemas para hablar por encima de mi protesta, por lo que levanta un dedo al aire—. No hasta que descubras dónde guardan el arma.

Doy pasos por la estrecha celda. Castian jamás me lo diría de manera voluntaria. Tendría que arrebatarle cada recuerdo de su mente hasta que descubriera sus secretos.

—¿Cada cuánto tiempo vienen los guardias a controlar por aquí?

—¿Antes de que se olvidaran de que estoy aquí? —pregunta Lozar de manera débil—. Una vez a la semana, puede que más.

No tengo una semana. Si me escapo ahora, los guardias me superarán en número antes de que encuentre a Castian. Si me quedo aquí hasta que llegue el supuesto juicio, podría cambiar el arma de sitio antes de que llegue a ella.

—Sabes lo que debes hacer —dice Lozar—. Quédate por algo más que tu venganza.

Pienso en Esteban y en Margo. Ellos nunca confiaron en mí. Nunca quisieron que estuviera en su unidad. No creían que fuera parte de la causa. Cuando llevas sola tanto tiempo, te olvidas de cómo depender de los demás, de cómo hacer que otros dependan de ti. No sé cómo ser más que yo misma. Cuando encontré a Celeste muerta, supe que las cosas cambiarían, pero no creía que fuera a ser tan pronto. Dez era mi esperanza. La de los Susurros. También la de su padre.

«Quédate por algo más».

¿Qué más puedo hacer con un poder con el que se supone que solo puedo arrebatar? Puede que, por primera vez, este poder sea lo único con lo que pueda contar para salir de esta.

Nos pasamos un largo rato en silencio. Lozar se afana tanto en respirar que temo que vaya a morir antes de que pueda hablar en voz alta. Se da cuenta de algo y, con un grito ahogado, dice:

—Tú eres una de los niños Morias a los que raptaron.

—Eso es.

—Con esta arma… ¿Qué va a detener al rey y a la justicia de repetir sus pecados?

—Por eso he venido aquí —digo.

—Pero tu determinación se está debilitando por tu sed de venganza.

Lozar tose y le cae sangre por la barbilla desde la comisura de los labios.

—Él dijo tu nombre, Renata. Cuando no pudo escapar, todavía recordaba tu nombre. Tienes que quedarte por algo más.

Cierro los ojos ante el escozor de las lágrimas y me trago la culpa. Respiro hondo para mantener la calma. Sus palabras me hacen de ancla, y es como salir de la densa niebla de mi enfado.

—Yo puedo ayudarte —me dice.

Cierro los ojos, visualizo mis dedos apretados contra las sienes del príncipe Castian. Puedo ver la luz de su vida extinguida. Me veo a mí misma recuperando la caja de madera y destrozando la maldita cura que hay en su interior. Saborearé ese momento, el último, y les daré a los Susurros una manera de seguir luchando.

—¿Cómo?

Lozar se dobla sobre sí mismo y casi echa los pulmones al toser. Va a morir en esta celda y nadie se va a dar cuenta. Un arrebato desesperado de lágrimas acude a mis ojos. Me las seco y agarro los barrotes que hay en la ventana estrecha.

—Piedad.

Despacio, me doy la vuelta ante lo que ha dicho. Veo cómo echa más fluidos. Gira la mirada al oír mi respiración. La mano que tiene extendida tiembla y hace que el resto de su cuerpo se sacuda. Me obligo a no apartar la mirada.

Piedad.

—No puedes pedirme eso. —No conozco bien a este hombre, pero estoy tan segura como que el cielo es azul de que no puedo quitarle la vida.

—Se han olvidado de mí. ¿Y si se me llevan cuando vengan a por ti? Al magistrado le encanta el sonido de los gritos. Utilizarán el arma. Piedad, Renata.

Siento como si bajo la piel tuviera a miles de arañas poniendo huevos. Siento presión en los pulmones, me cuesta trabajo respirar con el olor a podrido y enfermedad que se extiende sobre su pecho.

Piedad.

Algo muy bonito a lo que llamar asesinato.

Por mucho que quiera darme la vuelta, llamar a los guardias, sé que si acuden no levantarán un dedo para ayudar a Lozar. La justicia tiene muchísimas maneras de mantener un cuerpo con vida para infligir dolor. No puedo salvar a este hombre. Pero tampoco puedo negarle esto.

Piedad por Lozar. Utilizaré la piedad que tenga para que así no me quede ninguna ni para el príncipe ni para mí. Me tiemblan los brazos, y me ceden las piernas.

—Antes, tienes que hacer algo por mí —digo.

De algún modo, la celda parece ser más oscura. Me toca la mano y yo vuelvo a sentirlo en mis pensamientos.

—Necesitas que el magistrado confíe en ti. Esto es un comienzo.

—Debo evitar que el juez Méndez pueda usar mi poder. Tendré piedad contigo si haces esto por mí.

Lozar asiente con la cabeza.

—No me quedan fuerzas. Pero Dez... Él dejó un arma aquí. No pudo encontrarla antes de que se lo llevaran.

Voy a rastras hacia la esquina en la que estaba Lozar cuando lo vi por primera vez. Toco el suelo con las palmas durante muchísimo rato hasta que me pincho con algo. Con la mano rodeo una pequeña daga. Antes incluso de llevarla al centro de la habitación donde hay una luz muy débil, sé que es el puñal que Dez llevaba en la bota. El mango es de madera áspera, nada ornamentada. Pero es el primer puñal que hizo. Aunque lo hubiera encontrado, ¿qué habría podido hacer contra todos esos guardias?

—Puede que haya otra manera —digo.

—No queda nada de mí, Renata. No sufras mi destino.

Pongo mis brazos alrededor de su cuerpo.

Siento el latido de su corazón como un murmullo contra mi piel. Suelta un suspiro y se relaja en mi abrazo. Cuando llegué por primera vez a la fortaleza de los Susurros en Ángeles, estaba demasiado enfadada como para estar con los otros niños, por lo que trabajaba en la cocina. Dez fue quien me enseñó a cazar: conejos, pavos, ciervos... Y fue la cocinera quien me enseñó a partirles el cuello. A fin de cuentas, somos tan frágiles como nuestras presas.

Oigo un ruido al otro lado del pasillo, otra corriente de aire brusca, y sé que los guardias preferirían dejar que este hombre se marchitara antes que mostrar piedad.

Piedad.

Dez fue quien me enseñó las canciones de los Susurros. Él, Sayida y yo canturreábamos cuando volvíamos de caza tras unos días, hombro con hombro por las colinas de hierbas altas de las montañas Memoria.

Y así, canturreo para Lozar, cuyo destino está ligado para siempre al mío de un modo que no esperaba encontrar aquí abajo. Él canta conmigo. Es un sonido áspero, el último grito de un rebelde.

—Piedad —susurro.

El crujido de sus huesos. Recuerdo la primera vez que le partí el cuello a una liebre con las manos.

Un dolor pesado se ha apoderado de mi corazón y se me aferra hasta que me quedo cantando sola y el único latido que oigo es el de mi corazón.

No me doy cuenta de que hay gente reunida en la puerta de la celda hasta que oigo el chasquido agudo que hacen los discos de una cerradura cuando la combinación es correcta. Una voz que no he ido en mucho tiempo me llama por mi nombre.

Suelto al hombre que tengo en los brazos y el cuerpo de Lozar se desploma en una esquina. Hago una promesa en silencio. *Nadie te va a enterrar, pero yo te voy a recordar mientras mis recuerdos sigan siendo míos.*

—¡En nombre del Padre! —El sargento entra dando fuertes pisotones y salpicando los charcos asquerosos. La luz de las antorchas inunda la celda oscura. Su mirada perpleja queda fija en el hombre muerto que hay en el centro de la habitación.

Debo ser todo un espectáculo. Tengo la mano izquierda llena de sangre. Unos momentos después de que Lozar muriera, he agarrado el puñal y me lo he clavado en la mano. Uno de los ancianos, un medicura que dio clases en la universidad, nos enseñó a qué parte del cuerpo humano había que atacar para matar con rapidez. Dónde hacerlo para que sangrara lo máximo posible. Dónde herir, pero sin causar daños permanentes. Después de todo, nosotros no éramos los monstruos.

El guardia toma la mano muerta de Lozar. El puñal que he dejado ahí cae con un sonido suave. Es el mismo guardia de más edad, el que tiene marcas de la peste en la cara y que me acompañó hasta aquí abajo. Me agarra de la camisa y me zarandea. Siento dolor en las palmas y por la repentina sacudida del cuello. Me sangra el pecho; uno de los puntos debe haberse saltado.

—¡Atrás, necio! —dice la voz conocida.

El juez Méndez entra de sopetón en la celda con Gabo pisándole los talones. Los zapatos del magistrado, de cuero fino, salpican el fango que cubre el suelo. Nunca le dio miedo ensuciarse. Al verlo, mi corazón protesta. Sus ojos grises observan el cuerpo de Lozar, el puñal, y luego el desastre que estoy hecha. Tiene la mano extendida, como si pudiera crear un muro entre mí y el oficial. Luego parece acordarse de sí mismo y sus elegantes facciones se vuelven de piedra.

—Tío —gimoteo.

Puedo ver la edad que tiene por las canas que le salpican la barba corta y el cabello grueso y negro. Está más delgado que el joven médico al que recuerdo, pero no de manera enfermiza. Es como si lo hubieran tallado y ajustado para mostrar su fuerza. Su rostro es afilado como el diamante. En mi corazón estalla una guerra por el hombre al que desprecio. El que intercambiaba caramelos por mi poder. El hombre que me leía cuentos antes de dormir y que después sentenció la vida de mi familia y de otros. ¿Cómo es posible que no tenga recuerdos de mis propios padres, pero ahora que él está frente a mí, algo en mi interior se trastorne? Desde la zona gris se desprenden recuerdos suyos. Toman una forma y luego otra, como la tinta en el agua.

Capto el momento en el que se ablanda. Me ve, como si fuera la primera vez, como el día en el que me presentaron frente a él los guardias que me habían arrancado del bosque al lado de mi casa. Una niñita Moria con unos guantes cosidos a mano de manera burda.

—Renata. —Su voz es como una losa sobre mí, como si me hubieran revestido los pies en argamasa. Me lleva todo lo que tengo en mí no apartar los ojos de la intensidad de su mirada—. ¿De verdad eres tú?

—Sí —digo con la voz entrecortada—. Lo siento. Me quería matar.

—Renata. —La manera en que dice mi nombre tiene un tono de crispación. No debería haberlo buscado. Fue un error pensar que se alegraría de verme. Él sabe dónde he estado estos últimos años. Él sabe que no se puede confiar en mí. Me toma de la mano que me sangra, y yo utilizo toda la fuerza que tengo para no retirarla. Su pulgar recorre la peca que tengo en la base del mío. Dez me besó una vez ahí—. ¿Te acuerdas de lo que te dije la última vez que nos vimos?

El día en que los Susurros asaltaron el palacio y prendieron fuego a la capital. El día en que conocí a Dez y me salvó de esta jaula de oro. El día en el que miré a Méndez por última vez y juré no volver a hacerlo.

—Sí... —Me trago el grito ahogado que está saliendo a la superficie—. Que no permitiría que nadie se me llevara.

Me pongo tiesa cuando levanta las manos al aire no para pegarme, sino para ponerlas a mi alrededor.

—Has vuelto conmigo —dice el juez Méndez Me toma la cara con sus manos y me examina de un lado a otro, como si fuera un caballo que tuviera la intención de comprar. Pero luego veo que sus ojos aterrizan en un grupo distintivo de pecas que tengo por la mandíbula. Está intentando averiguar si soy una impostora, una doble. Con el pulgar recorre las cicatrices que tengo en las palmas, una y otra vez, como intentando memorizar su patrón. ¿Tan oscuro está esto o es que tengo lágrimas en los ojos?—. No me lo creo.

Me duele la garganta mientras busco el valor para mentir y hacerlo bien.

—Los Susurros han empezado una revuelta. Conseguí escaparme del refugio. Conseguí llegar hasta la capital, pero no tenía dónde ir. Tuve que robar. Hace días que no como. Me capturaron y trajeron aquí.

Hago una mueca cuando me aprieta con más fuerza la mano herida. Mantiene el dedo apretado sobre uno de los cortes. Sus ojos grises van rápidamente hacia los guardias que están esperando en las sombras.

—Magistrado, ha matado al prisionero... —dice el guardia más mayor.

—Era un Ventári —digo, y vuelvo a hacer una mueca por el dolor abrasador que siento en la palma—. Vio que me había escapado de los Susurros e intentó matarme.

—¿Permitisteis que este hombre tuviera un arma? —La voz de Méndez es más fría que la corriente de aire que se cuela por la rendija de la puerta.

—No sabíamos que estaba aquí —tartamudea el guardia de más edad—. La celda estaba vacía antes…

Pero Méndez silencia al guardia cuando lo señala con el dedo, y luego vuelve a dirigir su atención hacia mí. Los ángulos afilados de su rostro se suavizan.

—Mi Renata.

¿Es satisfacción lo que oigo en su voz? Me rodea los hombros con un brazo firme. Yo me permito sentirme tranquila en su abrazo. Aliviada. Agradecida. Dócil. Suelto un sollozo de verdad. Estoy traicionando todo lo que amo porque una fisura en mi ser recuerda lo segura que estuve con este hombre.

Méndez me guía a través de la oscuridad. Pasamos por encima del cadáver de Lozar. Yo lo he matado, y estamos caminando sobre él como si fuera un charco en la plaza del mercado.

—Limpiad esto —dice el juez Méndez haciendo un gesto despectivo con la mano a los guardias, que se afanan por cerrar la celda.

—Sí, magistrado —dice Gabo y agacha la cabeza.

—Has hecho bien en decírmelo, Gabo. Tendrían que haberla traído a mí lo antes posible. —Los ojos del juez Méndez pasan al oficial—. En cambio, tú, Sargento Ibez… Me has decepcionado. Entiendo que eliges no seguir mis órdenes.

—¡Magistrado Real, ¡por favor! —dice de manera histérica—. Creía que mentía. Como usted dice, son charlatanes. Embusteros… —Sus ojos oscuros se agrandan ante la conmoción.

Embusteros.

Es lo último que consigue decir antes de que Gabo le dé una cuchillada con la daga en la parte expuesta de su garganta.

Me trago el grito que quiero dar y Méndez me agarra el hombro con más firmeza aún.

—Ven, cariño —dice—. Ya estás a salvo, conmigo.

13

No debí haberme perdido en el bosque. Con el brazo del juez Méndez a mi alrededor, necesito toda mi fuerza de voluntad para mantenerme tranquila. Pero la zona gris no se está quieta, y suelta un recuerdo como si fuera el polvo de una tumba desenterrada. Es muy claro, y tiene color. Normalmente, los recuerdos que provienen de la zona gris tienen los colores desteñidos. Y por primera vez no me veo absorbida por el recuerdo, sino que simplemente está ahí para que yo lo vea.

Cuando era niña, en nuestra casa siempre hubo un altar dedicado a Nuestra Señora de los Susurros, con su corona de estrellas y la luna a sus pies. Por aquel entonces, yo no sabía nada sobre la diosa o las personas a las que dotaba con la magia que habita la tierra. Sí que sabía que tenía un poder que no siempre podía controlar, y me preguntaba qué era el extraño resplandor que se movía bajo las yemas de mis dedos. No tenía las marcas de quemadura que se producen al tomar un recuerdo porque mis padres nunca me dejaban quitarme los guantes fuera de casa. Mi madre era una Persuári y mi padre, un Illusionári. Recuerdo a mi madre canalizando su afabilidad en mí cuando me daba miedo la oscuridad. Recuerdo a mi padre haciendo sombras sobre la pared para que tomara la forma de los cuentos que me contaba. Esa era la magia a la que el rey y la justicia responsabilizaron por la peste más devastadora que ha habido en nuestra historia.

El día en el que me perdí, me puse los guantes de lana y seguí a mi padre hacia el bosque. Las flores de nuestro altar se habían marchitado, y yo iba a ayudarlo a elegir unas nuevas.

—Tienes que ir con mucho cuidado, Nati —me advertía mi padre. Jamás he visto la bondad en la mirada de alguien como la que residía en la suya, incluso cuando se ponía serio. Cuando me permito recordarlo, me doy cuenta de que él también tenía miedo—. Quédate cerca.

Pero no me quedé cerca. Encontré una zona con gacenias silvestres en plena flor. Seguí sus corazones de color naranja y sus pétalos amarillos a través del bosque seco hasta que llegué a un campo abierto. Nunca había estado tan lejos de casa y nunca había salido del bosque. Intenté volver, llamé a mi padre y a mi madre hasta que me encontré con unos soldados vestidos con los uniformes del rey de color lila oscuro y dorado.

—¿Te has perdido, pequeña? —preguntó una mujer mientras se acercaba a mí. Se suponía que no debía hablar con desconocidos, pero todavía recuerdo el miedo que se apoderó de mí en aquel momento. Asentí y le dije a los soldados dónde vivía exactamente y qué aspecto tenía mi casa.

No me llevaron a casa. Me llevaron a palacio con la promesa de que vería a mis padres ahí.

Me llevaron con una aya que me lavó el pelo y me cambió de ropa para luego llevarme al despacho del juez Méndez. Me hicieron sentarme en la misma silla en la que estoy sentada ahora. Tiene un surco de cuero y un respaldo alto que sobresalía por encima de mi cabeza.

Méndez siempre me sonreía. Tenía una paciencia extraordinaria con una niña que al principio no hacía más que llorar por sus padres. Mandaba pasteles de cereza con nata fresca y naranjas cubiertas de azúcar caramelizado y con miel de trébol por encima. Decía que podría ver a mis padres si seguía sus órdenes.

Unos guardias sin nombre trajeron a un hombre con los ojos tapados a la sala. Tenía una mordaza en la boca y las manos atadas. Me eché a llorar otra vez, pero Méndez ya sabía que podía tranquilizarme con otras exquisiteces. En casa, mi madre freía patatas con romero y cocinaba calabaza que cultivábamos nosotros mismos. Comíamos carne una vez al mes si había conejos suficientes que cazar. Jamás había visto ni probado tantas maravillas como la primera vez que estuve en palacio.

—Este hombre tiene un secreto —dijo Méndez—. ¿Alguna vez has visto la nieve, Ren?

Quise corregirlo. Mi padre me llamaba Nati. Mi nombre era agradable, familiar. Cualquier otra cosa me hacía sentir incómoda, fuera de lugar, como si fuera una persona totalmente distinta. Pero no corregí a aquel hombre. Había algo en los ojos grises de aquel magistrado que me hizo detenerme. Así que, en vez de eso, respondí a su pregunta asintiendo con la cabeza.

—Lo único que tienes que hacer es encontrar el secreto de este hombre. Tiene algo a lo que yo le tengo mucho aprecio escondido en un lugar con nieve.

—No sé cómo hacerlo —dije, y era verdad. Nunca había utilizado mis poderes. Mi madre me los explicó en una ocasión. Me dijo que me habían bendecido con la magia de la memoria. Solo la Señora de los Susurros conocía los secretos de todo el mundo, y era un don que tenía que guardarme para mí.

No recuerdo cómo, pero lo hice. Apreté mis dedos impolutos contra las sienes del hombre maniatado y saqué un recuerdo de Ciudadela Nevadas en la cordillera del mismo nombre. Describí las casitas de madera con chimeneas por las que salía humo negro. Había hombres llevando leña a través de un banco de nieve que luego metían en una cabina llena de espadas y otras armas.

Antes de que terminara, Méndez gritó:

—Ciudadela Nevadas. Mandad a la infantería ahora mismo.

Ahora, al recostarme en la silla a la que llegué a acostumbrarme, los ojos se me van al muro que hay detrás de Méndez. Hay un mapa colgado del reino de Puerto Leones. Cada año va cambiando poquito a poco, las provincias se van borrando. Hay una cordillera al oeste de la capital, el único lugar del país en el que nieva. Hace tres años, me mandaron a una misión de reconocimiento a Ciudadela Nevadas.

No era más que ruinas, y no podía recordar por qué, pero sabía que era por un recuerdo que había robado. No sabía que en una ocasión había sido el reducto de la matriarquía de Tresoros, que nunca reconoció el tratado entre su antiguo país y Puerto Leones.

Tampoco encuentro Nevadas en el mapa, pero la cordillera está claramente dibujada y tapada con nieve blanca.

El despacho del magistrado no ha cambiado en una década, excepto quizá por el guardia que hay en la puerta, que es distinto, y por las canas que tiene el juez Méndez en su cabello oscuro. Sus pómulos afilados están un poco rojos, como si hiciera poco hubiera estado en algún lugar soleado. Aunque debe tener cuarenta y pocos años, tiene el rostro sin arrugas de alguien que apenas sonríe o se ríe.

Méndez agarra un paño blanco, lo unta en un tarro marrón que tiene en la parte derecha de su escritorio y lo frota por la mesa. El líquido es acre por la cáscara de limón y naranja que contiene. En cuanto la madera reluce, Méndez da unas palmadas sobre la superficie, donde hay unas hileras pulcras con instrumentos de metal, pequeños cuchillos, frasquitos de colores claros, como el agua de una charca; un cuenco de porcelana lleno de bolas de algodón, agujas largas y finas, e hilo negro.

Antes de que Méndez pasara a ser el jefe de la Justicia del Rey, encargado de supervisar la paz y el orden, había sido médico en el Ejército del Rey. Eso explica parte del motivo por el que sabe qué es lo que más daño le hace al cuerpo y cómo crear los mejores instrumentos para el dolor. Del cajón saca unos guantes limpios de piel de becerro y se los pone.

Sería mucho más fácil si yo fuera una Persuári que guiara sus emociones o una Ventári que viera lo que está pensando.

—Ven, Renata. —Sus ojos de color gris tormenta se centran en mi rostro e interrogan mis rasgos en silencio, buscando cualquier señal de engaño—. La mano, por favor.

Tengo el puñal de Dez frente a mí. Considero la opción de agarrarlo y clavárselo entre las gruesas venas que tiene en el dorso de la mano. Es un impulso salvaje y repentino que se desvanece con la misma rapidez con la que ha aparecido. Extiendo mi mano desnuda hacia el hombre más poderoso del reino, aparte del rey y el príncipe, y bajo la cabeza sintiendo una vergüenza que es demasiado real.

Tengo los nudillos hechos un desastre entre la sangre y la piel levantada, y el tajo que tengo la palma se ha coagulado. No puedo evitar estremecerme y morderme la lengua cuando estira de mis dedos para abrir la mano y examinar el daño.

—¿Tienes miedo? —pregunta.

Esos ojos grises jamás dejan pasar nada por alto. No se convirtió en el hombre que es creyéndose todas las historias que le contaban.

Tiene el cuerpo tenso, pero el enfado que mostró al guardia —al guardia muerto— ha quedado reemplazado por una sospecha cautelosa. Sería una necia si no tuviera miedo.

Una parte de mí no se cree que fuera a hacerme daño. No cuando le soy más útil estando viva.

—Sí —digo.

Se le crispan las mejillas.

—Debo asumir que los rebeldes te han envenenado la mente contra mí.

—Lo intentaron. —La voz me raspa en la garganta, estos recuerdos están tomando forma de daga—. Los Susurros me mantuvieron entre ellos. Era demasiado valiosa como para que me mataran. Demasiado peligrosa como para que confiaran en mí. Ellos… —Me corto y dejo que la furia llene el silencio. Nada de lo que digo es mentira y puede que esa sea la chispa del enfado que hace que me eche a temblar. No he perdonado a Méndez por haberme utilizado como arma, y no he perdonado a los Susurros por haber hecho lo mismo.

—Estate quieta —advierte—. Esto matará cualquier infección que hayas contraído en ese estercolero. Aunque tendré que vigilarlo. Tienes la piel demasiado roja para mi gusto. No ha llegado a los tendones, gracias al Padre de los Mundos.

—Gracias al Padre de los Mundos —repito.

Entonces, Méndez echa una solución sobre mi mano sangrienta y en carne viva y todos mis pensamientos se evaporan. Escuece tanto que me temo que me voy a desmayar.

—No me digas que los rebeldes te han arrebatado la valentía —dice él.

Frunzo el ceño, estremecida por sus palabras.

—¿Qué quiere decir?

Sus pestañas oscuras lanzan unas largas sombras sobre sus mejillas. De entre todas las cosas posibles, lo que se le esboza en el rostro que, por lo demás, parece estar tallado en mármol, es una sonrisa.

—Cuando tenías ocho años, yo no te dejé ir con el resto de los niños de la corte a visitar el Palacete Tresoros. Tú preparaste la maleta y te decidiste a bajar encaramándote por la ventana. A mitad de camino, resbalaste y te rompiste el brazo. —Elige un conjunto de pinzas afiladas y señala las cicatrices pálidas que tengo en el brazo derecho—. Te dieron diez puntos y estuviste semanas sin poder usar la magia. Pero cuando te arreglé, no te moviste ni un pelo, ni siquiera cuando te puse el hombro de nuevo en su sitio. No lloraste. No tenías lágrimas en los ojos. No como ahora.

Intento tragar saliva, humedecerme la lengua, pero todo está seco. No tengo el recuerdo de esto, pero cuando me retira las astillas con cuidado y de manera meticulosa, le creo.

—El dolor nos pasa factura a todos —digo.

Méndez hace un sonido evasivo. Yo aprovecho el momento para examinarlo.

Tiene los ojos grises. El pelo cano. La barba. Es como si lo hubieran cubierto de sal proveniente de los valles centrales. Me toca de manera suave, me toma la mano como si estuviera colocando trozos de cristal fino de Andalucía. Cuando por fin deja las pinzas en su sitio, me lava la herida otra vez con la solución que escuece y me gira la palma hacia arriba. El corte va desde la base de mis dedos hasta justo encima de mi muñeca; está rojo por los lados, pero no hay ninguna infección blanca ni verde. Respira, como si estuviera aliviado, y luego ensarta el hilo y coloca la punta de la aguja sobre la vela que tiene encendida en el escritorio.

—Dime, dulce Ren, ¿cómo te escapaste? —pregunta Méndez.

Sin aviso, me clava la aguja en la piel. El hilo va después. El corazón se me acelera. Aprieto con las muelas. ¿Quiere que vuelva a ser esa niña pequeña y valiente? Yo no quiero recordarla. Pero si este es el modo en que me puedo acercar al arma y a Castian, que así sea.

—El hijo de Illan —consigo decir. Siento un nudo en la garganta y me tomo un momento para enderezar mis mentiras—. Los rebeldes han estado distraídos por su captura.

—Me sorprendió que Illan no fuera a rendirse por su propio hijo —dice Méndez—. Pero las bestaes no valoran la vida como nosotros.

¿De verdad se ha olvidado de que yo también soy Moria? ¿Tan buena traidora fui que me incluye en ese terrible «nosotros»?

Siento la garganta tensa. Por un momento, pienso en la caricia de Dez bajando por mi mandíbula y deteniéndose en mi clavícula.

Avergonzada, me centro en el mapa que hay detrás de Méndez. Hay un espacio vacío al norte del reino en el que sé que están las Montañas Memoria. ¿Así de fácil es erradicar el recuerdo de un lugar? ¿Basta con volver a dibujar unas líneas y dejar espacios en blanco en el mundo?

Al siguiente punto lo sigue un frío aturdimiento. Me pregunto si Dez estaría orgulloso de mí. Aquella vez ni siquiera me estremecí.

—Se están desmoronando —digo—. Vi una oportunidad. Sabía que no tendría otra. No me permiten ir a las reuniones, pero cuando tengo la oportunidad, presto atención. Nadie temía que fuera a irme.

Tiene una manchita verde en uno de sus ojos grises. ¿Ha estado siempre ahí?

—¿Y eso por qué?

—Supongo que porque no tenía ningún lugar al que ir —digo.

No es del todo mentira. Todas las verdades cambian dependiendo de quién cuente la historia.

Méndez me toma la mano con fuerza. Yo miro fijamente sus ojos de águila, que me están tanteando para encontrar la traición.

—Podrías haber vuelto conmigo.

—Si pudiera, me habría quedado a su lado. Hasta donde yo recuerdo, siempre he tenido a alguno de los Susurros conmigo.

—Dez rara vez se apartaba de mi lado cuando éramos niños. Incluso cuando me iba a merodear por las ruinas de San Cristóbal había alguien ahí, vigilando. Me miro la mano, donde sus dedos han dejado huella—. Me hace daño.

Él me suelta, respira con fuerza como si estuviera sorprendido ante su propia muestra de emoción. Es difícil mirarlo de esta manera. Es peor creer que de verdad se preocupa por mí.

—Unos cuantos más —dice. Cuando da un punto tras otro, me acuerdo de una vez que estuve paseando con él por los jardines de palacio, cuyo acceso estaba prohibido para todos excepto para la justicia de la corona, y me dejó leer bajo unos grandes árboles llenos de nudos y cubiertos de musgo leonés y flores blancas de cosecha. El viento se coló entre ellas y los pétalos de color rosa llovieron sobre mí, así que por la noche tuve que desenredármelas de las trenzas. Empapaba las manos en agua de rosas y oro en polvo, como el resto de las niñas de la corte, para quitarnos las manchas e imperfecciones de la piel. A mí nunca me funcionó. Soy una maraña de cicatrices, y me temo que jamás seré mucho más que eso.

Al fin, Méndez deja la aguja y limpia el exceso de sangre que se acumula.

—Te quedará una cicatriz.

—Pasará desapercibida. Gracias, tío. —Dejo que mi voz se suavice aún más—. Perdón, quería decir magistrado.

—Hay algo que debes entender, Ren —dice, agarrándome de la mano como quien ahueca una rosa quebrada con miedo por si los pétalos se sueltan y caen—. Ahora que estás aquí, tendrás que enfrentarte a una audiencia con el rey. Estarás bajo mi protección, pero tendrás que demostrar tu valía.

Asiento con rapidez.

—Por eso he vuelto. No sabe lo sola que me he sentido.

Él no responde, pero veo que frunce el ceño con resolución. Me acuerdo de que cuando se quedaba en silencio, quería decir que estaba planeando cosas. Siempre planeaba cosas. ¿Qué hará falta para que me gane su confianza?

Entonces, posa la vista rápidamente sobre la puerta. Se oyen unos pasos fuertes acercándose y la respiración jadeante de alguien que acaba de venir corriendo. Me doy la vuelta y me encuentro a un joven con el traje de intenso color rojo y negro de un juez; pertenece al rango que compone todos los integrantes del Brazo de la Justicia que están esperando tomar el puesto de Méndez en cuanto muera. Tiene el cabello debilitado, castaño como el color de las alas de un gorrión, y una complexión rubicunda. Sus ojos marrones se abren de par en par cuando me ve. Casi se cae por el traje que lleva, demasiado largo para su estatura media, y viene directo a nosotros.

—¿Esto era? —pregunta. He oído ovejas balando con una voz menos áspera—. Una Robári de verdad para la Mano del Rey. El rey Fernando por fin estará contento con nuestros esfuerzos.

¿Acaso no sabe que puedo entenderlo? Tengo todos los músculos tensos. Quiero darle una bofetada por referirse a mí como «esto».

—¡Alessandro! —espeta el juez Méndez. Algo se resquebraja en su exterior tranquilo, y yo me doy cuenta de que quizás el verdadero motivo por el que está tan contento de verme, dispuestísimo a presentarme ante el rey, es porque me necesita—. No recuerdo haberte convocado.

El joven juez da un paso atrás y se disculpa entre tartamudeos. Hace una genuflexión tras otra. La manera en que se arrastra me provoca escalofríos, pero ¿no es eso lo que estoy haciendo yo? ¿Volver a congraciarme con el hombre que me destrozó la vida?

—Mis más sinceras disculpas —dice Alessandro, hablando un poco rápido. Méndez está espantado de que este muchacho continúe hablando a pesar de que tenga la mano en alto igual que un rey pondría silencio a un asunto—. Estoy a su servicio. Es que estoy encantado de que nuestra misión siga adelante. Solo quiero…

—Lo mejor para el reino —digo yo, interrumpiéndole.

—¿Cómo se atreve esta a hablar por mí? —Alessandro está casi rehuyendo de donde estoy sentada.

La mirada de ojos grises de Méndez se desliza hacia mí, y una sonrisa satisfecha se esboza en sus labios.

Quiero decir: «Esta hace más que eso. Puede arrebatarte los recuerdos que tienes en la cabeza hasta que no quede nada más que una torpe cáscara de ti». Pero no he vuelto para ser esa persona. Me trago la respuesta y espero a que hable el juez Méndez.

—Ella es Renata Convida —dice.

—¿La niña a la que capturaron los Susurros? —Cuando gesticula, su cuello prácticamente desaparece. Su mirada va de Méndez hacia mí, como si se acabara de dar cuenta de que no debería haber hablado con tanta libertad. Si existe una fisura entre el rey y el magistrado, tal vez pueda utilizarlo en mi beneficio.

—Ha vuelto con nosotros, Alessandro —dice Méndez, recuperando su calma de acero—. Me gustaría hablar con ella a solas.

—Magistrado, no debería estar a solas con una criatura así.

Respiro hondo para pisotear los impulsos violentos que me recorren los huesos.

—Como ves —dice el magistrado—, no puede lastimarme en el estado en que se encuentra.

—Yo jamás haría eso —digo.

El desprecio que hay en la mirada de Alessandro me dice que no me cree. Se alisa el pelo hacia atrás y me doy cuenta de que lleva un anillo de matrimonio en el dedo. Es sencillo, de madera pulida. Nadie en el Brazo de la Justicia querría llevar metales asociados a los Morias.

Vuelve a agachar la cabeza.

—Volveré con las últimas novedades.

—Cierra la puerta al salir —dice Méndez.

—¿Los jueces jóvenes pueden casarse ahora? —pregunto en cuanto se va Alessandro.

El juez Méndez vuelve a sentarse y a prestar atención a los objetos que tiene en el escritorio. Elige una venda.

—El rey, en su infinita sabiduría, ha decretado que la siguiente generación de leoneses deben ser leales a la corona. ¿Por dónde empezar mejor si no es entre quienes han jurado proteger el reino de sus enemigos?

¿Quién protegerá al rey de mí?

Méndez desenrolla la tira de tela y con ella me envuelve la palma y la muñeca. Cuando me vuelve a extender los dedos, tengo la vaga sensación de que estoy hecha toda una marioneta. La voz de Margo resuena en mi mente: «Obediente no es lo mismo que inteligente». Mientras esté aquí, tengo que ser ambas cosas.

—Ya está —dice—. Mucho mejor, por el momento.

Se retira los guantes de piel de becerro manchados de sangre y los envuelve en un trozo de tela para que se encargue de ellos la sirvienta que limpia el despacho del magistrado. Saca un caramelo del escritorio y me lo da. Es una estelita. Solía darme siempre.

Ahogo un pequeño grito y sostengo el caramelo en la mano. La boca se me retuerce porque necesito sonreír. Decido que sería una reacción apropiada.

—Llevo sin comer un caramelo de estos desde…

—Hace ocho años.

—Gracias —digo cuando tomo y mastico el caramelo blando. Me duele la mandíbula de llevar tanto tiempo sin haber comido nada. El azúcar se derrite rápido. Me invade una sensación de apuro cuando considero la temeridad que acabo de hacer. ¿Y si estaba envenenado? Mastico para tener un momento para pensar.

Méndez necesita presentarme ante el rey, que estaba disgustado con él. No se atrevería a hacerlo. Concluyo que he hecho lo correcto. Esta es la manera que tengo de demostrarle que confío en él: apurarme por consumir los tesoros que me da, por muy pequeños que sean. Aun así, tengo que ir con más cuidado.

Méndez espera hasta que me lo trago y luego abre otro cajón del que saca un trozo de tela oscura con algo metálico pegado. Hasta que lo agarra por el puño de metal no me doy cuenta de que se trata de un solo guante con cerradura.

Hace años que no llevo uno de los diseños hechos por él, pero extiendo la mano buena hacia él. Es como si mis músculos recordasen todas y cada una de sus órdenes, y yo siento como si mi cuerpo me hubiera traicionado. Los guantes, el caramelo, la historia que me ha contado sobre la vez que me lastimé. Estamos adentrándonos hacia el pasado, hacia un momento en el que él confiaba en mí. Necesito esa confianza para orientarme en el palacio.

Me coloca el guante en la mano. El cuero es suave, pero se ciñe sobre los callos que tengo en los nudillos y en la palma. Luego cierra la pulsera de metal. Es bastante bonito para tratarse de unas esposas.

—Esto tendrá que servir hasta que se te cure la otra mano y puedas ponerte los dos.

Méndez toca el timbre y, un momento después, aparece un muchacho corriendo, vestido con el uniforme amarillo girasol del paje de un juez.

—Condúcela a los antiguos aposentos de lady Nuria —ordena Méndez—. Los invitados deben haber llegado ya. Cuando la hayas dejado ahí, informa a Leonardo de que va a tener mucho trabajo antes de la presentación real.

Se me hace un nudo en el estómago con la idea de que me lleven ante el rey y el príncipe. Puede que, si empiezo ahora, sea capaz de controlarme cuando lo vea. «Quédate por algo más», me pidió Lozar. Parece que he hecho demasiadas promesas a los muertos.

El paje asiente y empieza a dirigirse hacia la puerta. Yo me pongo en pie, dispuesta a seguirlo y aturdida no solo por lo que ha ocurrido durante el día y por la herida que palpita ligeramente, sino por la esperanza.

Un gran peso baja por mis hombros. Méndez vuelve a apretarme con la mano, y su voz toma un tono familiar.

—Me alegro de que hayas vuelto, Renata. Será como si nunca te hubieras marchado.

Y mientras sigo al sirviente por el pasillo cavernoso, eso es exactamente lo que temo.

Pero me equivoco. Algunas cosas son iguales —como el extenso mosaico de grifos que hay en el suelo—, pero no todas. Los pasillos parecen más pequeños. Cuando te pasas casi una década durmiendo bajo el cielo, o en los grandes espacios al aire libre del fuerte Moria en Ángeles, un lugar como este te acaba asfixiando. Es como ponerte algo de ropa antigua y darte cuenta de que ya no te va bien. Las molduras están pintadas con oro y los pasillos están llenos de esculturas y paneles de cristal de los mejores artesanos que hay en la ciudad de Jaspe. El rey Fernando siente orgullo rodeándose de las riquezas de Puerto Leones. Lo único que permite que importen son las sedas y un tinte violeta que solo se encuentra en el reino de Delfinia, y los plátanos que crecen mejor en Imperio Luzou, al otro lado del mar.

Me dirigen por unos pasillos decorados con jarrones, tapices de verdes y azules intensos. Subimos por unas escaleras de piedra que tienen un fuerte olor a incienso y nos adentramos en una pasarela con arcos que resplandecen por los azulejos del viejo estilo zahariano. Cuando el muchacho gira por un largo pasillo, tengo la sensación vertiginosa de acordarme de algo. Lo que más me sorprende es una puerta de madera sencilla. Se me pone la piel de gallina en los brazos cuando aminoramos el paso. Las bisagras oxidadas y el ojo de la cerradura lleno de polvo indican que se han olvidado de este lugar.

Pero yo jamás me olvidaría de esta puerta.

Sé exactamente lo que hay detrás de ella.

Lo recuerdo tan bien que casi puedo saborear el polvo de sus libros, sentir la suavidad de los sillones de terciopelo que componen la pequeña biblioteca. Agarro el pomo de la puerta, pero está cerrada.

—Debemos seguir, señorita —dice el paje, cuya voz sube una octava, y me doy cuenta de que a saber cuánto tiempo llevo mirando fijamente la puerta de la biblioteca. Suelto una respiración que me he aguantado y sigo caminando.

En cuanto llegamos al final del pasillo, el muchacho hace una reverencia muy pequeña y luego se va corriendo por donde ha venido. Entro. Las paredes de piedra mantienen la habitación fría. Los aposentos en los que me voy a quedar me dan la sensación de estar caminando en los zapatos de otra persona, como si yo ni siquiera estuviera aquí. Me pregunto si es así como se siente la gente cuando tomo un recuerdo.

Las lámparas decoran las cómodas y la mesa. Todo es del color del vino rosado de verano con toques de blanco. Las cortinas con brocados de seda tapan el cielo de la noche, y hay unas telas de color blanco semitransparente colgando de los cuatro postes de una cama, más grande que todas en las que he dormido.

Veo a las tres ayudantes que ha mencionado el juez Méndez esperándome ya en el aseo, al lado de una bañera de porcelana llena con pétalos de rosa flotando sobre la superficie humeante del agua. La mano que tengo vendada es prácticamente inservible. Dejo que las ayudantes me quiten la ropa y luego les digo que me dejen.

—Tenemos órdenes de lavarla —dice una de ellas.

—O intentarlo —murmulla otra.

Nadie quiere estar al lado de una Robári desnuda, ni siquiera llevando un guante en una mano y un vendaje en la otra. Es demasiado peligroso. ¿Cuánto tiempo hace que no ven a una? ¿Y qué pasó con la persona a quien se supone que reemplazo ahora?

—Salid —espeto y las miro con los ojos entrecerrados.

Una de ellas chilla como si me hubiera abalanzado sobre ella, pero se van de todos modos. Y aunque es lo que quería, no puedo decir que no haya dolido.

En cuanto se van, me hundo en el agua hasta que me llega por encima del pecho y mi cuerpo queda abrazado por la calidez. Un momento de pura felicidad. Y luego oigo el ruido de una cerradura fuera de los aposentos. Me han encerrado. ¿Acaso esperaba otra cosa?

Me tiemblan los brazos y me hundo más en la bañera. Hace muchísimo tiempo que no me doy un baño en condiciones. La última vez fue en una de las fuentes termales de Tresoros hace cinco meses. El agua caliente es un lujo. Todo es un lujo cuando estás huyendo. Aun así, me hundo en ella y dejo que el agua caliente me envuelva del mismo modo en que la venganza me abraza el corazón. Las palabras y las imágenes se confunden en mi mente.

Los ojos azules y fríos de Castian. La magia de Lucia, arrebatada de su interior. La cura. Castian. Dez. Los huesos frágiles de Lozar quebrándose. Un niño pequeño de pie en medio del humo. Un juego de dados y niños riéndose. Fuego.
Fuego.
Fuego.
Siempre fuego.

Me incorporo tan rápidamente que el agua se derrama de la bañera y cae al suelo. El fuego en mi mente arde con fuerza, con unos colores intensos.

Pruebo una técnica que me enseñó Illan para aclarar mis pensamientos. Es fácil para un Ventári ser capaz de no pensar en nada cuando tienen el don de meterse en la mente de los demás. Menos fácil para alguien atormentada por mil pasados robados. Ni todas las hierbas que me ofreció, ni todos los paseos que di en solitario, ni siquiera la misión a un manantial mágico; nada pudo abrir del todo la zona gris que hay en el interior de mi mente.

Pero, a decir verdad, nunca he querido que salgan esos recuerdos. Cada Vaciado al que he creado ha sido como tener una voz viviente en el interior. Si lo multiplicara por un número de veces incontable… No sería capaz de pensar. Me asolarían unos dolores de cabeza terribles hasta que casi no pudiera despertar. Para los ladrones de recuerdos, el pasado exige ser visto, aunque eso signifique que tenga que tragarme mis propios recuerdos. Eso es lo que Illan cree que creó la zona gris. Mi propia mente construyó esta cosa, y mi propia vida se vio barrida con ella, por lo que me quedé con vacíos en mi historia. Estar en este lugar está haciendo que algo se descuelgue. Un dolor me aporrea en las sienes y me rindo ante la presión de estos días y noches miserables.

—Por favor, marchaos —exclamo—. Dejadme en paz.

Meto la cabeza bajo la superficie del agua. No detiene el recuerdo de las llamas:

Tengo nueve años, y después de haber pasado dos en palacio, soy toda una señorita. Me caliento la espalda con la pequeña chimenea que hay en la biblioteca y me siento en el amplio sillón que hay frente a una ventana tan alta como el techo. Si miro hacia fuera, podré ver toda Ciudadela Andalucía. La capital con luces a lo largo de las calles sinuosas que doblan en ángulos extraños y se envuelven en callejones como los laberintos que hay en palacio. Al rey y al magistrado les encantan los laberintos, por lo que decido que a mí también.

Es tarde, y hace siglos que mandaron a los otros niños Morias a dormir con sus cuidadores, pero Méndez dijo que podía quedarme despierta hasta que sonara la siguiente campana.

Me meto una estelita en la boca y suspiro con satisfacción cuando su dulzura me cubre la lengua. Son mis favoritas, hechas especialmente por el fabricante de dulces del rey, a partir de unos caramelos de miel que parecen canicas moteadas con trozos de oro comestible. El brillo hace juego con las pinturas que hay en mi libro. Está la reina Penélope sentada en el jardín. Intento pasar la página del cuento, pero el papel se queda pegado a mis guantes manchados de azúcar. La página se rasga un poco cuando me pongo con la siguiente pintura: el Padre de los Mundos de pie sobre el horizonte de su creación. El tinte naranja es tan vívido que es casi como si brillara y llenara de luz la biblioteca.

Levanto la mirada y entrecierro los ojos. La luz no proviene del libro de cuentos. Lo dejo en la mesa, giro la cabeza sobre el hombro y miro por la ventana.

Una incandescencia se ha asentado sobre la capital, como si una ilustración del Padre de los Mundos hubiera cobrado vida. Como el resplandor de los ángeles. Al principio, el fuego no es más que una línea contra la oscuridad total consumiendo el bosquecillo que limita con la capital.

Empiezo a sentir un hormigueo en las manos.

Hoy, durante las lecciones de recuerdos con el juez Méndez, he visto una imagen de ese bosque en mi mente. Méndez me ha traído a un hombre a quien he reconocido —un viejo vecino de mi pueblo llamado Edgar—. Me ha gustado la imagen que he sacado de la mente de Edgar, una en la que mamá y papá estaban fuera de nuestra casa de madera; mamá estaba arrancando hierbas del jardín y papá cortaba madera. Mamá tenía el cabello menos negro de lo que recuerdo, más gris. Y los hombros de papá, siempre anchos, parecían caídos. Es la primera vez que los veo desde que me perdí. Me he apartado de Edgar y, muy emocionada, le he dicho a Méndez que sabía dónde estaba mi casa. Que sabía dónde estaban mis padres y que si por favor podían venir a palacio para que los viera. A mamá le encantarían las estelitas, y sé que a papá le encantarían esos bombones que parecen un león rugiendo.

Méndez me ha prometido que les mandaría un mensaje.

Ahora no solo siento un hormigueo en las manos, sino que siento un picor en el corazón, como si estuviera a punto de explotar. ¿Por qué está ardiendo el bosque?

Mientras observo, el fuego se extiende y se dirige hacia la ciudad. No puedo apartar la mirada. Aprieto las manos, pequeñas y rechonchas, contra la ventana, y dejo manchitas sobre los paneles de cristal. El fuego está más cerca aún, se va acelerando por las calles estrechas, como si intentara terminar el laberinto lo más rápido posible.

Empiezo a gritar. La gente se acumula en las calles incendiadas. Salen corriendo del fuego, algunos sosteniendo antorchas y otros, convirtiéndose en ellas.

Sus gritos llegan hasta palacio y luego atraviesan los muros.

Hay gritos en el pasillo.

—¡Cuidado, Illan! —chilla la voz de una mujer—. ¡Tienes a los hombres del rey a tus espaldas!

Se oyen dos espadas chocando, pero el retumbar de mi corazón es más fuerte aún cuando me alejo corriendo de la puerta. No sé qué está pasando, pero sé que tengo que esconderme. Me

apretujo detrás del sillón que tiene las patas como si fueran las
garras de un león.

Se abre la puerta y oigo a alguien entrar. Al principio creo
que es Méndez, pero sus pasos son demasiado ligeros. Luego veo
un par de botas frente al sillón.

—¡Tú! —dice un joven muchacho en un susurro apura-
do—. ¿Qué haces aquí?

El sonido del agua salpicando sobre las baldosas de repente es
más alto que el choque de espadas en mi recuerdo. Al abrir los ojos,
me doy cuenta de que el grifo sigue abierto y el agua se derrama de
la bañera y cae sobre el suelo. Cierro el grifo rápidamente.

La llegada de Dez a mi vida ha ido y venido por segmentos,
nunca ha sido algo continuo. Renata Convida, la Robári de la Mano
de Morla, desaparecida aquella noche en las llamas. Pero aquí es
toy, de vuelta en una habitación similar toda engalanada. ¿Qué
pasa si, después de todo, esa Renata no se ha ido de mí? Puede que
haya cometido un error al venir a este lugar en el que mi mente jamás conocerá la paz.

Aquella noche, la Rebelión de los Susurros consiguió rescatarme junto a un puñado de personas. Al resto, los que estaban durmiendo en sus habitaciones, los mató el magistrado antes de que
pudieran volver a caer en manos enemigas, con demasiada información sobre el funcionamiento interior de la justicia y el palacio.

También fue la noche en que María y Ronáldo Convida murie-
ron en su casita de madera, consumida por un violento incendio.

Y todo esto empezó porque yo quería más dulces.

Me vuelvo a sumergir bajo la superficie del agua y aguanto la
respiración, a sabiendas de que da igual dónde esté o qué haga,
jamás escaparé del calor de las llamas y del sabor de la ceniza. Pero
ya no quiero escapar. Quiero empuñar ese fuego y ver cómo arde
este lugar.

14

La mañana siguiente, me cuesta abrir los ojos y me los froto para quitarme una capa de legañas. Esta cama es demasiado grande. Demasiado blanda. Y preciosa. En las ruinas de San Cristóbal, en Ángeles, todo lo que nos pertenece es modesto, y cuando fui lo bastante mayor como para empezar a entrenar como Susurro, dormíamos en el bosque. ¿Dónde estarán durmiendo ahora Sayida y los demás?

Me retiro la manta, de lo más suave, y examino la mano que tengo herida. Los puntos están inflamados y de color rojo. Me duele al estirarlos, y aún me sale sangre por la base del corte. La otra mano me pica con el guante ceñido de cuero. Nunca me he sentido tan inútil como ahora, y me alegro de que nadie pueda ser testigo de esta humillación. Con una mano herida, anoche solo pude ponerme un fino camisón de seda entre meneos. Y ahora me arrepiento, ya que una corriente de aire me provoca escalofríos en la piel.

Saco los pies por el borde de la cama. La enorme habitación está oscura, y me acerco hacia las cortinas que llegan hasta el suelo, aunque vacilo al mirar con más detenimiento el material. Han dicho que esta habitación era de lady Nuria. No la recuerdo de mi época en palacio, pero tenía un gusto caro. La seda de pluma es la tela más ligera del mundo, la importan desde Delfinia. Me pregunto si el hecho de que haya tanta se deba a que la nueva reina de Puerto Leones es de ahí. Una sola muestra de la tela vale más que cualquier cosa que haya tenido yo, y lady Nuria la utilizaba para algo tan mudando como son las cortinas. Me da miedo incluso tocarlas, pero no me apetece sentarme en la sombra.

Cuando abro las cortinas, la luz dorada de la mañana se filtra en franjas gruesas. Las ventanas, inmensas, tienen unos barrotes de hierro negro en el exterior y un candado en el cerrojo que mantiene los paneles de cristal cerrados. Se me hace un nudo en la garganta. No debería estar tan sorprendida, pero así es. Cuando era niña, tenía rienda suelta para andar por este espacio. Méndez ya no piensa en mí como aquella niña ingenua de siete años. Tendré que volver a ganarme su confianza y encontrar dónde está guardada el arma dentro de palacio. Tengo decenas de antiguos refugios que puedo darles. Eso mermaría las fuerzas de la justicia y permitiría a los Susurros sacar más refugiados. Puedo quedarme por algo más, como dijo Lozar.

Desde aquí, estamos tan altos que puedo ver el centro de la ciudad entero, el conocido laberinto que parece haberse hecho aún más complicado desde la última vez que lo vi. Justo detrás están las copas verdes de los árboles de un bosque que está empezando a crecer de nuevo.

Como una tonta, dejo que mis ojos bajen y terminan en la plaza que hay abajo. El recuerdo de la Rebelión de los Susurros regresa otra vez, todo vuelve a chocar al mismo tiempo: el bochorno de las calles, el humo en la nariz, la ceniza sobre la piel. Los cuerpos amontonados, en masa, ardiendo.

—¡Despertad, oh Escarlata de las Arenas! —dice una voz cantarina con alegría a mi espalda.

Se me escapa un chillido de espanto y voy a por el puñal, pero lo único que toco con las yemas de los dedos es la seda. Por supuesto. Esta no es mi ropa. Esta no es mi habitación. Este no es mi lugar.

—¿Quién en los Seis Cielos eres? —Me aprieto aún más la ligera bata mientras observo al hombre que ahora está de pie en mi habitación. Es joven, puede que me saque algunos años, pero no muchos. Es alto, de cabello reluciente, y los rizos castaños le enmarcan el rostro ovalado y apuesto y su tez trigueña. La luz de la mañana se refleja en el sello de rubíes del rey que lleva sobre el bolsillo derecho de la chaqueta.

—¿Yo? Soy el sol real que viene a alumbraros con su luz —continúa cantando el muchacho, cuya voz es como un tañido sorprendentemente agradable. Por primera vez, me doy cuenta de que tiene un bulto de color escarlata entre sus manos finas, las de alguien que nunca ha trabajado con ellas.

Frunzo el ceño.

—No conozco esta obra.

Extiende el vestido para que lo vea. No lo miro, ya sé que es ridículo.

—Pues si va a ser la señorita que esté bajo mi cuidado, tendremos que enseñarle teatro.

—No soy ninguna señorita. —Tomo el vestido de sus manos y, acordándome de cómo actuaron las ayudantes conmigo, me sorprende que él no se estremezca. Tengo el vestido bien agarrado con el puño revestido de cuero—. Puedo vestirme yo sola. No es necesario que estés aquí.

—Acabo de pasarle la plancha, señorita Renata —me dice el muchacho, que con suavidad retira el vestido de mis manos.

—No soy ninguna señorita —le repito.

—Puede, pero debo tratarla como tal.

—Porque el juez Méndez te lo ha pedido.

El muchacho sacude levemente la cabeza. Uno de sus rizos se sale de su sitio y aterriza sobre su frente, como un hilillo de humo o una serpiente muy pequeña.

—Debe saber mejor que nadie que el juez Méndez no pide nada. Ahora, por favor, vamos a vestirla antes del banquete. Debe estar impecable para el rey.

El muchacho se aleja de mí dando pasos largos y seguros, y atraviesa una puerta que conduce al vestidor donde ya ha sacado unos perfumes, peines y broches. ¿De verdad he podido dormir con el traqueteo de las llaves y los pasos pesados que da con esas botas? Puede que Margo tenga razón: no tendría nada que hacer como espía.

—¿Qué haces? —pregunto y lo sigo impaciente.

—Verá, lady Renata —empieza—. Desde luego que es necesario que yo esté aquí. Su mano lastimada la deja prácticamente indispuesta. El magistrado me ha confiado a mí, Leonardo Almarada, cuidar de usted. No querrá que se enfade conmigo, ¿no?

—En realidad, me pregunto qué hiciste para que te mandaran a servir a alguien como yo.

Tuerce la boca y los músculos de su mandíbula se tensan. Sus ojos agudos y verdes se centran en mí.

—Que sepa que se me da muy bien hacer mi trabajo. Tengo una cantidad increíble de paciencia. Cuando era actor de teatro, entrené a una decena de alondras para que me acompañaran con su canto durante mi número musical. Es una pena que últimamente no haya mucho trabajo.

—Yo no canto —digo y pongo todo mi esfuerzo en fruncir el ceño. En desanimarlo y asustarlo para que se vaya como hicieron las muchachas anoche.

—Seguro que es lo mejor para todos —dice—. Ahora, vamos a ello.

Sostiene el vestido por los hombros y tiene una sonrisa ridícula en los labios porque sabe que no puedo ponérmelo sola. Hay por lo menos veinte botones innecesarios en la espalda, y la mano que tengo mal sigue estando enrojecida e hinchada. Una voz que suena extraordinariamente como la de Dez susurra en mi cabeza: *Piensa en la ventaja.* Si Méndez lo eligió a él para atenderme a mí, significa que confía en él. Puede que el magistrado no sepa que me ha hecho un regalo. Aunque cante a estas horas de la mañana.

—Está bien, Leonardo.

Él hace una pequeña reverencia y sonríe de manera amable y devastadora.

—Puede llamarme Leo.

Mantengo la mirada sobre el sol que se traslada por el cielo mientras Leo se afana en prepararme para la audiencia con el rey Fernando. Hay botes con polvos y líquidos relucientes que me dejan las mejillas ruborizadas y los labios sonrosados. Para terminar, me rocía con un perfume intenso que me recuerda a las naranjas agrias. Los nobles pagan un alto precio por estas esencias, imitaciones de un mundo que ellos experimentan desde la distancia, pero uno que yo conozco demasiado bien. Hace que eche de menos los campos que hay detrás del claustro. El olor de la tierra en las fuentes termales. La tierra bajo mis uñas. El bosque antes y después de la lluvia. La hierba sobre la piel dulce y sudada.

—Ya estamos —dice él, contento de sí mismo.

¿Quién eres?, quiero preguntarle al reflejo que me devuelve la mirada. Está más limpia y arreglada de lo que he estado en años. La falda de seda cae sobre el suelo como un lago de rubíes en medio de Ciudadela Tresoros. El corsé rojo hace que parezca más alta y se clava entre mis costillas. La capa de terciopelo negro da la sensación de que tenga alas en la espalda.

—¿Le gusta? —pregunta Leo detrás de mí mientras me alisa una arruga.

Lo miro a los ojos a través del espejo. Sus gruesas pestañas parecen extremadamente largas y oscuras, y veo un pequeño aleteo. ¿Qué más le da si me gusta o no?

Como no digo nada, Leo continúa:

—He resaltado sus mejores atributos para complacer al rey y al magistrado.

Se le da muy bien llenar el aire con palabras. Seguro que es capaz de hacer sentir bien a cualquiera. Dez y él se habrían hecho amigos rápido. Siento pánico al pensar en Dez y temo que vuelva a hacerme entrar en bucle.

Y por ese motivo, pregunto:

—¿Y cuáles son, por favor, mis mejores atributos?

—Es difícil elegir —dice Leo sin ningún ápice de ironía—. Es usted alta, pero demasiado huesuda para la moda de la corte. El juez Méndez dice que los desgraciados que la raptaron la mataron de hambre. Si le escribiera un papel para una obra...

—¿Eres un escriba, entonces?

—Era actor de teatro. Pero no me interrumpa mientras digo algo brillante. La he convertido en la Doncella Cuerva, que voló con sus alas negras sobre la montaña Andalucía para proteger el reino.

Yo me sé esta historia de una manera un tanto distinta. Para los Morias, la Doncella Cuerva era una guardiana del inframundo que transportaba las almas de los muertos para que descansaran. Una sensación de me preocupación me revuelve el estómago. Leo es demasiado amable con alguien como yo. No deja de hablar de pájaros. ¿Podría ser la Urraca de Illan?

198

—Pensaba que no se permitía interpretar ese mito —digo, y lo miro a los ojos en el espejo.

Él sonríe de manera relajada.

—¿Qué hay de malo en una ópera? La representaron frente al mismo rey. Como iba diciendo, usted sería la Doncella Cuerva. Lo que pasa con usted, bueno, todo sobre usted es oscuro. La manera en que mira a la gente, los ojos que tiene, su cabello. Otra persona le habría puesto algo de color vivo y llamativo para esconder todo lo que le hace ser quien es.

Es una buena respuesta. Casi demasiado preparada. Hago una nota mental para ir con cuidado alrededor de Leo.

—No estoy segura de si me estás insultando o haciendo un cumplido.

—Si la estuviera insultando, lo sabría. Ahora, a por el cabello.

Es extraño sentarse frente al espejo del tocador que hay en el vestidor. Todo lo que hay aquí parece estar diseñado para que sea agradable de mirar, delicado. Yo solo veo que son cosas frágiles. Cajas de cristal llenas de aceites y lociones y jabones derretidos hasta quedar perlados. Leo me cepilla la melena de cabello negro y enredado y yo frunzo el ceño cada vez que él se topa con un nudo. Me hace una trenza en forma de corona alrededor de la cabeza y me pone aceite a toquecitos sobre el cabello para dar forma a mis ondas y que se conviertan en tirabuzones que me caigan sobre los hombros.

Al terminar, Leo rebusca entre los cajones hasta que termina sacando una bandeja llena de adornos resplandecientes.

Con los dedos alcanzo una horquilla reluciente. Tiene unas flores grandes y rojas, hechas con una seda gruesa que se supone que imita cosas reales, y abalorios amarillos cosidos en el centro. Es llamativa, pero me fijo más en el clip de acero sobre las que están cosidas. Aprieto el extremo sobre mi guante de cuero y siento la terminación metálica. Es lo bastante afilada como para poder rasgar la tela y llegar hasta el dedo.

—¿Esta? —pregunto.

Leo aparta la mirada de la bandeja con los peines adornados con piedras preciosas.

—Esta mejor no, que es de la temporada pasada. Esta temporada lo que se lleva son las gemas de cristal y las perlas.

—Me da igual lo que esté de moda en la corte. Llevo sin ponerme un vestido desde los nueve años. ¿Seguro que no puedo llevar pantalones? Pensaba que se estaban poniendo más de moda.

En el espejo, veo que Leo agacha la cabeza.

—El rey prefiere que las señoritas lleven vestidos apropiados para sus puestos.

—¿Y el rey ha prohibido las horquillas de flores?

Leo me mira fijamente y luego estalla de la risa. Es curioso, pero me siento orgullosa de haber hecho reír a este muchacho de luz y melodía. Siento un dolor agudo y horrible cuando pienso en lo mucho que se parece a Sayida.

—Muy bien, señorita Renata —dice y me sujeta el gancho de flores en la parte derecha del cabello, que queda anidado en la compleja trenza de bucles y tirabuzones. Su sonrisa se ensancha en el espejo y me coloca el cabello sobre los hombros—. Puede que aún haya esperanza para usted.

Me permito devolverle la sonrisa, pero la siento vacía. No necesito esperanza. Cuando llegue el momento adecuado, necesito un propósito verdadero y la fuerza para clavar esta horquilla en el corazón del príncipe Castian.

Se dice que el palacio de Andalucía es la mayor creación del rey Fernando. Cuatro torres que brillan en la distancia como si fueran joyas. Cada una termina en punta, como para mostrar lo cerca que está el rey de los Seis Cielos. El palacio se puede ver a kilómetros de distancia. Las cuatro torres están conectadas por pasarelas. Hace ocho años, la mitad se quemó hasta los cimientos durante el asedio Moria y los días que siguieron a la Rebelión de los Susurros. No consiguieron derrotar al rey Fernando; intentaron asestarle un golpe mortal, pero solo consiguieron hacerle un rasguño en la armadura. Aun así, consiguieron liberar a los prisioneros que había en las mazmorras y rescatarme a mí junto con unos cuantos más.

Los recuerdos se juntan en los bordes de mi mente. La zona gris siempre está ahí, una oscuridad sinuosa que, hoy en día, se parece cada vez más a los túneles de debajo del palacio. No puedo repetir lo que ocurrió anoche en la bañera. Hoy, empujo con todas las fuerzas que tengo. Vuelvo a tocar el broche con la flor que tengo en la cabeza; el borde puntiagudo está lo bastante afilado como para que mantenga la mente centrada.

Leo cierra la puerta cuando nos marchamos y se queda frente a ella para esconder la combinación, un buen recordatorio de que él no es mi amigo. Me siento extrañamente dolida, pero me trago esta sensación y avanzo por el pasillo apurada. De nuevo, pasamos por la puerta de madera sencilla y, de nuevo, me da que pensar: esta vez está entreabierta.

Nos llega el olor de los libros antiguos y del polvo desde la apertura. Es más poderoso que cualquier recuerdo. Me acuerdo de leer libros en una larga butaca contra la ventana más grande. El único amigo que tenía en palacio, un muchacho joven, entraba a hurtadillas y se pasaba el tiempo tirando dados en el suelo. Respiro de manera brusca y coloco la mano sobre la puerta abierta. El corazón me late a toda velocidad en el pecho. Necesito recordar, necesito ver, y aun así el recuerdo de esta habitación es asfixiante.

Pero antes de poder mirar dentro, tengo a Leo conmigo.

—¡Caramba! Sí que tiene prisa, lady Renata. —Sus ojos verdes se deslizan hacia la puerta, pero no parece anonadado ante la idea de que haya alguien ahí dentro—. ¿Entramos?

Un dolor de cabeza amenaza con hacerse notar, así que le digo que sí con una inclinación de cabeza.

Tomamos la pasarela que conduce hacia la nueva torre noreste. Aquí, el diseño es distinto. Son colores vivos y azules, como si estuvieran dedicados a las ciudades náuticas y ribereñas y a los pueblos de Puerto Leones. Hay perlas y caracolas de verdad incrustadas en la piedra.

Me detengo un momento frente a los pilares que marcan la entrada a la torre nordeste. Tengo la aplastante sensación de haber estado aquí antes. A diferencia del pilar adyacente, que está cubierto con baldosas de mosaico azul oscuro, este tiene unos azules más suaves y apagados, como si, en otra ocasión, hubieran pertenecido a alguna otra parte. Puede que me equivoque. Puede que sea parte del diseño. La sensación hace que se me erice la piel.

—Un consejo, lady Renata. Diríjase siempre al rey Fernando antes que a nadie, incluso al príncipe —recita rápidamente Leo—. Al príncipe Castian le gusta que lo llamen lord comandante, no su alteza; ni siquiera su majestad. No lo mire directamente a los ojos a no ser que esté preparada para la competición más larga de miradas que vaya a tener en su vida. ¿Entendido?

Sin esperar a mi respuesta, Leo tira de mi mano enguantada, rodeamos el pilar y continuamos el camino. Qué raro se me hace que alguien a quien no conozco me tome de la mano así, pero me fuerzo a no apartarme.

Veo las enormes puertas que hay al final del pasillo y el corazón se me sube a la garganta porque puedo verme en la superficie reflectante.

—Es un diseño nuevo —dice Leo mientras yo sigo con la mirada fijada al frente. Él se inclina hacia mi oído como si fuera a arreglarme un bucle—. Puede verla desde el otro lado.

Mantengo una mano sobre el brazo de Leo, y el que tengo lesionado se queda sobre mi estómago, a la vista de todos. Me pregunto quién andará detrás de esas puertas además del rey y el magistrado. Aquí no hay guardias. No son necesarios. No cuando pueden verte venir.

—¿Lista? —susurra Leo. Extiende la mano hacia el mango de la puerta, un par de leones con las bocas abiertas y los cuerpos a punto de abalanzarse.

Cierro los ojos por un momento y veo a Dez, claro como el cristal, iluminado desde atrás por cientos de estrellas. El corazón me aporrea en el pecho. Vuelvo a estar aquí por él. Vuelvo a estar aquí para que su muerte valga la pena. Siento la horquilla contra el cuero cabelludo como un hierro de marcar. Abro los ojos y asiento con la cabeza.

Leo abre la puerta de par en par.

La pequeña corte que hay reunida dejar de parlotear, pero se intercambian susurros de lado a lado de la sala. Suena como si hubiera un conjunto de abejas alrededor de mi cabeza, a punto de picar.

Mantengo la mirada en el suelo porque me da miedo que los pies me vayan a ceder. Hay algo igual de desconcertante en el sonido de mis tacones: *clac, clac, clac*, haciendo eco en el silencio mortal de la sala. El sonido de una espada contra el hueso. El sonido de un mazo aplastando un cráneo. Pienso en cosas horribles para mantenerme alerta porque cuando mire fijamente al príncipe Castian a los ojos, me llevará toda la fuerza de voluntad que tenga no rebanarle la garganta de inmediato. Primero tengo que encontrar la caja.

Hago lo que me ha indicado Leo y mantengo las manos juntas frente a mí. Él se detiene a unos pasos. Es mi señal para que levante la mirada.

Siento que me balanceo, pero Leo se acerca un paso de manera sutil y usa su cuerpo para mantener el mío erguido. Me da la fracción de segundo que necesito para recomponerme.

Ahí, rodeado por el juez Méndez, otros jueces y un grupo de jóvenes cortesanas, se encuentra el rey Fernando. Está sentado tan erguido que parece estar atado al respaldo de su trono. A su derecha se sienta la reina Josephine, la joven tercera esposa del rey y princesa de Delfinia. Sus facciones elegantes y su piel negra y refinada hacen que resalte su juventud en contraste con su marido. A la izquierda del rey hay un asiento vacío. El príncipe Castian no está por ningún lado.

Respiro para calmar los latidos de mi corazón. Debería estar aquí. ¿Dónde está? ¿Se ha llevado la caja de madera consigo o la ha dejado con Méndez? Me quedo fría del pavor que siento. ¿Qué haría mi unidad si estuviera en mi lugar? No habrían venido hasta aquí solos, evidentemente. Margo averiguaría todo lo posible sobre el paradero del príncipe. Sayida sería paciente y se quedaría cerca de Méndez. Esteban se haría amigo de los guardias de palacio y averiguaría los secretos de esa manera. Eso lo aprendió de Dez.

Se me cae el alma a los pies por la decepción que siento, pero esta sensación queda rápidamente reemplazada por una curiosidad inquieta al tiempo que observo lo que tengo frente a mí. La sala del trono es estrecha, como si la hubieran optimizado para ver a quienquiera que se acerque desde el otro lado de las puertas con espejos. Las ventanas en forma de arco representan la historia de la conquista de los Fajardo sobre Puerto Leones, cada una de ellas es una salpicadura de colores que filtran prismas de luz en la sala y conducen directamente al lugar en el que se sienta el rey, un trono hecho de piedra alman.

Piedra alman tallada, pura y sólida.

Antes de la destrucción de este palacio, recuerdo destellos de una sala diferente. Las paredes eran de granito gris y no había ventanas. El trono del rey, por aquel entonces, era un tejido elaborado de oro. En cada uno de los reposabrazos había la cabeza de un león. Este es menos ostentoso, pero no deja de ser toda una declaración. Es cruel de un modo que solo yo puedo entender.

¿Dónde han encontrado tanta piedra alman de una sola pieza? *La robaron*, contesta mi mente. Me arden los dedos por poner las manos sobre ella. Resplandece débilmente, como si hubiera una lucecita proveniente del centro. Sé que debería estar haciendo algo: hablar, jurar lealtad, pedir perdón. Sé que debería estar haciendo más. Pero estoy fascinada porque nunca he visto esta cantidad de piedra ni así de entera. Solo se utilizaba para construir estatuas de Nuestra Señora de los Susurros, lo que quiere decir que el rey debe haber encontrado alguna fuente sin explotar o algún templo que quedara intacto. ¿Qué secretos podrían estar escondidos ahí dentro?

Debo contárselo a Illan, pienso de manera instintiva. Pero no puedo hacer nada que comprometa el motivo por el que estoy aquí.

El sonido de las abejas se vuelve más alto. Miro hacia Leo, que está en el suelo, arrodillado. Gira la cabeza solo para echarme una mirada que chilla incredulidad.

Hago una reverencia con tanta rapidez que me caigo de rodillas. Se oye un gran golpe contra el suelo. Los hombres se avergüenzan de mí, y las cortesanas abren rápidamente sus abanicos para esconder sus sonrisitas y risas.

—Majestad —digo, endureciendo el tono para silenciar a quienes se están riendo—. Soy Renata Convida, y he regresado al servicio del rey y la justicia si su Excelencia me lo permite.

—Perdonadla —dice el juez Méndez, que da un paso adelante. ¿Por qué siento un alivio traicionero cuando posa sus ojos grises sobre mí? Cuando lo tengo a mi lado, respiro con un poco más de facilidad—. La muchacha no conoce las costumbres de sus superiores.

—Levántate —dice el rey Fernando, y yo levanto la mirada a tiempo de ver la floritura que hace con la mano.

Mantener el rostro sin emoción es lo más difícil que he hecho en mi vida. El rey Fernando inspira un miedo diferente al de su hijo. El príncipe Castian tiene una arrogancia paciente y una calma tan engañosa como una serpiente al acecho, mientras que el rey Fernando es brusco; el odio que me tiene —el que le tiene a todas las cosas, quizá— ilumina como una antorcha. No reacciona ante las risas nerviosas de la corte ni ante la disculpa de Méndez. Simplemente se me queda mirando fijamente con sus ojos negros infinitos. No viste de manera extravagante como Castian. Su ropa es negra de los pies a la cabeza, como si estuviera de luto.

Tengo los labios tan secos que me arden, pero me muerdo la lengua para dejar de lamérmelos.

No apartes la mirada, me digo a mí misma. *Que sepa que puedes ser útil.*

El rey Fernando hace algo curioso.

Se levanta del trono y cruza la distancia que hay entre nosotros. Estando así de cerca, no puedo dejar de comparar al rey con su hijo. Su único hijo con vida. Castian acecha a sus prisioneros como un puma jugando con su comida. El rey me observa como si fuera algo que hubiera que abrir y luego inspeccionar. Mientras que Castian se rio ante su victoria, Fernando es generoso con sus muecas de disgusto. Estando aquí, lo estoy ofendiendo físicamente. No tengo ni idea de cómo tolera la presencia de su Mano. ¿Es este el mismo hombre que permitió vivir a Lozar hasta que lo capturaran? No me lo creo.

—He encontrado una nueva Robári, alteza —dice el juez Méndez, que mantiene la cabeza agachada—. Como le prometí.

—Si lo he entendido bien, tú no has encontrado nada —dice el rey. Hasta yo siento la fría punzada de sus palabras. Méndez se queda como está.

El rey Fernando es un poco más bajo que yo, pero está tan erguido como un olmo. No tengo ningún recuerdo sobre él, ni míos ni robados. Recuerdo verlo una vez cuando irrumpió en la biblioteca del juez Méndez. Por aquel entonces era más musculoso, tenía el cabello negro como la tinta y una barba frondosa que lo hacía parecer mayor de lo que era. Ahora está más delgado, tiene el cabello grueso y cano como la ceniza, y arrugas por toda la frente y en sus comisuras enfadadas. Sus ojos son lo más juvenil que tiene. Este es el mismo hombre que le arrebató el trono a su padre a los diecisiete años y expandió las fronteras de Puerto Leones. Quien se aseguró un aliado al otro lado del mar y un reino completamente nuevo por medio del matrimonio. Su piel es del color de la leche caliente, pálida en contraposición a su barba y sus cejas oscuras.

—Deja que te vea las manos —exige el rey Fernando. Es una voz que está acostumbrada a que sigan sus órdenes.

Méndez se acerca apresurado con la llavecita y me quita el guante.

Para mi sorpresa, el rey Fernando me agarra la palma izquierda intacta, seguro de que no voy a absorberle los recuerdos a través de la piel.

Hazlo. Hazlo y evítale al mundo más de esto.

—Dime —dice el rey, que me gira la palma hacia arriba como un adivino cualquiera en la plaza del mercado—. ¿Por qué no te escapaste de las besteas rebeldes antes?

Miro rápidamente al juez Méndez. Él asiente de manera alentadora, porque estoy tardando demasiado en responder.

—Lo intenté, alteza —digo sin dejar que me tiemble la voz porque no estoy mintiendo.

—¿Lo intentaste durante los ocho años que has estado fuera? —pregunta con una voz que rezuma escepticismo. La corte responde con unos tosidos altaneros.

Tengo la boca tan seca que las comisuras se me quedan pegadas cuando la abro para hablar.

—Cada día se volvía más y más difícil. Lo perdí todo. Perdí la esperanza.

Las mejores mentiras son como las curvas de luz: te engañan.

—¿Le gustaría ver las cicatrices que me dejaron cada vez que intenté escapar? —Extiendo las manos hacia los cordones que tengo en la parte trasera del corsé. Es un farol, pero tengo que seguir adelante porque cualquier pausa sería sospechosa.

Farol que el rey de Puerto Leones está contento de tragarse. Levanta la mano y yo dejo de estirar el cordón. Puede que sea un asesino, un fanático, un tirano, pero si por algo se enorgullece es por un sentido retorcido de caballerosidad.

—¿Leonardo? —el rey Fernando indica al ayudante que se acerque, y Leo se coloca a nuestro lado con unos cuantos de sus pasos largos. Tiene la cabeza inclinada y los ojos fijos en el suelo, por lo que sus tirabuzones caen hacia adelante.

—Tú has vestido a esta criatura. ¿Qué has observado?

Trago saliva y revivo el recuerdo de esta mañana. El pequeño grito ahogado de Leo cuando me ha abrochado los botones y la manera en que yo me he puesto rígida. No me ha preguntado cómo ha llegado mi espalda a ser ese laberinto de cicatrices, sino que ha seguido cantando su canción alegre.

—Creo que las cicatrices que tiene en la espalda se las hicieron personas que no sentían ningún amor por ella.

He subestimado a Leo. No solo confía en él el juez Méndez, sino que sus palabras son verdad ante los ojos del rey. Él no podría ser la Urraca. Me pregunto cómo ha conseguido un actor de teatro que confíen tanto en él en palacio. Los ojos verdes y felinos de Leo van a mis manos, pero no delatan nada.

Al contrario. Sería el mejor tipo de espía, pienso.

—Los Susurros no confían en los Robári —digo con las manos frente a mí—. Todavía nos mantienen en el grupo de los ladrones y carroñeros. En mi compañía, yo era una de dos, pero nos separaron. El otro Robári murió hace cinco años durante un asalto.

Es mentira, pero quiero ver la reacción que tienen. Esto parece molestar al rey, y me pregunto si es porque ve una oportunidad perdida.

—Constantino —dice el rey.

Estando tan concentrada en el rey, he pasado por alto a los dos hombres que hay merodeando en silencio detrás del trono, como mascotas a los pies del rey esperando una recompensa. Son jóvenes, puede que tengan unos veinticinco años, y van con uniformes entallados. A primera vista, podrían ser cualquiera de los guardias del rey, pero los uniformes que llevan son de un negro austero en vez del color lila y dorado imperial. Cada uno lleva un medallón sobre el bolsillo del pecho con el emblema de la familia del rey Fernando, un león alado de leyenda con una lanza en la mandíbula y llamas rugiendo a su alrededor.

El más bajito de los dos da un paso adelante, y yo me doy cuenta de que el bordado intricado, en realidad, está hecho de cobre. Miro al otro y me doy cuenta de que su bordado es de plata. Son Morias, un Ventári y un Persuári. Son lo que queda de la Mano de Moria.

Aunque el rey haya decretado que la magia es ilegal, siempre ha mantenido su colección privada de Morias, uno para cada una de las cuatro ramas de poder. Al fin y al cabo, ¿qué mejor manera para derrotar a tus enemigos que luchar con fuego contra el fuego? ¿Qué podría hacer si controlara a todos los Morias así?

No reconozco a ninguno de ellos de cuando estuve aquí. También es cierto que Méndez hizo un gran esfuerzo por mantenerme aislada del resto. Por mantenerme a salvo.

—No te importará que nuestro Ventári verifique tus declaraciones, ¿no? —pregunta el rey Fernando en un claro desafío—. Mi Ventári ha cazado a todos los traidores de mis filas.

Los abanicos se agitan, los labios susurran y mi corazón aporrea como una advertencia. Extiendo la mano izquierda.

—Por supuesto que no, alteza.

—Míralo —dice el rey Fernando al oído del joven.

Constantino no es como Lucia. A él no le han quitado la magia, pero hay algo que no va bien. Ni en él ni en el otro hombre que está al lado del trono como una estatua viviente. Me pregunto cómo han llegado aquí. ¿Los arrebataron de sus casas como a mí? Este habría sido mi destino si no me hubieran salvado. Si Dez no me hubiera salvado.

Me trago la pena que siento y me recuerdo el motivo por el que estoy aquí. Agarro la mano del Ventári antes de que él pueda agarrarme la mía. Esteban me ha enseñado a controlar la mente para cuando alguien intente leerla. Como toda magia, requiere práctica, y cada Ventári tiene diferentes fortalezas. Para alivio mío, Constantino no es tan fuerte como Esteban. Nunca llegué a aprender cómo cerrar la mente del todo contra él. Pero con un Ventári más débil, sí que puedo.

Dejo que Constantino vea el día en el que me hicieron las cicatrices en la espalda. Fue un joven Moria que me arrastró hacia los
juncos espinosos del río. Me enredé y revolqué tanto que casi me
desangro. Le dejo que vea las riñas que he tenido con Margo. A
Illan gritándome. La vez en que me tuvieron que poner cadenas
porque estaba intentando lastimarme a mí misma. Morias sin nombre escupiendo el suelo que pisaba cuando entraba en los claustros.

Dejo que vea lo peor.

Él es el primero en soltar; rompe la conexión y yo me quedo
con una sensación de mareo. Leo extiende la mano para que no
pierda el equilibrio.

Constantino tiene el rostro en blanco, como un nuevo amanecer.

—Dice la verdad, alteza —dice con voz apagada.

El rey Fernando me mira fijamente con una sentencia incier-
ta. Con lo joven que es Constantino, aún no sabe lo que tanto el
rey como yo conocemos: que todas las verdades están sujetas a
las circunstancias. Pero Fernando no cuestiona a su mascota que lee
mentes. En cuanto esboza una sonrisa arrogante, me sorprende lo
familiar que resulta. Por fin veo al desgraciado de su hijo en sus
facciones.

El rey le comunica algo a los guardias de palacio con una palmada sonora y yo me preparo para que me vuelvan a poner grilletes en las muñecas. El juez Méndez da un solo paso entre el rey
Fernando y yo, como si me protegiera con su cuerpo.

—Por fin. —El rey le da un golpe en el brazo al magistrado con
un gesto que hace que la corte vuelve a cuchichear—. Por fin me
has traído a un Robári que puedo utilizar. Ya tengo la colección
casi completa. Lo has hecho bien, viejo amigo.

A mi lado, Méndez cierra los ojos y suelta un suspiro, como si
le hubieran perdonado la vida.

—Servirle es el trabajo de mi vida, alteza.

Méndez coloca una mano sobre mi hombro. Los viejos recuerdos clavan sus garras por mi espalda: Méndez leyéndome cuentos
antes de irme a dormir, Méndez enseñándome a escribir. Me trago
el nudo que tengo en la garganta y evito retroceder con el cuerpo.

Constantino se escabulle y vuelve a la tarima que hay detrás del trono.

—Primero, la victoria de mi hijo. Y ahora, esto. —Chasquea los dedos en el aire y los dos guardias que se habían desvanecido regresan. Llevan a rastras a un hombre encadenado. La gente levanta el cuello para ver mejor—. El Padre de los Mundos sigue bendiciendo este reino.

El prisionero lleva una blusa de seda fina y un jubón bordado que está cubierto de estiércol. No reconozco el sello de la casa que lleva sobre el bolsillo del pecho: una rosa silvestre cuyo tallo se cruza con una espada. Cuando me mira, su rostro se vuelve pálido del miedo.

¿Es que no sabes lo que la gente ve cuando te mira?, me gritó una vez Margo estando enfadada porque Dez me eligió a mí en vez de a ella para una misión.

Me sacudo de encima el inicio del recuerdo que ha liberado el Ventári y me concentro en este hombre, porque sé lo que ve.

Lo traen a rastras a mis pies. Obligado a mostrar sumisión, tiene los labios a unos centímetros de los zapatos de tacón que me aprietan los pies.

—Sé útil, Robári. —El rey se pone en pie y se dirige a la corte—: Este hombre ha roto la fe con su corona y el país. Este hombre me ha traicionado.

Observo la reacción de las cortesanas, que agitan los abanicos. Parecen las alas de las libélulas.

—Su traición fue descubierta anoche, en una de sus embarcaciones. En vez de toneles de aguadulce y del vino fino con el que lord Las Rosas ha construido su reputación familiar, había escoria Moria. Los vándalos que prendieron fuego al pueblo de Esmeraldas y atacaron nuestra capital estaban entre ellos.

Esto no está bien. Está echándole la culpa a la Unidad Lince porque no tiene a nadie más a quien echársela. Pero no puedo decir nada. Me concentro en Leo. Miro fijamente el sello de su chaqueta. Hacer esto es lo único que evita que me ponga a chillar. Está demasiado lejos, la Unidad Lince no ha podido llegar a la costa a tiempo. Pero ¿qué pasa con Illan y los demás? Lo peor del rey Fernando es que hace que dude de mí misma. ¿Y si está diciendo la verdad? ¿Y si Sayida y el resto llegaron a tiempo al barco y se subieron a hurtadillas?

—La embarcación iba rumbo a Imperio Luzou —dice el rey Fernando con gravedad. Mira por encima a lord Rosas, con unos ojos negros como el hollín—. No se me ocurre un castigo mejor que probar el poder Moria por el que creías que merecía la pena traicionar a tu país.

El noble solloza a través de la mordaza que tiene en la boca. Sacude la cabeza y me juego la vida a que, si pudiera hablar libremente, se declararía inocente. Sé que el rey está mintiendo, pero no me afecta en absoluto que lord Las Rosas esté sollozando a mis pies. ¿Debería? Los nobles como él fueron los primeros en sacar a los Morias de sus casas y tierras y echarlos a la calle. Si sospechaban que tenían magia, aunque resultara falso, les dio igual que fueran sus amigos, ayudantes o soldados; sus propios hijos, hermanos o padres.

El juez Méndez coloca una mano sobre mi espalda y me da un suave empujón hacia adelante. Para esto me han traído aquí, otra vez. Soy una pieza para completar una colección, tengo un poder que solo el rey puede ejercer. Es el precio por estar en palacio. Pero hace mucho tiempo prometí no volver a crear a ningún Vaciado. Voy a mantener esta promesa.

—Por supuesto, magistrado —digo sin aliento. Extiendo la mano y flexiono los dedos. Tengo el rostro disciplinado.

Lord Las Rosas intenta echar la cabeza hacia atrás, y yo sé que no puedo hacerlo. Se le ha oscurecido el cabello dorado como la paja por el sudor. Invoco mi magia y la luz del poder se desliza por las marcas de quemaduras que tengo en la palma. La corte observa, aguantando la respiración mientras yo extiendo la mano hacia la mente de este hombre.

Entonces suelto un grito y me lanzo rodillas frente al juez Méndez. Él me agarra por los codos, con cuidado para no hacerme más daño en la mano derecha. Detesto que me agarre con tanta suavidad, con tanto cuidado. Soy como los adornos de cristal que hay en mi tocador: frágil, delicada, quebrantable. Me llevo las manos al pecho.

—Renata, ¿qué ocurre? —pregunta el juez Méndez.

—¿Qué ha pasado? —dice el rey Fernando con impaciencia.

Retuerzo el rostro hasta hacer una mueca y extiendo las manos.

—Magistrado, no puedo.

Las mantengo extendidas para que pueda volver a ver el daño. Muevo las líneas de luz y poder y dejo que centelleen. Méndez no conoce los trucos que he aprendido estando sin él.

—No funciona —escupe el rey al juez Méndez—. ¿De qué me sirve un arma que no puedo utilizar?

«Arma». La palabra resuena en mis oídos.

—Está herida —responde el magistrado. Quizás sea el único hombre en el reino que puede hacerlo. Coloca un brazo a mi alrededor—. Lozar le hizo esto cuando descubrió quién era. Y ella lo mató.

—Lozar —dice el rey Fernando. Después de haber oído al viejo Ventári contarme que estuvo en el consejo del rey, me pregunto si mostrará remordimiento. Pero lo que sigue no es nada de eso—: Pensaba que había fallecido hace tiempo.

Me muerdo la lengua para no escupir obscenidades. En vez de eso, suelto un quejido sordo.

—Sus manos son la clave de su poder —dice el juez Méndez. Con ambos apiñándose sobre mí, se me llena la boca con el olor de los dos. La sangre se me acelera y me quedo helada porque, si no, sé que mi cuerpo tomará el control y saldré corriendo—. Es la única Robári que hemos encontrado desde…

—Estoy bien al tanto —lo corta el rey Fernando.

Me pregunto a quién se estarán refiriendo. Me pregunto qué le habrán hecho a esa persona. Me pregunto qué me harán a mí si no puedo salir de aquí. Si fallo.

—Disculpe, alteza. Leonardo y yo nos ocuparemos de sus heridas y se recuperará pronto.

El rey Fernando se va caminando hacia el trono. La reina Josephine se retuerce el vestido azul claro en las manos. Parece estar aguantando la respiración cuando él se le acerca. Toda la corte lo hace. Él es como el sol en esta sala, y todos los demás son hierbajos inclinándose hacia él allá donde vaya. La piedra alman da bastante impresión con su blancura en contraposición a la ropa negra del rey, y me descubro queriendo ir a por ella. Aunque no está zumbando con la luz de los recuerdos, me pregunto si hay algo enterrado en su interior.

Cuando el rey se da la vuelta, su mirada de ojos negros se posa sobre mí. El corazón me da un vuelco y siento un pavor que hace mucho tiempo que no sentía y que me recorre toda la espalda.

—Enseguida será el Festival del Sol —dice el rey Fernando—. Deberías tener el tiempo suficiente para que te recuperes de la mano. La emperatriz de Luzou y su corte van a acudir. Ya es hora de que nuestros vecinos al sur del mar Castiano entiendan en medio de qué se están metiendo.

—Tiene mi palabra, alteza. —El juez Méndez y otro grupo de jueces inclinan la cabeza como señal de que han entendido la orden.

Faltan menos de dos semanas para el Festival del Sol. Tengo doce días. Doce días para encontrar el arma en el palacio y destruirla. Después de eso puedo matar al príncipe. No puedo estar aquí cuando empiece el festival.

Aprieto los dientes para congelar mis facciones y demostrar sumisión. En este momento, me he labrado mi propia pequeña victoria al engañarlos.

El rey Fernando toma una respiración, y parece que la sala entera también lo hace. Su mirada de ojos oscuros se clava en mí y me parte en dos.

—Sacad a Las Rosas fuera de mi vista —exige al fin el rey Fernando con un movimiento de los dedos repletos de anillos, y toda la corte suelta la respiración que estaba aguantando.

Pasa un largo momento mientras se llevan a lord Las Rosas de vuelta a las mazmorras. Me pregunto si a los nobles los ponen en algún otro sitio, en una celda con una cama y comida porque, aunque sean criminales, siguen sin ser plebeyos. O Morias. Me pregunto si la corte es capaz de verse a sí misma de esta guisa, de ver que podrían llevarse a cualquiera de ellos.

Los dos prisioneros que forman la Mano de Moria están unidos en silencio. Unos ojos vidriosos miran fijamente la pared que hay a mi espalda. Sé que, si me recupero y no completo la misión, me convertiré en una de ellos. Conmigo bajo su mando, la Mano de Moria solo necesita uno más: un Illusionári, algo casi tan raro como yo. Pienso en los ojos feroces de Margo, en su determinación tozuda… Todo apagado. Da igual lo que hubiera entre nosotras, no puedo permitir que ese destino sea una posibilidad siquiera.

—Muy bien, Renata Convida. —Cuando el rey Fernando dice mi nombre, siento un gran peso sobre el pecho. Se saca una daga de la cadera. Es pequeña y bonita, y tiene zafiros incrustados a lo largo de la empuñadura. Ahora, me doy cuenta, sé de dónde proviene la mancha oscura que tengo a los pies—. Hasta que puedas cumplir con tus obligaciones como mi Robári, ¿juras lealtad a mi corte?

Debería sentir alivio al saber que mi engaño ha funcionado y que he conseguido algo de tiempo con la lesión, pero al agacharme hacia el suelo frío de mármol, mis muslos ofrecen resistencia, como si estuvieran rechazando mis acciones.

—Lo juro —digo apretando la mano con tanta fuerza que siento un punto saltarse y la sangre caer.

—¿Darás tu vida en mi nombre, llegado el momento, y lucharás por la supervivencia y las tradiciones de Puerto Leones?

—Lo haré.

—Sus manos no pueden aguantar más lesiones, majestad —intercede el juez Méndez. Volver a desafiar al rey en frente de la corte no puede ser bueno para él. Aun así, veo la astilla en el ojo del rey, la vena que le pulsa en el cuello.

—Has dicho sus manos —contesta el rey Fernando, cuyas palabras son tan frías como la daga que utiliza para hacerme un corte a lo largo del pecho. Aguanto la respiración y aprieto los dientes con fuerza al sentir el frío pinchazo—. Con un corte en la piel, sangrará bien.

Las cortesanas sueltan un grito ahogado, sus voces retumban cada vez más alto, sus abanicos se mueven con tanta rapidez que podrían provocar un huracán. No miro a Leo ni al juez Méndez.

—Con esta sangre, ¿serás la sirvienta del rey, de la justicia y del Padre de los Mundos?

Derramar sangre en nombre de este hombre va en contra de todo por lo que he luchado.

Jamás seré tan buena como Margo o Dez.

Pero soy Renata Convida. Y al inclinarme y dejar que el corte que tengo sobre el pecho izquierdo sangre a los pies del rey, me hago un juramento a mí misma, un voto en silencio entre todos los presentes y yo. Encontraré esta cura. La destruiré. Aunque me cueste toda el alma, destruiré al rey y al magistrado.

Mi sangre se encharca entre nosotros, y contesto:

—Sí.

15

L eo y yo caminamos por el pasillo en silencio, atravesamos las puertas con los espejos especiales y cruzamos la pasarela. Los olores de palacio me atacan la nariz: el aroma del pan caliente saliendo de las cocinas, la madera ardiendo en las chimeneas, el jabón de las sábanas que se están secando en un patio. ¿Cómo es que un lugar tan peligroso puede resultar tan reconfortante? A mi derecha oigo la risa tintineante de lo que podrían ser ayudantes tomándose un descanso del trabajo diario o señoritas de la corte que se pasan el día tomando el sol en los jardines laberínticos que hay abajo. El día es demasiado luminoso, y con esta luz, la ciudadela que tengo a la izquierda no esconde la suciedad que permea sus costuras. Ni siquiera la lluvia se la puede llevar.

—Tenga —dice Leo sin detener el paso.

No quiero mirarlo aún, pero por el rabillo del ojo veo el pañuelo que me ofrece. Es un gesto inútil, como si un pequeño cuadrado de tela pudiera limpiar las manchas de sangre que tengo en el vestido, pero es difícil pasar por alto la amabilidad que hay detrás.

Hay una parte de mí que quiere que Leo le guste, pero la manera en que el rey le pidió consejo resultó demasiado familiar. Sé que informará de todo lo que le diga.

Tomamos las majestuosas y serpenteantes escaleras, y rebusca la llave en el bolsillo. Su cuerpo no es que esté recto, sino que está rígido, como si estuviera escondiendo algo. No me ha mirado desde que hemos salido de la sala del trono, y hasta ahora no ha dicho otra palabra que la de «tenga».

—Lady Renata —dice Leo.

Me encuentro en el centro de una habitación cavernosa llena de mesas talladas a mano, alfombras y cortinas importadas, luces de araña de cristal y sábanas de seda fina de los gusanos de la provincia de Sól Abene. Y yo derramando sangre sobre la moqueta.

—Te he dicho que no me llames así. —Detesto lo suave que suena mi voz, como polvo suspendido en un rayo de sol.

—No sabía…

—No hablemos de esto. Me sé el camino de vuelta a mi jaula. Puedes marcharte.

—No quiere que la llamen «lady», pero desde luego da órdenes como una —dice intentando poner una sonrisa torcida. «Sonrisas torcidas para corazones torcidos», le gustaba decir a Sayida—. Ahora, por favor, hay que bañarla y vestirla.

—Ya me bañé ayer —digo, ya que la idea de gastar más agua me parece absurda. Ni siquiera he corrido entre el estiércol ni he sudado, y la sangre se va con bastante facilidad.

—Son órdenes del juez Méndez. Tiene que presentarse ante él para la cena y el entrenamiento.

Siento que me hundo. Es como si no tuviera el control de mi cuerpo. La fatiga se ha posado en mis huesos. Por segunda vez hoy, Leo me agarra para que no me caiga.

—No deja que la gente cuide de usted, ¿verdad? —dice con dulzura.

De repente, vuelvo a ser aquella misma niña en palacio; esa niña estúpida y golosa que ignoraba lo que estaba ocurriendo a su alrededor. No quiero ser esa niña. No quiero ser nada. ¿Cuánto tiempo se supone que voy a mantener la treta de que no puedo utilizar mi poder? Tal vez no esté hecha para esto. Tal vez debería dejarlo o ceder, porque todos los caminos que tome me llevarán a la ruina.

Leo me ayuda a desvestirme con cuidado. Ni siquiera lo noto tocarme la piel, solo la ropa, y me alcanza una bata para que me la ponga. Estoy demasiado cansada como para protestar. Me siento frente al tocador mientras él abre el grifo para llenar la bañera. Me pregunto qué dirían Margo o Esteban si vieran este sistema de agua. En los claustros, solo nos damos baños de agua fría en los lagos y estanques, y las fuentes termales están a medio día de viaje hacia el norte.

Me quito la flor del cabello y la meto en el bolsillo de la bata mientras Leo elige unos botes de jabón y aceites y una esponja en vez del cepillo de cerdas. Vacía dos de los botes y la bañera se llena de una espuma de color azul y amarillo vivo que hace que el agua pase a ser de un color verde y resplandeciente, como un pavo real.

Ya basta, la voz de un desconocido se sale de un recuerdo.

Respiro profundamente y me deshago de la melancolía que se me está aferrando a la piel como los puntos que tengo en la mano. Me adentro en la bañera y el calor resulta un alivio para mis músculos cansados.

—Pensándolo bien, ha ido mejor de lo que esperaba —dice Leo.

—Sí, espléndido —digo de manera seca—. Para un hombre que ha conquistado el continente entero, es un alma generosa.

Leo abre los ojos de par en par, y sé que he hablado con demasiada libertad. Me esparce una capa de espuma blanca sobre el cabello.

—No vuelva a decir eso jamás, Renata.

Me apresuro en retirarlo.

—Lo siento, es que me olvido —digo. ¿Qué tiene Leo que hace que baje la guardia? ¿Es la soledad que se me aferra como una mortaja? ¿Lo ha mandado el rey por esta misma razón?

Leo encoge uno de sus hombros y se unta ligeramente las manos con un aceite. Levanta las palmas.

—¿Alguna vez le han dado un masaje en los hombros? Hay un baño zahariano en el distrito de abajo. Tiene el cuerpo como una roca.

Sacudo la cabeza.

—Dudo que el juez Méndez lo apruebe.

—Tiene razón. Pero es divino. —Asiente con la cabeza y me ofrece una esponja—. Tenga.

La mayor parte de la sangre se ha ido con el baño, pero aún quedan unas manchas secas en la clavícula. No quiero disfrutar esto, la amistad fácil que me ofrece Leo, aunque no pueda confiar en él, o el acceso a cosas que no he tenido en mucho tiempo.

Me lavo las axilas y la tripa mientras Leo se mantiene ocupado retirando los botes de cristal. Habla sobre no sé qué lord y esta otra lady. Dice que lo de lord Las Rosas fue una sorpresa para toda la corte, sobre todo porque los puertos están vigilados por los hombres del rey. Nadie sabe cómo se las ha podido arreglar.

Su voz se convierte en un agradable ruido de fondo.

Coloco la mano sobre el pomo que libera el agua hacia la bañera. Un recuerdo me azota. Se escapa de la zona gris sin aviso: el rostro de mi padre. La manera en que trabajaba con metales y que tenía las manos siempre cubiertas de cenizas.

La aparto de mí. Duele demasiado recordar el amor. Elijo la ira. Los ojos azules como el mar. Se me acelera el corazón cuando pienso en el príncipe que no estaba presente en la corte.

—¿Por qué el príncipe, el lord comandante, no estaba al lado de su padre? —pregunto, con el intento de poner ojos de cervatillo. A Sayida siempre se le ha dado mucho mejor.

Leo murmulla de manera pensativa.

—Si quiere una opinión no solicitada, lady Renata, es mejor no pensar demasiado en el príncipe ni decir su nombre en público.

Reúno burbujas en la mano herida para ganar tiempo para contestar. Las burbujas se disipan y se unen unas a otras.

—Ahora estamos en privado, ¿no?

Leo sonríe de manera desdeñosa, pero su mirada delata algo parecido al miedo.

—Dentro de estos muros, entre nosotros, el príncipe Castian viene y va como quiere. Cuando está aquí, solo acude a la corte para elegir qué señorita… Bueno, lo acompañará durante la noche. Sospecho que lo hace porque eso enfurece al rey. Pero pronto será el Festival del Sol. Ni siquiera el príncipe se arriesgará a enfurecer a su padre al no presentarse, sobre todo después de habérselo perdido el año pasado.

Me hundo en la bañera una vez más antes salir. Leo está esperándome con la bata para ponérmela.

—Con cuidado, señorita Renata. Parece casi tan decepcionada como las cortesanas.

Hago una mueca y frunzo el ceño. La reacción que tengo es visceral.

—No lo estoy.

—No hablemos más de esto. Perdón por lo que voy a decir, pero tiene un aspecto un poco verde. Le voy a traer una bandeja con té, y no puede moverse hasta mañana.

—Pero el juez Méndez me está esperando.

—Iré a decírselo. Él más que nadie necesita que esté bien.

Leo me empuja para que salga del aseo y me meta en los aposentos para vestirme. Veo mi reflejo en el espejo, pero no la palidez verde a la que se refiere, sin embargo, siento dolor en todos los músculos, rigidez en la mano derecha y quemazón por el tajo en el pecho. Sé que, si él no estuviera aquí, me hundiría en mi propio charco de miseria y debilidad.

Me seco el cabello con una toalla y me meto en la cama. Me doy cuenta de que, con la ausencia del príncipe, sus aposentos estarán vacíos. Él no dejaría el arma en algún lugar en el que cualquiera pudiera encontrarla, pero podría haber pistas. Ahora bien, ir hasta ahí sola, sin Leo o sin un acompañante, será un desafío.

Mientras Leo ajusta las sábanas, le agarro la mano. Parece casi tan sorprendido como yo cuando le digo:

—Gracias.

Me da una palmada sobre la mano enguantada, que la tengo mojada a pesar de lo mucho que he intentado mantenerla fuera de la bañera.

Mientras me dejo llevar por el sueño, no sé si la voz proviene de Leo o de los túneles de la zona gris, pero es tan clara como las campanadas de la catedral:

—No me las dé aún.

Me despierto de un salto con el sonido de unos pasos fuertes. El cielo sigue estando oscuro.

Salgo de la cama y me acerco a la puerta de mi habitación. Hay un cerrojo que me impide salir. Me arrodillo frente al pomo para ver si hay alguna manera de abrirlo. Las cerraduras solo se utilizan para los prisioneros, y eso es lo que soy. Entonces veo una sombra. Y otra. Pasos. Dos pares dando pasos adelante y atrás frente a mi puerta.

Son guardias.

Ahora bien, ¿están ahí para que no me dejen salir a mí o para no dejar que entre nadie? Puede que ambas cosas. Aguanto la respiración e intento ser todo lo silenciosa posible y volver a la cama, recordándome a mí misma que por muy agradable y lujoso que sea todo lo que hay aquí, esto sigue siendo una jaula.

16

Por la mañana, después de que Leo me prepare para el día, me viene a buscar una ayudante distinta. Leo la llama Sula. Tiene el cabello castaño dividido de manera pulcra en dos trenzas sujetas en la nuca. Camina como si su ropa estuviera hecha de madera, con los brazos tensos a los costados. Prácticamente puedo oler su miedo. Por un momento, considero preguntarle por el príncipe Castian, pero me fijo en que tiene agarrado un colgante circular de madera que venden en los puestos de los mercados en todas partes. No es más que un trozo de madera verdina con grabados y barnizada con aceites sagrados. No podría evitar ni la picadura de un mosquito, pero desde que un comerciante dijo que podía proteger a los leoneses de la magia Moria, se han puesto de moda.

Con ella merodeando cerca, tendré que encontrar otra manera de llegar hasta los aposentos del príncipe.

Cruzamos la pasarela hacia la torre del sudoeste de camino al despacho del juez Méndez. Con la primera luz del sol, los mosaicos verdes y dorados resplandecen como el sol sobre los pétalos con el rocío. El arco está lleno de enredaderas y hojas con forma de corazón. No cabe duda de que esta torre está pensada para que se parezca a los bosques que hay en el centro de Puerto Leones.

Un grupo de cinco cortesanas dobla la esquina y se detienen en seco al verme. Se reúnen detrás de sus abanicos de encaje. Sus risitas llegan incluso desde el otro lado de la pasarela. Pienso en lo que dijo anoche Leo. ¿De verdad el príncipe solo acude a la corte de su padre para elegir amantes? ¿Cómo puede alguien querer que lo toque?

—Debemos esperar a que pasen nuestros superiores —dice la ayudante con una vocecita aguda. Cruza las manos sobre la tripa y baja la cabeza.

No quiero hacerlo. No quiero inclinar la cabeza. «Obediente no es lo mismo que inteligente». Pero Margo nunca ha estado en palacio. Ella no sabe que a veces, a la larga, es mejor.

Las muchachas cruzan la pasarela. Ya sé lo que van a hacer antes de que la primera llegue hasta mí. Sula es invisible para ellas, pero —por más que quisiera— yo no. Cuando me alcanzan, la primera muchacha me aparta a un lado, como si estuviera abriéndose camino entre la multitud. Me golpea con sus caderas redondeadas y pierdo el equilibrio, por lo que la agarro con la mano derecha. Los puntos me tiran en la piel blanda, pero cuando entro en contacto con ella, mi magia surge desde el fondo de mi interior. Reboso de enfado, estallo y le arranco un recuerdo.

Él jamás se fijaría en ella. Pero tiene que intentarlo.

El salón de baile naranja y dorado está iluminado por antorchas y unas gruesas velas blancas que iluminan los mosaicos que van del techo al suelo. No es la mejor iluminación para su rostro, o eso es lo que le recordó su madre antes de que la mandaran a la corte de la reina Josephine.

Un grupo de músicos toca en el centro de la sala, donde el príncipe coronado observa con un mohín aburrido. No ha bailado ni una sola vez, sin importar quién se haya acercado a felicitarlo por haber capturado al líder rebelde. Hace un gesto y su mayordomo acude a él con una copa cubierta de vino que coloca en la mano hábil del príncipe.

Ella toma una respiración, se recoge las faldas y cruza la sala de baile a zancadas. Si quiere sobresalir entre el resto, tiene que ser atrevida. Los futuros reyes quieren reinas atrevidas, ¿no?

El príncipe Castian la mira con unos ojos azules que parecen brillar. Cuando parpadea, son un poco verdes. A ella se le entumece la lengua conforme va perdiendo valentía. El príncipe es hermoso. Tan hermoso que a la joven le da un vuelco el corazón.

—Una noche preciosa, ¿verdad, lady Garza? —dice el príncipe con una voz suave como un pastel de crema que le roza contra el cuerpo.

—Sí, alteza. Y, ahora, mucho más segura gracias a usted.

Él frunce el ceño y ella se agacha en una reverencia. Se agacha tanto que no puede mantener el equilibrio y se cae, y con las manos golpea el frío suelo de mosaico.

El príncipe Castian bebe de su copa y se la devuelve a su mayordomo. No dice nada. No responde ante su caída. Pasa por delante de su vestido y se va caminando hacia los jardines que se retuercen detrás de las enormes puertas del vestíbulo.

Ella se pone en pie y mantiene sus ojos llorosos en los detalles de latón de sus zapatos mientras se aleja corriendo de las sonrisas crueles y de los cuchicheos que aún lo son más.

Me zafo del recuerdo, pero el delicado dolor de la cortesana se me queda aferrado como un trapo húmedo. Respiro para sacudírmelo, pero lo único en lo que puedo pensar es en que el príncipe Castian celebró un baile con motivo de la captura de Dez. Me muerdo la lengua para evitar gritar y noto el sabor metálico de la sangre.

—¡Estúpida y torpe! —grita otra de las muchachas.

—¡Me ha arañado! —sisea lady Garza mientras cruzan apresuradas la pasarela—. ¡Mira, mira! Voy a contraer la rabia. ¡La peste!

—Me encargaré de que le quiten las uñas como la fiera bestae que es —dice su amiga. Pero siguen adelante batiendo sus abanicos como pétalos en la brisa.

Voy corriendo a un lado del puente y tomo respiraciones largas y profundas. No debería haber hecho eso. Ha sido un recuerdo corto, pero había demasiadas muchachas a nuestro alrededor. ¿Y si se hubieran dado cuenta?

—Llegas tarde —dice una voz conocida.

Levanto la mirada y veo al juez Alessandro cruzando la pasarela. Me agarra de la mano y yo la retiro porque no puede tocarme de esta manera.

—Me haces daño.

Detesto la debilidad que hay en mi voz, lo errático que es el latido de mi corazón cuando me extiende los dedos con sus manos frías y sudorosas. En ese momento me doy cuenta de que lo ha visto. Debe haberlo visto porque sus ojos oscuros están examinando mis manos en busca de algo. Magia. Lo que sea.

Aparece un verdugón rojo sobre el vendaje y la sangre corre libremente porque tengo un nuevo desgarro. Me llevo la mano hacia el pecho y lo obligo a mirarme a los ojos.

—Mira lo que has hecho. Tendrán que darme más puntos.

El joven juez tartamudea y sacude las manos como un pájaro que se ha perdido.

—Desgraciada lady Garza. Me aseguraré de contárselo al magistrado. Sígueme.

Hasta Sula se sobresalta ante la mentira de Alessandro, pero mantiene la cabeza gacha y se pasa todo el camino frotando el colgante hasta que llegamos a donde nos espera el juez Méndez.

Méndez siente debilidad por las cosas preciosas.

Sus aposentos dentro de la torre sudoeste del palacio son tan grandes como cualquiera de los que pertenecen a la familia real. Todavía me acuerdo de la primera vez que estuve aquí. Me pusieron a una ayudante que era más joven de lo que soy yo ahora. Tal vez tendría quince años. No recuerdo su nombre, pero me gustaba porque me recordaba a mi madre, con su piel de melocotón y sus mejillas coloradas, su cabello oscuro y recogido en trenzas para tener la cara despejada. Mi ayudante me llevó a estas mismas salas, donde el juez Méndez y su consejo revisaban nuestros poderes y nos daban ropa nueva y resplandeciente y estelitas a puñados.

Me pasé dos años informando en este mismo lugar. Hay una puerta de madera gruesa con unas cerraduras especiales que Méndez mandó diseñar durante la creación del Brazo de la Justicia. Un despacho con sillones de cuero y estanterías llenas de libros que van del techo hasta el suelo. Volúmenes encuadernados en tela y cuero que son de la primera era de Puerto Leones, cuando la población migró ahí desde los mares que rodean la gran isla. Hay mapas con los bordes descoloridos, líneas de un continente dibujadas y vueltas a dibujar para adecuarse a los vencedores. Globos con pequeñas espadas clavadas en las tierras donde el rey y la corona han conseguido una conquista. La empujo y veo cómo gira antes de cruzar un pasaje abovedado que conduce hacia su oratorio.

Han hecho cambios en el lugar para amoldarse al nuevo gusto de palacio, y ahora tiene una estética delfinia con encajes y bordados relucientes, pero algunas cosas siguen igual. Hay una espada dentro de un círculo en la pared del fondo que representa el símbolo del Padre de los Mundos. Un altar rodeado de velas e incienso recién encendido. Estaba rezando. Me pregunto por qué rezará un hombre como Méndez, pero ahí está, con la cabeza inclinada hacia el altar y las manos sujetando un delgado libro abierto.

—Espera aquí —dice Alessandro.

—Pero el magistrado me está esperando.

—Cómo te atreves a cuestionarme. He dicho que esperes aquí. Tú, ayudante. Tú te puedes ir.

Ni siquiera mira a Sula cuando la despacha. Cuando ella se va corriendo, me acuerdo del momento en el que Margo y Dez me estuvieron enseñando a desplazarme a pie. Ojalá pudiera decirles que es muchísimo más fácil andar en silencio cuando no llevo puestas las pesadas botas de cuero.

Ese deseo desaparece cuando me apoyo contra la puerta, donde oigo sus voces. Me imagino el traje oscuro de Alessandro ondeando mientras habla.

—Alessandro —dice el juez Méndez con una sorpresa genuina en la voz. ¿Es que no esperaba al joven juez? Me viene una preocupación: ¿y si Alessandro nos ha estado siguiendo todo este tiempo? ¿Estaba en mi habitación? ¿Cómo sabía que llegaba tarde?—. No esperaba volver a verte hoy. ¿Tienes noticias?

—Por desgracia, no. —La voz nasal de Alessandro me pone de los nervios. Qué ganas tiene de complacer—. Pero seguimos con la búsqueda. Tenemos las cartas falsificadas con el sello real.

Méndez hace un ruido pensativo, como cuando se tira de los mechones canosos que tiene en la barba.

—No es suficiente. Lord Las Rosas no actuó en solitario. No confiaría en que fuera capaz de salir de un cerco abierto, menos aún hacer contrabando con un barco lleno de bestaes.

—Las únicas personas con acceso a los documentos reales estarían en palacio, magistrado. Permítame entrevistar a todo el personal.

—¿Y darle tiempo al espía para que se vaya corriendo? —prácticamente gruñe Méndez ante la sugerencia de Alessandro—. Tengo otras ideas. Mientras tanto, que los jueces sigan esparcidos por palacio. Ahora no es el momento de descansar.

O sea que Méndez sabe de la Urraca, el informante de Illan. ¿Seguirá estando aquí después de lo que ha hecho el rey con lord Las Rosas?

—Sí, magistrado —dice Alessandro y hace otra reverencia antes de marcharse—. No descansaré hasta que encuentre al traidor y lo ejecuten.

No si yo encuentro al espía antes, pienso.

—¿Eso es todo? Estoy esperando a Renata.

—Sí, por supuesto. He venido a informarle de eso. Me he encontrado a la Robári merodeando por los pasillos. La he traído aquí de inmediato.

Se me escapa un suave rugido de la garganta, pero me lanzo hacia el frente de la sala en la que me ha dejado Alessandro antes. Sí que me estaba siguiendo para ganarse el favor de Méndez. La puerta del despacho se abre y este sale de ahí con Alessandro a sus talones. El joven juez me mira de una manera que indica que lo veré pronto, y entonces nos deja a solas.

Hago una reverencia y le beso los nudillos a Méndez. El contacto me provoca una sensación horrible en la piel y deseo poder frotarme el rostro con un trapo de cocina. Pero cuando deja una mano suave sobre mi hombro, cuando veo cuánto se ablanda al verme, se me retuercen los interiores.

—Renata, confío en que te sientas mejor que ayer.

Esta mañana, Leo me ha despertado de un sueño tan profundo que ha tenido que sacudirme porque pensaba que estaba muerta. Me he comido un cuenco entero de uvas y una rebanada de pan empapada de aceite de oliva con semillas de amapola y sal.

—Leo hace maravillas —digo tocándome el corte del pecho, que ya tiene costra—. Aunque se nota que no tiene tanta práctica como usted a la hora de curar heridas.

Parece que le gusta, me tiende la mano y presiona sus dedos sobre los que yo tengo enguantados.

—Ha mejorado mucho. Lady Nuria lo tenía a su servicio, pero creo que será un gran añadido a nuestras filas algún día.

¿Quiere decir que Leo se convertirá en juez?

Pienso en la advertencia que me hizo anoche cuando pregunté por el príncipe. La manera en que me mandó a la cama y mintió sobre la palidez que tenía. ¿Se supone que ese mismo muchacho se va a convertir en un soldado lleno de odio del arsenal del rey?

—¿Vamos a entrenar, magistrado? —digo y me doy cuenta de que hemos atravesado el patio, dónde creía que me iba a llevar a practicar, y nos dirigimos hacia una sencilla puerta de madera.

—Sí, pero no es el entrenamiento que tú recuerdas.

No dice nada más, y yo sé que es mejor no preguntar. Después deja que yo entre primero en el hueco de la escalera, donde hay una iluminación tenue.

Siento retortijones en el estómago mientras la vista se me ajusta a la oscuridad. Cuando era una niña pequeña, Méndez me enseñaba a concentrarme en los recuerdos que quería que encontrara. No supe que los Robári podían crear Vaciados hasta el día en que me obligó a seguir tomando los recuerdos de un hombre hasta que no quedaron más. Unos ojos verdes y muertos me miraron desde el suelo, y me dejaron una semana a mi aire. Él dijo que se trataba de una recompensa, pero yo sabía que era porque me echaba a llorar cada vez que intentaba traerme a otro prisionero. Y ahora quieren que haga lo mismo, que convierta a lord Las Rosas en un Vaciado. Esto será mi fin. Debo encontrar el arma antes de que empiece el Festival del Sol o jamás abandonaré estos pasillos. Seré igual que Constantino. Alessandro descubrirá mis mentiras, y el juez Méndez me las arrebatará con cientos de cuchillos dentados.

Con cada escalón que bajamos por el hueco de la escalera con paredes de piedra, una parte de mí tiene más claro que me está conduciendo por un pasadizo secreto de vuelta a las mazmorras o a una jaula menos resplandeciente. Que sabe que estoy mintiendo.

Por fin, cinco niveles más abajo, llegamos a un rellano y doy un pequeño suspiro de alivio al ver un laboratorio de alquimia. Veo a un hombre viejo y orondo con la espalda encorvada sobre unos frascos que hay encima de unas llamas azules que dejan marcas negras en la base del cristal.

Me pongo furiosa y mis palabras quedan ahogadas. Yo ya he visto todo este equipo, en San Cristóbal, la antigua capital de Memoria. Ahora son nuestras ruinas. La mayor invención de los apotecuras Morias fue la destilación de hierbas y flores para obtener medicamentos. Mientras la población de Puerto Leones seguía haciendo infusiones con el pasto y llamándolas té especiado, en Memoria estaban desarrollando la alquimia y la cirugía que cambiaría la manera de curar a las personas. Al menos, esa es la historia que nos contó Illan. Cuando la familia del rey Fernando conquista una región, primero destruye los templos y las catedrales, y luego las bibliotecas. Reescriben nuestra historia o la borran por completo. ¿Quiénes seremos si el rey Fernando y el juez Méndez utilizan su arma?

—Impresionante, ¿verdad? —me dice Méndez. Su mirada de ojos grises recorre la gran sala, las filas de mesas y los jóvenes y viejos alquimistas que apuntan cosas en pergaminos. Hay una muchacha de mi edad que no levanta la vista cuando oye su voz de lo concentrada que está echando líquido de un frasco a otro y observando la reacción que hace.

No sé nada de alquimia, pero conozco la expresión satisfecha en su rostro cuando deja el frasco sobre la mesa.

—¿Qué es todo esto? —me arriesgo a preguntar y aguanto la respiración. ¿Podría ser este el origen del arma?

—Puerto Leones está a punto de entrar en la mayor de sus eras —dice—. Para conseguirlo, tenemos que saberlo todo sobre nuestros países vecinos: cómo hacen lo que hacen y cómo podemos replicarlo.

Entonces, me doy cuenta de cuál es el líquido que la muchacha intenta recrear, de qué es ese color violeta que se ve demasiado apagado dentro del frasco. Es el tinte de Delfinia. El color lila intenso proviene de unas flores que no crecen en ningún otro lugar que no sean sus valles. La gente ha robado los bulbos e intentado plantarlos en otros lugares, pero solo crecen en tierra delfinia.

¿Está intentando el rey Fernando cortar el comercio con la tierra originaria de su esposa? ¿En qué lugar deja eso a los Morias? ¿Al Imperio Luzou?

—Eso es genial —digo, y siento los puñales que me he clavado a mí misma en el corazón—, pero ¿en qué afecta a mi entrenamiento?

—Tienes ganas de volver al ruedo —dice el juez Méndez con algo parecido a la admiración en su voz grave. Continúa dirigiéndome hasta que llegamos a una habitación trasera sencilla. Sigo con el corazón agitado, y se me eriza el pelo de la nuca cuando me agarra por la muñeca. Suelto un grito ahogado, pero es solo un momento, porque veo la llave que saca de su bolsillo.

—No voy a hacerte daño, Renata —me asegura en voz baja.

Méndez abre la pesada puerta. Hay una sala estrecha y vacía. Los ladrillos están amontonados en ángulos extraños, como si lo hubieran construido para que sirviera de pasadizo. Siento tensión en el estómago y me obligo a seguir caminando hacia adelante en vez de salir corriendo. En el lado opuesto de la sala hay otra puerta asegurada por una cerradura de combinación de diez claves. El magistrado tapa el código al girar los discos en la posición correcta.

Lo más raro de todo es que ya no quiero salir corriendo. Lo cerca que estoy de esta puerta me llena de tranquilidad. Se asienta en mis huesos y se convierte en una emoción embriagadora. La sensación que se desliza por mi cuerpo es de lo más conocida y, de algún modo, es al mismo tiempo nueva.

El juez Méndez me mira cuando la cerradura se abre y de ahí sale una luz blanca y suave.

No puede ser.

Pero me apresuro a su lado y asimilo lo que veo.

A Méndez le brillan los ojos por el resplandor pulsante de las piedras alman. Hay decenas de ellas, de formas diferentes. Algunas están pulidas y se han convertido en esferas perfectas y otras son trozos dentados rodeados con alambre de metal. Hay piedras tan pequeñas como guijarros y tan grandes como pedruscos. Veo la mitad inferior de una estatua que con anterioridad debió haber adornado un templo de Nuestra Señora de las Sombras. Hay pilares partidos por la mitad y venas pulsantes de roca aún cubiertas de tierra.

Piedra alman pura. Más de la que he visto en toda mi vida.

—Siempre me ha gustado tu cara de sorpresa, Ren. ¿Sabes lo que son?

Dejo que sus palabras me resbalen. Si de verdad me conociera, sabría que no es sorpresa, sino horror al ver estos cristales. Me duele sonreír, pero lo hago.

—Illan nos dijo que toda la piedra alman había desaparecido —digo—. Que las pulverizaron y tiraron al mar.

Méndez se agacha para recoger una. Tiene la forma de un cubo, pero es demasiado grande para ser un dado. Tal vez fuera un peso o un adorno en algún altar.

—Razón no le falta. Hace unos años encontramos un templo que estaba intacto.

—¿Dónde? —pregunto antes de darme cuenta de que no debería hacerlo. Sueno demasiado emocionada.

Pero Méndez sigue fascinado por la luz pulsante de la piedra. Me pican los dedos de la concentración de recuerdos que hay en esta sala. Ya había estado frente a piedra alman antes, y nunca ha sido así. ¡Hay tantas cosas sobre mi poder que aún no sé! ¿Sería esta la sensación que habría tenido si hubiera podido acudir a un templo?

—Ya da igual —dice Méndez, pero el modo en que evita mi mirada de repente me dice que está mintiendo. ¿Qué están haciendo con todo esto? Vuelve a hacer una señal hacia la piedra—. Conseguimos tallarle un nuevo trono al rey Fernando. Nuestro último Robári vio que los recuerdos encapsulados en el interior habían desaparecido. ¿Sabes por qué?

No estoy segura de si se trata de una prueba o no, por lo que tengo que contestar con la única verdad que conozco:

—Las más brillantes contienen los recuerdos más nítidos. Las que tienen un pulso débil han empezado a desvanecerse con el tiempo. Aunque se dice que un recuerdo tarda años en desaparecer, a veces décadas. Deben haber arrebatado los recuerdos del trono.

Parece contento con lo que sé, y yo sé que he contestado de forma correcta. Con su mano libre me agarra el hombro.

—Siempre has sido una discípula inteligente.

Me reiría ante su elección de palabras si no fuera a convertirse en un sollozo.

—Gracias, magistrado.

—Ahora necesito que hagas algo por mí.

—Lo que sea.

—Entenderás que el rey no estuviera contento anoche. —Méndez posa sus ojos sobre mi mano.

—Siento haberle avergonzado frente al rey.

—Siempre y cuando seas fiel a tu palabra, te protegeré. —Me coloca las manos alrededor del rostro en un gesto que antes hacía para tranquilizarme, cuando era niña. Siempre me dio miedo la oscuridad. Decía: «Ahí no hay nada, cielo. Solo sombras». Pero se equivocaba. Ahí había cosas. El inicio de la zona gris.

—¿Qué necesita de mí?

—Los Morias han convertido a algunos ciudadanos en traidores. Es imperativo que sepamos quiénes pueden ser y qué planes tienen.

—¿Hay un espía? —Me pone contenta la sorpresa que hay en mi voz—. ¿Y por qué no utilizar la Mano de Moria? Juntar a todos los que viven en palacio y que un Ventári les lea la mente.

—Dicho espía sabrá que nos hemos enterado de su existencia. Espero que los Susurros tomen represalias, y no dejaré que vuelvan a destruir este reino. No podemos acusar a ningún noble de nacimiento sin pruebas. El resto de los nobles están bastante afectados por el destino de lord Las Rosas.

—Pero, magistrado —digo con cuidado para no provocar dudas en mi compromiso—, mis heridas. ¿Cómo voy a tomar recuerdos?

—No lo harás. Aún no. —Examina la colección de piedra alman. Hay un cristal del tamaño de una cereza colgado de una cadena de cobre. Debió haber sido para un Persuári, pero ahora el juez Méndez me lo ofrece a mí—. Vas a ser mis ojos y oídos en palacio. No hables con nadie. ¿Me oyes? Nadie puede saber lo que estás haciendo.

Me doy cuenta de que estoy frunciendo el ceño porque pregunta:

—¿Está esto fuera de tus capacidades?

—Al contrario —digo. Necesito la libertad de rondar por palacio—. Es que… las cortesanas y las sirvientas… Sienten rechazo hacia mí.

—Debes entenderlo, Renata. Tus poderes son una enfermedad. Pero tienes a los guardias para que te protejan.

¿Cómo puede decir que mi magia es una enfermedad y aun así utilizarla a voluntad? ¿Soy una enfermedad o un arma? ¿Acaso importa siempre y cuando puedan controlarme?

—Me pondré a trabajar de inmediato —digo.

Puede que el informante de Illan haga tiempo que se ha ido. Pero si sigue estando en palacio, tal vez tenga al menos una alianza. Me echo el pelo hacia atrás y dejo que el juez Méndez me pase el collar por la cabeza. Siento la piedra alman fría sobre la piel. Envidio este trozo vacío de piedra. Es lo único con lo que voy a poder empezar de cero.

El juez Méndez me mira de frente, sus facciones afiladas están más dentadas aún por la luz blanca y pulsante que hay en la sala.

—Sé que puedo contar contigo, cielo.

Y a pesar de que tengo la lengua seca y el corazón acelerado, digo:

—No le defraudaré.

A la salida se da cuenta de que me sangra la mano. Tengo una mentira preparada en caso de que me pregunte cómo se me han salido los puntos, pero no me pregunta nada.

—Le diré a Leo que te dé dos puntos más. El trabajo de ese muchacho es impecable.

Méndez toma mis manos en las suyas. Siento un pequeño peso en el centro de la palma enguantada. Una estelita dorada y resplandeciente. Al salir, la devoro.

Al volver a mi habitación, me duelen los muslos y tengo la respiración entrecortada de haber subido los cinco niveles de la torre. Sula vuelve a por mí y camina con los ojos alicaídos y las manos cruzadas todo el rato. Me descubro echando de menos las divagaciones de Leo. Su presencia ofrece algo parecido a la paz que me infundía Dez, y pensar en él hace que sienta el cuerpo entero pesado como una tonelada de plomo. Quiero dejar que este peso me arrastre hacia la tierra. Es incluso peor cuando recuerdo que Dez nunca tendrá un entierro. Se ha ido y ya está.

Aprieto la herida que tengo en la mano y los pensamientos oscuros me abandonan. Me recuerdo que Leo no es mi amigo y que no se parece en nada a Dez. Leo es, ante todo, leal a la corona. Mientras Sula enciende las lámparas de mi habitación oscura, yo me siento y me masajeo la mano.

La inquietud se hunde bajo mi piel y necesito rascarme. ¿A dónde ha podido ir Castian con el arma? Me imagino diferentes escenarios en mi cabeza. Si se lo preguntara directamente a Méndez, averiguaría lo que sabe a partir de la reacción que tuviera, pero me delataría por completo. Con cada lámpara que se enciende, pienso en la evidente relación que tengo en común con el príncipe: las cortesanas. Pero ¿cómo me acerco a ellas?

—¿Qué haces? —le pregunto a Sula.

—Hoy toca colada, señora —contesta.

La muchacha está quitando las sábanas de mi cama. ¿De verdad piensan que soy tan sucia o es lo habitual? Esto no lo recuerdo de cuando estuve aquí. O está en la zona gris o es que no prestaba atención a las sirvientas que se encargaban de mí. Nadie se fija en las sirvientas, a pesar de que se parten la espalda con su trabajo. Apuesto lo que sea a que Castian jamás ha mirado dos veces a su personal. Estas personas sabrán más cosas sobre el príncipe que nadie, incluyendo a su padre y a la corte.

Sula se masajea el hombro durante un momento. Yo empatizo con su dolor.

—La mayordoma Frederica me ha pedido que me lleve esto antes, pero me han mandado a limpiar las habitaciones de invitados del ala sudoeste.

Intento cortar sus divagaciones, pero no tengo una manera amable de hacerlo. A Sula le da miedo cuando muevo las manos. No la culpo.

—Ya lo hago yo.

Ella aguanta la respiración, como si le hubiera dado un puñetazo.

—Ay, no, señora. No puedo. No puedo dejar que lo haga.

—¿Por qué? No soy ninguna señorita de alta alcurnia. Soy como tú.

—No.

Su rostro pasa de estar enfadado a ser mezquino. Evidentemente, lo peor que puedo decirle es que las dos somos iguales. Sangre, tendones, huesos. Con magia o sin ella.

Si me sigo mordiendo la lengua, me terminaré arrancando la punta.

—Lo que quiero decir es que no necesito que te preocupes por mí y me cambies las sábanas. Sal. Puedo hacerlo yo.

Sula no se mueve.

—No… No se le permite andar sola por palacio.

El juez Méndez no quiere que me ponga al descubierto. Hasta que vea a los guardias que me han asignado para protegerme, estoy sola.

—No estaré sola. Estaré contigo.

Con un sobresalto, Sula cede y me permite ayudarla a deshacer la cama y quitar las almohadas. Tienen un aroma floral, delicado. Quizás pueda pedirle a la lavandera que no las perfume. Pienso en las palabras de Leo, en lo fácil que se me hace dar órdenes.

En el patio de piedra gris y azul que hay detrás de las cocinas, una decena de lavanderas están preparando la colada. Sobre las hogueras tienen colgados unos calderos lo bastante grandes como para hervir a un hombre adulto. Veo a sirvientes de todas las edades acarreando leña, carritos llenos de sábanas y batas. Hay una zona con cubas de madera en las que las muchachas remueven una mezcla de agua caliente con jabón y lejía, y sacan las manchas de la ropa con ayuda de unas paletas. Los árboles verdinos dan sombra y se mecen con la brisa temprana de la noche.

El sol está descendiendo en el cielo. Me ruge el estómago, pero no me atrevo a pedir comida. Sula me presenta a la mayordoma

Frederica, que está a cargo de las sirvientas que limpian en palacio. Es una mujer imponente con la piel blanca, llena de pecas y el cabello color ceniza recogido en una sinuosa trenza. Tiene un lunar sobre su rostro entrado en carnes. Cuando me mira de arriba abajo sus ojos se posan sobre la mano que tengo herida y cubierta con una gasa. El mohín que hace no pasa desapercibido.

—Se va a hacer un daño irreparable si no se cuida —dice con un acento brusco de las provincias del sudeste.

Esperaba que fuera a reaccionar del mismo modo que Sula unos momentos antes. La muchacha agacha la cabeza y se une a la fila de lavanderas y a las otras sirvientas.

—He tenido heridas peores —digo, y me sorprendo a mí misma sonriendo de manera genuina—. Soy Renata.

—¿Qué hace una señorita como usted aquí abajo? —pregunta Frederica. Sus ojos afilados se dirigen hacia donde Sula añade mis sábanas no tan sucias a la cuba—. No puedo dejar que el magistrado piense que la he puesto a hacer esto.

Existe un modo de congraciarme con alguien como Frederica, y es mostrándole que puedo trabajar.

—Yo no soy parte de los de arriba —digo, y es la verdad—. La gente de la corte no va a querer que me siente con ellos a cenar. Soy buena con las manos, aunque la evidencia demuestre lo contrario.

La mayordoma echa la cabeza hacia atrás y se ríe. Puede que esta sea la primera vez en palacio que alguien se ríe con este tipo de simpatía. No me toma en broma. No sé lo que soy, pero quizás sea una muchacha que quiere ser útil. Una muchacha perdida en un lugar al que no pertenece, intentando completar una misión que parece escaparse cada vez más de sus manos.

—¿Ve los arbustos que hay ahí? Ahí está Claudia. Ayúdela a preparar la lejía. ¿Sabe cómo se hace?

Preparar la lejía es horroroso, pero al menos ya llevo un guante puesto.

—Sí.

—Entonces, ¿por qué sigue hablando conmigo? Vaya y sea útil, si es que ha venido para eso.

Encuentro a la muchacha pelirroja que la mayordoma Frederica me ha señalado de manera grosera. Su mirada de ojos marrones va de mis pies a mi rostro y luego a mis manos. Se seca las manos sobre el delantal y me doy cuenta de que tiene una vieja quemadura en todo el antebrazo, aunque no es difícil encontrarse con algo así en esta línea de trabajo. Echo la vista alrededor y veo a muchas otras con marcas similares, pero la que más me sorprende es la que tiene una criada delgada y de más edad.

Todo sobre ella está tan descolorido que, por un instante, al verla, creo que se trata de un recuerdo que se ha escapado de la zona gris y ha cobrado vida. Pero la cicatriz roja y brutal que le cruza la mejilla desde la boca me recuerda que de verdad es real. Veo por su estructura ósea fina que antes era preciosa. ¿Qué le ocurrió? Se muestra reservada, y el resto de las trabajadoras se mueven a su alrededor como si fuera un elemento fijo al que no quisieran molestar.

La muchacha pelirroja carraspea y yo vuelvo a la tarea que tengo entre manos.

—¿Quién eres? —pregunta con una voz dura para ser alguien tan joven.

—Renata —digo mientras me recojo los mechones sueltos del cabello y me hago un moño bajo—. ¿Tienes algún método para esto?

—Lo tenía. Tres de las muchachas que trabajan conmigo están malas del estómago, debe haber algo en el aire. Aunque, en mi opinión, hay por lo menos una que no se está bebiendo el té de irvena, y en nueve meses la tendremos aquí con un bebé amarrado a la espalda.

Otra muchacha se acerca furtivamente a su lado y agita las manos.

—El padre Dragomar dice que ese té debería estar prohibido.

—Cómo no iba a decir algo así, Jacinta —dice Claudia poniendo los ojos en blanco. Este gesto me recuerda a Margo, y me sorprende ver que la echo de menos. Solo dura un momento—. Es complicado llenar una catedral cuando casi la mitad de la población se ha ido con la peste y el resto a la guerra contra... Ya sabes.

—Claudia me señala, y casi resulta gracioso la manera en que lo hace.

—Claudia, está aquí mismo. —Jacinta arruga esos bonitos ojos marrones que tiene, y entonces se ríen. Tiene una mancha de nacimiento con la forma de un corazón sobre la clavícula y el pecho. Hubo un tiempo en el que por una mancha así la habrían acusado de ser Moria.

—Puedo llevar el roble —digo.

—No utilizamos las cenizas del roble para los señores y las señoras. Y, bueno, para ti —dice Jacinta—. Usamos algas. Toma estas cestas para transportarlas. No te olvides del delantal.

Me pongo a trabajar con las otras, sudando con el vestido sencillo y azul en el que me ha embutido Leo esta mañana. Lleno las cestas de algas y las llevo para que las reduzcan a cenizas. Las otras sirvientas me observan con desconfianza, pero yo me mantengo callada y trabajo. Me recuerda a los quehaceres en Ángeles.

En cuanto termino con mi tarea, pongo agua a hervir y ayudo a escurrir las cenizas sin que me digan que lo haga. El jabón queda listo justo a tiempo para que lleven el siguiente carrito de sábanas hacia el patio. Conforme el sol se va desplazando por el cielo, la incomodidad que sentía por parte de las otras sirvientas parece disminuir.

Ojalá hubiera aprendido más sobre la simpatía y el encanto de Sayida y Dez. Ellos podían entrar en una sala y desarmar a cualquiera, incluso sin utilizar sus poderes. ¿Cómo encuentro a la persona que se encarga de los aposentos de Castian? Aunque, viendo el ritmo que lleva Claudia a la hora de dar su opinión, tal vez solo tenga que quedarme cerca y esperar.

Mientras cambian el agua y vuelven a encender los fuegos, la criada de más edad con la cicatriz entra en el patio. Claudia se acerca a ella de inmediato para ayudarla a sacar la comida. Veo que le dirige algunas palabras, pero soy incapaz de distinguirlas. La mujer mayor lo único que hace es devolverle una sonrisa.

—Ven a comer —dice Jacinta. Me lleva un momento darme cuenta de que está hablando conmigo.

Bajo la sombra de un árbol alto y delgado, Claudia me ofrece un cuenco de caldo vegetal. Ojalá este gesto no me doliera en el corazón del modo en que lo hace. Ni siquiera durante los años que pasé en Ángeles, entre los míos, se mostraron tan amables conmigo. Y ahora, aquí, en la cocina de mis enemigos, me la sirven en un cuenco. Me trago la amargura que se me estaba acumulando en el corazón e inhalo los ricos olores del orégano y el romero.

Cuando me pongo a comer, me doy cuenta de que la criada de más edad está sentada muy lejos y sola. Claudia sigue mi mirada preocupada.

—Es de mala educación quedarse mirando a la gente —se burla Claudia.

—Lo siento. No pretendía…

Claudia se encoge de hombros sin inmutarse.

—Supongo que tú misma estarás acostumbrada.

—¿Qué le ha pasado?

—¿A Davida? Depende de a quién le preguntes —responde Claudia—. Pero todos los que estamos aquí conocemos la verdad. —Se inclina hacia adelante para darle un toque dramático, está claro que la emociona ser ella quien cuente la historia—. No le lleves la contraria al príncipe si quieres conservar la lengua.

Suelto un grito ahogado de la conmoción. Lo bárbaro que es el castigo para una infracción tan pequeña me llena de un nuevo odio.

—Iba a casarse con un general y todo —dice otra sirvienta.

—Cállate —murmura Jacinta—. Dejad a Davida en paz.

—Una pena lo de Hector. —Claudia suspira, aparentemente más por el agotamiento que por compasión—. Perdió la mano en Riomar. Tampoco llegó a casarse nunca.

Quiero expresar lo enfadada que estoy, pero ¿cómo? Soy la marioneta del magistrado. He derramado mi sangre en el suelo de piedra de la sala del trono. Cualquier cosa que diga, sobre todo aquí abajo, llegará a palacio más rápido que un relámpago.

El resto de las mujeres me sonríen con curiosidad. Una de ellas termina por reunir el valor necesario para hacerme una pregunta:

—¿Cómo es que no estás ahí arriba, en la torre, con el resto de los callados?

—¿Los callados? —pregunto.

—La Mano de los que son como tú —explica Claudia.

Lo que está preguntando es por qué no me he convertido en parte oficial de la Mano de Moria. Una de las secuaces de Méndez.

—Supongo que primero debo demostrar que soy leal —contesto con lentitud. Pero no quiero hablar sobre mí. Estas mujeres no son crueles, no como las cortesanas de esta mañana. Pero por muy amables que estén siendo, no me puedo permitir caer en ninguna trampa. Estoy aquí para conseguir información, y pretendo hacerlo—. El juez Méndez ha dicho que con el Festival del Sol llegarán montones de forasteros y nobles —digo, intentando mostrar la misma alegría que Dez cuando quería que los desconocidos se sintieran tranquilos. A él le salía de manera más natural que a mí. «Naciste seria».

—Y nosotras somos las afortunadas que vamos a cambiar sus sábanas empapadas de orín —se queja una muchacha—. Beben tanto que no se pueden contener.

Se ríen, y otra añade:

—¡Menuda suerte si solo te encuentras con un poco de pis!

—¿Os dais cuenta de que las sábanas del príncipe Castian nunca huelen mal? —dice Jacinta, a quien le brillan los ojos marrones.

—¡Déjate de fantasías! —dice Claudia con una cruda sonrisita—. Todos los hombres apestan. Hasta un príncipe suda mientras se da un tironcillo o dos.

Me atraganto con la sopa. Siento el rostro caliente y seguramente lo tenga rojo como un tomate cuando las muchachas se ríen de mí. No quiero tener esa imagen del príncipe asesino en mi cabeza. Pero Jacinta ha dicho algo que me intriga.

—Es imposible que sepas cuáles son sus sábanas —me limito a decir.

Jacinta abre los ojos de par en par y saca la barbilla. «El orgullo es una herramienta maravillosa», decía Dez. Al pensar en él, endurezco el corazón y casi me pongo a salivar mientras espero a que la sirvienta responda.

—Yo soy la que le cambia las sábanas —dice ella como si le hubieran otorgado una posición de honor. Supongo que ella siente que lo es—. Aunque quién sabe cuándo volverá el príncipe.

—¡Vosotras! —Se oye una voz autoritaria desde el otro lado del patio. Es la mayordoma en toda su furia—. Volved al trabajo o se os restarán cinco libbies de vuestra paga.

—Venga, muchachas —dice Claudia—. Alguien tiene que hacer el trabajo sucio.

Me quedo cerca de Jacinta. Esta muchacha tiene acceso al príncipe Castian. Esta muchacha es la manera que tengo de llegar a sus aposentos.

—Usted no —dice Frederica, que apoya la mano sobre mi hombro—. Leo la está buscando como un loco.

Es la señal para que me vaya. Me quito el delantal y voy hacia el puesto de Jacinta para colgarlo. ¿Qué me creo que estoy haciendo? No puedo sacarle un recuerdo aquí, al aire libre. Pero necesito pasar más tiempo con ella.

El cabello pelirrojo de Claudia me tapa la vista.

—No eres tan mala, Renata. Vuelve dentro de cuatro noches, cuando esté oscuro.

Me inclino hacia adelante. Supongo que no ser «tan mala» es un cumplido.

—¿Qué pasa cuando está oscuro?

Ella guiña el ojo.

—Los señores tienen sus juergas y nosotras tenemos las nuestras.

17

Después de pasar tres días merodeando por palacio, estos son los secretos que he descubierto: los sirvientes reales escupen en los platos de sus señores durante la cena. Dos de las cortesanas que esperan con ansias el regreso de Castian se han llevado a un guardia a la cama. Al mismo guardia. Lo han reasignado fuera de palacio durante la noche. La costurera importa seda de araña desde Luzou, algo que técnicamente es ilegal, pero se dice que es la misma reina quien lo autoriza. El guardia que tengo asignado en mi puerta por las noches «para mi protección» apesta a aguadulce y se pasa la mayor parte del tiempo balbuceando entre dientes mientras va de un lado a otro. Sin duda, le han dado la peor tarea que hay en palacio.

Tres días y no hay señal del arma. No hay más habitaciones secretas excepto la cámara llena de piedra alma. Nada de espías.

Si la Urraca se encontraba entre la gente de palacio, creo que ya se ha ido.

Durante la cuarta mañana, continúo con mi rutina. Leo me despierta para darme de comer y vestirme. Me lleva con el juez Méndez, que cada vez lleva peor contener lo decepcionado que se siente cuando no tengo noticias. Yo lo animo. Le digo que todos los espías cometen errores, porque no quiero perder el privilegio de andar por palacio. Pero cuando me marcho de su despacho con una estelita en el bolsillo, también empiezo a perder la esperanza. Aquí hay demasiados espacios vacíos en los que perderse. Tengo a Alessandro pisándome los talones cuando Leo no está conmigo.

Camino lento a propósito y giro en dirección a él. Me sorprendo deseando poder decirle a Margo que hay alguien peor que yo a la hora de andar sigilosamente. Cuando eso ocurre, recuerdo que ella nunca ha confiado en mí, y que lo único que importa ahora es terminar lo que no pudo Dez.

Echar de menos a Dez es como vivir con un miembro fantasma. A veces intento echar mano de él. Recordar. ¿Es esto lo que se supone que es la esperanza?

Esta mañana, en el castillo hay un frenesí de preparativos para el festival que está a punto de ocurrir. Han colocado escaleras para empezar con el largo proceso de entretejer intricados arcos de flores en cada una de las entradas por las que puedan llegar los invitados en ocho días. Yo me presento en la sala del trono como he hecho todas las mañanas desde que juré lealtad al rey Fernando. En el suelo de mármol, la mancha donde derramé sangre y se añadió a la de un sinnúmero de otras personas es como un blanco. Para los demás que hay en la sala —las señoritas con sus vestidos de brocado y zapatos elegantes y con perlas marinas, y los nobles arrastrándose ante el rey— se trata de otro día más.

Soy la única que parece darse cuenta de que el Ventári de la Mano de Moria está balanceándose sobre los pies. Tiene la piel olivácea pálida, con unos subtonos verdes enfermizos. Y el cabello húmedo y chorreante de sudor.

—Leo —digo con una voz más alta y desesperada de lo que quisiera.

Sus ojos sonrientes siguen mi mirada hacia el Ventári. Contiene una respiración. Antes de que ninguno de los dos pueda pedir ayuda, Constantino cae al suelo de cara y no se vuelve a incorporar. Sé que está muerto porque la sangre que le sale por la nariz y la boca forma un charco tan grande que podría tragarlo por completo. Nadie que pierda tanta sangre puede sobrevivir. El aire se llena de chillidos agudos y unos cuantos gritos especulan que se trata de la peste.

Mientras el juez Méndez llama a un médico y los ayudantes se apresuran para que las cortesanas que están gritando se marchen, yo me quedo helada en el lugar. Ojalá supiera su apellido o la provincia de donde se lo llevaron o qué le ocurrió para que pasara su corta vida aquí. Pero, sobre todo, me siento desolada con la sensación de que no puedo moverme, ni siquiera cuando Leo me sacude. Cuando vuelvo a mirar el cadáver, veo a Esteban. A Sayida. A Margo. A mí.

—Señorita, no tiene por qué ver esto —dice. Pero sí que tengo que hacerlo. Dejo que me aparte y me lleve hacia los jardines comunes a los que solo acuden los sirvientes y el personal. Pide un café fuerte y deja que me siente un rato en silencio.

Suenan las campanas de la catedral para dar la hora. ¿Cómo ha muerto? El otro Moria estaba simplemente ahí, mirando fijamente mientras su amigo caía muerto. ¿Eran amigos? Me saca de quicio lo poco que sé sobre ellos y, aun así, una parte de mí sabe que será más fácil marcharme de aquí cuanto menos sepa de la gente.

—¿Es eso lo que le ocurrió al Robári que había antes que yo? —le pregunto a Leo cuando llega el café.

Hace unos gestos violentos con la mano y se pasa tantas veces los dedos por el cabello que parece que acaba de levantarse. Hay cierta honestidad en la manera en que se deshace de su exterior elegante.

—Sí. La anterior Robári se quejó de que le dolía el ojo. Y luego, una mañana, sencillamente ya no estaba ahí.

—¿Ella fue la primera? —pregunto, sorprendida por el hilillo de voz que me sale. Una imagen oscura me corroe el pensamiento. Veo a Lucia después de que el magistrado terminara de utilizarla. La sala llena de piedra alman. Siento la bilis sobre mi lengua, pero respiro hasta que se me pasa el mareo que le sigue. No puedo permitirme vomitar ahora.

Leo asiente con la cabeza de manera solemne.

—Detesto admitir que no me di cuenta de que se había ido hasta que oí a Alessandro hablando con el magistrado sobre ello. Ese hombre desde luego que es...

No sé por qué, pero interrumpo a Leo y no puede terminar su frase. Sacudo la cabeza y golpeo la piedra alman que tengo en el pecho. Él parpadea rápido, como si también se hubiera quedado ensimismado.

Leo carraspea y termina con un tono divertido:

—Sin duda, es el mejor marido que habría podido conseguir lady Nuria.

Noto que se me ponen los ojos como platos. ¿La mujer en cuyos aposentos duermo está casada con ese juez?

—Siempre he sentido curiosidad por cómo funcionan estas cosas —dice Leo de manera que vuelvo a prestarle la atención. Su tirabuzón errante vuelve a caerle sobre la frente, y en esta ocasión lo deja ahí.

—La piedra captura momentos, historias —respondo—. Recuerdos, en realidad. Igual que estamos viviendo tú y yo ahora.

—No, si eso lo sé. Pero ¿cómo?

Sacudo la cabeza. ¿Cómo puedo sacar los recuerdos de las mentes de las personas? ¿Cómo puede crear Margo unas ilusiones capaces de convencer a una ciudad de que está ardiendo otra vez? ¿Cómo puede Dez...? ¿Cómo podía Dez...? Dez jamás podrá volver a... Me cuesta respirar hasta que aprieto la mano contra el esternón.

—Magia contra natura —digo, porque se supone que es la respuesta que tengo que dar.

—Qué bien se está recuperando —dice él, cambiando de tema.

Observo su rostro cuando me abre la palma de la mano. Justo cuando consigo hacerme una idea sobre él, me sorprende. ¿Por qué no ha coincidido con lo que acabo de decir? No puede haberlo hecho para no herir mis sentimientos, cuando cada mañana me recuerda cuánto trabajo tengo que hacer para parecer una señorita de la corte. Si digo la palabra «urraca» y espero a ver su respuesta, sería raro, pero ya he demostrado ser una muchacha rara. No conseguiría engañar a Méndez si viera este recuerdo más tarde, aunque van a necesitar un nuevo Ventári que lo transcriba, y tal vez que entienda lo que estoy haciendo.

Lo dejo estar.

La cicatriz de la mano va a quedar fea, pero me he acostumbrado a ella. La forma que tiene empieza a parecer una cordillera sobre un mapa cuando me la quedo mirando el tiempo suficiente.

—Leo —digo, y cubro la piedra alman con la mano enguantada, amortiguando el ruido y tapando la vista—, esta noche hay una fiesta en el patio.

Él se toca la barbilla, reflexionando.

—Y le gustaría ir.

Me encojo de hombros. Hay un Moria muerto, y yo pensando en fiestas. Pero necesito estar ahí.

—Nunca he ido a una fiesta. Los Susurros solo me llevaban a las cantinas, donde todo terminaba en pelea.

No es del todo una mentira. Ya han pasado cuatro días desde que hice algún progreso sobre cómo entrar en los aposentos de Castian. Jacinta es la única pista que tengo.

—No sé —dice él, cuyos ojos van hacia donde tengo la mano enguantada—. El juez Méndez dijo que la vigilara. Él detesta los festejos.

—Por favor —suplico. ¿Cómo pueden sonar tan tristes dos palabras? No conocía a Constantino, pero podría haber sido perfectamente yo.

—Una hora —dice Leo levantando un solo dedo—. Y después la voy a traer yo mismo hasta aquí.

Vencida por la emoción, lanzo los brazos alrededor de su cuello. Él se ríe entre dientes, pero el abrazo que me da me reconforta. He extrañado que me abrazaran de esta manera, aunque sea por parte de un amigo.

No es tu amigo, me reprende la mente.

Mientras continuamos con la rutina que he estado cultivando, me recuerdo que los amigos no se utilizan del modo en que yo estoy utilizando a Leo.

El patio se está llenando con muchísima gente. Hay música, y los cuerpos están tan apiñados que parecen ondular como las olas.

—Una hora —me recuerda Leo mientras se pasa los dedos por el cabello—. No me haga ir a por usted. Soy un ayudante digno, no un aya.

Cuando se va para acercarse furtivamente a un joven y apuesto guardia, Claudia aparece a mi lado y apoya el codo sobre mi hombro.

—¿Acaso un ayudante y un aya no son lo mismo?

Me río y tomo la copa de arcilla llena de vino que me ofrece. Es más dulce que el vino seco de crianza que el juez Méndez se sirve del decantador de vidrio durante la cena. Me relamo los labios y examino a la multitud que está bailando. Todo el mundo, desde las criadas de cocina hasta los ayudantes y granjeros, animan el patio. Hay muchachas con vestidos largos y blancos que dan vueltas, y sus faldas ondean con cada giro. Reconozco a un guardia de rostro malhumorado que está tocando la guitarra al lado de un hombre que aporrea con sus manos fornidas las percusiones. Las hogueras rugen con llamas incandescentes contra las piedras azules de alrededor.

—No entiendo lo que se celebra —le digo a Claudia.

—La media luna es un momento tan bueno como cualquiera —dice—. Esta semana, justo antes de que empiece el Festival del Sol, va a ser brutal para nosotros. Fue la reina Penélope quien empezó con la tradición de permitir al personal tener sus propias celebraciones. Dijo que eso mejoraría la productividad.

Me llevo la copa de arcilla a los labios y escondo lo que quiero decir. En Ángeles celebrábamos eventos: uniones, nacimientos, incluso muertes. Pero lo hacíamos juntos.

—Gracias por invitarme —digo—. ¿Dónde están las demás, Davida y Jacinta?

Claudia tiene las mejillas sonrosadas por el calor y el vino.

—A Davida le gusta escuchar la música desde la cocina. Pela las patatas mientras suspira por Hector. Te diré algo…

Noto que van a empezar sus divagaciones.

—¿Y Jacinta?

—Seguramente durmiendo en la lavandería —dice. Luego añade—: Me apuesto a que envuelta en las sábanas del príncipe.

Hago una mueca, levanto la copa vacía y digo:

—Voy a por otra.

Pero Claudia ya está insertando su cuerpo entre la multitud. Yo agarro dos copas y me paso por las cocinas. Davida está ahí, dando golpecitos con el pie y avanzando con un montón de patatas. Dejo una de las copas frente a ella. Ella se lleva la mano a la barbilla y la aprieta hacia afuera. Había algunos Susurros que no podían hablar y se comunicaban con las manos. A todos nos enseñaron lo básico desde pequeños. Le deseo que pase una buena noche y luego me voy hacia la lavandería.

Abro tres puertas y encuentro bolsas de patatas, cajas con víveres, barriles de trigo y cereales con el sello Fajardo grabado sobre la madera. En otra habitación hay botes con aceites y aceitunas. El último almacén que abro tiene un fuerte olor a jabón. Hay toallas y sábanas bien dobladas y amontonadas. Ahí, en un montón de sábanas medio dobladas, está Jacinta durmiendo en el centro, como una cría de pájaro.

Tiene la boca un poco abierta y un sonido silbante sale de su nariz. Algo se retuerce en el fondo de mi estómago cuando me acerco a ella. Me detengo. ¿Cómo me sentiría yo si al despertar me encontrara a una desconocida, a una muchacha que dicen que posee el poder asesino que poseo yo, frente a mí?

Me doy la vuelta y me alejo, pero solo un momento. Me quito la piedra alman y la meto en el bolsillo para cubrir mis marcas. Tengo que conseguir este recuerdo.

Tengo que hacerlo.

Consigo dejar los dedos quietos y los aprieto contra su sien. No se despierta, solo resuella. Las espirales de las yemas de mis dedos se iluminan con mi poder, y entonces me veo avanzando por su pasado, buscando.

Jacinta se agarra las faldas y sale corriendo. Siente un retortijón por los nervios mientras se apresura hacia los aposentos del príncipe Castian. Todos saben que al príncipe no le gusta que vean a sus sirvientes, y con su cara enrojecida y sudorosa y las zapatillas manchadas con el lodo blanco del patio, desde luego que se la ve.

Abre puerta y avanza por sus extraños aposentos. ¿Cómo puede alguien tan brillante como lady Nuria pasarse los días en este lugar tan miserable? Los mausoleos reales son más alegres. Bueno, ahora la señorita ya no tendrá que…

Los ojos de Jacinta se ajustan a la iluminación tenue de la sala de estar. Las cortinas están echadas, y hay dos lámparas de aceite sobre la mesa del salón. La luz amarillenta y neblinosa que desprenden hace que los tapices que cuelgan de las paredes parezcan estar moviéndose: hombres en guerra montados sobre caballos, barcos atravesando las olas.

Le arden las mejillas al ver el guante de una señorita sobre el sillón del príncipe. Dos copas sobre la mesa con una decena de botellas de vino y de aguadulce tumbadas. Al dar otro paso, la alcanza el hedor del licor, y entonces ve la pila de ropa. Sin duda, había más de una señorita aquí, aunque de señoritas nada. Las muchachas de la lavandería no la creerán cuando les cuente esto.

Jacinta se queda helada ante una ráfaga de movimiento. Ahí está, en la entrada de su dormitorio. El príncipe Castian se pone la bata sobre su cuerpo desnudo. Sus músculos tensos se flexionan cuando se tambalea y agarra otra botella de la mesa del salón. Jacinta puede ver la cicatriz en forma de luna que le dejó aquel Moria monstruoso, aunque jamás admitiría que lo vuelve más atractivo aún.

—Alteza —dice Jacinta mientras encuentra la voluntad para doblar su cuerpo y hacer una reverencia.

Él gruñe y se frota los ojos por el sueño. Su cabello es oro puro, como un halo alrededor de su rostro.

—¿Quién demonios eres tú?

Suenan las alarmas en sus oídos. No, no son alarmas. Es su corazón. Puede oír su propia sangre bombeando a través de ella, cada uno de esos latidos es una respuesta a la dura mirada azul del majestuoso joven.

—Mis disculpas, majestad. Um… lord comandante. Vengo a buscar sus… esto… atuendos que ya no quiere, para mi señora. Lamento muchísimo todo esto. No merece que le partan el corazón, mi… milord.

Él la mira fijamente, con los brazos cruzados como la estatua del ángel San Marcos que hay en el jardín central. Un ángel esperando a dictar sentencia. Es como si tomara vida. Ve el desastre de la sala. Las botellas. Los cigarros. La ropa.

Esos ojos azules se clavan en un camino de vuelta a su dormitorio. Por un momento, su cuerpo se suaviza y baja los brazos hacia los lados para que descansen. Respira profundamente, como para prepararse. Es el tipo de respiración que ella daría si fuera a meterse en las frías piscinas públicas que hay en el centro de la capital. Él frunce los labios y, por primera vez, ella se da cuenta de que nunca ha visto al príncipe tan de cerca. Su boca tiene una forma inclinada, y es de un color rosa pálido que nunca ha visto en un hombre.

Entonces se percata de que sigue estando de pie y de que lo sigue mirando fijamente y de que, ay, Padre de los Mundos, tiene que moverse. Pero por muy frustrado y espantoso que esté, ella ha querido al príncipe Castian desde el día en que lo vio por primera vez.

—¿No merezco que me partan el corazón? —dice Castian, torturado, duro—. Tú no sabes lo que merezco.

Ella sacude la cabeza. ¿Acaso ha dicho algo que no debía? Siempre dice algo que no debe.

Él toma la botella de vino y bebe. La bebida se le derrama por el pecho y hace un ruido ahogado. ¿Está llorando? Jacinta no soporta verlo así.

—Sal —le dice en voz tan baja que ella da un paso para acercarse.

No puede irse sin la ropa de la boda.

—Milord…

Él lanza la botella al otro lado de la habitación y se rompe en pedazos.

—¿Quieres mis cosas? Ten. —Se va corriendo hacia el dormitorio. Es como un imán, y ella lo sigue a pesar del miedo que siente.

En su cama hay dos mujeres despertándose del sueño. Se encogen del miedo al oír al príncipe gritando y ver que está destrozando su armario. Toma su ropa de novio y la lanza a los pies de Jacinta.

—¡Ahí tienes! Llévatela. Llévatelo todo.

Ella recoge su ropa. Huele a él. A madera ahumada y a la sal del mar. Se la ha puesto. Se había vestido.

Castian se retira a la esquina más alejada del dormitorio y les da la espalda a todas. Está quieto como el mármol. Es un ángel del templo al que ella siempre rendiría culto.

—Por favor, marchaos —dice.
Y lo hacen.

Un movimiento en los pasillos me advierte de que me vaya. Libero la mente de Jacinta y me escabullo por la lavandería y por delante de las cocinas; el corazón me late a toda velocidad. Entre los Susurros, nadie se había enterado de este compromiso. Pero hay una cosa que está clara: tengo que entrar en las estancias del príncipe. La música se cuela en los talleres más pequeños. Si tuviera un momento en el que aprovechar una oportunidad, sería esta noche.

Rápidamente saco la piedra alman del bolsillo. Con unos dedos temblorosos y llenos de sudor, abro el cierre y pienso en el príncipe borracho que había en el recuerdo de Jacinta. Los recuerdos no se pueden alterar, ni siquiera cuando alguien quiera hacerlo. Ella adora al príncipe, y todos sus sentimientos se cuelan bajo mi piel. Quiero desgarrármelos hasta que el anhelo enfermizo se desvanezca.

En cuanto pongo un pie en el pasillo, un cuerpo me estampa contra la pared. Los aceites sagrados me sofocan; alguien me pone una mano en la boca para que deje de gritar. Doy una fuerte patada y mi atacante se tambalea. Es Alessandro.

—Te he visto —dice, y gruñe mientras se recupera—. ¿Qué le estabas haciendo a esa sirvienta, bestae?

Se me acelera el pulso. Agarro lo que tengo más cerca. Un tablón de madera que se utiliza para remover la lejía.

—Se confunde, juez Alessandro —digo—. Sus amigas me han pedido que vaya a ver cómo está.

Él se mantiene a cierta distancia, pero veo cómo trabaja su mente y repasa todas las opciones que tiene.

—Sois todos unos impostores. Tus manos funcionan perfectamente.

Agarro el tablón de madera con más fuerza. Si le golpeo, se consideraría traición. Si dejo que vaya a Méndez, todo esto se acabó.

—¡Ahí está! —exclama Leo. Sus tirabuzones negros están despeinados de tanto bailar y tiene las mejillas encendidas. ¿De verdad ha pasado una hora? Jamás me he sentido tan contenta de ver a alguien en mi vida. Observa a Alessandro y luego a mí—. ¿Qué ocurre?

—Está mintiendo sobre su lesión. La he visto acechando a una muchacha que estaba durmiendo para devorar sus recuerdos. Voy a llevarla ante el juez Méndez, ya —dice.

Leo se detiene y mira a Alessandro de arriba abajo. Luego arruga la frente con una preocupación moderada.

—Yo os acompaño —dice Leo con gravedad, de pie entre nosotros. Una sensación heladora me atraviesa. Me digo que no debería sorprenderme, pero así estoy—. A ver, para que yo pueda ayudarle a respaldar su historia ante el juez Méndez, ¿qué prueba tiene? Solo quiero estar seguro, juez Alessandro, para que no molestemos al magistrado de manera innecesaria.

¿Qué está haciendo Leo?

—¿Qué quieres decir con «prueba»? No tengo que probar nada. Se lo voy a contar al juez Méndez, y él me creerá porque mi palabra es la verdad.

Leo asiente con la cabeza como si se tragara lo que dice el otro hombre.

—Por supuesto, juez Alessandro. Pero... —Echa un vistazo hacia mi pecho como si se acabara de dar cuenta de que tengo la piedra ahí colgada—. ¿Qué mostrará la piedra alman?

Alessandro observa la piedra y luego hace caso omiso de Leo.

—El Ventári ya no está, así que nadie puede verificarlo hasta que encontremos otro. —Veo el momento en que entiende el error que ha cometido. La piedra alman mostrará a Alessandro atacándome y a Leo interviniendo para tranquilizar al imprevisible juez. El enfado le atraviesa el rostro y termina frunciendo el ceño de una manera horrible—. Da igual. Mi palabra vale más que la tuya.

—No lo niego —digo al tiempo que dejo el tablón en el suelo. Estoy segura de que ya no lo necesito—. Por supuesto, hay cientos de jueces como usted en el Brazo de la Justicia, y yo no soy más que una Robári.

Leo se pone de lado, pero veo la manera en que tuerce el labio.

Alessandro da vueltas entre Leo y yo. Si fuera un animal extraviado, estaría echando espuma por la boca del enfado que siente. Me empuja con un dedo sobre el pecho, sobre la costra donde el rey Fernando me hizo el corte. Yo aprieto los dientes para no hacer ninguna mueca.

—Cuando cometas un error, ahí estaré yo, bestae.

Mientras se va, Leo y yo nos ponemos en pie y escuchamos la música. Me ha salvado de Alessandro. Tiene que ser la Urraca. Pero al abrir la boca, él sacude la cabeza. Me tapa la piedra alman.

—No vamos a hablar sobre esto —dice.

Quiero discutir, pero no puedo arriesgarme a meter a Leo en problemas, sobre todo si es el espía al que el magistrado está buscando. Por ahora, estoy contenta sabiendo que puedo confiar en él. No protesto mientras volvemos a mi habitación, y mi mente vuelve al recuerdo de Jacinta.

Castian estuvo comprometido. El juez Méndez dijo que Leo había empezado siendo el ayudante de lady Nuria. ¿Es una coincidencia que yo esté en sus antiguos aposentos? Seguro que de todas las habitaciones para invitados que hay en palacio... Ahora está casada con Alessandro, pero estuvo comprometida con Castian. Se me agria el estómago al pensar en lo que pueden haber hecho en el mismo sitio en el que yo duermo.

Por la noche, el palacio adquiere una quietud espeluznante. Las sombras parecen más largas, e incluso las esculturas que hay a lo largo de los pasillos me dan la sensación de estar observándonos. Pero memorizo todos los giros que damos y todos los pasos que conducen hacia mi habitación porque voy a tener que llegar hasta ahí. Leo me habla sobre un cargamento de vino para el festival que ha tenido un triste final porque ha terminado en la cuneta de camino a la capital, y el vinatero real ha enloquecido. Me meto la piedra alman en el bolsillo.

—Leo, esta noche he oído un rumor —digo y dejo que mis ojos se muevan de lado a lado de manera conspiratoria. He visto hacerlo a Sayida cuando quiere ser esquiva con un tema. Sin embargo, yo estoy lejos de ser esquiva y me temo que vaya a hacerme callar después de lo que acaba de ocurrir.

—Hay tantos rumores como ciudadanos en la capital, estimada señorita.

—No soy ninguna señorita —mascullo.

Leo engancha su brazo con el mío y echa un rápido vistazo a los pasillos para luego entrar a la pasarela descubierta. Me doy cuenta de que nunca la hemos recorrido de noche. Da la sensación de que estamos caminando por el tramo de una larga sombra negra. Cada uno de los arcos y las columnas, destellantes, reflejan la luz de la media luna.

—Dígame, ¿de qué trata ese rumor? ¿Se ha pasado la hora de la fiesta hablando con la criada de cocina?

Me río e intento mantener la voz suave. Por cómo suena Leo, no parece que haya habido ninguna confrontación con Alessandro.

—Me he enterado de que el príncipe Castian estuvo comprometido con tu antigua señora.

A Leo se le ilumina el rostro con su típica sonrisa. Me pregunto cuántas cosas esconderá detrás de su labio torcido.

—Ah, lady Nuria Graciella, duquesa de Ciudadela Tresoros. Correcto, hubo un tiempo en el que iba a casarse con el príncipe.

Tresoros.

—¿Te refieres a la familia que en un momento dado gobernó Tresoros? —pregunto.

Hace más de un siglo, el reino de Tresoros poseía la tierra más rica del continente; eso fue antes de comenzar una alianza endeble con la familia Fajardo. Ahora que Puerto Leones ha conquistado la mayor parte del continente, es difícil imaginar que en el pasado fue una fracción de lo que es hoy. Cuando los miembros de la realeza de Tresoros se rindieron, lo hicieron bajo la condición de que les otorgaran títulos y un lugar en la corte a la familia real. Ahora esas tierras son otra provincia más en la que antes hubo una nación.

—La misma —dice Leo—. Lady Nuria es la mujer más rica de todo Puerto Leones. Es dueña de la mayor parte de la provincia occidental, gracias al tratado que negoció su abuelo cuando abdicaron en favor de los Fajardo. Supongo que los Susurros no se enteraron del escándalo del príncipe Castian en esas casuchas de montaña a las que llaman hogar.

Y así, mis dudas sobre Leo vuelven. Viniendo de él, es más doloroso que cualquiera de las cosas horribles que me ha dicho Alessandro. ¿Cómo es capaz de arriesgar su reputación por mí en un momento y luego decir algo así al siguiente?

—Los Susurros están desconectados del resto del mundo —digo—. Por eso fracasó su rebelión. —Las palabras parecen vacías, pero las mentiras salen rodando por mi lengua.

—Puede ser —dice Leo. Se detiene en mitad de la pasarela. Desde aquí podemos ver el resplandor amarillo de las farolas que bordean las calles de Andalucía. Las vistas son bastante bonitas cuando la oscuridad esconde la suciedad y la violencia del día.

—¿Quién canceló el compromiso? —pregunto.

—Es un asunto complicado —dice Leo—. A lady Nuria la prometieron con el príncipe Castian antes de que nacieran.

—¿Y eso cómo puede ser?

—Jústo Fajardo, el padre del rey, tenía dificultades para mantener los territorios anexados de Tresoros.

—Tresoros era la mitad de grande que Puerto Leones en aquel momento —digo yo—. ¿Cómo pudieron defenderse de sus ataques?

—Por cada hombre alistado en el ejército de los Fajardo, la familia Tresoros podía permitirse a un soldado a sueldo.

—Mercenarios —digo. Me juego la vida a que no hay ni un solo libro en la biblioteca de aquí, ni en el país entero, que detalle esto.

—Desde Luzou, Delfinia e incluso las Tierras de Hielo que hay en los mares del norte —dice Leo con los ojos resplandeciendo por la historia. Menudo enigma es que haya terminado aquí. Leal a la corona. Guardián de historias salaces. Amigo incierto para alguien como yo—. La familia de la duquesa se asienta sobre las minas más grandes y abundantes de piedras preciosas y oro.

—¿Y qué? ¿Vendieron a sus descendientes para detener una guerra?

—No tiene usted ningún sentido del romance. —Leo gira sobre sus talones y continúa caminando—. No sé quién llevó el tratado a la mesa, pero las familias quedaron unidas por un acuerdo. Los hijos ya estaban prometidos con otros, así que la siguiente opción era el primer nieto.

—¿Y cómo se sentía Nuria al estar prometida con ese hombre?

—Esta última palabra me sale como un improperio. Pienso en todas las palabras que las sirvientas han utilizado para describir al príncipe durante los días en que he ayudado en el patio, incluso en los pensamientos de la cortesana a quien le robé el recuerdo—. Un hombre devastador.

—De joven, no era así. Lady Nuria y Castian fueron amigos desde la infancia. Estaban todo el rato juntos en palacio, o eso es lo que se dice. Hubo un corto período, más o menos un año, en el que mandaron al príncipe a Islas del Rey, al sur. Por su salud. Ese fue el único momento en el que estuvieron separados.

—No me extraña que nunca lo viera durante el tiempo que estuve aquí —digo.

Leo se estruja el cerebro.

—Creo que eso fue antes de que usted llegara. Tal vez cuando él tenía cinco o seis años. Fue justo antes de la muerte de... —La voz de Leo se va apagando al darse cuenta de lo que iba a decir antes de terminar la frase, pero la termino yo por él.

—La muerte del príncipe más joven, su hermano —digo, dando las gracias por estar a oscuras y que el horror que siento quede oculto. Se dice que el Matahermano estaba destinado a ser tan despiadado como su padre. Un muchacho que adora el dolor y la muerte. Un hombre que morirá entre mis manos.

Leo asiente con la cabeza.

—En cuanto al motivo por el que se acabó el compromiso... Hubo rumores. Hay quienes dicen que no pudo evitar que otros solteros de la corte se acercaran a Nuria. Mentiras despiadadas, sin duda. Solo eso podría haber detenido una unión que llevaba décadas gestándose. ¡Y a unos días de la boda!

Pongo cara de pocos amigos.

—Puede que Castian sea un príncipe, pero eso no quiere decir que fuera a ser un buen marido.

—¿Y qué sabe usted de maridos, joven Renata?

—No me sacas más que dos años, Leo. Qué sabrás tú de maridos.

—Solo lo que sé del único que tuve y perdí.

Se me parte el corazón de inmediato, pero Leo no quiere saber nada.

—Venga, no ponga esa cara. Hoy no soporto la tristeza. Deje que termine la historia.

Nos estamos acercando a mis aposentos y ambos aminoramos la marcha.

—Adelante. Sospecho que sabes cómo separar las mentiras de la verdad.

—Naturalmente. Sí, fue el príncipe Castian quien canceló el compromiso —dice Leo—. Se fueron juntos de viaje y cuando regresaron, se acabó.

¿Hace un año?

—¿Eso fue antes o después de la Batalla de Riomar?

Leo alza sus cejas oscuras.

—Después. Se suponía que iba a ser una celebración por la victoria del príncipe.

Aquella fue la primera vez que casi mató a Dez. Vuelvo a ver fragmentos del recuerdo. El Príncipe Dorado y el rebelde. Siento una opresión en la garganta y necesito llorar, pero la voz de Leo me guía y me saca de la oscuridad.

—Hasta ese viaje, se querían muchísimo el uno al otro. Todo el mundo los envidió durante mucho tiempo. Era un romance para la eternidad. Hasta hay canciones de cantina sobre ellos, ¿lo sabía?

—No. —Resisto la arcada que me entra—. ¿Qué pudo ser tan horrible como para romper un compromiso de un siglo y el amor verdadero?

—Dicen que el príncipe Castian sorprendió a lady Nuria con otra persona en su cama. Cuando salió a la luz, las mujeres de la corte querían procesarla por traición. Un sacerdote real quiso excomulgarla. Pero ella es fiel y leal por encima de todas las cosas. ¿Quién iba a creer la palabra del príncipe por encima de la de ella?

Dudar de la palabra del príncipe, incluso en privado, es peligroso. Pero esta ha sido una noche peligrosa. Puede que me equivoque sobre Leo en muchos aspectos. Puede que no sea la Urraca, pero ahora sé a quién responde de verdad: a lady Nuria.

—¿Eso no anula el tratado con sus abuelos? ¿Podría Tresoros reclamar su independencia?

Leo hace un sonido silbante, como si ni siquiera él pudiera creer lo que está a punto de decir.

—Esa es la cuestión. A ella le permitieron quedarse con las tierras familiares y el título. El príncipe se peleó con su propio padre para que se los pudiera quedar. A cambio, ella tenía que casarse con uno de los jueces del Brazo de la Justicia.

—Pero...

—¿Puedo preguntar por su interés en los viejos chismes de la realeza? —me interrumpe, y yo me lo tomo como señal de que lo he presionado hasta el límite. Bajamos por un pasillo oscuro y por primera vez siento alivio al ver al guardia destinado a la puerta de mi habitación.

Me encojo de hombros y mantengo la voz suave, despreocupada, como he visto que hablan las muchachas en la corte.

—No me culpes si lo único que tengo para entretenerme ahora mismo son los chismes. Llevo mucho tiempo fuera.

La sonrisa de Leo es traviesa, pero si sospecha que tengo otras intenciones, no revela nada. Con un gesto amable de la mano, llama a alguien.

—¡Hector! ¿Dónde has estado toda la noche? Hemos tenido que dar la vuelta en la pasarela mientras te esperábamos.

Me fascina la manera en que miente Leo. Ese nombre me suena, pero después de las emociones de esta noche, no sé de qué.

El guardia se inclina contra el muro que hay directamente frente a la puerta. Su cara permanece en la sombra, pero vislumbro una barba corta y oscura y una piel morena.

—Seguro que sí —masculla Hector—. ¿Como han ido los festejos de la media luna?

—No responda a eso —dice Leo mientras camina de espaldas hacia la puerta. Saca una llave maestra fina y abre la puerta—. Buenas noches, Hector.

Entonces me doy cuenta. «Hector». Pienso en Davida sentada en la cocina pelando patatas.

—Las fiestas son para los críos —masculla él.

Leo le pone cara larga por mí, y luego entra en mi habitación. Le estoy pisando los talones cuando me detengo y me giro hacia Hector. Si existe alguna oportunidad, tengo que aprovecharla.

—Davida está en las cocinas —digo.

Aunque su cuerpo está cubierto por las sombras, veo que se pone rígido.

—Eso no es de tu incumbencia.

Me encojo de hombros y tarareo la canción que sonaba cuando estaba trabajando. Se me ha quedado en la cabeza, me resulta familiar de un modo que no sé explicar.

—Bueno, es que pensaba que estaba esperando a alguien ahí. Eso es todo.

Cierro la puerta detrás de mí. Al encararme en la cama después de que se marche Leo, el peso del día se me hunde en la piel. Constantino desangrándose en la corte y el mundo siguiendo adelante sin él, como si eso no afectara. Pero no es así. Aunque al hombre lo capturaran y pervirtieran hasta convertirlo en algo irreconocible, antes pertenecía a una familia.

Salgo de la cama y rebusco entre mis cosas hasta que encuentro la moneda que me dio Dez. Me siento mal quedándomela. Debería intentar devolvérsela a Illan algún día. Pero, por ahora, es lo único que tengo de Dez para recordar que fue real. Cierro los ojos y pienso en él, con la luna como halo. Es tan hermoso que me duele. Me llevo la moneda a los labios.

—Esto sería más fácil si estuvieras conmigo —susurro a un muchacho que no puede responder.

Meto la moneda debajo del colchón. Lo único que puedo hacer ahora es esperar que la corazonada sobre Hector y Davida sea correcta. Es la única manera en que podré entrar a hurtadillas en los aposentos del príncipe.

El sonido de las botas pesadas de Hector dando vueltas son como una nana, y a mí empieza a entrarme sueño. Me quedo mirando el dosel que hay sobre mi cama. La cama de lady Nuria. Es una sensación extraña vivir en una sala que pertenecía a otra persona, a alguien que supuestamente se iba a casar con un príncipe desde antes de nacer, antes de que sus padres se la imaginaran siquiera. Una muchacha cuyas ropas llevo y en cuya cama duermo.

Una muchacha a la que casi condenaron por traición y puede que haya tenido sueños propios. La infidelidad en los matrimonios comunes ya es mala de por sí. Pero se decía que ella le había sido infiel al príncipe. Eso habría sido equivalente a traición. Entonces, ¿cómo pudo quedarse con sus tierras y el título? ¿Qué es tan valioso en esa alianza que Castian, despiadado como es, habría permitido que se casara con otro hombre? A no ser... Tresoros es famoso por su tierra rica. Minerales y piedras preciosas.

Pienso en el príncipe que estaba en el bosque de los Linces. Dez me detuvo y no pude utilizar mi magia. Castian dijo que no funcionaría con él. No lo pensé. Hay muchos leoneses que llevan las protecciones sagradas de madera, pero en realidad no entienden nuestro poder. Puede que hayan descubierto algo bajo Tresoros que contrarreste los poderes Moria, del mismo modo en que el metal los amplifica. ¿Es posible que el arma haya venido desde Tresoros y, por tanto, la unión con Puerto Leones tuviera que mantenerse?

Me sumo en el silencio por un momento, y entonces me doy cuenta de algo: hay silencio. Un absoluto silencio detrás de mi puerta.

Me incorporo. La sangre me bombea, estoy alerta. Puede que esta sea la única oportunidad que tenga.

Me pongo unos pantalones negros de montar y una túnica negra. Después de rebuscar en un cajón, encuentro la horquilla con la flor escondida que llevé el día en que me vi con el rey Fernando. Arranco los pétalos de tela y solo dejo la pinza afilada de metal y me la aseguro en la cintura. Puede que haya soñado con utilizar la punta de acero para apuñalar a un príncipe, pero funcionará para abrir una cerradura igual de bien.

Conforme avanzo por la pasarela que conduce a los aposentos de Castian, me siento como la misma Señora de las Sombras, con su vestido hecho con las estrellas de la noche y de la mañana. Los juerguistas cantan canciones, y el ruido que hacen las ruedas precarias de los carros sobre el empedrado enmascara mis pasos.

Con el recuerdo de Jacinta, encuentro las puertas del Príncipe Sanguinario como si fuera la estrella polar. La habitación está desierta, y mis dedos se acuerdan de los viejos trucos para hurgar en los interiores de la cerradura.

Cuando el metal cede y oigo el *clic* que toca, aguanto la respiración, miro una vez por encima del hombro y rezo por que la Señora de las Sombras esté de mi lado.

Empujo las puertas pesadas y me deslizo en el interior de las estancias vacías. Por un momento, me permito entender que estoy en el interior de la sala en la que vive Castian cuando está en palacio. Una sensación como de mareo me provoca un sofoco por todo el cuerpo, porque a partir de ahora y hasta el fin de mis días, no seré capaz de pensar en Dez sin pensar también en Castian.

Espero a que mis ojos se ajusten a la oscuridad, y luego atravieso el suelo enmoquetado hasta la ventana. Abro las cortinas y dejo que entre el cielo que se está despertando; una franja de azul pálido a lo largo del horizonte. Tengo que darme prisa. Leo pronto se presentará en mi puerta. Siempre viene a despertarme cuando la mañana se destiñe de rojo detrás de las cortinas.

Hay una lámpara de aceite y cerillas en la mesa del salón. Mis dedos, aunque firmes cuando me estaba colando, ahora me traicionan, y necesito tres cerillas para encender el maldito cacharro.

Atravieso el salón azul con sus tapices majestuosos y butacas afelpadas y entro apresurada en los aposentos de Castian. Las paredes están cubiertas por un terciopelo azul intenso con unas ondas de brillos y sombras que hacen que parezca que ondula. Abro las cortinas y me quedo sorprendida al ver la manera en que la luz lanza un aura sobre las paredes y el suelo. Es como si hubieran diseñado la habitación para que la persona que esté viviendo aquí tenga la sensación de estar bajo el mar, en constante movimiento y oscilación.

Es un sueño, y me detesto por sentirme en paz aquí.

Voy hacia la estantería llena de libros encuadernados en piel y tela. He oído que existen puertas secretas que se abren al tirar de una palanca camuflada como libro. Esta estantería, desde luego, es lo bastante grande, por lo que tiro prácticamente de todos los libros. Nada.

Coloco la lámpara sobre el vestidor grande que hay en el armario de al lado, donde Jacinta recogió la ropa de la boda del príncipe. Rebusco entre los cajones, pero solo hay ropa y cinturones y fajas y gorras militares y borlas.

—¿Dónde estás? —susurro a la habitación, rogando que me cuente sus secretos.

Continúo hacia un despacho en el que hay un escritorio grande de madera lleno de cartas, manuscritos que aún están enrollados, tarros con tinta sepia y una gran caracola, típica de Ciudadela Salinas. Hago además de agarrarla, pero los sentidos se me llenan de cuero y sal, y me imagino a Castian sentado aquí y escuchando el sonido de las olas. El enfado se me acumula en la garganta, porque él no se merece la paz que se ha ingeniado.

Muevo los montones de pergaminos para revelar la superficie del escritorio pintado. Hay líneas sólidas de color negro y dorado y estrellas grabadas en él: son constelaciones. Puedo distinguir el hexágono que marca la constelación de Leones, que se dice que la puso ahí el Señor de los Mundos para marcar la nueva era de la conquista de los Fajardo sobre Puerto Leones.

Siempre he pensado que parece más un gato que un león.

Cuando vuelvo a colocar el montón de pergaminos en su lugar, me doy cuenta de que se trata de un mapa de Puerto Leones. Hay dos leones alados de hierro estampados con tinta sobre Sól y Perla, una ciudad costera que hay al este y que alberga la prisión más bárbara y temida de nuestro país: Soledad.

¿Por qué iba a marcar Castian una prisión a la que probablemente ha ido decenas de veces?

Me quedo helada cuando oigo el crujido distorsionado de un tablón de madera. El cielo está empezando a volverse de color rosa en los márgenes, y el corazón me da un vuelco con el lejano cacareo de un gallo. Aguanto la respiración, pero no aparece nadie por la puerta que me descubra. Cruzo la habitación hacia la pared con retratos. No hay ninguno de Castian siendo niño, ni siquiera de él como hombre adulto, pero sí que hay varios paisajes marinos y barcos. Jamás habría adivinado que el príncipe admirara tanto la náutica, aunque lleve el nombre del mar más azul que hay en el mundo.

El cuadro que más me llama la atención es el de una mujer.

Si doy un paso atrás, veo que el resto de los cuadros la rodean, como si la mujer estuviera a la deriva en el mar. Vuelvo a recoger la lámpara y la sostengo más cerca. Es impresionante, tiene el cabello largo y rubio y los rizos le caen por encima de los hombros en unos tirabuzones perfectos. Lleva una corona de oro sobre la cabeza, adornada con rubíes brillantes y gruesos como gotas de sangre. Siento un fuerte retortijón en el interior cuando observo el azul verdoso tranquilo de sus ojos, el color del mar Castiano. Los ojos del príncipe.

Esta debe haber sido la madre de Castian, la segunda reina del Puerto Leones del rey Fernando. La reina Penélope.

El retrato me deja fascinada, tanto por su belleza como por las preguntas que ahora plagan mi mente. ¿Qué habría pensado ella de él? ¿De su hijo mayor, el heredero al trono, el asesino de su otro único hijo? ¿Hasta dónde puede llegar realmente el amor de una madre?

Es evidente que él la veneraba a ella, claro está, al haberle otorgado al retrato tanta prominencia en la sala. Me llama tanto la atención que, por un momento, siento un hormigueo por todo el cuerpo, una especie de anhelo que no puedo nombrar. Tal vez se trate del anhelo que sienten todos los huérfanos. No hay nada como el dulce amor de una madre, la seguridad de una madre, aunque esa seguridad solo sea una ilusión.

Y entonces se me ocurre algo.

Sin perder más tiempo, hundo los dedos a toda prisa por los bordes del marco. Al principio me siento tonta, ridícula, desesperada. Resulta extrañamente íntimo recorrer con las manos este precioso retrato.

Pero entonces encuentro lo que estoy buscando.

El punto débil.

Una bisagra.

Unos momentos después, oigo un *clic* satisfactorio cuando levanto un pestillo que abre el cerrojo del retrato y revela una cámara secreta.

Gracias, Madre de Todo.

Y gracias, reina Penélope.

Inhalo el polvo que hay en el interior de la cámara, que es lo bastante grande como para que quepa un cuerpo agachado. Coloco la lámpara en el centro y reviso sus contenidos.

El corazón me late a toda velocidad cuando agarro la caja negra que hay en el compartimento secreto. Arranco la tapa y siento una corriente eléctrica recorriéndome las venas, pero no es la caja que vi en el recuerdo de Lozar. Está decorada y no es del tamaño correcto.

Hurgo entre las baratijas que hay sobre el revestimiento de terciopelo: soldaditos de hierro con espadas desenvainadas, decenas de canicas de toda clase de colores y una pequeña espada de madera con la que podría haber entrenado un niño. Hay una decena de cartas cuyos sellos de cera están abiertos y huelen a un intenso perfume de rosas.

Cierro la caja de un golpe. ¡Esto no es el arma!

Me retiro el sudor del labio superior y cierro el retrato.

Luego siento la magia antes de ver la pulsión de luz. En un cuenco decorativo lleno de vidrio marino, hay un trozo de piedra alman. Es un rectángulo dentado, como si lo hubieran arrancado de un trozo más grande. El juez Méndez mantiene las piedras bajo llave. ¿Podría haberla colocado aquí para espiar al príncipe? El resplandor que hay en el interior del cristal es fuerte, lo que significa que los recuerdos siguen siendo recientes.

Me lo meto en el bolsillo para leerlo en mis aposentos. El cielo está demasiado claro, pero si echo a correr, puedo volver antes de que nadie me vea saliendo de este lugar.

Me doy la vuelta rápidamente, pero me tropiezo con el escritorio y la caracola que había encima se cae. Me lanzo para agarrarla antes de que llegue al suelo y se rompa en pedazos.

—Cuidado —dice una voz—. Son piezas de coleccionista importantes.

El sudor se acumula entre mis omóplatos y parpadeo varias veces para asegurarme de que no me lo estoy imaginando.

—Leo. —Mi cerebro se dispara en todas direcciones y es lo único que soy capaz de decir—. Yo...

—No diga nada —dice con una voz enfadada y ronca. Me quita la caracola de la mano y suspira fuerte cuando la coloca sobre el escritorio—. Después de todo... no. No digamos nada.

¿Cómo sabía que estaba aquí?

Entonces me doy cuenta de que esto debe ser lo que quería Méndez. Quitar el cerrojo y retirar a los guardias para ver a dónde me iba. He caído directamente en la trampa.

Eso es hasta que veo lo que Leo se saca del bolsillo de la chaqueta y coloca en el centro del escritorio. Una carta sellada de la que salen unas rosas. No es correspondencia del rey ni del juez Méndez. Se trata claramente de algo mucho más personal.

—Sígame —dice y carraspea con severidad.

Lo hago sin cuestionarlo, estoy demasiado anonadada como para hacer cualquier otra cosa que no sea caminar a su lado y atravesar la pasarela que tantas veces hemos recorrido juntos hasta llegar a mi habitación, donde entramos y él se afana con la rutina que hemos creado.

Pienso en las cartas que había en la caja de recuerdos del príncipe. ¿Qué cartas habría guardado si no las de lady Nuria? ¿Siguen juntos el príncipe y Nuria después de todo lo que pasó entre ellos? ¿Qué mensaje podría estar mandándole ahora Nuria a través de Leo?

Como si me leyera la mente, Leo se vuelve hacia mí con una media sonrisa. La luz de la mañana baila por la habitación. Estamos bañados en rojos y amarillos. La ilusión del fuego me sigue allá donde vaya.

—Tiene suerte, ¿lo sabe? Es usted la favorita.

—¿Por qué? —¿Qué quiere decir?

—Porque no tendrá que abandonar los encantadores aposentos de lady Nuria, ya que a ella le van a dar unos apropiados para la mujer de un juez.

—¿Está aquí?

—Ha llegado hace apenas unos momentos después de haber pasado tres semanas en Ciudadela Salinas. Ha regresado para el Festival del Sol. De ahí la misiva que acabo de enviar. Pero esto queda entre usted y yo, por supuesto. Nadie puede saber que los he ayudado a mantener el contacto. En cualquier caso, se puede quedar en sus aposentos y a ella la relegarán a las dependencias de los invitados.

Apenas sé qué pensar de esto. ¿Me lo está contando para que la busque?

Lady Nuria. La que fuera la prometida del príncipe. De vuelta aquí.

Debo pedir una audiencia con ella.

En cuanto a Leo, eso es lo que ocurre con la confianza: que también se puede solidificar con una destrucción mutua asegurada.

18

Durante los dos días siguientes, soy la imagen de la obediencia. Voy adonde Leo y Sula me dicen que vaya. Ayudo en las cocinas y a las lavanderas. La paranoia de que me descubran puede conmigo. Es como si mi cuerpo no me perteneciera. Incluso estando sola, la sensación de que alguien me está observando prevalece. Es como una sensación heladora en la espalda, y me paraliza con un miedo tal que hasta que pasan dos noches, no me atrevo a leer la piedra alman que robé de la habitación del príncipe Castian.

Después de prepararme para ir a la cama, unos pasos lejanos me alertan de que hay guardias fuera. Me meto debajo de las sábanas y sostengo la piedra alman reluciente entre las manos. Cada nuevo recuerdo que tengo del príncipe distorsiona el anterior y desenmaraña nuevos tipos de odio de los que no sabía que era capaz. Es un asesino, un loco; está sediento de poder y es cruel con las mujeres que hay a su alrededor. Y, aún así, todo el mundo lo quiere. Vacilo antes de sacar el recuerdo de la piedra alman, porque no sé qué me voy a encontrar.

Castian se quita la diadema de oro. Está cubierto de sangre y suciedad. Tiene la cara y el cuello manchados. Su ropa impregnada. Las manos le tiemblan cuando se desabrocha la túnica.

Una ayudante de más edad entra. Sus grandes ojos marrones la hacen parecer un búho. Pero cuando él la ve, suelta una larga respiración. Parece que ella quiere ir hacia él, pero no lo hace. Mueve sus manos ásperas en el aire.

Castian asiente con solemnidad.

—Me encantaría darme un baño. Gracias, Davida.

La mujer hace una reverencia y recoge la ropa que él se ha quitado. Luego, se va. Mientras se oye el ruido del agua cayendo, Castian observa el retrato de su madre. Se lo queda mirando un largo rato, sacude la cabeza y luego abre el compartimento secreto que hay detrás del cuadro. Mete la mano y saca una caja de madera larga y rectangular que tiene unos símbolos dorados grabados. Tiene el rostro pétreo, resuelto. Sale decidido de la habitación.

Cuando regresa, tiene las manos vacías. Davida vuelve a entrar y le ofrece una bata.

Me quedo sentada en la oscuridad un largo rato y proceso lo que he visto.

Castian tenía el arma en su habitación, pero he llegado demasiado tarde. Aunque no habría podido llegar a tiempo porque aquel fue el día en el que asesinó a Dez. Recuerdo la ropa que llevaba, la forma en que la sangre le cubría la cara. Recuerdo embestir contra él y que me detuvieran.

Él volvió a sus aposentos y se dio un baño. ¿Cómo pudo atenderle Davida? ¿Ese es el motivo por el que está en las cocinas? ¿Es el lugar al que va cuando el príncipe no está?

Cuando por fin me quedo dormida, sueño que se me traga el mar.

Cuando llega la mañana, Leo y yo hablamos de todo y de nada, pero al fin volvemos a un ritmo tranquilo. No vuelve a mencionar nuestro encuentro en los aposentos del príncipe Castian; no me pregunta por qué estaba ahí ni me explica sus propias acciones, por lo que creo que estoy a salvo. Está claro que no quiere que nadie sepa que es un mensajero de su antigua señora, igual que yo no quiero que nadie sepa que ando hurgando en los aposentos de Castian.

A falta de cuatro días para el Festival del Sol, es difícil registrar el palacio durante el día porque a Alessandro cada vez se le da mejor seguirme la pista. A veces juro que estoy sola y luego lo veo a mi lado. Lo que lo delata es el olor empalagoso de los aceites sagrados. Es como si se bañara en ellos.

Me quedo con Leo y me digo a mí misma que es por protección. Pero, en realidad, es el único amigo que tengo en el mundo.

Leo me pone al día con todos los chismes de la corte. Lady Sevilla sorprendió a su marido en una posición comprometida con su propia hermana y puede que no acuda a la recepción al aire libre de la reina. El barco del duque Arias se perdió en el mar durante su viaje de regreso de Islas del Rey, que son privadas.

Nos interrumpe el ruido que hace el pomo de la puerta. Leo entrecierra sus ojos de color verde con confusión. Solo él tiene la llave.

Y Méndez.

El magistrado entra en la habitación y el pavor se aposenta en mis tripas. Va vestido con pantalones de montar y una larga túnica con un tahalí decorativo en la cintura, y parece estar a punto de marcharse a un largo viaje. ¿A dónde se iría a falta de menos de una semana para la festividad?

No soporto que entre caminando como si tuviera derecho a estar aquí. No soporto que cuando me mira se le iluminen los ojos grises. No soporto sentirme aliviada al verlo, solo por un momento.

—Renata —dice mientras se quita los guantes—. Leonardo. Pensé que podría veros antes de vuestras obligaciones.

Leo y yo nos ponemos en pie al oír nuestros nombres.

—Menuda sorpresa —digo yo con una alegría en la voz que he aprendido de escuchar a las cortesanas que revolotean por palacio—. Ha estado demasiado ocupado para verme, magistrado.

Leo se adelanta apresurado.

—¿Puedo ofrecerle…?

Méndez levanta la mano y Leo se queda en silencio. La sangre acude a mi rostro mientras espero a que hable.

—He venido para ver el estado de tu herida y para darte instrucciones.

—¿Magistrado?

Leo se lleva las bandejas de comida y limpia la mesa.

—Lo siento, cielo. Tengo que ausentarme por asuntos del rey —dice Méndez, pero el tono seco de su voz me hace recelar de seguir insistiendo.

—Estaba a punto de cambiarle el vendaje —dice Leo, que regresa de la habitación de al lado con las cosas para hacer las curas: unas gasas limpias y tinturas en botecitos de cristal marrón, aguja e hilo en caso de que la herida se haya vuelto a abrir.

—No va a ser necesario —dice Méndez—. Lady Nuria está aquí. Por favor, asegúrate de que ella y el juez Alessandro tengan todo lo que necesiten.

Al mencionar su nombre, Leo y yo nos miramos. Él bate sus pestañas oscuras y se estira la parte inferior de la chaqueta de ayudante, que es la única señal de que puede estar nervioso. A mí se me sube el corazón a la garganta, pero retiro la mirada y empiezo a quitarme mi propio vendaje.

—Ahora mismo, magistrado —dice Leo, y hace una reverencia para después marcharse.

—Gracias por venir a verme —le digo al juez Méndez—. Sé que su tiempo es oro.

Sonríe un poco y con preocupación, y me toma la mano desnuda en la suya. Hace ruiditos de frustración al ver el largo corte que tengo en la palma. La herida se está curando con rapidez, pero no con la rapidez que él parece necesitar.

—¿Ocurre algo? —pregunto con cuidado.

Pasa el pulgar con suavidad por las costras que tengo sobre los nudillos. Yo me trago el asco que siento y que casi hace que me eche atrás. Esto parece una trampa, una serpiente envolviéndome el cuerpo.

—Al contrario. He encontrado un nuevo Ventári para la Mano de Moria.

—¿Dónde? —Una punzada de dolor se aviva en mis sienes. Pienso en Esteban. En los Susurros. Aguanto la respiración para no gritar.

—Aquí mismo, en la capital. Voy a necesitar tu piedra alman para que él la lea.

Me entran ganas de vomitar. Casi no quedan Morias en la capital. Deben haber utilizado el arma. ¿Cómo, si no, han podido encontrarlo?

Aparto la mano de un tirón, incapaz de contenerme. El corazón se me acelera cuando Méndez me mira directamente, sorprendido.

—¿Renata? —Me agarra por los hombros. Apenas puedo mantenerme en pie. Él me empuja hacia su pecho. Huele a incienso y azúcar, los olores que durante tanto tiempo consideré mi hogar. Estoy tan cansada que apenas puedo apartarlo. La manera en que me acaricia el pelo y me lo retira de la cara, como si volviera a ser una niña pequeña, hace que se me revuelva el estómago. Me recuerdo a mí misma que él no es mi padre y que nunca lo ha sido. Él fue el monstruo que me metió en una jaula. Pero cuando repite mi nombre, con más preocupación de la que nadie me ha demostrado, a excepción de Dez, no me salen las palabras.

—Estoy bien —consigo decir—. No es nada.

Él se vuelve a sentar. Me quito el collar y se lo doy, preguntándome si se da cuenta de que solo yo puedo leer la piedra. El nuevo Ventári solo puede verificar lo que yo vea. Me lo cambia por uno nuevo. Este es más pequeño, del tamaño de una canica, y me queda sobre la clavícula. Siento la vibración de su magia, como si estuviera llamando a la mía.

—Necesito que estés más alerta.

—Sí, tío. ¿Puedo hacer una pregunta? ¿Ha pasado algo?

Él prepara las cosas para vendarme la herida.

—Ha habido una especie de robo. Han desaparecido algunas de mis piedras alman.

—¿De la cámara?

Méndez sacude la cabeza una vez y examina mis facciones con sus ojos grises. Por lo menos, la sorpresa que siento es auténtica.

—En otros lugares de palacio. Hay dos que han desaparecido.

¡El juez Méndez está espiando al príncipe Castian! Al darme cuenta de esto, me mareo. Pienso en Castian en Esmeraldas. «Nadie puede saber que he estado aquí». ¿Se refería a cualquiera o a Méndez específicamente? Castian tiene relación con lady Nuria. Y el arma. ¿Podrían estar compitiendo por la aprobación del rey?

—¿Renata? —La voz de Méndez retumba en mi oído.

No he prestado atención. Respiro hondo.

—Lo siento. Discúlpeme, magistrado.

—Creía que ibas a ser sincera conmigo, Renata. —Méndez quita el tapón de la tintura y echa el líquido marrón sobre mi herida. Sé que escuece, pero ya no puedo manifestarlo—. Si algo va mal, debo saberlo.

—A veces vuelven a surgir mis recuerdos. No puedo controlarlos todo el tiempo y es doloroso.

Su mirada gris me estudia el rostro. Me retira un mechón de cabello negro de los ojos.

—Pienso en la noche en que se te llevaron bastante a menudo.

Igual que yo, me digo a mí misma. La imagen de un joven y dulce Dez salvándome es tanto un bálsamo como un cuchillazo en el corazón. Ya no quiero hablar más de esto.

—Ya me encuentro mejor —digo, y ofrezco una sonrisa que parece convencerlo.

—Te he traído algo. —Saca una pequeña bolsa de terciopelo azul de su cartera y la abre.

No quiero regalos por parte de Méndez. Empezará así, y luego volveré a estar donde estuve hace todos estos años. Pero la antigua yo no se habría negado, por lo que no lo hago.

El colgante rojo y enjoyado es el sello oficial de la justicia, parecido al que lleva Leo. Méndez me lo engancha en la tela del vestido, encima del corazón.

Doy una larga y temblorosa respiración.

—Me honra, magistrado.

Él me eleva la barbilla con un dedo. Su sinceridad me da rabia.

—Vales más de lo que crees, Renata. Pronto, el rey Fernando verá todo el trabajo que he hecho por nuestra causa.

—¿Está contento el rey?

—Más aún desde tu llegada. —Se aprieta la frente—. Mientras esté fuera, debes continuar siendo mis ojos y mis oídos. Solo el juez Alessandro y Leo pueden contactar conmigo.

—¿Tiene que marcharse? —pregunto—. ¿Y si no vuelve a tiempo?

—Más motivo aún por el que el deber me llama. Hay que amansar al nuevo Ventári para el rey.

¿Es eso lo que me va a hacer a mí? ¿Amansarme? Una voz que suena como la de Margo dice: *Ya lo ha hecho.*

—Cuando regrese, espero que tu herida esté completamente curada y lista para rendir.

El pavor se posa sobre mi lengua.

—Para unirme a la Mano de Moria.

—La única Robári del lugar debe impresionar a nuestros visitantes extranjeros —dice.

La única Robári del lugar. Y también la única Susurro en palacio.

Veo cómo se marcha el carruaje de Méndez desde la pasarela que da a la calle principal. El broche de rubíes y diamantes que llevo en el pecho soporta el peso de cada una de las personas cuya vida he tocado con mi poder. Aquí estoy, llevando el sello de la justicia. Trato de decirme que esto es exactamente lo que quería cuando llegué: quedarme aquí por algo más que mi venganza. Para que el magistrado confíe en mí. Me preocupa haber desempeñado el papel demasiado bien.

El Festival del Sol se acerca apresuradamente. Yo no estoy lista ni de lejos. Si la misión no está completa antes de ello, si aún no he sido capaz de asegurar el arma y destruir al príncipe, ¿seré capaz de llevarla a cabo? ¿De crear un Vaciado de lord Las Rosas para mantener la tapadera y seguir adelante por el bien mayor de los Susurros?

La culpa me matará algún día, pero he decidido que no será hoy. Atravieso el tramo de la pasarela y dejo la mano enguantada sobre uno de los pilares para apoyarme. Desde aquí, el laberinto de jardines se me antoja vertiginoso. Hay unos azulejos brillantes que forman unos diseños complejos y parecen conducir por unos setos bien cuidados. El último rey mandó que diseñaran este jardín como regalo para su esposa. Está dividido en cuatro partes, y los setos y los arcos cubiertos de rosas en flor te engañan para que sigas un camino hacia el centro, donde la realeza lleva a cabo sus festejos.

En cada uno de los diferentes cuadrantes del jardín hay rincones escondidos con bancos de piedra para que los cortesanos pasen el tiempo. Hay muchachas esparcidas por los jardines, como las flores, acompañadas de sus ayudantes, que llevan parasoles para bloquear el sol y que no se les queme la piel.

La risa de Leo llega revoloteando desde uno de los jardines. Ahí, bajo un manto de tela traslúcida y faroles, se encuentra una mujer rodeada por media decena de cortesanas y ayudantes como si se tratara de la misma reina.

Paso por delante de los jardineros que están preparando el Festival del Sol sin que se den cuenta. Están podando los árboles nudosos con brotes blancos a punto de florecer, y sacan lustre a las armaduras y las estatuas hasta que el brillo es visible a metros de distancia. Un niño coloca hojas de nenúfares en los relucientes estanques que hay en los jardines de la reina. Desde aquí abajo, la parte alta de las torres de palacio brilla como si cada una fuera un sol. Recuerdo observar esta estructura desde más lejos, cuando bajé con mi unidad por el camino flanqueado por cabezas cortadas. Cada vez que disfruto de la belleza de este lugar, recuerdo que detrás de ella hay una persona con un corazón espantoso.

Veo el palio de lady Nuria en uno de los cuadrantes del jardín. Su cara queda oculta por la sombra del dosel, pero está reclinada de cuerpo entero sobre una butaca afelpada cubierta de cojines y mantas de piel de zorro blanco. Lleva un vestido con un corte más bajo que el resto de las cortesanas; sé que, según Leo, es el estilo de Delfinia. El vestido es del color del zumo de cereza, y le abraza la fina cintura y las anchas caderas. Lleva el pelo recogido, con unos tirabuzones arreglados para que caigan de manera delicada alrededor de su cuello. Su piel trigueña reluce como una joya.

Cuando me ve, se incorpora. Y cuando su rostro sale a la luz, no es, para nada, como me la esperaba. Es más joven de lo que imaginaba. Tal vez tenga diecisiete años, como yo. Tiene una mirada de ojos oscuros que, de algún modo, son amables, pero al mismo tiempo te escudriñan. Lleva un tinte en los labios tan rojo como el de su vestido, pero el resto de su rostro está sin tocar, incluyendo sus gruesas y oscuras cejas, que las tiene arqueadas de forma natural y le dan un aspecto de escepticismo. O puede que simplemente sea la manera en que me está observando ahora. Toma una taza de porcelana con detalles delicados pintados en oro y da un sorbo con sus labios rellenos. Las otras seis muchachas que están descansando a su alrededor hacen lo mismo.

—Hola —me dice lady Nuria batiendo sus larguísimas pestañas. Vuelve a colocar la taza de té sobre el platillo e inclina la cabeza hacia un lado. Ese gesto me recuerda al de un búho que observa con curiosidad a su presa.

—Lady Renata —dice Leo con un tono de sorpresa. Se levanta de la banqueta acolchada y se queda en pie prestando atención—. ¿Me requiere?

—Me he perdido de camino al taller del juez Méndez —digo, en voz un poco demasiado alta para las cortesanas que susurran detrás de los abanicos desplegados.

Una de ellas es lady Garza, cuyo recuerdo del príncipe robé en la pasarela. Desvía la mirada y se sienta en un ángulo que me da la espalda.

—¿«Lady»? —se queja una mujer a Leo. El vestido que lleva es extravagante, en absoluto apropiado para tomar el té. Tiene cuentas y cristales cosidos que forman patrones por todo el pecho, y sus guantes son de encaje fino. Se ríe de manera corta y altanera mientras me mira de arriba abajo—. ¿De dónde le viene el título? ¿Nuestra Señora de las Ruinas?

—Disculpe, lady Borbónel. —Leo traga saliva con dificultad y mantiene la mirada baja.

Tengo ganas de decirle a Leo que tenía razón al insistirle en que no se refiriera a mí con un título. No debería haber venido aquí, pero quería ver a lady Nuria por mí misma. Ella, no obstante, es la única de las cortesanas que no se está riendo.

Lady Nuria deja la taza de té sobre la mesa. Sus manos finas descansan sobre su regazo. Al sonreír se le forman unos hoyuelos preciosos en las mejillas, y en este momento quiero odiarla...

Pero se me pasa cuando su sonrisita aterriza en el origen de mi humillación.

—Dígame, lady Borbónel, antes de que el rey Fernando le regalara el título de Duque de Salinas a su padre, ¿qué era?

Lady Borbónel, pálida de por sí, palidece aún más, y abre el abanico de golpe.

—Un comerciante.

—Pero no siempre fue comerciante —dice lady Nuria, cuya sonrisa delata el filo de sus palabras—. Corríjame si me equivoco. Sin embargo, creo que él era de mi ciudadela, donde mi padre, el duque de Tresoros, le regaló a su experto mayordomo Borbónel, en quien confiaba, un barco para que comerciara en nombre de nuestra familia.

Leo va con la mirada de lady Nuria a lady Borbónel, pero yo estoy fascinada con las otras muchachas. Están horrorizadas y encantadas a partes iguales de que estén desollando a su amiga.

—No sé a dónde quiere llegar. —Borbónel arruga la cara y se le vuelve avinagrada.

—Es que me resulta extraño que le moleste un cambio de título cuando se trata de esta joven muchacha, pero no cuando resulta una ventaja para usted.

—Mi padre se ganó su...

—¿Y quién dice que lady Renata no se haya ganado el suyo?

—Eso no es ninguna lady. Es una criatura contra natura que no debería andar por palacio como si fuera suyo.

Todo mi ser está chillando para que me dé la vuelta. Para que salga corriendo. Para que encuentre cualquier otro lugar que no sea este. Pero mis pies no se mueven, es como si se estuvieran hundiendo en la tierra del jardín.

—Dígame, lady Renata —dice lady Nuria—, ¿quién le otorgó el sello que lleva en el pecho?

—El juez Méndez —digo con una voz de lo más astillada.

—O sea que consideró que es usted de la confianza suficiente como para portar este sello —dice lady Nuria. Vuelve a tomar la taza de té y posa su mirada desafiante sobre lady Borbónel—: ¿Acaso cuestiona la palabra del magistrado?

—No —contesta la señorita con los dientes apretados.

—Por favor, siéntese —dice lady Nuria dando unos golpecitos sobre el cojín de terciopelo que hay a su lado.

Empiezo a objetar, a retirarme, pero lady Borbónel respira hondo.

—Si ella se nos une, yo no me voy a quedar aquí.

—Puede irse cuando quiera —dice lady Nuria, que sonríe con los labios cerrados. Detesto que me impresione su compostura. El modo en que todo sobre ella es elegante, incluso los tirabuzones marrones que se escapan de su cabello que con tanto cuidado le han arreglado. Se comporta como si supiera cuánto vale y, aun así, esta muchacha preciosa y feroz se iba a casar con mi enemigo.

Lady Borbónel se pone en pie y golpea la silla, que cae al suelo. Se aleja dando pisotones y se queda esperando. Sus dos amigas se levantan de sus asientos y hacen una reverencia a lady Nuria antes de marcharse.

—Mi madre tenía razón —dice lady Borbónel exagerando el tono de voz para todo aquel que pueda oír—. No deberíamos asociarnos con los desechos del príncipe.

Si a lady Nuria le molesta lo que acaba de decir, su expresión no lo demuestra. Simplemente retira la mano del asiento que me ha ofrecido. Me temo que, después de todo lo ocurrido, voy a tener que quedarme.

—No tenía que hacer eso por mí —digo.

Las dos cortesanas que quedan son un poco más mayores, puede que tengan alrededor de los veinticinco años. Solo una de ellas está ya casada, por los dos anillos que lleva en la mano. La otra lleva una corona de cabello dorado peinado en dos largas trenzas. Me recuerda a Margo.

—Leo, creo que nuestra invitada necesita una taza de té, por favor. —Cuando levanta la mirada hacia Leo, veo la verdadera sonrisa de lady Nuria. Él me guiña el ojo cuando sale del palio y me deja a solas con las tres señoritas.

—Lady Nuria, he echado de menos sus comentarios afilados en la corte estos últimos meses. —La mujer casada se ríe entre dientes. Estando así de cerca, me doy cuenta de que lleva el sello de Soria—. El Festival del Sol ha sacado a todas las lobas que compiten por el príncipe.

—Y yo que pensaba que el Festival del Sol era una cuestión de devoción —dice lady Nuria, que me mira con una sonrisa de satisfacción.

—Creía que celebrábamos al Padre de los Mundos por destruir a la malvada Señora de las Sombras —dice lady Soria, que no ha entendido en absoluto el sarcasmo de Nuria.

—O para asegurarnos de que el príncipe Castian por fin encuentre esposa —dice la señorita con el cabello dorado, y al darse cuenta de lo que acaba de decir, se tapa la boca—. Mis disculpas, lady Nuria. No pretendía decir nada con eso.

Lady Nuria no parece estar afectada en absoluto, y simplemente continúa bebiendo el té. ¿Cómo lo hace? ¿Cómo consigue que las palabras le resbalen como el agua sobre la piedra?

—No son necesarias, lady Roca. A pesar de los rumores que hay sobre nosotros, el príncipe Castian y yo continuamos siendo amigos. Nos conocemos desde que éramos muy pequeños. Mi marido, el juez Alessandro, le tiene mucho afecto.

No puedo dejar de pensar en la carta sellada que Leo dejó en los aposentos de Castian. Me cuesta creer que Nuria y Castian sean solo amigos. Yo no perfumaría las cartas a Sayida. Por otro lado, no pretendo entender el comportamiento de los nobles y la realeza, y el secretismo de Nuria me intriga.

Puede que en ello haya una debilidad que pueda aprovechar. Leo regresa y me ofrece una taza de té de porcelana. También me lanza una mirada de advertencia.

—¿Y dónde está el bueno del juez? —pregunta lady Soria—. Debe haberla extrañado muchísimo mientras tomaba el aire fresco de la costa de Salinas.

Hay una pausa en la que todas beben té. ¿Debería beber yo también? Leo me hace un gesto indicando que sí, pero se me derrama un poco.

—El aire es fresco en todo el reino —dice lady Nuria de manera amigable—. Estuve ahí hablando con un embajador de Imperio Luzou para estrechar relaciones.

—¿Por qué íbamos a necesitar eso? —pregunta lady Roca, y yo creo que de verdad lo quiere saber.

—Nuria, querida, los primeros seis meses son los más maravillosos de una unión. No hagas viajes tan largos. Sobre todo, cuando nos han advertido de que el peligro Moria no ha terminado aún.

Lady Nuria aprieta sus preciosos labios. Yo siento que mi cuerpo se enciende ante las palabras «peligro Moria», pero ahora me doy cuenta de que este es el motivo por el que se bebe té durante estas conversaciones: para esconder los rostros en las tazas gigantes.

—Alessandro se está encargando de las obligaciones del juez Méndez mientras él se dirige a la prisión Soledad.

Lady Roca suelta un grito ahogado.

—¿Faltando tan poco para el festival?

Soy incapaz de controlar lo que frunzo el ceño, ni siquiera cuando Nuria me mira fijamente. ¿Méndez está de camino a Soledad? Recuerdo que en el mapa de Castian, la prisión tenía un círculo encima. ¿Están entrenando ahí al Ventári? *No lo están entrenando*, me recuerdo. *Lo están amaoando*

¿Cómo es que se arriesgan yendo hasta tan lejos? Entonces lo recuerdo: el magistrado puede circular libremente por las carreteras principales. No necesita esconderse en los bosques ni evitar a los recaudadores de impuestos. Tiene una ruta directa.

Le sostengo la mirada a Leo. Hemos pasado por tantas cosas que espero, ruego, que entienda lo mucho que detesto estar aquí ahora mismo.

Él irrumpe en nuestro espacio y carraspea. Dirigiéndose solo a lady Nuria, se doblega en una reverencia.

—Me temo que debo llevar a lady Renata hacia el taller del juez Méndez —dice con una lamentación sincera. En realidad, no tengo que ir ahí, pero le daré las gracias efusivamente por ayudarme a escapar. Las señoritas se lamentan y me acarician la parte superior de la cabeza como si fuera un chucho domesticado.

—Lady Renata —dice lady Nuria, que se acerca hasta donde estamos nosotros para que sus invitadas no puedan oírla. Cuando se pone en pie, parece más alta que yo. Me ofrece su abanico. Yo lo tomo con mi mano enguantada—. Estos días está haciendo calor. Y es una buena manera de esconder ese ceño constantemente fruncido que tiene. Le irá mejor en la corte si es capaz de esconder lo que de verdad siente.

Ante esto, me río. El abanico es de un encaje negro delicado con pequeñas rosas rojas en uno de los lados.

—Gracias, pero no puedo aceptarlo.

—Lléveselo. El motivo real por el que quería hablar con usted era para pedirle un favor.

¿Qué podría yo ofrecerle a alguien como ella? Cuando la miro a esos ojos marrones que tiene, veo el dolor que tan bien esconde.

—¿Sí?

—Tengo un recuerdo que me atormenta. ¿Me lo podría sacar? —Me mira batiendo sus pestañas marrones preciosas. Es imposible no enamorarse de ella. ¿Por qué habrá cancelado entonces Castian su compromiso?—. Y no me diga que tiene la mano lastimada. Sé bastante bien cómo funciona la magia Robári.

Me equivocaba. Lady Nuria no solo es atrevida. Es temeraria. Me recuerda un poco a Dez. Vacilo un momento, inquieta por saber qué podría atormentar a alguien como Nuria, pero necesito toda la información sobre Castian que pueda reunir. Esto, además de su chantaje, aunque sutil, está teñido por la amenaza. Me pregunto si su marido le habrá contado lo que me vio hacer. Pero entonces, ¿por qué no acudir a Méndez?

La miro e inclino la cabeza.

—Por supuesto.

Ella mira a Leo.

—Por favor, lleva a lady Renata al salón de invitados para tomar el té mañana por la tarde.

Leo me mira y levanta una ceja con curiosidad.

—Sí, *milady*.

Antes de volver a mi habitación para pasar la noche, me paso por las cocinas para comer algo y conseguir información. Todo el mundo está hablando de la llegada de lady Nuria. Claudia dice que se ha pasado tres meses fuera después de su boda, pero ha tenido que regresar para estar al lado de su marido. Al rey le habrán entrado las prisas para asegurarse de que el tratado con la actual duquesa de Tresoros se mantenga en pie. ¿Por qué, si no, la apresuraron para que se casara con Alessandro? Yo no la criticaría por marcharse de palacio para evitar al príncipe.

Las jóvenes criadas se desviven por atenderla. Lady Nuria se muestra amable y generosa con su atención. Puedo ver por qué el personal de la casa preferiría pasarse el día con ella antes que con cualquier otro noble de la corte. Me pregunto qué recuerdos la atormentarán. La curiosidad que siento me hace estar de lo más nerviosa hasta que llega el día siguiente.

Leo está inusualmente callado cuando me conduce hacia los aposentos de lady Nuria y me deja en la puerta. Están en la misma torre que los míos, pero un nivel por debajo. Una burla poco sutil sobre el cambio que ha habido en su estatus social. Pero aquí no hay guardias.

Lady Nuria me espera con la bata puesta, nada más. Lleva el cabello sin recoger, y le cae por la espalda con los rizos sueltos. Va descalza, pero eso es apenas lo más escandaloso que ha hecho desde que la he conocido.

Detesto que me haga sentir tan descolocada. No es la persona que yo esperaba. Sería mucho más fácil si ella fuera como lady Borbónel y las otras. Podría odiarla nada más verla en vez de sentirme atraída por su amabilidad, igual que con Sayida.

—Siéntate, Renata —dice lady Nuria dejándose de formalidades—. ¿Puedo llamarte Renata?

—Sí. Al fin y al cabo, no soy ninguna señorita.

La sala de estar está decorada en tonos sencillos de gris y marrón con algún toque de verde. Nada de encaje ni del terciopelo lujoso de las estancias en las que estoy yo. Supongo que eso es lo que ocurre cuando te casas con alguien dedicado a una orden de odio.

En la mesa del centro hay un despliegue de frutas de verano, una garrafa de vino rosado, una tetera de cristal con una infusión de jazmín, dulces delicados y pastitas.

Ella se mete una uva en la boca.

—Come, por favor. Sé de buena mano que las uvas te gustan especialmente.

Me entra un escalofrío por la extraña brisa que hay en esta sala, a pesar de que las ventanas de cristal están cerradas y del calor que hace fuera. Se me escapan las palabras de la boca antes de poder detenerlas.

—¿Por qué es tan…? —Me detengo al darme cuenta de cómo va a sonar.

—No seas tímida. Me han llamado de muchas maneras.

—Amable —digo, y giro para encontrármela de pie frente a mí con una copa de vino y ofreciéndome otra. Sus ojos son negros y luminosos, como abalorios hechos del cielo nocturno—. ¿Cómo puede ser tan amable?

—Elijo serlo —dice ella—. Pero no lo confundas con debilidad. Castian nunca lo hizo.

Lady Nuria no me debe nada. No es mi amiga, y antes de enterarme de su compromiso con el príncipe, no la consideraba nada más que una heredera. Pero soy incapaz de entender cómo podría querer tanto a Castian alguien como ella. Seguro que sabe las cosas que ha hecho.

—¿Por qué has vuelto a este palacio si odiabas al príncipe Castian? —pregunta mientras da pasos a mi alrededor para regresar a la mesa.

—Yo no…

—Lo único que pido es que seas honesta conmigo sobre este tema. Ya te lo dije: tienes las emociones prácticamente escritas en el rostro.

Es extraño, pero me alivia que alguien esté derribando mi fachada. Estoy cansada de caminar por estos pasillos y de comer en estas salas y de desempeñar un papel al que he regresado con demasiada facilidad. Si le dijera que quiero matar al príncipe, lo único que conseguiría sería mi propia derrota. Aun así, la respeto. Todo lo que la he visto hacer es un pequeño desafío a la corona.

—No tengo ningún otro sitio al que ir —digo—. Y estoy bajo las órdenes del juez Méndez.

—Podrías haber conseguido papeles falsos y un pasaje a otros reinos.

—Tuve la oportunidad. Me cuesta determinar qué es lo que me da más miedo, si morir aquí o empezar de nuevo en algún lugar totalmente desconocido.

—Empezar de nuevo nunca es fácil. Pero tú elegiste lo más difícil de hacer: enfrentarte al pasado.

¿Así de fácil me cala? Méndez no parece capaz de hacerlo. ¿O está desempeñando un papel, igual que Leo hacía sobre el escenario?

—He ayudado a derramar mucha sangre aquí. Como poco, estoy arraigada a Puerto Leones. Más de lo que tengo entendido y aunque esta tierra no me quiera.

Nuria respira hondo. La chimenea crepita y veo llamas naranjas por el rabillo del ojo, pero, de algún modo, oigo el fuerte silbido del viento que proviene de algún lugar. No tiene sentido que una muchacha descendiente de reinas fuera a estar en esta estancia tan sombría y con corrientes de aire, pero no se queja. Me bebo el vino, tan amargo que sorbo por la nariz.

—Sabe que no podrá recuperarlos —le digo—. Los recuerdos.

Ella gira el rostro hacia la ventana llena de luz que hay al otro lado de la ciudadela bajo nosotras y bebe.

—Sé bastante bien cómo funcionan tus poderes. Debería avisarte de que el recuerdo es de Castian.

—Me lo imaginaba. —Me muerdo el labio inferior. Aunque ella no sea como las otras personas de la realeza con las que he coincidido, debo ir con cuidado cuando hable del príncipe—. Debe resultar difícil defenderlo después de la humillación a la que la sometieron cuando él rompió el compromiso.

Sus ojos quedan inundados por las lágrimas. Es bonita incluso cuando está triste.

—Yo era impulsiva. Estaba mimada. Creía que lo tenía todo. Otras personas en mi posición tienen que elegir entre una unión provechosa para su familia o el amor. Yo fui afortunada y tuve ambas cosas durante un tiempo.

—¿Y entonces?

—Me rompió el corazón. La gente se puso a hablar, como siempre pasa, y yo me convertí en la mala. Aun así, lo conozco. Conozco al muchacho con el que crecí. Juntos lamentamos las muertes de todos a los que él quiso.

Me pongo rígida ante este sentimentalismo, intentando imaginar a un asesino llorando la muerte de otros. ¿También se lamentó cuando mató a su hermano? Como si ella misma fuera una Ventári, lady Nuria asiente con la cabeza.

—Sí, incluso con su hermano, a pesar de lo que digan los rumores. El príncipe no conoció nada más que la violencia a manos de su padre. Eso lo fue debilitando. Le hizo cambiar. Cuando volvió de la Batalla de Riomar, el cambio fue mucho más exagerado. Lo intentamos, pero no funcionó. A veces me pregunto qué habría pasado si yo hubiera puesto más empeño, si hubiera hecho más. Pero no sé cómo ayudarlo. O debería decir que no sabía. ¿Tú te arrepientes de muchas cosas, Renata?

Sin vacilar, contesto:

—Todos los días.

—No puedo cambiar lo que ha hecho Castian. Sí que puedo cambiar el peso de mis sentimientos, pero necesitaría que me quitaras un recuerdo. Uno que revivo cada día, deseando haber escuchado lo confuso que estaba en aquel momento, haber escuchado cuando dijo que quería más que esto.

Hay algo en mí que quiere confiar en ella. O que, al menos, quiere intentarlo. Supongo que no se me da bien juzgar a las personas.

—¿Alguna vez te has enamorado, Renata? —A la luz del fuego, las pestañas de lady Nuria le hacen sombra sobre las mejillas.

No respondo, pero siento la pulsación de una vena en el cuello. Evito su mirada y pienso en Dez. Debería haberle dicho…

Por la curva de su sonrisa, parece tomarse esto como un sí.

—Entonces sabes lo mal que me siento. Tengo que verlo en los bailes y los festivales, y cada vez que paso por delante de su estatua en medio de la ciudadela. Lo único en lo que puedo pensar, lo único que puedo ver es la manera en que ha cambiado. Ver al muchacho al que amo convertirse en algo terrorífico. Todo esto mientras tengo que fingir amar a un hombre cuya presencia me hiela la sangre. Considéralo un intercambio. Creo que, a la larga, te alegrará que te deba un favor.

Yo no quiero que ella me deba nada, pero sé que, si quiero meterme en la cabeza del príncipe más de lo que ya he hecho, si quiero conseguir el arma, puede que su recuerdo me lleve hasta allá. Puede que, con un recuerdo menos sobre él, la influencia que el príncipe tiene sobre ella ceda y Nuria se libere.

Asiento con la cabeza y ella me sigue hacia el largo sofá que hay al lado de la chimenea. Se tapa las piernas con una manta pesada y me mira directamente.

—¿Duele?

—Sí, pero solo un momento.

Veo la determinación asentándose en su mirada, con los ojos fijos en mí. Doblo los dedos de la mano que tengo libre. Noto la herida en el centro de la palma rígida, y en el nuevo vendaje no hay nada de sangre. Me doy cuenta de que me voy a quedar sin excusas, y pronto Méndez me colocará el otro guante.

—Estoy lista —dice ella.

Aprieto las yemas de los dedos sobre la piel tersa de su frente, y el suave resplandor de mi magia le disipa la preocupación.

—¿Tienes que marcharte mañana? —pregunta ella, tumbada de lado para mirarlo de frente.

Están en una cama con un dosel de seda traslúcida y del color de la crema alrededor de ellos. Ella cree que esta debe ser la sensación que dé estar en el interior de una flor.

—Me quedaría contigo si pudiera, pero el General Hector puede que hable con mi padre —dice Castian. No hay nada más que una sábana cubriéndole las caderas. Su resplandor dorado hace que ella se sienta abrigada en el interior. El tiempo que el príncipe se ha pasado fuera entrenando le ha sentado muy bien. Siempre ha sido alto, pero ahora puede admirar más que sus ojos de agua dulce y su cabello rizado y dorado. No se le escapan los nuevos músculos que se le marcan en las piernas ni la línea de cabello dorado oscuro que aparece en su abdomen cuando se estira.

—¿Qué estás mirando, milady? —pregunta Castian.

—A ti —dice ella, con el corazón hinchado hasta que casi le duele, porque mirarlo es demasiado.

Una sonrisita se posa sobre los gruesos labios de Castian. Él la besa y juntos se hunden en la cama. Ella le recorre los músculos de la espalda con sus dedos. Es suave y está intacta.

—¿Por qué tienes que luchar?

Él suspira y se acurruca en la curva del cuello de ella.

—Porque soy el lord comandante de Puerto Leones. El rey quiere que vuelva a tomar Riomar, y tengo que hacer lo que diga el rey.

Él la besa en el hombro y va bajando hasta su muñeca. Ella intenta sofocar esa sensación que tiene entre las costillas, como si fuera a aumentar demasiado para su piel por lo mucho que lo quiere. Le advirtieron de esto. Su madre y su padre, el duque y la duquesa de Tresoros, le advirtieron que su cuerpo reaccionaría de esta manera cuando Castian y ella alcanzaran esta edad. Que no podía ser débil. Que las reinas debían ser más fuertes para sobrevivir a sus reyes.

Aunque sentía el peso del zafiro de la reina Penélope sobre su dedo, Nuria aún no era reina.

—Cuando vuelvas, después de que nos casemos, ¿me llevarás a algún sitio bonito?

Él vuelve a fruncir el ceño. Si no se anda con cuidado, se le quedará la misma muesca entre las cejas que a su padre. Pero sus dedos son tan suaves como los pétalos.

—¿Ciudadela Crescenti? —pregunta él.

—Demasiado libertino.

Él se ríe y le da un mordisquito en la cálida piel morena de su tripa al mismo tiempo. Ella lo siente vibrar contra su cuerpo.

—¿Islas del Rey?

—¿Tú, Castian Fajardo, quieres navegar? —Le enreda los dedos por el pelo.

Él levanta la mirada y sonríe.

—Me he pasado la vida entera intentando no tenerle miedo al agua. Supongo que ahora tendré que estar cerca de ella si voy a ser rey y mantener la paz con nuestros aliados.

Ella sabe esto sobre él, y desearía poder quitarle ese dolor con la misma facilidad con la que él ha ideado su futuro juntos.

Él se incorpora y la observa.

—¿Alguna vez te has preguntado qué ocurriría si navegáramos hasta que estuviéramos en un lugar muy lejos?

—¿Cómo de lejos?

—Hasta que encontremos lo que hay en las regiones inexploradas.

Ella entrelaza un tirabuzón rubio de Castian alrededor de su dedo.

—¿Cómo serás rey si estás en las regiones inexploradas?

—¿Y si no fuera rey?

—Todo el mundo conoce tu cara, querido Cas. Desde aquí hasta Luzou y todo lo que hay entre medias.

—No hay nada entre nosotros y Luzou.

—¡Ya sabes a lo que me refiero!

Él se ríe y, con la vibración, el cuerpo de Nuria zumba. Pero luego se queda demasiado pensativo, demasiado triste.

—¿Y si pudiera esconderme?

—¿Como en tu habitación secreta?

Fuerza una sonrisa con los labios.

—En otra tierra, quizá.

Los ojos de Nuria van hacia la boca de Castian, que la tiene como cuando está serio y pensativo. Es el rostro que se reserva para la corte y el público, pero no para ella. Para ella, él siempre tiene una sonrisa. O peor, esa sonrisita que hace que su corazón y su mente quieran hacer cosas peligrosas.

—¿Vendrías conmigo? —le dice en un susurro.

Ella se acerca a él y le roza los labios con los suyos.

—¿A dónde? ¿A tu habitación secreta o a esa tierra inexplorada?

—Podemos empezar por mi habitación secreta. Te las mostraré todas. Podemos marcar todas y cada una de ellas con nuestro amor. Empezando con la que hay en tus aposentos.

—¿Qué te ocurre? —Nuria se ríe y se vuelven a besar. Él la abraza con más fuerza que nunca, como si le diera miedo soltarla. ¿Tiene miedo? ¿No está seguro sobre ella?—. Prométeme que volverás de Riomar entero —dice ella.

—¿No estarías conmigo de lo contrario?

Ella no quiere hablar de esas cosas. No quiere imaginarse que no vaya a volver.

—Sí que estaría contigo, Castian.

Hay un arrebato de tristeza en los ojos del príncipe, pero queda reemplazada por algo diferente cuando la observa, como si ella fuera una maravilla, una promesa por mantener. Ella daría *cualquier cosa por que él la mirara siempre así. Su príncipe. No, su rey.*

Nuria estira de la sábana que lo cubre.

El recuerdo ondula como la luz sobre el agua.

Castian de pie en el jardín. La está evitando. Su boda es en diez días, y aún no se ha terminado de recuperar de Riomar.

—*Cas* —*dice ella.*

Lo asusta. Él se agarra a la rama de un árbol para mantener el equilibrio. Ella quiere ir hacia a él, pero no puede. Castian no la mira. No le habla.

Cuando se da la vuelta, ella apenas lo reconoce. No sonríe de la manera en que solía hacerlo. Su mirada ha perdido aquella afabilidad. El príncipe mira el espacio que hay entre ellos y ninguno da un paso para acortar la distancia.

—*No puedo hacerlo* —*le dice él*—. *No puedo casarme contigo.*

—*Cas.*

«Cas», dice ella, una y otra vez. Cada vez que dice su nombre se le parte el corazón.

Doy un traspié hacia atrás y arranco los dedos de la mente de lady Nuria. El corazón me va a toda velocidad, igual que le iba a ella. Sus sensaciones persistentes de deseo y sufrimiento se me aferran como los residuos. Agarro un vaso de agua y me lo bebo de un solo y largo trago.

Lady Nuria sonríe y se sirve más vino de la garrafa.

—¿Te encuentras bien, Renata?

—Sí, *milady* —digo de manera entrecortada.

—Por favor, llámame Nuria. —Alcanza un bizcochito redondo relleno de crema y se chupa los dedos—. Es raro. Pensaba que quedaría algo de lo que quería mostrarte. Pero es más como si hubiese una habitación vacía, fría. ¿Es así para todo el mundo?

Sacudo la cabeza. Me avergüenza no haberlo preguntado nunca.

—No estoy segura. Cada persona puede ser diferente.

—Por favor, quédate y come algo —dice con un tono suave—. Odio estas estancias. Se oye el viento en mitad de la noche, y siempre tengo la sensación de que hay alguien aquí.

Es un alivio saber que no solo soy yo quien se siente así. Comemos en silencio al principio, pero creo que lady Nuria tiene la sensación de que necesita rellenar el espacio, por lo que habla sobre la recepción de la reina y el Festival del Sol que viene después. Llega un punto en el que estoy segura de que dice que me mandará un vestido nuevo, pero mi mente está consumida por su recuerdo, que ahora aparece por mi mente como si fuese propiamente mío.

Nuria era diferente. Más inocente en el amor que sentía por él. ¿Echó la vista atrás hacia aquel día y vio la miseria que había en los ojos de Castian? ¿De qué tenía que huir el príncipe cuando hacía tiempo que había asegurado su propio mandato? Aun así, entiendo su necesidad de sentir como si hubiera podido cambiar las cosas.

Me cuesta creer que Castian cambiara de rumbo. Él la adoraba. Miraba a Nuria del mismo modo en que Dez me miraba a mí. Aquello era real. Luego se fue a Riomar, casi murió y regresó siendo un hombre diferente. Dez también lo hizo, y aun así consiguió volver a recomponerse. Ocurrió algo más. Lo siento en el interior de los recuerdos robados.

Castian dijo que se había pasado la vida entera intentando no tenerle miedo al agua, pero ¿por qué? ¿Es que ve a su hermano muerto cada vez que está cerca? ¿Y qué dijo sobre los escondites que hay en palacio? «Los conozco todos».

—Te debo un favor, Ren —me dice Nuria cuando me marcho—. No lo olvides.

Esa noche, en la cama, escucho la llegada de los guardias al otro lado de mi puerta. Vienen de algún lugar. Una trampilla. Una escalera secreta. Estoy segura de que nunca los he oído caminar por el pasillo.

En mis sueños veo a Castian. Es ese muchacho de mi memoria, a punto de matar a Dez en un balcón en un momento y sujetando flores al siguiente en la oscuridad, huyendo de mí.

Encontraré lo que estás escondiendo, prometo.

Destaparé todo lo que él ha encerrado, y no habrá ningún lugar seguro en el que pueda esconderse.

19

Al día siguiente, consigo unos momentos a solas para tocar las paredes de piedra de los antiguos aposentos de lady Nuria y buscar la entrada a alguna habitación secreta. Me pregunto si el príncipe llegó a cumplir con lo que dijo sobre enseñárselas. Me muero de ganas de preguntárselo a ella, pero es un riesgo demasiado grande. Miro detrás de todos los cuadros, de todas las alfombras, las cortinas, los libros. Hago fuerza contra las paredes de ladrillos y los paneles de madera. Rebusco debajo de la cama. Cuando, al finalizar la búsqueda, lo único que consigo es terminar con los dedos sucios y una astilla, me tumbo en el suelo. Saco la moneda de Dez de debajo del colchón y la sujeto para que me dé fuerza.

Castian no mentiría a Nuria. No en aquel momento. Tiene que haber algo que esté pasando por alto.

—¿Qué hace? —pregunta Sula.

Me levanto como puedo del suelo y me aliso las faldas de color azul intenso.

—Nada.

—A mí me parece que estaba tumbada en el suelo.

Basta con que mire una vez la mueca que pongo para que la ayudante se sobresalte. Deja la bandeja de comida sobre la mesa y se ocupa con otra cosa. Acostumbrada a su hosco silencio, me retiro. Ella no lo cuestiona.

Voy en búsqueda de Leo, pero lo han mandado con lady Nuria para que le haga compañía. Después del último encuentro con las señoritas de la corte, me mantengo en la sombra. Cuanta más gente se junta en palacio, más sola me siento. La desesperación me corroe por dentro porque no estoy avanzando. Soy un fantasma merodeando por los pasillos, admirando los retratos con oro incrustado del linaje Fajardo desde hace más de trescientos años. Me doy cuenta de que no hay ningún retrato de la primera esposa del rey, aunque la reina Penélope adorne una pared entera. Deslizo los dedos por detrás de cada uno de ellos, pero ninguno se transforma en un compartimento oculto ni en ninguna habitación secreta.

Me quedo rezagada en la pasarela que conduce a mis aposentos. Oigo estallidos de risa que provienen desde los jardines y las calles que hay a ambos lados del puente. Un recuerdo tira de mí, uno propio. Si cierro los ojos, soy capaz de recordar estar corriendo por el bosque al lado de Dez y Sayida. A los dos enseñándome a ser rápida y silenciosa al mismo tiempo. Pero yo siempre he sido muy ruidosa: el sonido de mi corazón, el peso de mis pasos, hasta el llanto que siempre parece que estoy conteniendo.

A esto le sigue una visión desteñida de Castian besando el interior de las muñecas de Nuria. Le doy un puñetazo al pilar lleno de baldosas para deshacerme del recuerdo y al instante me arrepiento. Una de las costras que tengo sobre los nudillos se resquebraja y empieza a sangrar. Me quedo mirando mi mano herida. Cuando llegue mañana, no me quedará otra opción que la de crear un Vaciado.

Huye, me digo a mí misma. El magistrado no está. Tampoco el príncipe. Y el rey y la reina están absortos con su festival sagrado que celebra la derrota de mi diosa.

Unas palabras suaves que duelen como una herida profunda me atraviesan y reverberan: *Quédate por algo más.*

Tengo que terminar esto. Tengo que hacerlo.

Me doy la vuelta y voy corriendo lo que me queda de camino hasta mis estancias. Hay un guardia de servicio; está desplomado en el suelo. Me agacho para poder mirarlo mejor a la cara.

Hector.

Hay cientos de personas que se llaman Hector en el reino, pero las posibilidades de que el General Hector del recuerdo de Nuria sea este mismo parece posible. Tendría esta edad. Las lavanderas dijeron que luchó en Riomar. Pero ¿cómo pasó de ser un general a un guardia de patrulla?

Apesta a aguadulce. Su mano izquierda, ataviada con un guante negro, descansa sobre su bajo vientre. Como yo, tiene la otra mano libre, pero sus dedos están colocados de manera algo rígida.

Entonces sus hombros hacen un movimiento rápido y le da un espasmo en los muslos. Está dormido y gime. Y a eso le sigue un llanto. Hay tantos Susurros que duermen así mismo, atormentados por recuerdos horrorosos del pasado... A Dez le pasaba.

—Estás soñando —susurro. Agarro al guardia por el hombro y le doy una sacudida.

No se despierta. Me retira la mano de un manotazo y luego se echa a temblar. Grita algo que no soy capaz de entender. Pide ayuda a gritos. La piel olivácea de Hector se vuelve de color rojo porque le cuesta respirar. Intento volver a zarandearlo, pero él me agarra por la muñeca. Me echa a un lado y yo suelto un grito ahogado. Aterrizo sobre mi hombro y Hector se tumba boca arriba.

Me siento derrotada por la culpa de verlo sufrir, sabiendo de primera mano lo dolorosas que pueden ser las pesadillas. Ahora me pregunto si puede que esta sea la razón por la que lo relegaron a guardia de palacio, en el caso de que se trate del mismo General Hector.

Se me ocurren dos cosas. Necesito los recuerdos que este hombre tenga sobre Castian. Pero la última vez que robé uno de una pesadilla, hice que mataran a Dez. Lo de Jacinta terminó bien porque, por muy mal que la tratara Castian, para ella no era ninguna pesadilla, aunque quizás su enamoramiento con el príncipe fuera a más. Me digo que Hector no es más que un guardia de palacio, que puedo ayudarlo mientras consigo la información que necesito. Me siento mal incluso pensándolo, pero no puedo permitir que se me escape esta oportunidad.

Me tiemblan las manos cuando le coloco los dedos sobre las sienes y el corazón se me acelera porque cuando lo toco, veo a Dez. Aparto el rostro de mi amor a un lado y me sumerjo con rapidez en la mente del guardia.

Hector llama «la reina melancólica» a la reina Penélope, aunque en realidad le gustaría llamarla «la reina hermosa», con su cabello de oro y sus ojos brillantes como el mar. Era la primera vez que estaba en palacio, en la gran ciudad capital, Andalucía. Se le escapa cómo pudo un campesino ser reclutado para la guardia de la reina. El rey y su último magistrado han hecho grandes esfuerzos para ayudar a la gente de Puerto Leones a que mejoren sus condiciones de vida, y se siente agradecido por ello. Su sueldo ayudará a sus padres en Ciudadela Salinas, donde no hay trabajo. Va a ser el mejor, y puede que algún día alcance el puesto más alto en las filas de la reina.

Tiene una voz hermosísima. Es dulce como el ir y venir de un océano en calma, suave y agradable. Sus palabras se quedan en la mente del hombre, incluso cuando no está presente. Estrella dorada, estrella dorada, llévate el amor de mi corazón.

Cuando la oye cantar a sus niños, cree que eso es lo que se siente cuando te aman. La reina melancólica no va a ningún lugar sin sus niños, aunque el príncipe más mayor suela ser impaciente, se enfrente al mundo como un salvaje y grite a todo pulmón. Pero cuando ella canta, él se tranquiliza. Escucha. Duerme.

Hasta los príncipes escuchan a sus madres cantar.

Muchas veces, el recuerdo reconfortante que está al frente de la mente oculta el que provoca las pesadillas. Qué curioso que Hector aún siga pensando en la reina fallecida después de tantos años. Desplazo los dedos por su piel sudorosa y me preparo para el dolor de más recuerdos.

Una batalla sangrienta. Hombres y mujeres del ejército del rey arrasan un pueblo hasta sus cimientos. Los habitantes salen corriendo de sus hogares en llamas y se adentran en los bosques. Los rebeldes Susurros contratacan. Rostros que él no reconoce. Un dolor agudo, y luego la oscuridad. Gritos, golpes, un dolor agonizante en una tienda de campaña. Una herida, sangrienta y cubierta con una venda donde solía tener la mano.

Hector sisea cuando revive el dolor reciente. Se agita tanto que es difícil mantener la conexión, pero las imágenes me inundan como si estuviera en una habitación estanca llenándose de agua. Debo retomar el control. De lo contrario, le quitaré demasiados recuerdos y se convertirá en un Vaciado.

La reina melancólica lleva muerta un año, y la rabia del muchacho aumenta más aún. Su cuerpo es diferente, incluso para un joven hombre de su edad. Lo único que hace es comer y enfrentarse a las duras pruebas que todo hombre y guardia del rey debe superar, como si se estuviera forjando a sí mismo hasta convertirse en una roca, imposible de romper. Pero el muchacho tiene un corazón impaciente. Hector admira la precisión en su manejo de la espada. De entre todos los muchachos que han sacado de las granjas, de los molinos y de los muelles, él sería al que tendrían que vigilar, aunque no fuese el príncipe coronado.

Hector grita una orden:

—¡En fila! Buscad a vuestro compañero de lucha y no mostréis piedad. No os preocupéis por las heridas, novatos. Nadie os va a besar esos caretos que tenéis.

Eso despierta unos gruñidos amargos por parte de los reclutas. Son demasiado jóvenes. Cada temporada que pasa, la justicia los manda más jóvenes a luchar y morir.

Hector fue como estos niños. Los observa luchar entre ellos, por parejas. Su pequeño grupo del vasto ejército del rey Fernando.

Una figura delgada lo observa desde la distancia. Es Davida. Está muy cambiada, tiene una cicatriz que se le acaba de curar que le cruza por el rostro y su delicado cuello, y lleva una cesta de manzanas sobre la cadera. Sus ojos marrones intensos siempre parecen estar mirando al príncipe. Hector ve cómo le brillan por las lágrimas y se pregunta si recordará al principito asesino como era.

Davida deja unos trozos de pan seco para los inoportunos pájaros negros con la esperanza de salvar así las manzanas. Él siempre ha admirado su bondad. Sigue siendo igual de hermosa que el día en que se enamoró de ella. Sus caricias siempre lo tranquilizaban, como si le retirara los pensamientos oscuros de su vida y dejara paso al sol. Por supuesto, aquello era antes de que él perdiera la mano en un ataque. Antes de que el príncipe mandara que la castigaran. La rabia que siente contra el príncipe resurge, florece como un brote pútrido en su interior. Todo lo que ha perdido es por culpa de los Fajardo. Pero sabe que no puede levantarle la mano al muchacho. A su futuro rey.

Tampoco puede volver a abrazar a Davida. Quizás algún día sanarán lo suficiente como para volver el uno al otro. Algún día...

—Buenos días, Davida —le dice él.

Ella se sobresalta ante el sonido de su voz y se lleva la palma contra la barbilla. Le dice «hola» por señas, sin palabras, y luego su nombre de pila: Miguel. Ella es la única que lo llama así. Es la única que puede.

Hector desearía ser más suave, más blando, no un patán enorme que se tambalea y tiene una sola mano. El dolor causado por el tiempo que ha pasado en batalla sigue siendo una herida reciente. Jamás lo superará. Da la sensación de que Davida puede sentir su angustia, y le toca el antebrazo. A pesar de que tiene los dedos llenos de callos, son suaves. Es como si una brisa fresca besara a Hector en un día caluroso. ¿Es amor lo que aún ve en los ojos de Davida? Porque Hector siente una oleada de agitación en el corazón, como si cien cuerdas se anudaran en una sola. Quiere olvidarse de su puesto, de su deber. Solo quiere caer ante las rodillas de ella.

Y entonces el nudo se deshace. Se deshace como un carrete suelto en sus manos. La neblina de su enfado desaparece. Por un brevísimo momento, solo están Davida y él.

Justo cuando está a punto de decirle algo más, el principito marcha hacia él y Davida se suelta. Agacha la cabeza entre los hombros y se va corriendo tan rápido como le permiten sus pies. Su ausencia es más de lo que puede expresar en palabras, y cuando Castian se planta frente a él, vuelve a sentir un enfado vivo.

—¡Hector! ¿Qué quiere decir todo esto?

Recupera la respiración. Puede que sea el general de Castian, pero Castian sigue siendo su señor feudal. Asesino o no.

—¿A qué se refiere con todo esto, alteza?

El muchacho lanza su casco al suelo, y la espada va después.

—¡A esto! Has asignado un compañero de lucha a todo el mundo menos a mí.

—No veo el problema, alteza.

—Soy quien mejor lucha. —Sus ojos azules son tan fríos que Hector siente un terrible escalofrío cuando se le acerca. Son los ojos de un monstruo, retorcidos y rotos. Aun así, Hector no puede evitar pensar en el rostro de su madre, oír su dulce melodía y pensar en lo diferentes que eran las cosas. En lo diferente que era él—. Soy el capitán honorario de las fuerzas. ¿Esperas que vaya a Riomar sin haber entrenado?

El enfado de Hector le fastidia, por lo que dice:

—Los capitanes honorarios no van a batalla, alteza. ¿Cómo puedo permitir que el hijo del rey llegue a la cena del consejo con un ojo morado?

Se espera que el muchacho se ponga a gritar. Sería más fácil de llevar. En vez de eso, le devuelve la mirada de ojos azules y calculadores y le dice de manera amenazante:

—Cuando vuelva a tomar Riomar, seré el luchador más feroz de Puerto Leones. Y cuando llegue ese día, no habrá nada honorario en mi título. ¿Entiendes?

Hector asiente con la cabeza. Él entiende muchas cosas sobre el príncipe, que siempre será un príncipe, y quizás se gane el título de lord comandante. Pero para Hector, siempre será el muchacho qué ahogó a su propio hermano.

Hector suelta un grito al despertarse de su sueño. Se lleva la mano de madera hacia el pecho cuando se pone en pie y se aleja de mí. ¡Hay tantas cosas que quiero preguntarle! ¿Sabe que Davida sigue atendiendo al príncipe? Me pregunto si Hector se la encontró la noche de la celebración de la media luna.

—¿Estás bien? —pregunto y lo zarandeo—. Te he encontrado en el suelo.

—No —responde con una mirada que me atraviesa. El miedo que le tiene el guardia al muchacho, a Castian, se queda rezagado en mi corazón, por lo que me quedo donde estoy y lo observo respirar—. No creo que nunca llegue a estarlo. Le pido disculpas por mi indecencia, señorita.

Nunca me ha hablado con esta suavidad ni durante tanto tiempo. A pesar de que el enfado que sentía se ha posado sobre mí como una manta infestada de hormigas, quiero decirle que me siento igual, que entiendo lo que es sentirse como si nunca fuera a estar completo de nuevo. Pero volvemos a ser unos desconocidos, unas sombras que pasan por delante el uno del otro en la oscuridad que nos tragará por completo.

Cierro la puerta y echo el cerrojo. Tengo la mente llena de los recuerdos de Hector. Cuánto dolor y enfado hay ahí. El único momento en que se desvaneció fue cuando vio a Davida. Después de todo el tiempo que ha pasado, él la sigue amando. Y por la manera en que ella lo tocaba, parece que se sentía igual. Al menos, en aquel momento. ¿Cuánto tiempo tiene que pasar antes de que se apague el amor? ¿Olvidaré a Dez en cinco años? ¿En diez? ¿O seré como Hector y anularé mis sentidos con la bebida y alimentaré mis penas?

Siento que tengo los ojos demasiado grandes, demasiado hinchados. Se me detiene el corazón como si estuviera sufriendo un ataque. Voy hacia la palangana y me echo agua sobre la cara. Me meto en la cama y me arrastro bajo las sábanas con la cabeza retumbándome tanto que parece como si tuviera una criatura dentro que estuviera intentando salir. Un recuerdo se escapa de la zona gris. Se repite una y otra vez.

Un juego de dados plateados rodando sobre un suelo de madera.

La voz de Dez gritando: «¡Venga, hay que darse prisa!».

Pero nunca lo alcanzo.

Así no es como se suponía que tenía que ir nuestra fuga de la capital. Íbamos a caballo. ¿Significa eso que estoy soñando? Se supone que yo no sueño, pienso. Pero cuando me convierto en un pájaro y echo a volar hasta las ruinas de San Cristóbal, sé que algo no funciona en mi mente. Puede que al fin me esté rompiendo. Puede que me haya pasado tomando recuerdos.

Entonces me doy cuenta del tipo de pájaro en el que me he convertido: una urraca. Y estoy comiendo de la palma de Davida.

Cuando me despierto con un sobresalto, ya sé quién es el espía de Illan.

20

Le digo a Leo que estaré en las cocinas para resultar útil durante las preparaciones del festival. He visto a Davida unas cuantas veces desde aquel primer día en el patio, ayudando a las mayordomas a cocinar y dando de comer a las lavanderas. Lleva décadas en palacio. Ha visto a Castian crecer. Tiene acceso a todos los niveles del hogar, incluso al mismo príncipe.

En el recuerdo de Hector, Castian y él eran los únicos que se fijaban en ella. Pero había algo en la manera en que lo tocaba que resultaba familiar. La rabia que sentía Hector le daba tregua, y no solo por ver a Davida. Revivo el recuerdo y me hundo en la calma que él sentía. Yo me he sentido así en otras ocasiones, cuando Sayida y Dez han utilizado su magia conmigo. Era como poder salir a tomar aire mientras me ahogaba.

Para cuando llego a la planta más baja, estoy segura de lo que creo. ¿Quién si no una Persuári que viva en palacio iba a tener acceso a la información que merece la pena pasarle a Illan? La mujer estaba dando de comer a unos pájaros negros mientras vigilaba a Castian. El corazón se me acelera como las alas de aquellos pájaros. Unas alas que tenían plumas blancas sueltas. Urracas. ¿Acaso Illan podría haber pedido un mejor espía que Davida?

Me la encuentro en la cocina vacía, comiendo sola en una alacena sentada sobre unas cajas llenas de tarros.

—¿Davida? —Doy un golpe en la puerta de madera. El olor del pan horneándose llena el aire.

Ella levanta la vista con sus ojos marrón claro, del color de la miel. *Dez*. Son casi del mismo tono que los de él, y tengo que apoyarme contra el marco de la puerta para aguantar el equilibrio, para recordarme a mí misma por qué la necesito.

—¿Te acuerdas de mí? —pregunto.

Davida asiente con la cabeza y da un golpecito sobre el asiento que tiene a su lado.

—He venido a pedirte ayuda.

Todo en ella es gris. Su piel descolorida, su cabello, su ropa. Todo excepto la cicatriz roja que tiene sobre los labios y la otra atenuada sobre la garganta. Pero sus ojos siguen siendo un poco feroces, siguen estando un poco enfadados. Puedo aprovechar eso. Puede que, a cambio de su ayuda, haya algo que yo también pueda hacer por ella.

Davida frunce los labios y gira la cabeza. Entiendo que me quiere decir: «¿Qué? No lo entiendo».

No puedo engañar a esta mujer, y no puedo arrebatarle un recuerdo como hice con Jacinta y Hector.

—Tenemos un enemigo en común —digo—. La persona que te hizo daño también me quitó a alguien a mí. Necesito tu ayuda para mandar un mensaje al exterior y que otros sepan que terminaré lo que empezó Dez. Si trabajamos juntas, podemos encontrar el arma antes de que sea demasiado tarde.

Ante estas palabras, ella pone los ojos como platos. Sacude la cabeza y me agarra de los hombros. Al mismo tiempo, echa una mirada feroz a la puerta cerrada. Los demás están ocupados por el palacio, y hace tiempo que ha pasado la hora de la comida. Yo sé que estamos solas, pero ella debe tener miedo.

—No pasa nada —le aseguro—. Lo único que necesito es saber dónde puede tener Castian las cosas guardadas, ocultas, donde nadie más pueda encontrarlas.

Davida se muestra nerviosa y me toma la mano desnuda entre las suyas. Sacude la cabeza.

—No te haré daño. He venido a decirte que puedo quitarte el recuerdo doloroso de aquel día. O la crueldad del príncipe.

Ante esto, su rostro queda dominado por la tristeza. Le tiemblan los hombros. Una lágrima le cae por las mejillas mientras se lleva mis dedos hacia las sienes y asiente con la cabeza.

—Gracias —susurro mientras tomo el recuerdo que me ofrece con las yemas relucientes.

Davida es incapaz de negarse cuando el príncipe le pide un cuento.

Se está haciendo mayor para los mismos cuentos de siempre. Ya tiene casi diez años, pero le encantan, y como la reina madre está en cama enferma, sabe que él necesita toda la alegría que sea capaz de encontrar.

—Léeme el de los hermanos piratas.

—¿Otra vez ese? —*Suelta una risita y se acomoda en la gran butaca que hay frente a la chimenea. Los primeros vientos del invierno están empezando a silbar, pero, al menos, la biblioteca de la reina tiene una chimenea—. ¿Estás seguro de que no quieres que te lea el del Puñal de la Memoria?*

Castian tiene las mejillas coloradas por el frío. Su piel bronceada del verano se ha desvanecido conforme los días se han ido haciendo más cortos y oscuros.

—Me parece que ya no creo en ese. Es demasiado fantasioso. Pero es que los piratas son reales.

Davida sabe que lo que diga es peligroso, pero puede que, como al muchacho le gustan tanto los cuentos, su corazón no sea tan despiadado ni cerrado como el de su padre.

—¿Cómo sabes que el Puñal de la Memoria no es real?

Castian se queda pensando en ello por un momento. Se reclina en el sillón que hay frente a ella, con los pies inclinados hacia las llamas.

—Porque mi padre dice que nada es verdad sobre los Morias.

—¿Alguna vez te he mentido? —*pregunta Davida.*

—No.

—¿Te da miedo mi magia?

Castian sacude la cabeza.

—No. Tú me ayudas cuando mi padre está enfadado.

Y así, ella empieza a leer y entretener al príncipe con cuentos para que le abran la mente y el corazón. Lo que le hicieron a él no fue su culpa, y ella utilizará sus capacidades para hacer de él un hombre mejor. A Castian se le ilumina el rostro con las luchas con espada de los hermanos Palacio al timón de su barco. Davida tiene una de las espadas de madera de juguete del príncipe y la empuña en alto, por encima de su cabeza.

—¿Cómo has podido traicionarme, hermano? ¡Se suponía que el tesoro nos iba a unir!

—Los tesoros lo único que hacen es separar a las personas —dice Castian terminando la frase que se conoce de memoria.

Davida se ríe y le peina un mechón de tirabuzones dorados.

—¿Lo ves? Ni siquiera me necesitas para que te lea estas cosas. Lo has hecho muy bien tú solito.

—Padre dice que voy a empezar el entrenamiento militar a finales de esta semana. Entonces no tendré tiempo para cuentos —dice.

La angustia que hay en la voz del muchacho hace que a Davida se le salten las lágrimas. Está a punto de consolarlo, de decirle que da igual lo que haga o el lugar en el que se encuentre, los cuentos estarán siempre con él. Que ella pensará en él y deseará que siga con ese mismo corazón.

Pero la puerta se abre de golpe con un fuerte ruido y el rey Fernando entra dando zancadas, seguido de un guardia delgado y con el rostro lleno de cicatrices.

Davida deja que el libro caiga al suelo mientras hace lo posible por arrodillarse frente a él.

—Majestad. No le esperaba.

—Silencio. Eres el motivo por el que mi hijo ha estado llorando por las esquinas de palacio por el comienzo de su entrenamiento.

—Padre, yo...

El rey agarra un jarrón de la mesa y lo lanza contra la chimenea. El cristal se rompe en pedazos y rebota contra la pared. Un trozo le hace un corte a Castian en la mejilla. El muchacho se limpia la sangre con el dorso de la mano. Tiene la boca abierta por el asombro.

—Cuando digo que quiero silencio, lo digo en serio. —Fernando recoge el libro que hay a los pies de Davida, cuyo corazón se agita cuando el rey pasa las páginas. Sabe el aspecto que tiene esto. Sabe que no hay perdón. Sabe que estas palabras, estos cuentos, se reciben con un castigo.

—Pongo mi confianza en ti y ¿esto es lo que haces? ¿Envenenar la mente de mi único hijo? —El rey lanza el libro a las llamas y Castian da un paso adelante para salvarlo.

—¡No!

Pero cuando el muchacho intenta alcanzar la esquina con la mano, las llamas se tragan el libro y el rey le cruza la cara con el puño. Uno de los anillos que lleva puestos le deja un corte limpio en la ceja, y el príncipe empieza a sangrar.

A Castian le tiemblan los labios cuando se pone en pie ante su padre y el guardia de su padre. Aguanta el llanto tanto tiempo como puede, pero Davida conoce al muchacho y a su corazón, y sabe que tiene más pesar del que es capaz de imaginar. Así que se pone en pie, lo abraza y le dice al oído:

—*Vas a estar bien, mi niño.*

Davida puede sentir la furia del rey, es como un golpe frío sobre su mejilla. Él se acerca al guardia, que agarra a Davida por el cuello. Saca un arma tosca de hierro. Una tenaza.

Castian chilla y le da patadas al soldado, pero su padre lo agarra, sujeta al muchacho por los hombros y lo obliga a mirar.

—*Te advertí que te callaras* —dice el rey.

Siento la angustia de Davida como un fuego que me lame las manos. Me retiro y tropiezo con un montón de cajas. La que está encima del todo cae y se rompe, por lo que se derraman un montón de ciruelas recogidas antes de madurar. Me agacho y me pongo a recogerlas para tener algo con lo que ocupar las manos.

—Lo siento —repito una y otra vez mientras las dos temblamos. Ella no volverá a recordar aquel día, pero yo me temo que este será uno de los recuerdos que siempre me atormentará.

Fue el rey quien lo hizo.

El rey ordenó su castigo, no el príncipe. Castian era un niño. Castian, por lo visto, la quería, confiaba en ella. ¿Cómo pudo ese muchacho convertirse en el Castian que conozco ahora? ¿Por qué cuentan las historias que fue el príncipe quien ordenó que le cortaran la lengua? Quiero arrancarme la sensación de preocupación que he tenido con este recuerdo. Un niño asustado y encerrado en una biblioteca.

Como yo.

Y ella no es la espía a la que estoy buscando. Es otra Moria a la que atraparon en una guerra que no empezamos nosotros. Podría haberse marchado con el resto. Podría haber encontrado la manera de llegar a un refugio. Pero no lo hizo. Sacudo la cabeza, incapaz de entender por qué se quedaría en palacio por voluntad propia si no era para ayudar a los rebeldes. Hay personas que luchan. Hay personas que se esconden. Hay personas que ayudan de la única manera que saben. Ahora veo el recuerdo de Hector de manera diferente. Davida no estaba observando a Castian durante su entrenamiento para espiarlo. Estaba ahí para ver su progreso, como una madre que ve a su hijo crecer.

—Te quedas aquí por él, ¿no?

Ella asiente con la cabeza y sujeta mis manos entre las suyas. Davida da un golpecito en el espacio que hay sobre mi corazón. Se le humedecen los ojos. Aún mantiene decenas de buenos recuerdos de aquel niño. Pienso en lo que dijo Nuria después de que le quitase el recuerdo, en la habitación fría y vacía de su mente. ¿Es eso lo que siente Davida ahora mismo? Me da una palmadita en las mejillas con un gesto que quiero recordar.

En el recuerdo de Hector, el hombre dijo que lo que más le gustaba de Davida era su amabilidad. Los Persuári pueden sacar emociones que ya existen: empatía, bondad; no solo acciones. ¿Qué le hicieron a Castian para que ella usara su poder con él?

—No se lo contaré a nadie, lo juro.

Detrás de nosotras se oye un fuerte estruendo. Son sartenes y ollas que han caído al suelo. Me pongo de pie de un salto y me coloco enfrente de Davida. Siento un nudo en el estómago por el miedo cuando abro la puerta de la alacena.

—Juez Alessandro —digo con el miedo inundando mi cuerpo. No por mí, sino por Davida.

Alessandro está de pie en la cocina vacía, con una piedra alman en el puño. La piedra late con un recuerdo de Davida y de mí, y él hace una mueca de deleite cruel mientras la blande. Davida me estira de la manga y yo intento lanzarle una mirada tranquilizadora.

—Leo no me creyó cuando le dije que has estado fingiendo tu lesión. Quería que tuviésemos pruebas antes de ir a Méndez. Imagínate tener que probar mi palabra contra alguien como tú.

¿Le dijo Leo dónde iba a estar? Pienso en los momentos que hemos compartido, en los secretos que tenemos. No. Tengo que creer que Leo no… Pero no puedo pensar en eso ahora. Tengo que poner a Davida a salvo.

—No sé qué crees que has visto —digo, levantando la mano enguantada y la que tengo vendada en el aire—. Pero lo único que estamos haciendo es comer juntas a la hora de la comida. ¿O acaso hay una nueva orden que lo prohíbe?

—¡Ya basta! —Alessandro me pone la piedra alman frente a la cara. Su cuerpo delgado está tenso por el miedo. He visto a feriantes dando de comer a lobos enjaulados así mismo. Me protejo los ojos frente a la luz brillante del recuerdo que hay en el cristal—. Cada palabra que dices es falsa. No te pasa nada en la mano, y ahora el juez Méndez lo verá.

—¿Quién va a leer la piedra? —pregunto con una voz tranquila a pesar de que en mis pensamientos estoy chillando—. Hay cientos de jueces. Y solo una Robári.

—Bestae. —Me escupe en los pies—. Crees que vales más de lo que piensas.

—Solo he dicho algo que ambos sabemos que es cierto.

—Tienes razón, Robári. No puedo tocarte. No mientras tengas al bueno del magistrado ciego y embrujado. Pero… —Posa su fría mirada sobre Davida—. Si no recuerdo mal, algunas señoritas han informado de que les han desaparecido joyas. ¿Sabes cuál es el castigo para los ladrones?

Les rompen los dedos, luego se los curan y después se los cortan. Davida hace un ruido horrible, como si se estuviera ahogando. Me pongo directamente frente a ella, pero no puedo protegerla de Alessandro durante mucho tiempo.

—La tortura que tendrá que soportar… —dice Alessandro, a quien se le ilumina la mirada con algo más que miedo. Hay una crueldad ahí que no había visto antes, porque había subestimado al hombre considerándolo un aprendiz llorón. Es mucho más peligroso que eso. Mientras desenvaina una daga, veo la parte de él que se alimenta causando dolor—. Una pena. Pero creo que está bastante familiarizada con el castigo. No creo que el rey perdone una segunda infracción.

Da igual lo que haga, alguien me va a tener miedo. Las sirvientas, las cortesanas, los jueces. Yo elegí regresar a palacio. Yo elegí que me tuvieran miedo. Davida no. Ella es una Moria viviendo en secreto. Y yo la he puesto en peligro. He conseguido ganar tiempo hasta que se me cure la mano a ojos del juez Méndez, pero despúes ¿qué? Alessandro no se olvidará de esto.

A no ser...

Me pongo de rodillas y levanto las manos en súplica.

—Por favor... —le ruego al joven juez—. No le hagas daño. He mentido. Arréstame. Pero deja que se vaya.

Davida me estira las mangas y sacude la cabeza. Yo la aparto a un lado cuando oigo el ruido metálico de unos grilletes. Levanto la mirada hacia Alessandro y veo que tiene una sonrisa arrogante.

En el momento en que me toma la mano para ponerme los grilletes, le agarro la cara con mis dedos desnudos y aprieto los dientes por el rápido quemazón de mi magia. Le vacío los recuerdos del último día. Veo cómo se ha desarrollado: cómo se ha colado en las cocinas descalzo con la piedra alman, cómo la ha tomado de las cámaras, cómo le ha gritado a Nuria, cómo ha exigido respuestas por parte de Leo. Su mente me pone enferma porque me deja llena de odio. Odio hacia mí misma, hacia cosas que no conozco. Me sale como el pus de una herida enconada, y cuando lo suelto me caigo a su lado.

Reposo la cabeza sobre el suelo frío de la cocina. Las punzadas de luz pasan cruzando por mi campo de visión. Davida se deja caer a mi lado.

—Estoy bien —digo, y tomo la mano que me ofrece para ayudarme a ponerme en pie.

Las dos entendemos lo mismo cuando miramos al juez inconsciente que tenemos a nuestros pies. Echo un vistazo a la cocina y encuentro una botella de licor claro. Le quito el tapón de corcho y lo derramo sobre su bata prístina y negra.

Davida levanta una ceja y me indica por señas: «¿A dónde lo llevamos?».

—Al único lugar en el que no podrá poner excusas —digo.

Juntas, Davida y yo lo arrastramos hacia una puerta lateral que hay en las cocinas y por un pasillo del servicio que conduce al despacho del juez Méndez. Lo colocamos sobre una butaca. Davida se saca la botella casi vacía del delantal. Le quita el tapón con los dientes, le da un trago y luego la coloca en el pliegue del brazo de Alessandro.

Cuando oímos las campanadas de la catedral indicando el fin del descanso del mediodía, salimos sin que nos vean por las puertas principales del despacho. El pasillo está vacío.

—No lo recordará —le aseguro.

«Anda con cuidado», me dice por señas.

Volvemos caminando hacia la torre principal en silencio, donde los preparativos para el festival se han duplicado. Somos dos sirvientas yendo codo con codo hacia la siguiente tarea que tenemos. Cuando Davida deja de temblar y llegamos a la entrada de la cocina, toma mis manos entre las suyas y me da un beso en la mejilla. Reúno toda la fuerza que tengo para tragarme el deseo de que me abracen, de tener algo tan cercano al cariño de una madre.

—Siento haberte provocado todo esto —susurro—. Se supone que debo protegerte.

Davida hace señas, pero no termino de entenderla cuando dice: «Buen corazón. Protégenos a todos».

Vuelvo corriendo hacia mi habitación, con el vestido empapado de sudor en la zona de las axilas. Estoy segura de que he eliminado los recuerdos de Alessandro sobre nuestro encuentro, pero seguirá teniendo sus sospechas. Al final terminarán por descubrirme. No puedo repetir lo que he hecho hoy. Davida no es la Urraca, es una Moria trabajando en palacio. Eso quiere decir que el espía sigue estando ahí fuera, y no me siento más cerca de encontrarlo.

Me detengo cuando siento un pinchazo en el costado. Me azota una corriente de aire frío y, por un breve momento, oigo voces que vienen desde el final del pasillo.

Todos los recuerdos que he robado me están pasando factura, me están jugando una mala pasada. Cuando llego a la puerta de la biblioteca, las voces son más altas y el dolor que tengo en las sienes vuelve más fuerte que nunca. Hay algo aquí. Puedo sentirlo. Un dolor encajado como un puñal entre mis costillas.

Intento abrir la puerta de la biblioteca. Está cerrada con llave. Busco la horquilla que tengo en el bolsillo y la puerta se abre con suavidad con un giro certero de mi muñeca. Unos rayos blancos se filtran desde las ventanas e iluminan el polvo que hay en el aire. En la habitación hace frío. Tanto como en los aposentos de lady Nuria escaleras abajo, pero sin ninguna chimenea encendida que ayude. Las ventanas de aquí no tienen barrotes como las mías. Supongo que no es necesario.

Estando aquí, no puedo respirar. Es como si hubiera entrado en la zona gris. Al principio, los colores son vivos, pero luego pierden su intensidad en los libros que hay en las paredes y en la butaca en la que me senté a observar la ciudad, mi hogar en el bosque, caer en llamas. Voy a trompicones hacia la ventana y manoseo el cerrojo. La abro y dejo que entre el aire frío. Debajo está el laberinto de jardines reales. Aspiro el olor de los setos recién podados y de la suciedad de la capital que nunca llega a quedar del todo enmascarada.

Agarro el alféizar para apoyarme. Los recuerdos empujan hacia la parte delantera de mi mente, como si estuvieran intentando derribar un muro. Cierro los ojos, pero no puedo escapar de las imágenes que pasan corriendo por delante.

Bandejas de tartas y pasteles. Dados lanzados. Dez preguntándome: «¿Qué haces aquí?». Un libro ardiendo en esta misma chimenea.

¿Por qué tendría el príncipe de Puerto Leones un libro lleno de leyendas Moria en esta biblioteca? ¿Por qué estaba aquí? Este era mi lugar favorito. ¿No puedo tener una cosa sin que Castian la empañe con toda su existencia?

Empiezo a dar jadeos rápidos y cortos y me dejo caer. Hundo la cara entre las rodillas dobladas.

Basta, digo pensando a la zona gris. *Necesito que lo dejes ya.*

Ojalá pudiera sacarme mis propios pensamientos, igual que hago con los de los demás. Ojalá no hubiera vuelto aquí. Cada hilo del que tiro despliega algo más.

Oigo la voz de Dez. *Confía en mí.*

—Eso hago —susurro a una habitación vacía, a un muchacho que está muerto.

De repente, quiero verlo. Quiero hacer aparecer a Dez en medio del horror de mis pensamientos. Lo encuentro en pequeños recuerdos metidos detrás de otros. El que quiero es el de la noche en que me rescató. Está sin terminar, encajado en la zona gris. Con la respiración acelerada, atravieso la oscuridad de mis pensamientos, vuelvo a recorrer los túneles de las mazmorras, los pasillos de palacio.

Pero sé qué otras cosas encontraré aquí. Ojos sin vida devolviéndome la mirada con la boca abierta. Una niña comiendo dulces. Mis propias manos, pequeñas, cubiertas con los inicios de las cicatrices y las espirales que tengo ahora. En una ocasión le prometí a Illan que trabajaría para desbloquear la zona gris, pero era un momento distinto. No estaba sola. No estaba en un palacio con el Brazo de la Justicia. Dez seguía estando vivo. Él me habría ayudado a atravesarlo, me habría dicho que era lo bastante fuerte como para enfrentarme a toda una vida de pasados robados. Ahora mismo no puedo ni siquiera enfrentarme a uno. ¿No debería bastarme con verlo para intentarlo con más fuerzas?

—Te echo de menos, Dez —digo—. Pero no puedo ir ahí sola.

No voy a ir a ninguna parte porque mañana es el Festival del Sol y me he quedado sin tiempo.

21

Han dejado el patio de la reina exquisito para su recepción al aire libre. Lo han decorado como el Segundo Cielo, reservado para aquellos cuya virtud más verdadera es el amor. Al tratarse de la princesa de un reino extranjero y la reina de Puerto Leones, está claro que no quieren reparar en gastos para la primera celebración del día. Leo dice que es tradición que la reina celebre una fiesta para invitados selectos, aunque todos parecen haberse dado cuenta de la ausencia tanto del príncipe como de la emperatriz de Luzou.

La joven reina está sentada bajo un palio con las señoritas favoritas de la corte, a las que ha escogido a su antojo. Va vestida de un violeta delfinio radiante bajo el sol del atardecer, mientras que el rey está sentado sobre un trono recién erigido y cubierto de enredaderas de un verde vivo y flores. Está mirando fijamente a la muchedumbre, con un humor tan malo que ni siquiera el juez Méndez, que acaba de regresar de Soledad esta mañana, se le acerca.

La Mano de Moria está de pie justo detrás del rey, sobre dos de los cuatro pedestales. Me sorprende ver a la nueva Ventári sin Méndez a la vista. Está demacrada y me resulta familiar, porque me veo a mí misma en ella y en el Persuári que hay a su lado. Todo sobre ellos está limpio, rígido; ambos tienen los ojos tan quietos que no parecen ni siquiera parpadear. Es como si prácticamente los hubieran vaciado, pero dejándoles los recuerdos suficientes para llevar a cabo sus tareas. Miro hacia los pedestales vacíos. Ahí es donde se supone que estaré después de mi demostración, cuando me convierta en una de ellos y el juez Méndez me retire el vendaje y me ponga en las manos unos guantes esposados para los que solo el rey Fernando tendrá la llave. Me dicen que mi poder es una maldición, pero no dejan de presentarme como un regalo.

El miedo me inunda el estómago mientras permanezco detrás de un seto. No puedo quedarme aquí, en este jardín bien cuidado y rodeada por el frufrú de las faldas de seda y las joyas relucientes, con bocas llenas de exquisiteces y nobles borrachos de cava burbujeante que se balancean con la música que proviene de la esquina.

Doblo por un camino que tiene setos a ambos lados. Cuanto más lejos voy, menos invitados a la fiesta me rodean, por lo que continúo, disfrutando de mi momento de soledad. Apoyo las manos a ambos lados de las hojas que me flanquean y la gravilla cruje bajo mis tacones.

Esto me resulta demasiado familiar. Como si ya hubiera caminado por aquí, cuando sé que no lo he hecho. Es una sensación que salta de mis recuerdos. Recojo las pesadas capas de mis faldas de color rosa pálido que Leo ha elegido para ir a conjunto con la corte de la reina, y sigo esta sensación. Hay varias ocasiones en las que casi me tropiezo, pero con el corazón en la garganta, sigo los giros serpenteantes hasta que llego a una parte sin salida. La brisa del aire parte una cortina de hiedra. Entre los setos hay un jardín cerrado lleno de malas hierbas y manzanilla descuidada. Parece que se han olvidado de este lugar en comparación con el resto del terreno, bien cuidado y podado de manera meticulosa. Y entonces veo algo que no pertenece al lugar. Una estatua blanca.

Me quito los tacones, hundo los pies en la hierba y me pongo de rodillas. Retiro la débil hierba y descubro que la estatua es un ángel. No es uno de los ángeles arrodillados que normalmente decoran las esculturas del Padre de los Mundos. Es la guardiana de pie que protege a los Morias con la espada en la mano. ¿Qué hace aquí? ¿Es un accidente? ¿Es que no lo saben? ¿O alguien ha planificado esto con meticulosidad y ha escondido su rebeldía a plena vista?

Coloco las manos en la hierba que hay frente a los pies del ángel. La magia golpea contra las yemas desnudas de mi mano derecha. Las cicatrices y las espirales se llenan de luz. Voy con la vista desde mi mano a la del ángel. Hay una grieta debajo de la piedra que antes no estaba ahí, y las fisuras emiten un resplandor suave y de color blanco.

Piedra almán.

Miro por encima del hombro. La música de la fiesta que se está celebrando en el jardín está en pleno apogeo, y el aire está lleno de las dulces carcajadas y del parloteo de los invitados. Quién sabe cuándo podré volver a este jardín, sobre todo después de lo que sea que ocurra en el festival. Agarro la mano de la estatua.

La barba de Illan todavía tiene partes negras. Sus ojos azul claro son crudos contra su piel bronceada por el sol. El rojo se difumina con el beso del sol en el horizonte.

—Tienes que mantener la calma, Penélope —dice el viejo Ventári, que extiende sus manos delgadas para colocarlas sobre los hombros de la joven reina.

Allá, en el jardín cercado, ella se hunde de rodillas. Su falda pesada y con bordados de seda se esparce a su alrededor como los pétalos de una rosa. Lleva el cabello dorado suelto sobre las sienes, se le ha escapado de la tensa trenza que llevaba alrededor de la cabeza. Agarra con fuerza una diadema de oro fina en la mano izquierda.

—¿Cómo puedo mantener la calma después de lo que me has pedido que les haga a mis niños?

Illan se arrodilla a su lado. Su rostro es una máscara rígida de honor y deber.

—Es mucho mejor que lo que les hará el rey. Sabes que es la única manera que tenemos de salvarles la vida a ambos.

Ella sacude la cabeza. Es pequeña, delgada como una flor marchita, pero sigue teniendo fuerza detrás de su agarre. Toma la camisa de Illan con los puños.

—Encuentra otra manera. No se suponía que iba a ser así.

Illan coloca una mano suave sobre la de la reina.

—¿Cómo? Alteza, ya hemos intentado otras maneras de detener a la corona. Si te llevas a los dos, el rey te perseguirá siempre. Si Castian se queda, si le damos al rey un motivo por el que confiar en él, si se ve a sí mismo en su hijo, Castian será

su próximo heredero. Su único heredero. —Le da un golpecito
en la barbilla, pero la joven reina no levanta la mirada—. De ti
depende, Penélope.

Ella le da un guantazo y él siente una punzada aguda sobre
la piel.

—Me estás ofreciendo una opción imposible.

—Te estoy ofreciendo la opción de salvar a tus dos hijos.

La reina retira la mirada, su rostro se desvanece como un
retrato expuesto al sol. Unas ristras de lágrimas forman ríos por
su rostro.

—Por favor, perdóname por lo que estoy a punto de hacer
—susurra a nadie y a todo el mundo a la vez—. Perdóname.

Contempla al sol ponerse, hasta que desaparece y su mundo
se vuelve oscuro.

Retiro la mano con fuerza como si me hubiera quemado, con la
imagen del joven Illan grabada en mi mente.

Se me pone la piel de gallina, siento que los ojos del ángel me
están exigiendo algo. Discreción. Sé que, por encima de todo, este
es el recuerdo más peligroso que podría poseer jamás. La reina Penélope se reunió con Illan.

Y pasara lo que pasara con el hermano más pequeño de Castian, está claro que no todo fue cosa suya. Los Susurros tuvieron
algo que ver. Illan tuvo algo que ver. Había querido ayudar a salvar la vida de los muchachos. De ambos.

¿Por qué habría hecho algo así? ¿Por qué habría querido ayudar a la última reina?

No tiene sentido. Se me pasan demasiados pensamientos a
toda velocidad por la cabeza, demasiados recuerdos. Tengo que salir de aquí.

Recojo los zapatos y vuelvo corriendo por donde he venido. Al
menos, creo que lo hago. Los setos parecen trazar caminos sólidos,
pero tienen entradas estrechas e ingeniosas, pasajes secretos que te
permiten tomar atajos hacia otros jardines. Podría pasarme días
aquí perdida.

Una voz de contralto cálida llega desde el final del camino.
Necesito ver un rostro familiar.

—¡Leo! —chillo mientras doblo la esquina. Está apoyado contra un pilar y tiene el rostro prácticamente rozando el de otra persona a la que no puedo ver. Cuando me oye, se gira rápidamente en mi dirección con los ojos abiertos como platos.

—¡Señorita Renata! ¿Qué hace aquí?

La otra persona que está detrás de la columna se escabulle hacia las sombras. Mi mente piensa en Alessandro y doy unos cuantos pasos hacia atrás.

—Mis disculpas —digo—. ¿Quién era?

La sorpresa inicial de Leo se desvanece.

—Bueno, ya me conoce. Siempre encuentro la manera de entretenerme. —Guiña un ojo, pero estoy segura de que no se trata de ningún coqueteo.

—¿Hablaste con el juez Alessandro ayer? —pregunto. Ya no me quedan sonrisas para él. Ni para nadie.

Él se pone derecho y me ofrece su mano.

—Por mi vida, por el recuerdo de mi marido, no le dije al magistrado dónde podía encontrarte. Tampoco sé cómo terminó en el despacho del juez Méndez completamente dormido. Aunque no tuvieras ningún secreto mío, Renata, consideraba que ya éramos amigos.

«Amigos». Esa palabra duele y me produce alegría a partes iguales. Tomo su mano con la que tengo enguantada, y al menos esto sí que me sienta bien.

—¿Tenemos que volver? —pregunto.

—Solo hasta el último artista. Luego tenemos que prepararnos para las festividades de la noche. Hay una sorpresa.

—¿La sorpresa es que estamos celebrando el sol por la noche?

Se ríe, y yo lo agarro por la tela de su chaqueta esmeralda con demasiada fuerza. Él me retira la mano con esa manera que tiene de tranquilizarme.

—Sabes que no me gustan las sorpresas, Leo.

—Esta confío en que lo hará —dice, y toma un camino diferente al que he tomado yo para venir.

Por un momento, creo estar viendo cosas. Una mujer del mismo tamaño y altura que Sayida pasa por delante de mí. Los recién llegados se apresuran a entrar por uno de los muchos arcos que conducen a los jardines centrales para unirse a la fiesta mientras los sirvientes se entrelazan con la multitud llevando copas de cava. Voy corriendo tras ella, pero entre nosotras se cruzan decenas de cuerpos antes de que la vuelva a ver.

No me lo pienso, simplemente agarro la manga de la mujer.

La joven con el vestido dorado se da la vuelta; lleva el cabello negro recogido en un par de moños en la base del cuello. Una parte de mí está tan desesperada por ver a su amiga que no ha considerado qué aspecto tendría esto, una Robári agarrando a otra persona con la mano abierta.

—Pero ¡¿qué haces?! —me espeta. Se parece tan poco a Sayida que no sé cómo he podido confundirla con mi amiga. Esta mujer me está mirando perpleja con sus grandes ojos azules. Se lleva una mano a los labios, como si estuviera esperando a que alguien acudiera en su rescate.

—Lady Armada, ¿me permite que la acompañe? —Leo hace una reverencia, pero me mira como hubiera perdido el juicio.

Ella despliega un abanico delicado y se lo pone en la cara, para ocultar todo menos la mirada escandalizada de sus ojos.

Yo tomo una copa de cava de una bandeja y me alejo del jardín central, donde todo el mundo intenta colocarse lo más cerca posible del rey y de la reina. Encuentro un lugar a la sombra contra un seto. Sigo notando que de vez en cuando me lanzan una mirada curiosa desde detrás de los abanicos, pero es mejor que estar rodeada.

A mi lado hay un grupo de niños sentados en círculo. Al principio, no oigo lo que están cantando. Pero cuando lo hago, el alma se me cae a los pies.

Se turnan para decir cada verso:

—Abriendo una tumba Moria encontré.

—Dos ojos de plata para asomarme a tu mente.

—Tres dedos de oro para crear ilusiones.

—Un corazón de cobre para persuadir los sentidos.

—Y cuatro venas de platino para encerrar el pasado.

Me doy la vuelta antes de que puedan terminar el último verso, aunque lo tengo grabado en el interior: «¡Abriendo una tumba Moria!». Siempre he detestado esa rima, esa manera de reducirnos a una cancioncilla de niños, a una broma.

—Renata —dice lady Nuria, que está a mi derecha. Ni siquiera la he oído acercarse. ¿De verdad puedo estar tan ida que he dejado que mis sentidos me fallen?—. ¿Dónde estabas?

—Leo me estaba enseñando los jardines. No los había visto todos.

—Vamos a bailar. —Lady Nuria levanta la barbilla de una manera cautivadora; el sol le aporta calidez a su piel morena y realza el color menta claro de su magnífico vestido.

—Yo no bailo —le digo. Nunca lo hago. Ni siquiera lo hacía en nuestras bases Morias, cuando celebrábamos el cambio de estación o los días festivos de Nuestra Señora de los Susurros.

Lady Nuria suelta una carcajada muy impropia de una señorita. No puedo evitarlo, me cae bien. Aunque me haya grabado la imagen del príncipe medio desnudo en la mente.

Lady Nuria ya me está llevando a otra parte, lejos de los ojos que nos observan detrás de los abanicos como si fueran zorros tras las hierbas altas. Echo un vistazo al rey, pero está hablando con el marido de Nuria, Alessandro.

—Bailar es bueno para el alma. Yo lo hago bastante a menudo, desnuda, cuando mi marido no está.

Suelto una carcajada inesperada.

—Supongo que eso no estaría bien visto en un festival sagrado.

Ella sonríe con satisfacción y un destello reservado en la mirada. ¿Qué haría esta joven mujer atrevida y temeraria si fuera libre? Me gustaría vivir lo suficiente como para averiguarlo.

Vamos a una zona donde podemos sentarnos a la sombra de unas telas diáfanas. Hay ayudantes con el emblema de la familia Tresoros —una montaña con tachuelas de estrellas por encima— a la entera disposición de Nuria, antes incluso de que su delicado vestido roce el asiento de terciopelo. Toma dos copas de cava y me ofrece una de ellas.

—¿Por qué eres tan amable conmigo?

—Ya me lo has preguntado. —Desvía su mirada de ojos oscuros hacia la fiesta, desde donde nos llegan miradas curiosas.

—Y has evadido la respuesta. No he hecho nada para merecerlo.

Ella suspira, un gesto bonito que la hace parecer como si anhelara algo. Me pregunto si será a Castian. Me pregunto si tomar ese recuerdo concreto ha ayudado a aliviar su dolor o lo ha empeorado.

—Hay tantas cosas malas en el mundo —dice—. A veces, siento que lo único que puedo ofrecer es un poco de amabilidad, incluso cuando no puedo ofrecer esperanza. Ojalá pudiera hablar más contigo, pero mi querido marido siempre está vigilando.

—Hablas como una prisionera. —Doy un sorbo a mi copa.

El rey Fernando nos ha visto y nos mira fijamente mientras confía algo al oído del juez Alessandro. Siento una tensión en el pecho por la anticipación, pero me convenzo de que estoy a salvo con Nuria, aunque solo sea un momento.

En mi mente suena una voz. Es la de Margo, y dice: *Nunca vas a estar a salvo.*

—¡Hay tantas cosas que el reino no sabe! —continúa Nuria mientras se da toquecitos con un pañuelo sobre la frente. Es la primera fisura que veo en su armazón.

—¿Como qué?

Sus ojos marrones intensos delatan preocupación. Su sonrisa, no.

—En una ocasión, los Morias fueron socios comerciales del reino de Tresoros.

Hay muchas cosas que pensaba que podía decir, pero esta no es una de ellas.

—¿Qué comerciaban?

—Nuestros metales por información sobre cómo los manejabais vosotros. Me conozco vuestras historias. Se perdieron demasiadas cosas.

—Se borraron, querrás decir —la corrijo.

—Eso se ajusta más.

Nuria baja la voz, pero me acerca más a ella. A mí se me posa una sensación de inquietud en las tripas.

—¿Qué más borraron?

—Mi familia tiene gran culpa por el reino de los Fajardo. Renunciamos a nuestro reinado con tal de quedarnos algunas minas y nuestros títulos para asegurarnos de que nuestras descendientes llegaran a ser reinas. Yo lo único que quería era casarme con Castian. Era joven y tonta. Se lo di todo al rey Fernando. Nuestra mina de platino y una cueva llena de piedra alman.

—¿De ahí salió el trono? —El corazón me late a demasiada velocidad. ¿Cómo puede algo tan preciado para los Morias no ser nada más que un sillón de poder para el rey? Puede que eso sea todo lo que se supone que tiene que ser—. ¿Y qué hay de las toneladas de piedra alman que hay debajo de palacio?

Nuria parpadea y fija su mirada sobre la mía.

—A mi querido marido se le escapó que la justicia lo usa para más cosas. Para el bien del reino.

El arma.

Ojalá tuviera a Margo o a Sayida conmigo —diablos, hasta a Esteban— para poder contarles esto. Tengo que salir de aquí. Ya no puedo hacer esto sola.

Ella me aprieta el brazo con demasiada fuerza.

—¿Sabías que en una ocasión hubo una reina de Puerto Leones que era Moria?

Frunzo el ceño. Me deben haber reventado los oídos porque es imposible que la haya entendido bien.

—Eso es imposible. A nuestra casa real la mataron durante el asedio del rey Jústo a Memoria.

Nuria se detiene para dar cuenta de los buitres de la corte que la rodean buscando su atención. Su sonrisa de labios rojos es sorprendente y engañosa. No somos más que mujeres jóvenes en una recepción al aire libre discutiendo sobre cosas de las que las mujeres jóvenes suelen hablar: el tiempo, el vino espumoso, los bolsillos de nuestros vestidos; reinas secretas, curas secretas. Traición.

—Ah, ahí está mi querido marido —dice ella levantando la copa mientras el juez Alessandro va directamente hacia ella.

A Alessandro le cae el sudor por el costado de la frente. No sé si el miedo que hay en sus ojos es por el rey o porque no quiere enfrentarse a lady Nuria.

—¿Por qué me cuentas estas cosas? —le pregunto.

Hay un secreto en el interior de Nuria que está esperando a brotar.

—Porque no se lo puedo contar a nadie más. No sé lo que estás planeando, pero sé que te traes algo entre manos. Y si matas al rey o a Castian, dejarás al descubierto a los Morias que hay escondidos en la capital. Con el arma, será una matanza.

Coloco la mano alrededor de su muñeca y se la suelto cuando Alessandro se pone frente a nosotras.

—No nos queda tiempo, Renata —susurra.

—Lady Nuria —dice el juez ajustándose la pesada toga—. El rey Fernando está a punto de hablar y presentar el espectáculo antes del desfile del atardecer. —Se gira hacia mí y me quita la copa de la mano—. Tú vas a ocupar tu lugar con la Mano de Moria.

Me acompaña al otro lado del jardín, donde la multitud se ha reunido para oír hablar al rey. Me quedo de pie al lado de los otros dos Morias, sobre mi propio pedestal, y hago mis mayores esfuerzos por mantenerme tan quieta como ellos.

—Gracias, estimados invitados y ciudadanos de Puerto Leones —dice el rey Fernando de esa manera que tiene tan intensa y ferviente. Toma la mano de la reina Josephine en la suya—. Esta noche celebramos el sagrado Festival del Sol para conmemorar la ocasión en la que el Padre de los Mundos se levantó de la tierra y moldeó Puerto Leones como ejemplo del paraíso. Pero el paraíso no se mantiene ni se gana con facilidad. Exige sangre. Exige el sacrificio por parte de cada ciudadano que cosecha los tesoros de su tierra.

»Hace unos meses, Puerto Leones dio la bienvenida a Delfinia a nuestro reino con los votos matrimoniales entre la reina Josephine y yo. —Se detiene para que la multitud incline la cabeza hacia la reina—. Esta noche celebramos esta nueva alianza, ya que nuestros vecinos del este han accedido a ayudar a Puerto Leones a derrotar a los enemigos de la corona. Con Delfinia a nuestro lado, Puerto Leones no solo será más fuerte, sino que nos convertiremos en el mayor imperio que el mundo haya visto jamás. Por Puerto Leones.

Veo un par de miradas preocupadas cuando dice «imperio». El resto de la corte estalla en unos respetuosos hurras. Los sirvientes están listos y esperando con diez botellas de cava tan grandes que hacen falta tres personas para abrir cada una de ellas.

El rey se da la vuelta de repente y levanta la copa dirigiéndose a mí. Yo aguanto su mirada oscura tanto tiempo como puedo hasta que inclino la cabeza.

—¡Disfrutad de la celebración! —El rey que habla ahora es un hombre diferente al que estaba hirviendo de enfado antes. Hasta los reyes llevan máscaras. Vuelve a tomar asiento mientras acompañan a la banda al centro del jardín.

Cuatro guitarristas y un hombre con un solo tambor empiezan a tocar. Un cantante cuya voz suena pesada por la tragedia canturrea una canción de amor que es popular en las ciudades costeras. Mientras canta, una mujer con un vestido rojo y fluido da un paso adelante. Es imponente y su piel parece de porcelana. Tiene el cabello peinado hacia un lado y trenzado sobre el hombro. En las manos lleva unas caracolas que añaden un *clac, clac, clac* al ritmo de la canción. Lleva sombra de ojos y las mejillas coloradas. Cuando baila, todo el mundo sigue los pasos de sus tacones negros y se fija en cómo se le suben las faldas, que se mueven en espiral hacia afuera y muestran sus poderosos gemelos.

En la cadera lleva un abanico.

Desde el lugar que ocupo en el podio, veo un breve destello y me quedo sin respiración, aunque no estoy segura de estar en lo cierto. Esto es demasiado atrevido, demasiado temerario. Echo un vistazo alrededor del jardín, hasta los guardias se han quedado paralizados ante sus largas y ágiles piernas y la elegancia de sus brazos. El cantante suelta un gemido agudo, lamentándose de que le hayan partido el corazón, y la bailarina lanza las caracolas hacia la hierba y agarra el abanico. Cuando lo abre, sé que estoy en lo cierto.

Ahí, entre los finos pliegues, veo un destello. Es una pieza delgada de acero con la empuñadura delicada de una rosa. Solo conozco a una persona que posea un puñal de horquilla. Sí que vi a Sayida, por lo que esta bailarina debe estar bajo una ilusión.

Se gira hacia el rey y se recoge la falda para distraer a todo el mundo del arma que lleva en la mano. El estómago me da un vuelco.

Tengo que tomar una decisión. Podría dejar que lo matara. Es lo que más quiero. Pero su muerte, después del discurso que ha dado, arruinaría todas las cosas que he venido a hacer aquí. Utilizarían el arma antes de que pudiera llegar a ella. Nuria tiene razón. Lozar tenía razón. He venido aquí por algo más que mi propia venganza.

La guitarra suena tan rápida como mi corazón. La mujer da vueltas, su vestido alrededor parece la sangre roja derramada de la muerte, y cuando se detiene, tiene el brazo levantado en alto.

El rey Fernando ve la cuchilla demasiado tarde. Todo el mundo lo hace.

Pero yo no. Yo ya estoy avanzando y doy una zancada entre la bailarina y el rey, con el brazo colocado para que me haga de escudo sobre la cara.

Surge el dolor. Sus ojos, azules y conocidos, están llenos de odio. No hacia el rey que está bramando órdenes ni hacia los guardias que la mantienen sujeta en el suelo. La ilusión que ha creado a su alrededor se mantiene firme, su pelo sigue siendo rubio oscuro y la oculta frente a todos estos desconocidos.

—¡Lleváosla! —chilla el rey Fernando—. ¡Lleváosla! Me encargaré de ella más tarde.

—¡Renata! —chilla Leo, que viene corriendo hacia mí desde el otro lado del jardín.

¿Por dónde ha venido? El juez Méndez ya está a mi lado. Tengo el brazo atravesado por el puñal.

Todo es demasiado confuso, hay demasiada sangre, demasiadas personas tocándome y llamándome por mi nombre. Las campanas suenan por todo el reino y sé que oigo a la gente gritar.

Pero cuando los médicos me atienden, lo único que puedo ver es el odio en los ojos de Margo, que grita y se agita mientras la sacan a rastras del jardín.

22

He tenido dolores peores.

En una ocasión, durante una misión más allá de las montañas Memoria, después de los Cañones Sedona, caí en un nido de víboras de hielo. Casi me muero por el veneno, pero Margo conocía una cura. Una raíz que crecía en ese mismo desierto. Dez se pasó la noche entera buscándola y ella, evitando que mi cuerpo se congelara porque el veneno me bajaba la temperatura corporal.

Luego, los juncos espinosos que me hicieron las cicatrices que tengo en la espalda. Un grupo de muchachos de una unidad diferente me sacaron de la tienda de campaña y me metieron en una balsa, donde me desperté, asustada, y caí sobre una maraña de juncos de río. A esos muchachos los mandaron a un refugio distinto al otro lado del país, pero a partir de entonces empecé ser más reservada en el fuerte de los Susurros.

Está la quemadura del muslo derecho.

El corte del cuello que me hicieron en Esmeraldas.

El veneno después de eso.

Ver a Dez morir.

—Hace mucho tiempo que debería haber muerto —digo mientras un guardia me lleva hacia el despacho del médico.

—No te vas a morir, ¿me oyes? —Leo va al trote a nuestro lado para seguirnos el ritmo. En ningún momento aparta sus ojos verdes de mi rostro. Está preocupado, y sé que me da igual si es el espía o si solo es un actor muy bueno o una invención de los hilos sueltos que hay en mi cabeza. Es el único amigo que tengo entre estas paredes y está aquí.

—¿Había veneno en el filo del puñal? —pregunta el juez Méndez mientras aparta algo de la cama.

Me tumban sobre ella. No bajo la mirada porque hay sangre por todas partes. Siempre hay sangre por todas partes.

Un viejo y decrépito médico me examina, pero no me toca la piel. No se acerca a menos de un brazo de distancia de mí. Puedo oler el miedo rebosando por sus poros, y huele a... aguadulce.

—Hazte a un lado —dice Leo, a quien le puede la frustración ante su comportamiento agradable habitual—. Ha tomado tres copas de cava y ha perdido mucha sangre. —Me sujeta el brazo y lo olisquea—. Si hay veneno, no huele.

—¡Traedme a la muchacha! —le grita Méndez a alguien.

Leo baja hasta mi cara. Sus dedos cálidos me peinan el cabello hacia atrás.

—Esto va a doler.

«Te dolerá», le dije. «Lo sé», dijo él.

Tal vez fuera la bebida, pero cuando Leo agarra el extremo del puñal de horquilla, no duele. Siento un profundo entumecimiento que se esparce desde el hombro hasta los dedos de las manos. Pero cuando siento que unas manos me agarran de los pies, de la cintura, algo se parte dentro de mí.

—¡No me toques! —le gruño al guardia, a Hector, pero él no me suelta.

Siento un dolor candente chisporroteando en mis carnes. El dolor de mi última herida se hace notar con venganza cuando Leo, que se disculpa una y otra vez con unas palabras suaves y preciosas, hace unos cortes alrededor del puñal. Alguien sostiene una débil cataplasma por encima de mi nariz para que me ayude a tranquilizarme. Huele a manzanilla y otras hierbas, pero lo único que consigue es que me azoten los recuerdos de Esmeraldas. ¿Solo hace dos semanas que mi vida quedó sacudida de raíz, que me desterraron y fragmentaron? Entonces regresa el entumecimiento, y mi piel queda cubierta por una capa húmeda, caliente y pegajosa.

Sé que me he desmayado cuando me despierto y hay silencio.

El sonido del agua fría salpicando.

El susurro de la tela.

Leo me está volviendo a colocar la venda. Le tiemblan los hombros, está llorando en silencio.

—Leo —digo.

—Gracias a los Seis Cielos —dice él mientras baja su frente hacia la mía—. Lo siento mucho, Ren. Siento mucho que hayamos tenido que hacerlo así.

Me trago el nudo que tengo la garganta. Pero ¿y si el filo de la daga hubiera estado envenenado? ¿Y si lo hubieran dejado y se hubiera infectado? Actuó lo más rápido posible, aunque doliera.

Quiero darle las gracias por atenderme cuando el cobarde del médico no quiso hacerlo, pero Méndez regresa corriendo.

—¿Cómo te sientes? —pregunta Méndez con una voz seria, a pesar de tener los labios apretados. ¿Está desconcertado porque estoy viva o porque debería haber visto el ataque?

—Me encuentro bien, magistrado —miento.

—Tienes un agujero en una de tus extremidades —dice Leo entre dientes y vuelve al vendaje—. No creo que eso pueda considerarse como bien.

Méndez frunce el ceño y espeta:

—No estamos para ese tonito, Leonardo.

Leo murmura una disculpa.

Mi mente va a toda velocidad. Margo está en alguna parte de las mazmorras, y si ella está aquí, quiere decir que el resto también. Apostaría mi vida. La única pregunta es cuántos más hay. ¿Me han visto salvar al rey? ¿Lo entendería alguno de ellos, que estaba perdiendo una batalla para poder ganar la guerra? Sayida aparece rápidamente por mi mente. Sabía que antes la había visto. Lo sabía, pero le eché la culpa a mi memoria traicionera. Traicionera. Traidora. ¿Hay alguien que me considere otra cosa?

Siento algo agrio sobre la lengua que me obliga a quedarme en silencio.

—Bebe esto —dice Leo mientras me ofrece una botella de cristal marrón cuyo contenido amargo me recuerda al pescado podrido—. Es un sedante para apaciguar el dolor.

Tengo que ponerme en pie. Es el único motivo por el que asiento con la cabeza y dejo que me aboque el espantoso líquido por la garganta. Casi de inmediato disminuye parte del dolor.

Méndez se gira hacia el médico que está apoyado contra la pared.

—¿Has comprobado si había veneno, Arsenál?

—Ni rastro. Y no ha salido mal parada —declara Arsenál—. Según tengo entendido, su especie tiene un umbral del dolor alto.

Lo miro con desprecio.

—¿Quieres que te enseñe cuánto dolor puedo tolerar?

—Tranquila —me dice Leo con cuidado para no tocarme, pero llevándome de vuelta a la cama.

No he visto a Méndez más feroz en la vida. Su ropa de vestir está manchada con mi sangre y en sus ojos hay unas sombras profundas. ¿Siempre han estado ahí o es que una parte de mí quería ver algo distinto?

—Lleva a Renata a sus aposentos, y no vuelvas hasta que empiece el festival.

Leo parece afligido, como si no pudiera creer lo que le ordenan. Le estiro de la mano, indicándole que así es como tiene que ser. Él baja el rostro.

—Sí, magistrado.

—¿Qué ha sido de la mujer? —pregunto con cuidado.

Méndez da un estirón a los extremos de su chaqueta.

—La asesina está en aislamiento. Vamos a interrogar a cada una de las personas que hay en palacio. No ha dicho estar afiliada con nadie, aunque sospecho que forma parte de los Susurros. —Lleva su mirada sospechosa en dirección a mí y me mira la herida, que sigue sangrando a través de la venda—. ¿La has reconocido?

Se llama Margolina Bellén y es una Illusionári de la Rebelión de los Susurros. A su madre y a su padre los mataron durante un asalto a un pueblo a las afueras de Ciudadela Riomar. Los ahogaron cuando se negaron a revelar dónde estaban escondidos sus hijos. Margo sobrevivió cavando un hoyo bajo un muelle de piedras en la costa y alimentándose de los cangrejos que buscaban cobijo a su lado. Una semana más tarde, medio muerta de hambre y deshidratada, los Susurros la encontraron y le dieron un hogar.

—No —respondo sin vacilar de su mirada gris salada. Porque de verdad no la había reconocido, no con esa ilusión que le ha oscurecido el cabello y cambiado la cara. Lo que ha terminado por delatarla han sido sus ojos, el arma, la manera en que la he visto bailar.

—Le has salvado la vida al rey —me dice Méndez—. En nombre de la familia real, el baile del Festival del Sol de esta noche te lo dedicarán a ti. Todo Puerto Leones sabrá lo que has hecho.

La repugnancia me golpea las tripas. Me imagino a mí misma exhibida frente al reino como ejemplo de lo que deberían ser los Morias: sirvientes de la corona. Cuerpos para sacrificar.

Méndez se ríe entre dientes de manera nerviosa.

—Se siente tan halagada que no puede hablar. Renata, da las gracias.

—Estaba cumpliendo con mi deber —digo al fin. Las lágrimas me arden en los ojos porque esto está fatal. No debería haber salvado al rey, y esto no debería halagarme. Pero Nuria tenía razón. Si no hubiera protegido al rey, habría hecho que se derramara más sangre Moria inocente.

Méndez parece relajarse cuando pronuncio esas palabras.

—Por ahora, todo el personal de la casa tiene que presentarse en mi despacho para un interrogatorio, y eso os incluye a vosotros dos.

—Pero, magistrado —dice el médico—, yo jamás...

El juez Méndez pone una mirada que haría que cualquier hombre se quedara quieto.

—Pues entonces no tienes nada que temer.

—Sí, magistrado. —Arsenál baja tanto la cabeza que me sorprende que no caiga hacia adelante por el peso.

—Prepárate para esta noche, Renata. Todos los asistentes del festival serán testigos de tu poder, del poder del rey y de la justicia, y quienes estén en nuestra contra temblarán de miedo.

—Ha perdido mucha sangre, magistrado —empieza a rogar Leo—. Lord Las Rosas...

Él hace caso omiso de ese nombre con un gesto de la mano.

—Él no. Utilizará su poder sobre la asesina.

Margo. Se refiere a la feroz y leal Margo. No puedo utilizar mi magia con ella. No puedo. Se me sube la bilis y me atraganto.

—Magistrado —me quejo. Es una súplica patética, porque sé que, entre el rey y yo, elegirá al rey—. El brazo...

El juez Méndez estampa el puño contra la pared y, con los ojos bien dilatados mientras abre la puerta, dice:

—¡Se acabaron los retrasos! Son las manos lo que necesitas, no el brazo. Lleváosla a sus aposentos para que descanse. Esta noche vas a crear un Vaciado por tu reino.

23

eo y yo vemos desfilar a las familias reales leonesas al
atardecer, que recorren la avenida real frente a palacio.
Cada familia lleva la ropa lujosa y tradicional con los colores de sus emblemas familiares para hacer honor a su lealtad al
rey de Puerto Leones.

Están los Carolina, que van de plata y azul pálido, y la familia
Jaramillo con su verde bosque y azul marino. Hay diecisiete familias con lazos directos y reivindicaciones al trono desde antes de la
conquista de los Fajardo. Están los Sevilla, con su rojo y negro; el
señor y la señora a ambos extremos del carro. Lord Sevilla saluda
de manera entusiasta con la mano y la mete en un cubo lleno de
picas, que apenas valen nada, pero la gente va corriendo hacia el
carruaje y manda besos en dirección a su bello rostro.

—¿Han descubierto quién mandó a los asesinos? —pregunto
mientras Leo sirve el té.

—Lo único que ha dicho es que ha actuado en solitario. El encanto Illusionári de la muchacha se ha desvanecido y ha revelado
su verdadero rostro. No ha dicho una sola palabra a pesar de…

Se queda callado, así que termino yo por él:

—A pesar de las torturas.

No digo nada, pero dejo que esto alimente el enfado que siento
hacia el magistrado. Hacia el rey.

Leo solo abre la puerta en una ocasión para recibir el vestido
que tengo que llevar esta noche al festival. Me ayuda a vestirme y
me limpia la herida otra vez. Se aleja un paso, con una sonrisa
arrepentida en el rostro pese a todo lo que ha ocurrido.

Cuando los Morias están de luto van de rojo. También manda-
mos a nuestros muertos al mar con unas túnicas escarlata, para

que Nuestra Señora de las Sombras pueda ver el color desde los cielos entre las olas oscuras. La mayoría de los ciudadanos leoneses, sin embargo, son seguidores del Padre de los Mundos. Cuando están de luto por el reino más bajo de los Seis Cielos, donde solo los cuervos pueden llevarse las almas, van de negro. Por este mismo motivo me resulta extraño que Leo me haya puesto un vestido negro como la tinta, ajustado a la cintura, con piezas de satén y varillas, y una falda de seda bordada con hilo plateado; de cuello alto y con plumas de cuervo. Quitarme la ropa ensangrentada me ha revitalizado. Tengo la mente más clara de lo que la he tenido en días gracias al tónico para el dolor.

—El vestido estaba aquí cuando he abierto la puerta —dice Leo, que vuelve con algo rojo en las manos.

—¿Quién ha podido enviarlo? —pregunto—. Es demasiado extravagante.

—Ahora todo el mundo te va a estar mirando. ¿Por qué intentar esconderlo?

Porque no quiero que todo el mundo me esté mirando. No cuando tengo que encontrar el modo de salir de aquí antes de que me obliguen a convertir a Margo en una Vaciada.

—Son de parte del juez Méndez —dice Leo mientras me presenta unos guantes de color rojo rubí.

—Nunca he recibido tantos regalos —digo con un tono de sospecha en la voz.

—Es un día de fiesta —dice Leo con un brillo en sus ojos verdes mientras saca una llavecita del interior de su bolsillo.

Leo abre el viejo guante y luego me coloca y cierra los nuevos. El ante fino de color rojo me llega hasta los codos, y tienen un borde de cota de malla negra con gemelos de rubíes que se cierran. No son más que unos grilletes más largos que los que llevaba antes.

Allá, en la avenida real, el desfile de las familias nobles ha terminado. Hay un grupo de sacerdotes de la iglesia del Padre de los Mundos y sus seguidores. Al fondo del todo está el carruaje de la familia real. El rey Fernando y su joven reina, cargados de joyas. El vestido de la reina Josephine me recuerda a las nubes que van pasando, blancas sobre su piel negra y lustrosa. Cuando extiende las manos hacia la multitud, ellos las extienden hacia ella con gran cariño.

Las coronas que llevan el rey y la reina para el festival son altas y están adornadas con los cristales violetas del emblema de su familia.

Tomo aire ante la decepción que siento. El príncipe Castian no se encuentra en el carruaje con ellos. Me estoy quedando sin tiempo. Tengo las manos paralizadas ante la idea de sacarle todos los recuerdos a Margo y convertirla en un esqueleto de la muchacha que luchó a mi lado en batalla, que daría su vida por otorgar justicia a su gente.

Un grupo de trompetistas va detrás del rey y la reina para cerrar el desfile ceremonial. Al festival que celebra al Señor de los Mundos destruyendo a la Señora de las Sombras le queda mucho para terminar. Hay un nuevo coro de trompetas, de campanas y de canto. La manera en que llevan las banderas lilas y doradas de Puerto Leones me recuerda al día en que ejecutaron a Dez. Mi cuerpo retumba con una energía renovada. Con propósito.

Echo un último vistazo al espejo antes de marcharme y rozo el bordado plateado de mi vestido. Noto un chasquido, como el chisporroteo concentrado de un relámpago cuando toco el vestido durante demasiado tiempo. Es la euforia de haber escapado de la Segunda Batida y haber sobrevivido. El zumbido emocionante de un beso en la penumbra. Entonces me doy cuenta: no es plata. Es platino. Me viene a la cabeza la rima infantil: «Cuatro venas de platino para encerrar el pasado». Siento un zumbido en las manos cuando toco el metal, un metal tan raro que jamás me atreví a soñar que algún día lo poseería. No ha sido el tónico lo que me ha hecho sentir mejor. Ha sido el vestido.

Solo hay una persona que tiene los medios para hacer esto. Pero ¿por qué?

La chispa de mi magia se calienta bajo los guantes. Está reaccionando. Detonando. Prendiendo. Tengo la mente más clara de lo que la he tenido jamás. La zona gris es una cámara distante que está descansando.

Soy una sombra, una gota de tinta. La venganza en la noche.

Soy una Robári.

En cuanto entramos a la sala de baile, los susurros llegan desde todas partes. Quiero mantener la mirada al frente, pero busco con ella al príncipe entre la multitud, a la luz cegadora de la antorcha. Es la única conexión que tengo con el arma, la única persona —que yo sepa— que estaba en posesión de la caja de madera en el recuerdo de Lozar. Todavía existe la posibilidad de llegar a ella a través de él. Paso por delante de los vestidos lujosos, de las copas centelleantes, los apliques de fuego, el cava que cae como una cascada.

El palacio no solo alberga a las familias reales y a los comerciantes acaudalados, sino a la gente de los reinos cercanos. Los miembros de la realeza de Delfinia llegan con sus vestidos tradicionales de encaje y satén, y con sus largas rastas amontonadas encima de la cabeza.

La sala de baile no se parece a nada que yo haya visto. Toda la pista es un mosaico hecho con las riquezas del reino. Leo me toma la mano y nos unimos a la fila de gente que está entrando en la fiesta.

Los dirigentes del Imperio Luzou son los siguientes en hacer su gran entrada. Es un continente al sur del mar de Puerto Leones que nos hace parecer pequeños. La emperatriz Elena y su reina consorte van subidas a una estructura que sostienen seis hombres vestidos con túnicas doradas. Ambas mujeres tienen la piel tostada y el cabello negro azabache recogido en unas trenzas elegantes que caen sobre sus hombros. Alrededor del cuello llevan unas flores de verdad que no he visto jamás, de un color rojo intenso como los rubíes. La emperatriz lleva una corona y su esposa, un pesado collar de diamantes que indica su estatus real.

Todos a nuestro alrededor susurran y ahogan gritos ante tal majestuosidad, especulando por qué se habrán perdido la recepción al aire libre. Es imposible que hubieran sabido lo que Margo estaba planeando, pero oigo a alguien sugerir que tal vez la emperatriz no esté aquí para hablar de la paz.

—¿Por qué crees que el rey insistió en invitar a la emperatriz a este festival? —le pregunto a Leo.

—El Imperio Luzou es el más rico del mundo conocido —me susurra Leo—. Pero es el lugar en el que los Morias buscan refugio.

Luzou no ha puesto un pie en Puerto Leones desde el asedio a los Morias.

«Asedio», una manera bonita de decir «masacre».

—Lady Nuria se ha apostado diez libras de oro a que no iban a aparecer —añade—. Pensaba que les daría demasiada vergüenza estar aquí.

Veo cómo bajan a la emperatriz y a su consorte hasta el suelo, donde el rey y la reina de Puerto Leones los saludan. La emperatriz y su consorte esperan a que los leoneses hagan una reverencia, pero es evidente que los Fajardo están haciendo lo mismo. Una mayordoma acude y ofrece bebidas a la emperatriz y su consorte. Ellas las aceptan, pero no beben.

Sigo la mirada del rey Fernando, que va hacia donde está la Mano de Moria y luego hacia mí. Siento un retortijón en el estómago cuando levanta una copa en dirección a mí, y sé con certeza que me están exhibiendo como un trofeo. Un trofeo para demostrar su poder y hacer que los imperios se arrodillen ante él.

Hago una reverencia, girándome ligeramente en dirección a la emperatriz. Cuando me pongo en pie, me encuentro con que ella ya me estaba mirando y le aguanto la mirada. El temor a esta noche me clava las garras en la espalda y se queda conmigo mientras seguimos avanzando.

Leo atraviesa conmigo la sala de baile. La gente ya ha empezado a bailar, y los camareros se deslizan con bandejas de ron ámbar y cava, tiras de corteza frita y quesos con miel cruda sobre trozos de manzana. Hay copas de cristal de muchos colores y llenas de aguadulce y rodajas de limón a las que prenden fuego, pero extinguen enseguida para que se las beban las bocas sedientas.

Al otro lado de unas enormes puertas dobles que conducen a los jardines veo una banda de música. La voz del cantante atraviesa la habitación de manera limpia. El rey y la reina vuelven otra vez a sus tronos, y reciben a todos y cada uno de los ciudadanos e invitados que acuden a ellos para darles la bienvenida y alabarlos.

¿Cuándo sacarán a Margo? Me duele el brazo y el corazón me va a toda velocidad. Aún no tengo ningún plan. ¿Intento salvarla y que nos maten a las dos? ¿O la convierto en una Vaciada para mantener mi lugar en palacio? ¿Qué camino elegiría Dez?

En cada rincón y entrada hay un guardia armado y con la espada ya desenvainada. Leo me acompaña a través de la multitud. Se apartan para dejarnos paso y yo me siento como una criatura de las profundidades marinas que está atravesando una ola alta y fría. Mantengo los ojos sobre el rey Fernando, sobre el trono. Este es de hierro y oro, no de piedra alman, como el que hay en la torre. Mientras Leo me conduce hacia el juez Méndez, el rey Fernando levanta la mano en alto. Nos detenemos y vamos hacia donde nos indica el rey.

Él se pone en pie, pero no me toma la mano. Su mirada marrón oscura va de mis pies a mi vestido extravagante, a la tenue cicatriz que me dejó en el pecho y, por fin, a mis ojos. Tengo el pulso acelerado y siento un dolor leve pero constante en la herida fresca del antebrazo, tapada por el guante.

Al verme entre el rey y el magistrado, la energía que hay en la sala de baile cambia. Se oye el frufrú de los vestidos cuando las señoritas se agrupan alrededor de los pilares esculpidos e intercambian susurros detrás de los abanicos abiertos. Hay carraspeos y las conversaciones se detienen, los instrumentos suenan con la nota que no es y en algún lugar se rompe un vaso. Todos los ojos se giran hacia nosotros tres.

—Estimados invitados —dice el rey Fernando—. Hoy celebramos a nuestro creador de todo, al Padre de los Mundos, su feliz triunfo sobre la traidora de la Señora de las Sombras y los dioses usurpadores de lo antiguo. Este año celebramos algo más que eso. Esta tarde, los Susurros han intentado quitarme la vida durante las propias celebraciones de la reina.

Deja de hablar para que la multitud suelte un grito ahogado y especule entre ellos. El rey Fernando sabe cómo alimentar el miedo.

—Quizá hayáis notado a los guardias. Por favor, vecinos al otro lado de los mares, entended que esto es para proteger a todo el que esté en esta sala de aquellos que querrían acabar con nosotros. En nombre de la reina y de mi hijo, me gustaría dedicar el primer baile del Festival del Sol a Renata Convida, la Robári de la Mano de Moria que me ha salvado la vida.

Me lloran los ojos con enfado ante cada una de sus palabras. *Tranquilízate. No te muevas. No respires.* Estoy petrificada cuando el rey me toma de la mano. El calor de su palma irradia a través de mi guante, y el primer instinto que tengo es el de echarme atrás.

Él engancha sus dedos alrededor de los míos con demasiada fuerza. Hemos dado dos pasos hacia el centro de la pista de baile cuando alguien nos bloquea el camino.

Me tiembla la mano, y el aire se me escapa de los pulmones cuando lo veo: unos tirabuzones dorados revueltos por el viento, medallas de guerra relucientes sobre una chaqueta azul con unos bordados que hacen juego con sus ojos. El príncipe Castian.

Por fin.

—Si me permite, padre —dice con una voz grave y suave acompañada de una sonrisa encantadora.

Hay ira en el ceño del rey, tensión en su boca fruncida, pero no se va a atrever a montar una escena, no enfrente de toda esta gente. Me suelta.

Me entrega al príncipe Castian como si yo fuera un juguete y a él le hubiera llegado el turno de jugar.

La orquesta empieza a tocar una melodía que me resulta más familiar de lo que debería. Llevo días, semanas, esperando este momento, y ahora que ha llegado, estoy temblando hasta la médula. Estoy desorientada. Soy una cobarde. Ni siquiera puedo mirarlo a los ojos.

—Estás asustada —dice el Príncipe Sanguinario mientras coloca una mano firme alrededor de mi cintura. Aprieto los dientes y mantengo los ojos fijos por encima de su hombro, hacia el mosaico repleto de rojos y amarillos que hay detrás de él. Coloco los dedos alrededor de su brazo, quizá con demasiada fuerza.

—No estoy asustada —digo, dura como el azote del invierno, y mantengo un pie de distancia entre nosotros, por lo que se hace incómodo bailar.

—Cuando me enteré de que estabas aquí, supe que tenía que volver.

—¿Ha venido hasta aquí para ver a una Robári hacer trucos para la corte?

—No —dice él con tanta seriedad que me niego a mirarlo. He visto el modo en que mata, el modo en que consigue que la gente lo perdone, el modo en que atrae a las mujeres y luego las arruina.

—Entonces, ¿por qué? —Me resbalo y lo agarro del hombro para no caerme.

Él se estremece.

—Cuidado.

—¿Está herido? —No se nos ha informado de ninguna escaramuza ni batalla. ¿Dónde se ha hecho esa herida tan cerca del corazón?

Él esquiva la pregunta con su hábil juego de pies. Cuando desliza su mano hacia la parte alta de mi espalda, se escapan algunas imágenes de la zona gris, a pesar de que gracias al vestido de platino ha resurgido mi poder.

Ropa tirada sobre la cama.

Un rastro de cabello dorado sobre músculos firmes.

La reina Penélope rogándole a Illan.

El Ventári en la celda de aislamiento.

Una caja de madera.

Celeste en llamas.

Dez, siempre Dez.

Cuando Castian me acerca más a él, los bailarines se apartan para dejarnos espacio y yo vuelvo a ganar el control sobre la zona gris. Empujo los recuerdos para que retrocedan y me centro en los azulejos lustrosos que hay bajo nuestros pies, son tan azules que es como si estuviésemos caminando por el mar Castiano.

—Si no estás asustada, ¿por qué no me miras a los ojos?

Me tiemblan los labios y se me ensanchan las fosas nasales, pero digo:

—¿No le basta con los cientos de ojos que le están mirando mientras bailamos?

Mantengo la vista fija por encima de su hombro, donde veo que el juez Méndez está observando con atención, más que el resto.

—Estoy acostumbrado a esos cientos de ojos. Sin embargo, no estoy acostumbrado a los tuyos.

Siento un retortijón en el estómago, como si hubiera víboras haciéndose un nudo sobre sí mismas. Siento su aliento frío sobre mi mejilla. Cierro los ojos y veo el cuello cercenado de Dez. La sangre que se encharcaba sobre el patíbulo. La sangre que salpicó el rostro de Castian, que Davida limpió más tarde. Davida, que sufre por este príncipe. ¿Por qué? ¿Cómo puede merecer la pena todo este dolor y destrucción?

Castian me agarra por la cintura con más fuerza y yo suelto un grito ahogado cuando me inclina hacia atrás y me empuja hacia adelante al compás del ritmo de las violas. Le aprieto el hombro más fuerte de lo que debería, y cuando él me endereza, lo miro directamente a los ojos.

El azul se ve fragmentado por pizcas de verde y dorado a la luz de las velas. Descubro los cortes, las cicatrices tenues del recuerdo de Davida. La cicatriz en forma de medialuna que le provocó Dez. Tiene el surco de la frente marcado, como si estuviera intentando ubicarme en un recuerdo perdido. Pero ¿cómo podría reconocer a la muchacha rebelde que él conoció, cubierta de tierra y lágrimas en el bosque, en la que soy ahora, vestida con seda y plumas negras y platino, como una promesa de muerte?

—No ha sido tan difícil, ¿no? —dice y, con un triunfalismo exasperante, sus labios carnosos y de color melocotón se vuelven una sonrisa.

—Supongo que siempre consigue lo que quiere. ¿No es así, alteza? —Copio su sonrisa. *Recuerda quién es.*

Él reflexiona sobre esto en silencio y aminora el paso. Estamos en el centro de la pista de baile, pero ahora se nos han unido otras parejas en un intento por acercarse más y ver si pueden oír lo que un príncipe como él le está diciendo un monstruo como yo.

—Lucho por lo que creo —dice al fin—. Y siempre lucho para ganar. En ese sentido, sí, consigo lo que quiero.

—¿Por qué se molesta en bailar con alguien como yo cuando hay montones de señoritas esperándole? Algunas de ellas llevan haciéndolo varias semanas.

Él hace una mueca, y yo me temo que ya he alcanzado el límite de lo que puedo decir sin que haya consecuencias. Se detiene. Yo me tropiezo, pero él me endereza con su mano expectante, como si supiera el siguiente paso que iba a dar. Levanta la mano y me hace girar bajo ella, y yo me siento como un juguete cuando regreso dando una vuelta a sus brazos. Coloco las manos con los guantes rojos sobre su pecho para mantener al menos esa distancia entre nosotros.

—¿Es que tú no has estado esperándome varias semanas? —pregunta él. Me vuelve a dirigir con la música, salimos de la sala de baile y atravesamos las puertas dobles donde el festín se extiende hacia el jardín. Nos siguen algunas parejas, pero aquí la música se oye más alto y las sombras juegan con la luz plateada de la luna. Aquí, él se tiene que acercar más a mí para hablarme, para verme.

¿Es posible que sepa por qué llevo todo este tiempo aquí? Con lo que he podido deducir por este baile, es imposible que tenga el arma con él.

—Estoy aquí por el magistrado —le respondo—. Por el juez Méndez.

—Y yo que pensaba que habías venido para matarme —dice con una voz suave, angustiada; la voz del Castian que le rompió el corazón a Nuria. *No puedo casarme contigo*. No quiero compadecerme de él. No puedo.

Endurezco el corazón y recuerdo las palabras que le dijo a Dez en Riomar. *¿Tienes ganas de morir?*

Tiene el ceño fruncido y me agarra con fuerza. Noto los callos que tiene en las manos a través de la seda de mis guantes. Lo más delicado que hay en él es la diadema de oro que corona su melena de cabellos dorados. No se parece en absoluto al sencillo soldado que había en el bosque y que capturó a Dez. Hay diferentes versiones de Castian paseando por el pozo incoloro de mis recuerdos, y ninguno de ellos son el mismo muchacho, menos aún el que tengo de pie frente a mí ahora.

—No te acuerdas de mí, ¿verdad que no? —dice la voz del príncipe que quiso huir antes de la batalla. El prometido de Nuria.

Entrecierro los ojos.

—¿Me está tomando el pelo, alteza?

—Lo cierto es que me dicen que no soy nada gracioso.

La piel me empieza a arder cuando siento el fantasma de un temblor contra las costillas. La risa de Castian cuando mordisqueó con suavidad a Nuria en su habitación. Suelto un grito ahogado y me deshago de su agarre.

La canción se ha ido deteniendo hasta el final, y Castian utiliza mi movimiento para darme una vuelta. Yo me deslizo, las faldas vuelan a mi alrededor; el movimiento es tan rápido que no puedo seguir el ritmo con mis pies de principiante. Él está ahí para agarrarme. El corazón me late a toda velocidad por el miedo a caer, por el miedo a este embustero.

Soy vagamente consciente de que la gente está aplaudiendo. De que Castian tiene mi mano descansando en la suya. Me niego a cambiar de posición o a dejar que me intimide, por lo que le devuelvo la mirada y, aunque estemos de pie y quietos, continuamos con un tipo diferente de baile.

—No me recuerdas de cuando eras niña —dice sin alterarse. Tiene los labios demasiado cerca de mi oído—. No salías nunca de la biblioteca.

El corazón me da un vuelco terrible. Había decenas de niños Moria, pero nunca nos permitían interactuar con la familia real. No recuerdo a ningún niño de rizos dorados o con los ojos de un mar inmenso y brutal.

Siento que la zona gris me está contestando, pasillos oscuros que giran y se tuercen para conducirme a un foso de recuerdos del que puede que no regrese. ¿Está Castian ahí?

—No tengo recuerdos del tiempo que pasé aquí, aunque, evidentemente, he oído muchas historias suyas a lo largo de estos años.

—Esas historias son todas medio ficción —dice, de nuevo arrogante.

—Eso también las convierte en medio verdad.

Él frunce el ceño, pero no me suelta la mano y, con todo el mundo mirándonos, no puedo liberarme. En el jardín hay ahora más cortesanas incluso que en la sala de baile; sus rostros son una pequeña multitud en la periferia de mi campo visual. Levanto la mirada hacia la noche, hacia la torre. Desde aquí veo las cortinas de encaje de mi dormitorio. El de Nuria.

Castian me suelta de manera abrupta y, al seguir su mirada, veo al juez Méndez abriéndose paso entre la horda de gente hasta llegar a mí. Hace una señal a la banda y empieza a sonar una nueva canción. La gente se dispersa. Mis músculos se relajan a pesar de que el corazón me late a toda velocidad.

—Querida Renata —dice el juez Méndez con una sonrisa afligida en el rostro—, espero que no le estés causando ningún problema a nuestro joven príncipe.

—En absoluto —dice Castian sin prestarle atención en ningún momento, sino que tiene la mirada fijada solo en mí.

—Si me permites —me dice el juez Méndez—, tengo que robarte al príncipe por un asunto urgente.

El príncipe Castian me hace una reverencia. Es algo breve y brusco, y entiendo que no quería hacerlo, pero ya no puede volver atrás. Un Méndez perplejo le pisa los talones mientras que a mí me dejan atrás en el centro del jardín.

Una joven cortesana baila tan cerca de mí que puedo oler el perfume dulce y empalagoso en el que se ha bañado. Tiene el cabello rubio y lustroso, y se lo han peinado en unos tirabuzones que le caen alrededor del rostro, largo y parcialmente cubierto por el abanico lila y dorado que está agitando. Me abuchea, y cuando se aleja de su pareja para dar una vuelta, me escupe a los pies. Su saliva aterriza en el dobladillo de mi falda.

Todos a nuestro alrededor lo han visto. Yo aprieto los dientes y enderezo los hombros. No puedo reaccionar. No voy a hacerlo.

Me doy la vuelta y camino para adentrarme más en el centro del jardín, donde ya no hay antorchas y la oscuridad puede hacerme de escudo. Miro fijamente la luna y disfruto de la luz plateada. Me envuelve una profunda sensación de melancolía, como si todos los recuerdos en mi cabeza estuvieran chillando a la vez. Necesitan que los vean. Enmendar sus entuertos.

¿No es eso lo que yo quería? ¿Arreglar todos mis errores? Pero lo único que he conseguido es enmarañarme aún más en esta fortaleza reluciente. Y ahora voy a tener que enfrentarme a Margo.

—¿Qué hago? —le pregunto al cielo.

Levanto la mirada hacia las ventanas de la torre y me doy cuenta de que hay algo extraño. Cuento las plantas que hay una y otra vez. Estoy segura de que mi dormitorio es el único que tiene las cortinas con ese encaje delicado. Al lado hay una ventana más pequeña que parece estar cerrada desde dentro. Y a su lado está la biblioteca de mi planta, donde sigue estando la ventana que dejé abierta. Pero en teoría no tendría que haber ninguna habitación entre la biblioteca y mis aposentos. En absoluto.

Visualizo el largo pasillo que recorro cada día y cada noche. Solo hay una pared que me separa de la biblioteca de mi infancia, el lugar al que no dejo de regresar. Una sospecha hunde sus largas zarpas en mi pecho. Pienso en Castian asegurando que se acuerda de mí en esa biblioteca, en él contándole a Nuria lo de sus escondites.

Siento un nudo en la garganta al oír el eco en mi cabeza de unos dados lanzados sobre el suelo y la voz de un niño pequeño: *¿Qué haces aquí?*

Cuando Dez me encontró aquella noche, no entró por la puerta principal.

Hay una habitación secreta.

Tengo que subir ahí.

Regreso al festival sin que me vean y busco el camino más corto para subir las escaleras.

Hay parejas bailando en círculos enormes, ondas de colores que se mueven al ritmo de la música.

Leo está flirteando con un ayudante, apoyado de manera pícara contra un pilar mientras el príncipe Castian habla de manera vehemente con el juez Méndez en una esquina apartada. Este se aleja dando pisotones hacia los jardines, y Castian se queda frunciendo el ceño de manera tan feroz que nadie se le acerca. Es el príncipe grosero y petulante que se estaba sirviendo vino en el recuerdo que le robé a la cortesana.

Soy una sombra entre los vestidos radiantes y adornados con piedras preciosas. Por un momento, cuando levanto la mirada hacia los pedestales tallados en los que se encuentra la Mano de Moria, donde estaría yo si no me hubieran dedicado todo el Festival del Sol, la cabeza me da vueltas, me duele el estómago. Me pican los puntos que tengo en el antebrazo, me laten. El mismo aire que hay a mi alrededor parece moverse, como si hubiera algo escondido detrás de una ilusión.

Lo reconozco. Es magia Illusionári. ¡Margo! *Por favor, Margo,* pienso. *Dame tiempo para encontrar la manera de liberarnos a las dos.*

Sigo a un grupo de cortesanas radiantes mientras se dirigen hacia los servicios y, cuando pasan por delante de una salida, me escabullo de la sala de baile.

Regreso a la torre con la esperanza de que toda la gente que hay en la fiesta esté demasiado distraída por las celebraciones como para notar mi ausencia. Como mínimo, debería tener unos momentos antes de que se den cuenta de que ya no estoy ahí. Me dirijo directamente a la puerta de madera que conozco y que me carcome en los recuerdos desde que he vuelto. Esta noche no hay ningún guardia en el pasillo. La biblioteca no está cerrada. Mis ojos se acostumbran a la oscuridad después de parpadear rápidamente unas cuantas veces, pero enciendo la lámpara de gas que hay sobre la mesa. La ventana sigue abierta, pero aquí hace mucho más frío, como en los aposentos de lady Nuria que están abajo. Pienso en los ruidos que oyó, que yo creí que serían de los recuerdos que me atormentan y ella creyó que era el viento. Tenía razón.

Había una corriente de aire.

De una habitación secreta.

Cuando cierro los ojos y muevo las manos enguantadas a lo largo del platino, el recuerdo del día en el que me raptaron quiere dar un paso adelante. El eco de los pasos. Las bisagras de metal cuando un niño me habla: *¿Qué haces aquí?*

Voy hacia la pared más alejada de la biblioteca, la pared que debería compartir con mi habitación, pero no. Hay algo en medio. Tiene que haberlo. Golpeo los libros de manera frenética, los saco de las estanterías y los arrojo al suelo hasta que encuentro el que es. Empujo la balda con todas mis fuerzas y siento un torrente de dolor que proviene de mi herida. Un riachuelo de sangre caliente me baja por el brazo, pero no me importa, porque la puerta cede y las bisagras suspiran por la falta de uso.

Aguanto la respiración. La nariz se me llena de polvo, el aire está viciado por las cenizas y la humedad que ha hinchado los muebles.

Apoyo la mano sobre las contraventanas que he visto desde los jardines, que están cubiertas por el polvo de los años. Agarro la lámpara y rebusco en la habitación de manera frenética. Hay un motivo por el que me he sentido atraída hasta aquí, hasta esta habitación secreta. Sé que está aquí. La caja, el arma, su «cura». Llega la música del festival. No se han dado cuenta de que ya no estoy ahí. Aún. Doy la vuelta a los cojines que hay sobre los muebles mohosos. Vacío las estanterías, rebusco detrás de todos los cuadros que hay colgados. Hay un tapiz descolorido con dos piratas al timón de un barco. Los recuerdo del cuento que Castian estaba leyendo con Davida. ¿Esta habitación es del príncipe? Un lugar secreto que solo él conoce, un lugar en el que guardar las cosas que él preferiría tener escondidas... El corazón me aporrea contra el pecho cuando aparto una tela que revela una estantería empotrada en la pared donde un niño colocaría sus tesoros. Levanto la lámpara que tengo en la mano.

Ahí está. Lo vi en el recuerdo robado de Dez y Castian. Una caja de madera fina con unos grabados de color dorado. Cómo se acobardó Dez ante ella, repugnado y asustado.

Las bisagras chirrían cuando levanto la tapa. Se abre con tanta facilidad que sé que algo va mal. Me da un vuelco el corazón cuando agarro con el puño lo que hay en el interior.

El vestido de un bebé, con la tela blanca amarilleada por el tiempo. Debajo, un retrato que me cabe en la palma de la mano. Es algo que tienen los soldados del rey, imágenes de sus seres queridos, normalmente de la persona a la que aman, y que guardan en el bolsillo del pecho cuando luchan. En este hay dos niños. Uno tiene el cabello dorado y el otro, oscuro. Le doy la vuelta al retrato y veo que hay dos iniciales borrosas: C y A.

¿Qué es esto?

El suelo de madera cruje a mi espalda. Me doy la vuelta y casi tiro la lámpara de gas.

El príncipe Castian está de pie en el umbral.

—Sabía que encontrarías la manera de volver aquí.

24

La débil lámpara de gas tiene problemas para iluminar contra la oscuridad de la habitación secreta. La coloco sobre una mesa y me pongo frente al Príncipe Sanguinario. Las sombras delinean sus anchos hombros, sus rizos dorados, las medallas que lleva sobre el corazón.

Estoy herida, pero él también. Todavía puedo luchar.

Echo todo el peso sobre mi puño y lo sorprendo con un golpe. Le araño la mejilla, pero no le doy.

Él se queja, pero no recula. Me agarra un brazo. Muevo la mano que tengo libre y le cruzo el rostro con las uñas. Es cruel, pero oigo lo que me dijo Dez: «Es tu vida o la suya. Elige la opción que te traiga de vuelta conmigo». Lo único es que, en esta ocasión, no voy a volver con él, ¿no?

Castian me empuja, pero no intenta devolverme el golpe. Yo agarro la caja de madera y la lanzo de manera brusca contra su costado. Lo que fuera que quisiera decirme muere en sus labios cuando se agarra las costillas.

—¡Basta! —dice en voz alta y ronca.

—¿Dónde está?

He ido demasiado lejos. Si me retiro ahora, no conseguiré el arma, la maldición que me ha traído de vuelta a este lugar, que llevó a Dez hasta su muerte. Tengo que vencerlo porque la otra opción es convertir a Margo en una Vaciada, y si no gano esta lucha, estoy segura de que me mandarán al verdugo. ¿Me decapitaría el mismo Castian, igual que hizo con Dez? ¿Dejarían que me pudriera en una celda como Lozar? Me viene a la cabeza una idea horrible: ¿su cadáver sigue estando ahí abajo?

Castian se recupera de mi golpe y pone distancia entre nosotros. Se desabrocha la chaqueta bordada y adornada, y la túnica le queda abierta en la curva que hay entre los músculos de su pecho. Lanza la chaqueta a un lado y aterriza sobre el sillón lleno de moho.

Abro el cierre que me ata la capa alrededor del cuello y cae al suelo. Aflojo los cordones del corsé para poder respirar. Intento recordar si he visto algún arma, pero la habitación estaba llena de libros y de viejos juguetes. Si pudiera quitarme estos guantes y que mis manos quedaran libres, podría arrancarle las respuestas.

En vez de eso, me mido ante él del modo en que me enseñó Margo. Pienso en lo que sé sobre él. Es de pies rápidos, y su poder reside en sus anchos brazos. Cuando él da un paso a la derecha, yo lo doy a la izquierda, y así, volvemos a estar bailando. Canalizo toda la ira que he tenido que reprimir cuando me han exhibido ante el rey y su corte y la reúno en mis puños.

Castian me bloquea el puño con la parte izquierda de su pecho. Aún no quiero que sepa que voy a ir a su punto débil. Frente a mis ojos veo unas luces brillantes bailando; el tónico que apaciguó mi dolor está empezando a dejar de hacer efecto. El príncipe me agarra por las muñecas y me empuja hacia su pecho. Yo doy patadas y levanto las rodillas tan alto que él se ve obligado a utilizar sus manos para bloquear los golpes, por lo que las mías quedan libres.

Le doy un puñetazo en la nariz y, aunque empieza a sangrar, se sacude y me agarra por los hombros. Me empuja contra el muro tapizado. El aire se me sale de los pulmones cuando me empuja por segunda vez. Siento su cinturón apretando contra mi estómago, su aliento dulce por el vino y cálido sobre mi rostro.

Quiere vencerme. Puedo verlo en sus ojos mientras me sujeta el brazo izquierdo contra la pared y hunde el pulgar en la herida que tengo en el derecho. La sangre caliente y pegajosa cae por donde se deshacen los puntos bajo el guante.

Veo blanco por el dolor, pero aprieto los dientes y gruño. Respiro de manera rápida y fuerte; primero me preparo y luego le golpeo la cabeza con la mía, y aprovecho el momento en el que se desorienta para hundir los dedos en la herida que tiene en el pecho. Yo también puedo jugar a su juego.

Castian suelta un chillido y cae de manos al suelo. Lo agarro del cabello y golpeo su cara contra mi rodilla. Echo su cabeza hacia atrás para que pueda verme. «No me miras», dijo.

Bueno, pues aquí estoy, haciéndolo.

—Ríndete.

El príncipe escupe un montón de saliva y sangre al lado, pero no admite su derrota.

—Los Susurros te han enseñado a pelear bien —dice con una risa ahogada—. ¿Te arruinaron la vida antes? ¿Te hicieron creer que ibas a volverte loca?

—Los Susurros me salvaron de tu padre. —Le estiro el pelo, pero lo único que hace es gruñir. No puedo escucharlo. Todo son mentiras y sonrisas falsas—. ¿Dónde está el arma?

Y así, me da un puñetazo en la tripa. Yo lo suelto y me llevo las manos al estómago. Me caigo de rodillas. *Respira.* No puedo respirar.

—Si me escucharas, Nati... —dice mientras la sangre le cae en la boca desde la nariz.

—¿Cómo me has llamado? —exclamo.

Se me bloquea el cuerpo. Se me cierra la garganta. El recuerdo de mi padre llamándome así me vuelve inservible. Golpeo el suelo de piedra con las manos para volver al momento presente. ¿Cómo lo sabe? ¿Cómo es posible que lo sepa?

Doy pequeñas bocanadas de aire hasta que por fin puedo tomar una sola y larga respiración. Cuando apoyo las manos para incorporarme, me tropiezo con la lámpara de gas. Apago la llama con un pisotón antes de que prenda nada, y luego agarro un trozo de cristal puntiagudo. Desde la biblioteca proviene una luz de lo más tenue, y mis ojos se ajustan a la llama. Respiro a través del dolor que siento en el cuerpo, del mareo que viene con el chute de adrenalina. Observo el contorno de sus músculos, la manera en que se tambalea buscando el aire.

Castian me esquiva y se pone de espaldas contra la pared. Tiene la mano sobre su hombro, donde la sangre se le filtra a través de la venda y la camisa.

—No hemos dicho nada sobre armas —dice. Sigue habiendo cierto humor en su tono de voz que me enciende de la ira. Saca un pequeño puñal que tiene escondido en la bota y lo arroja al suelo.

Como se ha deshecho de su arma, yo debería renunciar a la mía. Eso sería lo más honrado. Si ha tenido el puñal a su alcance todo este tiempo, ¿por qué no lo ha utilizado cuando me tenía contra la pared? ¿Por qué no ha terminado con esto?

—Está bien —refunfuño.

Lanzo el trozo de cristal a un lado y cargo contra él. Él bloquea cada puñetazo, cada patada. Vuelvo a ir hacia su herida, pero él lo anticipa y me atrapa los brazos con los suyos contra su torso. Levanto la rodilla y se la estampo en la entrepierna. Es un gesto fácil, pero siempre me ha resultado útil cuando me he quedado sin opciones. Estampo la palma de la mano sobre su oreja tan fuerte como puedo y él grita. Se lleva las manos al costado de su cabeza y, en este momento de debilidad, le golpeo con la mano en la garganta. Él se ahoga y da unos pasos hacia atrás mientras tose. Lanza un puñetazo que termina sobre mi hombro.

Me vibra todo el cuerpo de la rabia, e incluso con esta luz tan tenue, siento que me prende como si viniera desde el interior. Veo la luz en forma de halo a mi alrededor reflejada en sus ojos. ¿Estoy invocando esto?

—Tienes que escucharme, Nati. —Castian levanta las manos.

—¡No puedes llamarme así! ¡Deja de hacerlo! —Le doy un puñetazo y él lo bloquea. Vuelve a intentar que mantenga los brazos quietos, pero yo me lanzo al suelo y gateo entre sus piernas. Le estampo el codo contra la corva de su rodilla y él se cae hacia adelante.

Puedo matarlo.

En este momento, sé que puedo hacerlo.

Pero la muerte sería demasiado buena, demasiado amable. ¿Cuánto tardaría el magistrado, el rey, en venir a por mí? ¿No es eso lo que he querido evitar? ¿Acaso importa? Margo lo haría. Margo no vacilaría, y ahora ella está encerrada y yo estoy aquí luchando por nosotras dos.

—Si no me vas a decir dónde está el arma —digo—, simplemente te arrancaré la respuesta.

Castian se da la vuelta sobre su espalda y yo lo acorralo y hundo la mano en la herida que tiene en el pecho.

—Ren... Renata, por favor. —Su respiración es áspera, y la sangre le cubre la mitad inferior del rostro. No hay duda, es el Príncipe Sanguinario.

Utilizo un trozo de cristal para rasgar la tela de alrededor de mi muñeca. Me araño un trozo de piel, pero luego siento el aire. Arranco el resto de la tela con los dientes y libero mi mano. El aire helado me enfría la piel sudorosa.

El poder surge a través de mi ser e ilumina las fisuras de las cicatrices que se devanan por mi piel ensangrentada. Queman como el naranja del fuego. Un velo de luz danza desde mi piel. No tengo tiempo para maravillarme ante ello. Aprieto el dedo contra su sien.

No sé qué esperaba. Gritos. Que suplicara piedad. Algo.

El príncipe Castian simplemente se me queda mirando, con el rostro cubierto de sangre y la sombra y la luz de la luna que proviene de la única y sucia ventana. Respira con rápidos jadeos. Reconozco la mirada que tiene. Me está retando.

Libero mi magia y me adentro en sus recuerdos para agarrarlos y sacarlos a rastras.

Las imágenes pasan a toda velocidad frente a mis ojos, demasiado rápido como para discernir lugares o rostros. Siento la ráfaga del viento en mis oídos y luego nada.

No veo nada.

Una oscuridad total y absoluta, como si hubiera un muro ahí, imposible de romper.

—No puede ser —digo con un grito ahogado. De algún modo, ha encontrado la manera de bloquear el poder que tengo. «Eso no va a funcionar conmigo». Iba en serio cuando soltó aquellas palabras en el bosque de los Linces.

Una sonrisa se le posa sobre el rostro y luego me agarra y algo se deshace. Todo queda patas arriba. La habitación gira a mi alrededor mientras él me da la vuelta y me agarra por las muñecas.

—¿Qué has hecho? —susurro.

Él no responde. El cabello húmedo le cae por el rostro. Está débil, apenas se mantiene en pie. Siento el latido de su corazón tan acelerado como el mío a través de sus palmas. No debería ser así.

—Ríndete, Renata. Por favor.

¿Por favor? La sensación mareante que tengo en la cabeza se disipa cuando oigo un grito. No es mío. No es suyo. No estamos solos.

—¡Príncipe!

—¡No! —exclama Castian. Siento un alivio de la presión que tenía encima cuando él se pone en pie dando tumbos y apretándose la herida del hombro. Una herida que parece que se la he hecho yo con mis propias manos.

Me doy cuenta de que Leo está en la puerta, y entra en la habitación con un estruendo y el ayudante con el que estaba flirteando a su lado. El hombre pelirrojo chilla y no deja de exclamar:

—¡Príncipe!

Se quedan paralizados al vernos, ensangrentados y andrajosos sobre el suelo, rodeados de aceite, cristales y sombras. Leo agarra al ayudante de la mano, pero el muchacho se suelta.

—¡Ayuda! —chilla el ayudante, y luego sale corriendo de la habitación antes de que Leo pueda detenerlo—. ¡Está matando al príncipe!

—¡Espera! —grita Castian.

Pero el joven se está alejando por el pasillo, corriendo a toda velocidad y gritando:

—¡Guardias! ¡Guardias!

Leo cierra los ojos y golpea el marco de la puerta secreta. Se aprieta el puente de la nariz, la impotencia le afloja el cuerpo.

—Estúpida, más que estúpida. Ella te dijo que no…

A Castian le cambia la mirada. Se le oscurece, y entrecierra los ojos con enfado igual que el día que lo vi en el bosque. Es como si fuera dos personas en un mismo cuerpo.

—Renata Convida. —Castian dice mi nombre. Su voz me hace sentir como si me echaran gravilla en las heridas. Qué diferente es del «por favor» que gimoteaba hace unos momentos. Se quita el cinturón y me ata las muñecas con él—. Quedas bajo arresto por traición e intento de asesinato al príncipe de Puerto Leones.

No me resisto cuando el príncipe Castian me conduce hacia las mazmorras, donde lo único que hay son las antorchas de la pared y el sonido de los guardias mucho más abajo. Puedo ver la onda que se le forma en la mandíbula al apretar los dientes y la vena que tiene en el cuello, pronunciada a la luz del fuego que se mueve por su rostro.

—No tenía por qué ser así —dice Castian en la oscuridad.

—No podía ser de otra manera —digo yo.

El príncipe me da la vuelta. Tiene el rostro torcido por la ira, distorsionado por las sombras y la sangre.

—He trabajado día y noche por la mejora de este reino. De su gente.

—Nunca serás más que un asesino, Matahermano.

Aletea la nariz y su boca se convierte en una línea tensa.

—No quieres ver lo que tienes justo enfrente... —dice, pero desde abajo se oyen unos pasos fuertes.

—Alteza —dice un guardia blandiendo una antorcha mientras sube por las escaleras—. Su padre me manda para llevar a la prisionera a su celda.

—Como ves, ya estoy en ello. Puedes marcharte.

—No puedo obedecer, alteza. La orden viene de su padre. Él... Él qu... quiere verlo de inmediato.

No se mueve, y da la sensación de que se queda siglos así, con el destello del fuego consumiendo la antorcha. Luego, el príncipe Castian me entrega al guardia, que tensa el cinturón que tengo alrededor de las manos y luego me agarra la parte trasera de la camisa y me empuja hacia adelante. Tengo las manos dormidas, y por los brazos me recorre una sensación de hormigueo que no tiene nada que ver con la magia.

Bajamos hasta las celdas. El hedor de los desechos y la podredumbre me golpea en la nariz y la cabeza me da vueltas. El guardia gira de manera nerviosa los discos de la cerradura, pero se equivoca a la primera y lo vuelve a intentar. Incluso con las manos atadas me teme. Esta vez me sienta bien que me tengan miedo.

Por fin se oye un clic y el crujido oxidado de la puerta abriéndose. Me mete dentro. El suelo está resbaladizo y me caigo sobre el costado.

Una risa suave y oscura proviene desde la esquina. Me incorporo e intento ponerme en pie, pero solo consigo quedarme de rodillas.

Una muchacha con el cabello rubio y apelmazado y un ojo morado y cerrado por la hinchazón se coloca frente a mí. Veo más allá de los cortes y verdugones que tiene. Veo un ojo azul abierto. Un vestido rojo. Es Margo.

—Levántate, traidora —dice y me escupe en la cara—. No iba a por ti, pero voy a terminar lo que he empezado.

25

—No lo entiendes —digo, poniéndome en pie. Margo pesa menos que yo, pero ha salido de más apuros de los que puedo contar. Hay un fuego ardiendo en su interior. Y necesita sacarlo. Lo veo en la manera en que camina adelante y atrás evaluando mis piernas, el corte que tengo en el brazo, el cinturón que me ata las manos juntas.

—Estoy harta de intentar entenderte —dice Margo. Arremete con los puños y me empuja. El suelo está tan escurridizo que me resbalo y me golpeo en la cabeza con el sucio saco que hay en el centro—. ¡Tú eres el motivo por el que estamos aquí!

Me pongo en pie con ayuda de las manos.

—Nunca lo has intentado. Me he pasado años escuchándote decirme lo inútil y poco de fiar que soy. —Me adentro en su espacio y le doy un golpe en el pecho, pero ella me quita las manos de un manotazo—. Pero nada de lo que hayas dicho o pudieras decir conseguiría que me odiara más de lo que ya hago. Así que sí, esto es culpa mía. Y sí, yo formaba parte de esto, fui una de ellos. Pero era una niña, Margo. No quiero que me perdonen. Todo lo que he hecho desde que Dez me salvó de esta pesadilla, y desde que he vuelto, ha sido intentar arreglar lo que soy, lo que hice. Estoy intentando que esta maldición valga la pena. Al menos, deja que te cuente lo que he descubierto.

Ella da un paso hacia mí y yo retrocedo de manera repentina, pero no me intenta lastimar. En vez de eso, me desata el cinturón que tengo alrededor de las manos. La hebilla golpea en el suelo con un ruido seco. Margo retoma sus pasos, deteniéndose cada vez que completa un círculo para agarrar los barrotes de la angosta ventana. Entonces saca el brazo e intenta abrir la cerradura con combinaciones aleatorias.

—Es uno entre un millón —digo.

—Pero sigue siendo un intento.

—¿Por qué has venido, Margo? ¿Dónde están los demás?

Margo suelta la cerradura y se sienta sobre el frío suelo. Está tiritando, junta las manos y las frota para entrar en calor.

—Los demás están esperándome a las afueras de la capital. Cuando nos separamos de ti, nos fuimos hacia el refugio de la ciudad de Galicia hasta que se nos ocurriera un plan.

—¿Por qué no volvisteis a Ángeles?

Pone los ojos en blanco y yo me estremezco cuando vuelvo a ver el moratón lleno de sangre que casi le cubre por completo el ojo izquierdo.

—Porque después… después de lo que ocurrió, duplicaron las inspecciones en los puentes y en los peajes. Teníamos que esperar, pero no estábamos solos.

—¿Quién estaba ahí?

—La mitad de los Susurros. La mayoría eran carroñeros y cocineros. Una semana después emprendieron el camino de vuelta a Ángeles, por la noche. Esteban quiso ir para mantener las cosas en orden, pero teníamos que llevar esto a cabo.

—¿Qué quieres decir con lo de mantener las cosas en orden? —pregunto, aunque ya siento tensión en el pecho por lo que va a decir.

—Illan está destrozado. Está irreconocible, echándose a perder en la cama. Es como si hubiera perdido las ganas de vivir. Nada de lo que le digamos ni hagamos lo saca de ello. Lo único que hace es beber caldo cuando se acuerda y un quinto de aguardiente hasta que se queda dormido, murmurando cosas a las que no le encontramos sentido. Cree que estamos perdidos sin Dez.

Nos quedamos en silencio. Lo que no podemos decir pesa tanto que yo también me veo bajando hasta el suelo. El frío se cuela entre mis calzas y me quito los zapatos. Si salimos de aquí, podríamos venderlos por un buen precio, incluso estando tan sucios como están ahora.

—Sin Dez… Es como si todo el mundo hubiera perdido la esperanza. Desde aquel día, solo han conseguido mandar un barco de refugiados a Luzou. Nadie sabe qué hacer. A dónde ir. Todos los refugios están comprometidos. Hay muchos que ya ni siquiera nos acogen por los panfletos que ha repartido la justicia, con la imagen de Dez con una X roja pintada sobre su rostro. El líder de la rebelión está muerto. Circularon con tanta rapidez que Illan se enteró antes de que pudiéramos decírselo en persona.

Intento imaginarme a Illan en el bosque la noche antes de que todo fuera horriblemente mal. La emoción en sus viejas facciones. Lo listo que se creía al descubrir que el arma que controlaba a los Morias —que los utilizaba— destruía su magia. Me lo imagino recogiendo ese panfleto, viendo el parecido del rostro de su hijo cubierto de lo que podría ser sangre. El muchacho orgulloso y apuesto que sería capaz de utilizar su encanto para que las estrellas brillaran a pleno día si quisiera. El muchacho muerto.

«Naciste seria», me dijo Dez, y no sé por qué, de todas las cosas que me ha dicho, esa es la que sigue repitiéndose en mis pensamientos cuando menos lo espero.

Me quedo mirando mis manos fijamente, una con el guante, la otra desnuda y con más cicatrices que nunca. Estas manos han robado la vida de cientos de personas, incluyendo la de mis propios padres, pero han resultado inútiles contra Castian. ¿Cómo?

—¿Cómo pueden sentir que se ha acabado? —pregunto—. Illan es el que nos mandó a la misión para encontrar la piedra alman de Celeste. ¡Él es el motivo por el que pudimos confirmar la existencia del arma!

—El protocolo negro sigue en efecto en todos los canales de los Susurros —me dice Margo—. Los Morias que están escondidos continuarán así. No hay nada que podamos hacer. No mientras el rey y la justicia hayan enviado tropas a todos los puertos. Aunque quisiéramos navegar hacia Luzou, o probar nuestra suerte en las Tierras de Hielo, no podemos. Están registrando los barcos de arriba abajo. Incluso el barco de la emperatriz. Nos están dando caza hasta los confines del mundo, y ahora no podemos ni siquiera volver al mar.

Jamás la he oído tan abatida, pero sé que tengo que dejarle hablar. Cuando he sido yo la que ha estado así, nada de lo que me dijeran me hacía sentir mejor. Después de un largo silencio, reúno el valor para hablar.

—Yo no me he rendido, Margo. Tú tampoco.

—Eso pensaba yo. Cuando estábamos en el mercado —dice Margo— vimos cómo arrestaban a un vendedor de aceitunas. Lo único que estaba haciendo era descansar con su carrito en una esquina de la calle. Lo vi suplicar por su vida, pero los guardias simplemente recitaron lo que siempre dicen. Eso es lo que están haciendo. Están creando pánico. Era la misma sensación que con la primera Ira del Rey. Me he pasado la mayor parte de mi vida luchando, pero el único momento en el que me he sentido así de impotente fue cuando mataron a mi familia.

—¿Cómo has entrado a palacio? —pregunto.

Me mira con unos ojos fijos que me desconciertan.

—Hace una semana, quien informa a Illan avisó de que necesitaban un nuevo espectáculo para la noche del festival.

—Siempre has sido la que mejor baila. —Siento una fatiga en lo más profundo de mi ser, pero me acuerdo de lo preciosa que estaba con su vestido en el festival. Aunque no fuera con su cara verdadera—. ¿Tú conocías a esa persona?

—En cierto modo. —Margo sacude la cabeza—. Era la Urraca, pero solo se comunicó mediante una serie de mensajes que decían a dónde ir y las canciones que prefería el rey.

La Urraca que se suponía que tenía que ayudar a escapar a Dez. Alguien con acceso al príncipe, a los lugares secretos del terreno, a la corte, al rey. Ella tiene la libertad de entrar y salir de palacio. «A mi querido marido se le escapó...». Suspiro con certeza.

—¿Qué ocurre?

—Llevo semanas aquí y me acabo de dar cuenta de quién es la Urraca.

Margo levanta una ceja.

—Bueno, la Urraca sí que sabía quién eras tú. Nos pidió que viniéramos a ayudarte.

—¿Qué? —Se me llenan los ojos de lágrimas. Ella lo ha sabido todo este tiempo. Me siento avergonzada por haberla subestimado.

—No me digas su nombre. No me fío de mí misma, soy capaz de revelarlo bajo las circunstancias adecuadas.

Se refiere a la tortura, pero sé que Margo jamás diría su nombre. Aun así, guardaré el secreto de Nuria.

—Fue arriesgado utilizar mi magia —continúa Margo toqueteando el heno que hay en el lodo—. Pero siempre y cuando la ilusión esté sobre mí y no sobre los demás, el efecto no va a ser tan fuerte.

—Ha sido temerario —le digo. *Eso es algo que haría Dez.*

—Era lo único que podía hacer para poner fin a esto. Ese hombre es responsable de miles de vidas. Toda su familia ha destruido nuestros hogares. Lo ha destruido todo. ¿Por qué puede seguir con vida? —Saca un dedo acusatorio y me lo coloca frente al rostro, y su tono va escalando—. ¿Por qué lo has salvado?

—Porque si hacías algo, lo único que conseguiríamos sería que recayera sobre los Morias multiplicado por diez. Aunque me mataran justo después. Sería peor para todos. Habrían utilizado el arma antes de que yo la encontrara. Nos entrenaron para que pensásemos en la visión de conjunto, Margo.

Ella se recuesta y vuelve a tiritar. Me pregunto cómo de mal deben estar las cosas para que ella se muestre así de imprudente, para que actúe sin pensar.

—¿Qué te ha hecho terminar aquí después de ser la heroína Moria? —escupe malhumorada.

—He atacado al príncipe Castian. Después de que ejecutaran a Dez...

—De que lo asesinaran —dice ella.

—Después de eso, un prisionero me dio un recuerdo. El príncipe estaba provocando a Dez con lo que había en una caja. Creí que era el arma.

—¿La encontraste?

Suelto un gruñido de frustración.

—De haberlo hecho, no estaría aquí contigo.

Vuelvo a pensar en lo que hizo que cometiera el error. Intenté robarle los recuerdos a Castian. Sentí sus pensamientos deslizándose hacia mi mente, pero luego no había nada. No puede derribar esos muros. ¿Cómo lo hizo? Siento un temblor por el frío y por el enfado de que Castian me haya llamado por mi nombre. «Nati». ¿Cómo se lo sabe?

—Ha debido ser duro centrarse en el arma mientras vivías en la abundancia.

La miro a los ojos.

—¿Lo dices en serio? He estado comiendo, bañándome y sonriendo al hombre que me capturó y separó de mi familia siendo una niña. He derramado mi propia sangre por el rey que mató a mis padres. ¿Habrías podido hacer lo mismo?

Ella se aparta, pero yo no lo dejo estar.

—¡Respóndeme, Margo!

—Déjalo, Renata —gruñe como un lobo.

—Siempre me has odiado. Nunca he sabido si era por lo que soy o porque Dez me eligió para que entrara en la unidad a pesar de tus protestas.

Ella agarra un puñado de porquería y me la lanza.

—¿Tan mala opinión tienes de mí que crees que te odiaría por Dez? Dez era el líder de mi unidad. Y el más valiente de todos nosotros. Tú eres débil, Renata. Te consume el pasado. Vives en él y rechazas a la gente que tienes a tu alrededor. Por eso te odiaba.

Respiro de manera rápida y con dificultad. Quiero pegarle, pero el peso de sus palabras me lo impide.

—Le hacías daño hasta a Sayida cada vez que preferías estar a solas que con el resto de nosotros.

—Los Susurros no me querían, algo que tú me recordabas a diario —respondo arrodillándome hacia adelante para que se vea obligada a mirarme.

—Illan castigó a cada una de las personas que te hizo daño —dice con una voz fuerte y rasgada—. Incluso separó a unidades para que las cosas fueran más fáciles para ti. Yo no soportaba verte actuar como si el destino de nuestro mundo fuera un peso con el que solo tú tenías que acarrear, mientras que el resto de nosotros no estábamos más que para fastidiarte. Tenías que ser tú quien consiguiera la piedra alman y quien encontrara el arma. ¿Alguna vez se te llegó a ocurrir que si confiaras en nosotros habríamos hecho lo mismo? Pero no. Dez está muerto. Tú eres quien debería haber estado en aquel patíbulo, no Dez. Tú, Renata.

Quiero pegarle. Gritarle hasta el hartazgo. Darle un puñetazo a la pared porque, aunque no me devuelva el golpe, dolerá.

Quiero decirle que yo también deseo que me hubieran matado a mí y no a Dez, pero entonces se oye el eco de unos pasos por el pasillo. En este extremo de la mazmorra, los prisioneros no reciben visitas y, de algún modo, ya he estado aquí dos veces en mi vida.

Y así, dejamos de pelear entre nosotras y nos centramos en esperar a que el guardia venga hasta la puerta. Volvemos a las antiguas señales manuales de nuestra unidad porque seguimos teniendo que sobrevivir.

Margo se lleva el dedo a los labios y señala la pared del extremo, a donde me traslado para cubrir el máximo espacio posible. Si el guardia está solo, podremos con él. Quiero decir que hemos estado en situaciones peores, pero se trata de las mazmorras de palacio. Es el segundo peor lugar en el que te puedas encontrar. El primero es la prisión Soledad.

Los pasos se acercan más, y podemos vislumbrar una figura encapuchada a través de la pequeña apertura rectangular que hay en la puerta. Me apoyo contra la pared a la espera de que giren los discos de la cerradura, pero eso no llega a ocurrir. En su lugar, el cerrojo rectangular de la puerta se abre y por ahí empujan un bulto. Cae al suelo y cierran el cerrojo, lo bloquean y la figura encapuchada se aleja por el pasillo. Voy corriendo hacia la puerta y agarro los barrotes. Solo se me ocurre una persona que pueda intentar ayudarme.

—¿Leo? —lo llamo. Los pasos se detienen un momento. Tengo ganas de volver a llamarlo por el nombre, pero entonces continúa adelante.

—¿Qué ocurre? —pregunta Margo mientras toca con el pie el bulto de tela.

Yo deshago el nudo y lo abro. Sé que dicen que los alquimistas reales han creado algún arma que explota, pero dudo que el rey fuera a matarnos así. No cuando le faltan un Illusionári y un Robári en la Mano de Moria. La tentación de amansarnos, de añadirnos a su colección, de que seamos juguetes bajo su control, es demasiado dulce.

—Es comida —digo.

Oigo el rugido en el estómago de Margo.

Coloco la comida sobre la gruesa tela: una hogaza de pan que aún está caliente, una pequeña rueda de queso de cabra, lonchas de cecina, un racimo de uvas moradas y un bote de miel.

—Come —le digo. Ella no se mueve. Tiene las manos apretadas en unos puños obstinados, pero ambas sabemos lo que es el hambre. Y da igual de dónde provenga esta comida, Margo no puede hacerle ascos.

Tomo un par de uvas para mí y la punta del pan. No tengo apetito, pero necesito llevarme algo al estómago. Recuerdo estar juntas en misiones sin saber nunca cuándo llegaría nuestra próxima comida. Los recaudadores que había en los peajes a veces nos robaban la comida cuando pasábamos por los puntos de control.

Cuando nos lo hemos acabado todo, Margo inclina el bote de miel para echarse las últimas gotitas sobre la lengua. Abre la tela y la sacude, pero ya no hay más comida. Solo hay algo de metal que cae sobre el suelo.

Levanta un pequeño cuchillo hacia mí con una sonrisa.

—Cena y un arma.

Por un momento, me pregunto si lo va a utilizar conmigo. Si yo fuera ella, estaría tentada de hacerlo. No soy ninguna Persuári, pero puedo sentir el profundo odio que me tiene.

Se esconde la navaja en un bolsillo secreto en el interior de su vestido.

—Parece que tu Urraca tiene una gran influencia, Ren.

Ni siquiera Nuria se arriesgaría a bajar hasta aquí.

—No. Creo que ha sido mi ayudante, Leo. Siempre ha sido amable conmigo. No estaba segura de si podía confiar en él porque estaba al servicio del juez Méndez, pero lo hago.

—Puede que ese fuera su trabajo: que llegaras a confiar en él.

—Puede. —Me pongo en pie—. Pero entonces, ¿por qué iba a darnos la navaja?

Tengo las piernas entumecidas por el frío, por lo que camino y camino, le hablo del tiempo que he pasado aquí, de la búsqueda del arma. El príncipe debe tenerla todavía. No podemos contraatacar desde esta celda.

—Méndez no será capaz de mantenerse al margen durante mucho tiempo —digo. Lo conozco. Intentará darme una lección.

—Méndez —dice Margo lentamente—. ¿Te hizo daño... antes?
Yo sacudo la cabeza.

—Él siempre me trató bien. Así es como me ganó siendo una
niña, y cree que sigo siendo igual ahora. Pero te lo prometo, Margo: te sacaré de aquí aunque tenga que dejar una oleada de Vaciados a nuestras espaldas. Juré que no me convertiría en ningún
monstruo. Pero eso es lo que quieren que sea, así que les voy a dar
exactamente lo que están pidiendo.

—Es todo cuanto somos para ellos, ¿no? —pregunta Margo, y
yo me doy cuenta de que es lo máximo que hemos estado hablando sin pelearnos—. ¿Tregua?

Qué agradable sería si no estuviéramos encerradas en esta
celda.

—Tregua.

Después de un rato, el frío húmedo me debilita y nos sentamos en el catre. Está lleno de agujeros, y el heno y la porquería que
hay metida dentro se sale, pero es mejor que estar en el suelo. Lucho contra el sueño, pero un momento después me atrae hacia él y
me envuelve en una oscuridad total.

Cuando me despierto, me pongo en pie.

—¡Margo! —la llamo a gritos, pero su respuesta queda ahogada por una mordaza. Se oye el ruido de unas cadenas cuando ella
forcejea.

Alguien me mete un trapo sucio en la boca y luego me cubre el
rostro con una tela negra. Me entran arcadas ante el olor pútrido
que desprende. Doy patadas y puñetazos, pero el guardia tiene demasiada fuerza. Me meten la mano desnuda en el guante de un
hombre y me ponen unos grilletes en las muñecas.

Siento el latido de mi corazón en los oídos, bombeando una
advertencia a la que no puedo hacer caso porque es demasiado
tarde. Así es como termina esto, ¿no? En la oscuridad, siempre en
la oscuridad.

—Sentadla ahí —dice el juez Méndez con una voz seca y fría—.
Poned a la otra ahí.

El guardia me estampa contra una silla y me ata las piernas a las patas de madera. Yo dejo las manos encadenadas sobre mi regazo. La tela que me cubre la cabeza huele a moho y a podrido. Me pregunto si alguien murió llevándolo puesto.

—Cállate la boca —grita una voz de hombre.

Oigo un sonido hábil y mojado, y Margo suelta un chillido sordo. He visto a Margo aguantar cosas peores y no llorar. Pero ahora oigo un gimoteo que me golpea en todo el corazón. Sacudo la cabeza y escupo el trapo.

—Soltadla —digo intentando no asfixiarme por el olor—. Soy yo quien os ha engañado.

—Ya llegaré a ti, Renata. —La voz de Méndez suena justo enfrente de mí, y hasta con la cabeza tapada puedo olerle el frío aliento—. Pero por ahora, te concederé el honor de elegir cuál de tus amigos rebeldes muere primero.

Me quitan el saco de la cabeza. Tengo la visión borrosa por el sudor, y el cabello me cae por encima de los ojos. Luego consigo ver a mi unidad.

Sayida y Esteban están atados a la pared al lado de Margo. Entonces me doy cuenta de que lo que he oído no era el gemido de Margo, sino que era el de Sayida. Esteban está furioso y muerde con fuerza el trapo que le hace de mordaza. Yo suelto un chillido cuando veo las heridas que tiene. Uno de sus ojos está tan hinchado que lo tiene cerrado. Hay sangre seca en su barbilla. Su mirada de ojos marrones va de mí al juez Méndez, y veo el momento en el que su enfado se convierte en odio.

—Ha sido muy hábil por tu parte —dice Méndez, que fija su mirada en mí—. Herirte a ti misma para salvar al rey. Cuando regresaste, deseaba con tanta fuerza creer que eras mi Ren, que volvías a mí... Te dejé merodear por palacio para ver si destapabas al espía. Pero ni siquiera el informante de Illan confiaba en ti lo suficiente como para decírtelo. Estabas más sola que nunca.

Se acerca caminando hacia mí, y cada uno de sus pasos me revuelve los interiores. Giro la cara a un lado y muerdo con fuerza para no gritar.

—Estoy decepcionado, Ren. Ya lo arreglaremos después. Ahora, lo que quiero saber es cómo conseguiste que tus amiguitos entraran en palacio. —Me agarra la barbilla y hunde los dedos en mi mandíbula.

Le escupo, y él me suelta y me da un manotazo.

—Podrías haber hecho grandes cosas, Renata. Fui un necio al creer que podías volver a mí entera. Eres una cáscara rota de la muchacha que fuiste en una ocasión. Jamás encontrarás tu hogar con quienes aseguran ser tu gente. Jamás confiarán en ti.

—Tú me metiste en una jaula —consigo decir.

—¿Y que hicieron los Susurros? Me hablaste de su crueldad. Lo verificamos con nuestro Ventári. A mí me parece que lo único que has hecho es ir de una cárcel a otra. Aquí, al menos, sabes dónde estás. Con el poder. Con los leales.

La voz de Castian irrumpe en mis pensamientos. «Los Susurros te han enseñado a pelear bien». Él no tiene cabida aquí ahora.

—No hagas como que te importo —le respondo.

Se le humedecen los ojos de color gris salado que tiene, pero parpadea para evitar que se le derramen las lágrimas. Luego, echando los labios hacia atrás para acentuar las palabras, dice:

—Te protegí mientras vivías aquí. No te faltó de nada. ¿Te acuerdas de los gritos que pegaste cuando te separaron de mí? ¿Te acuerdas de cómo llorabas?

Mis recuerdos empujan contra la zona gris, el color contra el vacío, y me pican los ojos por el pozo de lágrimas que quieren derramarse.

Una niñita perdida en el bosque y echada sobre los hombros de una mujer, que se la lleva. ¡Por favor, no te me lleves! ¡Por favor! ¡Papá!

Yo era esa niñita.

—Lo recuerdo.

A Méndez se le suaviza el rostro. Con los dedos me acaricia los lados de la cara. Sus ojos grises se endurecen como icebergs.

—Y, aun así, los elegiste a ellos. Me has herido profundamente, Renata. —Su tranquilidad se evapora; vuelca una mesita de madera de la rabia que siente y yo doy un respingo por lo fuerte que es el golpe—. ¡Me has traicionado! Después de todo lo que he hecho por ti. Te he dado un hogar dos veces.

Retuerzo las cadenas, pero los grilletes están bien prietos.

—Le diste un hogar a un arma. Eso es lo que siempre he sido para…

—¿Y qué crees que eras para los Susurros? —Méndez suelta una risa sofocada y se retira el cabello desaliñado de los ojos—. Naciste para ser un arma, Renata. Dime que los Susurros te ven como algo más. Dime que te sentías en casa estando en el cuchitril en el que decidieran dormir noche tras noche.

Miro a los ojos azules de Margo y pienso en sus palabras: que yo fui la que rechazó su amistad. Hay algo de verdad en ello. Pero también está mi verdad. No quiero herir a nadie más. El único hogar que he conocido estaba con mis padres. Y con Dez. Solo por eso ya merece la pena luchar.

—Suéltalos —digo—. Seré tu arma, pero deja que se marchen.

—Qué noble, pero creía que lo había dejado perfectamente claro. Quiero que elijas. ¡Elige quién pasa por el cuchillo, Lina!

¿«Lina»? Ante mi confusión, nos olvidamos momentáneamente del aprieto en el que estamos. Todo el color desaparece del rostro de Méndez, que aprieta los puños mientras recupera el aliento, como si hubiera visto un fantasma. Retira su mirada de mí y se dirige a una mesa que está contra la pared, donde abre un estuche de cuero lleno de cuchillos y alicates de todas las formas y tamaños. Escoge un cuchillo pequeño con un filo dentado y un mango de perla. A Méndez siempre le han gustado las cosas bonitas. Las cosas mortíferas.

—Tráeme a la muchacha —le dice a una guardia—. Lo de antes no ha durado nada; se ha roto con demasiada facilidad.

Esteban está temblando, y veo el esfuerzo que le lleva no llorar. La guardia ha estado tan callada en la esquina de la sala que casi se ha convertido en parte de ella. Carraspea y pregunta:

—¿Cuál de ellas, magistrado?

—La zahariana de cabello oscuro. La otra no duraría ni una hora por el aspecto que tiene. —Pule la hoja y luego deja el cuchillo sobre la mesa. Agarra otro con un filo curvado y lo sostiene en el aire; la luz de las velas rebota sobre él y alrededor de la sala.

—Ponme a mí sobre la mesa —imploro.

—Dejadnos —dice Méndez a los guardias.

—Pero, magistrado, le superan en número —le dice el hombre.

—No pueden utilizar su maldita magia conmigo —dice Méndez, y yo me pregunto si tiene el mismo mecanismo de defensa que el príncipe Castian.

Cuando los guardias se marchan, examino la sala en busca de una escapatoria. Tengo las manos esposadas, y es muchísimo más difícil sacarme los grilletes. Si tuviera...

Un filo.

En cuanto Méndez dirige su atención a Sayida sobre el bloque de madera, me llevo la mano al costado de la cabeza y saco una de las delgadas horquillas que aún tengo clavadas en el cuero cabelludo. *Gracias, Leo*, pienso. Me la coloco entre los dedos y en ángulo para introducirla en el hueco de la cerradura. Quitarme los grilletes nunca se me ha dado tan bien como a Esteban, que incluso ahora tiene los ojos como platos por la frustración, como si supiera que él sería capaz de hacerlo mejor. Margo y Esteban forcejean aún más y gritan. Es la distracción perfecta.

—Ya te tocará —dice Méndez apuntando con otro cuchillo limpio hacia Margo—. Me has puesto en ridículo y me has hecho quedar como un mentiroso frente a mi rey, Renata. El desgraciado del príncipe, ese mocoso, ha estado buscando la oportunidad de arruinarme, y puede que tú se la acabes de dar.

Me acuerdo de Castian mintiéndole a la cara después de bailar conmigo, reprendiendo a Méndez en el baile. Los hombres orgullosos son fáciles de herir. Puedo presionar sobre esa herida.

—¿Sabes qué dice de ti el príncipe Castian a tus espaldas? Que estás echado a perder, que eres impotente e inefectivo y que te queda bien poco —miento.

Méndez gira rápidamente su rostro en dirección a mí, y yo me quedo quieta. Una sonrisa torcida se esboza en su rostro.

—Te conozco mejor que tú misma, Renata. El príncipe jamás te confiaría nada.

—¿Cómo estás tan seguro? Fue él quien me buscó, quien quiso bailar conmigo. ¿Te da miedo que te reemplacen? Bueno, hay muchas más cosas que deberían darte miedo cuando Castian termine contigo.

El juez Méndez arrastra su dedo a lo largo de la mesa llena de armas que tiene a su disposición. Elige un pincho largo y delgado y un pequeño mazo que va con él. Tengo el corazón en la garganta y me ahoga; no puedo respirar.

—¡Utiliza la cura sobre mí! —ruego como último recurso—. Sé lo que hace. Utilízala conmigo y suéltala a ella.

—¿La cura? Por los ángeles, Renata, ¿qué crees que estaba haciendo cuando me marché? La cura tiene que estar mejor protegida que por un príncipe débil y un nuevo destacamento de soldados que no tienen la edad suficiente como para que les salga barba. Pero si tantas ganas tienes, me aseguraré de que lo veas de primera mano.

—¿Qué? —Se me hunde el corazón. Jamás iba a encontrar el arma en palacio. Pero hay esperanza. Siempre la hay. Méndez no me dijo a dónde se fue de viaje, pero lady Nuria sí. El arma está en Soledad.

—Tú no eres la única Moria a la que he destrozado, Renata. Ahora ya sabemos cómo atravesar vuestro paso de montaña. Pronto, el reino entero será testigo de cómo se arrodilla Memoria.

Margo y Esteban levantan la cabeza.

Los Susurros están en la montaña. Los niños, los ancianos, todos los que quedan.

Méndez le quita la mordaza a Sayida y la deja sobre la mesa.

—Esto es por tu propio bien, mi niña.

—No tienes por qué hacer esto —dice Sayida, y la tristeza que hay en su voz me produce un dolor tan profundo que siento que se me deshace el corazón—. Hay bondad en tu interior. No siempre has sido así.

Utiliza tu poder, Sayida, la insto mentalmente. A no ser que ya lo esté haciendo y no quede ni un retazo de bondad de la que estirar y con la que jugar. Pero tiene que haberla. Si no, ¿por qué habría sido bueno conmigo? Conmigo sí... pero no con otros Moria.

Méndez sostiene el pincho sobre el antebrazo de Sayida. Tiene el mazo justo encima.

—Sé que quieres creerlo, pero tu magia no funcionará conmigo.

Golpea con el mazo el pincho de metal y atraviesa el antebrazo de Sayida. La sangre le salpica la mejilla y la cara. Su grito perfora los rincones más profundos de mi mente. Sayida, cuya sonrisa podría convencer a las flores para que florecieran. Sayida, que con su tacto podría llevar paz al alma más atormentada. El ruiseñor de los Susurros.

—¡Basta! ¡Basta, por favor! —grito. Me sudan tanto las manos que se me cae la horquilla. Tengo que concentrarme. Tengo que liberarme como sea antes de que vuelva a hacerle daño.

Hay un momento de tranquilidad cuando Méndez escoge un segundo pincho. Sayida tiene la cabeza girada a un lado. Su cuerpo se agita por los sollozos y está haciendo un gran esfuerzo para mantenerse en silencio. Ojalá pudiera tomar su dolor y hacerlo mío.

—Dime, querida —le dice Méndez a Sayida, y soy incapaz de imaginar cómo puede alguien estar tan tranquilo mientras empala a otra persona—. ¿Quién más está en palacio bajo las órdenes de Illan?

Sayida sacude la cabeza.

—Hemos actuado solos.

—¿Estás segura? —Méndez coloca el segundo pincho sobre el otro brazo de Sayida, a quien se le escapa un único quejido—. Nos ahorraríamos mucho tiempo si me contaras la verdad. Quiero una lista con todos los espías y aliados de Illan. Parece que tú, Renata, no fuiste demasiado honesta conmigo cuando llegaste aquí. Todos los refugios que me diste eran un punto muerto. Estaban vacíos.

—¡No conocemos a los espías de Illan! —le grito. Pero mis pensamientos chillan *Nuria, Nuria, Nuria* porque quiero que se detenga—. No nos los dijo porque jamás los pondría en peligro. Pero eso a ti te da igual, ¿verdad? Sayida podría soltar cualquier nombre, hasta el del mismo Castian, para que pusieras fin a esto.

El mazo cae, y en esta ocasión el chillido de Sayida es tan fuerte que el eco reverbera tiempo después de que ella haya dejado de chillar. Me arde el cuerpo entero. El poder me abrasa por toda la piel, es más fuerte que nunca. Siento la luz dibujando patrones en mis carnes y el metal que tengo alrededor de las manos volviéndose cada vez más caliente, hasta que la tela se disuelve y cae. El grito que pego se une al de Sayida.

Siento el poder quemando a través de mi piel, y cuando el dolor se vuelve insoportable, separo las manos con tanta fuerza como puedo. Las espirales rojas se me quedan grabadas en la carne, y entonces siento el peso repentino de mis brazos cuando el metal se rompe.

Me quedo paralizada ante la sorpresa. ¿Qué he hecho? Bajo la mirada poco a poco hacia el vestido hecho jirones, y veo que el platino sigue destellando con esta luz tenue. Tengo trozos de tela y cuero pegados a la piel, que me zumba. Esto es nuevo. Peligroso.

Dejo que las cadenas caigan sobre mi regazo para que no hagan ruido. Deshago el nudo que tengo alrededor de las piernas con unos dedos temblorosos, pero las cadenas se resbalan y, al caer al suelo de piedra, hacen ruido. Méndez gira rápidamente la cabeza hacia mí.

—¿Qué estás...? —Viene corriendo hacia mí, pero es demasiado tarde: ya estoy liberada. Méndez me intenta golpear con el mazo en la cabeza, pero yo me agacho a un lado. Caigo al suelo, luego busco con la mano y agarro la silla para lanzársela. Él sigue utilizando el mazo como arma, pero se le escapa de las manos al soltar un chillido cuando la silla lo golpea en el hombro, y al caer hace un ruido seco y sonoro.

—¡Guardias! —exclama, pero pone los ojos como platos porque ambos sabemos el error que ha cometido al decirles que se marcharan. Ni siquiera a los guardias les gusta quedarse para oír los gritos.

—Te voy a matar —le digo. Tengo el corazón destrozado y confundido, y quiero echarle la culpa a él, de verdad que sí.

—Tu magia no funciona conmigo.

Pero cuando lo dice, se da cuenta de que voy vestida con platino, y hay un destello de duda en sus ojos mientras retrocede.

Soy la cosa a la que todo el mundo teme. La criatura en las sombras. La advertencia que hay en boca de todos en la corte y en el reino.

—Jamás serás libre, Renata. No mientras cargues con esa maldición.

—Hace mucho tiempo que dejé de buscar la libertad —digo mientras la magia surge hasta las yemas de mis dedos—. ¿Sabes lo que quiero ahora?

—¿Qué? —Méndez mira por encima de su hombro, pero no hay nada más que una pared. Las armas están fuera de su alcance, y él no sabe pelear. Nunca ha sabido.

—Quiero ser el Susurro que te haga callar —digo mientras extiendo la mano desnuda hacia su garganta. La sangre se me sube a la cabeza de un modo casi excitante en cuanto lo toco, pero él arremete contra mí y me empuja hasta el suelo. Tengo dificultades para agarrarlo, ya que su piel está pegajosa por el sudor y la sangre. Me cuesta respirar con sus rodillas sobre mi abdomen. Le agarro la mano y peleo sucio. Le muerdo con tanta fuerza que noto la sangre cuando le atravieso la piel. Él chilla y se arrastra hacia atrás como un cangrejo en un banco de arena.

Cierro la mano alrededor de la suya y vuelvo a sentir ese subidón. Mi poder se enciende, y también las espirales que me llegan hasta la muñeca. El calor bajo mi piel quema lo que queda de la seda.

—Mi Ren —gimotea Méndez.

Una fuerte respiración me estremece todo el cuerpo. Quiero arrancar cualquier debilidad que sienta por él. Miro a Sayida y sé lo que tengo que hacer. Él grita cuando le agarro la cara con las manos desnudas. Mis palmas se tensan alrededor de su mandíbula y no lo suelto. El poder me atraviesa la piel y recorre el camino hasta su mente. Mis dedos irradian una luz más fuerte de lo que he visto jamás. Escarbo y escarbo para sacar sus recuerdos uno a uno. Vienen a mí con rapidez.

Un hombre joven de pie en una catedral vacía que mira fijamente la estatua del Padre de los Mundos.

Méndez luchando en la primera guerra, antes de la Ira del Rey.

Méndez sujetando el cuerpo sin vida de una mujer en sus brazos.

Méndez corriendo en un patio, con las manos extendidas hacia una niñita de cabello oscuro. «¡Lina!», exclama. Sus ojos son oscuros como la noche, y tiene una risa que resuena en el corazón del hombre.

Méndez llorando frente a un ataúd tan pequeño que lo ha transportado con sus propios brazos. Lina ya no, piensa. Lina ya no...

367

Méndez tomando la mano de otra niña. «Renata», la llama.

Entonces sus recuerdos se derraman con tanta rapidez que no puedo controlarlos. Los bordes oscuros se derraman hacia el centro de mi vista hasta que veo gris y luego una oscuridad total y absoluta.

Cuando lo suelto, me aparto de Méndez. Está completamente quieto.

Su cuerpo está vivo. Al principio es así. El cascarón de una persona. Poco a poco irá cayendo en un sueño profundo del que nunca despertará. Su cuerpo se morirá de hambre hasta que le falle el corazón.

Sus ojos de color gris salado miran fijamente el techo. Yo cierro los míos porque siento pinchazos de dolor en el cráneo, la consecuencia de arrebatar tantos recuerdos a la vez. Me lo quedo mirando un largo rato. Parpadea lentamente con los ojos, tiene la boca entreabierta.

Es un destino peor que la muerte. Cada recuerdo. Cada pensamiento. La posibilidad de crear nuevos. El nombre que todas las personas de Puerto Leones temían, fuera Moria o no. Antiguo líder de la Ira del Rey, del Brazo de la Justicia, mi captor.

Ahora es un Vaciado.

26

Ninguno de nosotros mira a Méndez, que está desplomado sobre la silla.

Lo que queda de él.

Yo le he hecho esto. *Méndez llegando a casa de la guerra. Intenta lavarse la sangre de las manos, pero no puede. «¡Papá!», lo llama una niña pequeña.* Suelto un grito ahogado cuando me desprendo de este recuerdo. Esa niña pequeña se parecía a mí, pero he oído cómo la llamaba. *Lina.* ¿Es esta la razón por la que se preocupó por mí de aquella manera? Quiero chillar. Quiero sacarme sus recuerdos de la cabeza y devolvérselos.

—Necesito vendas —dice Margo de manera frenética. Tiene los dedos temblando y cubiertos de sangre cuando los coloca sobre las heridas de Sayida. Esteban está de pie en la puerta, vigilando.

—¿Cómo os han encontrado? —le pregunto a él mientras me arranco los trozos del satén de los guantes que tengo pegados en la piel.

Esteban echa un vistazo fuera de la puerta y queda satisfecho al ver que no hay guardias. Se mete las manos en los bolsillos, saca una petaca delgada y la abre.

—Nos tendieron una emboscada. Cuando capturaron a Margo nos escondimos en la bodega de una taberna. Uno de los de la cocina nos vio y llamó a los guardias. Al principio pensaron que éramos ladrones, pero yo llevaba puestos los metales para intentar contactar con otros Ventári. Nos llevaron ante Méndez, y él utilizó a su Ventári con nosotros. —Se ríe ante lo irónico que es—. Conmigo.

—Deberíais haberos marchado sin mí —se queja Margo.

Aún más sorprendente, Sayida encuentra la fuerza para sonreír incluso mientras tiembla:

—¿Y perdernos este reencuentro?

—Siento no haber sido más rápida —digo mientras le retiro el pelo apelmazado.

—No hay tiempo para reproches, Ren. —Sayida se incorpora y hace una mueca mientras se lleva el brazo hacia el pecho—. Méndez no mentía. Saben cómo atravesar el paso de montaña y llegar a nuestra base.

—Vayamos con los ancianos —dice Margo.

—Vayamos a Soledad —digo yo al mismo tiempo.

Nos miramos la una a la otra fijamente durante un largo momento, y luego Esteban levanta las manos.

—Primero tenemos que salir de aquí.

—Necesito más tela para hacer un cabestrillo —dice Margo. Mira alrededor de la sala y vacila al ver el Vaciado de Méndez sentado sin restricciones, sin moverse, sin responder en el asiento. Ella le quita el pañuelo de cuello y lo utiliza como venda para envolverle los brazos a Sayida—. Ya está. ¿Qué hacemos con él ahora?

—Nunca había visto a un Vaciado —dice Esteban, y no me pasa desapercibido el miedo que hay en su voz. Está de pie frente a Méndez. Este hombre que tanto dolor ha causado, que me arrebató de mi familia, que actuó como mi salvador. Este hombre que me arruinó la vida es un fantasma viviente.

—Esto es casi demasiado bueno para él, ¿no? —dice Esteban.

¿Quién soy yo para decidirlo?

—Tenemos que salir de aquí antes de que los guardias vengan a controlarnos —dice Margo mientras saquea los cuchillos de Méndez. Se decide por una simple daga con un mango de marfil. Esa va a su bota. La más pequeña tiene forma de diamante y una estrella sobre la empuñadura de hierro. Esa se la queda en la mano.

Cierro los ojos ante la embestida de la zona gris, que se está abriendo. Hay tantos recuerdos amontonándose en mi mente que ya no puedo discernir cuáles son míos. Pero sé que hay algo importante. Algo que debería recordar. Algo sobre el arma. El olor del aire salado, el rugir del romper de las olas...

—¿Te pondrás bien? —me pregunta Sayida.

—Estoy intentando separar mis recuerdos de los suyos. Él ha visto el arma.

—Vamos a salir antes de aquí —dice Margo—. Antes de que se te abra la mente.

Tiene razón, tengo que recomponerme el tiempo suficiente para escapar. Me examino las manos. Tengo la piel roja, las estrías del metal me han dejado surcos magullados sobre la piel. Me quito los guantes rotos.

—Nos quedamos con los rubíes. Podemos sobornar a los recaudadores durante la vuelta a Ángeles —dice Esteban.

Indico al Vaciado de Méndez que se ponga en pie. Lo miro fijamente a sus ojos tormentosos. Los tiene desenfocados. Vacíos. *Llna yu nu, susurra su voz*

—¿Ren?

Levanto la capucha de su túnica y se la coloco por encima de los ojos.

—Vámonos.

Mientras observo a Méndez caminar frente a mí, me juro a mí misma que lo expiaré todo. Se lo prometo a la Señora. Por ahora, le doy un empujón entre los hombros al Vaciado y este sigue desplazándose.

—Es como dirigir un carro —murmulla Esteban unos pasos más atrás.

Sayida sisea pidiendo silencio, pero hasta eso hace eco.

Tengo que sostener a Méndez por el brazo para que siga adelante. Nunca he creado un Vaciado por voluntad propia. Cuando era una niña y estaba en palacio, no los volvía a ver. Después de la primera vez, Méndez se encargó de que no volviera a ocurrir. Suelto una respiración entrecortada mientras lo guío.

Me digo a mí misma que ha matado a cientos de personas, probablemente a miles, en estas mazmorras. Que me habría matado a mí. A Sayida. A mis amigos. Entonces, ¿por qué verlo así hace que el corazón se me retuerza con un poco más de fuerza?

Puede que, al arrebatárselo todo, ellos se queden con un pedacito de mí.

—Ren —dice Sayida—. No hay salida.

Como si lo hubieran invocado por el hecho de que no tenemos ningún lugar al que ir, el sonido de alguien acercándose retumba contra la pared de piedra.

—Tiene que haber una —digo—. La he visto. Dez vino aquí y…

—No llegó a escaparse. —Margo saca las dagas que ha robado—. Es demasiado tarde. Saldremos luchando.

Al final de la escalera aparece una figura. Estamos atrapados. Entonces me doy cuenta de quién es.

—¡Margo, no!

Leo se quita la capucha, tiene una mirada felina en esos ojos verdes a la luz de la antorcha. Ver su sonrisa conocida es agradable cuando dice:

—En cualquier lugar menos en la cara.

—Tú —dice Margo bajando el cuchillo robado. Se fija en la capa, que es igual a la que vimos antes—. Tú nos trajiste la comida.

—Aseguré… —empieza a decir, pero se detiene cuando echo los brazos alrededor de su cuello y da un traspiés hacia atrás porque lo agarro desprevenido, aunque yo estoy tan sorprendida como él. Ha sido una reacción instintiva y que llevaba una vida entera esperando tener. Él intenta reírse, como si se tratara de otro día más en palacio y nos estuviésemos preparando para la cena o para pasar el día con las lavanderas, pero no lo es. Nunca volverá a serlo.

—Estaba preocupada por ti —susurro.

Él me coloca las manos suaves contra la espalda y luego nos soltamos.

—Yo también. El palacio entero ha puesto toda su atención en la seguridad del príncipe. El rey cree que Méndez se está encargando de ti, pero eso no durará mucho.

Su mirada cambia para observar el estado del magistrado. Se le iluminan los ojos con una pregunta. Supongo que se alejará de mí, que sentirá asco. En vez de eso, veo comprensión.

—Bueno, parece que has estado ocupada —dice—. Había planeado sacarte a escondidas por la salida del servicio, pero sería arriesgado. —Toma a Méndez por el brazo—. Sin el magistrado.

Margo agarra a Leo antes de que se lleve a Méndez por el pasillo.

—Quiero darte las gracias por todo lo que has hecho —dice Margo—, pero no sé si puedo confiar en ti.

—Puedo explicártelo ahora y dejar que nos atrapen o podemos caminar, pero no podemos hacer ambas cosas —dice Leo echando un vistazo por encima del hombro.

—Yo confío en él —digo—. Ya discutiremos más tarde, Margo.

Leo gira sobre los talones de sus botas pulidas y lidera el camino. Agarra unos cuantos grilletes, gruesos y oxidados, y nos los ofrece a cada uno de nosotros. Esteban se muestra reacio ante la idea de estar a completa merced de Leo, y yo entiendo su preocupación, pero no tenemos tiempo para debatir. Me coloco los grilletes en las muñecas y confío nuestras vidas a Leo.

Los prisioneros que están despiertos gritan mientras nosotros desfilamos por delante de sus celdas.

—Deberíamos liberarlos —digo yo. El rostro de Davida me viene a la mente. «Buen corazón. Protégenos a todos»—. Tengo la llave maestra de Méndez.

—Puedes salvarlos —dice Leo—, pero sacrificarás tu propia libertad.

Vacilo. Luego, avergonzada, asiento con la cabeza y sigo a Leo; nos alejamos de los otros prisioneros con la promesa de volver con más gente. A su tiempo.

Cuando llegamos a la salida de la mazmorra, salimos al patio. Se me tensa la espalda cuando veo a los guardias en posición a lo largo del perímetro, más de los que estoy acostumbrada a ver. Con Leo y Méndez a la cabeza, nadie nos cuestiona. Aunque, si miraran con atención, verían la expresión vacía en los ojos de Méndez y el férreo agarre que tiene Leo sobre su brazo mientras lo conduce a lo largo del pasillo.

En vez de dirigirnos hacia la entrada principal, Leo da la vuelta al lado, como si estuviera yendo hacia los jardines de la parte trasera. Nos detenemos ante una gruesa puerta de metal que está tan oxidada que me pregunto si se abrirá siquiera.

—En cuanto salgáis de estos muros, seguid el camino durante medio kilómetro. Os llevará hasta la lonja —dice.

—Mi confianza va hasta donde me alcanza la vista, y no veo más allá de esta puerta —comenta Margo.

Yo abro la boca para defenderlo. Ha tenido oportunidades más que suficientes para denunciarme, pero Leo la mira y asiente, por lo que yo me callo. Entonces, me mira a mí.

—Te mentí, lady Ren. Cuando nos conocimos, te dije que era actor de teatro, pero había más.

Tenemos que irnos. Lo sé. Pero necesito que me lo cuente.

—Dime.

—Soy de Ciudadela Zahara. Estuve con la Compañía Bandolino viajando por el reino. Mi marido era Persuári. Cuando lo mataron, dejé de actuar y encontré trabajo con lady Nuria. Cuando se canceló su boda con el príncipe, me reasignaron al juez Méndez. Vi la oportunidad de mandar mensajes para mi señora. El juez Méndez confiaba en mí. No soy ningún rebelde ni ningún líder, pero hago lo que puedo.

La verdad al fin. Ya hemos evitado el tema bastante. Me alivia saber que después de toda la confusión con la zona gris, mis recuerdos, las políticas de palacio… mi instinto tenía razón: él nunca fue parte de ellos.

—Lamento lo que le ocurrió a tu marido —dice Sayida de manera delicada.

—No llegaremos lejos en cuanto se den cuenta de que ya no estamos ahí —digo.

—Lo haréis si todos los guardias están ocupados dando caza a los otros prisioneros que se han escapado —dice Leo, que extiende la mano para que le dé la llave maestra. La sensación piel con piel me sobresalta un momento cuando se la doy, pero él ni siquiera se inmuta.

No te mereces su confianza, susurra una voz que se filtra desde la zona gris.

—¿Sabes a dónde se han llevado el arma? —pregunta Margo con esa exigencia que tiene.

—No, pero puede que los recuerdos de Méndez ayuden —contesta mientras me mira de manera inquisitiva.

Yo sacudo la cabeza. Son demasiados los recuerdos que hay. Sería muy complicado rebuscar entre ellos.

—No hace falta. Sé a dónde ir. Me lo dijo lady Nuria.

Lady Nuria, que me regaló este vestido y me contó una historia por la que la meterían en prisión —puede que incluso la ejecutaran— al hacerlo en voz alta. La muchacha traidora de Tresoros, hija de reinas. Me arremango el vestido destrozado y cosido con platino. Pienso en ella advirtiéndome durante la recepción al aire libre de la reina. Sigo sin entender cómo ha podido intentar ayudarnos y querer tanto a Castian.

—¿Y podemos fiarnos de ella? —pregunta Esteban con la voz ronca, como si se hubiera pasado horas chillando.

—Sí. Lady Nuria es… —Margo asiente la cabeza de manera brusca, indicando que lo ha entendido antes de que yo tenga que continuar— amiga.

Leo nos mira entre todos y carraspea. Tiene el rostro serio, casi suplicando.

—Vuestra discreción es de la mayor importancia para mi señora. Es el único modo que tenemos de seguir ayudando al resto.

Nos giramos hacia Margo, que le extiende la mano a Leo. Por un momento, siento que mi mundo está asentado, conectado.

—Eso me recuerda a algo. —Leo se mete la mano en la chaqueta y saca una funda de terciopelo—. Ella no puede salir de palacio sin levantar sospechas, pero aquí tenéis un regalo de despedida.

—Gracias, Leo. Dale las gracias de mi parte.

—Lady Renata —dice, y tira de mí hasta darme un abrazo. Inspiro su amabilidad, su risa. Me ha devuelto a la vida de un modo que jamás he esperado de nadie. Me quedo en deuda con él y prometo compensárselo—. Espero que nuestros caminos se vuelvan a cruzar.

—Tengo fe en ello.

—Gracias, Leo —dice Sayida y lo abraza, incluso con los brazos heridos.

—Que la Señora ilumine con fuerza tu camino —dice Esteban, y Margo le estrecha la mano.

Mis pies no se mueven porque no estoy preparada para despedirme de él.

—¿Qué harás con Méndez? —pregunto para ganar tiempo.

—Lo llevaré de vuelta a sus aposentos. Alguien lo encontrará ahí. Eso debería daros algo de ventaja.

Mientras abandonamos los muros de palacio, me doy la vuelta justo cuando está a punto de cerrar la puerta.

—Te equivocas, ¿lo sabías?

—Tenía que ocurrir —dice él—. Pero ¿en qué?

—Desde donde estoy, a mí me pareces todo un rebelde.

27

L a lonja tiene un olor nauseabundo por las tripas secas de los peces, y las escamas relucen en la calle como la mica que centellea en las minas. Los comerciantes y vendedores acaban de empezar su día y están limpiando las mesas de madera con agua y lejía.

El aire frío y seco me llena los pulmones mientras nos mantenemos en las sombras. El día después del festival ha dejado las calles de la capital apestando a vino, orín y vómito.

Al menos no somos los únicos que tienen un aspecto desaliñado. Los últimos juerguistas están saliendo de las cantinas y burdeles que no han cesado en sus celebraciones. La catedral y el palacio se imponen como sombras sobre todos nosotros.

—Tenemos que ser rápidos —dice Sayida.

Yo sacudo la cabeza.

—A pie, no. No lo conseguiremos.

—¿Qué propones? —pregunta Margo con la cabeza girada hacia una calle en la que hay alboroto. Con los dedos acaricia la empuñadura de su daga.

—Quedaos aquí —les digo, y salgo del mercado corriendo y en dirección al mismo sitio del que nos queremos ir.

Con los guardias en diferentes estados de confusión, este es el mejor momento que tenemos. Los patios que hay en ambas entradas están llenos de carros y vagones, todos desatendidos. Como Susurro, he aprendido todo tipo de oficios, pero el que siempre me ha gustado más ha sido el de pasar tiempo con caballos.

O, mejor dicho, robarlos. Veo dos sementales inquietos con el pelaje marrón reluciente que están atados a un carruaje cerrado. Es bastante modesto, seguramente pertenezca a un comerciante acaudalado o a un noble. Cuando me acerco, veo el sello de Tresoros en el carruaje —tres picos montañosos y un sol en el centro— y sé que es un golpe de suerte. Lady Nuria no denunciará su robo, estoy segura de que está de nuestro lado.

Me monto en el asiento del conductor, chasqueo la lengua, estiro de las riendas y regreso con mi unidad.

Ellos se suben al carruaje cerrado y yo agito las riendas y vuelvo a chasquear la lengua hasta que los caballos empiezan a trotar. Me doy cuenta de que da igual a dónde vayamos, tenemos que tomar el camino principal. Pero eso implica desandar los pasos de aquel día horroroso. El día en el que empezó todo esto. El día en el que perdí a Dez.

Mientras los caballos que hemos robado salen por la puerta trotando, me preparo para el camino lleno de sangre que me espera. Al rey Fernando le gusta exhibir a los rebeldes traidores capturados colocando a lo largo de la calle sus cabezas cercenadas sobre palos. Doy las gracias por no estar aquí sola. No estoy lista para encontrarme a Dez entre ellos. ¿Sería capaz de reconocerlo llegados a este punto?

Me da un vuelco el corazón cuando pasamos por delante de un comerciante y su carro de mercancías que va en dirección opuesta, el camino sangriento que había aquí hace dos semanas ha desaparecido. Ahora lo reemplazan las banderas de cada provincia y ciudadela importante, que están colocadas a lo largo del camino junto con las banderas lilas y doradas de Puerto Leones. Se abre la puerta del carruaje y, como he aminorado tanto el paso, los otros salen para contemplar las vistas. Sayida se monta en el asiento vacío que hay a mi lado.

—No queda ni uno —susurro mientras avanzamos por el camino vacío.

Sayida asiente con la cabeza y se lleva los brazos heridos contra el pecho. Unos tirabuzones de cabello negro se le deshacen de la corona de trenzas que lleva en la cabeza.

—Hace un tiempo ya.

—¿Por qué? —No es que quiera que estén aquí expuestas, pero ahora lo único en lo que puedo pensar es en lo que hicieron con ellas, con las cabezas, con Dez. ¿Dónde habrá terminado?

—Estamos en el camino principal. Supongo que el rey no quería mostrar a los visitantes extranjeros su crueldad. Una cosa es oír hablar sobre las cosas que hace nuestro rey y otra cosa es verlo. Ahora él puede negar ser el monstruo que decimos que es.

Cuando llegamos al final del camino, me detengo. Margo y Esteban vuelven a salir del carruaje y los cuatro nos apretujamos en el asiento del conductor.

—Voy a matarlo —digo. He vuelto a probar la sangre y ya no hay vuelta atrás.

—No se merece ocupar espacio en tu corazón ni en tu mente —me recuerda Sayida.

Me gustaría decir que da igual, pero con la sangre bombeando a toda velocidad, me recuesto y agarro las riendas. Esteban tiene a Margo rodeada por la cintura. Nos marchamos igual que vinimos, solo un poco peor por el cansancio.

—Yo apoyo el asesinato —dice Margo—. Pero antes, Leo no te dio nada de comida en ese saquito de terciopelo, ¿no?

—Casi se me olvidaba —digo. Con las prisas de salir de la ciudad, lo he dejado en el bolsillo de la capa. Saco la bolsita y vacío los contenidos en la palma. Son joyas de tres tipos de metales que relucen contra mi piel: cobre, plata, oro.

—No se puede comer —dice Esteban, pero toma el brazalete de plata pura con grabados de relámpagos.

—Qué bonitos son. —Sayida se pone el colgante con el sol de cobre, que le queda justo sobre el corazón. También hay una pulsera de cadena y unos pendientes a juego, pero quiere que se los demos a los ancianos.

—Supongo que tú tienes todo tu vestido de platino —me dice Esteban.

Me río, y hasta eso duele.

Margo se pone con cuidado cinco anillos de oro puro en diferentes dedos de cada mano. Después, se pone a mover mucho una mano y crea una ilusión en el centro del camino que tenemos frente a nosotros. Un muchacho al que todos queremos nos mira. Pone una sonrisa creída, y cuando da un paso hacia nosotros, se desvanece.

Nos tomamos un momento por Dez, pero sé que tenemos que continuar. Tengo que continuar.

—¿Qué es esto? —pregunta Esteban.

Un trozo de papel sale del saquito.

—¿Y bien? Di algo, mujer —dice Margo.

Hay una dirección, escrita a mano y con delicadeza, de Sól y Perla, una ciudad costera cerca de la prisión Soledad, con mucho tráfico portuario hacia Luzou. Al principio, no entiendo lo que es. Pero luego me doy cuenta. La dirección es Calle Tritón, 26.

—Es el refugio de la Urraca —digo—. Tenemos que ir ahí.

—Ren —dice Margo lentamente—. Sé que tenemos que destruir el arma. Pero ya has intentado hacerlo sola, y has fallado. Hemos intentado hacerlo sin ti, y hemos fallado. Vayamos a casa, incendiaria. Luchemos juntos.

En esta ocasión, el nombre no me molesta. Tiene razón. He fallado, sí, pero por primera vez admite que ella también lo ha hecho. Hay voces en mi cabeza que no me dejan descansar. Méndez. Castian. Me dicen que no puedo confiar en los Susurros.

Pero se equivocan.

—Vamos —digo.

Los caballos se ponen a galopar, y cuando llegamos a la cima de la colina inclinada y pasamos las filas de banderas, oímos la advertencia distante del repicar de las campanas. Hemos salido de la ciudad, hemos pasado la parte más peligrosa, solo tenemos que ir un poco más lejos. Relajo los hombros. Me sorprende la tranquila huida que hemos tenido. Creo que la suerte, o Nuestra Señora, por fin nos sonríe.

La cabeza me da vueltas con los recuerdos de Méndez. Hay momentos en los que se muestra amable con un guardia al darle permiso para que se vaya con su familia, pero luego hay momentos en los que disfruta de rajar a la gente y ver cómo sangra. Cada vez termino mirando fijamente a los ojos de su hija. Lo oigo decir *Lina ya no. Lina ya no.* Una y otra vez, hasta que se sincroniza con el ritmo de los cascos de los caballos y las ruedas que dan vueltas sobre el camino de tierra.

Pienso en el soldado que estaba en la casa en Esmeraldas. Me dijo que no tenía ojos de asesina. Se equivocaba. ¿No?

Conforme avanzamos, los claros dan paso a unos caminos forestales, y no nos detenemos. Tengo las manos pegadas a las riendas y me duelen las caderas. Más me duele la mente, que pasa a toda velocidad por un momento tras otro de Méndez caminando por los pasillos, bebiéndose sus penas o rezando para que se marchen. Busco y rebusco una imagen del arma. En mi mente, no hay duda de que la ha utilizado.

En un destello veo a Castian en el Festival del Sol. Pero mi visión vacila cuando los recuerdos cambian. Los colores se mezclan entre ellos.

Veo mis manos cubiertas de cicatrices y a Méndez curándomelas. Luego veo tanta luz que tengo que cerrar los ojos. Después, un gimoteo aterrorizado que grita: *¡El paso está en el puente del este! ¡El paso está en el puente del este!*

Eso era el arma. El resplandor era cegador. Estiro las riendas y grito:

—¡So! ¡Detente!

—¿Qué ocurre? —pregunta Margo, que saca la cabeza del carruaje.

—¿Te cuento lo malo o lo que es peor?

Margo y el resto se amontonan fuera. Sayida acaricia su nuevo colgante para encontrar alivio. Esteban se lleva las manos al estómago y mantiene la vista en el suelo.

—Habla, Ren —dice Margo.

—He visto un destello de la cura —digo. Se lo describo, pero ellos se muestran escépticos—. Puede que fuera Méndez mirando fijamente al sol, o Méndez examinando el trono hecho de piedra alman. Pero he sentido la emoción de Méndez al cerrar los ojos frente a la luz. Debajo de palacio hay una sala que está llena de piedra alman. De algún modo, están usando la piedra en el arma.

Esteban se agacha. Deja la mano sobre el camino de tierra y luego se lleva el pulgar al torso para hacer el símbolo de Nuestra Señora.

—Corromper lo sagrado. Qué cruel, hasta para este rey.

—¿Hay algo peor que eso? —pregunta Margo.

—Méndez decía la verdad. Conoce el paso de montaña que hay en la cordillera —digo—. He oído a alguien que lo gritaba. Lo estaban torturando.

—No puede haber tenido tiempo de mandar a alguien tras nosotros —dice Esteban—, ¿no?

—¿Has visto al traidor? —pregunta Margo.

Me da impresión la frialdad que hay en su voz. Sus tirabuzones dorados caen sobre sus hombros tensos. Sé que, en algún lugar, algo se rompió en su interior, y no estoy segura de si fue estando conmigo en la celda o al ver cómo torturaban a Sayida. Miro hacia donde está Esteban prácticamente doblado del dolor. La sangre fresca le cae de un corte que tiene cerca del ojo hinchado.

—No —digo—. Solo he oído su voz.

Margo suelta una retahíla de improperios mientras sube para sustituirme y yo me monto en el carruaje con Sayida y Esteban.

Seguimos. Somos una tormenta que nadie ve venir hasta que es demasiado tarde.

Nos detenemos por completo en el camino principal que conduce hacia el paso de las montañas Memoria. En la frontera entre Puerto Leones y la tierra que nos concedieron por tratado hay una ciudad en ruinas. Ángeles. Edificios de estuco con los techos arrancados, césped descuidado y malas hierbas de color blanco que han empezado a reclamar la tierra. Es un lugar fantasma. Más allá, en el valle, están los claustros a los que llamamos hogar, refugio bajo la protección de la montaña. Las fuerzas leonesas jamás pudieron atacar a lo que quedaba del ejército Moria más allá de este camino, al adentrarse en las montañas, porque no fueron capaces de averiguar cómo quebrar esta fortaleza natural. Lo que en una ocasión fue la capital del pequeño reino de Memoria ahora no es más que un conjunto de casas desmoronadas y un castillo con una sola pared en pie.

Abandonamos el carruaje y nos dividimos en dos caballos para llegar hasta el paso de montaña. El camino es escarpado y está cubierto de polvo, con senderos estrechos que podrían significar nuestra muerte si nuestros caballos se asustaran. Las montañas tienen un modo de hacerte sentir desorientado. La extensa roca gris tiene el mismo aspecto en todas partes. Mantengo a Sayida abrazada por la cintura todo el rato y cierro los ojos ante las ráfagas de los recuerdos de Méndez.

Castian y el rey gritando en mitad de la corte.
   Alessandro volteando una bandeja de cuchillos en una sala gris.
   Yo siendo una niña.

Cuando llegamos, me entran ganas de besar el suelo. Los claustros de San Cristóbal quedan en el centro de un pequeño valle totalmente intacto debido a su ubicación. Hay rectángulos de arenisca con círculos intricados y pilares con ángeles guardando la entrada. El muro oeste lo han dilapidado por completo, pero el resto del edificio es totalmente funcional.

Los pájaros aletean en las copas de los árboles. Sobre la hierba verde y silvestre que hay en el jardín principal no están los típicos grupos de personas estudiando, hablando o jugando a algo. Atravesamos a medio galope el arco central y nos detenemos ante una fuente que está llena de agua de lluvia turbia.

Este es el lugar al que he considerado mi hogar durante la mayor parte de mi vida, pero estando aquí, al volver a lo que debería ser un refugio seguro, de repente me siento llena de dudas.

Los cuatro nos quedamos rezagados un breve momento. No sé cómo, pero siento que estamos pensando en Dez. Es como si nos faltara una extremidad, como un espíritu que nos atormenta a todos.

Quitamos la silla de los caballos, y Margo y Esteban lideran el camino, pero yo vacilo. Los nervios me inmovilizan. Sayida se queda a mi lado, en su expresión se ve claramente que está preocupada.

—Los ancianos no me van a escuchar —le digo.

—Yo te apoyaré —dice—. Lo juro.

Le aprieto los hombros con suavidad y vuelvo a pensar en todas las veces que intentó ofrecerme consuelo y yo lo rechacé. Tengo una segunda oportunidad con los Susurros. Esta vez, si me lo permiten, haré las cosas de manera distinta.

Respiro profundamente y sigo el mismo camino que han tomado Margo y Esteban. Mientras caminamos, tengo una sensación de recuerdo. Estoy caminando por el lugar al que llevo años considerando mi hogar, pero en la piel de otra. Es como mirar estos muros, estas ventanas, todo ello por primera y última vez.

Bajamos por un pasillo abierto con arcos de piedra gris picada. En mis oídos retumba el recuerdo del primer encuentro que tuve con el rey.

Atravesamos una serie de puertas dobles, diferentes de las que había en la sala del trono en palacio, pero no puedo sacudirme la ironía de volver a estar frente a una entrada preparándome para convencer a un líder de lo que valgo.

Margo nos conduce hacia el vestíbulo del consejo, donde ya están reunidos. Solo hay cinco miembros presentes, cuando normalmente son ocho. Me pregunto si el resto ha muerto o, simplemente, se han escondido. Reciben mi presencia con una reticencia fría. Echo los hombros hacia atrás con una confianza falsa.

A decir verdad, solo hay una cara que me pone nerviosa ver: la de Illan. Los pasos que doy con las botas reverberan en los pasillos mientras el anciano me ve acercándome desde el centro de la larga mesa. Va vestido con la túnica y los pantalones negros tan conocidos y agarra el bastón con la cabeza plateada de zorro con una mano arrugada. Las arrugas que tiene alrededor de los ojos están mucho más pronunciadas. Le ha hecho más estragos la pena que el tiempo. Respiro profundamente.

—Illan, he regresado del palacio de Andalucía.

—¿Has vuelto de tu rebelión o de tu traición?

Me estremezco ante sus palabras. Si supiera toda la verdad, lo que le hice a Dez al quitarle los recuerdos mientras dormía, ¿me permitirían siquiera poner un pie en esta sala?

—Fui ahí buscando venganza y me enteré de muchas cosas que creo que serán útiles para nuestra causa, pero lo más importante es que vengo con una advertencia. No creo que sigamos estando seguros aquí.

—¿Por qué no? —El anciano Octavio, con sus ojos prácticamente ciegos y su rostro marrón arrugado, se dirige hacia mí.

—Porque he convertido al juez Méndez en un Vaciado. He visto su mente. Conoce el paso hacia las montañas.

Hay un rumor entre los ancianos.

Margo da un paso adelante y se callan.

—Todos hemos oído cómo lo decía, y Renata lo vio cuando le arrebató los recuerdos.

—He visto el arma. Sé dónde encontrarla. Tenemos que salir ya. Ahora mismo.

—¿Y abandonar la seguridad de los claustros? —pregunta Octavio, incrédulo.

Margo carraspea.

—Alguien nos ha traicionado. Le contó al magistrado lo del paso secreto. La guardia del rey viene a por nosotros.

—Pero habéis dicho que Méndez está muerto —dice Illan, aunque con una voz distante.

—El solo es un juez de los cientos que hay —digo, frustrada. No están escuchando.

—Hay un nuevo refugio en el que nos podemos resguardar. Aquí no podemos quedarnos —dice Margo.

Qué sensación más extraña resulta estar en el mismo bando que ella en una discusión, pero lo agradezco.

—Cuéntanoslo todo —dice Illan—. Desde el principio.

—No hay tiempo —digo.

—¿Cómo puedes pedirnos que confiemos en ti si no sabemos todo lo que has hecho? —pregunta Filipa.

Al echar un vistazo al alrededor, veo que hay rebeldes Morias por todas partes, hasta en la segunda planta de la sala, apoyados sobre la barandilla de madera. Sayida está detrás de mí, cerca, manteniendo su promesa, pero Margo y Esteban flanquean la mesa rectangular del consejo de los Susurros. La luz del día entra por las ventanas circulares que tengo frente a mí, y me doy cuenta de que no estoy pidiendo permiso para ir a una misión, sino que estoy presentando declaración en mi juicio.

Explico lo que ocurrió en el bosque de los Linces, cuando el príncipe Castian capturó a Dez. Explico que dormimos a la orilla del río, que estaba intentando calmar el sueño de Dez. Empiezan a cuchichear. Esperaba estos reproches. Illan los silencia con el golpe de su bastón sobre el suelo de piedra. Les cuento que quería venganza después de ver morir a Dez. Cuando describo el recuerdo de

Lozar, me atraganto con las palabras. Los rostros de los ancianos muestran sorpresa. No sabían que Lozar seguía vivo, pero sí que sabían que había Morias en aquellas celdas.

Continúo hablando sobre mi plan para espiar en palacio, ir de clandestino y encontrar el arma. Les cuento todo lo que vi en la corte. Es como si desnudara mi alma ante todos ellos y, a pesar de los gruñidos y las miradas desinteresadas de los demás, este peso asfixiante que se me había posado en el corazón empieza a desaparecer.

Los ancianos se quedan de lo más tranquilos, qué exasperante, hasta que Illan se echa hacia adelante ahuecando sus manos temblorosas.

—¿Qué quieres que hagamos, Renata?

—Reunir a una pequeña unidad para encontrar y destruir el arma y retirarnos con los Susurros que quedan.

—¿Retirarnos? —pregunta Octavio de manera brusca.

—¿Cómo llamáis a lo que hemos estado haciendo? —pregunto—. Puerto Leones ya no es seguro. El rey amasará sus fuerzas, utilizará el arma. Esta vez, si es capaz de detectar nuestra magia, no podremos escondernos.

—La noticia de Méndez lo debilitará…

—¡El príncipe Castian reemplazará a Méndez! —exclamo.

—Yo, por mi parte, no estoy satisfecha con la información que has reunido durante tus jueguecitos por palacio —dice Filipa.

—Tenemos que irnos —grito, con el enfado borboteando en mi garganta. Vacío los bolsillos y dejo los rubíes de los guantes sobre la mesa—. Con esto podremos comprar pasajes para todos para ir a Luzou o a las Tierras de Hielo. ¡Por los Seis Cielos, podríamos comprarnos un barco! Nos queda un último refugio. Nos queda una última oportunidad para salvar la rebelión.

—¿Cómo vas a subir al barco y conseguir también el arma, Renata? —me pregunta Illan con la mirada inquebrantable.

—Yo no me voy a subir al barco. Yo me quedo para terminar esto. Solicito una unidad para que me ayude. Por lo que a mí respecta, se trata de una misión solo de ida. Entiendo que prefieran quedarse, pero yo voy a terminar lo que empezó Dez. Lo que empezaste tú, Illan.

—Ya veo —dice él, a quien le tiemblan las manos cuando vuelve a tomar asiento—. Tendremos en consideración lo que nos has contado. Espera un momento fuera.

—Pero...

—Por favor, Ren —dice Illan, y hay una debilidad en su voz que me cala hondo en el corazón. Ya parece derrotado.

Salgo de la sala dando fuertes pisotones y me dirijo a un lugar que me recuerda a Dez. Uno de mis propios recuerdos me inunda la mente mientras los pies me llevan hasta ahí. En la pequeña arboleda que hay detrás de los claustros hay una cascada que cae en una cuenca. Este era el lugar favorito de Dez en Ángeles. Illan solía decir que su hijo debía ser medio pez, porque podía pasarse horas nadando. Ahora voy corriendo hacia ahí porque tengo la sensación de que es la única manera de estar cerca de él, y lo necesito más que nunca.

—A ti te habrían escuchado —le digo a su recuerdo y me quedo mirando el agua fijamente durante tanto tiempo que no me doy cuenta de que no estoy sola hasta que oigo romperse una rama.

—Sabía que te encontraría aquí —dice Illan. Su voz me recuerda a alguien tratando de llevar una carga grande y pesada y que se está quedando sin aliento—. La última vez que Dez estuvo aquí, me puse histérico intentando que se vistiera.

No puedo evitar lo que hago a continuación, pero en medio de toda esta pena, de toda esta confusión y enfado, la imagen de Illan intentando desesperadamente ponerle la ropa a Dez consigue que me doble de la risa. Estos son los únicos músculos que no he utilizado en mucho tiempo, y me río tan fuerte que duele.

—Siempre le gustó la atención.

Mi risa se detiene y la voz se me entrecorta.

—Yo sé lo que significabas para él y lo que él significaba para ti. Lo veía y me preocupaba, pero Dez siempre estuvo en control de sus propias decisiones, de su propio corazón.

—Siento mucho habértelo arrebatado —digo—. Voy a arreglar esto. Por favor, tienes que conseguir que el consejo me escuche.

—Mi querida Renata. —No soporto la manera en que lo dice, porque Méndez lo decía igual—. Eso es lo que he venido a decirte. El consejo ha accedido a continuar con tu plan.

Una parte de mí no creía que fueran a acceder a lo que les tuviera que decir.

—¿Y qué pasa con la misión?

—Ya tienes voluntarios. —Se pone en pie. Está tan delgado que es como si estuviera desapareciendo ante mis ojos—. Hay algo que quiero enseñarte antes de que te vayas.

Se me saltan las lágrimas. No creo que pueda guardar más recuerdos. Tengo la cabeza demasiado llena, los pensamientos alterados.

—Bien, porque tengo preguntas.

Illan avanza apenas unos pasos hasta un sauce que cuelga bajo, cerca de la cascada. Da unos golpecitos con el bastón a una piedra pulida en la que no me había fijado. Podría tratarse de una piedra cualquiera, pero tiene un nombre grabado en ella: «Andrés».

Hay tantas cosas que quiero decir. ¿Por qué Illan nunca nos contó que conocía a la reina Penélope? ¿Qué diría sí le preguntara por el recuerdo que encontré en el jardín? Pero entonces mis pensamientos vuelven a Dez. Quiero decirle a Illan que yo amaba a su hijo. Quiero decirle que voy a hacer que se sienta orgulloso. Que le debo la vida. Esta lucha no ha terminado. Voy a acabarla.

Pero no puedo decir nada de eso.

Porque oímos gritos que provienen de los claustros.

Nos atacan.

28

—¡Quédate aquí! —le grito a Illan. Él empieza a seguirme, pero se agarra el costado y hace una mueca. De repente me doy cuenta de que está demasiado mayor para luchar—. ¡Escóndete! —chillo. No hay tiempo para todas las preguntas que tengo y que aún no he hecho: cómo conocía a la reina Penélope, cómo pudo saber lo que Dez significaba para mí, qué otros secretos hay latentes en su pasado.

Veo cómo va cojeando hacia los árboles solo un momento, porque enseguida me doy la vuelta y voy corriendo hacia el claustro, donde los uniformes lilas de los hombres del rey están desperdigados por el jardín. El camino de piedra que tengo frente a mí está salpicado de sangre, lleno de cuerpos a los que han liquidado sin aviso. El mundo se ha vuelto patas arriba. Se me encoge el estómago y resisto las ganas de vomitar.

Tengo que pelear.

—¡Ren! —Oigo mi nombre en medio de la reyerta, pero no veo desde dónde proviene. Luego me fijo en la sombra que hay detrás de mí. Me doy la vuelta justo a tiempo de ver la espada de otro soldado atravesando el aire.

Sin pensar, arremeto contra él y pongo las manos desnudas alrededor de su garganta. La magia surge hacia la superficie y sus gritos me perforan el oído. El platino que llevo encima me provoca una sensación como si fuera una ola empujando contra mí. No la resisto, sino que me hundo en ella. Arrebato los recuerdos suficientes como para que el soldado se quede en un sueño ligero. Sus recuerdos son claros y agudos.

Un niño aprendiendo a empuñar una espada.

Una niña esperándolo en el muelle.

Se deslizan entre mis dedos como agua plateada hasta que veo una oscuridad total y oigo los silbidos de la soledad.

Jadeando, le robo la espada justo cuando está a punto de caer contra el suelo y subo corriendo las escaleras de la sala del consejo.

Incluso estando muerto, Méndez ha mantenido su promesa. ¿A quién ha destrozado?

Aparece una soldado por detrás de un pilar. Está muerta de miedo y chilla cuando nuestras espadas chocan. Me arde la sangre como la lava, y peleo con un enfado que llevo acumulando desde hace casi una década. Estoy muy cerca. No puedo terminar aquí.

Embisto la espada contra su garganta. Su sangre caliente me salpica el rostro, y consigo notar su sabor acre en la boca. Me giro y escupo al suelo.

Atravieso la sala corriendo y abro las puertas dobles que dan a la sala de reuniones.

Me caigo de rodillas.

Tres de ellos están muertos, pero se han llevado a dos soldados. Voy a moverme, sin embargo, un grito me sorprende desprevenida.

En la esquina de la sala está Esteban.

Tiene un frasco de aguadulce y se lo aprieta contra una herida de la tripa.

—Lo siento —me dice.

—No lo sientas aún —digo yo, apartando a un lado mi miedo e intentando centrarme—. Te vas a poner bien. Te necesitamos, ¿me oyes?

Esteban suelta un grito escalofriante cuando le arranco el frasco con la bebida. Le doy un trago y luego lo echo sobre el tajo que tiene en el pecho. Va a necesitar puntos, pero no es tan profundo como me temía. Pienso en el inicio de nuestro viaje, en lo que dijo de que hay muchas cosas que no sabemos el uno del otro. Ha habido momentos en los que lo he odiado, pero nunca he querido que llegue a estar así de herido. Rezo una oración a Nuestra Señora de las Sombras y busco el trapo más limpio posible —un trozo de mantel viejo con manchas— y lo corto en tiras. Después de todas estas semanas herida, casi he perfeccionado la presión de los vendajes.

—Quédate aquí. Mandaré a los supervivientes y a una medicura —digo.

Él me aprieta la mano con fuerza, como si le diera miedo soltarse.

—Ren, Ren, fui yo.

Al verlo ahora, se despliega el recuerdo entero. Esteban chillando después de que lo atraparan. Lo separaron de Sayida. Méndez haciéndole cortes sobre la piel sensible de los ojos y los labios. «Se ha roto con demasiada facilidad», dijo antes de ponerse con Sayida.

—Lo siento —solloza.

—Lo sé —le digo, y le aprieto la mano con la mía.

Parpadea con el ojo bueno para despejarse las lágrimas.

—¿Por qué no dijiste nada?

Niego con la cabeza. Porque ya hemos tenido bastantes pérdidas. Porque nadie podría haber pasado por ese cuchillo sin soltar sus más profundos y oscuros secretos. Y si no tuviera ningún secreto que contar, sencillamente se los habría inventado. Diría cualquier cosa con tal de que cesara el dolor. Pero no le digo nada de eso. Lo necesito con la moral alta.

—Porque te necesito con vida —digo—. Y ambos sabemos que Margo te habría dado una paliza.

Ambos nos reímos y sollozamos. Tengo que hacerle reír, porque si no le doy una razón para seguir viviendo, no lo hará.

—Gracias —dice.

Aparto sus dedos de los míos y vuelvo afuera. Hay un grupo de novatos corriendo en esta dirección y yo les indico que pasen adentro.

—¡Haced una barricada en esta puerta!

Desde abajo, en el jardín, se oyen gritos. Voy a perder demasiado tiempo volviendo a la escalera, por lo que me subo a la repisa, respiro profundamente y salto. Agarro la rama de un árbol que está justo a mi alcance. Mi espada cae al suelo, pero consigo bajar con un balanceo y absorbo el impacto de la caída con una voltereta. No he calculado bien mi aterrizaje y me encuentro cara a cara con un soldado, que me mira con los ojos oscuros entrecerrados y la espada lista para matar.

Pero entonces le sale sangre desparramada de la boca abierta con un último grito, y Margo aparece detrás de él. Lo acaba de atravesar de un solo golpe.

Yo suelto una fuerte respiración.

—Gracias —digo, y tomo la mano que me ofrece.

Tiene la frente cubierta de sudor y un corte lleno de sangre que le ha dejado la mejilla abierta.

—No me las des. Hay demasiados.

—Tengo una idea —digo—. ¿Dónde está Sayida?

—No puede luchar. Por los brazos.

—No tiene que hacerlo.

A Margo se le ilumina la mirada cuando se da cuenta de lo que quiero decir. Por primera vez, nuestros pensamientos están alineados. Juntas cruzamos el césped corriendo hasta el otro lado del claustro. Una decena de soldados armados nos persiguen por la hierba. Ahí hay una capilla, y conforme nos vamos acercando, las puertas se abren para dejarnos entrar y se cierran rápidamente detrás de nosotras.

Sayida, junto con decenas de otros, cuidan de sus heridas mientras hacen el recuento de los muertos.

—Necesitamos tantos soldados como podamos para detener esto. Sayida, reúne a los Persuári —digo—. Vamos a crear una distracción.

—Son demasiados.

—No durante mucho tiempo —digo—. ¿Aún tienes los metales que nos dio lady Nuria? Margo...

—Sé qué hacer. ¡Yanes, Gregorio, Amina! —Margo reúne a sus compañeros Illusionári. Se quita todos los anillos que lleva en los dedos menos uno. Yanes, Grego y Amina se los ponen. Para los Morias más jóvenes, los metales preciosos son un lujo. Puedo ver cómo invocan sus poderes, cómo se les agudiza el iris de sus ojos.

Con una sonrisa malvada, Margo dirige a su grupito de vuelta al jardín y hace un silbido con los dedos. Los Illusionári se esparcen.

Moviéndose como si fueran uno solo, reflejan el lenguaje corporal de Margo y aprietan las manos contra el aire hasta que se arremolina alrededor de ellos como los guijarros rompen la superficie del agua más clara.

Seis soldados vestidos de lila avanzan, y a Margo le tiembla el pie por la anticipación mientras espera a que cierren filas. De nuestro alrededor sale un grito tremendo y profundo. Cuatro linces moteados y tan grandes como los lobos van a la carga, enseñando los dientes y hundiendo sus zarpas afiladas en el aire. Su pelaje reluce al sol, dan un salto y acorralan al resto de los soldados hacia el centro del jardín.

Siento tensión en el estómago por los efectos secundarios de su poderosa magia Illusionári, pero está funcionando. Están alejando a los soldados del rey de los demás.

—Rendíos —digo.

La mitad de ellos desenvainan la espada.

Sayida y sus tres Persuári se abren paso en la hierba. Ella cierra los ojos y levanta las palmas. El resto hace lo mismo. Estando así de cerca, crean un flujo de colores ondulantes. Se entrelazan en el aire como si fueran cintas que van hacia los soldados del rey y se introducen en su nariz, en sus ojos, en sus orejas. Sayida siempre intenta sacar lo bueno de la gente, por lo que los soldados que no han desenvainado la espada caen de rodillas. Pienso en el guardia de Esmeraldas, cuando Dez le hizo renunciar a su arma. Algunos de los soldados se rinden. Otros salen corriendo.

—¡Rendíos! —vuelvo a gritar a los soldados que quedan.

No lo hacen.

—Pues luchamos —dice Margo desenfundando su corta daga. Su unidad la sigue.

Somos una furia de puños sangrientos y metálicos. Huesos atravesando los nudillos, labios partidos por la mitad. Me sacudo con la violencia que siento viva en el interior. Me dejo caer en esa rabia del mismo modo en que los recuerdos se escurren entre mis dedos, y estando frente a una soldado caída con la mirada de ojos oscuros agitada mientras hundo los dedos en sus sienes, sé que esta ira me supondrá el fin algún día.

Hay una cacofonía de voces. De Méndez, de Lozar, de Dez; de muchos otros cuyo nombre desconozco.

Con el corazón que se me sale por la boca, suelto a la soldado.

Ella parpadea y mira alrededor del jardín. Ha sobrevivido.

Pero nosotros hemos ganado.

Reunimos a los soldados y a los Susurros muertos en el patio. Los Susurros que se han salvado lloran de agonía. Una mujer Moria solloza mientras lleva a un niño pequeño en brazos. Lo deja en el suelo junto a los demás.

—Cuando diga, comandante —le dice un Persuári llamado Victor a Margo.

Por un momento, la mirada azul de Margo recae sobre mí. Veo el momento en el que se pone firme, con los brazos detrás de la espalda en la misma postura que siempre adoptaba Dez cuando se enfrentaba a una tarea imposible, exigiéndole a su cuerpo que lo escuchara, que se quedara quieto.

—Tú —señala a la mujer a la que he perdonado la vida. La soldado se tambalea sobre las rodillas.

—Cuéntale a tu rey lo que ha ocurrido aquí. Dile que no caeremos. Ni ahora ni nunca. Los Susurros están vivos, y juntos haremos oír nuestra voz atronadora. ¿Entiendes lo que te digo?

Ella asiente la cabeza con rapidez, y las lágrimas le caen por el rostro cuando mira a los tres soldados que se negaron a rendirse. Nadie habla de merced. No cuando los números están de su lado.

Margo se gira hacia ellos tres, que se mantienen en silencio y atados. Una parte de mí quiere detener esto. Deberíamos ser mejor que la corona. Pero he sido testigo de demasiado dolor. De demasiadas muertes. No fuimos nosotros quienes empezaron con esta violencia, pero sí que seremos quienes terminen con ella.

—La vida por la vida —ordena Margo—. Vuestro rey nos debe miles.

Cierro los ojos y oigo una serie de filos deslizándose por la carne.

Cuando se acaba, hay una línea de color rojo ahí donde los soldados muertos han caído sobre el campo verde.

En la distancia, la soldado a la que Margo ha dejado libre es un punto lila corriendo en dirección al sur, de vuelta a la capital, para entregar nuestro mensaje.

Nos quedamos en un silencio total durante un largo rato. Apenas quedamos dos decenas, rezagados como fantasmas en un campo de horror. Ni siquiera el viento aúlla a través de las montañas.

Entonces viene corriendo hacia mí una niña. Me estira de la mano y su chillido me golpea como el acero en el interior.

—¡Rápido, ven! ¡Es Illan!

Illan está tumbado al lado del sauce en el que está marcada la lápida de Dez. Está vivo, gracias a la Madre de Todo, pero tiene una daga clavada entre las costillas y los dedos cubiertos de sangre de intentar detener la hemorragia. A su lado hay un soldado con la cara contra el suelo y una brecha en la frente, y la cabeza plateada con forma de zorro separada de su bastón.

—No. —El grito que pego me atraviesa como un temblor cuando me agacho a su lado y aprieto la palma sobre la cuchillada que tiene en el estómago.

Sé que debería decir algo más. Le debo la vida. Le debo…

—Renata, tengo que enseñarte esto antes de irme… —Illan toma mi mano en la suya y la deja sobre un corazón al que le cuesta latir.

Recuerdo su rostro hace ocho años, sus ojos feroces y rebeldes. Esperanzados. Él mismo me sacó de palacio, y yo forcejeé y grité en sus brazos porque no quería irme, porque no sabía que me estaba salvando. Me cambió la vida para siempre.

—¡Sayida! —chillo, aunque ya esté rodeada de gente—. De… —Atrapo el nombre en mis labios. Me siento mal sabiendo que no está aquí, al lado de su padre.

—Por favor —susurra Illan. Hace un ruido como de borboteo con la garganta. La sangre le está inundando el pecho, la garganta.

Se lleva mi mano sangrienta hacia su frente, y cuando mis dedos pegajosos entran en contacto, sé lo que quiere que haga.

Las lágrimas me caen por las mejillas y me brillan las yemas cuando mando un pulso de magia para retirar el recuerdo que me está ofreciendo.

La reina Penélope va a cambiar de opinión. Él puede verlo por la manera en que camina por la sala de lectura, con su cabello dorado difuso bajo el sol, como un halo. La trampilla que hay bajo la alfombra sigue abierta, y el polvo se aferra a su cabello y a su ropa.

—Majestad —empieza él, pero ella lo corta.

—No, no intentes aplacarme —dice ella, posando su mirada feroz y de ojos azules sobre él.

—Solo pretendo recordarle que esta es la manera de terminar con esta matanza. El rey debe tener un solo heredero. Un heredero en el que pueda confiar, al que pueda moldear. Un heredero que crea que continuará con su legado. Pero usted estará ahí, al lado del príncipe, colmándolo de amor. Nuestro próximo rey tiene que sentirse querido.

La reina Penélope respira hondo. Hija de antiguos reyes, cuyo linaje está atado a esta tierra. Levanta la diadema de oro y se la coloca sobre su cabeza majestuosa.

—Le prometí a mi padre que terminaríamos con esta guerra.

—Nos encontraremos en el río al atardecer. —Illan le toma las manos y vuelve a bajar por las escaleras secretas.

—¿Y si no viene el niño? —pregunta Celeste. Disfrazada con ropas de sirvienta común, la espía le da vueltas a su anillo de cobre. Es la única señal de que está nerviosa.

—Vendrá. Has conquistado el arte de convertir la emoción en colores. Ningún niño sería capaz de resistirse.

Celeste asiente con la cabeza y se dirige hacia el bosque, donde el príncipe de cabello dorado está sentado a la orilla del río. No puede tener más de cuatro años, pero toda su infancia terminará después de hoy. El príncipe lanza una piedra tras otra mientras un niño más pequeño llora a su lado.

—Shhhh, mamá está de camino —dice el príncipe. El otro niño intenta alejarse gateando.

—Hola, jovencito —dice Celeste.

El príncipe Castian levanta la mirada del bebé.

—¿Quién eres?

—Soy una hechicera. —Celeste menea los dedos en el aire. Se aprovecha de la sensación de curiosidad del niño, y unos colores azules y verdes brillantes se arremolinan por todas partes—. La más poderosa en toda esta tierra.

El príncipe abre mucho los ojos.

—¿Me enseñas?

Celeste asiente con la cabeza.

—Pero tú conoces las reglas que tiene el rey sobre la magia. No se lo puedes contar a nadie, ni un alma. ¿Hay trato?

Castian da un paso adelante y extiende su manita.

—Espera. Tengo que vigilar a mi hermano hasta que vuelva mi madre.

Celeste levanta la vista y ve a la reina observando desde la distancia, escondida detrás de los gruesos robles, con una pena profunda que ya tiene grabada en el rostro.

—El niño estará sano y salvo en la cesta. ¿O es que no quieres aprender?

Al príncipe le entran dudas, pero le gana la curiosidad y sigue a Celeste hacia los matorrales llenos de árboles, persiguiendo las cintas de colores en el aire. Intenta agarrarlas con sus deditos, pero no puede. Ella utiliza esa inocencia, esa curiosidad, para llevárselo a un estado absorto.

En ese momento Illan tiene que llevar a cabo su parte. Aprovecha para ir a por el niño más pequeño y lo toma en brazos. Lanza un bulto al río y luego se va corriendo por el bosque, con esta vida apretada contra su pecho.

Se detiene un momento y luego vuelve a mirar hacia la orilla. Se oye el llanto de la reina, real y destrozado, porque no va a volver a ver a su hijo pequeño. Las mantas se mueven en el agua que corre. Celeste se desvanece en el bosque. El príncipe llora cuando ve a su madre romperse.

—¿Qué has hecho? —grita la reina una y otra vez. El príncipe jamás sabrá que no estaba gritándole a él, sino a sí misma.

Illan es incapaz de soportar la escena sabiendo el dolor que ha causado, por muy desesperado que fuera el motivo. Le ha partido el corazón a la reina, ha tomado una de sus mitades y se la ha llevado hacia el bosque sin mirar atrás.

Cuando me aparto, Illan ya no respira. Tiene la mirada fija hacia el cielo y la boca entreabierta con un hilillo de sangre que le cae de cada una de las comisuras.

—Illan —digo. Lo zarandeo, con los dedos llenos de sangre y temblando todavía por el recuerdo que me acaba de mostrar.

—Se ha ido, Ren —susurra Sayida a mi lado.

Lo sé. Y, aun así, soy incapaz de moverme. Nadie puede hacerlo.

Me siento momentáneamente paralizada por el dolor y sin habla por la confusión. El príncipe Castian no asesinó a su hermano. Illan se lo llevó. ¿Con qué fin? Sé lo que esto significa, pero no puedo enfrentarme a ello. Pienso en el recuerdo que robé del jardín, en la reunión secreta entre Illan y la reina Penélope. Illan dijo que era para salvar sus vidas. ¿De quién, del rey? Illan dijo que necesitaban darle un motivo al rey para confiar en el príncipe, alguien a quien moldear a su propia imagen. Y qué mejor manera de reflejar a un tirano como él que un niño que ha asesinado a su propio hermano.

El asco se adueña de mí; la impresión, la tristeza. Lo único que quiero hacer es salir corriendo lo más lejos posible, pero jamás podré escapar de lo que vive en mi interior. Las verdades a las que no quiero hacer frente.

Me acuerdo del resto de los Susurros que están ahora a mi alrededor, que no saben lo que acabo de ver, centrados como están solo en la pérdida de su líder. Así que me pongo en pie, y juntos trabajamos en silencio y construimos una pira enorme para incinerar a nuestros muertos. Algunos de los Morias más mayores, los que han hecho esto una y otra vez, cantan himnos funerarios con unas voces evocadoras que reverberan en el patio. Yo conozco estas melodías, pero solo me resultan familiares porque se cantan en mis recuerdos. Me pregunto si alguna vez mi madre me las cantó.

La noche cae para cuando hemos terminado, y Margo viene hasta donde estoy yo con una antorcha en la mano. La arroja sobre la tumba, e inhalamos el aceite y el humo.

—No podemos rezagarnos —digo—. Tenemos que marcharnos lo antes posible.

—Lo sé —contesta Margo—. Con la luz de Nuestra Señora…

—Seguimos adelante.

29

Nos desplazamos bajo el manto de la oscuridad. Margo y yo volvemos sobre nuestros pasos hacia el carruaje y nos aseguramos de que los caminos estén despejados. No queda más que un anciano y unos treinta Susurros, la mayoría demasiado jóvenes como para luchar. Aun así, conseguimos hacer un viaje de dos días en uno, y con la suerte de nuestro lado, llegamos a la ciudad portuaria de Sól y Perla cerca de la medianoche. Aquí hay muy poca presencia de guardias reales. Lo que sí hay son montones de comerciantes en el mercado nocturno, iluminado por grandes lámparas de aceite, y hombres y mujeres borrachos por todas partes entrando y saliendo a trompicones de las cantinas.

Mientras Sayida sale a hacer algún negocio en el puerto, Margo y yo nos disponemos a explorar el terreno. Los demás esperan en el carruaje que hemos robado. La casa de la playa que hay frente al mar está totalmente oscura. No hay ni una sola luz dentro. Aquí, la brisa del mar es tranquila y no hay nadie caminando por la pasarela. La casa está prácticamente vacía, solo tiene los muebles básicos y unas habitaciones sencillas. Hay un sótano lleno de bolsas de arroz y tarros de pescado en salmuera. Puede que consigamos salir de esta.

—Iré a por el resto —dice Margo.

—Espera. —Doy un paso atrás y espero a que Margo se gire hacia mí—. Tenías razón.

—No hay tiempo para esto, Ren.

—Es solo un momento, y es importante. Quería decirte que tenías razón. Sobre aquello que dijiste de que yo misma me empujo a la soledad. No lo entendía hasta que Méndez dijo todo aquello.

—No debería haber lugar en tu corazón para ese hombre —me recuerda ella.

—Aun así, todo lo que él fue está aquí —digo llevándome el dedo hacia la sien.

Margo suspira. El viento le sopla los mechones sueltos de su cabello dorado.

—Ya has pasado por esto. Puedes volver a hacerlo.

Se marcha. Yo inhalo la esencia del mar para prepararme. Doy las gracias por este descanso, ya que me siento rodeada por los recuerdos de Méndez. Cuando cierro los ojos, veo mis manos de Robári y al juez Méndez envolviéndolas en gasas. Nunca fue el cariño de un padre. A sus manos amables las movía el miedo de alguien que tenía demasiado que perder.

Uno a uno, los Susurros que han sobrevivido van entrando en la casa abandonada. Todos los ancianos han muerto a excepción de Filipa, y ella ha nombrado a Margo, a Sayida y a un Persuári que se llama Tomás como los miembros de más alto rango de los Susurros. Todo el mundo tiene una tarea —organizar las camas, preparar la comida, poner a punto las armas— para que podamos marcharnos lo antes posible.

Sayida y Tomás aún no han vuelto de su misión para intercambiar los rubíes por pasajes de barco. Cierro la puerta de un aseo y me limpio la cara. Me duele todo, y de un modo que no creía posible. Me quito la ropa, me lavo y me vuelvo a vendar las heridas. El precioso regalo de lady Nuria ha quedado arruinado, pero consigo salvar tanto filamento de platino y estrellas como puedo. Hago dos trenzas con unas cuantas tiras y me las pongo como pulseras, luego enrollo el resto y lo meto en un saquito de cuero que me ato al cinturón. Cuando termino con esto, me recojo el cabello en una sencilla trenza que me cae por la espalda. ¿Qué diría Leo si me viera poniéndome pantalones de montar y una túnica de hilo grueso con agujeros? ¿«Al menos, está limpio»?

Me echo más agua sobre las manos en un intento por quitarme la suciedad que tengo debajo de las uñas, y entonces me pitan los oídos; un recuerdo se está dirigiendo a mí a toda velocidad. Oigo la voz de Méndez como si estuviera a mi lado. El recuerdo escurridizo de él mirando fijamente al mar se solidifica, listo para que lo vea alguien.

El juez Méndez alcanza la cima de la torre y respira el aire salado mientras espera a que los guardias abran la puerta. Se adentra deprisa, ansioso por probar su nuevo juguete.

Un hombre débil, con la piel de color ceniza, se mece adelante y atrás en la esquina de una celda. Se le ven las venas en la cara y en el torso, son de una opacidad intensa.

—Cebrián, ven aquí —ordena el juez Méndez.

El hombre no responde, que es lo que esperaba.

—Traedla.

Traen a Lucia a rastras. Está amordazada y lucha con uñas y dientes mientras la meten en la celda.

El juez Méndez vuelve a intentarlo.

—Cebrián, te he traído un regalo. Es la primera en curarse.

Cebrián deja de mecerse, pero hace caso omiso de las personas que hay en la sala. El juez Méndez se acerca a la muchacha y le quita la mordaza.

Ella se estremece en la fría habitación y pregunta:

—¿Qué me habéis hecho?

—Utiliza tu magia. Mira en el interior de mi mente. Si eres capaz de decirme lo que planeo, te soltaré.

Lucia observa la sala entre cada respiración aguda. El juez Méndez extiende la mano, sus finos dedos parecen ramas caídas en otoño.

—Si eliges no hacerlo, continuarás presa en Soledad hasta el día en que te mueras.

Él observa a Lucia contemplando sus opciones, que sabe perfectamente que se trata de un truco. Él mantiene su expresión neutra, aún no quiere asustarla.

Ella le agarra la mano y cierra los ojos. Él siente su sucia magia intentándolo.

Cebrián levanta la cabeza. Tiene los ojos plateados y se le esboza una sonrisa terrorífica en el rostro.

Lucia emite un grito ahogado, da un salto atrás y suelta la mano de Méndez.

—*¡No puedes! ¡Tienes que soltarme!*

Él da un paso atrás, igual que los guardias.

—*Una promesa es una promesa.*

Lucia regresa a la puerta, pero Cebrián la alcanza ahí; su velocidad y agilidad son inhumanas. Antes de que Lucia pueda soltar un grito, él ya está sobre ella con las manos apretadas alrededor de su cuello. Su cuerpo sufre convulsiones y palidece por momentos hasta que la piel se le vuelve prácticamente translúcida. Empiezan a aparecerle nuevas venas que palpitan con un resplandor suave y dibujan un camino a lo largo de sus brazos, de sus piernas...

El juez Méndez está emocionado ante el progreso.

La puerta de la celda se abre de golpe.

—*Detén esto.*

El juez Méndez se gira para hacer frente al intruso. Es el maldito y mimado príncipe.

El príncipe Castian. Tiene los ojos fuera de sí y señala con un dedo a Méndez.

—*Te estoy ordenando que detengas esto de inmediato.*

El juez Méndez está irritadísimo con el príncipe, que no deja de ser una molestia constante. Se da la vuelta de manera lenta, sin prisas, y agita la mano ante su creación.

—*Ya basta, Cebrián. La vas a dejar seca. Recuerda: no puedes controlar una magia que no está ahí. Los demás no los tengo repetidos.*

Castian cruza la habitación hasta llegar a Méndez. Cebrián saca un arma basta que tiene escondida en la túnica y arremete su punta afilada en el hombro del príncipe.

No puedo moverme. ¿Lucia seguía estando viva? ¿Cómo se recuperó? Entonces me doy cuenta: la nueva Ventári era Lucia, y a mí se me pasó por alto.

—No —digo. Lo digo una y otra vez porque no puede ser.

Salgo del aseo y agarro una capa. Atravieso corriendo la casa atestada y salgo al patio. Aquí, en el puerto, todo huele a mar, y respiro hondo como si fuera a limpiarme por dentro.

Un pensamiento inquietante amenaza la historia que me he montado. Castian detuvo el experimento. Castian tenía una lesión en el hombro durante el baile. Aquel hombre lo había apuñalado. Por eso Castian había hecho un círculo sobre Soledad en el mapa. Por eso Méndez y Castian se habían ausentado de palacio al mismo tiempo. Habían estado juntos. Pero ¿a qué está jugando el príncipe?

El arma nunca estuvo en la caja de madera que el príncipe Castian tenía en su despacho secreto, y no es la piedra alman que hay en la cámara.

«No quieres ver lo que tienes justo enfrente».

Justo enfrente de mí. Bajo la mirada a mis manos. El recuerdo de Méndez curando unas manos llenas de cicatrices no iba sobre mí. Era aquel hombre, ese tal Cebrián.

Porque no es un objeto en absoluto.

El arma es una persona.

Un Robári como yo. Es como una piedra alman con vida y que respira. Pienso en lo que le hizo a Lucia. Le sacó el poder, como un recuerdo, dos veces. La luz que emitía era brillante, un rayo de luminosidad, un haz de piedra alman. De algún modo, la justicia ha utilizado la piedra alman para alterar la magia Robári.

Voy a vomitar.

Doy varios pasos hacia la verja y echo la comida. Cuando lo único que queda es ácido y bilis, doy arcadas. Voy hacia el pozo y consigo subir a tientas un cubo de agua. Bebo hasta que dejo de sentir la boca tan seca. Tengo que contárselo a Margo y a la anciana Filipa.

Cuando vuelvo a entrar en la casa, sé que no puedo hacerlo. Si se enteran de que la justicia puede convertir a los ladrones de recuerdos en ladrones de magia, quedará demostrado que soy tan peligrosa como creen.

«Naciste para ser un arma», me dijo Méndez.

No quise escuchar aquellas palabras porque tenía razón. Eso es todo lo que seré para los demás. Para mis padres, para mis amigos y vecinos. Para Dez.

Levanto la vista hacia la casa y hacia la gente que con tantas ganas está esperando una nueva vida, un barco que los ayudará a reagruparse. No puedo arrebatarles esa esperanza. Hay una cosa que se me da bien, mejor que robar recuerdos, mejor que hacerle daño a la gente a la que quiero: estar sola.

Levanto la capucha de la capa y esquivo la casa para bajar por el callejón estrecho que conduce de vuelta a la pasarela.

—¿A dónde crees que vas? —pregunta Sayida, que aparece de la nada como una figura salida de la zona gris. Tiene los ojos oscuros como el carbón, y la sonrisa se desvanece de su rostro cuando se da cuenta de lo que estoy haciendo.

—¿Cuánto tiempo llevas ahí? —pregunto.

—No mucho. A pesar de las heridas, podía sentir tu angustia, Ren. El metal que nos dio Nuria es fuerte. —Sayida extiende los antebrazos que tiene cubiertos con nuevas gasas y tela.

—Bien. ¿Cómo te encuentras?

—Mejor después del tónico que me ha dado Filipa para el dolor —dice—. Que sepas que hemos conseguido el barco. Zarpa en dos días.

Me doy la vuelta hacia la casa. Las luces son lo bastante tenues como para no llamar la atención.

—Entra y cuéntaselo.

—¿Por qué haces esto, Ren? —Sayida intenta agarrarme la mano, pero yo no se lo permito.

—No uses tu poder conmigo.

Ella hace una mueca y deja la mano en los costados.

—¡No estaba haciéndolo! Estoy preocupada por ti.

—No entiendes lo que está ocurriendo.

—¡Pues cuéntamelo! Ren, te he confiado mi vida. Eres lo más cercano que tengo a una hermana, y da igual cuánto intente estar ahí para ti, tú me alejas.

Me pican los ojos por la sal y el enfado.

—No es algo que puedas entender.

—Deja que lo intente.

Sacudo la cabeza y me ajusto más la capucha sobre la cabeza.

—Tus poderes te permiten sentir lo que sienten los demás y proporcionarles alivio. O presionarlos para que pasen a la acción. No borran las vidas de las personas. No roban ni destruyen.

—Te equivocas. También podría causarles dolor —dice ella—. No lo olvides. Nosotros elegimos qué hacer con este don. Eso es lo que siempre nos han enseñado. Igual que las personas sin magia pueden matar con sus espadas y venenos, o con sus manos desnudas si así lo eligen. Te he visto arrebatar el trauma de las personas para que puedan dormir mejor por la noche. ¿No lo ves? Tú decides quién ser. Tú tomas el dolor de otra persona y lo interiorizas. Incluso cuando arrebatas algo, dejas cosas buenas atrás.

—Los Vaciados que he creado pesan más que todo lo bueno que haya hecho. Tú no sabes lo que he visto. He intentado apartar todas las cosas en las esquinas más oscuras de mi mente, pero no hay manera de escapar de lo que hay aquí dentro. No puedo soñar. No puedo invocar el rostro de Dez sin arrastrar otro recuerdo. Hay tantos pasados aquí dentro que yo no puedo tener el mío. No debería tener el mío.

Sayida se acerca hasta donde estoy, y en esta ocasión no puedo resistirme a su compasión, a su cariño, algo que detesto y adoro al mismo tiempo. Me retira la capa, y siento el aire del mar fresco contra la humedad de mi rostro.

—Eras una niña, Ren. No hiciste nada malo. Malditos sean los Susurros. Deberíamos haberte tratado mejor. Deberíamos haber sido más amables contigo. —Respira profundamente para apaciguar su enfado—. ¿Qué eres ahora?

—Una soldado. —La respuesta es instintiva, algo que creo que debería decir.

—Sí, pero eres más que eso. Ya no eres ninguna niña, y va siendo hora de que el mundo deje de definir quién o qué eres. Eres la muchacha que siempre ha querido demostrar su valía. Superar al resto. Demostrar que podía cumplir con sus responsabilidades. Eres la muchacha que me salvó de un hombre que se habría pasado días torturándome. Estabas dispuesta a cambiarte por mí. ¿Por qué no puedes ver a esa muchacha?

—Porque… —Tengo las palabras en la punta de la lengua. Ahora lo veo. Más claro que nunca. No sé si es el aire fresco o la magia que inflige Sayida con su mera presencia, pero me veo a mí misma. No como una sola persona, sino como cientos, miles de fracturas, como un espejo con tantas grietas saliendo del centro que no puede reflejar una imagen entera—. Porque tengo más recuerdos robados que míos propios. Porque he vivido cientos de vidas robadas y me da miedo vivir la mía propia.

¿Quién es Renata Convida?

—No sé quién soy, Sayida. De verdad que no. Es como si la persona que soy estuviera atrapada bajo las tragedias que pertenecen a todos los demás. Solo hay un modo de librarme de esto.

Ella deja la mano sobre mi rostro, y en este momento doy las gracias por no haberme alejado demasiado de la casa.

—Puede que, entonces, antes de hacer cualquier cosa, tengas que dejarla salir.

—¿A qué te refieres? —pregunto.

—Puedo ayudarte a que vuelvas a intentarlo —contesta Sayida y extiende la mano para que se la tome.

Cuando lo hago, la calidez de su magia me recorre la piel, y mis propios recuerdos empiezan a inundarme, brillantes y llenos de color, pero la asfixia que normalmente siento ha desaparecido. El miedo, la culpa, la oscuridad, por fin, se están abriendo, están dejando espacio para que respire. Quiero llorar del alivio que siento.

Y así, de manera tímida y delicada, me lanzo, y el primer recuerdo que me viene a la mente es el de quedarme dormida en los brazos de mi padre frente a la chimenea.

Pronto queda reemplazado por el calor de un fuego. «Todos los pueblos que están en llamas huelen igual». Leoneses chillando mientras los hombres del rey prenden fuego a las casas, en un intento por sacar a los Morias de sus hogares y que salgan a las calles para que los capturen. Siento presión en los pulmones.

—Concéntrate —susurra Sayida, y envía otro pulso de magia a través de mí.

Cierro los ojos, pero mis pensamientos están revueltos. Veo miles de desconocidos. Paseo por cientos de caminos a través del país, a través del mar.

—Ren. —Su voz es un susurro, un beso en las sienes.

Me duele la cabeza, como si estuviera haciendo un corte profundo en ella para abrir el cráneo a la fuerza y hurgar en lo más hondo de mi mente. Recuerdo tener seis años, recién llegada a palacio. Al juez Méndez repartiendo estelitas como si fueran pesos de oro cada vez que le contaba un «cuento». Los cuentos siempre llegaban después de que robara los recuerdos de Morias cautivos, prisioneros que me asustaban con sus ojos enrojecidos por el llanto. Pero yo sabía, sabía que cada recuerdo iba acompañado de una recompensa. El recuerdo cambia, y entonces me encuentro en mi lugar favorito de palacio, en aquella biblioteca. Había un sillón enfrente de la ventana más alta que había visto en mi vida. Al fondo, en la distancia, donde sabía que estaba mi pueblo natal, un gran incendio consumiéndolo entero.

Esos recuerdos son las cosas que me definen, que me convirtieron en la persona que soy.

«Naciste seria». El rostro de Dez acude a mi mente. Sus ojos de color miel se quedan en mis labios, siempre. Pero no, yo no nací seria. Me hicieron ser así.

Los recuerdos se despliegan con más rapidez ahora. Dentro de palacio había un pasillo largo y azul. Cuando el magistrado estaba demasiado ocupado y mi ayudante se quedaba dormido, yo merodeaba por ahí. Grandes estatuas decoraban estancias mucho más grandes que cualquier hogar en el que hubiera estado. Había un despacho con un muchacho que llevaba la ropa sucia de haber estado haciendo tareas. Siempre estaba solo, jugando a los dados. Los lanzaba sobre el suelo y luego se desvanecían. Después colocaba las manos encima de ellos y hacía que volvieran a aparecer. Era una magia de lo más simple. Fue la primera vez que estuve con otros niños Morias que no eran de mi familia. Ni siquiera sabía cuántos tipos de magia teníamos.

Después de un tiempo, el muchacho desapareció, como muchos otros. Luego, un día, los Susurros vinieron y yo me fui.

Incluso ahora soy capaz de oír el traqueteo de los dados como grandes ecos en mis pensamientos. Un truco de la mente. Todo aquello fue un truco, ¿no? Sencillo. Fácil. Injusto.

Veo a esa muchacha abriendo los caramelos en la biblioteca, mirando fijamente el incendio que mató a sus padres. Veo a esa muchacha, y ojalá pudiera abrazarla y decirle que no tenía manera de haberlo sabido. Que nadie le enseñó otra cosa, que nadie estuvo ahí para protegerla.

Cuando abro los ojos, a Sayida y a mí nos baña una luz blanca. Blanca como los ojos de aquel Robári al que convirtieron en un arma para utilizar contra nosotros. Y sé que da igual lo que crean que pueda ser capaz de hacer, tengo que contarles a todos lo que sé sobre esta arma, sobre lo que le han hecho a Cebrián.

—Gracias —le digo y la miro profundamente a los ojos, oscuros y cálidos—. Hay algo que tengo que hacer.

De la mano, volvemos al interior de la casa y convoco una reunión en la sala principal. Los Susurros se vuelven a reunir a mi alrededor. Margo y la anciana Filipa me observan con cuidado.

Les cuento todo lo que sé. Les hablo de los experimentos que han hecho con Morias como Lucia, a la que probablemente hayamos perdido; del arma, del Robári y lo que le ha hecho la justicia.

—Tenemos que recuperar a Cebrián. No sé si podemos revertir lo que le han hecho, pero al menos podremos alejarlo del nuevo magistrado, quienquiera que sea. Arrebatarles su preciada arma antes de que aprendan a crear más. Antes de que lo mataran, Illan dijo que había voluntarios para la misión. Ahora os pido que confiéis en mí.

La anciana Filipa levanta una mano para que me calle, y toda la esperanza que tenía de que me escucharan se evapora.

—Has hecho bien, Renata.

Me echo hacia adelante, porque no creo que la haya oído bien. Filipa no sonríe nunca, pero su boca se tuerce.

—Gracias.

—Eres el motivo por el que podemos mantener con vida a los Susurros. ¿Estás lista para hacer lo que viene a continuación?

Desde que entendí mi pasado y las cosas de las que soy responsable, he querido encontrar la manera de arreglarlo. Dez me dijo que aquel era mi lugar, y que nadie consideraba que fuera de otra manera. Pero se equivocaba. Esta es la manera de hacer borrón y cuenta nueva.

—Sí —contesto.

Filipa mira a Margo, luego a mí.

—Esta noche liderarás un grupo de tres para rescatar a esta pobre alma antes de que el rey pueda causar más daño. Tenemos que salvarlo. Amina, Tomás, acompañaréis a Renata.

—No os fallaré —digo tomando la mano de Filipa que, aunque se estremece, no me suelta.

La anciana tiene la mirada fría, y me digo a mí misma que es por todo lo que ha ocurrido. Por todo lo que hemos perdido. Entrecierra los ojos.

—Asegúrate de ello.

30

El resto rebusca en la casa hasta que encontramos ropa que nos hace parecer nobles. Yo llevo una túnica sencilla sobre unos pantalones y unas botas de cuero. En cuanto estoy lista, los cuatro tomamos el carruaje de Tresoros a lo largo del camino empedrado que hay en la costa este de Sól y Perla.

Margo y yo nos sentamos en un lado, con Amina y Tomás frente a nosotros. Qué raro es volver a ser parte de una unidad, aunque sea un grupo de Susurros al que no estoy acostumbrada. Abro la cortina para ver Soledad, que amenaza en la distancia. Está construido al antiguo estilo Moria, todo son arcos puntiagudos con grandes bestias aladas posadas a lo largo de los tejados. Se encuentra en lo alto de una colina, donde un acantilado cae de manera limpia hacia un mar agitado y enturbiado.

—¿Sabíais que las primeras referencias documentadas a los ángeles se encuentran en la Canción de Nuestra Señora de las Sombras? —comenta Amina. Como aprendiz del anciano Octavio, ha leído todos los textos que ha podido sobre la historia de los Morias y Puerto Leones. Todos los textos que no fueron quemados por el rey, claro—. Hace unos cien años, el abuelo del rey Fernando los cambió por demonios y convirtió a los ángeles en esas criaturas regordetas y parecidas a los niños que a los jueces les gusta pintar en el techo.

Margo extiende la mano hacia mí y cierra la cortina.

—Basta. Esta es nuestra primera misión como unidad. Tenemos que mantener la calma.

—Estamos tranquilos —dice Amina mientras se hace y deshace el moño que lleva en el pelo—. Tan tranquilos como podemos mientras nos adentramos en una prisión de la que nadie ha conseguido escapar.

Yo doy tirones a mi túnica, inquieta.

—Vamos a repasar el plan otra vez.

—Tomás se quedará en el carruaje —dice Amina—. Mientras tanto, Margo y yo despejaremos un camino hacia la entrada sur.

—Yo tomaré la parte norte —digo yo.

—Nos encontramos en el patio central. Desde ahí, Gabriel dijo que hay una escalera con un sol de metal que señaliza la puerta hacia la torre alta en la que los jueces mantienen a los prisioneros de máxima seguridad.

—Es bastante sencillo —dice Amina.

Margo le lanza una mirada asesina capaz de petrificar. Conozco a Margo, y sé que quiere recordarle a la joven Illusionári que ella no cuenta con el número de horas en batalla que tenemos nosotras, que no ha visto de primera mano la manera en que los planes más claros pueden salir terriblemente mal. Pero ahora no es el momento, y a pesar de lo valiente que es Margo, está sudando tanto como nosotros.

«No os fallaré».

«Asegúrate de ello».

Nos ha llevado un día entero de camino llegar hasta Soledad.

Miro a través de la ventana. Para ser una prisión, no hay tantos guardias como creía que habría. Nos siguen ganando en número, pero nosotros no somos soldados normales. Somos Morias.

Tomás deja el carruaje al lado del camino, a plena vista, detrás de otros dos. Uno de ellos parece haber venido de palacio. Me pregunto si ya habrán reemplazado al juez Méndez. Me pregunto qué habrán hecho con su Vaciado.

—Seguro que ahora desearías haberte quedado atrás —le dice Margo a Amina, cuya piel olivácea se ha vuelto de una palidez verdosa mientras comprobamos las armas.

Su silencio no inspira confianza, pero esta es nuestra unidad y tenemos que seguir adelante. Bajamos del carruaje y nos separamos.

Margo me agarra del brazo cuando Amina la ha adelantado unos pasos.

—Te veo al otro lado, Ren.

Le tomo la mano y nos damos un apretón. A Dez no le gustaba dar abrazos ni despedirse, pero esto es diferente. Debe pesar sobre ella igual que sobre mí.

Escalo un muro buscando con los pies las muescas entre los ladrillos. Me subo en lo alto de la repisa. Solo hay un guardia apostado aquí. No tiene ni idea de que me estoy elevando sobre él hasta que ya es demasiado tarde. Salto, aterrizo sobre sus hombros y me lo llevo al suelo con mi peso. De inmediato me adentro en sus recuerdos buscando el plano de la fortaleza de la prisión.

Hace un día radiante y el puerto de Sól y Perla está animado. Las gaviotas buscan en la playa restos de cosas para comer. A él le encanta esta ciudad. Le encanta que siempre haya algo a lo que mirar, a diferencia de su puesto actual en Soledad, donde lo más emocionante que lo recibe son los prisioneros con sus quejas. Pero eso es fácil de ignorar cuando el viento ruge más alto. Sus compañeros apostados en los muelles lo saludan con la mano.

Es su único día libre este mes, y decide derrochar el dinero. Se deja diez libbies de latón en un lote de corvina fresca para llevar a su mujer e hijo. Se coloca el paquete de pescado sobre el hombro y da un paseo por los muelles para ver cómo zarpan los barcos.

A las mujeres autóctonas y supersticiosas de esta parte del país les gusta venir al muelle con cestas llenas de claveles. Arrancan los pétalos a puñados y los lanzan sobre las cubiertas de los barcos cuando zarpan para adentrarse en el mar. La explosión de color lo hace detenerse y observar el último barco. Hay hombres y mujeres, todos en cubierta, intentando atrapar el viento de la mañana que arrastra los barcos hacia el mar.

Suelto al guardia y él se tambalea sobre el suelo, mareado y desorientado. Repito el recuerdo una y otra vez. Me quedan diez minutos hasta que suene la campana que tengo encima para dar la hora. Tengo que llegar al patio, pero estoy paralizada por la impresión que me ha causado un detalle en ese recuerdo, que no significó nada para el guardia, pero sí para mí.

Ahí, en la cubierta de ese barco bajo la luz de la mañana, con los pétalos de los claveles llevados por el viento, había un hombre al que reconocería en cualquier parte.

Dez.

Con el mismo aspecto que tenía la última vez que lo vi. Tan apuesto y feroz como siempre, con una cosa cambiada. Le faltaba la oreja izquierda.

Es imposible.

Debe ser un recuerdo antiguo, de cuando aún seguía con vida.

Porque yo lo vi morir. Vi cómo rodaba su cabeza y se detenía justo enfrente de mí. Vi la sangre cayendo de la espada de Castian. Su mirada enfadada de ojos azules mientras se paseaba por la tarima. Muy diferente al día en el que irrumpió en el baile durante el Festival del Sol. El recuerdo de sus manos asesinas sobre mí me provoca un arrebato de enfado por todo el cuerpo.

Aun así, ver el rostro de Dez tan reciente en un recuerdo es como sentir que me clavan una daga en el pecho. Una nueva oleada de dolor se apodera de mí. En todo este tiempo, apenas he podido detenerme y sentir su pérdida. No verdaderamente ni en profundidad. La sensación de que jamás volveré a tenerlo ni a abrazarlo ni a besarlo ni a decirle cómo me siento. Mi defensor, mi cómplice, mi mejor amigo.

No, no puedo hacerlo. Aún no. Ahora no.

Los minutos van pasando y yo me sacudo para salir de mi estupor y arrastro al guardia hacia una esquina. Lo ato, luego lo amordazo, pero continúo reviviendo sus pasos a lo largo del puerto de Sól y Perla, donde se encuentran ahora el resto de los Susurros, espero que escapando hacia Luzou. No puedo detener las preguntas que pasan a toda velocidad por mi mente. *¿Cuándo fue la última vez que Dez fue a una misión que requería un barco?* Hubo una salida a Delfinia en la que estuvo cuatro meses fuera. Volvió con una barba desaliñada, fue la primera vez que tuvo vello facial de verdad. Intentó besarme, pero parecía que me iba a picar, por lo que esperé. Eso fue hace tres años.

Veo el rostro de aquel hombre en el recuerdo una y otra vez. Unos ojos de color miel marrón y una barba oscura y densa. Podría ser cualquiera. Pero cuando apretó las cuerdas de estribor pude verlo con gran claridad, pude ver las cicatrices en sus brazos desnudos. Conozco esas cicatrices, las he recorrido enteras con la yema de los dedos. Pero Dez tenía un aspecto diferente en el recuerdo. Le faltaba una oreja. ¿Cómo es posible, a no ser que ocurriera hace poco?

Me doy un manotazo. La magia de Sayida debe estar teniendo un efecto prolongado sobre mí, debe estar alterando lo que veo, sacando a la luz sentimientos que necesito controlar.

«No os fallaré».

«Asegúrate de ello».

El reloj indica que faltan cinco minutos para la hora, y yo recorro este lado del edificio a toda velocidad, guiada por la luz de la luna y una lámpara de gas débil. En el patio de la prisión se oye un lamento. Voy corriendo con el corazón acelerado, estoy preocupada por si le ha pasado algo a Margo o al resto.

En cuanto llego al patio, enseguida descubro que no es ni un lamento ni un grito, sino el silbido del viento. De pronto sé por qué llamaron Soledad a este lugar. Tiene un modo de hacerte sentir que estás a solas, sin nada más que unas extensas colinas a un lado y el frío y oscuro mar al otro.

Suelto un rápido silbido. Dez solía hacer señas así, silbando la llamada de un gorrión, y se nos quedó. A Esteban lo ponía furioso porque él era incapaz de doblar la lengua o de hacer ese sonido suave con los labios.

Basta, me digo a mí misma. *Concéntrate. Céntrate en el aquí y el ahora.*

De pie, sola, me pregunto si el grito que he oído no era en realidad el viento. Me pregunto si era Margo, o puede que Amina, que es nueva en este tipo de misiones y no ha pasado ninguna prueba. Por lo menos, Tomás está en el carruaje, listo para sacarnos de aquí en cuanto rescatemos al Robári.

Cuando el reloj da la hora, sé que algo va mal. Deberían estar aquí. Oigo un silbido afilado, agudo. Es como el que se hace con los dedos, no el sonido de gorrión que conocemos. Me doy la vuelta para buscar el origen del ruido y, de repente, ya no estoy sola.

Una decena de guardias me rodea.

Suenan campanas de alarma junto con las campanadas que indican la hora.

Y entonces las veo. A Margo y a Amina, escondidas en las sombras. Se abre una puerta con un sol de metal, y mientras se adentran en el interior, Margo se da la vuelta y me mira fijamente a los ojos, sin estremecerse.

«No os fallaré».

«Asegúrate de ello».

Filipa nunca confió en mí.

Margo nunca confió en mí.

No me había dado cuenta de cuánto he llegado a querer a Margo hasta este momento, cuando el dolor de su engaño me parte en dos.

No me resisto cuando los guardias me arrastran hacia la prisión. Ahora entiendo lo que los Susurros de verdad piensan de mí y cuál ha sido mi función en esta misión durante todo este tiempo: ser el anzuelo.

31

L a sala en penumbra en la que me han encerrado da al mar.
Lo que en una ocasión pudo haber sido una clase —cuando
este lugar era una universidad de Memoria— es ahora una
sala vacía con una mesa llena de armas y media decena de lámparas,
aunque solo una de ellas encendida. Hay un armario en la esquina
que seguramente utilicen como almacén. La lluvia golpea contra la
ventana de cristales dobles, que traquetea por el viento. Aquí no hay
nadie más a excepción de un guardia y el juez Alessandro.

—Asegúrate de no herirla —dice él, sorbiendo. Tiene unas ojeras oscuras bajo esos grandes ojos. Se fija en las pulseras que llevo,
y yo doy las gracias a la Señora por haber guardado el saquito con
el resto del metal—. Quítale el platino de encima. Todo. Necesitamos que esté en una condición óptima para la presentación de esta
noche. Ve a por el príncipe Castian, haz el favor.

Levanto la cabeza de una sacudida y un pavor frío me inunda
el estómago.

—¿Castian está aquí?

Alessandro arruga un trozo de pergamino y me lo lanza.

—Para ti es lord comandante.

—Ahora mismo, magistrado —dice el guardia, que está de pie,
atento, cerca de la puerta y con la espada ya desenvainada.

¿Magistrado? El único que ostentaba ese título era Méndez.
Deben haber encontrado a su Vaciado y ya habrán ascendido a
Alessandro. Sus pies son un susurro contra el suelo de piedra
mientras camina a mi alrededor.

—Sabía que no se podía confiar en ti. Le dije a Méndez una y
otra vez que deberíamos haberte traído aquí directamente. —Tiene
la misma confianza desmedida que el juez Méndez. Espero que

esto también suponga su destrucción—. Una pena por él. Ahora sí, ni siquiera yo pude predecir que serías lo bastante necia como para entrar aquí por ti misma.

No han encontrado a Margo ni a Amina. Me siento atravesada por un enfado amargo. Por un momento, contemplo la idea de venderlas a la justicia, pero esa sensación desaparece y queda reemplazada por un dolor cruel que llevaba mucho tiempo sin sentir. Me han traicionado. Me han abandonado. Y, aun así, no soy capaz de hacerles lo mismo.

—Me subestimas —digo. Mi tono casual parece molestarlo. Dez solía hacer esto y siempre le funcionaba; enfurecía tanto a sus enemigos que eran incapaces de actuar de manera racional—. Tranquilo, no eres el primero.

—Dice la bestae que sigue escapando de palacio solo para volver a acabar ahí. En esta ocasión no tendrán piedad.

Piedad. La palabra retumba en mi cabeza como gotitas de agua en una celda vacía. Pisoteo el dolor que me inunda la garganta y me obligo a ser la persona que él se espera.

Estiro los labios hasta poner una sonrisa.

—Entiendo que has encontrado el regalito que te dejé. Habría envuelto a Méndez con una tela bonita de encaje delfinio para el rey Fernando, pero no me dio tiempo.

Traga saliva.

—Supongo que debería darte las gracias, porque mírame ahora: soy el nuevo magistrado.

—Felicidades —respondo a su arrogancia con una risa cruel.

Él se aparta de la ventana y se acerca para hacerme frente. Veo vacilación por la manera en que mantiene la distancia, por la manera en que respira fuerte y se estremece por completo.

—¿Qué te resulta tan gracioso? —pregunta.

—Nada, las cosas que vi en el recuerdo de Méndez sobre tu esposa.

Alessandro abre mucho los ojos y levanta el puño al mismo tiempo.

—¡Silencio!

—Castian estaba en esos recuerdos, pero estoy segura de que ya lo sabías. Me pregunto cuánto tiempo durarás como magistrado cuando el príncipe se deshaga de ti y recupere a su reina.

Alessandro hace una mueca con los labios hasta que se convierte en una sonrisa y me da un puñetazo. Se me llena la lengua de sangre porque la parte interior de los labios se me ha partido contra los dientes. Escupo al suelo, pero no le doy en los pies.

—No te reirás cuando estés sobre esa mesa —dice—. Terminarás siendo un monstruo total y absoluto. Ya tenemos a un Robári de nuestra propiedad al que dar órdenes. El príncipe Castian me recompensará cuando te presente ante él. Tiene ganas de ponerle las manos encima al siguiente. ¿Qué mejor regalo para nuestro príncipe coronado que la desgraciada que intentó matarlo?

Me río. Él no lo sabe. Nadie sabe que Castian intentó detener los experimentos de la justicia. Nadie salvo Méndez y Cebrián. Y ahora, yo. Siento la boca agria ante la idea de que Castian —la persona a la que más odio— puede que sea mi única salida.

—Voy a sacarte hasta el último recuerdo de tu calavera —le digo con calma—. Cuando la gente te vea, verán la nada que ya eres.

—Eso será difícil de hacer con las cadenas puestas —dice.

Intento invocar mi poder, pero no surge del mismo modo en que lo hizo en las mazmorras. Es como intentar levantar un muro de ladrillos con la mente. Las espirales de mis yemas se encienden, pero chisporrotean como llamas al viento.

Alessandro se ríe ante mis esfuerzos, pero entonces oímos una serie de golpes secos y desesperados en la puerta. El guardia la abre y oigo jaleo en el pasillo. Me pregunto si Margo y Amina han encontrado al Robári mientras yo estaba aquí encerrada. Qué necia he sido al creer que la anciana confiaría en mí. En el caso de que me convirtiera en una de esas criaturas, ¿volverían a por mí? ¿Para terminar conmigo? ¿Serían siquiera capaces de distinguir entre el monstruo que creían que era y el monstruo en el que me quiere convertir el juez Alessandro?

«Tú decides quién ser». Sayida se equivocaba. Todo el mundo intenta decidir por mí. Llegará un punto en el que no podré detenerlos.

Intento escuchar lo que está ocurriendo fuera de la puerta.

—Se lo han llevado, magistrado —dice la voz de una mujer presa del pánico.

—¿Cómo que se lo han llevado? ¿Cómo han podido llevarse al príncipe? —chilla Alessandro.

—Parece que no ha sido un acto en solitario —dice otro guardia.

Se oye un fuerte manotazo sobre alguien.

—Necios. Seréis vosotros quienes le expliquéis esto al rey. No voy a aceptar culpa alguna por la pobre gestión de la seguridad llevada a cabo por mi predecesor.

La puerta de la sala se cierra de golpe y oigo el traqueteo de los discos de una cerradura de combinación. Aporreo los puños contra la madera sólida, pero entonces algo frío y húmedo me toca el hombro.

Me vuelvo rápidamente con el puño levantado y me quedo pasmada por la impresión que me da el hombre que tengo ante mí. ¿Dónde estaba escondido?

Tiene las manos en alto para protegerse los ojos. Su piel es del color de la ceniza, y está cuarteada en las zonas más secas. Tiene unas ronchas rojas en la parte interna de los codos. Su cabello es oscuro, y es lo único que delata que el envejecimiento de su piel no es natural. Es como si lo que sea que haya acentuado sus poderes lo esté destrozando desde dentro.

Es el Robári que arrebata magia en vez de recuerdos.

El arma.

Este es el futuro que me espera.

—Tú. —Se me escapa la palabra, derrotada.

—Yo —responde en voz alta. Cuando habla es como llevarse una caracola a la oreja.

—¿Has estado aquí todo este tiempo? —Examino la sala con los ojos. Hay un armario cuya puerta oscila desde las bisagras.

—El nuevo magistrado no conoce mis escondites.

Se sienta en el suelo, a pocos metros de la ventana, y se queda mirando fijamente el mar. Su quietud me provoca escalofríos.

—Pero yo ya me sé todas las puertas secretas de este lugar —continúa—. Tú también lo harás.

Voy hacia la ventana y me hundo en el suelo. No es de extrañar que aquí los prisioneros se vuelvan locos. No hay salida. Están los guardias a un lado y el mar al otro. Cuando cierro los ojos, veo a Margo mirándome fijamente mientras me estrechaba la mano: era la despedida que no solemos decirnos nunca. Ella sabía que me iba a traicionar.

«Tú eres débil», me dijo. «Por eso te odiaba».

Estúpida, más que estúpida, Ren.

Cebrián se sienta a mi lado. Hasta su cercanía es heladora, como si el frío se aferrara a él. ¿Se aferrará a mí del mismo modo? Recorro la cara interna de mis brazos, donde se me ven las venas por debajo de la piel. No son tan oscuras como las suyas ni tan terroríficas como las de Lucia.

Oigo caballos relinchando y el ruido de los cascos desvaneciéndose en la distancia. Deben haber despachado a un grupo de guardias para que vayan tras los Susurros. Al punto de reunión en el refugio de Nuria, donde estarán todos los rebeldes que quedan hasta mañana, cuando zarpe el barco. La campana vuelve a sonar, hace una hora que me han atrapado.

La traición de Margo duele, pero Sayida sigue estando en ese refugio. Pienso en los novatos que no tienen lugar en la política ni en las decisiones del consejo. No se merecen que los atrapen. No se merecen el destino que me ha tocado a mí.

Tengo que salir de aquí.

—Cebrián, ¿no? —pregunto mientras me pongo en pie.

Hay algo en mi movimiento que altera al Robári, porque aparta la mirada del paisaje marino, la dirige hacia mí y contesta:

—Sí, creo que ese es mi nombre.

Apoyo la mano contra la ventana. En algún lugar ahí fuera hay tormenta, y el viento sopla a través de una grieta. Me da un escalofrío.

—¿Existe alguna salida? —pregunto—. ¿Una puerta secreta?

—Nadie sale de aquí, muchacha. —Y en voz baja—: Menos aún tú y yo. Te han abandonado aquí, ¿no? A mí sí.

Te han abandonado aquí, Ren. Quería el perdón de Filipa del mismo modo en que quería el de Illan, del modo en que quería el de Margo. Yo también he abandonado a gente. Pero nunca me he detenido a pensar en el tipo de perdón que quiero para mí misma.

¿Por qué arriesgar mi vida para intentar salvarlos ahora? No son mis amigos. Mi familia está muerta. Pero eso no está bien, ¿no?

Dez era mi familia. Illan, Leo. Prometí que volvería a verlos. Sayida. Ay, Sayida. ¿Sabía ella lo que iba a ocurrir? ¿Fue parte del engaño?

—No todos —digo en voz alta. Ella no lo haría. Me niego a creer eso, por muy ingenua que me haga sonar.

Sayida es una persona. La decisión de dejarme aquí la tomaron la anciana y Margo. Creí que si conseguía vengarme por Dez y destruir el arma... ¿Qué? ¿Qué creía? En el fondo, sé que no hay nada que pueda hacer ahora que vaya a cambiar la manera en que me ven los Susurros.

Llevo luchando contra este peso que se aferra a mi corazón toda mi vida. ¿Y si no está en mi corazón? ¿Y si está en mi mente? Todos y cada uno de los recuerdos que he acumulado son como una piedra colocada encima de mí que me presiona hasta la muerte. Siempre ha habido demasiadas voces, apretujadas, gritando e intentando abrirse paso para salir de mi mente. ¿Y si dejara de luchar contra ellas? ¿Qué ocurriría si todos esos recuerdos simplemente... desaparecieran?

Miro atentamente a los ojos plateados que tengo frente a mí, que parecen piedra alman líquida. Pero cuando miro fijamente a Cebrián, veo mi futuro. No voy a salir de aquí nunca. Nadie se ha escapado de Soledad. Pero tengo otra salida.

—Toma mi magia —digo.

Él levanta la cabeza de manera repentina. Me observa como si hubiera salido de debajo de una piedra. Una criatura a la que puede aplastar.

—¿Por qué?

Porque no quiero convertirme en ti. Porque si me conviertes en una Vaciada, jamás volveré a ser un arma. Porque no tengo ningún lugar al que ir.

Pienso en la sonrisa de Leo y en Sayida cantando para que nos durmamos. En Dez buscando mis labios en la oscuridad. En Davida cantando «Buen corazón. Protégenos a todos». Ni siquiera puedo protegerme a mí misma, menos aún al mundo. Cierro los ojos y unas lágrimas calientes me caen por las mejillas.

—Porque ya no quiero sentirme así.

Se retuerce, le da un espasmo muscular que lo sacude como si fuese un esqueleto colgando. Se le pasa en un momento y vuelve a estar presente. Asiente con la cabeza mientras me mira con ansia.

Yo extiendo la mano y reprimo el escalofrío que me recorre cuando su piel húmeda y fría se cierra sobre la mía. Siento una punzada de dolor en las sienes y el corazón me late de manera violenta. He visto la muerte en diferentes formas, y nunca pensé que así es como terminaría mi historia. Recuerdo sostener a Lozar en mis brazos y sentir su pulso a toda prisa. A Méndez susurrando mi nombre al final. Yo no puedo llamar a nadie porque las personas a las que quiero ya no están conmigo.

Así que no digo nada y respiro de manera profunda y tranquila. El frío que irradia Cebrián parece ir directamente a sus huesos. El pinchazo de su poder me sube por el brazo, como chispas de relámpagos desplazándose lentamente por toda mi piel. Me preparo para un dolor que nunca llega. En vez de eso, nuestros poderes rebotan. El último recuerdo de Cebrián se estampa contra mi conciencia. Brilla más que cualquiera de los míos, es como si estuviera mirando en el interior de los prismas de una piedra alman.

El príncipe vuelve en plena noche. Tiene un humor de perros. Cebrián se pregunta si sigue enfadado por haberlo apuñalado. Pero el príncipe se sienta en la sala y lee los mismos documentos como si pudiera encontrar nuevas respuestas para una pregunta que jamás ha hecho en voz alta. Mientras Cebrián empieza a quedarse dormido, el destello del metal le llama la atención. No se oye nada, pero los dados caen sobre la mesa. Se desvanecen. Cuando el príncipe abre la mano, los dados vuelven a caer. Perfectos seis. Cuando Cebrián parpadea para despertarse, el príncipe ya no está ahí.

Cebrián chilla. Me empuja hacia atrás y me expulsa de su mente con dolor.

—¿Qué me has hecho?

Suelto un grito ahogado mientras sigo aferrándome al recuerdo. No. No me lo voy a creer. No puedo.

—¡Sal de mi cabeza! —le grito a Cebrián.

La zona gris se eleva por todo mi alrededor y yo me hundo al fondo del pasado, intentando recordar el rostro del muchacho, pero no hay más que sombras. Cierro los ojos, me concentro, aparto el ahogo y ahondo más, mucho más, hasta donde no he llegado nunca: mi propio pasado.

Los Susurros están prendiendo fuego a la capital.

Se abre la puerta, y unos pasos atraviesan la sala. Está el sonido de una cerilla encendiéndose, el olor del azufre quemado, y luego aparece su rostro detrás del humo.

Un niño pequeño.

El que hacía los truquitos de magia para mí. Nuestro secreto.

—¿Qué haces aquí? —pregunta. Tiene un moratón en la mejilla y un corte profundo por encima de la ceja.

—¿Qué te ha pasado? —le toco el corte con el dedo.

—Nada. No importa —dice intentando mantener la voz fuerte—. Te voy a sacar de aquí.

Me toma de la mano y empieza a estirar.

Yo me echo atrás.

—¿A dónde vamos? ¿Qué ocurre?

Él respira profundamente y aparece ese surco familiar entre sus cejas.

—Los Morias se han sublevado. No es seguro que estés aquí. Nati, por favor. Por favor, tienes que irte.

—No quiero irme. Hay fuego ahí fuera. Quiero quedarme aquí contigo.

—No llores, Nati. Estarás bien. —Se saca una llavecita del bolsillo.

—¡No! —Retiro la mano—. El juez Méndez dice que se supone que no debo…

—No puedes salir ahí con los guantes de Robári —dice.

—Quiero quedarme —gimoteo mientras él me abre los guantes—. No me obligues a irme. Ayudaré…

Me agarra de los hombros. Su rostro se vuelve borroso hasta que parpadeo.

—Este no es tu sitio. Nunca lo ha sido. No sabes cómo es mi padre.

*Lo dejo que me guíe por la sala oscura con nada más que
una vela en la mano y una pequeña espada al costado. Aparta un
tapiz, mi favorito de los Hermanos Palacio en su barco pirata.
Ahí hay un ladrillo que es ligeramente más oscuro que el resto, y
con el roce de su dedo, las estanterías dan paso a un escondite.*

En una habitación secreta.

Doy un grito ahogado y un paso atrás.

*—Ven, Nati. No tenemos mucho tiempo. ¿No confías en
mí? —Tiene el rostro dorado a la luz del fuego.*

*Le agarro la mano porque cuando estoy con él, me siento
segura.*

—Confío en ti, Cas.

Me pongo los brazos alrededor del cuerpo sobre el alféizar y
me agarro para no perder el equilibrio, porque es como si el suelo
se hubiera caído bajo mis pies.

Confío en ti, Cas.

La frase se repite una y otra vez en mi cabeza. Su nombre
—Castian— en mi lengua. Castian de niño. Castian, mi amigo.

Castian, quien me salvó aquel día.

No.

Esto está mal. Es perverso. Este recuerdo no es mío. No puede
serlo. Jamás habría sido capaz de enterrar algo de manera tan profunda. No es posible. Él es la Furia del León. El Matahermano. Él
es cientos de cosas malísimas que aún quedan por decir. El vil y
detestado asesino de Dez.

No puede ser cierto. Hay algo que falla en mis recuerdos.

—Has hecho algo —digo dirigiéndome al rostro macabro de
Cebrián—. Arréglalo.

El niño pequeño de mi recuerdo... Siempre se supuso que era
Dez. Fue Dez quien me encontró durante el asedio. Fue él quien
me ayudó a subirme a aquel caballo y me arrebató de palacio. Fue
Dez. Solo Dez.

Me doy tirones en el pelo. Nunca me he permitido pensar en
aquella noche, porque sabía que esos pensamientos me atravesa-
rían y partirían en dos. La noche en que miles ardieron. La noche
que fue cosa mía, en la que Méndez utilizó los secretos que yo le

había descubierto, a partir de los recuerdos de los prisioneros, para desvelar el campamento de los Susurros. El ataque de los Susurros contra palacio. Innumerables vidas inocentes perdidas. Todo por mi culpa.

Pero Dez estaba ahí, fuera de palacio con Illan, a donde Castian no podía seguirlo.

Aprieto la frente contra el suelo. Debo tener el recuerdo distorsionado. Debe haberse fusionado con otro. Donde terminaba un recuerdo, empezaba el siguiente.

Debe ser eso.

Pienso en la manera en que Castian me miró cuando estábamos bailando. Me estremezco con dureza y me hundo contra la pared, apenas capaz de mantenerme en pie. Pero los pensamientos siguen aporreando. El despacho secreto, qué era lo que me llamaba de él y apelaba a mis recuerdos y mi corazón. Castian llamándome por mi nombre cuando luchamos. *Nati*. El nombre por el que me llamaba mi padre y que solo le diría a alguien en quien confiara completamente. El nombre que ni siquiera le dije a Dez.

Dez, el muchacho que me salvó.

¿O fue Castian?

¿Y si ambas cosas son ciertas?

La verdad ha estado en mi interior todo este tiempo, enterrada bajo las cenizas del pasado, las de aquella noche fatídica. El recuerdo que Cebrián tiene de Castian. La mayor de las ilusiones.

Castian es un Moria.

Un Illusionári.

—Vuelvo a sentir tu magia —dice el Robári, que extiende la mano hacia la mía. Se le nota el ansia viva en la voz—. Seguro que tiene un gusto sublime.

—¡No! ¡No lo hagas! ¡He cambiado de opinión! —Me echo hacia atrás con tanta fuerza que golpeo la ventana. Hace ruido.

Cebrián carga contra mí, pero yo doy un salto al lado. Él se estampa contra el cristal de la ventana y rompe los listones de madera por la mitad. Se ha hecho un corte en el hombro. Está sangrando y se le mancha la túnica. Me acerco para ayudarlo, pero él me aparta de un manotazo.

—¡Tú me has hecho esto!

¿Por qué todo el mundo me echa la culpa por cosas que no puedo controlar?

Cebrián arranca el cristal de las bisagras. Hay cinco largos barrotes de metal interponiéndose entre él y el mundo exterior. La brisa del mar entra y él se inclina hacia ella, como si estuviera memorizando la sensación de la lluvia y el viento sobre su piel. Se mira la mano. De repente, es consciente de la fuerza que tiene. Agarra los hierros y las manos se le quedan blancas de lo fuerte que aprieta, y entonces consigue separar los barrotes.

La lluvia golpea el suelo y, por un momento, Cebrián levanta las manos para cubrirse el rostro ante un relámpago. Pero eso no dura mucho. En esta ocasión, cuando Cebrián me vuelve a mirar, sus ojos son tan plateados como el rayo. Una sonrisa siniestra le desarticula las facciones, y al momento siguiente se lanza por la ventana.

—¡No! —grito temiendo que vaya a matarse.

Me asomo y veo que ha aterrizado perfectamente agazapado sobre el delgado saliente de la colina. Una hazaña imposible. Sea lo que sea que le hayan hecho, Cebrián es rápido y tiene una fuerza sobrehumana. Se adentra corriendo en la oscuridad, olisqueando el aire como si pudiera oler la magia llamándolo. ¿Y si se va a dar caza a los Susurros?

Me maldigo cuando me doy cuenta de que la única salida que tengo es por esta ventana. Sé que, si salto, no voy a aterrizar en el estrecho trozo de suelo que separa la prisión del mar. Cuando miro a ambos lados, me fijo en las bestias aladas que decoran la cara del edificio. Parecen peldaños.

Ángeles, me digo a misma buscando la palabra correcta.

—Son ángeles.

Doy un par de respiraciones profundas para reunir valor. Un resbalón, una ráfaga fuerte de viento, y saldré disparada del acantilado y hacia el mar.

Me agarro de la primera criatura de piedra y saco los pies por fuera de la ventana. Me aferro, doy un paso; me aferro, doy un paso. Hay un momento en el que el viejo edificio me traiciona. La piedra se rompe bajo mi pie y yo me balanceo hacia fuera. Es la sensación más parecida a volar que voy a tener jamás. Pero el siguiente paso que doy es en tierra sólida. Me agacho, apoyo la frente sobre el suelo empapado e inspiro la estabilidad de la tierra como si fuera aire para un hombre ahogado.

Rodeo el edificio corriendo hasta llegar a los carruajes y los caballos. En medio de esta tormenta, el magistrado mimado se habrá quedado dentro. Tengo los dedos rígidos por el frío, pero consigo deshacer las cuerdas y el carruaje cae contra el suelo. Un trueno me cubre mientras pongo la silla sobre el caballo y emprendo la marcha hacia la noche, con los pensamientos dándome vueltas.

El príncipe Castian fue el niño que me ayudó a escapar de palacio.

El príncipe Castian es un Moria.

El príncipe Castian, a quien han capturado los Susurros.

Es uno de nosotros.

Azoto al semental. Tengo que llegar ahí antes de que el consejo lo ejecute, antes de que Margo lo torture hasta que quede irreconocible. Tengo más preguntas que respuestas, y solo él puede dármelas.

Rezo por llegar a tiempo para salvarlo. A mi mayor enemigo.

A mi más viejo amigo.

32

Reprimo el castañeteo de mis dientes mientras cruzo a la carrera el camino de vuelta a Sól y Perla, que está lleno de barro.

—Por favor, que siga con vida —susurro a la tormenta que me persigue.

Cuando el suelo se convierte en una pasarela de madera y la lluvia amaina hasta convertirse en una bruma fina, sé que estoy cerca. Este tiempo no hace nada para evitar que la gente de la ciudadela esté en la calle. *Un poco de agua no molesta a la gente del mar*, como habría dicho Dez. Mi corazón balbucea por la confusión. ¿Cómo es posible que el muchacho que me sacó de palacio sea el hombre que mató a Dez? Por otra parte, está el recuerdo que le robé al guardia. Dez estaba de pie en un barco. Los recuerdos no se pueden alterar. Pero a Dez jamás en la vida le ha faltado parte de la oreja. Necesito respuestas.

Me da miedo dejar de moverme y romperme en tantísimos trozos que nada de esto importe. Ni los Susurros, ni el Robári, ni esta guerra sin fin. Nada.

Estiro de las riendas y reduzco la velocidad hasta que voy trotando por la parte trasera de la casa del duque Aria. Me bajo del caballo y lo amarro a un poste que hay al lado de una estructura de madera en ángulo que se utiliza para guardar el grano. Bajo el manto gris del amanecer, subo las escaleras traseras.

Con cada escalón me tiemblan las piernas. *Me acuerdo de ti.* Quiero arrancar el sonido de su voz del interior de mis oídos. Quiero sacudirlo hasta que las respuestas caigan de él como la fruta madura de la vid. Pero primero tengo que entrar.

Miro por una de las ventanas, pero la cortina está echada. Mi corazón hace un ruido sordo y rápido cuando pongo un pie dentro y me mantengo en la pared. El jaleo que proviene del despacho enmascara el ruido de mis botas cuando llego a la escalera. La voz de Margo se intensifica mientras Amina intenta explicarle algo. Me doy la vuelta para seguir las huellas embarradas, pero me detengo al oír mi nombre. El suelo de madera resuella bajo mi peso.

—Yo nunca accedí a dejarla atrás —dice Sayida. Tiene la voz tranquila, pero está un poco crispada.

—Renata conocía los peligros —dice Filipa.

—No podemos arriesgar más vidas por ella —añade Margo.

Fue una conspiración conjunta, y me alivia algo saber que Sayida no formó parte de aquella decisión.

La voz de Esteban es la que más me sorprende.

—Ella lo arriesgó todo para regresar con nosotros.

Hay muchas idas y venidas, siendo Margo la que más alto habla. Suena como si tuviera un nido de avispas en los oídos.

—Tal vez —dice Margo—, pero es imposible saber a quién es leal de verdad. Ahora que sabemos que utilizan a los Robári para crear las armas, todo ha cambiado. Nosotros no conocemos esta magia. Ella sentirá compasión por esa cosa. Por el arma actual. Ya contábamos con que habíamos perdido a Ren.

Me acuerdo de Margo en aquella celda conmigo. «Tregua». Supongo que esa paz ya se acabó.

—O le acabas de entregar al magistrado una nueva Robári a la que torturar —espeta Sayida.

—Estoy de acuerdo con Margo —dice Filipa, y la sala se queda en silencio ante la autoridad de su voz—. Tenemos al príncipe. Esta puede ser nuestra oportunidad para renegociar el tratado.

Hay un silencio absoluto en el despacho hasta que alguien carraspea.

—¿Qué pasa con el Destripador? —pregunta Amina.

—¿Así es como lo llamas? —masculla Esteban.

—Cebrián, el Robári, tendrá que morir —dice Filipa.

—¡No! —chilla Sayida junto con otros dos. Reconozco a Esteban, pero no al otro—. ¡Entonces seríamos igual que la justicia!

—Lo siento, Sayida —dice Margo con suavidad.

Ya he oído bastante.

Me dispongo a subir las escaleras con la esperanza de que no sea demasiado tarde. No puede serlo. Sabrán el valor que tiene el príncipe Castian, el valor de mantenerlo con vida. Y, en cualquier caso, el príncipe al que conozco se habría defendido.

Patético, me dice una voz que suena sorprendentemente parecida a la de Dez. *¿El príncipe al que conoces? Ya lo estás defendiendo.*

Empujo la primera puerta y la abro, pero la habitación está vacía y los muebles, cubiertos con una tela blanca. Voy hacia la segunda habitación y me encuentro a un grupo de Morias novatos durmiendo. Dejo la puerta como está para que no cruja y los despierte. Solo queda una puerta, y sé que tengo que estar preparada para lo que vea.

«Venga, Nati. No tenemos mucho tiempo. ¿No confías en mí?», dijo.

No éramos más que niños y ambos estábamos muy asustados. Aun así, él me salvó la vida aquel día. Me liberó.

Siento el golpe de una emoción extraña: la pérdida del niño al que conocía y el enfado por el hombre en el que se convirtió.

Cuando la puerta se abre y doy un paso adentro, me veo cara a cara con ambos sentimientos.

Castian está atado y amordazado en una silla con reposabrazos, y tiene el cabello apelmazado y cubierto de sangre y sudor sobre las sienes. Aún lleva la ropa del Festival del Sol. Hace un ruido gutural cuando me ve y fija la mirada en sus piernas. ¿En sus piernas? ¡La bota!

Levanto el dobladillo de su pantalón y busco con el tacto el puñal que se ha enfundado ahí. Él se recuesta y expone su garganta con alivio. Se siente aliviado al verme, y eso hace que todo esto sea mucho peor.

—Da las gracias a la Señora por la falta de sueño que tenían como para registrarte, ¿eh? —Aprieto el filo del puñal contra su garganta y lo miro fijamente a los ojos. Ahora lo veo. El muchacho en el despacho que hablaba conmigo en secreto, mediante susurros, y que colocaba las manos alrededor del juego de dados.

Visto y no visto.

No dice nada, ni siquiera intenta gritar a través de la mordaza. Tan solo me observa. No quiero que lo haga. Pero sé que, si quiero respuestas sobre Illan, Dez y el arma, tengo que liberarlo.

Corto las cuerdas que mantenían a Castian atado a la silla con unos dedos temblorosos. Él se frota las muñecas y me mira fijamente con unos ojos de lo más sorprendidos mientras se pone en pie. Hace un movimiento con la mandíbula, y veo el momento en el que busca las palabras para darme las gracias, pero no puede.

—Me has salvado —me dice de manera escéptica—. ¿Por qué?

—Tú me salvaste primero, supongo.

Sus ojos se encuentran con los míos. El surco regresa a su frente.

—¿Lo recuerdas?

—Sí.

—Bien. Tenemos que irnos.

Castian vuelve a agarrar su puñal, cruza la habitación a paso ligero y abre la ventana. Tiene un pie fuera y me extiende la mano, como una cuerda salvavidas que jamás imaginé que querría o necesitaría.

Vacilo. El odio que le tengo lucha contra mi necesidad por saber la verdad. Él lo ve en mi rostro.

—Vive un día más conmigo o quédate y muere en sus manos. Tú decides.

—No hay mucho que decidir —murmullo.

«Elige la opción que traiga de vuelta conmigo». ¿Podría?

Entonces lo sigo hacia afuera.

El príncipe cuya amistad hizo que la estancia en palacio fuera un poco menos solitaria para una niña Moria. El príncipe al que me he pasado media vida odiando.

Tengo medio cuerpo fuera de la ventana cuando la oigo gimotear mi nombre. Reconocería su voz en cualquier parte.

—Ren —dice, y no puedo evitar echar la vista atrás mientras continúo con la fuga. Sé que jamás olvidaré lo que veo: el rostro de Sayida cuando elijo la traición.

33

Corremos por las calles lluviosas y desoladas hasta que se nos pierde el rastro. Margo es la mejor rastreadora, pero tenemos dos ventajas: está lloviendo y han aumentado los guardias de patrulla que andan buscando al Robári y al príncipe secuestrado.

Por ahora, sigo a Castian desde cierta distancia. Quiero que responda mis preguntas. Quiero saber cómo ha hecho todo esto. *¿Cómo he llegado hasta aquí?*

Cada vez que he intentado demostrar mi lealtad a los Susurros, he fallado. Para ellos siempre seré una Robári traidora. Está bien. Que piensen eso. En el fondo de mi corazón, yo sé quién soy. Lo único que no sé es quién es esta persona que está caminando a mi lado.

—Detente —digo. Estiro la parte trasera de la túnica ensangrentada de Castian, y él se da la vuelta con una arruga de enfado en la frente. ¿Cómo he podido no acordarme?—. No puedo seguir caminando detrás de ti como un perro que se ha perdido. ¿A dónde vamos?

—Solo un poco más lejos.

—¿Qué está «solo un poco más lejos»?

Él se acerca un paso con las manos sobre las caderas. Todavía tiene sangre seca a lo largo del nacimiento del cabello, aunque se la ha intentado lavar con agua salada del mar. Parece el retrato del Príncipe Sanguinario del que tantas historias he oído, pero ¿lo es?

—Un escondite —dice.

Estoy cansada de escondites y de saltar por ventanas. Estoy cansada de correr. Respiro profundamente y dejo que mi enfado sea visible.

—Quiero un arma.

El príncipe me da el único puñal que tiene sin decir palabra. Baja de un salto desde la pasarela hasta la arena, donde la costa se vuelve rocosa, y nos dirigimos hacia unas cuevas oscuras y altas. Apenas se ve la ciudadela en el horizonte. Por primera vez, el temor ante lo que he hecho desemboca en pánico. Estoy a solas con el príncipe Castian. Lo he elegido a él.

Cuando la marea se retrae, queda expuesto un camino de caracolas, coral roto y piedras incrustadas en la roca que conduce a la boca de una cueva.

No debería seguirlo hacia ahí. Puede que este sea su plan insidioso. Volver a capturarme. Crear un nuevo Robári que robe magia. Otra arma. Una Destripadora. Rápidamente me recuerdo que ya he perdido todo lo que se puede perder y lo sigo adentro.

—¿Quién eres? —pregunto en cuanto estamos dentro—. Has tenido medio día para pensar en algo que decir, y te juro que como no sea la verdad…

—¿… me rajarás la garganta? —Me desafía con la mirada.

—Sí. —Pero hasta yo puedo oír cómo me tiembla la voz.

Castian suspira, y suena tan cansado que mi propio cuerpo maltratado hace lo mismo. Extiende los brazos hacia arriba, por la pared de la cueva, y retira un trozo oscuro de piedra. Recupera el puñal que llevo en el cinturón. Antes de que pueda protestar, se pone a golpear el pedernal con el acero hasta que salen chispas y prenden una antorcha que hay enganchada en un lazo de acero empotrado en la roca. Por una vez, el surgir repentino del fuego no hace que pegue un salto. Castian me devuelve el puñal y luego sigue adelante por la cueva, sin esperarme.

Seguimos adentrándonos en el túnel en silencio, acompañados solo por el goteo del agua que va aumentando a nuestros tobillos y la chispa del fuego en su mano.

Cuando llegamos al lugar prometido por Castian, respiro con un poco más de facilidad. La cueva se ensancha a nuestro alrededor. Hay una pequeña charca de agua iridiscente rodeada por unas formaciones rocosas puntiagudas, como si estuviésemos en el interior de la boca de un tiburón gigante.

Castian por fin se detiene ante una zona lisa en la que hay un catre, armas y cajas con comida. No sé qué es peor, si el hambre que tengo o lo exhausta que estoy.

—Siéntate —dice él—. Yo me quedaré en el suelo.

No discuto. Me quito el jubón robado, y hasta el más mínimo movimiento me hace daño. Me siento en el catre con la espalda contra la pared. Castian se desliza hacia el suelo a mi lado. Esto es peor que la zona gris. Peor que un recuerdo, porque no es como si estuviese en la vida de otra persona. Estoy aquí, vaya que sí. Y al mismo tiempo, no estoy aquí en absoluto.

Me lanza una manzana y una bota llena de agua. Bebo con ansias, y me alegro de que tenga otra para él porque no sé cómo iba a separarme de esto.

—Tranquila, que te va a sentar mal.

—Me he pasado la vida entera escapando —digo mientras me limpio la boca con el dorso de la mano—. Sé cómo beber agua.

Él se encoge de hombros.

—Gracias por volver a por mí.

—Castian —digo—. Castian. ¿De verdad eres Castian?

Él se retira el cabello del rostro. Hace que parezca más joven. No es más que un muchacho intentando por todos los medios ser un hombre cruel.

—Soy Castian, hijo de Fernando el Justo, príncipe de Andalucía, comandante de las cinco flotas, heredero legítimo del reino de Puerto Leones. —Aparta el rostro para evitar mi mirada y bebe agua—. Y soy un Illusionári.

—Tú te acordabas de mí. De cuando éramos niños —digo.

Pienso en el niño que me suplicó que me marchara de palacio. Ese mismo recuerdo queda pisoteado por el príncipe al que vi en el bosque, en el patíbulo ante un mar lleno de su gente. Todavía puedo sentir cómo se me subió la bilis a la garganta mientras corría más rápido y con más empeño que nunca por encima de aquellos tejados.

Demasiado tarde. Llegué demasiado tarde. Doy respiraciones cortas y rápidas, cierro las manos en puños para que mi cuerpo miserable se detenga y no me delate con los temblores.

—¿Mataste a Dez? —Casi me atraganto con las palabras.

En sus labios empieza a esbozarse el inicio de una sonrisa triste, pero se desvanece con la misma velocidad. Tiene uno de los ojos más hinchado que antes y de color negro alrededor. Eso dificulta mirarlo sin querer sentir pena por él.

—Puede que te duela oír esto, ya que no has querido nada más que asesinarme desde que volvimos a vernos, pero nunca he matado a nadie.

O estoy demasiado cansada para entender lo que dice o se está aprovechando de mi condición exhausta para salirse con la suya mintiendo.

—¿Qué?

—Mejor dicho, nunca he ejecutado a nadie inocente, y eso incluye a los Morias.

Niego con la cabeza.

—No. Yo te vi. Te vi con mis propios…

Castian golpea la cabeza contra la pared que tenemos detrás de nosotros.

—Soy un Illusionári, Nati.

—No me llames así —susurro.

—Me dedico a crear ilusiones, igual que Margo creó aquel humo.

—Es imposible que tu poder sea tan fuerte —contesto, porque no me lo puedo creer. No puedo. Pero lo he visto en los últimos recuerdos que han surgido en mi mente. Vi el recuerdo que Méndez tenía del príncipe volviéndose de colores porque estaba hablando con una ilusión de Castian. A Cebrián viendo al príncipe hacer desaparecer unos dados y que luego volvieran a aparecer, como cuando éramos niños.

Aun así, resulta extraño oírlo de sus propios labios. Resulta más extraño aún tener que aceptar que está diciendo la verdad.

Ahora está sonriendo con sinceridad; es todo dientes y unos ojos azules y astutos.

—¿De qué está hecha mi corona?

—De oro. —El metal catalizador que fortalece a los Illusionári—. Fuiste tú en el Festival del Sol. Cuando me sentí mal. Y cuando eché a correr para ir a por Dez. Pensé que era Margo ambas veces.

Se pasa los dedos por el pelo.

—Fue un poco estúpido por mi parte. Necesitaba seguirte, por lo que creé una ilusión de mí estando de pie en una esquina, solo. Lo he hecho más veces de las que debería estar orgulloso.

Me inclino hacia adelante y prácticamente me arrastro hasta él para que me responda:

—¿Mataste a Dez?

—Lo admito —empieza Castian mientras se pone en pie, aunque no se me pasa por alto la manera en que se acaricia el costado mientras va renqueando hacia la charca de agua azul—. Aquella fue la ilusión más compleja que he creado. Dez era, es, el líder de los Susurros, y tanto el rey como el magistrado tenían que sentir que llevaban la delantera. Tuve que utilizar una espada con la empuñadura de oro también. Y ayuda que alguna parte sea verdad, hace que la ilusión sea más potente. Hasta tuve que cortarle la oreja para engañar a los miles que lo estaban presenciando.

El recuerdo del guardia me golpea como una ola fría y brutal. Dez en la proa de aquel barco, sin la oreja izquierda. Se me saltan las lágrimas. Un dolor que no creía capaz de sentir me carcome el corazón y me deja sin aire.

—¿Dez está vivo?

—Sí.

Esa única palabra reverbera en la cueva. La oigo una y otra vez, y sigue sin parecer verdad.

Dez está vivo.

La euforia que siento ante este descubrimiento es como el inicio de una llama, una cerilla que se enciende. Si Dez estaba vivo, ¿por qué no ha intentado encontrarme? Si está vivo, ¿por qué no lo he sentido? Cuantas más preguntas me hago, más pisoteo esa felicidad y extingo esa chispa de fuego.

Me pongo en pie. Cada paso que doy hacia Castian es como caminar entre cristales rotos. Él se quita la túnica y sisea cuando la tela le roza en las zonas heridas y ensangrentadas que tiene en la piel. ¿Cómo puede decirme esto y luego hacer algo tan normal como limpiarse las heridas? ¿Cómo puede observarme atónita ante él como si no hubiera sacudido mi mundo más de una vez en una sola vuelta al sol?

Mi nombre desparece de sus labios cuando le doy un puñetazo. Castian no se lo espera, pero me agarra de la muñeca y me empuja hacia la charca de agua salada con él. Me libero de un tirón. Cometo el error de entrar en pánico; intento respirar, pero en vez de eso me llevo un trago de agua salada. Consigo apoyar los pies sobre arena blanca y fina, y luego salgo a la superficie y toso con tanta fuerza que me arde.

—¿Has estado fingiendo mientras tu reino sufría? —pregunto cuando me pongo en pie y le hago frente, el agua que me llega por la cintura—. Has destrozado mi... Me has destrozado.

—Lo siento —dice, y hace una mueca cuando se toca los cortes que tiene en las costillas y en el hombro—. De verdad. Tú no lo entiendes.

—Haz que lo entienda.

A los dos nos caen gotas de agua por el rostro. Con esta luz, sus ojos toman el matiz azul incandescente de la charca. Se agacha frente a mí, siento su respiración cálida y dulce, como las manzanas cuando se ponen malas.

—Te lo explicaré... Si dejas de intentar atacarme.

La sal hace que me ardan los lagrimales. Levanto la barbilla.

—Debería haber dejado que Margo te matara.

Hace una mueca, ya sea por mis palabras, por el dolor o por ambas cosas. No estoy segura.

—No lo dices en serio.

He empezado a temblar porque el agua se está volviendo fría a nuestro alrededor. Tiene razón. No lo digo en serio. Pero ojalá lo hiciera.

—Quítate esa ropa o morirás congelada —dice y sale de la charca de vuelta a su habitación improvisada.

Detesto que tenga razón. Agarra una túnica de un color azul intenso con un bordado de color verde vivo en forma de hiedra y me la lanza. Luego enciende una hoguera mientras me desvisto y me pongo la túnica. Me rodeo el cuerpo con los brazos porque solo me tapa hasta los muslos. Me siento en el borde del catre y extiendo las manos hacia el fuego.

Castian levanta la mirada y, en esta ocasión, pone más distancia entre nosotros.

—Seguiré respondiendo tus preguntas, Nati, pero no vuelvas a ponerme las manos encima.

—Me abstendré de golpearte si dejas de llamarme así. —Espero a que asienta con la cabeza de manera reacia y continúo—: ¿Cómo es que tu padre no sabe que tienes ese poder?

Castian levanta la mano hacia el fuego crepitante. Le da una vuelta y otra, y luego la cierra en un puño.

—Después de que mi madre me acusara de ahogar a mi hermano, me relegaron a las ayas. Davida era la única que lo sabía y me advirtió que jamás hablara de ello. Entendí el motivo cuando me fui haciendo mayor. Por eso sigue atendiéndome y está bajo mi protección.

El recuerdo se repite en mi cabeza, con los colores tan desgastados que se ha vuelto gris, pero veo el momento en el que Illan robó al bebé del moisés. Quiero suprimir la compasión que está surgiendo en mi pecho.

—Tú no intentaste ahogarlo.

—¿Cómo lo sabes? —dice con una melancolía en sus palabras que no quiero sentir.

—Illan me dio ese recuerdo antes de morir.

Castian levanta una ceja. Sus fosas nasales se ensanchan, como si estuviese respirando profundamente para reprimir su enfado.

—Ah, ¿sí? Entonces sabes que fue su engaño lo que me mantuvo con vida y gozando del favor de mi padre. Bueno, también hay que reconocer la labor de Celeste y mi propia madre. Su mentira constituyó la base de Matahermano. El niño asesino, despiadado como su padre. Mi madre intentó contármelo antes de morir, creo, pero yo no quise acudir a su lecho de enferma.

Pienso en la mujer torturada por su decisión. En el retrato que hay en la habitación de Castian. Él la sigue queriendo, incluso después de lo que le hizo creer.

Pienso en la caja de madera que sostenía ante Dez en el recuerdo de Lozar. La caja ante la que Dez retrocedió con tanta repulsión que creí que tenía que contener el arma. Pero la caja que encontré en el despacho secreto de Castian… Esa caja solo contenía el retrato de dos niños pequeños.

Dos hermanos.

C & A.

Castian y Andrés.

«¿Andrés? No se lo digas a nadie».

—Tú no ahogaste a tu hermano —digo lentamente. Hay algo peligroso en estas palabras, como si decirlas en voz alta fuera a conducirnos a nuestro fin—. Porque Illan se lo llevó. Lo crio como a su propio hijo.

Las palabras me arañan la garganta.

Dez, mi querido Dez. El hijo de Illan.

Pero no es su hijo. Él solo lo crio. Lo secuestraron, igual que a mí.

—¿Dónde está Dez? ¿Qué has hecho con él?

—Se embarcó hacia Luzou no hace mucho.

Sacudo la cabeza.

—Él no se habría marchado. Habría regresado con los Susurros. *Conmigo*.

Pero lo vi. En el recuerdo del guardia, vi a Dez de pie en la proa del barco observando cómo desaparecía su reino.

—¿Por qué iba a marcharse? —La cabeza me da vueltas con esa idea, con el dolor que provoca.

Castian observa el fuego que se está consumiendo. Debe ser de noche afuera, porque hay un frío que permea la cueva y que no sentía antes. Busca su puñal, el que me llevé de la casa del duque. Juega con él, como si fuera a usarlo para tallar una nueva verdad, un nuevo mundo para nosotros.

—Andrés huyó porque estaba asustado.

«¿Andrés? No se lo digas a nadie».

—Retira eso. —Me abalanzo hacia él, pero Castian apoya la punta de la cuchilla sobre mi garganta.

—Créeme. Si hubiera podido hacer que se quedara, lo habría hecho.

—Tú no lo conoces. —Detesto el llanto que hay en mi voz y la cercanía de Castian.

Nos quedamos así durante un largo rato, ninguno de los dos quiere recular, pero a él se le cansa la mano y yo ya no puedo seguir mirándolo. La presión de la cuchilla cae y él vuelve a atizar las llamas.

Estoy viva, pero me siento derrotada. Por primera vez, estoy lejos de los Susurros, de Méndez, del rey. Pero esta incertidumbre que Castian lleva consigo no es lo que quería. ¿Qué quiero? Liberarme de mi pasado. Un reino sin derramamiento de sangre. A Dez.

Cuando Illan se llevó a Dez y lo crio como a su hijo, ¿pensó que ese mismo niño huiría cuando descubriera la verdad de su nacimiento?

—Yo no conozco a mi hermano, pero tú sí. Necesito tu ayuda. —Castian se peina el cabello dorado hacia atrás. Ya no sé cómo sentirme con respecto a él. La amistad y el odio pueden convivir lado a lado en el interior de mi corazón—. Existe una manera de ganar esta guerra, y creo que Dez ha ido tras ella.

¿De qué se trata?

—El Puñal de la Memoria.

Me burlo.

—Dez es un escéptico.

—Mi hermano es muchas cosas, al parecer. Me gustaría averiguarlo.

Ahí está otra vez. «Hermano». Aún no termino de creerlo.

—Tanto si quiere como si no, Dez va a necesitar nuestra ayuda. Si me ve a mí, saldrá corriendo. Pero si tú estás conmigo...

—No voy a permitir que me utilices para llegar hasta él.

Castian asiente con la cabeza una sola vez.

—No te pido que hagas eso. Convencer a Dez para que regrese al lugar que le toca legítimamente en palacio es algo que tengo que hacer por mi cuenta. Pero si encontráramos la manera de detener la próxima guerra y traer la paz a Puerto Leones... Si pudiéramos sanar aunque fuera una fracción de la fisura que hay en este mundo... Te lo ruego, Renata. ¿Tú me ayudarías?

Me quedo mirando fijamente la mano que me extiende. El príncipe al que durante tanto tiempo he odiado. El príncipe que me dice que Dez sigue con vida, que son hermanos. Él se acordaba de mí cuando yo quise olvidar.

Me equivocaba. No me ha dado las respuestas que quería, solo más preguntas. Soy diferente a la muchacha que ayudó a escapar de palacio. El destino nos ha vuelto a unir de la peor de las maneras, pero aquí estamos.

—Vayamos tras Dez y el Puñal —digo levantando la mirada hacia su rostro—. Cuando todo esto termine, tu padre muere.

Hay un brillo y una determinación en sus ojos azules como el mar.

—Siempre y cuando sea yo quien le atraviese el corazón con la espada.

Tomo la mano de Castian en la mía.

AGRADECIMIENTOS

El número trece tiene mala reputación. Pero como *Incendiary* es la decimotercera novela que publico, me lo voy a reapropiar para la gente afortunada.

Primero de todo quiero dar las gracias a mi familia. A mi abuela Alejandrina Guerrero, que hizo honor a su apellido. Usted es el motivo por el que emigramos a un nuevo país cuya lengua no hablábamos y donde aprendimos a ser nuevas personas. Con este libro he pensado una y otra vez sobre la identidad, las fronteras y quiénes elegimos ser. Yo soy quien soy: una persona afortunada, llena de esperanza y una romántica perdida porque mi familia me permitió soñar.

Al resto de mi familia. A mi madre y a mi padrastro, trabajadores incansables e increíbles. Al mejor hermano que haya, Danny Córdova. A Caco & Tío Robert. A mis brillantes primos y primas Adriana, Ginelle, Adrian, Alan, Denise, Steven, Gastonsito. A mis tías y tíos, Roman, Milton, Jackie. A todo mi clan ecuatoriano. *Gracias por todo.*

A mi maravillosa agente, Victoria Marini, y al equipo de Irene Goodman Literary. A Hyperion por darme una oportunidad. Jamás me permití ni imaginar que sería parte de la familia editorial de Hyperion, pero aquí estamos. Laura Schreiber, que se merece su propia rama de poder Moria. ¿Qué tal Visionári? A Jody Corbett y Jacqueline Hornberger. Al maravilloso equipo de producción. A Marci Senders por su increíble diseño, a Billelis por su hermoso trabajo artístico. A Seale Ballenger, Melissa Lee y Lyssa Hurvitz por ser unas estrellas de la publicidad.

A Glasstown Entertainment por la oportunidad, sobre todo a Lauren Oliver, Lexa Hillyer, Emily Berge y Stephen Barbara.

Estoy eternamente agradecida a Kamilla Benko, Rhoda Belleza y a Kat Cho. Este libro no sería lo que es sin vuestra magia.

A mis amigos, que son increíbles. A Adam Silvera por creer que era la persona adecuada para este proyecto. A Natalie C. Parker, Tessa Gratton, Justina Ireland, a los Goodies, a Victoria Schwab y Mark Oshiro por verme en las diferentes fases del proceso de entrega y no juzgarme. Bueno, puede que un poco.

A Dhonielle Clayton por ser mi animadora, mi esposa del trabajo y por siempre decir que sí cuando le digo: «Oye, deberíamos irnos a un retiro de escritura a este país aleatorio en el que nunca hemos estado». #DeadlineCityForever.

A la comunidad de libros juveniles, tanto en internet como en la vida real, por leer con tanta voracidad y elevar la literatura.

A la comunidad latina. Ya está. Ahí lo dejo.

¿TE GUSTÓ ESTE LIBRO?

Escríbenos a

puck@uranoworld.com

y cuéntanos tu opinión.

ESPAÑA /MundoPuck /Puck_Ed /Puck.Ed

LATINOAMÉRICA /PuckLatam

/PuckEditorial

¡Gracias por vivir otra
#EXPERIENCIAPUCK!